新中国外国戏剧的翻译与研究

何辉斌 ◎ 著

中国社会科学出版社

图书在版编目（CIP）数据

新中国外国戏剧的翻译与研究／何辉斌著 . —北京：中国社会科学出版社，2017.6

ISBN 978 - 7 - 5203 - 0690 - 4

Ⅰ.①新… Ⅱ.①何… Ⅲ.①戏剧文学—文学翻译—研究—中国

Ⅳ.①I046

中国版本图书馆 CIP 数据核字（2017）第 163686 号

出 版 人	赵剑英
责任编辑	耿晓明
责任校对	王佳玉
责任印制	李寡寡

出　　版	中国社会科学出版社
社　　址	北京鼓楼西大街甲 158 号
邮　　编	100720
网　　址	http://www.csspw.cn
发 行 部	010 - 84083685
门 市 部	010 - 84029450
经　　销	新华书店及其他书店

印　　刷	北京君升印刷有限公司
装　　订	廊坊市广阳区广增装订厂
版　　次	2017 年 6 月第 1 版
印　　次	2017 年 6 月第 1 次印刷

开　　本	710×1000　1/16
印　　张	26.75
插　　页	2
字　　数	412 千字
定　　价	108.00 元

前　言

　　做学问是一种痛苦还是一种快乐呢？不同的人有不同的回答。莎士比亚曾说："恋爱的人去赴他情人的约会，像一个放学归来的儿童；可是当他和情人分别的时候，就像去上学一般满脸懊丧。"① 从这个角度看，读书做研究是痛苦的。中国圣贤曾说："书山有路勤为径，学海无涯苦作舟。"古代甚至有悬梁刺股的读书故事。这些都说明读书极为痛苦。但也有相反的观点。扬雄曾说："女有色，书亦有色"②。在扬雄看来，书籍的吸引力甚至可以和美色相提并论。柏拉图在《斐莱布篇》中也讨论了做学问的快乐。他提出，人的身体有三种状态："快乐的生活、痛苦的生活、既不痛苦又不快乐的生活。"③ 例如，口渴是痛苦的，而喝水是快乐的，当水喝够了，就不痛苦了，但也不快乐，处于第三种状态中。可见肉体的快乐与痛苦混合在一起，痛苦消灭了，快乐就不存在，只能达到非苦非乐的状况。一般的人错误地把这种状况看作快乐，实际上却未进入真正的快乐王国。与身体活动不一样的是建立在理性之上的对知识的追求。人们学习知识与口渴不一样，不是出于痛苦，就算知识遗忘了，也不会带来明显的痛苦。柏拉图因此说："所以我们必须断定这些学习的快乐不与痛苦混杂，这种快乐不属于一般人，而只属于极少数人。"④ 在他看来追求学问是最为纯粹的快乐，只有哲学家才有这个福分。就笔者而言，偏向于认为读书是快乐的。这并不是说，我在

---

① 《莎士比亚全集》第 8 卷，人民文学出版社 1991 年版，第 40 页。
② 汪荣宝撰：《法言义疏》第 1 册，中华书局 1987 年版，第 57 页。
③ 《柏拉图全集》第 3 卷，人民出版社 2003 年版，第 227—228 页。
④ 同上书，第 240 页。

读书过程中没有烦恼，可以进入柏拉图的纯粹的快乐王国，而是说笔者更适合于在书斋里读书写作，不太喜欢到社会中去打拼。

戏剧是文学与文化的重要组成部分。莎士比亚曾说：演员是"我们时代的缩影和简史"，① "演戏的目的……都是仿佛要给自然照一面镜子"。② 叔本华则把这句话反过来说："从来不去剧院，就像不看镜子穿衣服。"③ 有了戏剧这面镜子，就能够深入地了解外国人的内心和社会。新中国成立以来，外国戏剧的翻译与研究取得了可喜的成就，但遗憾的是，还没有人专门为此竖起一面学术史的镜子，梳理这段历史，告诉大家我们已经取得了多大的成就，还留下了什么问题。笔者虽然才疏学浅，但还算比较刻苦，经过 4 年的努力，终于完成了这部著作。这本专著的出版，并不意味着这段历史的学术问题都已经研究清楚。德雷尔曾说："真理是女人，所以是一个谜。"④ 笔者的书只是把这个谜呈现出来了，至于怎么解开谜底，还需要同人不断地努力。

英国政治家小说家迪斯雷利曾指出："一个作者谈论自己的著作，就像一位母亲谈论自己的孩子一样，是非常糟糕的事情。"⑤ 母亲谈论自己的孩子，肯定夸大其词并且滔滔不绝。要感谢迪斯雷利的提醒，我得赶快在把读者赶走之前停止自夸了。

---

① ［英］莎士比亚：《哈姆雷特——莎士比亚戏剧集》，卞之琳等译，浙江文艺出版社 1991 年版，第 326 页。

② 同上书，第 339 页。

③ Arthur Schopenhauer, *Parerga and Paralipomena*, Vol. 2. Oxford University Press 2000, p. 611.

④ Lawrence Durrell, *The Alexandria Quartet*, London：Faber and Faber Limited 1970, p. 340.

⑤ Benjamin Disraeli, "Wit and Wisdom of the Earl of Beaconsfield," *The Works of Benjamin Disraeli*, Vol. 20. London：W. Dunne, 1905, p. 64.

目　　录

绪　　论

　　戏剧在外国文学中，特别在西方文学中，占据了极为重要的地位。亚里士多德曾说："显而易见，悲剧比史诗优越，因为它比史诗更容易达到它的目的。"① 黑格尔也指出："戏剧无论在内容上还是在形式上都要形成最完美的整体，所以应该看作诗乃至一般艺术的最高层。"② 别林斯基则说："戏剧诗是诗的最高发展阶段，是艺术的冠冕，而悲剧又是戏剧诗的最高阶段和冠冕。"③ 美国评论家威尔逊于 1922 年在评价《尤利西斯》的时候指出，这部作品"把小说提高到同诗歌和戏剧平起平坐了。"④ 虽然到了 20 世纪，戏剧已经有走下坡路的趋势，但总体来说，戏剧在西方史上属于文学的精华，艺术的桂冠。

　　在古代中国，戏剧并不受重视，《四库全书》的集部甚至不予收录。所幸的是国门打开之后，人们马上意识到了这个问题。蒋智由在初步接触西方文学之后，曾于 1904 年指出："我国之剧，乃独后人而为他国之所笑，事稍小，亦可耻也。且夫我国之剧界中，其最大之缺憾，诚如訾者所谓无悲剧。曾见有一剧焉，能委曲百折，慷慨悱恻，写贞臣孝子仁

---

　　① ［古希腊］亚里士多德：《诗学》，载《诗学·诗艺》，人民文学出版社 1982 年版，第 107 页。

　　② ［德］黑格尔：《美学》，载《朱光潜全集》第 16 卷，安徽教育出版社 1990 年版，第 226 页。

　　③ ［俄］别林斯基：《诗的分类》，载《西方文论选》（下卷），伍蠡甫主编，上海译文出版社 1990 年版，第 384 页。

　　④ Edmund Wilson, "Review", *The New Republic*, 1922 – 7 – 5.

人志士，困顿流离，泣风雨动鬼神之精诚者呼?"① 不少学者和作家，如王国维、胡适等，把目光转向了戏剧的研究、翻译与创作，给这个相对空白的领域带来了生机，在中外文学交流史上写下了美妙的篇章。

中国人重视戏剧的另一原因在于，戏剧适合于启蒙教育和思想传播。王钟麒曾说："自十五、六世纪以来，若英之篙来庵（今通译莎士比亚）、法之莫礼蔼、那锡来（今通译莫里哀、拉辛）诸人，其所著曲本，上而王公，下而妇孺，无不人手一编。而诸人者，亦往往现身说法，自行登场，一出未终，声流全国……吾以为今日欲救吾国，当以输入国家思想为第一义。欲输入国家思想，当以广兴教育为第一义。然教育兴矣，其效力之所及者，仅在于中上社会，而下等社会无闻焉。欲无老无幼，无上无下，人人能有国家思想，而受其感化力者，舍戏剧末由。"② 在教育尚未普及的年代，戏剧在这方面的确比小说更有效果。

新中国成立之后，国家对外国戏剧的翻译、演出和研究都非常重视。从 1949 年至 20 世纪 80 年代初，外国戏剧的地位一直比较高。那时候全民的教育水平不高，能够识字的人有限，而且那时的电影拍摄与放映都需要较高的成本，所以国家在建设社会主义新文化的时候，比较重视外国戏剧。到了 80 年代中后期，随着电视的普及，戏剧的地位有所下降。新世纪伊始，网络成了人们娱乐与信息的最重要来源，外国戏剧的地位自然也受到了较多的挑战。虽说有一些不利因素，但外国戏剧没有放下发展的脚步，不时地创造出新的好作品，仍然有研究价值。而且那些古代的作品，已经成为人类文化的重要部分，还需要人们不停地深入研究。

对外国戏剧研究的回顾和总结虽然非常重要，但这一任务还很少有人涉足。这方面的专著非常少，只有李伟民的《中国莎士比亚批评史》、胡导的《戏剧表演学：论斯氏演剧学说在我国的实践与发展》、陈惇和刘洪涛主编的《现实主义批判——易卜生在中国》等非常有限的几本。总结性的论文也不多，主要包括：周维培的《美国戏剧在当

---

① 蒋智由：《中国之演剧界》，载《中国近代文学大系·文学理论集》（第 2 卷），上海书店出版社 1995 年版，第 573 页。

② 王钟麒：《剧场之教育》，载《中国近代文学大系·文学理论集》（第 2 卷），上海书店出版社 1995 年版，第 596 页。

代中国的传播 》、韩曦的《荒诞派戏剧在中国》、宋学智和许钧的《法国荒诞派戏剧在中国的翻译与研究》、程金城的《20 世纪中外表现主义戏剧关系研究》、俞仪方的《布莱希特研究在中国：1929—1998 》、袁荻涌的《易卜生作品在中国的流传及其影响》、田本相的《西方现代派戏剧在中国之命运》等。这些论著从时间跨度上看，往往注重 20 世纪前半期，对最近 60 多年不太重视，很少关注"文化大革命"和"文化大革命"之前的外国戏剧研究。从内容方面看，总结某个作家或者某部作品的研究状况的论著较多，总结各种流派的很少，总结某一国家戏剧的文章只有一篇，只讨论了美国戏剧在中国的传播，无法从宏观上反映外国戏剧的研究成就。目前我们最为紧迫的任务就是把研究的重点集中到最近 60 多年，并在零零星星的总结性论著的基础上，撰写一部全面反映 60 多年外国戏剧研究成就的著作，将多国别、多流派的各种作家和作品纳入到一本书中做宏观上的研究。

本书的时间跨度基本上设为 1949—2010 年。这 62 年又可以分为四个阶段。1949—1966 年为第一阶段。新中国成立初，苏联的戏剧几乎成了本国戏剧创作的范本，被放到神圣的位置上。与苏联决裂了之后，又将苏联戏剧，特别是当代戏剧，视为反动作品。其他社会主义国家的戏剧与第三世界的戏剧也颇受重视，和苏联关系破裂之后尤其如此。那时还出版了不少苏维埃政权出现之前的戏剧，人们往往视之为古典戏剧，属于阶级社会的文学作品，应当批判地吸收。至于当代资本主义国家的戏剧，特别是现代主义戏剧，只是偶然进行译介，它们属于社会主义文化的反面，应该大力批判。在这一时段，外国戏剧翻译与研究对新中国的文化建设发挥了巨大的作用，其最大特点在于为政治服务。在这十几年之内的不同年份，外国戏剧的命运并不始终如一，有着较大的波动。

第二阶段为 1967—1976 年，可以称为冰冻期。"文化大革命"期间，外国戏剧被看作有害的东西。在 1966 年 3 月公开出版了朝鲜剧作家金载浩的《袭击》之后，外国戏剧被禁止了 11 年，直到 1977 年 4 月才出版了一本《朝鲜电影剧本集》。在这 11 年之中，虽然没有公开出版的外国戏剧，但当时内部发行了 54 个外国戏剧剧本译本，以便高级干部和专家作为反面教材来批评。实际上这种内部发行外国戏剧剧本的历史，比这个冰冻期还要长，1962 年就已经开始，直到 1985 年才结束，持续了 24 年。"文化大革命"之前出版了 32 部，"文化大革命"之后出版了 28 部，与"文化大革命"时期的相加为 114 部。这些内部发行的戏剧，在一般的图书馆都找不到，但它们以一种特殊的方式书写了中国文化史，值得仔细反思。

第三阶段为艺术性与计划经济互动的时代：1977—1992 年。当时的主要流派包括以下 4 种：（1）以马列主义为指导、以社会主义阵营的作品为主要内容的外国戏剧研究，（2）以现代资本主义之前的古典戏剧为主要内容的外国戏剧研究，（3）以当代苏联为对象的外国戏剧研究，（4）以当代资本主义国家的戏剧（特别是现代主义戏剧）为内容的研究。第 1 和第 2 种研究并非这个时代的独创，但和前面的相比，已经逐步摆脱了政治的约束，逐步走向了活跃和繁荣的局面。让 20 世纪 80 年代的学者特别感到眼前一亮的是 20 世纪资本主义国家的戏剧，特别是现代主义戏剧。学术获得一定的自由之后，贝克特等的荒诞戏剧、布莱希特的叙事戏剧、格洛托夫斯基的贫困戏剧、阿尔托的残酷戏剧等如雨后甘霖给华夏大地带来了艺术的生机。这个时段的最大特点在于多元共存，百花争艳。

第四阶段为艺术性与市场经济互动的时期：1993—2010 年。到了市场经济时代，戏剧受到了很大的冲击，大众文化，如流行音乐、电视上的节目、好莱坞的电影、体育比赛等成了人们的文化生活的主要部分，戏剧作品和戏剧演出的地位越来越边缘化。虽说外国戏剧的市场份额在缩小，但外国戏剧的研究却没有衰退，甚至出现了越来越专业化、越来越有学术深度的趋势。例如，20 世纪 80 年代的布莱希特热在一定程度上和大家的情感相联系，是为了凸显自己民族戏剧的优点和为戏剧创新服务，不完全是学术争鸣；到了 90 年代人们在讨论布莱希特的时候，更多地把这个话题当作学术问题，相关论著的内容更经得起推敲。学者们在这个阶段出版了不少专业性很强的图书，如周宁的《西方戏剧理论史》、任生名的《西方现代悲剧论稿》、何其莘《英国戏剧史》等。后现代主义戏剧研究是 90 年代之后的一个亮点。曾艳兵的《后现代主义戏剧辨析》、田本相的《后现代主义戏剧管窥》等论文给外国戏剧研究带来了新内容。曹路生还出版了一本《国外后现代戏剧》，专门探讨后现代主义戏剧。还有不少人尝试着用后殖民主义、东方主义、女性主义等新方法解读外国戏剧，为戏剧学注入了新鲜血液。

出版商和制片人直接掌控了外国戏剧的传播，但他们在作决定的时候，还受到三个方面的影响：意识形态的操控者，译者/评论家/导演/编辑，读者/观众。在第一阶段，意识形态发挥的作用很大；译者/评论家/导演/编辑可以向领导表达一些看法，但作用比较有限；读者/观众的影响力则非常有限。到了冰封时期，意识形态的操控着起了决定性的作用，译者/评论家/导演/编辑有时可以提一点参考建议，但作用较小；读者/观众的作用几乎可以忽略不计。在第三阶段，三方面都发挥了一定的作用，有利于多元繁荣。到了第四阶段，读者/观众成了决定性的力量，一切围绕利益转，给戏剧带来了一些不利的因素，但由于国家财力的增强，增加了经费投入，在一定的程度上还在引导外国戏剧的翻译与研究。

笔者采用了个案研究的方式，对莎士比亚、易卜生、斯坦尼斯拉夫斯基、奥尼尔、布莱希特5位戏剧家进行深入的研究。我们选择这5个人物，首先是出于数量上的考虑。笔者于2013年10月1日在中国知网上把"主题"设置为"莎士比亚"，把时间设置为1949年1月1日至2012年12月31日，检索到的结果为17143篇；把"参考文献"设置为"莎士比亚"，得到的数据为9102篇，两项相加为26245篇。然后以同样的方法查出了总数处于前6的外国作家。我们还以同样的方法查出了处于前6的外国戏剧家。同时我们还对各位剧作家的戏剧版本数（作家的各部戏剧的发行版本数相加得到的总和）做了统计。各项数据请见表0-1。

表0-1　　　　中国知网上最有影响力的外国作家与剧作家　　　单位：篇

作家	参考文献	主题	总数	戏剧家	参考文献	主题	总数	戏剧家	版本数
莎士比亚	9102	17143	26245	莎士比亚	9102	17143	26245	莎士比亚	1110
高尔基	7136	9759	16895	奥尼尔	2516	7961	10477	莫里哀	196
萨特	11064	5577	16641	布莱希特	2493	2049	4532	易卜生	93

续表

作家	参考文献	主题	总数	戏剧家	参考文献	主题	总数	戏剧家	版本数
托尔斯泰	5939	9186	15125	易卜生	1864	2003	3867	奥尼尔	86
歌德	8059	4937	12996	斯坦尼斯拉夫斯基	1234	1102	2336	高尔基	77
海明威	3849	7360	11209	莫里哀	408	841	1249	欧里庇得斯	69

从这个表格可以看出，莎士比亚在所有的外国作家和剧作家当中影响力最大，他的入选当之无愧。莫里哀虽然作品发行数量很大，但引用他的作品和研究他的作品的人比较少，所以没有入选。而且他和莎士比亚所处的时代大致相同，既然已经选择了莎士比亚，莫里哀只好割爱了。关于易卜生、斯坦尼斯拉夫斯基和布莱希特，余匡复曾说："戏剧界人士指出，影响我国话剧舞台最持久并且最有力的外国戏剧家，20世纪初是易卜生，20世纪40至50年代是斯坦尼斯拉夫斯基，20世纪70至90年代则是布莱希特！"① 这3位戏剧家无论从数量的统计来说，还是从影响力来说，都应该选进来。斯坦尼斯拉夫斯基虽然不是剧作家，没有戏剧作品，但他是伟大导演的代表，所以不能没有他。至于奥尼尔，他是伟大的现代主义剧作家，具有一定的代表意义。高尔基和欧里庇得斯的作品发行量也很大，但他们在中国剧坛的影响力相对较小，所以没有入选。本来还打算选择一位后现代主义剧作家，但由于历史过短，国内研究成果都比较有限，各方面的数据大大落后于其他戏剧家，所以放弃了这个念头。

本书力图以量化研究与质的评价相结合，总体的研究与个案的探讨相结合的方式，较为全面地展现外国戏剧在新中国的传播史。

---

① 余匡复：《布莱希特论·前言》，上海外语教育出版社2002年版，第4页。

第一章

新中国外国戏剧翻译与研究的总貌

美国著名批评家韦勒克曾经把传记、社会、文化等方面的研究看作文学的外在研究，把节奏、意象、象征等方面的研究看作文学的内在研究。假如我们要对文学的数量进行探讨，也许有人会说这是外在研究的外在，甚至断言激情四射的戏剧和冷冰冰的数据没有联系。虽说数量和人物塑造的成与败、冲突设计的合理与否等没有很直接的关系，但数量完全可以用来阐释某个时代外国戏剧译介的繁荣程度、某个国家或者作者的戏剧在中国的地位等问题。我们全面地统计了1949—2010年外国戏剧译介方面的数据，试图从数的角度解释这个时段外国戏剧的翻译与研究的总体面貌。

在文章真正展开之前，有必要就数据的来源、统计的单位和原则做一点说明。我们统计的依据为以下5种书目：《1949—1979翻译出版外国文学著作目录和提要》（江苏人民出版社1986年版），《1980—1986翻译出版外国文学著作目录和提要》（重庆出版社1999年版），《全国总书目》（1949—2010）（中华书局），《全国内部发行图书总目：1949—1986》（中华书局1988年版），《1949—1979翻译出版外国古典著作目录》（中华书局1980年版）。这里所谓的戏剧，是一个比较宽泛的概念，不仅包括那些能够让观众欣赏两小时左右的一般意义上的戏剧作品，也包括独幕剧、诗剧、歌剧和电影剧本。本书统计的单位为"部"，而不是"册"（有时一册书包含了好几部戏剧）。戏剧数量首先是指新出版的戏剧数，其次是不同译本和不同版本的数量，以体现持续的影响力。同一版本的再版也是影响力的重要体现，但这些书目一般不收未经修订的再版图书，我们无法进行统计。本书有时把苏联和俄国看作两个国家，因为这一区别对于当时的中国非常重要；把古希腊和现代希腊视为同一个国家，将古罗马和意大利看作一个国家，因为这样更方便统计。

一　各大洲的戏剧影响力

在新中国 62 年的历史中，一共翻译出版了 4661 部外国戏剧，其中 7 部为多国作者合作的作品，其余 4654 部作品在各大洲的分布情况如图 1－1 所示。从这个图 1－1 可以看出，大洋洲、非洲和拉丁美洲的戏剧只是装点性的，几乎可以忽略不计。北美洲和亚洲的戏剧数量已经达到一定的规模，欧洲戏剧占据了绝对优势。

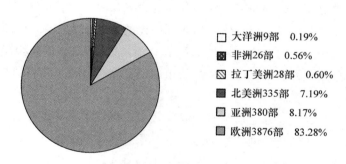

□ 大洋洲9部　0.19%

▨ 非洲26部　0.56%

▧ 拉丁美洲28部　0.60%

■ 北美洲335部　7.19%

▨ 亚洲380部　8.17%

■ 欧洲3876部　83.28%

图 1－1　各大洲戏剧数及百分比

在这个时段，学者们还翻译了 270 部外国人研究戏剧的著作，27 部为多国作者的劳动成果，剩下的 243 部的分布情况，请见图 1－2。非洲的戏剧研究著作一部也没有翻译过来；大洋洲和拉丁美洲各为 1 部，几乎等于没有；亚洲的翻译著作也很少；欧洲和北美洲占将近 95% 的份额。

本国学者撰写了 300 部研究外国戏剧的著作，其中 124 部的研究对

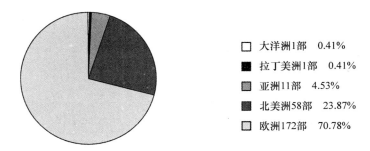

图 1 - 2　各大洲中译戏剧研究著作部数及百分比

象为多国戏剧或者戏剧的一般原理，洲别明确的 189 部的分布情况，请见图 1 - 3。国内学者的专著只研究了 3 大洲的戏剧，空白的领域还很大。值得注意的是亚洲戏剧研究有 12 部，还算不少。这 12 部中的 11 部都是 20 世纪 90 年代之后的著作。可见近年来，人们对亚洲戏剧的研究力度有所加强。

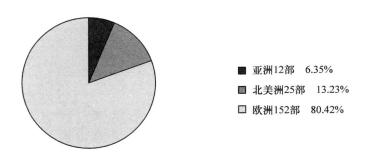

图 1 - 3　本国研究各大洲戏剧著作部数及百分比

二　各国的戏剧分量

新中国翻译的 4654 部戏剧出自 63 个国家。10 部以上的国家为 24 个，具体的分布见图 1 - 4；9 部以下 2 部以上的国家为 22 个，请见图

1-5；只有 1 部戏剧的国家为 17 个，它们是：巴西、菲律宾、哥伦比亚、加纳、肯尼亚、缅甸、尼泊尔、圣卢西亚、斯里兰卡、泰国、坦桑尼亚、特立尼达和多巴哥、危地马拉、乌干达、新加坡、以色列、智利。在众多的国家之中，英国和俄国最为突出，两者翻译戏剧的和为 2314 部，达到总数的一半。英国戏剧数量如此之大，主要是由于莎士比亚；俄国戏剧的巨大数量则主要来自 20 世纪五六十年代的大量翻译。

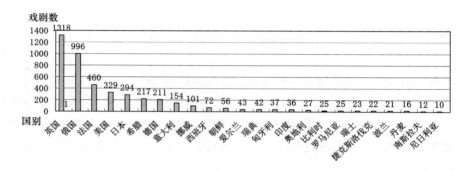

图 1-4　中译戏剧达 10 部以上的国家

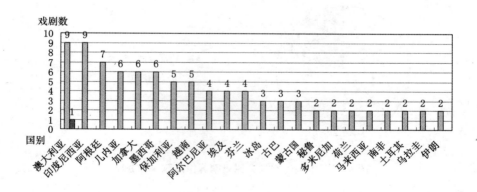

图 1-5　中译戏剧达 2 至 9 部的国家

270 部戏剧研究译著出自 17 个国家，具体的分布，请见图 1-6。在这个领域，俄国占了绝对的优势，主要是因为 20 世纪五六十年代和 80 年代人们翻译了大量的苏联理论著作。美国则后来者居上，在 20 世纪 90 年代之后一枝独秀。英国的戏剧理论著作主要是改革开放之后陆续翻译过来的，总体数量也不少。这三个国家的研究译著数量之和，相当于其他国家总数的 3.5 倍。可见著作的分布相当不均匀。

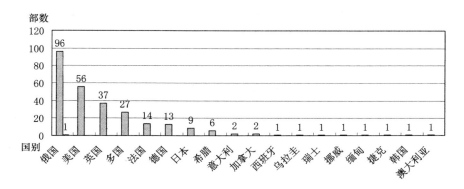

图 1－6 中译戏剧研究著作的分布

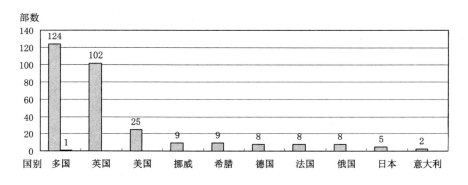

图 1－7 本国研究外国戏剧著作的国别分布

国内学者撰写的外国戏剧研究著作虽然多达 300 部，却只触及了 9 个国家的戏剧，具体分布请见图 1－7。本国的研究著作如此不均衡，确实有点不应该。关于英国戏剧的著作独树一帜，比所有其他国家的著作加在一起还要多得多，这与英国戏剧的成就（特别是莎士比亚的成就）直接相关，也与英语专业的巨大从业人员数量相联系。美国戏剧虽然历史较短，但相关著作也相当多，处于第二的地位。值得一提的是，在翻译戏剧及戏剧研究译著两项非常突出的俄国，国内的研究著作却只有 8 部。苏联时代的戏剧在改革开放之前是一个敏感的问题，人们不敢轻易评价。到了改革开放之后，言论虽然自由了，但苏联在中国和世界的重要性却下降了。苏联解体之后，俄国戏剧在中国的地位进一步下降，所以研究的人较少。

三　外国戏剧的历时分布

这些外国戏剧作品在中国的历时分布很不均衡，具体如图 1 - 8 所示。

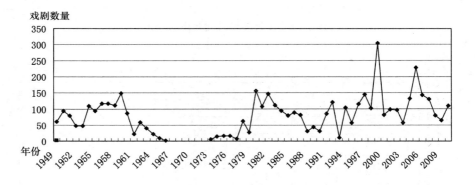

图 1 - 8　中译外国戏剧的历时分布

1949—1966 年一共出版了 1270 部外国戏剧，主要集中在 20 世纪 50 年代。整个 20 世纪 60 年代相当萧条，只出版了 241 部。1967—1972 年的 6 年间连一部内部出版的戏剧也没有。1973—1976 年内部出版了 54 部戏剧。1966 年 3 月至 1977 年 4 月一部公开发行的外国戏剧剧本也没有，出现了 11 年的空白。1977—1992 年一共出版了 1280 部作品。按理说，出版物是逐年增加的，但在 1980—1983 年出现了高峰期之后外国戏剧的曲线在这个时段总体上是下降的。1993—2010 年出版了

2057 部外国戏剧。虽说 1999 年和 2005 年出现了两个高峰，但总体情况不算景气。

270 部外国戏剧研究译著和 300 部本土外国戏剧研究著作的分布，请见图 1-9。

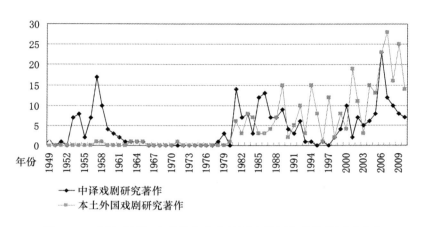

图 1-9　中译戏剧研究著作和本土外国戏剧研究著作的历时分布

1949—1965 年出版了 66 部外国戏剧研究译著；1966—1977 年的 12 年间 1 部这方面的著作也没有出版；1978—1992 年出版外国戏剧研究译著 97 部；1993—2010 年出版了 107 部。外国戏剧理论的翻译有三个高潮：20 世纪 50 年代翻译的苏联戏剧理论，80 年代翻译的关于西方现代流派戏剧和古典戏剧的著作，新世纪出版的当代西方戏剧研究著作。

1949—1965 年出版了 5 部本土学者研究外国戏剧的著作；"文化大革命"期间也出版了一部有关外国戏剧的著作——《彻底批判斯坦尼斯拉夫斯基"体系"》（上海人民出版社 1971 年版），准确地说，这不是一部研究外国戏剧的著作，而是一部批评和否定外国戏剧的著作；1980—1992 年出版了 74 部；1993—2010 年出版了 220 部。在新中国的头三十年中，外国戏剧的研究属于比较敏感的领域，所以研究者比较谨慎。到了 20 世纪 80 年代，出现了翻译和研究互相促进的良好势头，戏剧界有一种引进、消化、创新的冲动，所以著作突然大增。在市场经济出现之后，虽然外国戏剧的市场有所萎缩，但相关从业人员有着攻读学位和评职称的压力，而且国家的经费也有明显的增加，学者们在学业压力与物质鼓励之下，加强了外国戏剧理论著作的翻译与撰写。特别值得一提的是，在这个时段本土著作数量增速迅猛，不但第一次超出了译著，而且远远地高出后者。

四 最受欢迎的作品与剧作家

在新中国 60 多年的历史中，最受欢迎的作家有哪些？通过统计我们比较合理地找到了答案，请见图 1 - 10。

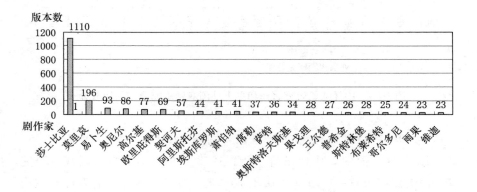

图 1 - 10 最受欢迎的外国剧作家

在发行版本最多的 21 位剧作家当中，莎士比亚鹤立鸡群，剧本发行的版本总数多达 1110 种，而其他 21 位作家的总数只有 986 种。我们在赞叹莎士比亚的同时，也许还会觉得外国戏剧有点单一，与多元化的精神相违背。在这个图表中，古典作家入选数量最多。他们的水平已经经受了历史的考验，所以人们不断地出版他们的作品。好几位 20 世纪的现当代作家，如奥尼尔、布莱希特等，也入选了，他们在 80 年代之后很受欢迎。共有 5 位俄苏作家入选，这与当时的政治取向有一定的联系。

最有市场的剧本有哪些？请见图 1 - 11。

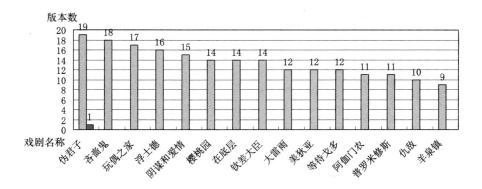

图 1 - 11　最受欢迎的莎剧以外的外国剧戏剧

在这 15 部名列前茅的剧本当中，基本上都是古典剧作，现代派剧作只有《等待戈多》一部。可见现当代剧作在经典化的道路上还有较长的路要走。

莎士比亚的戏剧没有列入图 1 - 11，因为莎剧发行量太大了，最不流行的莎剧也可以在图 1 - 11 中排在很靠前的位置。所以我们只能把莎剧单独制一个表格，请见图 1 - 12。

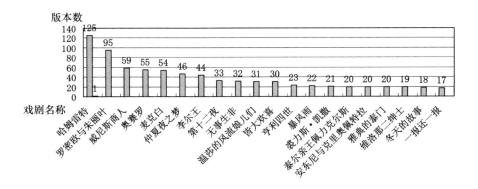

图 1 - 12　最受欢迎的莎剧

从这个图表可以看出，《哈姆雷特》的霸主地位非常突出；《罗密欧与朱丽叶》也很有市场；《李尔王》之前的 6 部戏剧具有明显的领先优势。莎剧的地位鹤立鸡群，随便哪一部都是相当流行的作品。

　　本章的数据耗费了笔者很多的时间。我们统计出来的结果在不少场合与体验派的结论是一致的。我们希望这些量化的数据不仅仅是外在研究，还能够对文学阐释提供一些参考依据。我们也不奢望本书的结论和体验派的结论完全一致，毕竟主客观之间有一定的距离。这种距离的存在也是我们需要做这种研究的原因之一。

第二章

以政治为主导的外国戏剧翻译
与研究：1949—1966

从 1949 年新中国成立到 1966 年"文化大革命"爆发的这个时段，人们一般称之为"十七年"。新中国成立于 1949 年 10 月，"文化大革命"开始于 1966 年 5 月，去掉头尾基本上为 17 年；但在这里，我们研究的历史长度实际上是 18 年，包括了整个 1949 年和整个 1966 年。为了方便称呼，我们还是把这个时段称为"十七年"。

在"十七年"中，我国的外国戏剧翻译成就相当突出，在研究方面也有一定的特色。虽然我们都把这个阶段划入当代的范围，但让人费解的是，当时出版的不少书、报纸和期刊都找不到了，许多问题都无法深入地进行研究。我们克服了许多困难，对相关的数据做了比较全面的统计，并且从理论上进行分析，希望能够将这个领域的学术往前推进一步。

一　各大洲的戏剧影响力

本章的数据来源与统计方法与第一章相同。在"十七年"的时间里我国学者翻译了相当多的外国戏剧，一共出版了 1270 部作品，其中 3 部出于多国作者之手，不方便划入某个国家或者某个洲。其余 1267 部在各大洲的分布与所占的百分比如图 2 - 1 所示。

当时人们还把不少翻译过来的剧本搬上舞台，以便广大群众能够在剧院观赏到外国的艺术。根据刘孝文和梁思睿编撰的《中国上演话剧剧

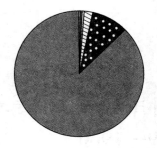

大洋洲3部 0.24%
非洲6部 0.47%
拉丁美洲8部 0.63%
北美洲28部 2.21%
亚洲116部 9.16%
欧洲1106部 87.09%

图2-1　各洲戏剧数及百分比

目纵览：1949—1984》，这"十七年"间上演了4大洲的166部外国戏剧，其中非洲和大洋洲戏剧没有登上中国舞台。各大洲的分布情况请见图2-2。

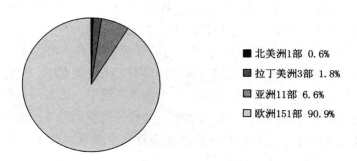

北美洲1部 0.6%
拉丁美洲3部 1.8%
亚洲11部 6.6%
欧洲151部 90.9%

图2-2　各洲首演戏剧数及百分比

除了阅读和观赏之外，人们还将注意力转向了戏剧批评。在这个时段，我国翻译出版了外国戏剧研究著作66部，其中7部为多国的文集，不容易进行洲别鉴定，剩下的59部全部为欧洲著作。

在这"十七年"中本国人研究外国戏剧的著作非常少。《全国总书目》中只列出5部著作：舒强的《斯坦尼斯拉夫斯基体系问题》、陈瘦竹的《易卜生"玩偶之家"研究》、赵仲沅的《莎士比亚》、唐枢的《莫里哀》和朱仲玉的《契诃夫》（不完全是研究戏剧的著作），而且研究的对象全部为欧洲戏剧或者剧作家。除了这 5 部书之外，还有 6 部著作的部分章节讨论了外国戏剧。这 6 部著作是：张月超的《西欧经典作家与作品》、冯至主编的《德国文学简史》、北京师范大学中文系编写的《外国文学参考资料》、中央人民广播电台文教科学编辑部编写的《阅读与欣赏》（外国文学部分）、王央乐的《拉丁美洲文学》和杨周翰主编的《欧洲文学史》（上）。这些著作基本上以欧洲文学为核心。

在这个时段，学者们编辑出版了不少戏剧刊物，发表了相当数量的外国戏剧论文，其中较有影响的刊物包括《戏剧报》《文艺报》《戏剧论丛》《南国戏剧》《戏剧研究》《戏剧学习》《外国戏剧资料》《中国戏剧》等。其他类型的刊物也刊登了不少关于外国戏剧的文章。但这个时段的论文目前还难以进行统计，因为很多刊物已经找不到，数据库（如中国知网、维普、万方等）也很少收录，所以很难全面收集。这些刊物上关于外国戏剧的文章给人的大致印象为：以翻译和介绍为主，内容以欧洲为核心，真正的研究比较有限。

根据以上的信息我们可以得出以下结论：

第一，当时外国戏剧的翻译、演出和评论以欧洲为核心，其他各洲的份额相当少，甚至为零。虽说这是典型的"欧洲中心主义"，但相对于新中国成立前而言，亚非拉戏剧已经开始受到关注。从这个角度看，当时外国戏剧的译介具有一定的开创性。

第二，当今世界上最强势的文化圈——北美洲，在"十七年"中几乎没有受到中国学界的重视，因为当时的美国是中国的头号敌人。

第三，"十七年"外国戏剧的出版和演出相当繁荣，体现了一定的多元性；在理论著作的翻译方面，标准很单一；在外国戏剧的研究方面，出版的著作几乎可以忽略不计。

二 各国和各类戏剧的分量

在这个时段中，一共出版了可分辨国别的戏剧 1267 部，出自 39 个国家。我们在这里把苏联和俄国算作 2 个国家，因为对于当时的中国两者是具有重大意义的不同性质的政治实体。关于这些戏剧的归属情况，请见图2-3和图2-4。

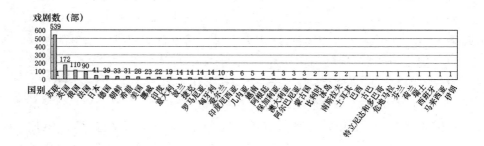

图2-3　各国的中译戏剧数

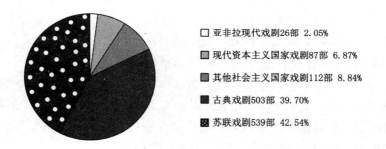

□ 亚非拉现代戏剧26部 2.05%

■ 现代资本主义国家戏剧87部 6.87%

■ 其他社会主义国家戏剧112部 8.84%

■ 古典戏剧503部 39.70%

▨ 苏联戏剧539部 42.54%

图2-4　各类外国戏剧的数量和百分比

当时搬上舞台的戏剧为166部，分别出自21个国家，请参见图2-5。

此外，59部明确标有国别的外国戏剧研究著作的国别情况为：苏联著作56部，古希腊著作2部，法国古典著作1部。其余7部为戏剧论文集，大多数也属于苏联评论家的文章，其次是其他社会主义国家的论文，其他国家的文章极少。

至于本国的论著，研究对象基本上以俄苏戏剧为核心，同时触及了易卜生、莎士比亚、莫里哀等。论述的深度和广度都很有限，而且用的方法基本上是苏联的方法，观点很单一。

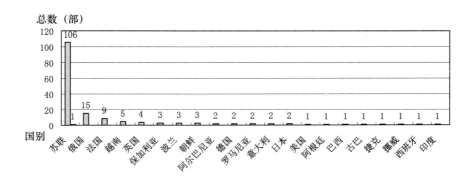

图 2 - 5　首演外国戏剧的国别分布

从以上的数据可以看出，戏剧的翻译涉及国家比较多，呈现出比较多元化的特点，虽然偏重于苏联和其他社会主义国家，毕竟还有将近一半的作品不是社会主义戏剧；在演出的剧目当中，社会主义剧作占88%；在中译戏剧研究的著作中（不计论文集），苏联的占95%。戏剧剧本的读者主要是知识分子，体现了一定的多元的声音；戏剧的演出涉及众多的群众，是思想宣传的重要部分，国家对其中的政治倾向十分重视；对于作品的评价，往往需要就具体的问题作出判断，说明某些内容是正面的还是反面的，与基本的人生观和价值观相联系；人们可以看非社会主义国家的作品，但视角必须是马列的，所以戏剧研究的著作基本上出自苏联。

三　外国戏剧的历时研究

笔者把历年外国戏剧的出版数量和涉及的国家数量制成了图 2 - 6；把首演的外国戏剧数量和中译的外国戏剧研究著作的数量制成了图 2 - 7。

如果把这 2 个图进行分析，可以比较清楚地看到这"十七年"可以分为 5 个时段：1949—1952 年，1952—1955 年，1956—1959 年，

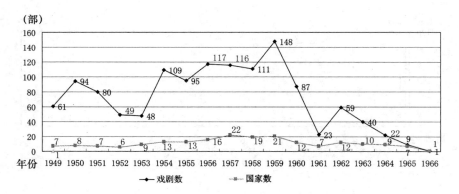

图 2-6　中译戏剧数量和涉及的国家数量的历年分布

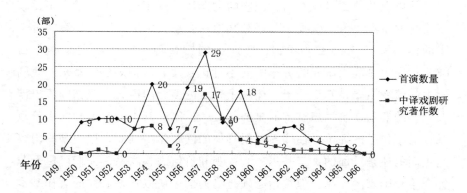

图 2-7　首演外国戏剧数量和中译戏剧研究著作数量的历年分布

1960—1962 年，1963—1966 年。

　　1949—1952 年是社会主义文艺观的确立期。1949 年是具有划时代意义的一年。这一年的 1 月 1 日新华社发表了《将革命进行到底》的新年献词；6 月 30 日至 7 月 19 日召开了"第一次中华全国文学艺术工作者代表大会"；10 月 1 日中华人民共和国成立。一个崭新的国家必然需要建立一套新的社会主义的文艺观。外国戏剧在这个过程中扮演了重要的角色。我们要建立的社会主义的文艺观主要来自苏联，译自苏维埃的戏剧当然就成为戏剧的主流。新中国成立于 1949 年的下半年，旧中国的文化在当时尚有一定的影响力，引进的外国戏剧也有一定的多样性和复杂性。这一年一共出版外国戏剧 61 部，其中苏联戏剧 34 部，外国古典戏剧 14 部，资本主义现代戏剧 13 部，分别出自 7 个国家。3 年之后的 1952 年，译自其他国家的戏剧已经很少。这一年出版了 49 部外国戏剧，其中 42 部是苏联戏剧，另外还有 1 部罗马尼亚（罗马尼亚当时也是社会主义国家）戏剧、3 部俄国戏剧和 3 部其他戏剧。社会主义的文艺观的确立当然是有意义的，但文化的多样性受到了限制。

　　1952—1955 年属于外国戏剧的分化期。1952 年苏联的文学艺术出现了一些变化，许多人开始反思和批评极左的苏联文艺政策。接着苏联又出现了两件重要的事情：1953 年 3 月 5 日斯大林去世，1954 年第二次全苏作家代表大会召开。斯大林的去世为进一步开放提供了可能性，第二次全苏作家代表大会更加深刻地反思了苏联的文艺。人们一般把苏联的这种文艺现象称为"解冻"。在我们刚刚建成社会主义文艺观的时候，苏联却又要解构这种文艺。两个最大的社会主义国家文艺发展的不同步性必然引起许多矛盾和冲突。对于苏联文学之"解冻"，中国文艺界起初比较赞同，把一些重要文章也翻译成了中文，解放了戏剧界的活力，但也带来了当时还预想不到的问题。在苏联局势的影响下，国内的作家、学者也不甘落后，比较积极地推动了文化的发展。1954 年人们迎来了外国戏剧的小高潮，以上 2 个图中的曲线都达到了一定的高度。然而 1955 年 1 月中共中央批转了中宣部《关于开展批判胡风思想的报告》，接着在全国范围内开展了肃反运动，2 个图的曲线一下子急剧地掉了下来。

　　1956—1959 年属于外国戏剧的繁荣期。1956 年中国文艺界迎来了阳光明媚的春天。当年 1 月中共中央召开了知识分子问题会议，提出了"百花齐放、百家争鸣"的方针。这一年的 2 月 14—25 日，苏共召开第 20 次代表大会，赫鲁晓夫做了否定斯大林的"秘密报告"。良好的国际和国内形势给文学界带来了"十七年"中最美好的日子。尽管中途还有 1958 年的"大跃进"和持续的"反右"运动，直接影响到外国戏剧的翻译和研究，但由于前几年的积淀，1959 年出版的外国戏剧数量非常可观，达到了 147 部，图 2-6 的曲线在这一年达到了最高峰。遗憾的是当时"左"的思想已经成为主流，次年 2 个图的曲线都直线下降。总体来说，1956—1959 年属于外国戏剧的黄金期，2 个图的曲线都处在最高的水平。

1960—1962 年是外国戏剧的紧缩期。1959 年 8 月中共八届七中全会在江西庐山召开，毛泽东发起了对彭德怀的批判，决定全党开展"反右倾"的斗争。而且中苏关系急剧恶化，1960 年 7 月 16 日双方关系彻底破裂，苏方一个月之内撤走了所有专家。国际和国内的形势促使国家加强了对社会主义文化艺术的领导，这种策略在 1960 年召开的全国第三次文代会得到了体现。从 2 个图可以看出，1960—1962 年外国戏剧的翻译和研究处于低谷，国家也做了一些有利于戏剧发展与研究的调整。1961 年 3 月各党派和无党派民主人士讨论了如何贯彻"双百"方针的问题。同年 6 月相关人员在北京召开全国文艺工作座谈会（即"新侨会议"）。1962 年 3 月人们在广州召开了话剧、歌剧创作座谈会（即"广州会议"）。这 3 个会议从一定程度上给外国戏剧松了绑，所以图的曲线在 1962 年出现了一定的反弹。

1963—1966 年外国戏剧的逐渐进入关闭期。1962 年的反弹似乎只是回光返照。1962 年 12 月 21 日毛泽东对华东省市委书记说，目前的戏剧舞台上"帝王将相、才子佳人多起来，有点西风压倒东风"[1]。1963 年毛泽东又指出："许多共产党人热心提倡封建主义和资本主义的艺术，却不热心提倡社会主义的艺术，岂非咄咄怪事。"[2] 此后，文艺政策越来越"左"，2 个图的曲线都明显往下，其中 2 条曲线一直降到零。

在这"十七年"中，我们可以看到两种相反相成的作用力：试图建立社会主义文艺观的政府力量和努力尊重文艺独立性的文艺界的力量。政府力量包括两个方面：既想把文艺创作和研究规范在既定的范

---

① 薄一波：《若干重大决策与事件的回顾》（下），中共中央党校出版社 1993 年版，第 1225 页。

② 《建国以来毛泽东文稿》（10 册），中央文献出版社 1996 年版，第 436—437 页。

围，也希望在可能的情况下为文艺创造好的氛围。文艺界的力量也可分为两种：试图摆脱政府约束的力量和对政府政策认同的倾向。

从 1949 年到 1952 年，官方试图创造"纯粹的社会主义文艺"的力量占据绝对上风，所以在 1952 年达到了相当"纯粹"的地步。1952 年之后，外国戏剧的翻译和研究出现了比较活跃的局面。但随着活跃局面的出现，加大了监管的力度，导致 1955 年出现了低谷。1956 年"双百"方针的提出是自上而下的解放运动，文艺界积极地利用了这次机会，迎来了外国戏剧的高潮。在这个过程中，虽有各种"左"的势力出现，但没有成为绝对的主宰力量。到了 1960 年左右，有放松监管的倾向，但没有改变加强监管的大致方向，2 个图的曲线显示了这点。

人们常说"文化大革命"是空前绝后的，好像是突然从天上掉下来似的。从我们的 2 个图可以看出，其实并非如此。文艺界大概在 1956 至 1957 年的时候达到了繁荣的顶点，然后就逐步下滑了，直到 1966 年的关闭状态（翻译方面只有一部朝鲜的戏剧，另外 2 条曲线都指向零）。我们甚至可以把原因一直追溯到新中国成立初。1949 至 1952 年的外国戏剧译介的纯粹化已经预示着这样的结局：那种试图建立"纯粹社会主义文艺"的思想，必然早晚会和文艺的创造性和叛逆性发生冲突，结果只能加强约束。1952 年以前没有发生什么冲突，因为当时文艺界和官方的态度比较一致。苏联老大哥已经在我们前面把这条路走了一遍，他们的文艺"冰封"了 30 年左右之后，终于在 1952 年开始"解冻"。可我们当时还没有将其视为前车之鉴，而把苏联的改革看作修正主义。也许这是一种不可避免的宿命，我们也用了 30 年左右才走出"冰封期"，在 20 世纪 70 年代末着手改革开放。

与演出和研究相比，为什么"十七年"的外国戏剧翻译特别繁荣呢？从官方的角度来说，翻译苏联和社会主义国家的戏剧有利于本国意识形态的建立，翻译亚非拉国家的戏剧可以团结更大的力量与敌对势力抗衡，翻译一定的古典戏剧可以繁荣中国的文化，翻译一些帝国主义的戏剧能够为国内提供反面教材。从学者的角度来说，翻译是一种风险性较小又可以自我实现的工作。翻译主流的社会主义戏剧，于公于私都是一件好事。翻译一部高水平的经典戏剧，是一次欣赏外国戏剧的艺术之旅，也是一种用中文再创造的文学行为。就是翻译"反动"的戏剧，译者只要在前言或者后记中写一些批评性的文字提醒了读者，就不会轻易地遭到厄运，毕竟这是别人的创作。我们今天阅读这些看似否定的文字，不能拘泥于字面意思，也许译者当时的态度是比较复杂的。

在"十七年"中，外国戏剧的演出也比较活跃。戏剧的意义不仅仅在于阅读，更在于舞台上的表演。天僇生曾在一百多年前说："然教育兴矣，其效力之所及者，仅在于中上社会，而下等社会无闻焉。欲无老无幼，无上无下，人人能有国家思想，而受其感化力者，舍戏剧末由。"① 当时政府也深知演戏的作用，所以外国戏剧的演出相当繁荣。由于戏剧演出的影响面远远比文本阅读更广，官方的监管力度也更大。在 166 部戏剧中，苏联和社会主义国家的戏剧有 126 部，占绝对的优势。可见当时的演员和剧团没有多少选择的自由。但换个角度看，他们的工作属于社会的主流，比较受重视。

在这个时期，戏剧理论著作的翻译也有一定的成就。文学作品和理论著作的明显区别在于，前者允许甚至鼓励含糊而丰富的话语，后者则往往要明确表态，指出什么好，什么不好。这就必然使官方对文学批评保持警惕的态度，给这个领域的工作者带来了一定的风险。但翻译外国的戏剧研究著作风险并不那么大。从官方的角度看，这种翻译对于意识形态的建设有较大的意义。当时翻译的戏剧理论著作的绝大多数都属于苏联的著作，在 66 部译著中，56 部来自苏联，另外 7 部论文集的绝大多数也来自苏联，只有 3 部来自古希腊和法国。不但苏联戏剧的研究需要引进苏联的理论著作，就是其他国家的戏剧也得以苏联的研究尺度为准绳。例如，研究莎士比亚的著作有 5 部，但全部来自苏联。这就是说，苏联的评价具有权威性，国人不能随便评论，其他国家的批评也不可靠。可见这方面的监控力度非常大，甚至超出对戏剧演出的管理力度。从译者的角度来说，理论著作的翻译既可以为国家的文化建设做贡献，也有一定的自我实现和自我表达的空间。例如说，有些苏联"解冻"期的论

---

① 天僇生：《剧场之教育》，载《中国近代文学大系·文学理论集》（2 册），徐中玉主编，上海书店出版社 1995 年版，第 596 页。

著（其实就是后来所谓的修正主义著作）也被译者翻译过来了。译者这样做比自己明确表态要安全得多，毕竟著作本身是别人写的。

至于外国戏剧的研究，当然最为薄弱，因为做批评家太危险了。要研究文学首先得接受马列主义教育。卞之琳等曾说："开国十年的前四、五年可以说是准备时期。当时解放不久，对于西方文学较有知识、较有研究能力的人往往对于马克思列宁主义文艺理论缺少基本知识。因此，他们在参加一般知识分子初期思想改造运动的同时，需要有一段时期从毛主席《在延安文艺座谈会上的讲话》开始，进行这方面文艺理论的学习。联系到自己的专业，他们也需要首先去请教苏联在这方面的先进经验。"① 这种教育工作官方抓得很紧，他们对于文学批评总是抱着怀疑的态度。朱光潜曾说："在'百家争鸣'的号召出来之前，有五、六年的时间我没有写一篇学术性的文章，没有读过一部像样的美学书籍，或者就美学里某个问题认真地作一番思考。其实所以如此，并非由于我不愿，而是由于我不敢。"② 文学批评的刊物也创办得很晚。例如《文学研究》（《文学评论》的前身）到 1956 年才创办，而《外国文学评论》的创刊甚至迟至 1987 年。经过教育之后，许多人接受了新的文艺思想。有的自愿接受的，有的是被迫接受的，有的在受到灌输之后失去了判断力而自认为是自愿接受。接受了思想改造之后，学者们更加谨慎了。当时有这样的现象："对于苏联文学，凭苏联同志的正确观点，凭他们的先进经验，凭他们对于材料的熟悉，就由他们自己去研究吧，我们只要把他们的研究成果介绍过来就行了。"③ 这种现象的出现与外国文学这个专业本身的特点有关，更多的是出于政治的考虑。许多新中国成立前的作家，为了避免锋芒毕露的危险，到了新中国成立后都改行当了批评家。但批评家也不安全，除非对当时的问题完全避而不谈，像沈从文一样钻到故纸堆里去研究古代服饰文化。只要对当下的问题表态，不管怎么紧跟形势，都相当危险。周扬、胡风等代表官方意识

---

① 卞之琳等：《十年来的外国文学翻译和研究工作》，载《文学评论》1959 年第 5 期。

② 朱光潜：《从切身的经验谈百家争鸣》，载《朱光潜全集》（10 册），安徽教育出版社 1993 年版，第 79 页。

③ 卞之琳等：《十年来的外国文学翻译和研究工作》，载《文学评论》1959 年第 5 期。

形态的人都难以避免牢狱之灾。从这个角度来说，我们不难理解，为什么"十七年"中国人几乎没有写出什么外国戏剧研究的专著。

四　苏联戏剧的翻译与研究

在新中国刚刚建立的时候，苏联作为社会主义老大哥，一切都是中国学习的对象，文学也是如此。1949 年中华全国文学艺术工作代表大会通过《大会宣言》，号召人们"坚决站在以社会主义苏联为首的世界和平民主阵营里"①。《人民文学·发刊词》指出，该刊物的任务之一在于："加强中国与世界各国人民的文学的交流，发扬革命的爱国主义和国际主义的精神，参加以苏联为首的世界人民争取持久和平与人民民主的运动。"② 由于政府的积极推动，苏联文学在 20 世纪 50 年代产生了巨大的影响。周扬曾说："苏联的文学艺术作品在中国人民中找到了愈来愈多的千千万万的忠实的热心的读者；青年们对苏联作品的爱好简直就是狂热的。他们把奥斯特洛夫斯基的《钢铁是怎样炼成的》，法捷耶夫的《青年近卫军》，波列伏伊的《真正的人》中的主人公当作自己学习的最好榜样。巴甫连柯的《幸福》，尼古拉耶娃的《收获》，阿札耶夫的《远离莫斯科的地方》等作品都受到了读者最热烈的欢迎。他们在这些作品中看到了人类历史上前所未有的完全新型的人物，一种具有最高尚的共产主义的精神和道德品质的人物。"③

苏联戏剧当然也是外国戏剧的翻译和研究的核心，在中国剧坛具有重大的影响力。图 2－8 展示了 539 部苏联作品在中国翻译出版的情况。值得注意的是，就是中国戏剧的创作也要以苏联为楷模。张光年曾说："我国社会主义现实主义的戏剧，正是在光辉的苏联文学、苏联戏剧的

---

① 《中华全国文学艺术工作者代表大会宣言》，载《中国新文学大系（1949—1976）》（19 集），丁景唐主编，上海文艺出版社 1997 年版，第 713 页。

② 茅盾：《人民文学·发刊词》，载《人民文学》1949 年第 1 期。

③ 周扬：《在第二次全苏作家代表大会上的祝词》，载《周扬文集》（第 2 册），人民文学出版社 1985 年版，第 331 页。

影响下发展起来的。"①

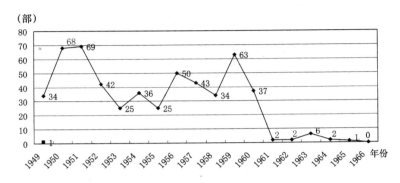

图 2 - 8　中译苏联戏剧的历时分布

除了出版之外，苏联戏剧在中国舞台上也扮演了重要的角色，苏联的戏剧研究著作也是中国戏剧研究的重要依据。图 2 - 9 显示的是 106部苏联戏剧和 56 部苏联戏剧研究著作在中国的分布。

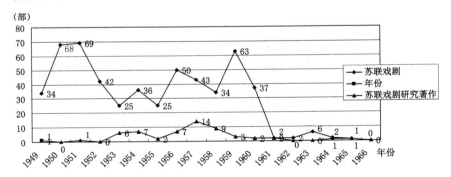

图 2 - 9　首演苏联戏剧和苏联戏剧研究著作的历时分布

中国的苏联戏剧的译介和研究可以分为 4 个时段：绝对推崇期（1949—1952 年），逐步分化期 （1952—1955 年），选择接受期（1956—1960 年），逐渐关闭期（1961—1966 年）。

① 张光年：《为社会主义现实主义而奋斗的中国话剧》，《剧本》1955 年 2 月号。

20 世纪 40 年代末 50 年代初，苏联文坛处于比较极端的阶段，当时负责文艺工作的领导人日丹诺夫奉行的是极"左"的文艺路线。日丹诺夫认为文学隶属于政治，他曾说："我们要求我们的文学领导同志和作家同志都以苏维埃制度赖以生存的东西为指针，即以政策为指针；我们要求我们不要以放任主义和无思想性的精神来教育青年，而要以生气勃勃和革命精神来教育青年。"① 作家一旦"以政策为指针"，就没有多少能动性和创造性。直到 1952 年，这种"左"的倾向仍然有一定的势力。当年的 19 大"总结报告"虽然肯定了批评的意义，但对于典型的解释还是充满政治色彩，明确断言："典型不仅仅是最常见的事物，而且是最充分、最尖锐地表现一定社会力量的本质的事物……典型是与一定历史现象的本质相一致的；它不仅仅是最普遍的、时常发生的和平常的现象。有意识地夸张和突出地刻画一个形象并不排斥典型性，而是更加充分地发掘它和强调它。典型是党性在现实主义艺术中的表现的基本范畴。典型问题任何时候都是一个政治性的问题。"② 以这样的指导思想写出来的戏剧肯定比较机械。例如，《莫斯科的曙光》（也译作《曙光照耀着莫斯科》）就是这个时代的产物，描写的是一个一心扑在工作上的女厂长卡碧和同样有上进心的技术员之间的冲突，结果必然是所谓的矛盾顺利解决。这里只有进步和更进步的冲突，没有你死我活的冲突，体现的实际上就是当时盛行的"无冲突论"。这部作品获得了斯大林文学奖。应该说，苏联戏剧发展到这个地步，已经开始僵化，失去了艺术的生命力。

正当苏联戏剧逐步丧失活力的时候，新中国成立了，我们带着百分之百的虔诚热烈拥抱苏联戏剧。从 1949—1952 年，我国总共翻译出版了苏联戏剧 213 部，在外国戏剧中所占的份额逐年提高，四年的百分比分别为：56%，72%，86% 和 86%。当时的外国戏剧几乎成了苏联戏剧的代名词。这个时段首演的外国戏剧更是如此，前三年的戏剧全部为

---

① ［苏联］日丹诺夫：《关于〈星〉和〈列宁格勒〉两杂志的报告》，载《苏联文学艺术问题》，曹葆华等译，人民文学出版社 1953 年版，第 56 页。

② ［苏联］马林科夫：《在第十九次党代表大会上关于联共（布）中央工作的总结报告》，载《苏联文学艺术问题》，曹葆华等译，人民文学出版社 1953 年版，第 138—139 页。

苏联戏剧。1952 年才有了 5 部非苏联戏剧，但这 5 部全部为当时同样受到推崇的俄国戏剧。而且那时对苏联戏剧的选择很有时效性。例如，《莫斯科的曙光》出版不久中国就有 6 个译者翻译了这个剧本，由 7 家出版社进行出版，发行了 4 万多册，并且及时地搬上了中国的舞台。

　　1949—1952 年，翻译的苏联戏剧理论著作并不多，出版的专著只有 2 部，1949 年 1 部，1951 年 1 部。然而，人们对文艺政策和领导的讲话却非常重视。例如，1952 年苏共 19 大召开之后，中国的《文艺报》接着就转载了马林科夫等关于文学艺术问题的报告。文艺界的重要人物还就相关问题撰写了论文：冯雪峰写了《学习党性原则，学习苏联文学艺术的先进经验》，周扬发表了《社会主义现实主义——中国文学前进的道路》。1953 年召开的第二次文代会还将社会主义现实主义确定为创作和批评的"最高准则"。可见当时的政治标准处于绝对重要的地位，艺术标准只是一种装点。

　　就在我们认认真真地学习苏联戏剧的时候，苏联本身却渐渐走出了极左的岁月，开始反思和批评了。1952 年 4 月《真理报》刊登了《克服戏剧创作的落后现象》，批评了"无冲突论"。1953 年随着斯大林的去世，苏联的思想更加开放了。当年 6 月《真理报》发表了《克服文艺学的落后现象》，批评了文学理论和文艺批评中的僵化现象。同年 11 月《真理报》刊登了《进一步提高苏联戏剧的水平》，提出了"积极干预生活"的口号。1954 年 5 月《旗》刊发了爱伦堡的小说《解冻》。苏联文艺界有一种正在走出教条的感觉，人们因此把这种苏联文学的现象称作"解冻"。

　　1953—1955 年外国戏剧的翻译和研究出现了逐渐多元化的趋势，属于分化期。这个时段出版了苏联戏剧 86 部，只占外国戏剧译作总数的 34%。但在戏剧演出方面，仍然抓得很紧，一共首演了 28 部苏联戏剧，占外国首演戏剧总数的 82%。可见涉及大众宣传的领域并没有放松多少。

　　在理论方面，一些苏联文艺界的新的声音已经开始在中国出现。《克服戏剧创作的落后现象》发表不久就被译成了汉语，刊登在《文艺报》上，并在 1953 年以书的形式出版。《文艺报》1953 年第 20 期还刊登了《苏联戏剧创作的发展问题》的译文。可见中国的官方和民间都已经注意到单一的外国戏剧译介的不利方面，开始关注苏联的新变化，并且试图改变中国的现状。当然我们应当看到当时苏联的新动态对中国的影响是有限的，总体来说并没有改变中国文艺思想的大方向，中国主流所宣传的观点基本上是在苏联正在遭到淘汰的观点。

1953—1954 年翻译出版戏剧理论著作 17 部，其中苏联著作 15 部。总体来说，当时思想还比较"左"，翻译过来的理论著作基本上可以分为两大类：苏联人评价苏联作品的和苏联人评价西方著作的，没有一部西方人评价苏联戏剧的著作。可见当时的理论把关还比较严。值得一提的是，这个时段还出版了 2 部非苏联的著作，它们是古希腊的《诗学》和《柏拉图文艺对话录》。这两部著作的内容虽然属于西方人评论西方著作的范畴，但都是古代著作，不涉及当代的敏感问题，所以没有受到限制。这种相对自由没能长时间地持续下去。1955 年出台了《关于开展批判胡风思想的报告》，接着在全国范围内开展了肃反运动，"冰封"的力量一时成了主流，外国戏剧的翻译和研究走入了低谷。

1956—1960 年是"十七年"中文艺最活跃的岁月。1956 年 1 月中共中央召开知识分子问题会议，提出"百花齐放、百家争鸣"的方针，为知识分子营造了比较好的氛围。但从国际的角度看，中苏关系开始渐渐复杂化。从表面上看，中国和苏联仍然很友好，但深层次的矛盾已经存在，随时都可能激化。1956 年出版的苏联戏剧仍然多达 50 部。1957 年是十月革命 40 周年，中国出版了 43 部苏联的戏剧，苏联作品译介仍然比较可观。这一年老舍还写了《中苏文学的亲密关系》，康濯也写了《苏联作家的道路是我们的榜样》。接下来的 3 年中国出版的苏联戏剧作品分别为 34、63 和 37 部。在已经出现危机的 1960 年，茅盾等还撰写的《苏联文学是中国人民的良师益友》一书。但这已经是最后的繁荣，接着到来的是直线下降。

1956 年苏共召开了 20 大，对斯大林的个人崇拜做了批评，为苏联的思想解放带来了更大的空间。但这几年国际形势并不是很好。1956 年爆发了匈牙利事件，社会主义和资本主义的对立顿时凸显，迫使苏联官方更加警觉起来。1957—1958 年东西方冷战思维盛行，苏联加强了意识形态的控制，展开了"反修正主义"的斗争。在文艺界，斯达尔发表了《保卫社会主义现实主义》一文，"左"的思想又有抬头。不过这种形势持续的时间不长。1959 年 5 月苏联召开了第 3 次文代会，结束了 1957 年的"反修斗争"，决定继续放宽文艺政策。从总体上看，1956—1960 年的苏联戏剧是逐步走向开放的，虽然受到了"左"的干扰，但没有改变这个大趋势。

1956 年中苏的亲密期已经结束，双方开始各自打起自己的算盘。国内当时对于那些批评斯大林个人崇拜的观点也是比较肯定的。但中国的个人崇拜还没有达到最高峰，对这个问题的认识还不够深刻，不可能完全赞同苏联批评斯大林的观点。对于匈牙利事件中国人持比较矛盾的心理。中国官方一方面担心自己可能像匈牙利一样受到苏联的粗暴干涉，另一方面又担心受到颠覆社会主义的力量的威胁。这就促使中国官方同时对苏联和"右"的势力保持警惕。但总的来看，中国官方更担心的是右倾。中国政府 1957 年夏天发动了反右运动。1958 年 5 月，中共八大二次会议正式通过了"鼓足干劲、力争上游、多快好省地建设社会主义"的总路线，发动了"大跃进"运动。当年苏联的文艺政策和戏剧理论开始被国内不指名地批判为"修正主义文艺思潮"。1960 年中国官方出版物正式出现"苏联修正主义"字样。1960 年 4 月 22 日是列宁诞辰 90 周年。《红旗》杂志社编辑部发表了《列宁主义万岁》，《人民日报》编辑部发表了《沿着伟大列宁的道路前进》，中共中央宣传部部长陆定一发表了《在列宁的革命的旗帜下团结起来》。文章不指名地批评了苏共领导人的某些观点，拉开了中苏论战的序幕。1960 年 7 月 16 日，苏联单方面召回了在华一千多名专家，撕毁了数百个合同，终止了几百个在建项目。中苏关系就此彻底破裂。中苏关系恶化使苏联的戏剧翻译与研究工作几乎中断。

在这个时间段，中国人逐步走出了盲目崇拜苏联的阶段，开始自觉地选择苏联的文艺著作。一个有意思的现象是，苏联的反"修正主义"的论著，虽然不是该时段的主流，却受到了中国的高度重视。如苏联的《保卫社会主义现实主义》发表不久就翻译了过来并刊登在《译文》上。而更能够代表这个时代苏联特色的"解冻文学"却逐渐地成了中国人眼中的反动文学，最终成了"苏联修正主义"作品。由于基本观点上的区别，中国在翻译苏联戏剧方面开始降温。

1961 年之后，中苏文艺分歧进一步扩大。1961 年苏共 22 大再次对斯大林进行否定。这次会议制定了《苏共纲领》，提出了"一切为了人，为了人的幸福"的口号，还积极提倡"和平、劳动、自由、平等、博爱和幸福"的观点。1962 年苏联作协和科学院世界文学研究所联合举办了"人道主义问题与现代文学"的大型讨论会。苏联的文艺思想与中国意识形态的距离越来越远。除了文艺观的区别，中苏两国还有很多矛盾，促使中国文艺界渐渐开始拒斥苏联戏剧。

1961—1966 年，中国文艺的大门几乎对苏联关闭了。1961 年中国只出版了 2 部苏联戏剧。1962 年 4 月 3 日中共中央转批了《关于当前文学艺术工作若干问题的意见》（即《文艺八条》），文件指出："西方资产阶级的反动文学艺术流派和现代修正主义的文学思潮"也应该有条件地向专业文学艺术工作者介绍。① 《文艺八条》是一个比较开明的文件，使西方当代的"反动文学艺术"和"苏修"的文艺能够进入中国学者的视野。但这些作品当时都只能以特殊的状态出现，属于内部发行的作为反面教材。1962 年到 1965 年一共出版了 11 部苏联戏剧，其中只有 1 部为正常的出版物，其余的都是内部发行。到了 1966 年连一部内部出版的苏联戏剧也没有了。

五　其他社会主义国家戏剧与亚非拉戏剧的翻译与研究

在 20 世纪五六十年代社会主义的势力相当强大，除了中国和苏联之外，还有不少其他国家也属于这个阵营。那时中国把苏联以外的社会主义国家称作"人民民主国家"。这些国家也是我们的朋友，其戏剧比较受欢迎。在"十七年"中，一共出版了其他社会主义戏剧 111 部：波兰（13）、捷克斯洛伐克（4）、东德（21）、阿尔巴尼亚（3）、匈牙

---

① 《关于当前文学艺术工作若干问题的意见》，载《文艺研究》1979 年第 1 期。

利（13）、罗马尼亚（11）、保加利亚（4）、南斯拉夫（1）、蒙古国
（4）、朝鲜（33）、越南（4）、古巴（1）。在社会主义国家中，只有老
挝戏剧未见翻译（有人翻译过老挝小说）。这些国家的文学并不发达，
能够出版这么多的戏剧，已属相当重视。具体分布如图 2－10 所示。

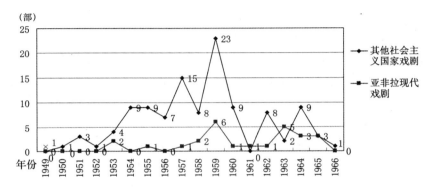

图 2－10　其他社会主义国家戏剧和亚非拉现代戏剧的历时分布

我们可以把其他社会主义国家的戏剧翻译与研究分作两个阶段，其
界限在 1960 年。这些国家的戏剧与苏联戏剧，由于政治上的原因，在
新中国尤其受到重视，但两者的命运并不完全相同。苏联戏剧无论在政
治上还是在艺术上都远远高出其他社会主义国家，所以在新中国的头几
年占有绝对的优势。随着中苏矛盾的出现和激化，中国调整了文艺政
策，把更多的精力用于团结这些社会主义国家。我们可以看到，苏联戏
剧的数量从解放初到 1959 年基本上是逐步下降的，而其他社会主义国
家戏剧的曲线则相反，特别是在 1959 年，达到了顶峰，一共翻译了 23
部。但苏联作为共产主义运动的领导者，当然不会不插手中国和各个社
会主义国家的关系。在 1960 年 6 月的布加勒斯特会谈的过程中，苏联
在众多的共产党和工人党之中竭力孤立中国。在 1960 年 11 月的庆祝十
月革命 43 周年的会上，苏联竭尽全力在当时的 81 个国际政治组织面前
批评中国。苏联的这种行为直接影响到中国和其他社会主义国家的关
系。中国在 1960 年只出版了 9 部这些国家的戏剧；到了 1961 年甚至一

部也没有出版。但中国在 1962 年又及时地做了调整，出版了 7 部其他社会主义国家的戏剧。在 1962 年 11 月，苏联又在国际范围内对中国发起了攻击，不少以前的盟友都偏向苏方。结果中国在 1963 年又减少了其他社会主义国家戏剧的出版，只出版了 2 部。在接着的 1964、1965、1966 年中国出版这方面的戏剧为 9、3、1 部。这个数据虽然看起来不多，但在当时别的领域都几乎为零的情况下，其他社会主义国家的戏剧可以算是独树一帜，特别是在 1966 年，全国只出版了 1 部朝鲜的戏剧，其他国家的戏剧已经全部停止出版。在当时资本主义和苏联修正主义都是反动的，唯有这些社会主义盟友还有革命的一面，其文学作品还值得出版。

在这两大阵营之外，还有许多亚非拉的受压迫的弱小国家。从某个意义上来说，社会主义国家都是进步的、友好的；资本主义国家都是没落的、敌对的；第三世界的弱国都是我们要争取的有生力量。茅盾在《祝亚非作家会议》中说："我们深信，通过这次大会，广大的亚非作家们将在反殖民主义和保卫世界和平的共同事业中进一步加强团结，对世界文化作出更多的贡献！"① 这个会议是在 1958 年召开的。这时正是国际上社会主义和资本主义对抗加强的时期，也是中苏关系复杂化的时候。中国这时对亚非拉文学的重视，其政治意义远远高于文学意义。

可将亚非拉戏剧以 1960 年为界分为两个阶段。这些国家无论从政治的角度还是从艺术的角度都不是非常重要，所以中国在 20 世纪 50 年代初并没有予以重视；从 1957 年才渐渐开始关注，主要是出于国际政治的考虑，当然也有文化多元化方面的原因。但亚非拉国家也是苏联与其他势力希望争取的力量。许多亚非拉国家虽然还没有建立社会主义体制，但都有相应的共产主义组织，都受到了苏联的影响。复杂的政治关系也影响到亚非拉戏剧的译介，1961—1962 年中国每年只出版了 1 部这些国家的戏剧。和其他社会主义国家的戏剧相比，最起码还没有中断过。此后中国马上就作出了调整，在 1962—1966 年间出版了 12 部亚非拉国家戏剧译作，和其他社会主义国家戏剧一

---

① 茅盾：《祝亚非作家会议》，载《人民文学》1858 年第 10 期。

起成为当时外国戏剧的主流。

六　古典戏剧与现代资本主义戏剧的翻译与研究

除了社会主义国家戏剧和亚非拉戏剧之外，还有外国古代的戏剧和现代资本主义戏剧。这两类作品由于没有用用马列主义指导，通常被官方看作不够健康的作品。本书所谓的古典戏剧是指社会主义和帝国主义出现之前的作品。我们统计的依据是中华书局 1980 年出版的《1949—1979 翻译出版外国古典著作目录》。根据这本书，中国从 1949 年至 1966 年共出版了 502 部外国古典戏剧，其中俄国戏剧 110 部。相比之下，现代资本主义的戏剧基本上是一个禁区，在这个时段中只出版了 88 个剧本。这两类剧本的具体的分布如图 2-11 所示。

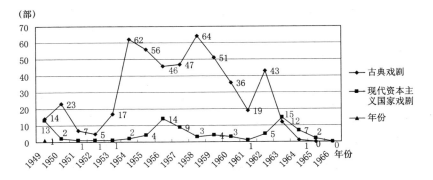

图 2-11　古典戏剧和现代资本主义戏剧的历时分布

外国古典戏剧大致上可以分为 4 个阶段：减少期（1949—1952），活跃期（1953—1955），高峰期（1956—1961），反弹期（1962—1966）。第一个阶段是中国意识形态逐渐纯粹化的阶段，外国古典戏剧的基本趋势是逐年下降，1951 和 1952 年的数量分别为 7 部和 5 部。1952 年是一个转折点。这一年苏联的文艺界已经出现了松动，国内的学界可能也对单一的苏联戏剧感到乏味了，所以 1953 年出现了反弹，

1954 年出版的外国古典戏剧甚至多达 62 部，但到 1955 年由于受到了"左"的干扰，有比较明显的下降。1956 年的数量较低，似乎和这一年的思想解放不太一致。但思想解放和戏剧出版的数量并非完全同步，从翻译到出版需要一定的时间，1956 年的外国戏剧的出版在一定程度上受到了 1955 年的影响。1956 年开创的良好局面不能忽视，接着迎来了三四年的古典戏剧繁荣期。到了 1959 年，古典戏剧的译介环境开始恶化。当年周扬在全国文化工作会议上指出，现代修正主义文艺的根源就是 19 世纪资产阶级文艺。这就强调了古典文艺的"反动"的一面，使古典戏剧出现了明显的滑坡，并在 1961 年降到了很低的水平，完全终结了 1956 年开创的良好局面。1962 年，由于较宽松的环境，古典戏剧出现了强有力的反弹，出版了 43 部作品。然而 1963 年只出版了 11 部，1964 年为 1 部，1965 年和 1966 年没有出版一部外国古典戏剧，反弹的力量终于耗尽。

现代资本主义的戏剧可以分为 3 个阶段，禁锢期（1949—1955），松绑期（1956—1961），贬抑期（1962—1966）。1949 年出版了 13 部现代资本主义戏剧，数量相当可观。这一方面是因为文化具有一定的延续性，体现了新中国成立前的一些特点；另一方面是因为那年出版的资本主义剧本大都属于资本主义国家的左翼知识分子写的，与当时的意识形态没有多少冲突。1950 年到 1955 年的 6 年时间中总共只出版了 11 部现代资本主义戏剧。哪怕是在 1954 年这样比较开明的岁月中情况也是如此，出版的现代资本主义戏剧为 2 部，与古典戏剧的繁荣形成了鲜明的对比，与受到关注的苏联的"解冻"文学也大不一样。当时人们认为，如要注重艺术性，首先要学习"比较健康的"古典戏剧，其次是苏联的"解冻"戏剧（毕竟是社会主义文学的一部分），而当代资本主义是社会主义的敌人，应当谨慎对待。从 1956 至 1961 年，当代资本主义戏剧的译介出现了较好的局面。1962—1966 年出版的资本主义戏剧比较多。从图 2-11 可以看出，1963 年之后，资本主义戏剧的曲线在古典戏剧的曲线之上。但这个时期出版的资本主义戏剧基本上都以内部发行的反面教材出现，官方对资本主义的态度明显恶化。有意思的是，当年被当作正面和反面的典型的苏联戏剧和美国戏剧，现在已经殊途同归，都变成内部发行，其作用与积极宣传的其他社会主义国家的戏剧和亚非拉戏剧相反。古典戏剧相对受冷落，可能是因为它们一方面"危害不太严重"，没有必要列为反面教材；另一方面又没有社会主义戏剧和亚非拉戏剧那么有正面价值，不值得宣传。

外国古典戏剧和现代资本主义戏剧在某种程度上都包含不少有害成分。毛主席曾说："帝国主义文化和半封建文化是非常亲热的两兄弟，它们结合成文化上的反动同盟，反对中国的新文化。这类反动文化是替帝国主义和封建阶级服务的，是应该被打倒的东西。不破不立，不塞不流，不止不行，它们之间的斗争是生死斗争。"① 从毛主席的话我们可以推导出，古典的戏剧和当代资本主义的戏剧是有害的。毛泽东还说："中国应该大量吸收外国的进步文化，作为自己文化食粮的原料，这种工作过去还做得不够。这不但是当前的社会主义文化和新民主主义文化，还有外国的古代文化，例如各资本主义国家启蒙时代的文化，凡属于我们今天用得着的东西，都应该吸收。"② 在毛泽东看来，外国古代上升期的文化有一定的价值，比当代资本主义文化更有意义。关于资本主义文化的地位，日丹诺夫的论述非常明确。他说："资产阶级文学的衰颓与腐化，是由于资本主义制度的衰颓与腐朽而产生的，这就是现在资产阶级文化与资产阶级文学的特相和特点。当反映出资产阶级制度战胜封建主义的资产阶级文学，能创造出资本主义繁荣时期的伟大作品的那些时代，如今是一去不复返了。现在，无论题材与才能，无论作者和主人公，都在普遍地堕落下去了。"③ 可见当代资本主义文学必然是腐朽的，是社会主义文化的敌人。陆定一曾经说："资产阶级的哲学、社会科学、文学、艺术，已经完全破产。它对我们只有一个用处，就是当作毒草来加以研究，以便使我们有个反面的教员，使我们学会认识毒

---

① 毛泽东：《新民主主义论》，《毛泽东选集》第 3 卷，人民出版社 1991 年版，第 695 页。

② 同上书，第 706—707 页。

③ ［苏］日丹诺夫：《论文学、艺术与哲学诸问题》，葆荃、梁香合译，时代书报出版社 1949 年版，第 16 页。

草，并且把毒草除掉变为肥料。"① 基于这样的思路，当时国人翻译了较多的外国古典戏剧，而对当代戏剧则采取了一定的限制措施。虽说资本主义戏剧危害性更大，但古典戏剧和资本主义戏剧都是社会主义意识形态之外的戏剧。从这个角度来说，两者总体特性是一致的。1958 年之后，官方强调了现代资本主义戏剧和古典戏剧之间的联系，所以两者都遭到了打压。

对于外国古典戏剧和现代资本主义戏剧，中国学者在翻译和研究时，首先应当进行筛选，优先重视那些对古代社会和资本主义社会进行深刻批评的作品。例如说，在众多的美国剧作家中，特别受青睐的是奥达茨（Clifford Odets），他的主要著作都翻译过来了。这样做的关键原因就在于他是一个社会主义者，对美国的帝国主义文化进行了批判。中国学者面对外国戏剧必须运用马列主义理论进行批评，取其精华，去其糟粕。所谓的精华，主要包括两方面的内容：（1）揭示阶级社会（奴隶社会、封建社会和资本主义社会）的罪恶，批评统治者的本性，（2）歌颂人民，肯定他们进行斗争的权力。例如说杨周翰等主编的《欧洲文学史》在评价莎士比亚的时候说："他从人文主义观点出发，对封建衰落、资本主义原始积累这一历史过渡时期的英国社会作了广泛而深刻的分析和描绘，予以痛切的批判，间接反映了人民的情绪和愿望。"② 作者还指出："莎士比亚的理想只是对现实的否定，他把人类前途寄托在道德的改善上。"③ 这是当时非常典型的评价程式：指出作品的人民性、民主性、批判性等，再指出作品的局限性。所谓的局限性，最重要的问题在于作者没有掌握马克思主义理论，不能运用阶级分析的方法，无法指出，阶级本身是一切罪恶的根源，看不到只有社会主义才能拯救人类。不少文章讲的就是这种套话，没有多少创新。但这种套话也不容易使用，有时甚至会给作者带来麻烦。卞之琳曾经在 1964 年《文学评论》第 4 期上发表了《莎士比亚戏剧创作的发展》。作为学术论文，这

---

① 陆定一：《要做促进派——为"江海学刊"创刊号作》，《人民日报》1958 年 3 月 14 日。

② 杨周翰等：《欧洲文学史》，人民文学出版社 1964 年版，第 178 页。

③ 同上。

是一篇不错的文章，而且也用了一些马列主义的方法和观点，但不久就遭到了质疑。一个叫作张永忠的作者指出："文章没有进一步去挖掘文艺复兴时期人道主义'人'的阶级内容。因此，对莎士比亚的人道主义的实质也就分析批评得很不够了。"① 他还批评卞之琳，责备他没有看清莎士比亚的阶级属性。他说，指哈姆雷特"对封建主义不满，对资产阶级理想是维护的。他所不满的主要是当时的封建主义。在当时现实下，说哈姆雷特担负反封建和反资本主义双重任务，未免加重了资产阶级人物哈姆雷特的'负担'。"② 对阶级性分析不够不行，强调得太多也不行。当时搞文学批评真不容易，不小心就会带来麻烦，甚至引起灭顶之灾。

封建主义和资本主义作品的最有害的内容之一就是个人主义，是社会主义集体主义的对立面。冯至在反右运动中曾经指出个人主义的危害。他说："在他们'进军'时，我看见大字报上有的写着海涅的'我是剑，我是火焰'，有的写着裴多菲的'若为自由故，二者皆可抛'；在他们遭受到广大群众的反击时，一张大字报上写出布鲁诺被火刑前的一句话，'为真理而斗争是人生最大的幸福'，另一张上抄下拜伦的诗句，'天上和人间的暴风雨，怎能摧毁你的果敢和坚忍'；在他们被打得溃不成军，濒于灭亡的时刻，有的引用了雪莱的诗来表示他的'希望'：'冬天如果到来，春天还会远吗'，也有人引用莱蒙托夫的诗以表示他们的绝望情绪，'回顾以往，过去是使人胆战心惊，展望将来，那也没有亲切的心灵'。"③ 当时报刊上发表了一系列的文章讨论资产阶级个人主义。主要论文有：朱于敏的《欧洲十九世纪资产阶级文学中的个人反抗问题》、王向峰的《略论欧洲十九世纪资产阶级进步文学中个人反抗的几个问题——从朱于敏同志提出的问题谈起》、柳鸣九的《正确评价欧洲十九世纪资产阶级文学中的个人反抗形象》等。虽然也有人对个人主义能够做出较好的分析，但总体来说是否定的。周扬以官方

---

① 张永忠：《关于〈莎士比亚戏剧创作的发展〉一文的意见》，载《文学评论》1965 年第 5 期。

② 同上。

③ 冯至：《从右派分子窃取的一种"武器"谈起》，载《人民日报》1957 年 11 月 21 日。

的口气断定，"个人主义，在社会主义社会，是万恶之源"①。

　　不管怎么批评古典作品和资本主义作品，有些人心中还是倾向于肯定这些作品的艺术价值。每当人们要解放思想、重视艺术性的时候，总是有不少古典戏剧和一定的资本主义戏剧出版。而且当时再版率比较高的、发行量比较大的戏剧也往往是古典戏剧。哪怕在以反面教材的形式出版修正主义和资本主义的著作的时候，这些作品的艺术性也没有真的被忽视。当时人们总是能够选择出高质量的"反面教材"，这就表明有些学者一直在关注当代西方国家的戏剧创作，对什么是好的戏剧心中有数。而且翻译的总体水平很高，说明学者能够真正理解这些作品。这些迹象表明，把反面教材引进的人在某种程度上是能够领会这些著作的欣赏者，而不是简单的否定者。至于官方，也有肯定这些作品的一面。他们希望专业人士看到这些"皮书"，意味着这些书在艺术上有参考价值。"皮书"的读者群比较小，但也不乏狂热的喜欢者。当时甚至有人组成地下读书组织，将这些书当作宝贝来阅读。

七　外国戏剧与本土戏剧的关系

　　解放初中国文艺界虔诚地学习外国戏剧，特别是苏联戏剧，并且取得了较大的成效。为了检验戏剧成就，新中国于 1956 年 3 月 1 日到 4 月 5 日在北京举行了第一届全国话剧会演。参加会演的有专业话剧院（团）和兼演话剧的表演艺术团体 41 个，另有 2 个教学单位和 1 个演出单位参加展览演出。参加会演的剧目有多幕剧 32 个、独幕剧 18 个，其中新创作剧目 48 个，占参加会演剧目的 96% 。苏联、罗马尼亚、南斯拉夫、朝鲜等 12 个国家的剧作家、编导表演艺术家、舞台美术家、戏剧评论家应邀来中国观摩会演。这次会演取得了巨大的成功，是长期学习外国戏剧的结果。

　　会演之后，外国专家盛赞中国戏剧的人民性、思想性和革命性等，

---

　　①　周扬：《文艺战线上的一场大辩论》，载《中国新文学大系 1949—1976》第 19 卷，上海文艺出版社 1997 年版，第 416 页。

但都提出了不少批评。外国友人认为比较严重的问题是公式主义。苏联的阿尔布卓夫指出，很多戏剧"把敌人表现得太胆小、愚蠢了"，结尾总是"胜利的赞歌"，需要尽快"克服公式主义"①。蒙古的策格米德看到的问题为，不少作品"有形式主义、公式主义、自然主义的某些现象，不少作品的主题思想是千篇一律的，正面人物、反面人物的刻画也常常是千篇一律的"②。波兰的科热涅夫斯基指出，他们在 1953 年也举行了话剧会演，出现的问题非常类似。这些问题实际上是被苏联逐步淘汰的极左的创作理念的体现。但遗憾的是，当年我们仍然处于"左"的时代，剧作家不可能对这个问题作出太大的反映。

　　另一个突出的问题是自然主义。阿尔布卓夫说："目前中国话剧的最大缺点是自然主义"③。中国传统戏剧非常写意，而西方戏剧，特别是易卜生－斯坦尼斯拉夫斯基的戏剧，尤其注重写实。中国人在 20 世纪 50 年代拼命地学习苏联戏剧，以至于西方人都觉得太写实了，充满了自然主义色彩。

　　一味地学习外国戏剧，必然失去本民族的特征。捷克的契尔尼一针见血地指出，"目前中国的话剧艺术正是缺乏自己民族的特色的"④。为了克服中国话剧的问题，外国专家一致建议我们回到传统中来。阿尔布卓夫的处方为，"向中国伟大的戏剧传统学习；向中国伟大的绘画学习"⑤。科热涅夫斯基道出了这样一个悖论："中国有美丽的戏剧传统，世界各国人民都很羡慕你们，而你们不向自己的优良传统学习，反而说：'向你们学习'，这是不合乎真实情况的。"⑥ 这就迫使人们从一味苏化的睡梦中惊醒过来。

　　与这次会演形成鲜明对比的是，传统戏曲《十五贯》在首都演出造成了巨大的反响。外国专家的建议和中国戏剧演出的实际情况告诉大

---

　　① 《朋友们的关怀——几位兄弟国家戏剧专家对话剧会演的观后感》，载《剧本》1956年第 5 期。

　　② 同上。

　　③ 同上。

　　④ 同上。

　　⑤ 同上。

　　⑥ 同上。

家崇洋媚外不可能有大的作为。田汉在谈到这个问题的时候说，促使戏剧民族化的原因主要有三个："一个是今年春天话剧会演，一个是今年夏天，浙江苏昆剧团到北京演出昆曲《十五贯》，轰动了首都，还有一个是音乐方面要不要民族化的问题。"① 其实当时不仅仅是戏剧和音乐要走民族化的道路，整个中国文化都面临这个问题。

在那个年代，光有学者和艺术家的觉醒成不了大气候，还得有政治家的参与。毛泽东 1956 年 8 月 24 日曾说："什么都学习俄国，当成教条，结果是大失败"；"应该越搞越中国化，而不是越搞越洋化"；"将社会主义的内容，民族的形式"结合起来，以创造"中国自己的、有独特民族风格的东西。这样道理才能讲通，也才不会丧失民族信心"②。周扬也说："你们如果写成《水浒》那样的东西，就是你们的成功，如果写成苏联的小说那样，就是你们的失败，因为那样写就不能表现中国的现实。尤其艺术和别的东西不一样，它要保持自己民族的特点和风格……"③ 为了探索文化的自觉和独立，陆定一指出，"社会主义现实主义，我们认为是最好的创作方法，但不是唯一的创作方法"④。这就意味着中国文艺界没有必要亦步亦趋地模仿苏联文学。①1960 年确立了"两结合"的文艺方针。②"两结合"的文艺方针从谈论诗开始的。1958 年 3 月 22 日，毛泽东在成都会议讲话中指出，中国诗的出路应当为"形式是民歌的，内容是现实主义和浪漫主义的对立的统一"⑤。周扬接着总结和发挥了毛泽东的观点，他说："毛泽东同志提倡我们的文学应当是革命的现实主义和革命的浪漫主义的结合，这是对全部文学历史的经验的科学概括，是根据当前时代的特点和需要而提出来的一项十

---

① 田汉：《看话剧〈万水千山〉后的谈话》，载《田汉全集》第 16 卷，花山文艺出版社 2000 年版，第 460 页。

② 毛泽东：《同音乐工作者的谈话》，载《中国当代文学史料选》，谢冕、洪子诚主编，北京大学出版社 1995 年版，第 228—232 页。

③ 周扬：《周扬文集》第 2 卷，人民文学出版社 1985 年版，第 429—430 页。

④ 陆定一：《百花齐放，百家争鸣》，载《中国新文学大系 1949—1976》第 1 卷，上海文艺出版社 1997 年版，第 18—19 页。

⑤ 仲呈祥编：《新中国文学纪事和重要著作年表》，四川省社会科学院出版社 1984 年版，第 146 页。

分正确的主张，应当成为我们全体文艺工作者共同奋斗的方向。"① 接着政界和文艺界对"两结合"的创作方法进行了大讨论。1960 年召开的第三次文代会将"两结合"确定为"最好的创作方法"，取代了苏联的社会主义现实主义。从此中国文艺有了自己的明确的指导思想。

　　从内容上看，"两结合"的创作方法和苏联的社会主义现实主义相比并没有多少创新。周扬曾说："没有高度的革命浪漫主义精神就不足以表现我们的时代，我们的人民，我们工人阶级的、共产主义的风格……浪漫主义不和现实主义相结合，也会容易变成虚张声势的革命空喊或知识分子式的想入非非。"② 从他的话可以看出，两结合的重点在于浪漫主义，本质上就是加强政治宣传，和苏联早期的社会主义现实主义没有太大的差别。这个提法的艺术价值虽然有限，但政治价值却很大，表明中国人再也不愿简单地做苏联文学的徒弟了。毛主席在第一次提到"两结合"的时候还强调了民歌的形式。在"两结合"成为指导思想之后，内容上虽无多少变化，但在形式上却开启了民族化和通俗化的道路。实践证明这种形式更有利于本土文学的创造和传播。

　　在这种大环境下，中国戏剧也开始自觉地探索民族化的问题。欧阳予倩说："所谓民族化就是要在舞台上看到的就是中国人，说的是中国话，表现的是中国人民的生活，中国人民的感情，让人一看感到亲切。"③ 戏剧民族化的重点当然也在于形式。戏剧不但有文本创作的形式，还有舞台的演出形式，后者影响力更大，所以学者们把主要精力放在演出的改革之上。在这场革新中，中国演剧界甚至建立起了表演的中国学派。焦菊隐自信地呼吁，"我们要有中国的导演学派、表演学派，使话剧更完美地表现我们民族的感情、民族的气派"④。如何才能具备

---

① 周扬：《新民歌开拓了诗歌的新道路》，载《中国当代文学史料选》，谢冕、洪子诚主编，北京大学出版社 1995 年版，第 461 页。

② 同上书，第 461—462 页。

③ 欧阳予倩：《有关戏剧表演导演艺术的两个问题》，载《欧阳予倩全集》第 4 卷，上海文艺出版社 1990 年版，第 359 页。

④ 焦菊隐：《谈话剧接受民族戏曲传统的几个问题》，《焦菊隐文集》第 4 卷，文化艺术出版社 1988 年版，第 13 页。

民族风格，最重要的办法就是向民族戏曲学习。当时很多有识之士，如田汉、舒强、胡可等，都参与到这一运动中来，取得了较大的成功。当然，内容方面的问题也有人提到了。焦菊隐说："固然，民族风格是要通过某种程度的民族形式才能被表现出来的。然而，没有民族生活的内容，就不能有表现民族文化和民族精神面貌的形式。"① 在那个年代，内容首先得受制于政治宣传的需要，不可能有大的变化。

丹纳曾说："一个民族的特性尽管屈服于外来的影响，仍然会振作起来；因为外来影响是暂时的，民族性是永久的，来自血肉，来自空气和土地，来自头脑与感官的结构与活动；这些都是持久的力量，不断更新，到处存在，决不因为暂时钦佩一种高级的文化而本身就消灭或者受到损害。"② 中国人在大量学习外国戏剧（特别是苏联戏剧）之后，一度迷失了自我，但最后又回到了本国的戏曲中去寻找灵感和素材，创造出别具特色的作品。

在新中国刚成立的"十七年"中，意识形态是掌控外国戏剧翻译和研究的主要力量，但文艺自身的发展规律也在起作用。意识形态的主要特点在于统一性和可控制性。在刚解放的三四年中，国家成功地建立起了以苏联为范本的社会主义意识形态，掌控了外国戏剧研究的局面。但当时的苏联已经走出了我们心目中的社会主义模式，开始出现"解冻"的迹象，必然和中国有分歧。到了 20 世纪 50 年代末，苏联还有着明显的控制中国的意图。我国及时地调整了文艺政策，积极引进其他社会主义国家的戏剧和亚非拉的戏剧，获得了更多的国际力量的支持。意识形态也鼓励在可控制的范围内发展文化，繁荣文化。国家在 1954 年、1956 年、1962 年做了这样的尝试，并且取得了较好的效果，给外国戏剧的翻译和研究创造了良好的环境。文学艺术的重要特点在于叛逆性、多样性和创造性。外国戏剧在 1954 年、1956 年、1962 年左右利用较好的环境发挥了重大作用。特别是在 1956 年之后的几年中，外国戏剧非

① 焦菊隐：《略谈话剧的民族形式和民族风格》，载《焦菊隐文集》第 3 卷，文化艺术出版社 1988 年版，第 463 页。

② ［法］丹纳：《艺术哲学》，傅雷译，人民文学出版社 1991 年版，第 208—209 页。

常活跃，甚至让本土文化感到一种压抑。在其他的年份中，外国戏剧的作用也不小，只是没有这几个时段明显。意识形态和文艺的作用有时是一致的。在解放初的几年，官方的文艺重建和大多数艺术家与老百姓的理想是一致的，所以不久就建立起了苏联式的意识形态，外国戏剧也几乎成了苏联戏剧的代名词。在1954年、1956年、1962年左右官方的意图和文艺界的想法是比较一致的，所以外国戏剧相当繁荣。但有时这两种势力是矛盾的。在共产党刚接管天下的时候，有些不想接受官方意识形态的人跑到了海外，还有一些被送进了监狱，但大多数人比较认同，所以新中国成立之初社会比较和谐。在1954年之后，特别是1956年之后，文艺界人士要求自由的欲望膨胀起来了，官方只好剥夺他们的自由。外国戏剧的命运也是这样，在50年代中后期繁荣了几年之后，逐渐受到了控制，最后被官方完全冻结了。

八　最受欢迎的剧作家和作品

在"十七年"中哪些作家最受重视？哪些作品最有市场？通过数据统计，可以找到答案。我们以《1949—1979翻译出版外国文学著作目录和提要》这本书为依据，对各种书的版本数进行了统计，找出了最受欢迎的20个作家，请见图2-12。

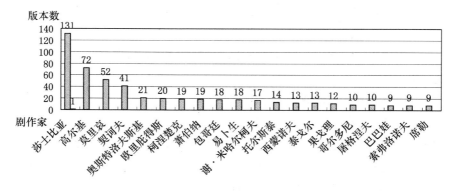

图2-12　最受欢迎的外国剧作家

在 20 位最受欢迎的剧作家中，莎士比亚、欧里庇得斯、莫里哀、哥尔多尼和席勒是 5 位西方国家的古典文学家。他们的出现说明文学本身的生命力，哪怕在政治主导文化的年代，艺术的活力也不会全部失去。萧伯纳、易卜生、泰戈尔是 3 位 20 世纪的大文豪，他们的影响力也是全球性的，在中国也不例外。奥斯特洛夫斯基、契诃夫、托尔斯泰、果戈理和屠格涅夫是 5 位俄国作家。他们的入选与自身的成就有关，但也有爱屋及乌的因素，因为俄国是苏联的前身。在 7 位苏联作家中，高尔基等属于实力派，柯涅楚克、包哥廷等的剧作政治色彩比较浓，符合当时的意识形态的需要，所以很畅销。

哪些作品是这个时代的宠儿呢？图 2 - 13 列出来的是前 18 名的作品。

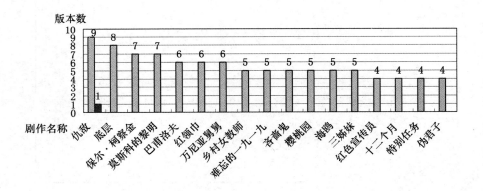

图 2 - 13　最受欢迎的莎剧之外的外国戏剧

在最畅销的 17 部戏剧中，10 部是苏联戏剧，其中《十二个月》《红领巾》《特殊任务》属于童话剧；《巴甫洛夫》是一部很畅销的电影剧本；大多数作品政治性很强，有的艺术性则很一般。俄国戏剧为 4 部，都是屠格涅夫的作品。值得注意的是，朝鲜戏剧《红色宣传员》挤入这个名单。这是一部政治色彩很浓的作品，正如这个题目所显示的那样，主要是一种宣传作品。此外，还有 1 部法国作品也进入了畅销的行列。

由于莎士比亚鹤立鸡群，所以他的戏剧有必要单独列出来。具体情况请见图 2 – 14。

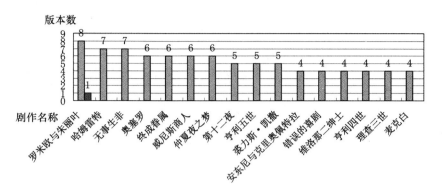

图 2 – 14   最受欢迎的莎剧

如果把莎士比亚的作品和其他作品放入同一图，将占据半壁江山。可见他的受欢迎程度之高。这个图有两点值得一提：《罗密欧与朱丽叶》发行版本超过了世人皆知的《哈姆雷特》，喜剧的数量超过悲剧的数量。

在这"十七年"中，政治是决定外国戏剧的翻译与研究的关键要素，外国戏剧要不要引进，引进什么，引进多少等，都受制于国家的政策和领导的意志。当然学者也不完全处于被动状态，他们不时为自己的事业创造更大的空间，哪怕打为右派，进监狱，甚至掉脑袋。外国戏剧的这段历史能够有这么大的成就，实属不易，与当时学者执着追求理想的精神相联系。

第三章

"文化大革命"十年及其前后的内部
发行外国戏剧

1966—1976 年期间及前后一定时期，不少人把外国文学比作毒草。外国戏剧当然也有害的，1975 年复旦大学外语系外国文学评论组曾直接把"毒草"用于论文的题目，写了一篇《一株鼓吹侵略扩张的大毒草——评苏修电影文学剧本〈俄罗斯的田野〉》。由于外国戏剧会毒害人民，1966 年 3 月公开出版了朝鲜剧作家金载浩的《袭击》之后，外国戏剧被禁止了 11 年，直到 1977 年 4 月才出版了一本《朝鲜电影剧本集》。这段空白的历史比"文化大革命"的时间还要长，而且两端都是当时"比较正面"的朝鲜戏剧。但这并不意味着"文化大革命"期间完全没有外国戏剧。当时相关部门还发行了一些以黄色、灰色等单一色调为封面，并印有"供批判用""供内部参考"等字样的内部发行的书（一般称为"皮书"）。经过再三翻找，笔者发现"文化大革命"期间发行了 54 部内部发行的外国戏剧。但内部发行外国戏剧的历史要比"文化大革命"长得多，始自 1962 年，直到 1985 年才结束，持续了 24 年；"文化大革命"之前发行了 32 部，"文化大革命"之后发行了 28 部，与"文化大革命"时期的相加为 114 部。内部发行的外国戏剧总数不多，而且这种"皮书"在一般的图书馆很难找到，容易成为研究的盲点。笔者尽可能全面地收集了有关资料，并且进行整理和分析，供大家参考。

一 内部发行戏剧作品和研究著作的统计

这里所谓的戏剧包括话剧剧本、电影剧本和歌剧剧本，但不包括电影小说、电影故事、剧本摘译和剧本梗概。我们全面地查找了第一章提到的 5 种书目和《摘译·外国文艺》（第 1—31 期）。内部发行的戏剧的具体情况如表 3 - 1 所示。

表 3 - 1 　　　　　　　　内部发行外国戏剧总表

国别	剧目名称	类型	时间	国别	剧目名称	类型	时间
法国	椅子	现代戏剧	1962	日本	日本改造法案：北一辉之死	现代戏剧	1975
美国	接头人	现代戏剧	1962	日本	诺斯德拉达缪斯的大预言	电影剧本	1975
苏联	德聂伯河上	现代戏剧	1962	日本	小林多喜二	电影剧本	1975
苏联	第四名	现代戏剧	1962	苏联	明天的天气	现代戏剧	1975
英国	愤怒的回顾	现代戏剧	1962	苏联	不受审判的哥尔查科夫	现代戏剧	1975
法国	爸爸、妈妈、女仆和我	电影剧本	1963	苏联	夜晚纪事	电影剧本	1975
法国	南方人	电影剧本	1963	苏联	活该如此！	现代戏剧	1975
美国	卡萨布兰卡	电影剧本	1963	苏联	处境	现代戏剧	1975
美国	约旦先生来了	电影剧本	1963	苏联	俄罗斯的田野	电影剧本	1975
美国	左拉传	电影剧本	1963	苏联	明天的天气	现代戏剧	1975
苏联	白旗	现代戏剧	1963	苏联	奖金	电影剧本	1975
苏联	保护活着的儿子	现代戏剧	1963	波兰	先人祭	古典戏剧	1976
苏联	暴风雪	现代戏剧	1963	德国	弗兰茨·冯·济金根	古典戏剧	1976

续表

国别	剧目名称	类型	时间	国别	剧目名称	类型	时间
苏联	厨娘	现代戏剧	1963	美国	觉醒	现代戏剧	1976
苏联	海洋	现代戏剧	1963	美国	两度想念魔鬼的人	现代戏剧	1976
苏联	伊尔库茨克故事	现代戏剧	1963	日本	沙器	电影剧本	1976
希腊	爱与美之岛	现代戏剧	1963	日本	望乡	电影剧本	1976
意大利	阿依达	古典歌剧	1963	日本	我的道路	电影剧本	1976
波兰	哈尔卡	古典歌剧	1964	日本	日全食	电影剧本	1976
德国	漂泊的荷兰人	古典歌剧	1964	日本	雨中的无人售票车	现代戏剧	1976
芬兰	约斯蒂娜	现代戏剧	1964	苏联	警报	现代戏剧	1976
美国	史密斯先生到华盛顿	电影剧本	1964	苏联	平静的深渊	现代戏剧	1976
美国	守望莱茵河	电影剧本	1964	苏联	泡沫	现代戏剧	1976
美国	两个打秋千的人	现代戏剧	1964	苏联	四滴水	现代戏剧	1976
苏联	病房	现代戏剧	1964	苏联	没有结束的对话	现代戏剧	1976
苏联	晚餐之前	现代戏剧	1964	苏联	伤心的痴心汉	现代戏剧	1976
意大利	费鲁米娜·马尔土拉诺	电影剧本	1964	苏联	一个能干的女人的故事	现代戏剧	1976
爱尔兰	等待戈多	现代戏剧	1965	苏联	金色的篝火	现代戏剧	1976
保加利亚	暴风雨过后的痕迹	现代戏剧	1965	苏联	轻松的悲剧	现代戏剧	1976
瑞士	老妇还乡	现代戏剧	1965	日本	罗生门	电影剧本	1979
苏联	忠诚	现代戏剧	1965	苏联	弧形火线	电影剧本	1980

续表

国别	剧目名称	类型	时间	国别	剧目名称	类型	时间
日本	河流下游的市镇	现代戏剧	1973	苏联	突破防线	电影剧本	1980
日本	春雷	现代戏剧	1973	苏联	主要突击方向	电影剧本	1980
日本	冲绳的早晨	现代戏剧	1973	苏联	柏林之战	电影剧本	1980
苏联	礼节性的访问	电影剧本	1973	苏联	最后冲击	电影剧本	1980
苏联	炼钢工人	现代戏剧	1973	苏联	粒粒皆辛苦	电影剧本	1982
苏联	最热的一个月	电影剧本	1973	苏联	没有侧翼的战线	电影剧本	1983
日本	故乡	电影剧本	1974	苏联	前线后面的战线	电影剧本	1983
日本	啊,无声的朋友们	电影剧本	1974	英国	骑马下海的人	现代戏剧	1983
日本	男人的烦恼	电影剧本	1974	瑞典	鬼魂奏鸣曲	现代戏剧	1983
日本	忍川	电影剧本	1974	德国	从清晨到午夜	现代戏剧	1983
日本	约会	电影剧本	1974	德国	群众与人	现代戏剧	1983
日本	华丽的家族[一]	电影剧本	1974	捷克	万能机器人	现代戏剧	1983
日本	华丽的家族[二]	电影剧本	1974	美国	毛猿	现代戏剧	1983
苏联	趁大车还没有翻倒的时候	现代戏剧	1974	比利时	青鸟	现代戏剧	1983
苏联	礼节性的访问	电影剧本	1974	德国	沉钟	现代戏剧	1983

续表

国别	剧目名称	类型	时间	国别	剧目名称	类型	时间
苏联	外来人	电影剧本	1974	法国	死无葬身之地	现代戏剧	1984
苏联	幸运的布肯	电影剧本	1974	爱尔兰	等待戈多	现代戏剧	1984
苏联	湖畔	电影剧本	1974	法国	新房客	现代戏剧	1984
苏联	训火记	电影剧本	1974	法国	侵犯	现代戏剧	1984
苏联	自由，这是个甜蜜的字眼！	电影剧本	1974	英国	看管人	现代戏剧	1984
苏联	适得其所的人	现代戏剧	1974	美国	美国梦	现代戏剧	1984
埃及	代表团万岁	现代戏剧	1975	阿根廷	中锋在黎明前死去	现代戏剧	1984
多国	德尔苏·乌扎拉	电影剧本	1975	美国	等待老左	现代戏剧	1985
美国	迷路前后	电影剧本	1975	意大利	亨利第四	现代戏剧	1985
美国	黑鸟	现代戏剧	1975	美国	玻璃动物园	现代戏剧	1985
美国	二号街的囚徒	现代戏剧	1975	德国	四川好人	现代戏剧	1985

其中苏联的《礼节性的访问》和《明天的天气》、爱尔兰戏剧《等待戈多》分别以不同的版本出现过两次。从某个角度可以说，这3部作品在当时最受重视。假如去掉重复的版本，一共发行了111部剧作。从作品的组成来看，共有43部电影剧本，3部古典歌剧，2部古典戏剧，66部现代戏剧；从年代的角度看，绝大部分作品都是20世纪的作品，相当一部分作品出版不久就翻译过来了。

此外，还有4部内部发行的外国戏剧理论著作。这些著作为：《戏剧理论译文集》（第9辑）（多国文集，中国戏剧出版社1963年版）、《新生活——新戏剧》（苏联文集，中国戏剧出版社1964年版）、《戏剧冲突与英雄人物》（苏联文集，中国戏剧出版社1965年版）、波兰学者格洛托夫斯基的《迈向质朴戏剧》（中国戏剧出版社1984年版）。

"文化大革命"期间，虽然没有公开出版过外国戏剧作品，却出版了一本非常有名的外国戏剧研究著作，那就是 1971 年上海人民出版社出版的《彻底批判斯坦尼"体系"》。至于内部发行的外国戏剧研究著作，一部也没有，但内部发行的论文却有一定的数量。首先这些"皮书"大都有"前言""后记""作者简介"之类的文字，是研究内部发行戏剧的重要材料。其次，《摘译·外国文艺》也刊发了一定数量的相关论文。此外，其他公开发行的刊物上，有时也发表过外国戏剧批评的文章。

至于外国戏剧的演出，好像没有内部上演的说法。根据《中国上演话剧剧目纵览：1949--1984》（巴蜀书社 2002 年版），1966—1977 年的 12 年之中，没有演出过一部外国戏剧，整个舞台由样板戏主宰。虽然国内的剧团没有上演过外国剧作，但都有外国剧团来中国演出过，如日本的齿轮座剧团来中国演出过《波涛》等。

二　内部发行戏剧的若干重要特征

首先，内部发行的外国戏剧大都属于反面教材，但对于不少读者来说又是珍贵的启蒙教材。《摘译·外国文艺》的主要任务是"通过文艺揭示苏、美、日等国的社会思想、政治和经济状况，为反帝防修和批判资产阶级提供材料"；该刊"是一本只供有关部门和专业单位参考的内部刊物……不是为了批判和研究，只是单纯的阅读，甚至为了'欣赏'，而在人们中间流传，那是不对的"[1]。在当时，这些内部发行的著作的内容都是有害的，不适合于公开发行。

当时的"皮书"都是给高干和专家看的，目的是要避免类似的事情在中国发生，为他们提供反面教材。实际效果如何呢？我们很少听说，某个高官或者著名学者热衷于读"皮书"，或者因为读了"皮书"，而对"左"倾的路线更加坚定。我们甚至可以假定，完全不读"皮书"

---

[1]　编译组：《答读者——关于〈摘译〉的编译方针》，载《摘译·外国文艺》1976 年第 1 期。

更有利于"左"的路线，一旦读懂了反而容易偏离"左"倾的方向。从历史进程的角度看，中国后来大致上是朝着"皮书"描绘的方向前进的，而不是越走越"左"。

应该阅读禁书的人不一定认真地读了，但不少被禁止阅读的人倒是读得津津有味。张郎郎曾说："当时狂热到这样程度，有人把《麦田里的守望者》全书抄下，我也抄了半本，当红模子练手。董沙贝可以大段大段背下《在路上》。那时觉得，他们的精神境界和我们最相近。"① "皮书"在某些读者群中的影响力非常大，是促使中国人走出愚昧的重要力量之一。王尧曾说："研究当代思想史的学者差不多都认为，'文化大革命'后期部分知识分子的觉醒，20 世纪 80 年代点燃新启蒙思想运动的火种，其中一部分火星源自那批'内部读物'。"② 作为反面教材的有害图书，却成了普通读者的启蒙向导。历史就这样跟当时主管文化的人开了一个玩笑。沈展云曾说："'皮书'（'内部书'）在当时，无论正负两面的影响力都是相当大的。不过，批判之功效如何不敢妄测，倒是不少人因为阅读了'皮书'，对现实产生怀疑，从而走向寻求真理的道路，这是主事者所始料不及的。'文化大革命'之后，每见有文章回忆非常岁月的读书生活，便常常出现'灰皮书'，'黄皮书'之类的字眼。"③ "皮书"的"正面"影响是可疑的，但"负面"影响的确很大。

其次，"皮书"禁止的力度增加了诱惑的力量。"皮书"的发行范围有严格的限制。在 20 世纪 60 年代初，刚刚问世的"黄皮书"大约只印 900 册，只有司局级以上干部和著名作家才可以看。后来的《摘译·外国文艺》的发行量有所增加，印数为 15000 册。这个发行量对于六七亿中国人来说是非常小的。面对这样的局势，好学的人只能想方设法去寻找这些宝贵的图书。沈展云曾说，"四人帮"的御用文人"经常在《学习与批判》《朝霞》《摘译》等刊物上发表文章批判各种'皮

① 张郎郎：《"太阳纵队"传说及其他》，载《沉沦的圣殿——中国 20 世纪 70 年代地下诗歌遗照》，廖亦武主编，新疆青少年出版社 1999 年版，第 38 页。
② 王尧：《翻译的"政治"》，载《南方周末》2006 年 11 月 16 日。
③ 沈展云：《灰皮书，黄皮书·小引》，花城出版社 2007 年版，第 2 页。

书',有时候,人们就是从批判文章中透露的出版信息,去寻找'皮书'来阅读的"①。不少地方还有地下读书组织。在北京,当时一个比较有名的组织为"X诗社",主要成员为张鹤慈(哲学家张东荪之孙)、孙经武(总后勤部副部长之子)、郭世英(郭沫若之子)和后来成为哲学家的周国平。这个组织后来被定性为反动组织,张鹤慈和孙经武被判劳动教养二年,郭世英受到宽大处理,到河南一家农场劳动,但后来却遭到更多的迫害,于1968年4月22日坠楼身亡。为了读书而进监狱,为了读书而献出年轻的生命。这一切似乎不可思议,但当时的确发生了。

再次,内部发行的戏剧基本上出自苏、美、日等少数"敌对"国家。这114部戏剧中的1部是日本和苏联合作的产物,其余的作品分别译自19个国家,具体的分布如图3-1所示。这19个国家当中,只有波兰、捷克和保加利亚是社会主义国家,阿根廷和埃及属于亚非拉友好国家,其余都是作为社会主义敌对势力的资本主义国家和修正主义国家。

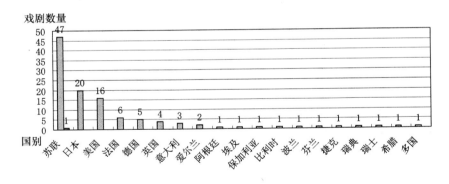

图 3-1 内部发行外国戏剧的国别分布

从这个图可以看出,苏联、日本和美国处于前三的位置,占了总数的73%。这样的分配比例和《摘译·外国文艺》的办刊宗旨是一致的。

---

① 沈展云:《灰皮书,黄皮书》,花城出版社2007年版,第2页。

这个刊物在创刊的时候声称:"《摘译》主要介绍苏联、美国、日本三国的文艺动态,不定期出版,供有关单位研究、批判时参考。"① 当时中苏关系虽然已经破裂,但苏联戏剧仍然是国人关心的焦点,内部发行了47部,可以说是一枝独秀。苏联戏剧之所以如此受重视,主要原因有三。首先,苏联的社会主义是中国社会主义建设的范本,苏联戏剧也为中国戏剧提供了模特儿,这种根源上的关系,无论如何都是非常重要的。其次,苏联虽然已经"修正",但毕竟原来是社会主义国家,它的一切变化都值得我们研究。最后,中苏两大邻国已经变为敌国,我国当然需要高度关注这个国家,包括其戏剧,以便做到知己知彼。

当时国人不但非常重视苏联本国的戏剧,还非常关注苏联剧坛喜欢什么外国戏剧。1964 年中国戏剧出版社出版了美国戏剧《两个打秋千的人》。这部戏剧能够入选"皮书",一方面是因为它"在一九五八年由纽约百老汇一家剧院首演,曾在两个演剧季连续演出……在伦敦、巴黎等西欧城市上演曾轰动一时"②;另一方面是因为它"近年在苏联很受欢迎,仅在莫斯科一处,一九六三年就有五家剧院竞相上演"③。值得注意的是,这本书是根据 1962 年俄文版译出的,并非译自英文版。可见当年苏联人的看法对中国人的影响力之大。

和苏联国际地位相当的是美国,我们当时把它们称为"两个超级大国"。这两个国家,哪个更强大呢?司马平、范学梅在 1976 年第 3 期的《摘译·外国文艺》上发表了一篇文章,名为《不甘心当"老二"——从当代美国文学看美苏争霸》。这篇文章颇能代表当时中国人的观点,就是说,美国基本上是老二,虽然它不甘心排第二。"皮书"中的美国戏剧为 16 部,虽然与苏联相比显得很少,但和英德法等国相比,已经算是很多了。

经历了第二次世界大战之后,日本绝对是中国的敌对国家。1972

① 编译组:《出版说明》,载《摘译·外国文艺》1973 年第 1 期。
② 《关于作者》,载威廉·基勃森《两个打秋千的人》,馥芝译,中国戏剧出版社 1964 年版,第 120 页。
③ 《内容提要》,载威廉·基勃森《两个打秋千的人》,馥芝译,中国戏剧出版社 1964 年版,第 120 页。

年之前，中国没有出版过一部内部发行的日本戏剧。但当时的国际形势非常复杂，中日两国出于种种考虑，在 1972 年 9 月宣布建交。由于经济、政治、文化、历史等多方面的原因，中日关系向前大大迈进了一步。日本的戏剧，也在中国跃居第二的位置，比美国戏剧的地位还要高。"皮书"是反面教材，涉及的国家往往都是敌对的，但敌意不是唯一的决定因素，两国之间还要有各种政治、经济等方面的牵连。日本戏剧如此受重视，和这些因素直接相关。

除了这三个国家之外，其他国家占的份额都不大。4 部社会主义国家的戏剧也被列入了"皮书"的范畴。保加利亚的戏剧被看作是修正主义的作品，属于反动的文学；东德的《四川好人》和捷克的戏剧属于反动的现代派作品；波兰的作品是一百年多年前的古典作品，不符合社会主义价值观，所以也被列入"皮书"的范围。

复次，"皮书"的选择和翻译都有很高的标准。张福生先生曾说："秦顺新先生告诉我：孙绳武先生当时全面负责这套书，他对送来的每一期《进口图书目录》都仔细阅读，挑选出一些苏联当时最有争议或得奖的图书订购。那时编辑部也订了许多苏联文学杂志和报刊，如《文学报》《旗》《星》《十月》《新世界》《我们同时代人》等。大家分头阅读，提出建议，最后由孙绳武先生批准。"[1] 可见当时对书目的把关非常严格。选择的最重要的标准有两条：最新的图书和最有影响力的图书。《摘译·外国文艺》上的戏剧从出版或者上演到翻译成中文，两者之间平均只隔 1.75 年。其他戏剧也基本上是西方出版不久的作品。可见当时外国戏剧的翻译，不是在与世隔绝的封闭状态中进行的，而是紧跟外国形势。其次，入选的戏剧都是轰动一时的作品。《愤怒的回顾》的《译后记》中有这样的句子："在伦敦皇家剧院首次上演，立即轰动全城，批评界一致认为该剧的演出是伦敦舞台的一次'爆炸性事件'。接着不久，这个剧不但在欧洲许多其它的城市以及美国的纽约演出，并于一九五七年在莫斯科搬上舞台……不但剧中主角吉米·波特尔

---

① 张福生：《我了解的"黄皮书"出版始末》，载《中华读书报》2006 年 8 月 23 日第 10 版。

立即成为英国作品中最成功的人物，成为'现代英国神话中的主角'，而且'奥斯本主义'一词也仿佛变成了现代英国文学批评中的重要术语!"① 其他戏剧也都是富有影响力的作品。《病房》一剧的《关于作者》提到，苏联的文化部长把这部戏剧"跟阿尔布卓夫的《伊尔库茨克故事》、罗卓夫的《海洋》、索弗罗诺夫的《厨娘》、考涅楚克的《德聂伯河上》、列·卓林的《朋友与岁月》、阿克肖诺夫的《同学们》、马卡容诺夫的《列沃泥哈在轨道上》一起列为'当之无愧地受到了广大观众欢迎、获得了社会上承认的戏剧作品。"② 这里列举的重要戏剧，除了最后3部没有翻译过来，其余都收入了"皮书"。这些信息都说明，"皮书"能够受欢迎，上乘的质量是重要的原因。

"皮书"的翻译质量也很高。张福生曾说："应该说，'黄皮书'的译文大都是一流的。很难想像，在那么紧迫的时间里，那样浓重逼人的政治气氛中，他们需要怎样的一种精神，才保证质量地完成了这样艰巨的任务。"③ 书目的选择和认真的翻译，确保了"皮书"的地位，有的译本至今仍为权威版本。

最后，"皮书"的编辑出版者并非盲目地服从的命令，而是冒着风险，创造性地工作。根据朱学勤的回忆，他曾经向一位"灰皮书"的负责人打听图书的策划和出版，那位老人说："我是拿着鸡毛当令箭，放大范围去做，只是为几千万下乡的知识青年着想。他们在乡下没有书读啊！北京方面来人问责，我拿出毛的批示，顶了回去。"④ 可见"皮书"的策划者和翻译者虽然经常在书的《前言》《后记》等加上批评的话，但这些话未必是作者的心里说，也许只是特定条件下的书的通行证。

---

①　黄雨石：《译后记》，载奥斯本《愤怒的回顾》，黄雨石译，中国戏剧出版社1962年版，第147页。

②　《关于作者》，载［苏］阿辽申·谢《病房》，蔡时济译，中国戏剧出版社1964年版，第79页。

③　张福生：《我了解的"黄皮书"出版始末》，载《中华读书报》2006年8月23日第10版。

④　朱学勤：《我最喜欢的几本书》，载《南方周末》2007年2月1日。

三 内部发行戏剧的类别及其特点

"皮书"大致上可以分为八类。第一类可以称为"正面教材"。一般地说,内部发行的剧作都是反面教材,属于当时批判的对象。但这句话不完全正确,"皮书"中也包含了一些符合当时主流意识形态的剧本。这些戏剧主要是埃及的讽刺苏修的《代表团万岁》和日本左派齿轮座的《河流下游的市镇》《冲绳的早晨》《春雷》。齿轮座剧团曾经在1967年访华演出了《野火》等戏剧,还于1972年再次访华,上演了《波涛》等。这个剧团属于日本的激进派,还受到过毛主席的接见。1967年10月24日的《人民日报》有详细的报道,甚至还拍成了纪录片——《毛主席接见日本齿轮座剧团》。但就是这么"正面"的剧本,也没有公开出版。其实"文化大革命"期间也公开发表过少量外国文学作品,如《莫桑比克战斗诗集》《朝鲜短篇故事集》《阿尔巴尼亚短篇小说集》《越南短篇小说集》等。也许与这些公开出版物相比,这些戏剧的"革命精神"还不够吧。

第二类为古典戏剧。古典戏剧不是当时关心的重点,在这么长的时间中,仅仅出版了5部。其中3部是歌剧,它们是《阿依达》《漂泊的荷兰人》《哈尔卡》,"目的在于为专业音乐工作者根据原版歌剧总谱或音响材料对歌剧进行批判研究时提供必要的参考"[1]。歌剧的重点在于谱,而不在于词,"有害"的内容不是很明显,所以受到的批判较少。不过这些剧本和共产主义理想也没有什么关系,列入内部发行的行列也是情理之中。另外1部古典戏剧是德国的《弗兰茨·冯·济金根》。这部戏剧反对通过自下而上的革命道路统一德国,曾经受到马克思、恩格斯的批判,自然应当列入反面教材。还有1部是波兰的《先人祭》,描述的是波兰人民抗俄斗争的光辉历史。这样的剧本还内部发行,也许是因为它描述的是共产主义运动之前的事情,思想"还不完全健康"。

---

① 《出版者的话》,载沃尔斯基作词,莫纽什科作曲《哈尔卡》,陈镇生译,音乐出版社1964年版。

　　第三类为对社会主义中国带有敌对色彩的戏剧，主要作品有：《德尔苏·乌扎拉》《俄罗斯的田野》《日本改造法案——北一辉之死》。《德尔苏·乌扎拉》是苏联和日本合作的电影剧本，美化了沙皇于20世纪初在我国乌苏里江地区的军事"探险"，触动了中国人的神经，所以是反动的。《俄罗斯的田野》描述的是一位坚强的苏联妇女，她在卫国战争时期失去了丈夫，又毅然送儿子去参军。不幸的是儿子又在"越界者"的"突然袭击"中失去了生命。这里的边境冲突有影射中苏边界冲突的嫌疑，所以也被列为一株"大毒草"。日本的《日本改造法案——北一辉之死》美化了军国主义者北一辉。我们作为第二次世界大战的受害者，当然无法接受这样的作品。

　　第四类为对苏联和社会主义进行批评、反思的戏剧。这一类型的苏联戏剧还可以进一步分为四种。第一种的主要特点在于揭露斯大林时代的个人崇拜和暴政，包括以下戏剧：《暴风雪》《保护活着的儿子》《病房》《忠诚》《在第聂伯河上》等。关于《忠诚》这部戏剧，译者有这样的评价："作者通过对剧中人物的遭遇及心理状态的刻划，恣意诋毁斯大林时代的苏联社会主义社会。"① 在当时的中国官方看来，批评斯大林和斯大林式的社会主义是不对的。我们还应当注意到，不仅仅是苏联已经开始反个人崇拜和专制，其他社会主义国家也已经开始觉醒。例如说，曾经轰动一时的保加利亚的《暴风雨过后的痕迹》就是这么一部戏剧。译者的评价为："这个剧本在所谓'反对个人迷信'的幌子下，对社会主义制度、对无产阶级专政、对阶级斗争，进行了恶毒的攻击和诬蔑。"② 其实这样的戏剧不是中国人应当避免观看的作品，而是最需要观看的作品，但当时人们的总体认识水平有限，能够看到这点的人很少。

　　第二种是探索苏联改革的戏剧，主要包括《炼钢工人》《最热的一个月》（根据《炼钢工人》改编的电影剧本）《湖畔》《外来人》《幸运

---

　　① 《内容提要》，载［苏］包戈廷《忠诚》，群力译，中国戏剧出版社1965年版。

　　② 《内容说明》，载［保］戈诺夫、潘戴利耶夫《暴风雨过后的痕迹》，叶明珍译，中国戏剧出版社1965年版。

的布肯》《训火记》《适得其所的人》《趁大车还没有翻倒的时候》《明天的天气》《金色的篝火》《平静的深渊》《轻松的悲剧》《一个能干的女人的故事》《伤心的痴心汉》《粒粒皆辛苦》等，涉及工业、农业、科教、管理等领域的改革问题。《趁大车还没有翻倒的时候》是一部探索农村问题的戏剧。史峨山曾这样评价："剧本中的苏修农村，的确像一个已入膏肓的病人，城乡矛盾十分尖锐，但剧本却把造成这一矛盾和近年来农业生产失败的罪过强加在劳动人民头上。它把苏修农业一团糟的原因归结为农村的劳动人民不热爱锄头、铁锹，不安心生产而大量流往城市。因此，它首先为勃列日涅夫开出了这样一贴'处方'：要用锄头、铁锹来教育人民'重新热爱土地'。"① 这些戏剧涉及的问题其实也是中国社会面临的问题，但当时官方却断定这是苏联"修正"社会主义的结果，必然遭到失败。

第三种是对苏联现实（主要是斯大林之后的现实）进行揭露和批评的作品。《泡沫》就是这样一部作品。其主人公为马霍宁，25 岁就拿到了副博士学位，并跻身于新贵的生活；50 岁的时候，他还想拿博士学位，甚至当院士，但没有时间做研究；他请别人代写了一篇博士学位论文，并顺利通过答辩；在他举行家宴欢庆的时候被人揭发了，成为一部闹剧。类似的戏剧还包括《四滴水》《泡沫》《警报》《处境》《奖金》《活该如此！》，触及学术造假、酗酒、金钱崇拜、腐败、企业舞弊等问题。当时不少人认为这是苏修特有的问题，却不知道这也是改革开放之后常见的问题。

第四种戏剧探讨了通向社会主义的道路，包括《自由，这是个甜蜜的字眼！》《没有结束的对话》。《没有结束的对话》的主人公阿连德"是一个坚信议会道路的'马克思主义者'。为了证明'不流血地过渡到社会主义是可能的'，他在政治斗争中反对使用暴力，而倾向于议会斗争。"② 与他相反的是格瓦拉，他相信武器的力量甚于言辞的力量，

---

① 史峨山：《不治之症与药方——评〈趁大车还没有翻倒的时候〉》，载《摘译·外国文艺》1974 年第 3 期。

② 史麓：《历史早已作出结论——评苏修话剧剧本〈没有结束的对话〉》，载《摘译·外国文艺》1976 年第 2 期。

但"武装斗争，有一个搞少数人密谋还是靠广大群众打人民战争的问题"；格瓦拉由于不相信群众，结果只能失败。① 《自由，这是个甜蜜的字眼！》的主题大体上相似。

第五种戏剧和政治没有多大的关系，其主题是一般人的普遍问题，如《白旗》《厨娘》等。《厨娘》叙述的是一个爱情故事，但"作者在描写农村青年的生活时，采取了庸俗、轻率、不严肃的态度。"② 这里所谓不正确的态度，应该是指没有用马列主义的态度。

第六类为对资本主义国家进行反思和批判的戏剧。这一类戏剧主要有：

日本的《啊，无声的朋友们》《故乡》《男人的烦恼》《忍川》《约会》《诺斯德拉达缪斯的大预言》《罗生门》《华丽的家族》（第一部）、《华丽的家族》（第二部）、《日全食》《沙器》《望乡》《我的道路》《雨中的无人售票车》《小林多喜二》

美国的《接头人》《二号街的囚徒》《左拉传》《约旦先生来了》《南方人》《史密斯先生到华盛顿》《两个打秋千的人》《毛猿》《美国梦》《等待老左》《玻璃动物园》

法国的《椅子》《爸爸、妈妈、女仆和我》《死无葬身之地》《新房客》《侵犯》

英国的《愤怒的回顾》《骑马下海的人》《看管人》

德国的《从清晨到午夜》《群众与人》《沉钟》

意大利的《费鲁米娜·马尔土拉诺》《亨利第四》

爱尔兰的《等待戈多》

希腊的《爱与美之岛》

芬兰的《约斯蒂娜》

瑞士的《老妇还乡》

① 史麓：《历史早已作出结论——评苏修话剧剧本〈没有结束的对话〉》，载《摘译·外国文艺》1976 年第 2 期。

② 《内容提要》，载〔苏〕阿·索弗罗诺夫《厨娘》，孙维善译，中国戏剧出版社 1963年版。

瑞典的《鬼魂奏鸣曲》

比利时的《青鸟》

以上戏剧对资本主义国家都有所批评，其中态度比较否定的有《椅子》《愤怒的回顾》《诺斯德拉达缪斯的大预言》《等待戈多》等。在《椅子》的《后记》中，黄雨石说："尤琴·约纳斯戈是目前法国所谓新的戏剧'流派'——'先锋派'的最主要的代表人物"；"从思想方面讲，'先锋派'所宣扬的完全是一种绝对悲观主义。"[①] 黄雨石对《愤怒的回顾》也有颇具特点的评价，他说该剧是"英国社会发展到现阶段时文化上所面临的深刻危机的反映"[②]；"反映了今天英国青年的苦闷心情，暴露了英国腐朽的社会生活面貌；在手法上嬉笑怒骂多于义正词严的批评，在思想上，只有消极的否定而很少或根本没有积极的理想。"[③] 这些剧作家的确比较悲观，但他们未必完全否定资本主义社会。当时批评界的解读，明显地有着比较夸张的一面。

当然，大部分戏剧对资本主义并没有根本性的批判。《史密斯先生到华盛顿》的特点在于"小骂大帮忙"[④]。《约旦先生来了》属于好莱坞的"怪人喜剧"，"通过性格上有些怪癖的主人公和情节上荒诞离奇的安排，有时甚至还以一定程度的'社会批判'作为幌子，来安定人心，企图证明资本主义制度的永恒性。"[⑤] 但在当时的许多人看来，不管资本主义国家的剧作家怎么美化，不可能改变资本主义必然灭亡，社会主义必然胜利的规律。有人在几部日本戏剧的《出版说明》中说，这些电影剧本"可以看出日本的某些虚假繁荣，清楚地看出它本质上

---

① 黄雨石：《后记》，载约纳斯戈《椅子》，黄雨石译，中国戏剧出版社 1962 年版，第 70 页。

② 黄雨石：《译后记》，载奥斯本《愤怒的回顾》，黄雨石译，中国戏剧出版社 1962 年版，第 141 页。

③ 同上书，第 143 页。

④ 《编者说明》，载勃区曼《史密斯先生到华盛顿》，陈国容译，中国电影出版社 1964 年版，第 2 页。

⑤ 《编者说明》，载勃区曼、米勒《约旦先生来了》，叶丹译，中国电影出版社 1963 年版，第 1 页。

的腐朽，看出它不但根本无法摆脱资本主义制度的固有矛盾和危机，而且正在使某些矛盾空前激化。这对于我们进一步认清社会主义制度终究要代替资本主义制度，热爱社会主义反对资本主义，坚持革命反对倒退都将是有益的"。① 在当时，不少人的确有这种自信。

此外，不少戏剧并不以资本主义为批评对象，展示的是一般的人性。但这种戏剧也遭到了批评，因为当时"抽象人性论"是一个反动的概念。《老妇还乡》揭露的是金钱万能的现象，并不指向任何制度，"不论在西方资本主义世界或是在苏联东欧国家，几乎到处都是对该剧的一片赞美声"②。但就是这么一部戏剧，也遭到了不少批评："所以，总起来说，用'诗人的讥讽'装点门面，用自相矛盾的论断来迷惑群众，骨子里却贩卖着反动的政治思想，这便是杜伦马特戏剧创作的实质。"③ 我们只能说，当时的批评家真有"批评精神"。

第七类戏剧的主题为美国黑人问题。这一类戏剧本来可以划入第六类，但特点比较鲜明，所以单列一类。美国一共只有 16 部戏剧进入了内部出版的范围，但有 4 部戏剧谈论的是黑人问题，占的比重比较大。这 4 部戏剧为《黑鸟》《迷路前后》《觉醒》《两度相信魔鬼的人》。黑人问题的确是美国政治的软肋，"它使我们想起了列宁的一句话：'**黑人的状况对美国是一种耻辱**！'这种状况对美国统治者所标榜的'民主'，无疑是绝妙的讽刺。"④ 黑人问题当然是批评美国政治的有力佐证。

第八类是战争题材的戏剧，既有社会主义国家的作品，也有资本主义国家的作品，主要包括：苏联的《海洋》《礼节性的访问》《弧形火线》《突破防线》《主要突击方向》《没有侧翼的战线》《前线后面的战线》《不受审判的哥尔查科夫》《夜晚纪事》《第四名》，美国的《卡萨

---

① 《出版说明》，载［日］山田洋次等《故乡——日本的五个电影剧本》，石宇译，上海人民出版社 1974 年版，第 2 页。
② 《译后记》，载［瑞士］弗里德利希·杜伦马特《老妇还乡》，黄雨石译，中国戏剧出版社 1965 年版，第 138 页。
③ 同上书，第 147 页。
④ 复旦大学外语系外国文学评论组：《"以暴力对付暴力"——读美国电影剧本〈迷路前后〉》，载《摘译·外国文艺》1975 年第 7 期。

布兰卡》《守望莱茵河》。战争是戏剧艺术的重要主题,这些内部发行的译作中当然也有不少反映战争的作品。这个时段人们对战争戏剧的重要解读方式是,置之于美苏争霸的语境中。《礼节性的访问·译后记》中有这样的话:"电影剧本《礼节性的访问》,是为苏修社会帝国主义的侵略扩张政策制造舆论的。在剧本中,苏修叛徒集团自我暴露了其妄图称霸世界的狂妄野心,暴露了美苏两个超级大国既勾结又争夺的丑恶嘴脸。"[①] 美苏称霸的确是那个时代的重要话题,但过度解读,也会遮蔽戏剧的本质特性。

四 内部发行戏剧的历时探讨

根据《全国内部发行图书总目:1949—1986》,最早的内部发行的外国文学图书为作家出版社在 1961 年 10 月出版的苏联诗歌《山外青山天外天》。"皮书"的历史似乎还可以往前追溯。张福生曾经说:"秦顺新先生认为,'黄皮书'系列的出版可以追溯至 1957 年出版的《不是单靠面包》。"[②] 但他的观点只是一家之言。就外国戏剧而言,1962 年 1 月出版的英国戏剧《愤怒的回顾》是最早的内部发行的外国戏剧;1985 年 10 月出版的《等待老左》《亨利第四》《玻璃动物园》《四川好人》是最后的内部发行外国戏剧。下面将从历时的角度探讨外国戏剧的特点。

在"皮书"出现之前,中国政治已经出现了向"左"的倾向。1957 年毛泽东在《关于正确处理人民内部矛盾的问题》一文中说:"有错误就得批判,有毒草就得进行斗争。"[③] 在 1958 年时任中宣部长的陆定一进一步明确了毒草的概念,他说:"美国的文学艺术堕落到让黄色

---

① 《译后记》,载〔苏〕格列勃涅夫等《礼节性的访问——苏修的五个话剧、电影剧本》,齐戈译,上海人民出版社 1974 年版,第 425 页。

② 张福生:《我了解的"黄皮书"出版始末》,载《中华读书报》2006 年 8 月 23 日第 10 版。

③ 《建国以来毛泽东文稿》(第 6 册),中央文献研究室编,中央文献出版社 1992 年版,第 347 页。

小说、阿飞舞、黑猩猩的'绘画'在那里称王称霸。资产阶级的哲学、社会科学、文学、艺术，已经完全破产。它对我们只有一个用处，就是当作毒草来加以研究，以便使我们有个反面的教员，使我们学会认识毒草，并把毒草锄掉变为肥料。"① 毒草概念的提出，说明中国政治进一步极端"左"化，为外国文学走向内部发行埋下了伏笔。

内部发行外国戏剧的历史可以分为三个阶段："文化大革命"前，"文化大革命"时期，和"文化大革命"后。这三个时段的具体的戏剧分配，请见图3-2。"文化大革命"前，一共内部发行了32部外国戏剧。这个阶段的外国戏剧译介的第一个特点在于，非常重视作品的艺术性，《椅子》《等待戈多》《老妇还乡》《愤怒的回顾》等著名戏剧都是这个阶段引进的。第二个特点是，对作品的评价总体上比较到位。例如说，黄雨石先生分析了《椅子》的三方面的特点，他说："从思想方面来讲，'先锋派'所宣扬的完全是一种绝对悲观主义"；"其次，从戏剧形式方面来讲，他们提倡所谓'反戏剧的戏剧'（Anti-Pièce）、'原始戏剧'或'纯戏剧'；其实归总一句话，就是反对一切戏剧传统"；"'先锋派'认为戏剧家的任务决不是向观众'传达任何消息'，也不是提出'任何形式的救世之道'。"② 他最后得出结论："所有这一切当然只能说是疯狂。然而，在那彻底丧失理性的资本主义世界中，正是这种疯狂的东西最有市场。所以目前这些所谓'先锋派'戏剧，不仅在法国本国闹得满城风雨，而且它的影响竟已遍及整个资本主义世界。"③ 他对《椅子》的思想特征、艺术特色、社会根源都做了较好的阐释。他的行文不时地夹杂了一些比较"左"的话语。像黄雨石这样的高水平的学者，在翻译的时候能够把原著的精神吃得那么透，不可能真的否定这部作品；他说这样的话，可能只是为了让书能够流通开来。但另外一方面，任何人都难以真正超越时代，黄雨石的批评有时可能是认真

---

① 陆定一：《要做促进派——为"江海学刊"创刊号作》，载《江海学刊》1958年第1期。

② 黄雨石：《后记》，载约纳斯戈《椅子》，黄雨石译，中国戏剧出版社1962年版，第70—71页。

③ 同上书，第73页。

的。这些内容到底应该怎样理解，有时比较难把握。

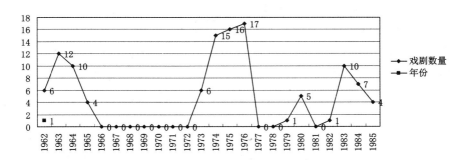

图 3 - 2 内部发行外国戏剧的历时分布

"文化大革命"期间的内部戏剧的出版可以划入第二阶段。1966 年"文化大革命"爆发之后，中国走向了极端"左"倾的道路。江青明确地指出，资本主义文化"腐朽下流，毒害和麻痹人民"①。当"四人帮"把外国文化的"毒害性"不断夸大之后，许多参与"皮书"策划和出版的专家都被打倒，"皮书"也完全停止出版。到了 1971 年一些出版社才开始重新组建并恢复工作，"皮书"的翻译与出版也重新启动了。内部发行的外国戏剧中断的时间比其他"皮书"还要长，1965 年12 月出版的《老妇还乡》是"文化大革命"前内部出版的最后一部，1973 年 11 月《摘译·外国文艺》刊登的外国戏剧是"文化大革命"期间最早的作品，时隔将近 8 年。1973 年的 3 期，只翻译，不评价，大概是因为大家觉得评价外国文学风险太大。但姚文元对客观的介绍感到不满，要求增加批判、评论，以期对读者起到导读的作用。从 1974年到 1976 年，《摘译·外国文艺》的各期都有不少评论性的文章。

这个时期的评论和"文化大革命"前的评论相比，有明显的新特点。苏联戏剧《一个能干的女人的故事》展现的是，一个能干的女厂

---

① 江青：《在江青同志在文艺界大会上的讲话》，载《江青同志讲话选编》，人民出版社1968 年版，第 21 页。

长如何把一个古老的纺织厂改变为高效的工厂。她狠抓考勤、定额、指标，表扬先进，批评落后，惩罚严重失职者，甚至对极端玩忽职守的工人采取没收住房、解雇之类的措施。对这样一部宣扬改革的戏剧，"文化大革命"期间人们是怎么评价的呢？《摘译·外国文艺》上的一篇文章是这样评论的："于是，我们看到了两种人：一种是厂长、总工程师、经理，当然还有部长、主席和总书记，他们自称为'上等人'——我们称之为官僚垄断资产阶级；另一种是除了劳动力外一无所有的'下等人'，他们之间根本谈不上'**在社会政治关系上的真正平等**'。为什么不平等？因为在资本主义全面复辟了的苏联，这一小撮'上等人'掌握了从中央到地方的大权，垄断了生产资料，过着骄奢淫逸的生活。他们不但操纵着消费品和一切社会财富的支配权，而且主宰着工人的命运。"① 和"文化大革命"前相比，这篇文章有如下的特点。（1）只讲内容，特别是政治内容，不谈戏剧形式和技巧；（2）断定这部戏剧只有缺点，没有优点；（3）抓住个别细节无限放大，以偏概全。我们很难说，写这些文章的人没有读懂原文，判断力已经完全失去。他们这样做可能并非完全出于自愿。但经过这么多年的折腾，人们的总体水平肯定已经下降，毕竟他们无法逃出时代的局限性。

由于种种原因，"文化大革命"之后"皮书"的出版还延续了相当长的时间，一直到1986年才全面停止。"文化大革命"结束后，总共出版了28部内部发行的外国戏剧。这个时代对"皮书"的评价也有了很大的变化。《粒粒皆辛苦》的内容提要的大致观点为："内容描写苏联人民奔赴垦区开荒，夺得粮食的增产，但是在苏联当局命令主义和官僚主义作风的迫使下，盲目扩大开垦范围，片面追求粮食产量，结果造成了生态平衡破坏、土壤侵蚀的严重恶果。作者对苏联当局有所美化，但在一定的程度上还是反映了当时的情况"；"剧本不落俗套，结构比较谨严，主要人物比较生动，对垦荒运动中的弊端也有所交代和暴露，

---

① 启明：《"我和你就不平等"——苏修社会生活面面观之五》，载《摘译·外国文艺》1976年第7期。

可供我国电影工作者参考和借鉴。"① 这里的评价虽然还有些先入为主的地方，但基本上是客观公允、全面合理的。这就意味着中国学术开始走向正规，当然也意味着"皮书"的日子快要结束了。

"皮书"的出现，说明中国出版界和文化界已经走上比较严重的"左"倾路线，主要表现在以下三个方面。首先，出版界对同样的作品的态度出现了变化。例如说，美国剧作家丽·海尔曼的《守望莱茵河》在 1950 年由新群出版社出版过，在 1954 年还由平明出版社出版过，但到了 1964 年，中国电影出版社在出版达希尔·哈美特改编的同名电影剧本时，却把这本书改成了内部出版物。其次，人们对同一作家的看法也变了。包哥廷在 20 世纪 50 年代是非常受欢迎的苏联剧作家，其作品被看作建设社会主义意识形态的好剧本，他的《悲壮的颂歌》《带枪的人》《克里姆林宫的钟声》等，为社会主义新文化建设做出过不少贡献。但到了 1965 年，包哥廷的《忠诚》只能以内部出版物的形式出现。最后，同一套书，由于出版时间持续了数年，前面出的是公开出版物，后面出的变成了内部发行物。例如说中国戏剧出版社出版的《戏剧理论译文集》的前 8 辑都是公开出版物，但到了 1963 年，这套书的第 9 辑却成了"皮书"。"皮书"的出现是极端"左"倾和极端保守的产物，但"皮书"本身却是黑暗年代的明灯。只要加上一些批评的套话，《等待戈多》《椅子》《老妇还乡》之类的好作品就能够和如饥似渴的读者见面。"皮书"的历史意义真的不能小看。

随着历史的发展，人们已经不满足于数量有限的明灯，还希望见到无边无际的阳光。时任中宣部新闻出版局理论处处长的李洪林在 1979 年的《读书》杂志上发表了《读书无禁区》和《解放"内部书"》两篇文章，吹响了思想解放的号角，在全国引起了强烈的反响。但历史是不可能直线前进的，袁可嘉主编的《外国现代派作品选》的第一和第二册分别在 1980 年和 1981 年公开出版，这套书的第三和第四册却在 1984 年和 1985 年的时候成了内部出版物。值得关注的是，这套书的第

---

① 《内容提要》，载［苏］拉普申、萨哈洛夫等《外国电影剧本丛刊特辑 1·粒粒皆辛苦》，蒋学会译，中国电影出版社 1982 年版。

一和第二册在 1983 年和 1984 年再版的时候也成了内部发行物。可见改革开放的潮流遇到过一定的逆流。"皮书"最终在 1986 年完成了历史的使命。原来的内部出版物已经开始公开借阅，有些好书还脱掉了"皮书"的帽子，以正常的方式出版。上文提到的《守望莱茵河》和包哥廷的剧作在改革开放之后又成了正规出版物。这些图书从公开出版物变为内部发行图书，再回到正式出版物的地位，见证了一段曲折的中国历史。历史的发展是螺旋的上升，而不是宿命的轮回；这些著作的再次出版，不意味着简单地向 50 年代回归，而是灾难之后的真正崛起。

第四章

艺术性与计划经济互动的外国
戏剧翻译与研究：1977—1992

　　漫长的"文化大革命"终于在 1976 年结束，这在中国历史上绝对具有里程碑式的意义，所以我们把 1977 年作为外国戏剧翻译与研究的新起点。1992 年市场经济的提出是新中国历史上的又一个重要转折点。1977—1992 年，中国文化界重新焕发了生机。郭沫若在 1978 年全国科学大会闭幕式上做了让人振奋的《科学的春天》的讲话。这个时段不仅是"科学的春天"，也是"外国戏剧"的春天，在翻译和研究方面都取得了很大的成就。这个阶段的主体在 20 世纪 80 年代，同时还包含了 70 年代末和 90 年代初。为了方便起见，我们称之为"新时期"。

　　在这段时光中，中国思想界出现了多元的声音：有人主张回到"十七年"的时代，有人侧重于外国（特别是西方）20 世纪的新思想，有人主张通过文化精英引导大众，有人认为政府应以计划的方式主导文化。当时陈白尘在谈到中外戏剧关系的时候曾说："……不排斥外国一切流派的'引进'。中华民族有消化一切外来文化的胃口，中国剧作家也有吸收借鉴一切外国戏剧的经验与实践，不必担心、排斥。只有让各种流派自然发展，自由竞赛，互相借鉴，互相吸收，甚至相互争论，然后经过观众的考验，何者存在、何者发展、何者消亡，都可听其自然。"[①] 这个时代的最大特点就在于，重新打开了国门，努力追赶世界

---

① 陈白尘：《中国话剧的过去、现在和未来》，载《陈白尘文集》第 8 卷，江苏文艺出版社 1997 年版，第 245 页。

的潮流。

一　各大洲的戏剧影响力

本章的信息来源与统计的原则和第一章相同。在这个时段中，我国学者翻译了相当多的外国戏剧，一共出版了1280部作品，其中2部出于多国作者之手，不方便划入某个国家或者某个洲。其余1278部在各大洲的分布与所占的百分比如图4-1所示。

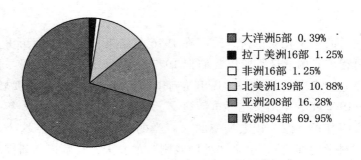

大洋洲5部 0.39%
拉丁美洲16部 1.25%
非洲16部 1.25%
北美洲139部 10.88%
亚洲208部 16.28%
欧洲894部 69.95%

图4-1　各大洲戏剧数量与份额

除了引进戏剧作品之外，人们还将注意力转向戏剧评论。在这个时段，我国翻译出版了外国戏剧研究著作97部，其中12部为多国作者合著的作品，不容易进行洲别鉴定，其余85部著作出自拉丁美洲、亚洲、北美洲和欧洲，大洋洲和非洲的著作则完全被忽视。关于各大洲的分布情况请见图4-2。

此外，还撰写了74部研究外国戏剧的著作。与"十七年"的5部相比，这十几年出版了七十多部，进步相当明显。这些著作中的26部的研究对象为多国戏剧（不方便进行洲别划分），50部具有国别信息，在各大洲的分布情况如图4-3所示。

根据以上的信息我们可以得出以下结论：

第一，外国戏剧的翻译与研究的世界版图已经比"十七年"时期

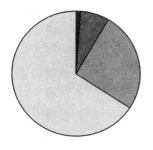

■ 拉丁美洲1部　1.18%

■ 亚洲6部　7.06%

■ 北美洲22部　25.88%

□ 欧洲56部　65.88%

图4-2　中译各大洲戏剧研究著作数量与百分比

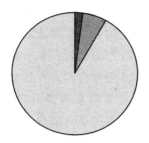

■ 亚洲1部　2%

■ 北美洲3部　6%

□ 欧洲46部　92%

图4-3　本国研究各洲戏剧著作的数量和百分比

更加合理，北美洲和亚洲有较大的增长，而欧洲有所减少。但总体来说，欧洲与北美的戏剧作品和戏剧研究著作占据了绝对重要的地位：在理论研究方面占了90%以上的份额，在作品方面也超过了80%。欧美文化相对发达，但还不至于一统天下。这种现象的出现在相当大的程度上是"西方中心主义"在作怪。但这里的"西方中心主义"不是指西方人的自大和霸权，而是指中国人自己在西方戏剧面前俯首称臣，主动地把丰富多彩的外国戏剧变成欧洲和北美的二重唱。

　　第二，除了欧洲和北美，只有亚洲在三个方面都有著作出版，而且在戏剧作品方面数量还比较可观。但相对于亚洲辽阔的疆土、悠久的历史和众多的人口而言，所占的份额还远远不够。

　　第三，在戏剧研究这个领域，拉丁美洲、非洲和大洋洲是一片空白；在翻译剧本和各自国内研究领域，三洲所占的份额也微乎其微。大洋洲本来就小，而且历史很短，得不到国人重视在一定程度上可以理解，但另外两洲的戏剧不应该如此受冷遇。这是典型的以国力强弱看戏剧，而不是以文学的或者学术的眼光看戏剧。

　　第四，外国戏剧的选择和翻译直接影响到读（看）什么的问题，理论著作的翻译则提供了如何读（看）的标准，体现了戏剧界的话语权，甚至会影响到我们对本国戏剧的判断。西方戏剧的大量译介为西方理论著作的引进创造了条件，理论著作的翻译又反作用于戏剧作品，给西方戏剧的评价带来了有利的标准。西方戏剧作品和理论著作的大量翻译，在感性和理性两个层面上强化和突出了西方戏剧的地位，给其他地区的戏剧带来了双重的压力。假如读一读国内学者写的研究著作，能够明显地看到这点。这些著作的术语和理论体系几乎都来自西方。以这样的标准分析作品，西方戏剧一般都处于有利的位置；在分析其他国家的古典戏剧的时候，人们常常由于这些作品不符合西方人提供的标准而提出一些否定的看法；在分析现代的作品（受西方戏剧影响之后的作品）的时候，学者们又常常觉得这些著作特色不鲜明。虽说理论著作的数量远远没有戏剧作品多，但更具深层次的作用。西方戏剧理论从西方戏剧作品中抽象出来，以这种标准看世界戏剧，结论往往为西方戏剧高于其他戏剧。

二　各国的戏剧分量

　　在这个时段中出版的 1278 部戏剧（另有 2 部为多国作者的作品），出自 54 个国家。中译剧作为 2 部以上的国家有 32 个，请见图 4-4。另有 22 个国家只有 1 部戏剧翻译成汉语，这些国家为：阿尔巴尼亚、秘鲁、冰岛、菲律宾、哥伦比亚、古巴、荷兰、加纳、加拿大、肯尼亚、马来西亚、缅甸、尼泊尔、斯里兰卡、泰国、坦桑尼亚、乌干达、乌拉圭、新加坡、伊朗、印度尼西亚、智利。

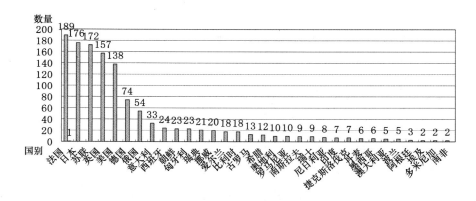

图 4 - 4 中译戏剧达 2 部及以上的国家

国人翻译的 97 部戏剧研究著作的国别情况如图 4 - 5 所示。

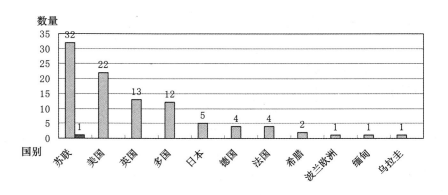

图 4 - 5 中译戏剧研究著作的国别分布

学者还撰写了 74 部研究外国戏剧的著作，其国别归属如图 4 - 6 所示。

从这 3 个图和相关信息我们可以得出以下结论：

第一，在这个时段，共翻译了 54 个国家的戏剧，和"十七年"的 39 国相比，已经有较大的进步。但总体上看还只触及世界舞台的一个

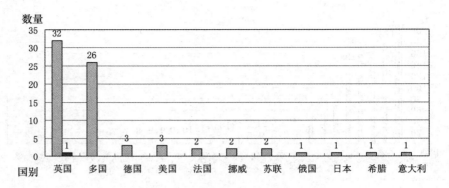

图4-6 本土研究外国戏剧著作的国别分布

角，还有一百多个国家和地区无人问津。不过人们的注意力不再集中于苏联一国，其他国家，如法国、日本、美国等，也有了较多的译著。但总的来说，翻译作品的分布仍然很不均匀。戏剧译作分布的主要特点如下：前5名的国家译作数量占总数的65.1%；澳大利亚是大洋洲的唯一代表；北美戏剧几乎等同于美国戏剧；日本一国占了亚洲戏剧的84.6%；尼日利亚戏剧占了非洲的戏剧的一半；墨西哥戏剧占了拉丁美洲戏剧的37.5%；法国占了欧洲的21.1%。

　　第二，在戏剧研究的译著方面，和"十七年"相比，已经有了明显的提高，从当时的66部增加到了97部，涉及的国家也大大增加，由原来的3国变为现在的10国，苏联占的份额由原来的94.9%降为37.6%。但总体来说，研究著作的翻译涉及的国家数还很少，美国和苏联加在一起占了63.5%，分布仍然很集中。

　　第三，国人研究外国戏剧的著作的数量有了飞跃式的增加，从原来的5部增加到了74部，研究的国家也从原来的5国升为10国。但大多数国家的戏剧还无人研究，而且这些研究著作的分布很不均匀，英国一国占了66.7%。英国的份额之所以如此之高，主要原因有三个：莎士比亚在世界剧坛首屈一指，英国在世界文化上占了重要的地位，英语这门语言在中国有庞大的从业人员。其他国家的数量仍然少得可怜。值得一提的是，研究苏联戏剧的著作只有2部。大概苏联文学与政治的关系太密切，人们仍然比较谨慎，采取了重翻译、少评价的态度。当然这个现象的出现，也和人们把重点逐步转向西欧和北美有关。

三　外国戏剧的历时分布

笔者把历年外国戏剧的出版数量制成图4－7；把历年中译戏剧研究著作的数据和历年国人研究外国戏剧的数据制成图4－8。此外，我们还把《全国总书目》所列的中译外国文学图书的册数制成图4－9。

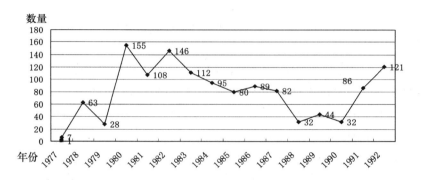

图4－7　中译外国戏剧的历时分布

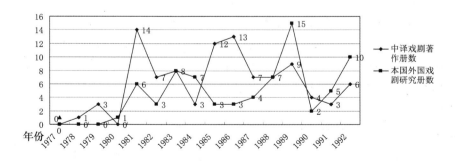

图4－8　中译戏剧研究著作和本土外国戏剧研究著作的历时分布

从这些图和相关的信息可以得出以下的结论：

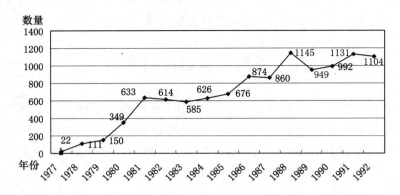

图4-9　中译外国文学图书的历时分布

第一，展示戏剧作品翻译情况的图4-7的高峰在20世纪80年代初期，之后的总体下降。图4-9所反映的外国文学总体情况的线条基本上是不断上扬。两者一升，一降，形成了一种反差，说明外国戏剧在外国文学中的地位开始下滑。

第二，图4-8中译外国戏剧研究著作出版情况的线条的高峰期也在20世纪80年代初期，后来也有下降的倾向；图4-8中的本国相关研究著作的曲线则表现为逐步上升。该时段初期进口的戏剧研究著作多于本国人研究外国戏剧的著作，但该时段后期，国内的政治环境逐步宽松，本土的学术渐渐走向成熟，所以出版了较多的本国学者的著作。

第三，从历时的角度看，该时段外国戏剧的翻译与研究经历了三个阶段：早期（1977—1979）、中期（1980—1984）和晚期（1985—1992）。20世纪70年代末的3年为恢复和过渡期。当时"文化大革命"刚刚结束，人们都在争取思想自由，但从僵化到觉醒需要一定的时间，所以各方面的数据只能逐步增长，而不是爆发式地增长。1980年左右，爆发式的局面终于出现了，4条曲线都陡然上升。但老百姓未必都能够适应这么急剧的变化，政府更是表示担忧，所以在1983、1984年发动了"反对资产阶级自由化"和"清除精神污染"的运动。从以上的3个图可以看出，4条曲线都在这个时段有所下降。然而，中国不会因此真的走向封闭。1985 年开始，外国文学的翻译和研究出现了更加开放的局面，1986 年甚至停止了"内部发行"的做法，把知识向全民开放。整个 80 年代后半期，中国人的思想更加解放了，很多知识分子甚至不满足于学术领域的自由，还希望政治领域有巨大的变化。外国文学和戏剧的空间因而缩小。1992 年中国政府提出了建设市场经济的策略，结束了相对保守的阶段。在这个时段，外国戏剧经历了开放—收缩、再开放—再收缩的曲线上升的过程。

四　社会主义国家戏剧和亚非拉戏剧

"文化大革命"结束后，人们首先想到的是回到正常轨道上来。对于当时的大多数中国人来说，解放初的历史是正常的，所以希望回归"十七年"。戏剧界再次把眼光转向了苏联和其他社会主义国家以及亚非拉诸国的戏剧。中国仍然高举着社会主义的旗帜，仍然属于发展中国家，所以必然和社会主义国家和亚非拉国家的文化关系比较密切。

但在这个时段，中国对外开放和学习的重点已经逐步转向西方国家，所以社会主义国家和亚非拉戏剧所占的比例有明显下降的趋势。在这个阶段共出版了 172 部苏联戏剧，94 部其他社会主义国家的戏剧，45 部亚非拉的戏剧，具体分布如图 4－10 所示。

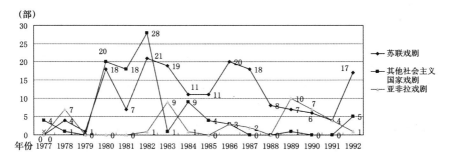

图 4－10　苏联戏剧、其他社会主义国家戏剧和亚非拉戏剧的历时分布

从量的角度看，苏联戏剧不再是一枝独秀。在这个时段，苏联戏剧一共只出版了 172 部，已经落后于第一名的法国（189 部）和第二名的日本（176 部）。在这个时段，还出版了 54 部俄国戏剧。如果把两者相加，总共为 226 部，俄苏戏剧仍然远远领先于法国和日本。苏联只有几十年的历史，相对于那些历史悠久的文学大国来说，优秀的剧作比较有限。从这个角度来说，苏联戏剧仍然是最受重视的。然而，与"十七年"的独占鳌头的地位相比，苏联戏剧的地位已经大大下降。当年苏联戏剧曾经占了外国戏剧总数的 42.4%，现在只占 13.5%。苏联戏剧的优势主要体现在 20 世纪 80 年代前半期，在后半期，已经是强弩之末了。苏联戏剧理论著作的翻译，也有一定的变化。在"十七年"中，苏联的著作超过 90%。在这个时段，苏联著作也明显下降，但仍然是最多的，一共为 32 部，占了总数的三分之一。在本土研究著作方面，苏联戏剧研究仍然没有大的变化，只有区区 2 部：郑雪来的《斯坦尼斯拉夫斯基体系论集》和陈世雄的《苏联当代戏剧研究》。

从历时的角度看，也可以分为早中晚 3 个阶段。20 世纪 70 年代末为早期。在这个时段，人们对苏联戏剧再也不会毫无戒备地拥抱了，因为苏联毕竟已经被列为"苏修"。1977 年 1 部苏联戏剧也没有出版。接着出版的苏联戏剧在内容上面也有一定的选择。1978 年的苏联戏剧为《波罗的海代表》《列宁在十月》《列宁在一九一八年》《乡村女教师》，1979 年出版的为《伟大的公民》。这些戏剧的内容比较"健康"，而且都曾在"十七年"出版过。从某个角度看，这还真是回归"十七年"。在这个时段学者们还翻译了 1 册苏联的戏剧理论著作，即弗雷里赫的《银幕的剧作》（中国电影出版社 1979 年版）。但在苏联戏剧研究方面，国人没有多少建树。陈建华曾经说："由于苏联文学（特别是当代苏联文学）还是一个相当敏感的区域，因此这方面的评论极少，偶尔有的几篇也以批评为主。"① 人们对苏联戏剧的态度也是如此。虽说在各大杂志上有一些评论性的文字，但专著一本也没有。茅盾曾在 1979 年说："海洋不择细流，而今借鉴不避修，安得划牢自囿。"② 茅盾的话说明，

---

① 陈建华：《中俄文学关系三十年》，载《解放军艺术学院学报》2008 年第 3 期。
② 茅盾：《西江月》，载《苏联文学》1979 年第 1 期。

在 70 年代末，人们对"苏修"的文学是比较警惕的，但也预示着，80年代的中国人将以开放的心态对待苏联文学。

20 世纪 80 年代前半期为这个时段的中期。在 50 年代初，苏联的《真理报》发表了《克服戏剧创作的落后现象》《提高苏联戏剧创作的水平》等文章，宣告苏联戏剧的"解冻"。当时国内学者马上就将这两篇文章翻译成了中文，并引起了一定的反响，但当时的中国还没有达到解冻的阶段，后来就没有什么声音了。到了"文化大革命"时期，苏联的寻求改革的戏剧都被当成了反面教材，成了内部出版物。中国人在走过了这么长的弯路之后，终于在 80 年代初觉醒过来了，再次把当年"冰封"起来的苏联戏剧进行"解冻"，一些原来列为"修正主义"的戏剧受到了重视。1981 年出版的沃洛金的《工厂姑娘》，描述的是一群纺织女工的遭遇，揭露了官僚主义和思想僵化对青年心灵的摧残。同年出版的罗佐夫的《权贵之家》揭露了官场的内幕。这方面的戏剧还很多，如《罗佐夫戏剧选》（上海译文出版社 1982 年，收录了《祝你顺利》《力量悬殊的斗争》《寻欢作乐》《途中》《永远活着的人》《尴尬处境》《四滴水》）《阿尔布卓夫戏剧选》（1983 年，包括《塔尼亚》《漂泊的岁月》《伊尔库茨克的故事》《我可怜的马拉特》《阿尔巴特旧区的传奇》《老式喜剧》）。其中《四滴水》曾在 1976 年作为反面教材内部发行过。当时的译者还给这部戏剧加上了一篇名为《宣扬阶级调和的毒剂——评苏修剧本〈四滴水〉》的序言，对这部作品做了全面的批判。但这次再版的时候，译者未做任何评价。阿尔布卓夫的《伊尔库茨克的故事》曾经在 1963 年作为"皮书"发行过，但 1983 年上海译文出版社再版已经成为可以向大众公开的一般读物，而且受到了很高的评价："爱情改变了贪图小利、庸庸碌碌的姑娘瓦丽娅。但是，只有集体劳动才能使她脱胎换骨。作者淋漓尽致地描绘了瓦丽娅从沉湎于轻浮的生活到追求真正爱情、从满足于爱情生活到理解人生意义的成长过程，意在指出：劳动与爱情是青年人幸福的不可分割的组成部分。"[1]

---

① 白嗣宏：《译后记》，载《阿尔布卓夫戏剧选》，白嗣宏译，上海译文出版社 1983 年版，第 581 页。

一部 70 年代的反面教材受到了如此高的赞扬，可见 80 年代初，人们已经以比较开放的心态看待苏联当代剧作。当然这种评价本身还带有意识形态的成分。

在这个时段，还翻译了 17 部苏联的戏剧研究著作，主要是与斯坦尼斯拉夫斯基、丹钦科等相关的著作，对于当代苏联的敏感问题鲜有触及。至于本国的研究著作还是相当少，只有郑雪来的《斯坦尼斯拉夫斯基体系论集》（中国戏剧出版社 1984 年版）这么 1 册，也没有涉及当代苏联的敏感问题。

该时段晚期，中国开放的力度更加大了，戏剧界也享有了更大的自由。这个时段出版的阿·格列勃涅夫的戏剧选集《一个能干的女人的故事》（吉林人民出版社 1986 年版）非常值得一提。这本书包含《一个能干的女人的故事》《外来人》《适得其所的人》《炼钢工人》《奖金》5 个剧本。这五个剧本原来都是反面教材，都以内部发行的形式出版过。但到了 20 世纪 80 年代后半期，这样的作品已经成为正面教材。李兆林在《译本前言》中说："早在七十年代初，苏联就在酝酿进行经济体制和管理体制的改革。苏联共产党制定了'新的经济体制'，号召'挖掘潜力'，开展'反对松垮怠慢、挥霍浪费、突击赶工等现行的斗争'，培养人们具有'高度的纪律性、责任感和组织性'，以便'急剧地提高生产率'。"① 他对《一个能干的女人的故事》的评价与"文化大革命"时期的观点完全不同，他说："剧作家着重写她怎样同旧的习惯势力作斗争，怎样想方设法进行改革，把企业整顿好，把群众的生产积极性调动起来，为国家创造更多的财富。"② 这些剧作对于改革开放的中国来说，具有较大的参考价值。但到了 80 年代末，人们对苏联戏剧的兴趣开始下降，逐步把重点转向了西方诸国，所以苏联戏剧的数量出现了下滑的趋势。

在"新时期"晚期，翻译了 14 部苏联戏剧研究著作。这些著作大

---

① 李兆林：《译本前言》，载《一个能干的女人的故事》，吉林人民出版社 1986 年版，第 1 页。

② 同上书，第 4 页。

都没有多少理论突破，很少触及敏感问题。其中值得一提的有《梅耶荷德谈话录》（中国戏剧出版社 1986 年版）和马尔科夫的《论梅耶荷德戏剧艺术》（文化艺术出版社 1987 年版）。梅耶荷德提倡的假定性戏剧，与之前充分得到国家肯定的现实主义大不一样，具有较大的革新勇气。这个时段本国学者只撰写了 1 部专著，即陈世雄的《苏联当代戏剧研究》（厦门大学出版社 1986 年版）。这是一部非常有学术价值的著作，也有一定的胆识，公开讨论了苏联剧坛的"解冻"和苏联戏剧反映出来的社会问题，研究了改革问题、人道主义问题等。

"新时期"一共出版了 94 部其他社会主义国家的戏剧，占总数的7.4%；和"十七年"相比稍有减少，当年出版了 111 部，占总数的8.7%。这些戏剧译自 8 个社会主义国家，还有 4 个社会主义国家的戏剧无人问津。"十七年"的高峰期出现在与苏联关系恶化之后，也就是20 世纪 50 年代末和 60 年代初。但在"新时期"，这些社会主义国家的戏剧是"新时期"外国戏剧的开路先锋。"文化大革命"后第一次出版的外国戏剧为《朝鲜电影剧本集》（含 4 个电影剧本，人民文学出版社1977 年 4 月出版）。在 80 年代初期，我国出版了不少其他社会主义国家的戏剧：1980 年（19 部）、1981 年（18 部）、1982 年（28 部）。1982 年之后，其他社会主义国家的戏剧一落千丈，再也没有多大的影响力。

在这个时段，一共翻译了 2 部其他社会主义国家的戏剧研究著作：波兰耶日·格洛托夫斯基的《迈向质朴戏剧》（中国戏剧出版社 1984年版）和德国布莱希特的《布莱希特论戏剧》（中国戏剧出版社 1990年版）。在戏剧研究方面也有 2 部著作：卞之琳的《布莱希特戏剧印象记》（中国戏剧出版社 1980 年版）和佐临、童道明等的《论布莱希特戏剧艺术》（中国戏剧出版社 1984 年版）。格洛托夫斯基和布莱希特的观点和社会主义现实主义有较大的出入，在 20 世纪五十六年代绝对不属于主流，在 80 年代却如此受重视，说明人们的价值观已经有了很大的变化。

我国一直视亚非拉诸国为盟友，所以"文化大革命"刚刚结束，我们就把目光转向了这些国家的戏剧。1978 年出版的《拉丁美洲现代独幕剧选》（人民文学出版社），包含 7 个剧本，也属于这个领域的开路先锋。"新时期"出版了共 45 部亚非拉戏剧，占总数的 3.5%，与"十七年"的 2% 相比有所提高。但随着时代的发展，人们逐渐把目光转向了西方，亚非拉戏剧的重要性相对地变得更小了。

在亚非拉戏剧理论的翻译方面有很大的进步，出版了 2 部这方面的著作：缅甸的貌阵昂的《缅甸戏剧》（中山大学出版社 1992 年版）、乌拉圭的丹尼艾尔·阿里洪的《电影语言的语法》（中国电影出版社 1981 年版）。但研究著作一部也没有。

五　古典戏剧

"文化大革命"结束后，人们首先把目光转向了朝鲜和苏联的戏剧，但经历了长期的"左"倾说教之后，人们显然对这一类戏剧已经审美疲劳。在 20 世纪 70 年代末，真正吸引读者的剧作是古典名著的出版。1977 年人民文学出版社再版了莎士比亚的《哈姆雷特》《雅典的泰门》《威尼斯商人》，并在 1978 年出版了《莎士比亚全集》；1978 年上海译文出版社出版了莫里哀的《莫里哀喜剧六种》，1979 年出版了《外国剧作选》（1）；1978 年吉林人民出版社出版了易卜生的《戏剧四种》。这些古典名著的出版在读者当中产生了巨大的反响。

陈思和在一篇文章中谈到 1978 年读者购买古典作品的壮观场面："那年 5 月 1 日，全国新华书店出售经过精心挑选的新版古典文学名著《悲惨世界》《安娜·卡列尼娜》《高老头》等，造成了万人空巷的抢购局面。"① 张世君在他的小说中生动地描写了 1978 年的买书场景："熬过了两三点钟阴阳不分的时辰，四五点钟天就开始麻麻亮了，马路上的脚步声多起来，为了维持秩序，先到的人自发制了一些排队号数的小纸片，以免后来的人加塞'插轮子'。早上八点钟了，书店门口围起了里三层外三层的人……每个买书的人都笑呵呵地捧着一摞书出来，买书是没有选择的，几乎有几本名著，就买几本。书荒太长时间了，饥不

---

① 　陈思和：《想起了〈外国文艺〉创刊号》，载《博览群书》1998 年第 4 期。

择食呀，有什么书，就都买。那天卖的书有《高老头》《欧也妮·葛朗台》《安娜·卡列尼娜》，亦琼全都买上了。土黄色封面上描着青色的单线图案，印着深褐色的书名，哎呀，这名著，摸摸都过瘾呀!"① 这里没有提到外国古典戏剧，实际上古典戏剧，特别是莎士比亚的戏剧，在当时影响力非常很大。

20 世纪 70 年代末，学者们还翻译了 2 部西方古典戏剧研究的著作：杨周翰主编的《莎士比亚评论汇编》（上）（中国社会科学出版社1979 年版）和司汤达的《拉辛与莎士比亚》（上海译文出版社 1979 年版）。但这个时段还没有古典戏剧研究的著作出版，只有一些零星的期刊论文。当时人们虽然已经开始狂热地阅读西方古典戏剧，但在戏剧批评方面还没有多大的建树。

20 世纪 80 年代和 90 年代初，古典戏剧仍然比较受重视，主要出版物有：

《契诃夫戏剧集》（上海译文出版社 1980 年版）
《外国剧作选》（第 2—6 册）（上海文艺出版社 1980—1981 年版）
《莫里哀喜剧选》（共 3 册）（人民文学出版社 1981 年版）
《拉辛戏剧选》（上海译文出版社 1985 年版） 等
《雨果戏剧选》（人民文学出版社 1986 年版）
《哥尔多尼喜剧三种》（上海译文出版社 1989 年版）
《古罗马戏剧选》（人民文学出版社 1991 年版）
《莫里哀喜剧全集》（第 1—4 卷）（湖南文艺出版社 1992 年版）

在这几年中，国人翻译了比较多外国的古典戏剧研究著作，主要的译著如下：

杨周翰主编：《莎士比亚评论汇编》（下）（中国社会科学出版社1981 年版）

---

① 张世君：《红房子》，广东人民出版社 1999 年版，第 142 页。

海涅：《莎士比亚笔下的女角》（上海译文出版社 1981 年版）

莱辛：《汉堡剧评》（上海译文出版社 1981 年版）

洛姆诺夫：《托尔斯泰剧作研究》（青海人民出版社 1983 年版）

叶尔米洛夫：《论契诃夫的戏剧创作》（中国戏剧出版社 1985 年版）

陈洪水、水建馥选编的《古希腊三大悲剧家研究》（中国社会科学出版社 1986 年版）

休·亨特等的《近代英国戏剧》（中国戏剧出版社 1987 年版）

布雷德利的《莎士比亚悲剧》（上海译文出版社 1992 年版）

本国的研究著作也不少，主要有：

贺祥麟等：《莎士比亚研究文集》（陕西人民出版社 1982 年版）

朱光潜：《悲剧心理学——各种悲剧快感理论的批判研究》（人民文学出版社 1983 年版）

罗念生：《论古希腊戏剧》（中国戏剧出版社 1985 年版）

朱立元：《黑格尔戏剧美学思想初探》（学林出版社 1986 年版）

卞之琳：《莎士比亚悲剧论痕》（生活·读书·新知三联书店 1989 年版）

吴光耀：《西方演剧史论稿》（中国戏剧出版社 1989 年版）

乔德文：《东西方戏剧文化历史通道》（湖南文艺出版社 1991 年版）

张泗洋：《莎士比亚戏剧研究》（时代文艺出版社 1991 年版）

冉国选：《俄国戏剧简史》（河南大学出版社 1992 年版）

总的来看，外国古典戏剧的市场一直比较稳定，这一类的著作毕竟经历了千百年的时间考验。在理论著作方面，前半期翻译类的较多，而本国的著作较少。这一方面是因为当时的理论水平还比较有限，另一方面是因为有些敏感问题，人们还不太方便直接发表言论，只能借助翻译间接表达。后期则本土著述多于译著，因为一支稳定的专业队伍已经形成，他们的理论水平已经大大提高。

人们从这些古典作品中读出了些什么呢？作品如此之多，读者如此之众，答案是很丰富的。在五花八门的感受中，当时最有影响力的主题之一为古典作品体现出来的人道主义。在人性和尊严遭到"文化大革命"的毁灭性打击之后，20 世纪 70 年代末和 80 年代初中国学者发动了影响深远的关于人道主义的讨论。这一主题的开拓性的文章之一是李鹭在1979 年第 1 期《外国文学研究》上的《从读莎氏喜剧一点感受谈起》。莎剧对中国人的人道主义观念的形成起过重要的作用。几乎所有的读者都注意到了莎士比亚的名言："人类是一件多么了不得的杰作！多么高贵的理性！多么伟大的力量！多么优美的仪表！多么文雅的举动！在行动上多么像一个天使！宇宙的精华！万物的灵长！"[1] 到底有没有超越于阶级之上的人道主义呢？这在当时是一个敏感的问题，容易导致所谓的"抽象人性论"。人们一般不正面回答这个问题，往往通过讨论外国的著作来阐述自己的观点。例如说，学者们对雨果《九三年》展开了讨论，特别关心这部小说中关于人道主义的论述："在绝对正确的革命之上，还有一个绝对正确的人道主义；"[2] "革命的目的难道是要破坏人的天性吗？革命难道是为了破坏家庭，为了使人道窒息吗？绝对不是的。"[3] 但这些著作本身大都属于资产阶级的作品，在社会主义中国的合法性难免遭到质疑。许多人因此还试图在马克思主义的著作中寻找关于人道主义的论述。值得一提的是，当时还专门出版了一部这方面的著作，即《马克思恩格斯论人性、人道主义和异化》（人民出版社 1984 年版）。在马克思主义的著作中找到了依据，人道主义便有了合法的地位。

关于人性问题的讨论，首先是国人在阅读古典著作的过程中被激发的，但后来还与大众电影等结合在一起，产生了更大的影响。最值得一提的是，日本的探讨人性的电影《人证》曾经轰动一时。这部电影的剧本《人的证明》（中国电影出版社 1981 年版）也颇受读者

---

① 　[英] 莎士比亚：《哈姆雷特》，载《莎士比亚全集》第 9 卷，朱生豪译，人民文学出版社 1991 年版，第 49 页。

② 　[法] 雨果：《九三年》，郑永慧译，人民文学出版社 2004 年版，第 323 页。

③ 　同上书，第 329 页。

重视。可见当时关于人道主义和人性问题的讨论既有来自古典文学的深度，也有大众文化的广度，属于那个时代的显学。据统计，到1983年有关人性的讨论文章至少已有四五百篇。

　　人性问题的探讨并非一帆风顺。其实这个问题早在20世纪五六十年代国人就有所触及。当时受苏联"解冻"的影响，翻译了一些这方面的书，展开了一些讨论，并内部翻译出版了《苏联文学与人道主义》（作家出版社1963年版）和《人道主义与现代文学》（上下册）（作家出版社1965年版）。但当时的中国还不具备"解冻"的条件，不可能受到重视，只有到了80年代才可能深入地探讨这个问题。中国文联主席周扬在"纪念马克思逝世一百周年学术报告会"上做了关于人道主义的重要演讲，引起了全国上下的重视，将这个问题的讨论引向了高潮。但同时也带来了问题，国家马上开始对人道主义问题加强了监管。《人民日报》指出："有些人……宣扬抽象的人性论、人道主义，认为所谓社会主义条件下人的异化应当成为创作的主题。"① 人道主义成为"反资产阶级自由化"和"精神污染"的运动中的批判对象，受到了一定程度的打压。但80年代已经是开放的时代，打压只能是暂时的，接着人们又以更大的自由去学习西方古典戏剧以及这些作品中表现出来的人道主义精神。从政治的角度看，并不难理解，因为开放是一个逐步前进的过程。从学术的角度看，也有一些道理。一味地追求西方人所谓的人道主义，会导致欧洲中心主义，容易误将西方价值观看作普世的价值观。当然，学术问题应该更多地通过自由探讨的方式解决，不应当过多地政治化。

六　现代主义戏剧

　　现代主义文学，在刚刚传到中国的时候，相当受人们的欢迎。早

---

　　① 《人民日报》评论员：《高举社会主义文艺旗帜 坚决防止和清除精神污染》，载《人民日报》1983年10月31日。

期的茅盾曾经说："翻开西洋的文学史来看，见他由古典—浪漫—写实—新浪漫……这样一连串的变迁，每进一步，便把文学的定义修改了一下，便把文学和人生的关系束紧了一些，并且把文学的使命也重新估定了一个价值。"① 这里的"新浪漫"指的就是现代主义，在茅盾眼里似乎是比之前的流派更好的创作方法，因为处在进化的最后面。随着马列主义慢慢成为主流思想，大多数人认为现代主义是晚期资本主义特有的文学现象，是和社会主义国家对立的东西。新中国成立之后，这种观点成为绝对的主流，现代主义文学几乎从文学界淡出。到了"文化大革命"时期，现代主义文学完全成为反动的文学。当代作家唐敏曾在 20 世纪 70 年代捡到一份北京大学造反派批评现代派的小册子，他发现："撰写此文的革命小将以咬牙切齿的痛恨，怒骂外国现代派文学的反动与毒害，其可怕程度在我的理解中，十八层地狱也不过如此了。"② 造反派没有选择典型的现代派作品，因为"真正意义上的外国现代派文学是绝对不能阅读的，读者包死！"③ 所以他们选择了爱伦·坡的《黑猫》作为批评的对象，原因在于这篇作品属于早期的现代派作品，危害较小。唐敏小心谨慎地偷偷阅读了《黑猫》："在恐惧之中我被一种比美丽还要深刻的旋律抓住了，我一下子沉浸到爱伦·坡的世界中去，被我从来没经历过的神秘的魔力所吸引……读完了一遍，我浑身发抖，甚至想不出我读过的是什么了。我最深的、永难忘记的印象来自我的身体的感觉，我觉得我的身体被瓦解了，包围我的一层硬壳被粉碎了……"④ 这是一种被禁止的快乐，是自由社会中的人难以感觉到的快乐。

　　在"文化大革命"那样的岁月中，能够读到现代主义作品的机会极少，而且要冒巨大的风险。文化浩劫结束后不久，现代主义戏剧也开

---

　　① 茅盾：《新文学研究者的责任与努力》，见《茅盾全集》第 18 卷，人民文学出版社 1989 年版，第 66—67 页。

　　② 唐敏：《与"黑猫"私奔》，载《寻找另一种声音——我读外国文学》，余中先选编，外国文学出版社 2003 年版，第 2 页。

　　③ 同上。

　　④ 同上书，第 3 页。

始进入中国人的视野。1978 年法国的朱甘德受邀来华主讲"西方现代戏剧潮流",还表演了尤内斯库的《秃头歌女》片段,受到了大家的好评。同年学者创办了《外国文艺》。这份杂志的创刊号刊登了不少现代主义作品,包括萨特的戏剧《肮脏的手》。这些著作让陈思和大开眼界,他说:"在几十年的时间里,我们接受外国文学一直停留在古典欧美传统文学和苏联社会主义现实主义的范围之内,并以此作为文学创作的参照系,现在一道神秘的门终于悄悄地打开了,新的艺术世界第一次不在被批判的视角下展开了自身的魅力。"① 他把这份杂志和五四时期的《新青年》,30 年代《现代》杂志,50 年代台湾的《文学杂志》等相提并论,认为它们影响了一代的文学思潮。他接着说:"若以这样的标准看'文化大革命'后中国文学发展与期刊的关系,我觉得其关系最大、影响最重要的,倒不是当时那些质量平平的文学期刊,而是有关外国现代文学观念引进和介绍的刊物——我想说的是上海译文出版社出版的《外国文艺》杂志。"② 虽说当时的杂志已经开始关注现代主义,但 70 年代末还没有出版一本外国现代主义戏剧的书。

20 世纪 80 年代是现代主义特别活跃的时期。唐敏说:"八十年代以后,现代派文学像潮水一样不可阻挡地涌进中国……我用了三年的时光来研读八十年代能够找到的现代派文学作品,用以补偿我在十二岁时的愿望——给我一个机会,我就要读遍'罪恶的'现代派!"③ 现代派戏剧在 80 年代非常受欢迎。袁可嘉先生分析了人们喜欢现代主义的原因,他说:"刚刚结束的十年浩劫真像现代主义展示的梦魇世界;一度弥漫全国的现代迷信反过来启发了他们怀疑否定的精神;长期的自我压抑使他们追求强烈的自我喷发;'文化大革命'时期对人性的迫害使他们急切地重申人的权利和人道观念;先前粉饰现实的'假大空'文学使他们转向寻求内心的真实;他们不满于一般的反映论和说教灌输的手法,积极向表现主义和象征手法学习;他们不赞同以往以阶级斗争为纲

---

① 陈思和:《想起了〈外国文学〉创刊号》,载《博览群书》1998 年第 4 期。
② 同上。
③ 唐敏:《与"黑猫"私奔》,载《寻找另一种声音——我读外国文学》,余中先选编,外国文学出版社 2003 年版,第 5 页。

的理论批评，力求从西方现代文论和各种新兴学科汲取营养，进行新的探索。"① 他的分析有一定的道理。

从 1980 年至 1992 年，翻译了大量的现代主义戏剧和论述现代戏剧的著作，并出版了可观的研究著作。这三个领域的主要图书罗列如下：

《布莱希特戏剧选》（上下册）（人民文学出版社 1980 年版）

《荒诞派戏剧集》（上海译文出版社 1980 年版）

《外国现代派作品选》（第 1—4 册）（上海文艺出版社 1980—1985 年版）

《斯特林堡戏剧选》（人民文学出版社 1981 年版）

《迪伦马特喜剧选》（人民文学出版社 1981 年版）

《斯特林堡戏剧选》（人民文学出版社 1981 年版）

《奥凯西戏剧选》（人民文学出版社 1982 年版）

《热铁皮屋顶上的猫——西方现代剧作选》（中国社会科学出版社 1982 年版）

《恰佩克戏剧选》（人民文学出版社 1982 年版）

《梅特林克戏剧选》（外国文学出版社 1983 年版）

《荒诞派戏剧选》（外国文学出版社 1983 年版）

《皮蓝德娄戏剧二种》（人民文学出版社 1984 年版）

《玛兰公主——梅特林克剧作选》（湖南人民出版社 1985 年版）

《萨特戏剧集》（人民文学出版社 1985 年版）

萨特：《魔鬼与上帝》（漓江出版社 1986 年版）

皮蓝德娄：《寻找自我》（漓江出版社 1989 年版）

《西方现代戏剧流派作品选》（第 1—3 卷）（中国戏剧出版社 1989—1992 年版）（第 4—5 卷是后来出版的）

《外国当代剧作选》（共 6 卷）（中国戏剧出版社 1989—1992 年版）

社会科学院外国文学研究所编：《外国现代剧作家论剧作》（中国

---

① 　袁可嘉：《欧美现代派文学概论》，上海文艺出版社 1993 年版，第 100 页。

社会科学出版社 1982 年版）

格洛托夫斯基：《迈向质朴戏剧》（中国戏剧出版社 1984 年版）

梅耶荷德：《梅耶荷德谈话录》（中国戏剧出版社 1986 年版）

克雷：《论剧场艺术》（文化艺术出版社 1986 年版）

威尔逊等：《论观众》（文化艺术出版社 1986 年版）

斯泰恩：《现代戏剧的理论与实践》（第 1—3 册）（中国戏剧出版社 1986—1989 年版）

马尔科夫：《论梅耶荷德戏剧艺术》（文化艺术出版社 1987 年版）

劳：《从愤怒到超然》（中国戏剧出版社 1988 年版）

布鲁克：《空的空间》（中国戏剧出版社 1988 年版）

黄晋凯、张秉真：《象征主义·意象派：外国文学流派研究资料丛书》（中国人民大学出版社 1989 年版）

袁可嘉等编选：《现代主义文学研究》（上下卷）（中国社会科学出版社 1989 年版）

任蠡甫，童道明主编：《现代西方艺术美学文选·戏剧美学卷》（春风文艺出版社 1989 年版）

布莱希特：《布莱希特论戏剧》（中国戏剧出版社 1990 年版）

布雷德伯里、麦克法兰编：《现代主义》（上海外语教育出版社 1992 年版）

卢卡契等：《表现主义论争》（华东师范大学出版社 1992 年版）

卞之琳：《布莱希特戏剧印象记》（中国戏剧出版社 1980 年版）

廖可兑：《美国戏剧论辑》（中国戏剧出版社 1981 年版）

高行健：《现代小说技巧初探》（花城出版社 1981 年版）

郑敏：《英美诗歌戏剧研究》（北京师范大学出版社 1983 年版）

佐临等：《论布莱希特戏剧艺术》（中国戏剧出版社 1984 年版）

何望贤编选：《西方现代派文学问题论争集》（上下集）（人民文学出版社 1984 年版）

廖可兑：《美国戏剧论辑》（2）（中国戏剧出版社 1985 年版）

龙文佩编：《尤金·奥尼尔评论集》（上海外语教育出版社 1987 年版）

廖可兑主编：《奥尼尔戏剧研究论文集》（中国戏剧出版社 1988 年

版）

赵澧、徐京安主编：《唯美主义》（中国人民大学出版社 1988 年版）

汪义群：《当代美国戏剧》（上海外语教育出版社 1992 年版）

在这个时段，戏剧界基本上坚持现实主义和现代主义并重的原则，但就当时对中国的冲击力而言，现代主义当然更强。但事物的发展道路往往是曲折的，现代主义的命运也是如此。改革开放不久，1983、1984 年的"反资产阶级自由化"和"清除精神污染"运动就把矛头指向了现代主义。1983 年 10 月 31 日《人民日报》发表了《高举社会主义文艺旗帜 坚决防止和清除精神污染》的评论员文章，公开对现代派文学进行批评。高行健的颇有现代主义特色的剧本《车站》被批为"建国以来最恶毒的一个戏"①。袁可嘉主编的《外国现代派作品选》的第 1 和第 2 册分别在 1980 年和 1981 年公开出版，而这套书的第 3 册和第 4 册在 1984 年和 1985 年出版的时候却成了内部发行图书。值得关注的是，这套书的第 1 册和第 2 册在 1983 年和 1984 年再版的时候也成了内部发行物。此外，何望贤编选的《西方现代派文学问题论争集》（上下集）（人民文学出版社 1984 年版）也属于内部发行的图书，但书中的大多数文章都曾经公开发表过。可见改革开放的潮流遇到过一定的逆流。

到 20 世纪 80 年代后半期，思想界的自由度更加增大了，现代主义戏剧基本上不再属于禁区，其怀疑和否定的精神也是引起一定的社会反响。但有关现代主义戏剧的出版物的数量及其冲击力似乎不如 80 年代初期。

七　最受欢迎的作品与剧作家

在这个时段中哪些作家最受读者欢迎？哪些作家最受学界的重视？

---

① 高行健：《没有主义》，香港天地图书出版社有限公司 2000 年版，第 162 页。

通过数据统计，可以找到答案。为了说明一个作家在读者中的知名度，最好的办法是统计发行量。请见图4-11。

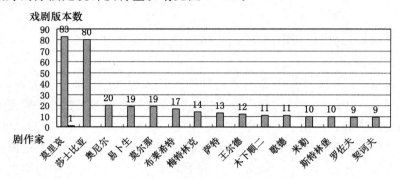

图4-11 最受欢迎的外国剧作家

这里的戏剧本版数=剧本数×版本数。从这个图可以看出，在这个时段，最流行的剧作家为莫里哀，主要是因为出版了好几套戏剧集。就印刷数而言，莎士比亚应该更大，但莎士比亚只出了一个版本的全集，所以版本数不如莫里哀。这个图中的剧作家，只有莫里哀、莎士比亚和歌德在1900年以前去世。这个时段的戏剧界对20世纪的外国剧作家特别重视，尤其是现代主义作家。列入这个图的苏联作家只有罗佐夫一位，而且他是曾经遭批评的"解冻"戏剧的代表，而以前的歌功颂德的苏联剧作家没有一位入选。此外，布莱希特也是社会主义国家的剧作家，但他是以反传统为特点的，不属于社会主义现实主义的主流。木下顺二是电影剧本作家，是亚洲的唯一代表。他的入选不是偶然的，那个年代日本电影在中国很有市场。

图4-12显示的是哪些剧作最为流行。从这个图可以看出，莫里哀的作品入选的数量最多，主要是因为这个时段出版了几套莫里哀戏剧集。在这16部戏剧中，只有5部是20世纪的作品，现代主义的剧作只有2部。可见单部的古典戏剧作品的受欢迎程度超过了20世纪的新作，它们毕竟已经经受了这么长的时间的考验。在这一点上，受欢迎的作家与受欢迎的作品有一定的区别。这个图中的喜剧多于悲剧，说明中国人可能更加偏爱喜剧。假如把这个图和"十七年"的图进行比较，可以

看出，苏联戏剧作品的地位已经大大下降。

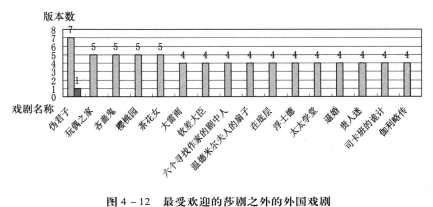

图 4 - 12　最受欢迎的莎剧之外的外国戏剧

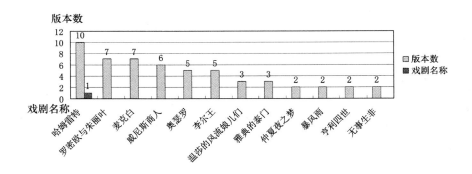

图 4 - 13　最受欢迎的莎剧

图 4 - 13 展示的是印刷版本最多的莎剧。在这个时段，出版了 2 个及以上版本的莎士比亚剧作为 12 部。在入选的戏剧中，也是喜剧多于悲剧。

在"新时期"，外国戏剧的翻译与研究更加多元化，但也有过于突出西欧和北美的问题，许多国家的戏剧还没有受到应有的重视。从历时的角度看，外国戏剧有"虎头蛇尾"的嫌疑，80 年代初影响力较大，后来有所下降，社会主义戏剧尤其如此。最初以朝鲜的社会主义戏剧作为对外开放的突破口，接着译介了不少苏联和其他社会主义国家的戏剧，还出版了一定数量的亚非拉戏剧。这些戏剧当中，只有苏联当代有关揭露社会问题、探索改革道路的戏剧颇有市场。古典戏剧接社会主义戏剧之踵而来，在"新时期"颇受读者的喜爱，它们所关注的人道主义问题尤其受到重视。紧接着古典戏剧而来的是 20 世纪戏剧，它们当年曾经非常轰动，特别是现代主义戏剧。胡星亮曾说："如果说'五四'前后短短数年间，西方上下千年的戏剧发展都在中国剧坛匆匆地走过一遍，那么 20 世纪 80 年代，新时期戏剧也同样走过了西方现当代戏剧近百年的道路。"① 开放和引进是"新时期"戏剧界的主流，其重点在于近百年新出现的戏剧，特别是现代主义戏剧。

① 胡星亮：《当代中外比较戏剧史论（1949—2000）》，人民出版社 2009 年版，第 202 页。

第五章

市场经济时代外国戏剧的
翻译与研究：1993—2010

1992 年上半年邓小平南方讲话为市场经济做好了铺垫，党的第十四次全国代表大会在 1992 年 10 月正式确立了建设社会主义市场经济的目标，但真正全面着手建设市场经济的时间差不多已经是 1993 年了，所以我们把 1993 年当作新的起点。2010 年并未经历重大事件，不属于历史的转折点，我们选择这一年作为这本书的最后时间，主要是考虑到 2010 年之后的外国戏剧的翻译与研究离我们太近，不容易客观地进行观察和分析。这个时段共有 18 年。为了便于称呼，我们称之为"市场经济时代"。

一 各大洲和各国的戏剧份额

我们统计的对象为《全国总书目》，统计标准和前面一样。在"市场经济时代"，一共翻译出版了 2057 部外国戏剧，其中 1 部为多国作者合作的作品，其余的作品在各大洲和各国的分布情况如表5 - 1 所示。

从总数上看，这个时段的外国戏剧数量比"十七年"和"新时期"有一定的增加，但相对于其他领域的图书的增长速度而言，增速较慢。

表 5 – 1　　　　　　　中译外国戏剧的洲别国别分布

洲别	总数及百分比	国别	戏剧数量（部）
北美洲	163 部 7.93%	美国	158
		加拿大	5
大洋洲	1 部 0.05%	澳大利亚	1
非洲	3 部 0.15%	尼日利亚	2
		埃及	1
拉丁美洲	4 部 0.19%	秘鲁	1
		古巴	1
		圣卢西亚	1
		乌拉圭	1
亚洲	59 部 2.87%	日本	58
		以色列	1
欧洲	1826 部 88.81%	英国	989
		法国	181
		希腊	174
		德国	98
		俄国	93
		意大利	79
		挪威	58
		西班牙	47
		瑞典	21
		奥地利	17
		爱尔兰	15
		瑞士	13
		丹麦	10
		古罗马	10
		印度	7
		比利时	5
		芬兰	3
		波兰	2
		保加利亚	1
		捷克斯洛伐克	1
		罗马尼亚	1
		南斯拉夫	1

　　"市场经济时代"外国戏剧作品的出版，比任何时代都更加集中于欧洲和北美，其他各洲的戏剧简直就是象征性的装点。从国别的角度看，这个时段翻译了 33 个国家的戏剧，与"新时期"的 54 个国家相比，有明显的下降，其中埃及、澳大利亚等 11 国分别只有 1 部剧作。第一名的英国居然有 989 个剧本，比后面 10 国戏剧数量之和还要多。英国的确是戏剧强国，但世界剧坛还不至于如此一枝独秀，这种片面的引进严重影响了文化的多元发展。苏联已经于 1991 年解体，所以我们把苏联戏剧纳入到俄国戏剧之中。两者相加共为 93 部，排到了第 6 位，与当年独霸天下的情景相比，真是天壤之别。日本戏剧也逐步退出了中国舞台，总共才 58 部，与"新时期"的第 2 名的地位相比，已经出现明显的下滑。

　　在这个时段，学者们还翻译了 107 部外国人研究戏剧的著作，7 部为多国作者的研究成果，剩下的 100 部分布在欧、亚等各洲，具体情况如表 5 - 2 所示。

表 5 - 2　　　　　中译外国戏剧研究著作的洲别国别分布

洲别	总数及百分比	国别	部数	洲别	总数及百分比	国别	戏剧数（部）
欧洲	58 部 58%	英国	24	欧洲		瑞士	1
		德国	9			西班牙	1
		法国	9	北美洲	36 部 36%	美国	34
		俄国	8			加拿大	2
		希腊	2	亚洲	5 部 5%	日本	4
		意大利	2			韩国	1
		捷克	1	大洋洲	1 部 1%	澳大利亚	1
		挪威	1				

　　和前面两个时段相比，研究著作的翻译有所增加，但幅度也不大。从洲别的角度看，拉丁美洲和非洲的译著为零，欧美仍然占据绝对优

势；北美洲的增长幅度最大，而欧洲的份额有所下降。这些译著分属
15 个国家，明显多于"新时期"的 10 个国家，比前面三个时期都更加
多元化。与戏剧作品的翻译相类似的是，苏联已经不再是老大，苏联和
俄国的戏剧研究著作加在一起才 8 部，排在第 5 位。美国则跃居第一，
为我们提供了三分之一的戏剧理论著作，与其文化霸主的地位基本上相
符合。

在这 18 年中，本国学者撰写了著作 220 部外国戏剧研究的著作，
其中 98 部的研究对象为多国戏剧或者戏剧的一般原理，洲别明确的为
133 部，有国别的为 122 部，分布情况如表 5 - 3 所示。

表 5 - 3　　　　　　　　**本土研究外国戏剧著作的洲别国别分布**

洲别	总数及百分比	国别	部数	洲别	总数及百分比	国别	部数
欧洲	100 部 75.19%	英国	69	欧洲		俄国	2
		希腊	8			意大利	1
		挪威	6	北美洲	22 部 16.54%	美国	22
		德国	5	亚洲	11 部 8.72%	日本	4
		法国	5			亚洲多国	7
		欧洲多国	4				

和"新时期"的 74 部相比，这个阶段的 220 部外国戏剧研究著作
体现了神速的发展。这个时段外国戏剧研究的重要特点之一在于，以多
国戏剧为研究对象的著作大量增加，从"新时期"的 26 部飙升到 98
部。这些著作主要集中在中外比较、戏剧基本原理和戏剧史这三个领
域。英美戏剧研究最受重视，其中美国研究著作从"新时期"的 3 部
火箭般地升为 22 部，可谓新时代的"大跃进"。这个阶段的外国戏剧研
究著作只论述了 9 个国家的戏剧，比"新时期"还少一个国家。在各
洲的分布方面无丝毫的改善：欧洲仍然是占绝对优势，北美洲在这方面
虽然有了很大的进步，但离欧洲还有较大的差距。

如果把三个领域的数字相加，总数为 2278。三方面都有出版物的
国家为 9 个，他们的排序为：英国（1082）、美国（214）、法国

（195）、希腊（184）、德国（112）、俄国（103）、意大利（82）、日本（66）、挪威（65）。这9个国家占了总数的88%，其中英国一国就占了47%。所谓的外国戏剧基本上就是这8国的天下；在这8国的戏剧当中，英国又占了一半以上的份额。

在纯粹的市场经济时代出版什么和购买什么都相当自由，但这种自由未必能够抑制文化帝国主义的蔓延，甚至可能会助长强势文化的传播，给弱势文化带来更大的压力。当然我国的经济为社会主义市场经济，出版业也不能完全听从市场调控。但从我们收集到的数据来看，还需更多的积极引导，否则外国戏剧就会变成欧美戏剧，世界上大多数国家的戏剧将和中国无缘，与建设文化大国的目标相违背。

虽说戏剧作品的市场并不是很好，但这个阶段的戏剧研究著作在质和量两个方面都有了快速的提升。从学术本身的角度来说，外国戏剧研究，经过这么多年的磨炼，已经逐步走向成熟，为著作数量的增加提供了可能。从经费投入的角度看，国家大幅增加了科研费用，有力地推动了外国戏剧的研究。由于科研环境的改善，戏剧研究队伍在数量上有了明显的增加，研究能力也快速提高。因此"市场经济年代"是外国戏剧研究的丰收时代。希望外国戏剧的研究的繁荣，最终能够给外国戏剧作品带来更大的市场，使戏剧走向大众。

二　外国戏剧的历时分布

关于"市场经济时代"翻译的2057部戏剧在历年中的分布，请见图5－1；关于107部译著和220部本国的著作的分布，请见图5－2。

对这个时段的外国戏剧译介产生重大影响的两件事情为：1992年10月中国正式将市场经济确定为国家的经济体制，1992年7月中国正式加入"世界版权公约"。这两件事情虽然都出现在1992年，但全面地产生影响，基本上从1993年开始。市场经济最重要的指挥棒是利润，出版商只有在利润得到保证的前提下，才能谈文学性、艺术性等。加入版权公约，增加了当代外国著作的出版费用，直接影响到出版社对书目的选择，增加了出版当代外国戏剧的难度。我们可以看到，表格中的

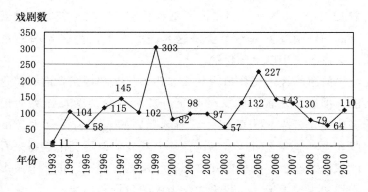

图 5 - 1　中译外国戏剧的历时分布

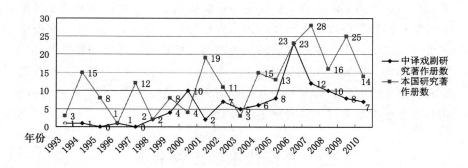

图 5 - 2　中译戏剧研究著作和本土研究外国戏剧著作的历时分布

1993 年的三个数据都处在最低的位置，然后逐渐地艰难爬升。由于当代外国戏剧的出版费用和难度都增加了，所以人们把更多的精力用于出版古典的作品。1999 年最好地见证了这种转向古典的倾向，出版了几套古典的大书：《世界经典戏剧全集》（166 部），《莎士比亚全集》（37 部），《莫里哀全集》（37 部），并把这一年的外国戏剧总数提高到 303 部。2003 年三条曲线都处于低谷，这是"非典"留下的后果，并不是戏剧界本身出现了问题。

在 21 世纪，文科逐步得到了重视。江泽民在 2002 年做了《必须高度重视哲学社会科学的发展》的报告，2004 年中共中央发表了《关于进一步繁荣发展哲学社会科学的意见》，国家还接着出台了不少有利的文件，推动了文科的发展。这种影响在本国的外国戏剧研究著作的发表方面得到了体现，戏剧专家把更多的精力投到了学术研究之中，使 2003 年之后的本土著作的曲线明显地往上升。翻译著作的曲线在这个时段也有上升的趋势，但没有本国著作的曲线幅度大。值得注意的是，外国戏剧的出版，虽然在 2005 年获得了巨大的丰收，但总体情况不是很好，2008 年和 2009 年甚至比较萎靡。外国戏剧的研究，可以比较容易地通过增加投入进行改善，但外国戏剧作品的出版，更多地取决于读者的需求，明显地受制于市场，国家导向的影响不太明显，所以出现了外国戏剧的翻译和外国戏剧研究之间的反差。

三　古典戏剧的翻译与研究

在这一章我们把外国戏剧分为 3 类：古典戏剧、现代戏剧、当代戏剧。古典戏剧是指 20 世纪之前的戏剧，现代戏剧是 20 世纪初至六七十年代的作品，当代戏剧则为最近四五十年的著作。当然，这种划分不是泾渭分明的，不少作家跨越了不同的时代。对于这样的作家，我们主要看他创作生涯的主体在什么时候，并且参考他的流派特点和译介到中国的时间。

古典戏剧往往是经得起时间考验的剧本，一般在任何时代都有一定市场，但古典戏剧在不同时代的受欢迎程度是有区别的，在"市场经济时代"比以前更加受到青睐。这个时段外国戏剧出版的最大特点在于古典戏剧不断再版和重译，占了总数相当大的份额。从 1994 年至 2000 年出版了 8 个不同版本的《莎士比亚全集》，2001 年之后虽然只出版了一套全集，但在新世纪若干部知名戏剧的单行本的发行量大得惊人。在这 10 年中，《哈姆雷特》的单行本多达 46 部，加上各种文集和全集中的《哈姆雷特》共有 85 个版本；《罗密欧与朱丽叶》有 20 个单行本，还有很多文集和全集收录了这部戏剧，共有 67 个版本。在这 18 年中，不同版本的莎士比亚戏剧加在一起多达 896 部，真是有点不可思

议。此外，童道明编的《世界经典戏剧全集》（浙江文艺出版社 1999
年版）基本上也是古典戏剧，总共为 166 部外国戏剧，张竹明和王焕
生译的《古希腊悲剧喜剧全集》（译林出版社 2007 年版）包含古希腊
戏剧 63 部，肖熹光翻译的《莫里哀戏剧全集》（文化艺术出版社 1999
年版）包括 37 部戏剧。光是这四个数字相加就有 1162 部，占总数的一
半以上。还有不少规模不大的古典戏剧集和许许多多的古典戏剧单行
本，总的数量非常可观。

这个时段外国戏剧出版的重要特点在于版本和译本的增加。这些古
典著作的出版可分为三种情况。第一种为不同的出版社竞相出版同一个
译本，例如，朱生豪翻译的《哈姆雷特》是许多出版社必争的版本。
第二种情况是，译者仍然把持着版权，其他出版商和译者为了争夺某些
容易销售的经典著作的利润，往往争先恐后地进行重译，多个译本因此
产生。这些译本有的超越了前人，有的质量不太可靠，总体水平参差不
齐。第三种情况属于翻译史上罕见的现象。笔者在北京求学的时候曾经
了解到，有的出版商为了出版名著，甚至聘请了一些完全不懂外语的人
进行"翻译"。所谓的"翻译"，就是把出版商指定的几个中文译本进
行东拼西凑，整合成新的"版本"。市场经济可以给文学带来繁荣，也
可能带来很多泡沫和垃圾。

这个时代的重要贡献在于，许多学者和出版社充分利用前人的翻译
成果，出版了不少有价值的文集和全集。第一种类型是把已有的翻译成
果进行汇总，编出大型的文集和全集，例如，童道明编的《世界经典
戏剧全集》就是一部集大成的戏剧集，为人们的研究提供了更方便的
参考。第二种类型是在重译的基础上出版文集和全集，最著名的例子是
方平主编的《新莎士比亚全集》（河北教育出版社 2000 年版）。方平主
译的诗歌体全集是否比朱生豪和梁实秋的散文体译本更有价值，目前还
难以作出判断，但方平等的确为读者贡献了一套与前人不同的、富有特
色的莎剧。还有一种情况是，以重译加首译的方式出版文集和全集。例
如，肖熹光翻译的《莫里哀戏剧全集》是一套新的译作，其中部分作
品是首译；张玉书等翻译的《席勒文集》（第 2、3、4、5 卷为戏剧）
（人民文学出版社 2005 年版），共有 11 部戏剧，既包含重译，也有一

些首译。这个时段首译的古典戏剧虽然比较少，但通过汇总、重译和重版等方式为读者提供了不少有意义的文集和全集。

为什么这个时段人们如此注重外国古典戏剧的重译和重版呢？首先，经过翻译家这么多年的努力，相当一部分优秀的古典作品已经翻译过来了，有价值的未翻译过来的作品相对较少。其次，1993 年开始出版社已经基本上走向市场了，经济效益成了绝对重要的指挥棒。人们之所以争先恐后地出版《哈姆雷特》这样的名剧，关键就在于出版这样的书，会带来比较稳定的收益。而且 1992 年 7 月 30 日中国正式加入"世界版权公约"，增加了出版当代外国文学的代价，直接影响到出版商的取舍。

戏剧作品的翻译侧重于古典作品，但外国戏剧研究著作的翻译却并非如此，古典著作只有 12 册。比较重要的著作有：雨果的《威廉·莎士比亚》（团结出版社 2001 年版），海涅的《莎士比亚的少女和妇女》（上海文艺出版社 2007 年版），莱辛的《关于悲剧的通信》（华夏出版社 2010 年版），威廉·哈兹里特《莎士比亚戏剧中的人物》（华东师范大学出版社 2009 年版）等。学者们还翻译了一些当代外国学者论述古典戏剧的著作，共有 22 部。较为重要的著作有：M. W. 布伦戴尔的《扶友损敌：索福克勒斯与古希腊伦理》（生活·读书·新知三联书店 2009 年版），奥里根的《雅典谐剧与逻各斯：〈云〉中的修辞、谐剧性及语言暴力》（华夏出版社 2010 年版），阿兰·布鲁姆和哈瑞·雅法的《莎士比亚的政治》（江苏人民出版社 2009 年版）等。此外，人们还译了 2 部现代学者研究古典作品的著作。把这些现当代著作和古人的著作相加，也只有 36 部，约占总数的三分之一。

在 220 部本国人的研究著作中，研究古典戏剧的为 153 部，占了 69%。在这些著作之中，作家作品论占了不少份额。莎士比亚是最为重要的古典作家，人们为之撰写了 60 部图书。这些莎学著作将在第 8 章展开讨论。除了莎士比亚之外，还有 14 部著作专门以某个作家、理论家或者某部作品作为研究对象，探讨了席勒、果戈理、莫里哀、埃斯库罗斯、索福克勒斯和欧里庇得斯 6 位剧作家，谈论了普契尼、斯特劳斯、瓦格纳 3 位歌剧作家，还研究了戏剧理论家亚里士多德。其中比较有学术价值的著作为：

吕新雨：《神话·悲剧·〈诗学〉》（复旦大学出版社 1995 年版）

赵蕾莲：《论克莱斯特戏剧的现代性》（河南人民出版社 2000 年版）

刘小枫、陈少明主编：《诗学解诂》（华夏出版社 2006 年版）

叶隽：《史诗气象与自由彷徨：席勒戏剧的思想史意义》（同济大学出版社 2007 年版）

刘小枫、陈少明主编：《索福克勒斯与雅典启蒙》（华夏出版社 2007 年版）

沈默：《高贵的言辞：索福克勒斯〈埃阿斯〉疏证》（华东师范大学出版社 2010 年版）

韩霞：《欧里庇得斯悲剧的伦理批评》（河南人民出版社 2010 年版）

从作家作品研究的角度看，范围是很窄的，触及的古典作家总共只有 10 位，古典作品只有几十部。外国戏剧的历史有两千多年，著名作家作品数量巨大，可人们却要死守这一点点地盘，不肯往外拓展。

第二类为中外古典戏剧比较研究的著作，共有 27 部。在中外互看的视角中，外国戏剧和本国戏剧的一些新特点往往就容易显现出来，为学术研究带来更多的创见。这个时段出版的中外比较研究的著作，从数量和质量两个方面来说都比较可观，其中有较高学术水平的著作为：

彭修银：《中西戏剧美学思想比较研究》（武汉出版社 1994 年版）

孟昭毅：《东方戏剧美学》（经济日报出版社 1997 年版）

李强：《中西戏剧文化交流史》（人民音乐出版社 2002 年版）

何辉斌：《戏剧性戏剧与抒情性戏剧：中西戏剧比较研究》（中国社会科学出版社 2004 年版）

翁敏华：《中日韩戏剧文化因缘研究》（学林出版社 2004 年版）

何辉斌：《西方悲剧的中国式批判》（中国社会科学出版社 2007 年

版）

　　荣广润、姜萌萌、潘薇：《地球村中的戏剧互动：中西戏剧影响比较研究》（上海三联书店 2007 年版）

　　马小朝：《历史与人伦的痛苦纠缠：比较研究中西悲剧精神的审美意蕴》（中国社会科学出版社 2008 年版）

　　蓝凡：《中西戏剧比较论》（学林出版社 2008 年版）

　　孙惠柱：《摹仿什么？表现什么？一部别样的中外艺术美学描述集》（上海百家出版社 2009 年版）

　　孙惠柱：《谁的蝴蝶夫人：戏剧冲突与文明冲突》（商务印书馆 2006 年版）

　　第三类著作为外国戏剧史，共有 20 部，其中研究日本戏剧史的著作最多，共为 3 部，研究英国戏剧史的著作也有 2 部，其他基本上都属于西方戏剧史。这个领域较有学术水平的著作为：程孟辉的《西方悲剧学说史》（中国人民大学出版社 1994 年版）、廖可兑的《西欧戏剧史》（中国戏剧出版社 1994 年版）、何其莘的《英国戏剧史》（译林出版社 1999 年版）、吴光耀的《西方演剧史论稿》（中国戏剧出版社 2002 年版）等。

　　第四类为赏析与导读，共有 18 部。这些著作大都属于普及性的读物，学术价值不大。

　　除了这四类之外，还有难以进行分类的其他著作 14 部。其中较有学术意义的有肖厚国的《自然与人为：人类自由的古典意义：古希腊神话、悲剧及哲学》（华东师范大学出版社 2006 年版）和程情的《西方复仇悲剧研究》（中国戏剧出版社 2009 年版）等。

　　总的来看，在外国古典戏剧研究这个领域，中外戏剧比较研究成就较高，其次是外国戏剧史的研究，最后是莎士比亚研究。当然我们应当看到，本土研究著作的快速增加，也为那些制造学术泡沫的人提供了更多的机会。正如不懂外语的人可以利用已有的版本整合出新的"译本"一样，不会研究的人也可以通过整合经出版的著作进行"著书立说"。这个问题在中外比较、戏剧史和莎士比亚这三个相对成熟的领域比较严重。

古典戏剧的翻译之所以这么多，主要是为了迎合一般的读者，是市场选择的结果。人们较少翻译外国古典的戏剧研究著作，因为这些著作没有多少读者，市场价值和学术意义都不大。普通读者几乎不会看这种著作；对于能够读懂原文的学者来说，吸引力有限；对于那些只想了解大概的学者来说，意义也不大，因为他们往往可以通过别人的介绍和研究获得相当一部分信息；可能只有那些希望深入探讨又看不懂外语的学者和学生才真感兴趣。人们翻译了较多的当代外国学者研究古典戏剧的著作，主要是因为学者对当代的新动向比较关心。在本土的研究著作中，外国古典戏剧是重头戏，毕竟古典戏剧历史悠久，优秀作品众多，国内外可借鉴的成果也最多。

四　现代戏剧的翻译与研究

在"市场经济时代"，现代戏剧的首译也不是很多，与古典戏剧的情况有点类似。首译减少的原因主要有 3 个：许多知名度很大的现代戏剧已经翻译过来；版权问题制约了随便翻译的可能性；首译难度很大，但对于译者来说却回报不多，对于出版社来说也不见得有多大的利润。既然这样，人们把更多的注意力集中在重版和重译之上。但现代戏剧的重版和重译并没有像古典戏剧一样红火，主要原因也有 3 个：优秀的现代戏剧的数量没有古典的多；大部分现代剧作家的知名度远远不如莎士比亚、莫里哀等；许多剧作的版权还在作者手里，不能随便翻译，许多译本的版权还被译者控制，不能随便出版。这个时段现代戏剧翻译的重要贡献之一，也在于充分利用前人的翻译成果出版了若干套文集和全集。重要的著作如下：

《奥尼尔集》（生活·读书·新知三联书店 1995 年版，含 8 部剧作）

《易卜生文集》（共 8 卷）（人民文学出版社 1995 年版，含 25 部剧作）

《萨特文集》（第 5、6 卷）（人民文学出版社 2005 年版，含 9 部剧作）

《斯特林堡文集》（第 3、4 卷）（人民文学出版社 2005 年版，含 8 部剧作）

《西方现代戏剧流派作品选》（第 4、5 卷）（中国戏剧出版社 2005 年版，含 22 部剧作）

《奥尼尔文集》（人民文学出版社 2006 年版，含 44 部剧作）

《加缪全集·戏剧卷》（上海译文出版社 2010 年版，含 11 部剧作）

在这个时段，还翻译了 13 部外国现代学者论述现代戏剧的著作。其中 11 部为重版、重译和扩充版图书。在这 11 部当中，7 部是斯坦尼斯拉夫斯基的著作，其他 4 部为：《奥尼尔论戏剧》（大众文艺出版社 1999 年版），柏格森的《笑与滑稽》（广东人民出版社 2000 年版），阿契尔的《剧作法》（中国戏剧出版社 2004 年版），《奥尼尔文集》（第 6 卷）（人民文学出版社 2006 年版）。首译的现代著作为：莎乐美的《阁楼里的女人：莎乐美论易卜生笔下的女性》（华东师范大学出版社 2005 年版），阿瑟·米勒、汪小英的《阿瑟·米勒手记："推销员"在北京》（新星出版社 2010 年版）。可见现代外国戏剧研究著作的首译也相当有限。

这个时段，学者们还翻译出版了 14 部当代外国学者论述现代外国戏剧的著作。其中 8 部为外国戏剧史和戏剧理论史著作，较为重要的著作为：斯丛狄的《现代戏剧理论：1880—1950》（北京大学出版社 2006 年版），斯泰恩的《现代戏剧理论与实践》（中国戏剧出版社 2002 年重印版）。学者们还翻译了 6 部当代外国学者论述现代外国作家或作品的著作，主要的有：海默尔的《易卜生：艺术家之路》（商务印书馆 2007 年版），弗洛伊德《尤金·奥尼尔的剧本》（上海译文出版社 1993 年版），《梅耶荷德论集》（华东师范大学出版社 1994 年版），詹姆逊的《布莱希特与方法》（中国社会科学出版社 1998 年版），本森的《德国表现主义戏剧：托勒尔与凯泽》（中国戏剧出版社 2006 年版），等等。此外，人们还出版了威廉斯的《现代悲剧》（译林出版社 2007 年版）。

这部书以现代悲剧的基础问题为研究对象。在现代外国戏剧研究这个领域，人们引进的当代外国学者著作超过了现代学者在这方面的著作。这个现象再次说明了，学者比较关心学术的新动向。

在"市场经济时代"，还出版了 47 部研究现代外国戏剧的著作。在众多的外国现代剧作家中，奥尼尔和易卜生最受学者的重视，相关论著最多。居于第三位的是美国的威廉斯，相关研究著作一共三部。具体信息罗列如下：

徐怀静：《铁背心：田纳西·威廉姆斯剧作中困惑的男人们》（同济大学出版社 2007 年版）

李尚宏：《田纳西·威廉斯新论》（上海外语教育出版社 2010 年版）

梁超群：《田纳西·威廉斯戏剧中父亲的在场与缺席》（上海三联书店 2010 年版）

此外，米勒、艾略特、萨特也受到了一定的重视，学者为他们各自写了一部专著。这 3 部著作为：刘章春的《〈推销员之死〉的舞台艺术》（中国戏剧出版社 2010 年版），张剑的《T. S. 艾略特：诗歌和戏剧的解读》（外语教学与研究出版社 2007 年版），江龙的《解读存在：戏剧家萨特与萨特戏剧》（湖南大学出版社 2001 年版）。

在众多的现代外国剧作家当中，学者们最青睐这 6 位，并且为他们撰写了十几部专著。相对于现代外国剧作家的总数来说，6 位显得非常少，但和古典剧戏剧的情况相比，受到研究的比例已经是很高了。

在这个时段，外国戏剧史也出版了不少，共为 12 部。美国戏剧史最受重视，共有 3 部，法国其次，共为 2 部，英国为 1 部；欧美戏剧史为 3 部，东南亚也有 1 部；戏剧理论史为 2 部。具体信息罗列如下：

郭继德：《美国戏剧史》（河南人民出版社 1993 年版）

周维培：《现代美国戏剧史》（江苏文艺出版社 1997 年版）

孙白梅：《西洋万花筒：美国戏剧概览》（内蒙古少儿出版社 2002

年版）

　　刘明厚：《二十世纪法国戏剧》（上海文艺出版社 2000 年版）

　　宫宝荣：《法国戏剧百年》（生活·读书·新知三联书店 2001 年版）

　　陈红薇、王岚：《二十世纪英国戏剧》（北京大学出版社 2009 年版）

　　陈世雄：《现代欧美戏剧史》（四川教育出版社 1994 年版）

　　廖可兑：《二十世纪西欧戏剧》（中国美术学院出版社 1994 年版）

　　冉东平：《20 世纪欧美戏剧》（中国戏剧出版社 2005 年版）

　　周宁主编：《东南亚华语戏剧史》（厦门大学出版社 2007 年版）

　　陈世雄：《导演者：从梅宁根到巴尔巴》（厦门大学出版社 2006 年版）

　　梁燕丽：《20 世纪西方探索剧场理论研究》（上海三联书店 2009 年版）

　　现代外国戏剧有着五花八门的流派，但只有荒诞派的研究最深入，人们为之撰写了 3 部专著，而其他流派则一部都没有。这个现象的出现，一方面是因为荒诞派本身艺术成就很高，但更多是出于意识形态的原因，符合"资本主义世界是荒诞的"这个假设。这 3 部著作为：郝振益的《英美荒诞派戏剧研究》（译林出版社 1994 年版），张容的《荒诞·怪异·离奇：法国荒诞派戏剧研究》（社会科学文献出版社 1995 年版），刘强的《荒诞派戏剧艺术论》（安徽文艺出版社 1997 年版）。

　　与古典戏剧的情况相比，现代戏剧领域的中外比较研究做得比较少，总共只有 3 部：都文伟的《百老汇的中国题材与中国戏曲》（上海三联书店 2002 年版），吴戈的《中美戏剧交流的文化解读》（云南大学出版社 2006 年版），黄爱华的《20 世纪中外戏剧比较论稿》（浙江大学出版社 2006 年版）。中外古典戏剧基本上是各自独立发展起来的，各自的特点比较鲜明，平行比较很方便，所以这方面的著作很多。中国现代戏剧受外国的影响比较大，为影响研究提供了更大的空间。都文伟和吴戈的著作都明确地属于影响研究。黄爱华的著作，从标题上看，似乎属于平行研究，但书中的内容以影响研究为主。20 世纪的影响基本上是由外而内的影响，因为我们是弱势国家，我们的文化也是弱势文化，受外来影响较大，而对外影响较小。

学者还撰写了 3 部外国戏剧欣赏方面的著作：张耘的《现代西方戏剧名家名著选评》（外语教学与研究出版社 1999 年版），袁凤珠主编的《20 世纪西方现代派文学名著导读：戏剧卷》（天津人民出版社 2000 年版），熊美、严程莹：《欧美现当代名剧赏析》（云南大学出版社 2004 年版）。这些著作对于现代外国戏剧的普及也起到一定的作用。

国人还出版了 7 部其他著作，它们是：

李涛：《日常生活的幻觉：现代西方剧作家和作品》（吉林美术出版社 1999 年版）

杨文华：《西方现代戏剧艺术论》（吉林美术出版社 1999 年版）

刘岩：《西方现代戏剧中的母亲身份研究》（中国书籍出版社 2004 年版）

苏晖：《西方喜剧美学的现代发展与变异》（华中师范大学出版社 2005 年版）

谢芳：《20 世纪德语戏剧的美学特征：以代表性作家的代表作为例》（武汉大学出版社 2006 年版）

王礼岚：《文字叙事与镜头叙事：英国小说与电影改编》（辽宁教育出版社 2010 年版）

张冲主编：《文本与视觉的互动：英美文学电影改编的理论与应用》（复旦大学出版社 2010 年版）

国人对现代外国戏剧和现代外国戏剧研究著作的翻译力度较小，但研究力度比较大，不少著作有一定的学术水平。

五　当代外国戏剧的翻译和评论

在 20 世纪 90 年代，由于市场化和版权问题，外国当代戏剧的翻译和出版曾经相当萧条。但新世纪以来，国家相关机构做了一定的调整，出版了一批有价值的当代外国戏剧。在这个时段，比较受到重视的两位剧作家是耶利内克和品特，他们分别是 2004 年和 2005 年的诺贝尔奖得主。当然，人们对当代外国戏剧的翻译并不局限于获诺奖的著作，还翻译了不少其他剧作家的作品。这是时段独立成书外国戏剧作品的就有 10 部，还有不少刊登于各种文集和杂志上。这 10 部书的信息如下：

艾尔芙丽德·耶利内克：《魂断阿尔卑斯山》（长江文艺出版社 2005 年版）

埃尔弗里德·耶利内克：《死亡与少女》（上海译文出版社 2005 年版）

《西方现代戏剧译作：吴朱红外国新剧译作集》（中国传媒大学出版社 2005 年版）

《萨拉·凯恩戏剧集》（新星出版社 2006 年版）

迈克·弗雷恩：《迈克·弗雷恩戏剧集》（新星出版社 2007 年版）

曹路生、虞又铭主编：《安魂曲·外国剧本卷》（上海百家出版社 2008 年版）

《西方现代戏剧译作》（第二辑）（中国传媒大学出版社 2008 年版）

《丹麦当代戏剧选》（东方出版社 2009 年版）

马丁·麦克多纳等：《枕头人：英国当代名剧集》（新星出版社 2010 年版）

《品特戏剧集》（译林出版社 2010 年版）

在"市场经济时代"，一共翻译了 44 部当代论外国学者、述当代外国戏剧和戏剧基本问题的著作。从数量方面来看，有关编剧方面的著作最多，共为 15 部。这些图书大都为普及型和实用型的读物，而且和电影剧本结合在一起，甚至常常侧重于电影。主要的著作有：帕梅拉·道格拉斯的《美剧编剧入门》（上海三联书店 2009 年版），汉森的《编剧：步步为营》（世界图书出版公司 2007 年版），让的《剧作技巧》

（中国电影出版社 2005 年版），卡里叶尔的《剧作练习》（中国电影出版社 2001 年版），等。

数量处于第二的是关于戏剧一般原理的著作，共有 10 部。这些图书学术价值比较高，影响力比较大，特别是以下 8 部。

于贝斯菲尔德：《戏剧符号学》（中国戏剧出版社 2004 年版）

普菲斯特：《戏剧理论与戏剧分析》（北京广播学院出版社 2004 年版）

阿尔托：《残酷戏剧：戏剧及其重影》（中国戏剧出版社 2006 年版）

布鲁克：《空的空间》（中国戏剧出版社 2006 年版）

弗莱等：《喜剧：春天的神话》（中国戏剧出版社 2006 年版）

曹路生、虞又铭主编：《穿越前沿·外国戏剧卷》（上海百家出版社 2008 年版）

雷曼：《后戏剧剧场》（北京大学出版社 2010 年版）

克劳登：《彼得·布鲁克访谈录 1970—2000》（新星出版社 2010 年版）

数量处于第三位的是表演方面的著作，共为 8 部。其中 3 部为实用手册之类的书，如莫里森的《表演技巧》（中国戏剧出版社 2003 年版）。另外 5 部颇具学术价值的著作，具体信息如下：

伊特金：《表演学》（华夏出版社 2000 年版）

布鲁克：《敞开的门：谈表演和戏剧》（新星出版社 2007 年版）

谢克纳、孙惠柱主编：《人类表演学系列：平行式发展》（文化艺术出版社 2007 年版）

谢克纳、孙惠柱主编：《人类表演学系列：人类表演与社会科学》（文化艺术出版社 2008 年版）

鲍曼：《作为表演的口头艺术》（广西师范大学出版社 2008 年版）

关于舞台美术的著作也不少，共有 7 部，大都属于实用性的图书，如基德的《舞台服装》（中国纺织出版社 2000 年版），斯温菲尔德的《舞台化装》（中国纺织出版社 2000 年版），等。还翻译和引进了 2 部当代外国学者论述当代外国戏剧的著作，其中比较重要的只有雷比的《哈罗德·品特》（重庆出版社 2006 年版）。此外，人们还重版 2 部译著：乔治的《戏剧节奏》（中国戏剧出版社 2006 年版），史密斯的《情节剧》（中国戏剧出版社 2006 年版）。

在当代外国剧作家当中，品特最受中国人的重视，学者们为他撰写了 3 部著作：陈红薇的《战后英国戏剧中的哈罗德·品特》（对外经济贸易大学出版社 2007 年版），宋杰的《品特戏剧的关联研究》（山东友谊出版社 2008 年版），齐欣的《品特戏剧中的悲剧精神》（天津人民出版社 2009 年版）。谢泼德的戏剧也有学者专门研究，孙冬为他写了一部专著：《反对阐释的戏剧：论美国剧作家山姆·谢泼德戏剧意义的不确定性》（江苏人民出版社 2009 年版）。此外，岑玮还写了一部研究海尔曼与诺曼的著作：《女性身份的嬗变：莉莲·海尔曼与玛莎·诺曼剧作研究》（山东大学出版社 2009 年版）。这 5 部著作的学术性都比较强。

除了作家作品研究之外，还出版了 15 部其他著作，具体信息如下：

周维培：《当代美国戏剧史》（南京大学出版社 1999 年版）

谢群、陈立华：《当代美国戏剧研究：第 14 届全国美国戏剧研讨会论文集》（北京理工大学出版社 2010 年版）

郭继德：《当代美国戏剧发展趋势》（山东大学出版社 2009 年版）

吾文泉：《跨文化对话与融会：当代美国戏剧在中国》（中国社会科学出版社 2005 年版）

熊源伟：《等到天黑：纽约观剧 90 天》（中国戏剧出版社 2005 年版）

王岚、陈红薇：《当代英国戏剧史》（北京大学出版社 2007 年版）

王宁主编：《西方后现代艺术经典·电影戏剧卷》（天津人民出版社 2003 年版）

严程莹、李启斌：《西方戏剧文学的话语策略：从现代派戏剧到后现代派戏剧》（云南大学出版社 2009 年版）

曹路生：《国外后现代戏剧》（江苏美术出版社 2002 年版）

叶长海主编：《世纪转台：一九九〇年代以来之中外戏剧》（上海

三联书店 2009 年版）

胡妙胜：《当代西方舞台设计的革新》（中国美术学院出版社 1997 年版）

李红梅《中·韩·日三国"国剧"艺术传承与保护现状的比较研究》（黑龙江人民出版社 2009 年版）

刘立滨主编：《现实与展望：第一届亚洲戏剧教育研究国际论坛论文集》（文化艺术出版社 2006 年版）

刘立滨主编：《戏剧塑形：亚洲戏剧教育研究中心成立二周年纪念文集》（文化艺术出版社 2007 年版）

刘立滨主编：《舞台美术教育的现状与未来：第三届亚洲戏剧教育研究国际论坛文集》（文化艺术出版社 2009 年版）

在这个时段，美国戏剧最受重视，相关研究著作多达 5 部。专门探讨英国戏剧的成果只有 1 部。值得注意的是，研究亚洲戏剧的著作也不少，共有 4 部。从主题上看，后现代主义无疑是"市场经济时代"的热点，相关著作有 3 部，而且叶长海主编的《世纪转台：一九九〇年代以来之中外戏剧》也触及后现代主义。

六 最受欢迎的作品与剧作家

在"市场经济时代"，哪些作家最受中国读者喜欢呢？哪些作品最有市场呢？图 5-3 和图 5-4 很好地帮我们回答了这两个问题。

如果说"十七年"的畅销榜被苏联剧作家所主导，那么"新时期"的主力军是现代主义剧作家，而"市场经济时代"的最大特点在于回到古典。在"市场经济时代"，人们的阅读兴趣空前地集中化和单一化，莎士比亚戏剧几乎成为外国戏剧的代名词，发行了 896 部，相当于从第 2 名到 20 名所有剧作家的作品之和的两倍。那么哪些莎士比亚的戏剧最受读者青睐呢？请见图 5-5。

在这个时段，一共发行了 9 个版本的《莎士比亚全集》，也就是说，最没有市场的莎剧也印了 9 个版本，与其他作家的戏剧相比，也可

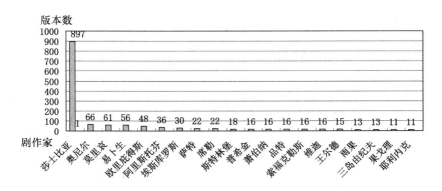

图 5 - 3　最受欢迎的外国剧作家

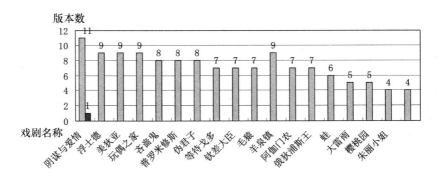

图 5 - 4　最受欢迎的莎剧之外的外国戏剧

以排在第二名。在畅销的莎剧中，《哈姆雷特》和《罗密欧与朱丽叶》最抢手，最为重要的原因在于这 2 个剧本列入了"语文新课标指定名著"。

　　这三个图上的信息，对于出版商来说可能有点用，对于那些不想动脑筋进行选择的读者来说也可供参考，但对于真正希望读到丰富多彩的外国戏剧的读者来说，意义不是很大，因为它们首先是商业策划和炒作的结果。

　　这个时段的外国戏剧翻译和研究明显地不同于前面几个时段，关键

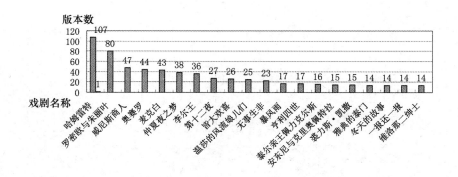

图 5－5　最受欢迎的莎剧

原因在于市场经济的全面推行。市场化的好处在于鼓励自然淘汰，能够不断地让有价值的作品凸显出来，及时地把没有生命力的作品清除掉。但戏剧是一种文化产品，是一种特殊的产品，不仅仅要满足人们的需求，更应该肩负起不断提高国民审美情趣的使命。因此政府应当积极引导。到了 21 世纪，相关部门的确采取了一些措施，并且取得了一定的效果，但离理想的程度还相差很远。

第六章

莎士比亚的翻译与研究（上）

威廉·莎士比亚（1564—1616）出生在英格兰爱望河畔的斯特拉福镇。其父约翰·莎士比亚是经营羊毛、皮革及谷物的杂货商，曾任该镇镇长。莎士比亚六、七岁时入当地一个文法学校念书，但在他十五、六岁时，由于家道中落而辍学。后来他到伦敦谋生，在剧院当马夫、杂役，然后进入剧团，一步一步往上攀登，成为演员、剧作家和剧院股东。莎士比亚一生著作颇丰。1978 年人民文学出版社出版的《莎士比亚全集》收剧本 37 个，长篇叙事诗 2 篇，十四行诗 154 首，其他诗歌 4 首。2014 年新星出版社出版的《莎士比亚全集》共有 40 个剧本，增加了：《两位高贵的亲戚》《爱德华三世》《一错再错（或悲伤的恋人）》三个剧本。

莎士比亚是当之无愧的世界剧坛第一人，是最优秀剧作家的代名词。当人们试图赞美剧作家奥尼尔时，常常说，他是"美国的莎士比亚"；当我们高度评价汤显祖时，我们说，他是"中国的莎士比亚"。

早在 1623 年，琼生就指出："他不属于一个时代，而属于所有的世纪！"[①] 他的确超越了时代，融入了英国文化潮流，成为英国人的生命的一部分。哈里生曾说："如果没有《圣经》和《莎士比亚作品集》，一个讲英语的家庭的装修就不尽合理。年长的人不必一定去读这两本

---

① ［英］琼生：《题威廉·莎士比亚先生的遗著，纪念吾敬爱的作者》，载《莎士比亚评论汇编》（上册），中国社会科学出版社 1979 年版，第 13 页。

书，但它们在家庭里是宗教和英国文化的象征。"① 莎士比亚还超越了国界。当年歌德读到莎剧的时候感叹道："我初次看了一页他的著作之后，就使我终身折服；当我读完他的第一个剧本时，我好像一个生来盲目的人，由于神手一指而突然获见天光。我认识到，我极其强烈地感到我的生存得到了无限的扩展；对我说来一切都是新奇的，前所未闻的，不习惯的光辉使我眼睛酸痛。"② 莎士比亚不仅在欧洲具有广泛的影响力，在全世界的戏剧界无不受到特别尊重。

莎士比亚接受的正规教育很少，"不大懂拉丁，更不通希腊文"③。由于出身卑微，莎士比亚曾经受到了不少人的质疑，但德莱顿没有因此贬低他，却对此大加赞扬："他的教育天然浑成，不需要透过书本的眼镜观看自然。"④ 莎士比亚自己曾说："学问就像高悬天中的日轮，愚妄的肉眼不能测度它的高深；孜孜矻矻的腐儒白首穷年，还不是从前人的书本里掇拾些片爪寸鳞？"⑤ 莎士比亚的著作就像扎根海底却又高耸入云的大山，"只留下云雾笼罩的山麓的边缘/让凡人辛辛苦苦地探索不已"；"我们追问又追问——你却微笑而沉默，让知识鞭长莫及。"⑥ 虽说莎士比亚如此高深，但人们还得知难而上，不断探索这个丰富的宝藏，形成了一部蔚然壮观的莎学史。

新中国成立以来，大量翻译和研究莎士比亚，取得了辉煌的成就。我们将分三章对这个时段的莎学史进行梳理。

---

① George Bagshawe Harrison, *Introducing Shakespeare*, West Drayton：Pelican Books，1948，p. 11.

② ［德］歌德：《莎士比亚命名日》，载《莎士比亚评论汇编》（上册），中国社会科学出版社 1979 年版，第 289 页。

③ 琼生：《题威廉·莎士比亚先生的遗著，纪念吾敬爱的作者》，载《莎士比亚评论汇编》（上册），中国社会科学出版社 1979 年版，第 12 页。

④ John Dryden, *Essays of John Dryden*, Vol. I, London；Edinburgh；New York：Oxford at the Clarendon Press，2011，p. 80.

⑤ 《莎士比亚全集》第 2 卷，朱生豪译，人民文学出版社 1991 年版，第 183 页。

⑥ Matthew Arnold, "Shakespeare", *The Norton Anthology of English Literature*, Vol. 2, New York：W. W. Norton & Company Inc.，1974，p. 1334.

一 翻译与研究的总貌

莎士比亚在中国戏剧界的地位独树一帜。1949—2010 年国内累计出版外国戏剧版本数为 4632，其中莎剧累计版本数为 1110，将近占了总数的 24%。这些剧本的历时分布，请见图 6 - 1。

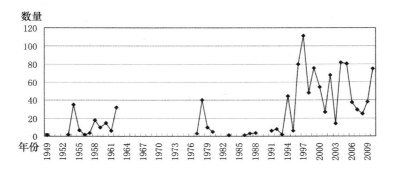

图 6 - 1 莎剧版本数的历时分布

新中国 62 年中，我国一共翻译了外国戏剧研究的著作 270 部，其中关于莎士比亚的著作 30 部，占了总数的 11%。这些著作在各年的分布如图 6 - 2 所示。

在这个时段，学者们撰写了 300 部外国戏剧研究著作，其中关于莎士比亚的著作多达 92 部，占了总数的 31%。它们在各年中的数量，请见图 6 - 3。

2013 年 10 月 1 日，笔者在中国知网上把"主题"设置为"莎士比亚"，把时间设置为 1949 年 1 月 1 日至 2012 年 12 月 31 日，检索到的结果为 17143 篇。经过笔者人工筛选，把那些无关的论文和重点不是莎士比亚的论文去掉，还有 5877 篇。这些论文的分布为：报纸文章 100 篇，博士学位论文 15 篇，会议论文 30 篇，硕士学位论文 262 篇，期刊论文 5470 篇。我们应当看到，中国期刊网对报纸文章的收入量是很有限的，否则这个数字还大大增加。这些论文的历年分布如图 6 - 2、

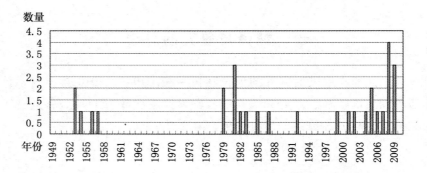

图6-2　中译莎士比亚研究著作的历时分布

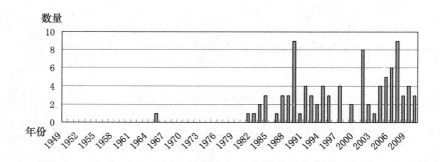

图6-3　本国莎士比亚研究著作的历时分布

图6-3所示。

　　有关莎士比亚的研究在"文化大革命"期间几乎消失，我们可以跳过这段历史，把莎士比亚的翻译与研究分为三个阶段：1949—1966年，1977—1992年，1993—2010年。本章探讨的是第一个阶段的莎学，也可以称作"十七年"的莎学。

二　"十七年"翻译与研究的总体情况

　　"十七年"的莎士比亚翻译与研究取得了比较可观的成就。孟宪强

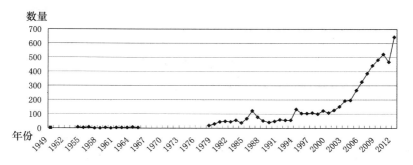

图6-4　莎士比亚研究论文的历时分布

把1949—1965看作莎士比亚的"繁荣期",他说:"不论是在翻译出版方面,还是在演出评论方面,都取得了重大的成就。"① 他还以具体的数字说明这个问题,"50年代中期到60年代初,中国莎评据不完全统计约有130篇,另外还有60篇左右的莎剧演出与影视评论,它相当于过去30年间(1917—1948)中国莎评总和的一倍半"②;"据不完全统计从新中国成立初到1965年,翻译各类莎评80篇左右,相当于解放前30年莎评译文总数的2倍"③。与新中国成立前相比,这个时期的莎评的确有明显的进步。

如果在中国知网上查找,"十七年"内期刊上的莎评为42篇,具体分布如下。

根据笔者的统计,这个时段累计出版莎士比亚剧版本数为132,具体分布如图6-5。这些莎剧的发行量非常大,"50年代初到60年代初,中国莎剧的译本的印行数量很大,在十多年的时间里共印了50多万册!"④ 可见当时莎士比亚在中国具有非同一般的影响力。

在这个时段,撰写的研究莎士比亚的著作只有1部:赵仲沅编写的《莎士比亚》(外国历史小丛书)(商务印书馆1965年版)。这是一本介

---

① 孟宪强:《中国莎学简史》,东北师范大学出版社1994年版,第30页。
② 同上书,第33页。
③ 同上书,第35页。
④ 同上书,第31页。

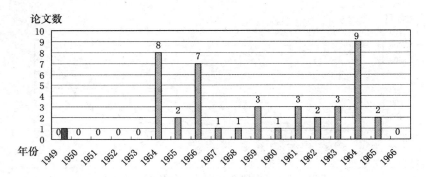

图6-5 "十七年"莎士比亚研究论文的历时分布

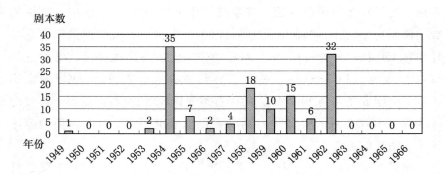

图6-6 "十七年"莎剧的历时分布

绍性的小书，总共只有47页。应该说，"十七年"间，国内关于莎士比亚的研究著作简直可以忽略不计。

在十几年中，翻译了5部研究莎士比亚的著作，具体信息如下：

莫罗佐夫：《莎士比亚在苏联》（平明出版社1953年版）

莫罗佐夫：《莎士比亚在苏联的舞台上》（上杂出版社1953年版）

斯坦尼斯拉夫斯基：《奥瑟罗导演计划》（平明出版社1954年版）

阿尼克斯特：《莎士比亚悲剧"汉姆莱托"》（新文艺出版社1956年版）

阿尼克斯特:《莎士比亚的戏剧》(新文艺出版社 1957 年版)

这些图书是清一色的苏联著作,出版时间为 1953—1957 年。这段时间也是积极学习苏联的时间,所以莎学也要从苏联引进。

三 第一阶段的翻译与研究

在"十七年"中,莎士比亚的翻译与研究可以分为 3 个阶段:1949—1953 年,1954—1964 年,1965—1966 年。第一个阶段为中国知识界的改造时期,出版了非常有限的莎剧和莎评。在 1949—1953 年,中国知网上一篇莎士比亚研究的文章都找不到。幸好在《莎士比亚研究》(中国莎士比亚研究会编,浙江文艺出版社出版)第 3、4 期上刊登了《莎士比亚研究目录索引》(上、下)。笔者仔细地查找了这个目录,这个时段的有关莎学的论著罗列如下:

杨晦:《莎士比亚的〈雅典人台满〉》(载《文艺与社会》,中兴出版社 1949 年版)

刘思平:《〈王子复仇〉的几个问题》(载《新闻电影》1950 年第 1 期)

亦门:《夏洛克》(载《作家底性格与人物的创造》,泥土社 1951 年版)

木下普平:《莎士比亚底〈哈姆莱脱〉》(杨烈译,载《古典文学的再认识》,开明书店 1951 年版)

吕孙:《读〈哈姆雷特〉》(载《文学书刊介绍》1953 年 3 月)

方平:《〈捕风捉影〉考证》(平明出版社 1953 年版)

莫罗佐夫:《莎士比亚在苏联舞台上》(上杂出版社 1953 年版)

莫拉洛夫:《莎士比亚在苏联》(平明出版社 1953 年版)

杨晦的《莎士比亚的〈雅典人台满〉》比较有学术价值,但这篇论文实际上是新中国成立前写的,这次只是重新出版。上文列举的《〈王子复仇〉的几个问题》内容比较简单。亦门的 1951 年的书笔者没有能够找到，但找到了 1953 年新文艺出版社出版的《作家底性格与人物的创造》，发现书中不但有《夏洛克》一文，还有《威尼斯商人》和《哈姆雷特》两篇，都比较有价值。值得注意的是，1952 年没有出版任何莎士比亚方面的文字。我们可以肯定地说，1949—1952 年中国人在莎士比亚研究方面几乎没有多少作为，在翻译方面，也只出版了一个剧本。1953 年出现了复苏的迹象，出版了 2 部莎剧，发表了 2 篇有关莎士比亚的文章。特别值得一提的是在这一年还出版了 2 部苏联的莎士比亚研究著作。从总体上讲，1949—1953 年间的莎士比亚译介并没有大的建树。

新中国成立初期的这几年，属于旧中国和新中国之间的过渡期。毛泽东曾指出："过去为旧社会服务的几百万知识分子，现在转到为新社会服务，这里就存在着他们如何适应新社会需要和我们如何帮助他们适应新社会需要的问题"；"世界观转变是一个根本的转变，现在多数知识分子还不能说已经完成了这个转变。"① 在这个阶段，一个崭新的中国刚刚成立，知识分子必须接受新的思想观点。有些知识分子，如胡适、梁实秋等，由于意识形态上的差别，离开了大陆；有的知识分子，如吴宓、陈寅恪等，虽然不是很情愿，但还是接受了社会主义教育；相当一部分知识分子自愿地接受了新中国的思想教育。新中国刚刚成立的几年，国家把重点放在知识分子的教育之上，试图把他们的封建思想和资本主义思想转变为社会主义思想。关于这个现象，杨绛的《洗澡》有生动的描述。在这种情况下，自然不可能出版多少莎士比亚的剧作和评论文章。

四 第二阶段的翻译与研究

莎士比亚的真正繁荣期在 1954 年和 1964 年间。1954 年对莎士比

---

① 毛泽东：《关于正确处理人民内部矛盾的问题》，《毛泽东选集》第 5 卷，人民出版社 1977 年版，第 384—385 页。

亚的译介非常活跃，一方面是因为政治环境相对缓和，另一方面是由于这一年为莎士比亚诞生 390 周年。各刊物出版了不少论文，其中值得一提的是曹未风的《莎士比亚在中国》（《文艺月报》1954 年第 4 期）和张健的《莎士比亚和他的四大悲剧》。曹未风的文章是一篇纯粹学术考证的论文，具有一定的学术价值。张健的论文可以说是新中国成立后第一篇系统地采用"马克思主义理论"研究莎士比亚的论文，他在马克思主义的理论框架内论述了莎士比亚的伟大。张健在文章的题注中说："本文系根据苏联莫罗佐夫教授给巴斯特纳克《莎士比亚悲剧集》（1951）所写的序言，并参考同一作者《莎士比亚在苏联舞台上》；卜兰兑斯《莎士比亚评传》和常伯斯《莎士比亚研究》写成的。"① 当时的马克思主义主要来自苏联，但张健也不拒绝资产阶级国家的著作，他还参考了英国的常伯斯的著作和丹麦的卜兰兑斯的著作。应该说当时的学术风气还比较开明。在文章的开头张健说："今年四月二十三日是文艺复兴时代伟大的人文主义者，英国剧作家威廉·莎士比亚诞生三百九十周年纪念。"② 他肯定了莎士比亚的地位，并且明确地指出了他的文章是为了纪念莎氏的诞生周年。他接着引用了恩格斯论述文艺复兴的话："这是一次人类从来没有经历过的最伟大的、进步的变革，是一个需要巨人而且产生了巨人——在思维能力、热情和性格方面，在多才多艺和学识渊博方面的巨人的时代。"③ 在张健看来，如果用马克思主义的观点看莎士比亚，他的文学成就非常高。

　　这一年《戏剧报》分 3 期刊登了莫罗佐夫的《威廉·莎士比亚》。在这时节，华东作家协会和上海市戏剧电影工作者协会在上海艺术剧场联合举办了纪念莎士比亚诞生 390 周年的会议，参加纪念会的有文艺界、戏剧界的巴金、熊佛西、曹未风、杨村彬等。《戏剧报》还发表了一篇《华东纪念莎士比亚诞生三百九十周年》。这一年在新中国莎学史上有着重要的意义。

---

① 　张健：《莎士比亚和他的四大悲剧》，载《文史哲》1954 年第 4 期。
② 　同上。
③ 　恩格斯：《自然辩证法》，载《马克思恩格斯全集》第 20 卷，人民出版社 1973 年版，第 361 页。

与 1954 年类似的是 1964 年。这一年是庆祝莎士比亚诞生 400 周年的重要日子，全球戏剧界和文学界都非常重视。中国学者也做出了极大的努力，但遗憾的是这一年中国莎学也出现了走向关闭的端倪。袁先禄在 1964 年 3 月 12 日的《人民日报》上刊登了《莎士比亚生意经》，对英国的"莎士比亚企业"做了严厉的批评，认为他们不是在搞文化活动，而是把目标放在盈利之上。这个观点有一些道理，但同时这篇文章也给莎士比亚的周年纪念定了基调。有一件比较遗憾的事是，当时已经准备完毕的《莎士比亚全集》因此没有能够与读者见面。根据郑效洵先生的回忆，《莎士比亚全集》"实际上是我与施咸荣两人'文化大革命'前在那里就准备好的，从全书的组织翻译、补译、校订，到编辑、注释，甚至连封面、插图（后来丢了）、序言都准备好，纸板都打好了，只等印了，突然不让印，就搁下了"①。这个全集都已经做到了这个份上还未能出版，可见当时的学术活动已经受到了巨大的干扰。尽管如此，南京大学的陈嘉勇气可嘉，组织学生演出了 4 个莎剧片段并亲自登台，但这一事件后来成为人们批斗他的重要罪状之一。值得庆幸的是，这一年发表了很多有关莎士比亚的文章，比较重要的十几篇列举如下：

杨周翰：《谈莎士比亚的诗》（《文学评论》1964 年第 2 期）

卞之琳：《〈里亚王〉的社会意义和莎士比亚的人道主》（《文学研究集刊》1964 年第 6 期）

卞之琳：《莎士比亚戏剧创作的发展》（《文学评论》1964 年第 4 期）

王佐良：《读莎士比亚随想录》（《世界文学》1964 年第 5 期）

王佐良：《英国诗剧与莎士比亚》（《文学评论》1964 年第 2 期）

陈嘉：《从〈哈姆雷特〉和〈奥赛罗〉的分析来看莎士比亚的评价问题》（《南京大学学报》1964 年第 2 期）

陈嘉：《论〈罗密欧与朱丽叶〉》（《江海学刊》1964 年第 4 期）

---

① 周玉玲：《与书共此生——访北图研究馆员郑效洵先生》，载《北京图书馆馆刊》1995 年第 1/2 期。

戴镏龄:《〈麦克佩斯〉与妖氛》(《中山大学学报》1964 年第 2 期)

郭斌和:《莎士比亚与希腊拉丁文学》(《南京大学学报》1964 年第 2 期)

戈宝权:《莎士比亚的作品在中国》(《世界文学》1964 年第 5 期)

戈宝权:《谈我国最早翻译的莎士比亚作品》(《光明日报》1964 年 4 月 23 日)

孙梁:《试论〈第十二夜〉与〈无事生非〉》(《华东师范大学学报》1964 年第 1 期)

海伦·加德勒:《艾略特时代的莎士比亚》(周煦良译,《现代外国哲学社会科学文摘》1964 年第 8 期)

摩尼叶、郑永慧:《莎士比亚年》(《现代外国哲学社会科学文摘》1964 年第 8 期)

周煦良:《英国三文学杂志为纪念莎士比亚诞生四百年出版专辑》(《现代外国哲学社会科学文摘》1964 年第 8 期)

在繁荣的十年中,莎士比亚的剧本的出版和相关论文的发表都很活跃。其中比较重要的论文有如下十几篇:

徐述纶:《清除莎士比亚介绍中的资产阶级思想》(《戏剧报》1955 年第 4 期)

吴兴华:《莎士比亚的亨利四世》(《北京大学学报》1956 年第 1 期)

卞之琳:《莎士比亚的悲剧〈哈姆雷特〉》(《文学研究集刊》1956 年第 2 期)

卞之琳:《莎士比亚的悲剧〈奥瑟罗〉》(《文学研究集刊》1956 年第 4 期)

卞之琳:《〈哈姆雷特〉译本序》(载莎士比亚《哈姆雷特》,卞之琳译,作家出版社 1956 年版)

李赋宁:《莎士比亚的"皆大欢喜"》(《北京大学学报》1956 年第

4 期)

陈嘉:《莎士比亚在历史剧中所流露的政治见解》(《南京大学学报》1956 年第 4 期)

赵铭彝:《莎士比亚在中国舞台上》(《上海戏剧学院学报》1957 年第 6 期)

阳光:《与卞之琳先生商榷关于哈姆雷特的性格问题》(《学术论坛》1958 年第 2 期)

方鹏钧:《莎士比亚的悲剧"哈姆雷特"》(《复旦学报》1959 年第 10 期)

戚叔含:《莎士比亚的悲剧人物个性塑造和他的现实主义》(《复旦学报》1959 年第 10 期)

沈子文、孙椿海、邹国藩、王沂清:《试谈李耳王性格的发展》(《复旦学报》1960 年第 2 期)

赵澧、孟伟哉等:《论莎士比亚的社会政治思想及其发展》(《教学与研究》1961 年第 2 期)

吴兴华:《〈威尼斯商人〉——冲突和解决》(《文学评论》1963 年第 6 期)

赵澧、孟伟哉:《论莎士比亚的伦理道德思想及其发展》(《文史哲》1963 年第 2 期)

张健:《论莎士比亚的〈尤利斯·该撒〉的结构和思想》(《山东大学学报》1963 年第 8 期)

这十年繁荣期的莎士比亚研究的最大特点在于全面地使用马克思主义观点。许多人相信:"只有努力掌握并应用克思主义的原则和方法,做到真正科学的估价,才能谈到借鉴和继承,才能在理论上和实际上与资产阶级观点划清界限。"① 当时的马克思主义主要来自苏联。苏联的马克思主义带有列宁主义和斯大林主义的痕迹,有着自身的特点。杨周

---

① 赵澧、孟伟哉等:《论莎士比亚的社会政治思想及其发展》,载《教学与研究》1961 年第 2 期。

翰先生曾把苏联马克思主义莎评的特点概括为："（1）力图贯彻唯物主义观点，把莎作放到历史发展和阶级斗争中去考察；（2）强调莎作的历史进步意义，反对把它同中世纪意识形态和艺术方法联系起来看；（3）强调莎氏之人民性；（4）与以上诸特点相联系，强调莎氏的乐观主义；（5）强调莎氏的现实主义。"① 这个时代的中国莎评明显地受到了苏联莎评的影响，但也有一些自己的特征。下文主要从以下几个方面论述中国的莎士比亚研究。

　　第一，注重唯物主义观点和现实主义方法。在那个年代，唯物主义代表着科学和进步，唯心主义代表着错误和反动。与唯物主义相联系的文学概念是现实主义，属于褒义词。与唯心主义有关的浪漫主义却比较幸运，也获得了合法的地位，因为当时国内的文艺方针是现实主义和浪漫主义的结合。当时人们认为比较反动的术语是"形式主义"，意味着对事实的歪曲，是现实主义的反面。在学者们看来，现实主义和浪漫主义是贯穿古今中外的两种基本创作方法，也是文学评论的基本方法。

　　莎士比亚曾说，戏剧的目的在于"给自然照一面镜子；给德行看一看自己的面目，给荒唐看一看自己的姿态，给时代和社会看一看自己的形象和印记"②。这句话常常被人们解释为莎士比亚的现实主义宣言。实际上"给自然照镜子"并不为现实主义所专有，很多文学流派都主张这么做，不同流派的区别在于，什么是自然（自然界、社会还是内心），用怎样的镜子（平面镜、凸面镜还是多棱镜）照。如果放在欧洲文学史上看，现实主义首先是指狄更斯那个时代的文艺思潮，和莎士比亚并没有特别的关系。但在当时，一切文学都必须以现实主义的标准加以审判，否则就无法进入中国文坛。所以莎士比亚研究也不可能离开这一法则。

　　这个时段发表的大多数论文都把莎士比亚看作现实主义的杰出代表。其中一篇很有学术价值的论文是戚叔含的《莎士比亚的悲剧人物

---

　　① 杨周翰：《引言》，载《莎士比亚评论汇编》（下），中国社会科学出版社1981年版，第14页。

　　② ［英］莎士比亚：《哈姆雷特——莎士比亚戏剧集》，卞之琳等译，浙江文艺出版社1991年版，第339页。

个性塑造和他的现实主义》。他说："我想把这过程分成三个阶段：'哈姆雷特'代表第一个阶段，'奥赛罗'与'麦克拔斯'代表第二个阶段，'李尔王'代表最后一个阶段。"① 在戚叔含看来，人们之所以无法完全理解哈姆雷特，原因在于莎士比亚在塑造这个人物时，还没有很好地运用现实主义的方法。他说："在现实世界，若是一个和我们生疏的人在受着苦难，我们对他同情，但由于不明白他的身世来历，不能进一步了解他，这样的情形是可能有的。但观者如对一个剧中人物也产生这样的情形，那就意味着作者在塑造个性上，有脱离现实主义创作方法的可能了。哈姆雷特之不能使人理解，多少说明他的个性成长没有能够在剧中通过他的现实实践而清楚地表现出来。"② 戚叔含认为，由于《哈姆雷特》脱胎于中世纪的故事，这就产生了矛盾："莎士比亚在'哈姆雷特'一剧中，由于未能很好地结合环境和人物，因而影响了人物个性的真实，削弱了他的现实主义。"③ 他说："剧中旧故事只要求哈姆雷特当一个中世纪的复仇英雄，而莎士比亚却从他自己的要求出发，写成作者自己时代的典型人物，因此势必使这形象超越了剧中的现实世界。"④ 结果就产生了不够和谐的情境。他还说："上文已经提过，莎士比亚一方面使个性与故事中的世界脱了节，另一方面由于自己理想的要求，尽量在刻画个性，但又不能完全丢开旧故事的情节，而在写作过程中，正如哈姆雷特忘掉复仇的责任一样（bestial oblivion），有时竟把情节忘了。"⑤ 在他看来，哈姆雷特的问题是原材料和作者的新思想之间的矛盾。这个观点有一定的新意。

戚叔含还说："'奥赛罗'是在'哈姆雷特'之后的莎士比亚第二个重要的悲剧。把这个剧本与'哈姆雷特'比较，可以看出，莎士比亚已重新将人物个性塑造和现实主义方法紧密结合起来。剧中也有一个

----

① 戚叔含：《莎士比亚的悲剧人物个性塑造和他的现实主义》，载《复旦学报》1959 年第 10 期。

② 同上。

③ 同上。

④ 同上。

⑤ 同上。

理想与现实的矛盾，但理想不是定型的，而是通过现实生活实践，产生演变的。"① 戚叔含还指出：《麦克拔斯》"比'奥赛罗'前进了一步，但还没有达到莎士比亚的现实主义的最高峰。"② 这种现实主义到了《李尔王》那里才达到完美的境界："'李尔王'一剧无论就个性塑造或现实主义创作方法的体现来说，都是登峰造极的。"③《李尔王》的突出优点在于让人物的性格在环境中得到塑造和发展："我们试想李尔王在剧本开始是如何专横的暴君，要把自己意志硬加在任何人头上，但在戏剧收场时竟变成一个忘我的新人。"④

戚叔含不但看到了现实主义在这四部悲剧创作过程中的发展，他还看到了莎士比亚的悲剧背后有一种乐观的思想。他说："以莎士比亚的四大悲剧而论，由哈姆雷特的悲观转到了李尔王的新生，完全说明了莎氏悲剧创作的积极意义。"⑤ 戚叔含把"李尔王的新生"看作莎士比亚的乐观倾向的体现。这个观点从某个角度看，也有一些道理。但对于大多数观众来说，未必会感觉到《李尔王》比《哈姆雷特》更乐观。他提出这种看法，主要是受了苏联和国内主流观点的影响，因为当时的社会主义文艺观欣赏的是乐观的现实主义，对悲观的文学持比较否定的态度。有意思的是，戚叔含写这篇论文的时候，中苏关系已经开始出现问题，中国已开始用革命的现实主义和革命的浪漫主义相结合代替社会主义现实主义了。戚叔含也正好在莎士比亚的剧作中找到了这种结合。他特别推崇莎士比亚的《暴风雨》，他说："'暴风雨'一剧与其说含有童话的色彩，不如说含有革命浪漫主义的倾向，而这个倾向正是和现实主义的胜利发展分不开的；两者的结合是会更加丰富剧作的内容、加强创作的力量的。"⑥

戚叔含的观点虽然没有完全超越时代的局限性，但他这篇文章总体

---

① 戚叔含：《莎士比亚的悲剧人物个性塑造和他的现实主义》，载《复旦学报》1959 年第 10 期。

② 同上。

③ 同上。

④ 同上。

⑤ 同上。

⑥ 同上。

上看写得很严谨，能够自圆其说，有一定的价值。文章中关于莎士比亚的现实主义的观点有一定的见地，关于乐观态度的说法，也不是完全没有道理，但关于浪漫主义和现实主义结合的观点显得比较勉强，基本上只是对当时官方话语的附和。

第二，看重历史唯物主义和阶级分析。历史唯物主义认为，经济基础决定上层建筑，上层建筑反作用于经济基础，两者互相作用推动人类社会按照奴隶社会—封建社会—资本主义社会—社会主义社会的顺序发展。所以这个时段的学者首先都把莎士比亚放在文艺复兴这个时代中去，把文艺复兴放到人类历史中去研究，以便宏观上把握莎剧。上文提到的张健的做法颇具代表性，他首先研究了莎士比亚所处的历史阶段，并且表示非常赞同恩格斯的观点，把莎士比亚的时代看作"'资产阶级自由发展已经和封建制度不能并存'（于恩格斯）的时代"；将莎士比亚四大悲剧视为"这一残酷时代的反映"①。他还指出，资产阶级学者研究哈姆雷特的性格和行动，"但是他们不去研究莎士比亚的悲剧所反映的时代，而只就哈姆雷特的懦弱多疑妄加推测，那就不能正确地分析这个问题"②。注重社会研究和阶级分析是这个时代文学研究的重要特色，有着自身的价值。

马克思主义认为，上层建筑随着相应的经济基础而产生；但经济基础是非常活跃的，时时都在变，假如不同阶级经济利益分配随着经济基础的变化而出现明显的不和谐，不同阶级之间就会出现冲突，这就是阶级斗争。在马克思看来，阶级斗争是推动社会发展的真正动力。由于阶级斗争在马克思主义理论中具有重要地位，所以当时的学者非常重视莎剧中的阶级分析。例如说，赵澧等分析了莎士比亚创作过程中的阶级立场，他们认为，"在《亨利五世》以前，莎士比亚是拥护统一、反对分裂，拥护君主专制、反对封建叛乱的；而在《亨利五世》之后，从《裘力斯·该撒》开始，则有所不同，他们指出之后的莎士比亚一方面仍然维护资产阶级民族国家之统一，宣扬资产阶级的国家观念和爱国主

---

① 张健：《莎士比亚和他的四大悲剧》，载《文史哲》1954年第4期。
② 同上。

义，另一方面又对君主个人的专制独裁制度，尤其是对品质恶劣的暴君，采取了怀疑、批判和否定的态度；在这样一个变化中，他的人文主义思想体系中的社会政治理想，经历了追求、探索、幻想以至于幻灭的过程。"① 他们的这种分析，当然有着一定的道理。

当时人们在讨论人文主义的时候，也置之于阶级分析的框架之中。赵澧等这样评价莎士比亚："莎士比亚是资本主义原始积累时期资产阶级人文主义进步派在英国的杰出代表。他歌颂个性解放，反对封建礼教，肯定人权平等的思想，正反映了新兴资产阶级的情绪和要求。他的伦理道德思想的基本内容是个性、自由、平等，他以此为武器对封建的伦理道德进行了揭露和讽刺，同时，也在一定时期在一定方面对新兴资产阶级进行了批判。人性论是莎士比亚思想的核心，这使他在严重的，尖锐的社会冲突面前，往往陷进了道德感化和道德宽恕的荒谬境地，进入了理想的王国而脱离了现实。他的思想是矛盾的，这种矛盾正是现实之矛盾的反映。"② 他们看到了莎士比亚对封建主义的批判，并且指出，莎氏在一定程度上还对新兴的资产阶级做了批判，评价是肯定的。但他们也看到了莎士比亚不可能完全超越资产阶级的局限性。这个"局限性"后来成为人们否定莎氏的根据。

第三，高度赞扬莎剧的人民性。在当时许多人眼里，现实主义是和人民性相联系的概念。张怀瑾曾说："真正具有现实主义的文学作品，必然具有人民性。从文学史的发展可以证明：只有现实主义文学才能提出文学的人民性问题。"③ 在这样的环境中，研究莎士比亚的人自然把莎氏和人民性挂上了钩。

所谓人民性，起码有四层含义。首先是指，莎士比亚描写了进步的东西，代表着人民的利益。卞之琳曾说："贯穿在莎士比亚全部作品里的思想也就是文艺复兴时期人文主义的进步人生观、世界观。这种思想

---

① 赵澧、孟伟哉等：《论莎士比亚的社会政治思想及其发展》，载《教学与研究》1961年第2期。

② 赵澧、孟伟哉：《论莎士比亚的伦理道德思想及其发展》，载《文史哲》1963年第2期。

③ 张怀瑾：《论文学的人民性》，载《文艺月报》1956年第3期。

也就代表了当时人民的思想。"① 还有一层意思是，莎士比亚描写了下层人民的生活。卞之琳在引用了一段《李尔王》中描写穷人的台词之后说："这段对于'穷人'所表示的同情就是电——这道闪光在这里特殊的黑暗当中比什么时候都光亮。"② 他把这种描写底层社会的台词看作人民性的体现。第三层意思是说，莎士比亚的主要人物受到了剧中大众的好评。例如说，张健曾指出，"哈姆雷特的叔父说哈姆雷特很受一般人民的爱戴"③。人民性还可以指作品受到人民大众的喜欢。张健曾说："他（莎士比亚）的观众有贵族，有富商，但大多数是各种的人民群众：伦敦的工匠，水手，伦敦近郊的农民，大学生和贵族的仆人。"④ 在他看来，大众爱看的作品自然具有人民性。

曾经因为生平资料少，莎士比亚的身份也遭到了很多怀疑，甚至有人认为莎士比亚不存在。张健对此义正词严地说："所谓'莎士比亚问题'完全是资产阶级文人企图否认人民艺术家的阴谋诡计。"⑤ 把莎士比亚身份之谜和人民性联系起来，虽然有点勉强，但也不是毫无道理。

第四，也有人在关注纯粹的艺术性。在那个年代，为谈艺术而谈艺术，被认为是不好的事情，属于白专道路。所以专门谈莎剧艺术性的论文很少。张健在《论莎士比亚的〈尤利斯·该撒〉的结构和思想》（《山东大学学报》1963 年第 8 期）中，用了一部分篇幅谈莎剧的结构。结构问题是戏剧艺术本体论的重要问题。王佐良、卞之琳也谈到过莎士比亚的艺术问题。虽说这方面的总体成就比较有限，但我们还是很幸运地发现，戴镏龄的《〈麦克佩斯〉与妖氛》（《中山大学学报》1964 年第 2 期）是一篇以艺术效果为核心的好文章。

戴镏龄的这篇文章讨论了妖怪在舞台效果上的作用。他说，"一开场，整个舞台的活动便全被三个妖妇占去了，这里没有一个现世上的人物，这是很别开生面的。中间她们又曾不止一次出现，喃喃有辞，妖气

---

① 卞之琳：《莎士比亚悲剧论痕》，安徽教育出版社 2007 年版，第 16 页。
② 同上书，第 206 页。
③ 张健：《莎士比亚和他的四大悲剧》，载《文史哲》1954 年第 4 期。
④ 同上。
⑤ 同上。

逼人，在莎士比亚笔下描写得异常淋漓尽致"；"最后，从舞台演出效果说，妖妇情节的运用也是异常成功的"；"哥德认为，《麦克佩斯》是莎士比亚作品中演出效果最好的一种，在这本剧中，莎士比亚显示出对舞台艺术的高度理解。这种演出的成功自然包括上说的对于妖术传说的处理因素在内"①。除了舞台效果之外，莎士比亚描写妖妇还有一个现实的原因。戴镏龄说："据说当时英王詹吾士虽仇视妖术，却相信世上确有妖术，他认为妖妇真能为害于人，曾经迫害过许多有妖妇嫌疑的女人。"② 为了让国王喜欢，也是他描写妖术的重要原因。

戴镏龄写这篇文章是为了探讨戏剧艺术本身，不是为了宣传迷信。他说："莎士比亚虽在《麦克佩斯》中详尽地描绘了妖术，然而他作为杰出的人文主义者，不可能相信妖术。他剧里的妖妇，尽管怪诞可怖，不过是作者出以游戏，把它信以为真的只是部分观众。"③ 他还说："尽管如此，莎士比亚所要描写的是麦克佩斯这个人，是他怎样走向悲惨的下场。表面上他固然叙述了妖妇兴祸作怪的本领，但实际他告诉观众，麦克佩斯所以身败名裂，乃系咎由自取，不是直接受了妖氛的影响。"④ 可见妖术的描写只是为了增强艺术效果。但遗憾的是，他这篇为艺术而艺术的文章不久就遭到了批评。

第五，吴兴华的莎士比亚研究。吴兴华总共只写了两篇有关莎士比亚的论文：《莎士比亚的亨利四世》《〈威尼斯商人〉——冲突和解决》。论文的数量虽然不多，但质量非常出众，是创造性地使用马克思主义的典范。他在《莎士比亚的亨利四世》中把莎士比亚的历史剧宏观地放在历史中进行定位："伊利莎白史剧反映的是资本主义萌芽时的社会；它的主题与统一的英吉利民族国家的形成有着深刻的联系；资产阶级领导的反封建斗争构成它的主要内容。"⑤ 他对《亨利四世》中的太子的评价很有见地，并且说，莎士比亚"清楚地向我们揭露太子转

---

① 戴镏龄：《〈麦克佩斯〉与妖氛》，载《中山大学学报》1964 年第 2 期。
② 同上。
③ 同上。
④ 同上。
⑤ 吴兴华：《莎士比亚的亨利四世》，载《北京大学学报》1956 年第 1 期。

变的性质：绝不单纯是道德上的浪子回头，而更主要的是一种政治上的选择。许多批评家由于忽视或者曲解了这点，所以得到一系列错改的结论。"① 这一解读很有意义，上升到政治的高度解释王子的行为最为合理。这篇文章的不少观点及其论证都体现了他的独立思考的能力。但在那个年代，这是一种危险的能力。在 1957 年他因为观点和苏联专家不同而遭到处分，被取消了授课和发表论著的资格，甚至被划为"右派"。

一心追求真理的吴兴华并没有因此放弃学术研究，他在逆境中仍然默默无闻地思考和写作，并把研究水平推向了更高的层次。他在 1963 年发表的《〈威尼斯商人〉——冲突和解决》，在笔者看来，代表着当时中国人运用马克思主义研究莎士比亚的最高水平，甚至是五六十年代马克思主义文艺研究的最成功的例子。

第一，讨论了莎士比亚之谜及其意义。好的艺术作品，往往都像蒙娜丽莎一样，让人回味无穷，揣摩不透。莎士比亚的作品更是如此，给学者们留下了无限的阐释空间，体现了古人所谓的"诗无达诂"。吴兴华也注意到这点，他说："当然，在这些困难当中最根本的困难牵涉到一切伟大艺术作品所共有的异乎寻常的深度和丰富性——我们像剥茧似地一层层剥下去，最后，往往还是得承认这样做只是使我们接近了、而不是把握了作品的核心。"② 但吴兴华以辩证的眼光看待文学艺术，认为接近那个核心是有可能的，虽然无法完全把握，体现了比较乐观的态度。莎士比亚的作品有着无限的魅力，重要原因之一在于我们读莎剧的时候，很难猜出莎翁本人对具体事件的态度；他就"正如创造万物的上帝一样，存在于他的创作之内、之后、之外、或者之上，无形可见，高雅无存，毫不介入，修剪着他的指甲。"③ 这就产生了所谓的莎士比

---

① 吴兴华：《莎士比亚的亨利四世》，载《北京大学学报》1956 年第 1 期。

② 吴兴华：《〈威尼斯商人〉——冲突和解决》，载《文学评论》1963 年第 6 期。下文的引用都出自这篇论文。这篇文章长达 26 页，为了读者方便查阅和核对，下文将在引文后面直接加上带括号的页码。

③ Joyce, James, *A Portrait of the Artist as a Young Man*, Nanjing: Yilin Press, 1996, pp. 194 – 195.

亚之谜。吴兴华认为，莎士比亚之谜之所以出现，主要因为"传记材料的缺乏"，"永远采取现成的情节"，"不处理当代的真人真事"，"他仿佛具有一种'七十二变'的本领，能够进入大大小小、或善或恶的人物内心，从他们的口中吐出与之完全适应的语言。"（78—79）莎士比亚之谜是莎学的难题，具有重大的学术价值。

这个谜对于马克思主义文艺理论也有着极高的价值。马克思主义文艺观的重要目的在于揭示作品反映的社会，探索作者的写作目的，而莎士比亚在这一点上偏偏让学者感到为难。有人甚至因此认为"莎士比亚的客观存在就为马克思主义文艺理论提供了绝好的反证。"（60）可见合理地阅读莎士比亚，尽可能地揭开莎士比亚之谜，是一个重大问题，对于马克思主义文艺观是否站得住脚是一块试金石。

第二，通过对比原材料和莎剧之间的区别分析莎士比亚对资产阶级的态度。《威尼斯商人》以资本主义的商业冒险为核心内容。莎士比亚本人对商业精神持什么样的态度呢？为了解决这个问题，吴兴华深入地研究了《威尼斯商人》，并认真地对原材料和莎剧进行了比较，看他隐去了什么，增加了什么，以便发现莎氏对事件的看法。他深信，"假定我们从情节开始，把原材料和莎士比亚的处理作一番详细对比；那么从他的并省，增删，强调，冲淡等手法里，有时就能发现一些线索。"（79—80）吴兴华的细读和敏锐的分析，给莎学研究带来了新的视野。

在对比研究之前，吴兴华明确指出，他将使用普遍联系的方法作为选择材料的标准，他说："首先，我们必须证明这个论点是贯串在全剧里，而不是体现在枝节上；是与人物和他们的行动有机地交织在一起，而不是脱离中心冲突甚至和主题龃龉的诗意点缀。其次，莎士比亚在一篇剧本里显示出来的倾向，作为孤立现象，价值还不太容易估定。我们应该把它再放回到诗人创作道路的全部发展当中，尽可能地推求出承前启后的逻辑关联，把所获得的初步结论当作曲线的一部分，能动地而不是静止地观察它的作用。"（80）有了这样的方法论，研究自然扎实可靠。

《威尼斯商人》的素材来自意大利乔万尼的《蠢货》第四天第一篇故事。原故事的主人公贾奈脱是威尼斯大商人安萨尔多的养子。当时贝尔蒙特海港的主人是一位美貌有钱的寡妇，正在征婚，但条件非常苛刻：如果好事不成，求婚者就得交出所有财产。贾奈脱在好奇和野心的驱使下，前往求婚。最初两次，都因受骗，饮了药酒，整夜昏睡不醒，把养父给的船只财产全部赔了进去。第三次他又央求养父为他置行装，准备孤注一掷，赢回老本。安萨尔多变卖家产之后，仍然缺少一万金币，不得不向一个犹太人借贷，并且立下契据：如果到期不还，对方可以从他身上任何部位割一磅肉。贾奈脱第三次求婚成功了，但他的养父却无法如期还债。最后犹太人甚至拒绝接受十倍的偿款，一意要按契约办事。关键时刻贾奈脱的妻子化装为律师出庭，以"只准割肉，不准流血"为借口，挫败了残酷的犹太人，拯救了安萨尔多的性命。

经过仔细的比较研究，吴兴华发现："首先，莎士比亚强调了安东尼奥的作用。与他相当的安萨尔多在《蠢货》里只是一个隐隐约约的配角，但是在勾勒安东尼奥的形象上，莎士比亚却花费了大量心血。剧本命名为《威尼斯商人》并不是偶然的；安东尼奥确是威尼斯这个商业城市里的头脑人物，他和犹太人夏洛克之间的矛盾是剧本情节的焦点。"（81）以前有人认为，莎士比亚在创作这部作品的时候，可能是没有把握好自己的主题，无意之中让波希雅及其爱情唱了主角。但莎士比亚是一位文学大师，不可能走神到这个地步，以至于脱离自己的主题天马行空。而且通过与原材料相比，我们可以肯定，他是有意识地做出这种改变的。所以吴兴华的解读颇有道理。

也有不少人把犹太人和基督徒的冲突看作戏剧的中心，但吴兴华在精读后对这个观点进行了否定。他说："莎士比亚却不满足于这种简单化的安排，他在不止一处着重指出在安东尼奥和夏洛克中间有着超乎种族、信仰之上的经济利益的冲突。"（81）在吴兴华看来，高利贷者和资本家之间的冲突是当时社会的重要矛盾。他说："对安东尼奥说来，他这种生财之道——投资、冒险、获得利润——不止是公平合理，而且是高尚的；相形之下，夏洛克坐在家里无所事事，只管等着'钱生钱'，当然就表示他为人鄙陋，心情奸诈。莎士比亚把这两种经营方式中间的矛盾摆在极为重要的地位上，使剧本的冲突环绕着它展开，这是对素材创造性的增添。从这里，正像通过一道墙隙，我们窥见了作者的某些心灵活动。"（82）安东尼奥和夏洛克的冲突首先是商业资本和高利贷资本之间的冲突，他们身上的商业气息都很浓，不能简单地分为正面人物和反面人物。

吴兴华指出，巴散尼奥也与原型有一定的区别："《蠢货》里的贾奈脱是一个富裕子弟，向女方求婚的结果他两次中了骗局，蒙受损失；因此最后连本带利地捞了回来，总算是大快人心的事。剧本里的巴散尼奥处境却完全不同。一开始他就坦白地告诉我们：他是一个坐吃山空、外强中干的浪子……他的唯一出路是干一桩赌博性的冒险。在向安东尼奥求援时，他用了一系列与投机有关的术语和比喻，因为他熟悉安东尼奥的脾气，知道这是最能打动他的言辞。"（84—85）巴散尼奥把爱情也看作商业冒险和投资，而且正是他的这种观点打动了安东尼奥，使这位商人借钱给他。吴兴华以锐利的洞察力看出了莎士比亚眼中的文艺复兴时期的"商业精神"。

吴兴华发现莎士比亚还做了两个重要改动："一个是引进了夏洛克的女儿哲西加席卷家财和安东尼奥的友人劳伦佐私奔的情节"；（83）另一个是"剧本给予夏洛克过分严厉的惩罚"。（84）以前不少人把这样的情节解读为基督教对犹太人的胜利。但吴兴华看到了更加深刻的问题，实际上是基督徒对犹太人财产的无情剥夺，体现了他们的无限贪欲。他高度评价了这两处的改动："作者明明是在脱离素材，开辟新的园地，以便向我们揭示安东尼奥这一派人的行为并非无可指摘。"（84）为什么莎氏要对正面人物留一手呢？有人认为这种写法可以把人物描写得比较饱满，但吴兴华不以为然："不难看出，这些批评家所谓的'人性化'不过是把好人写坏点，把坏人写好点，泯灭界限，无分彼此；这是他们惯于用来抵制阶级分析的法宝。"（84）对这个问题，吴兴华通过阶级分析法看到了更加深刻的一面，他说："这是因为在对待夏洛克和安东尼奥的矛盾这一问题上，莎士比亚只是有保留地支持后者，或者更正确地说，他只是支持在安东尼奥和巴散尼奥等人身上获得不完全体现的资产阶级新人形象。莎士比亚在剧本里企图为他的资产阶级新人树立一套理想标准，用来对抗夏洛克和其他食利者的金钱逻辑。但是在运用这套标准的同时，他发现安东尼奥和他的友人们也不能得到一百分。"（93）可见莎士比亚对新兴的商业资本家既有支持的一面，也有批评的一面。

撇开商业资本和高利贷资本的表面区别，莎士比亚看到了两者之间的辩证关系："不难看出，隐藏在这背后的正是一种伊利莎白社会上习见的现象：商业或企业资本与高利贷资本中间既相互抵触、同时也相互依存的关系。"（86）文艺复兴虽然给欧洲带来了积极的一面，但金钱至上的观点也更加流行了："和上面提到的其他改动合在一起来看，我们只能得出一个结论：莎士比亚要强调在威尼斯城里友谊、爱情……一切都或多或少地处在金钱的暗影笼罩之下。"（86）

既然威尼斯的商业文化有如此严重的问题，当然莎士比亚还得给这种文化寻找出路。他首先大大改变了波希雅，吴兴华说："《蠢货》里的女方是一个嗜利的骗子；尽管后来想出妙计，打赢了官司，这仍不足以抵消她最初在我们心目中留下的印象。莎士比亚对素材其他方面的点化都是指向同一方向：把金钱的腐蚀力量引进一个美妙的传奇框子里，揭示人物每一个行动深处的经济动力……波希雅和寡妇代表着遥遥相对的两极。莎士比亚笔下的少女和求婚者的约定根本不涉及财产；对自己的家业，她也从没有表示过丝毫骄傲或吝啬。当巴散尼奥作出正确的选择之后，她欣喜地将自己和自己全部所有交给心爱的人，并且以十分真挚的言词吐露她的感情。"（86）有了波希雅这个新人，莎士比亚还给她创造了一个全新的环境："她不但自己纯洁高尚，整个贝尔蒙特和所有来到贝尔蒙特的人似乎都受到了同样的净化。这样，剧本里就逐步展开明朗的一面，把黑暗步步逼退，直到美和丑、光和影接近于应有的比例和均衡。"（87）贝尔蒙特和波希雅才真正代表着正能量。

波希雅的正能量还得通过三个匣子的故事改变巴散尼奥，所以莎氏还对这个故事进行改编："在三个匣子的原始传说里，铅匣上的铭辞带有浓厚的宗教味：'谁选择了我，将要得到上帝安排的结果。'用原故事的话解释：铅匣象征虔诚信奉基督的人们的简单素朴的生活方式。"（87）莎士比亚把铭辞改为"谁选择了我，必须准备把他所有的一切作为牺牲"；"这就向我们揭示了在贝尔蒙特人和人的关系，与商业城市威尼斯形成一个尖锐的对比。巴散尼奥抛弃金匣银匣而选择铅匣，正意味着他把背转向旧事物，接受了新的理想和道德准则。这是一个巧妙的以小而喻大的笔触，因为我们都感觉到：只有经过这番精神上的洗礼，他才配得上波希雅。"（87）这样一来正面和反面的力量就更加均衡了。

　　莎士比亚对情节的改造有两个基本的出发点："一点是金钱对传统社会关系所起的破坏作用，通过以夏洛克为代表的高利贷资本和以安东尼奥为代表的商业资本中间的冲突得到集中表现，但是夏洛克的父女关系，巴散尼奥的结婚打算等等也都处在这个控制范围里。"（87）从这一点来说，金钱欲已经渗透到资本主义的所有关系之中。吴兴华还说："另一点是问题的解决必需到那个控制范围之外去寻找。为此莎士比亚创造了贝尔蒙特这个美好的世界，把波希雅改写成为一个令人难忘的人物，并且引进三个匣子的故事，使新和旧有了接触点，预示新战胜旧的可能。"（87）当然，谁都看得出，莎士比亚的想法具有乌托邦的色彩，不可能成为威尼斯的真正出路。

　　从上面的分析比较可以看出，莎士比亚并非超然物外的上帝，他不时地在作品中留下了痕迹。吴兴华以马克思主义的敏锐眼光找到了这些蛛丝马迹，具有较大的学术价值。

　　第三，运用历史唯物主义的观点探讨了莎士比亚时代的社会。马克思主义认为文学是社会现实的反映，与经济基础的关系非常密切。吴兴华也持这样的观点，他说："莎士比亚在安排《威尼斯商人》的情节上所表现的点铁成金的魔术，完全是从对当代社会的深刻观察里面孕育出来的。"（88）当时社会的重要特点在于新兴资本主义社会正在取代封建社会："中世纪封建和教会势力所鼓吹的'永恒的'等级秩序，在金钱的冲击下开始崩溃了。"（88）金钱冲破了社会的等级，并成了社会的新基石。格林的话道出了文艺复兴时期的社会本质，他说："如果没有钱，世族算什么玩艺儿？还不是看人颜色的讨饭生活？"①

---

　　① ［英］罗伯特·格林：《一文钱的文明》，引自吴兴华《〈威尼斯商人〉——冲突和解决》，载《文学评论》1963年第6期。

如果把金钱看作资本，那么资本又可以分为借贷资本和商业资本。商业资本是那个时代的重要特点，往往受到人们的赞扬。在威尔逊的《高利贷平议》里，一位律师这样说："商业冒险家实际是，而且应当被认为是，和贵族平起平坐的。因为他们历尽艰险把国内丰富的产品运出，等到回来的时候又把我们所缺少的货品大批地而不是锱铢计较地销售出去。"① 而借贷资本，由于没有直接参加冒险和生产，只是坐收利润，并且在借款者无法偿还时，常常采用残酷的手段，往往受到人们的批评。关于血腥催人还钱的故事非常多，所以吴兴华在评价《威尼斯商人》时说："抛开必要的艺术夸张手法，这能说不是不折不扣的现实反映吗？那些硬说《威尼斯商人》只应看作一出荒唐无稽的神话的批评家，对这样明显昭著的联系如何解释呢？"（90）

借贷在古代就有，但到了文艺复兴时代才发展成大规模的商业行为，其地位也发生了变化。有人指出："钱不能生钱。好吧，海能生钱吗？租赁房屋向房客要租钱，难道这笔钱是房顶和墙壁生出来的吗？不，但是土里能够生长、海洋能够运输……居住的便利普通也认为可以折算为一定数量的钱。那么，如果经商比种地利润大，为什么租给农民一块荒地，靠收租为生，就可以准许；从放款里获利就不能准许呢？用钱买下一块地之后，那笔钱难道不是每年孳生更多的钱吗？放款者的利息是从哪里得来的呢？还不是靠他自己的活动、勤劳和努力？把钱收起来不用就等于毫无价值，这个道理有谁能怀疑呢？但是找我借钱的人本来也并非打算借到手之后搁置不用。因此利息并不是从钱，而是从生产里面得来的。"② 可见在资本主义生产不断扩大的时代，借贷资本逐渐成为商业资本的必需后盾，其地位逐步得到了肯定。

商业资本和借贷资本虽然相互依存，但也有一定的矛盾。马克思和恩格斯曾指出：由于同一资本在借贷者手里是借贷资本，在资本家手里是企业或商业资本，只能产生一度利润；因此在双方都有权利对利润提

---

① ［英］托马斯·威尔逊：《高利贷平议》，引自吴兴华《〈威尼斯商人〉——冲突和解决》，载《文学评论》1963 年第 6 期。

② ［法］卡尔文：《卡尔文答克劳·德·桑善的信》，引自吴兴华《〈威尼斯商人〉——冲突和解决》，载《文学评论》1963 年第 6 期。

出要求的条件下，如何分割只是一个纯经验性的偶然的问题。① 资本只在商业资本那里增长了，但商业资本离开了借贷资本又难以独自壮大，所以不得不分一部分利润给借贷资本家。但如何分配，是一个复杂的问题，两种资本之间的矛盾自然少不了。

尽管借贷资本和商业资本之间有差别和矛盾，但两者的相同点还是很明确的，那就是不择手段地追求金钱："只有求利才能使人勤劳，没有利润的事，谁也不会去干。与其辛劳工作、无利可得，何不坐在家里、袖手偷懒？……至于用甚么方式，我是不计较的。不错，我要对全世界的人耍手腕、使花招，把我的良心压缩到最小限度，以求我和我的子孙可以免于饥寒行乞。只要我不落在法律明文规定的制裁范围之内就行，而这点我知道得十分清楚：一切法律都允许人把自己的货物卖最高的价格。在讲价的时候，相互欺骗不算罪恶。只要不过分违反上帝的禁令，讲好生意条件，就得如约兑现。别人怎样谈论，根本不必理睬。"② 吴兴华总结道：资本主义商业社会的特点在于，"追求利润，保护私有财产，坚持契约自由和大鱼吃小鱼的自由，争取合法保障"。（95）

可见安东尼奥为代表的商业资本家和夏洛克为代表的借贷资本家有着共同的基础，前者无法完全超越商业精神的局限性，成为莎士比亚的理想人物。吴兴华进一步指出："所以，剧本最终彻底地解决必需要求把这个基础破坏，使应当承担正面人物的角色真能洗清身上的污迹，面目一新。毫无疑问，莎士比亚的标准并不现实，新兴资产阶级也不可能走他所幻想的道路；但是从上面援引的背景材料看来，他对借贷资本和商业资本的估价和处理，却不能说不是极端深刻的现实反映，表明他熟悉并且能够认真分析在他周围以瞬息万变的姿态发展着的社会生活。"（93）莎士比亚作为时代的触角，可能通过直觉已经看出了资本主义的这些问题，并试图解决问题。

有人也许会认为，这是在抬高莎士比亚，他不可能把社会看得这么

---

① 马克思、恩格斯：《资本论》，引自吴兴华《〈威尼斯商人〉——冲突和解决》，载《文学评论》1963 年第 6 期。

② ［英］托马斯·威尔逊：《高利贷平议》，引自吴兴华《〈威尼斯商人〉——冲突和解决》，载《文学评论》1963 年第 6 期。

透。但吴兴华不这么想，他为自己的观点找了三个原因："（一）商人对高利贷的倚恃在当时已经逐渐明朗化了；（二）资本主义自由竞争的消极一面已经开始影响到人民的生活；（三）商业理论家们公开提出的口号和道德准则是和莎士比亚的人文主义思想格格不入的。"（93）有了当时的社会环境，再加上莎士比亚的敏锐的观察力，看到这些问题不是不可能的。

吴兴华用了不少的篇幅分析莎士比亚时代的社会，虽然有点偏离文学本身，但对于进一步探讨这部剧作还是大有裨益。

第四，以马克思主义的阶级理论阐释冲突的展开及其和解。在分析了莎士比亚的几个改动之处之后，吴兴华还把戏剧的整个结构和情节发展做了总体的研究。他认为这部剧作是围绕夏洛克和安东尼奥的冲突展开的。一开头，两者就拉开了斗争的架势。作为一个经常遭到非议的高利贷者，夏洛克试图对自己的行为进行辩护。吴兴华说："莎士比亚撇开原材料，凭空给这位高利贷者嘴里添进一段引经据典的台词，指出《旧约》中的雅各——犹太人的'第三代族长'——当年也曾经利用约定，占过他人的便宜。从这个先例里，夏洛克得出结论：'赚钱是有福的，只要不进行偷窃！'"（97）可见在资本主义社会，只要符合法律的规定，就可以毫无顾忌地追求金钱。但安东尼奥不愿意被夏洛克看作同类。他马上说：

> 这是雅各服役时讲好的条件，
> 结果如何，他自己无力决定，
> 只能听任上天的处置安排。
> 你插进这段话是想为利息辩护吗？
> 还是说你的金银是公羊和母羊？
> ——第一幕，第三场①

---

① ［英］莎士比亚：《威尼斯商人》。引自吴兴华《〈威尼斯商人〉——冲突和解决》，载《文学评论》1963 年第 6 期。这段译文出自吴兴华的手笔，下面的译文也是他翻译的，但不再注释，只在括号中标出吴文的页码。

在安东尼奥看来，商业盈亏事先无法预见，和按规定获取利息根本不同。但他对于"讲好生意条件，就得如约兑现"这一法则并无非议。吴兴华说："这样，他就清晰地划定了他认为是高尚合理的生意范围：这种生意不能索取'钱滚钱'的利息，其中要有人力不能操纵的成分。"（98）面对安东尼奥的挑战，夏洛克这次出乎意料地应战了。他放弃利息，接受无法预料的冒险，但需要对方以身体上的一磅肉作为抵偿。这件事情看似怪异，但吴兴华不这么想，他说："对这个建议，安东尼奥有何词以答呢？说它荒谬可嗤吗？怀疑其中有诡计吗？但是性质类似的荒谬买卖在社会上是屡见不鲜的，至于诡计，商业从来没有和它绝过交。"（98）看来残酷的商业协定是司空见惯的，一磅肉的合同只是一个形象而极端的例子。当然安东尼奥接受这个约定，他也有自己考虑。吴兴华说："另一方面，他也有自己的算盘：对他个人的经济情况，他知道得比夏洛克更清楚，因此有把握至期偿还；到那时凭文书为证，夏洛克就只能吃哑巴亏。这位奸猾的高利贷者居然肯放弃他平日稳妥的生财之道，同意作商业性的冒险，而成功机会又是微小得几乎等于零，这在安东尼奥眼里，不能说不是一个重要转变。"（99）安东尼奥在合同对自己有利的情况下，还称赞对方：

> 算数，我就来签订这张契约，
> 还要承认犹太人心肠不坏。
> ……
> 这希伯来人变好了，快成为基督徒了。
> ——第一幕，第三场（99）

吴兴华敏感地捕捉到了这些话的讽刺意味："不索取利息而要求一磅人肉作抵押，这就是'快成为基督徒'的证据……但是威尼斯城的法律恰恰就是为此而设的：输了就得认输。如果我们要提出控诉，那么在被告席上站着的不该是夏洛克，而只能是被害者自己顶礼膜拜的商业道德。"（99）可见莎士比亚的批评不仅仅指向个别人物，还进一步指向具有普遍性的社会现象。吴兴华说："把批判的锋刃从一个定型化的恶

棍转向一种社会现象（这种社会现象是双方都承认，并且视为理所当然的），这就是《威尼斯商人》的卓越成就。"（99）

　　除了主要冲突之外，这部戏剧还有一些次要的插曲。夏洛克的女儿几乎卷走了家里的金钱和财宝，并和基督徒私奔。对于这么过火的行为，不少人拍手称快。吴兴华说："对她的这种表现，葛莱西安诺的评语是：'她真是个好姑娘，不像犹太人'；劳伦佐更是兴高采烈地称赞她'既聪明，又美丽、又忠实'。有些人要我们相信这里面毫无讽刺，要我们单纯地为'犹太人上当'拍掌称快，这自然不是实事求是的批评态度"。（101）这里作者将不少基督徒的见利忘义的倾向揭露了出来，但只有吴兴华的慧眼看出了这种批评。

　　面对这种既丢人又丢钱的事情，夏洛克一边追赶一边喊道：

　　　　女儿啊！我的金钱啊！我的女儿啊！
　　　　跟基督徒跑了！我的基督徒的金钱啊！
　　　　　　　　——第二幕，第八场（102）

　　吴兴华对这两行做了深入的分析，他说："层次进展十分清楚。丢了女儿固然很惨，丢了钱财更是伤心，最糟糕的是钱财落入了他的基督徒对头手里，用夏洛克的荒谬说法来表达，就成了'我的基督徒的金钱'。"（102）夏洛克的拜金主义跃然纸上。

　　遭到女儿的背叛之后，夏洛克极度沮丧。在第三幕第一场，夏洛克和另外一个人物杜拔尔之间有一段非常精彩的对话，他们谈到女儿的叛逆，并且得知安东尼奥的船队出事了。夏洛克几乎尖叫起来："我就要挖他的心。"为了达到这个目的，夏洛克暂时忘记了他的女儿，他的金刚钻，他的翡翠指环。不共戴天的仇恨仿佛使他丢开了原来那副守财奴的面目，摇身一变为悲剧英雄，一位复仇英雄。他的人生哲学似乎是："'你既然夺走我生存倚恃的资料，就等于要我的命。'性命只能用性命来抵偿，这就是正义，这就是公道"。（103）但夏洛克的本性并没有真正改变，吴兴华说："然而随后来到的话却道破了他的心事：'威尼斯一旦没有了他，我作起买卖来就可以称心如意了。'要看到这不是深思熟虑的盘算，而是在怒不可遏的状态下的自我表白。什么种族仇恨，私人侮辱，在夏洛克眼里这些都应该折算为金钱价值，因为他只有那么一套尺码。"（103）在这里，吴兴华用铁证反驳了那些把种族迫害或者个人仇恨放在首位的观点。

在第三幕夏洛克讲了一段非常精彩的话，常常被广泛引用：

> 犹太人难道没有眼睛吗？犹太人难道没有手、五官、肢体、知觉、感情和血气吗？难道他不是和基督徒一样，吃下同样的食物，也会饱；被同样的武器一刺，也会伤，会同样闹病，用同样的方式也可以治好，赶上同样的夏天和冬天，会感觉同样的热、同样的冷吗？……你们教给我的凶恶手段，我一定照样执行，同时我若不加倍奉还给你们，那才怪呢！
>
> ——第三幕第一场　（104）

批评家一般都把这段话解读为莎士比亚对种族歧视的抗议，但吴兴华认为，这只是地地道道的断章取义。他说："姑且不说在伊利莎白朝的英国，犹太人根本不构成尖锐的社会问题；只就全剧布局来看，单单挑选一个奸诈狠毒的夏洛克来为'被压迫的民族'申冤，未免过于滑稽。这段话所以精彩，不在于它可以抽出来作讲道的材料，而在于它来得正好，既符合人物性格，也符合情节发展。它把问题摆得清清楚楚：如果要依照法律，断定曲直，这里就是全部论据。夏洛克受到的谴责不可避免地也会落到安东尼奥头上；若是宽恕安东尼奥，连带着也得宽恕谋害他的人。"（104）坚持这种观点似乎不近人情，但这就是威尼斯的法律的本质。

在审判的法庭上，公爵劝夏洛克发发善心，并且提醒他，这样硬心肠，也休想别人对他慈悲。但夏洛克振振有词地说：

> 我没作错事，怕什么别人的审判？
> 你们当中有许多买来的奴隶，
> 让你们当作驴马，当作犬豕，

驱使作种种卑贱下流的工作，

就因为是你们买来的，——我可以说吗？

让他们自由吧，和你们子女婚配吧！

为什么他们在重担下流汗？让他们

睡的床和你俩一样软，舌头也尝到

同样甘美的食物吧！你们准回答：

"奴隶是我们的"，——我也同样地回答：

我现在向他索取的一磅人肉

是重价买来的，是我的，我非要不可。

如果你不准，法律就成为废纸，

威尼斯的政令就等于全不生效，

我等候审判——回答吧，准我不准我？

——第四幕，第一场（106—107）

　　威尼斯的法律不仅保护冷酷的契约，还保护了残酷的私有制。吴兴华说："但是很少人注意到这段话里对私有制罪恶的控诉。夏洛克和安东尼奥都是私有制的拥护者，只不过夏洛克更坦白更直率地把这个制度推到逻辑的极端。"（107）

　　面对这样的商业体制，莎士比亚肯定有深刻的思考。吴兴华说："官司的实质既然是这样，显然，正确解决的途径不能单纯是帮助'善人'安东尼奥逃脱夏洛克的魔掌，而必须从根本上否定这套商业道德和法治思想，暴露它们的虚伪性和危害性，同时提出另外一套价值标准来衡量人的行为。这个任务不是任何威尼斯居民所能担负的，因此必须叫由贝尔蒙特来的波希雅上场。"（107）波希雅希望以慈悲打动夏洛克，她说：

慈悲的品质不是出于勉强，

它像及时的甘雨从天空降落

到大地上面，它有双重的作用，

施与者，受施者同样得到福佑，

它是权威中的权威。

——第四幕，第一场（107）

这些话看似苍白的说教，但这个冷酷的商业社会最缺乏的难道不正是慈悲吗？吴兴华说："这是对整个威尼斯讲的，不仅仅针对夏洛克一个人。夏洛克反驳公爵的话，对贝尔蒙特并不适用。波希雅指出把公道解释作个人利益的保障，是对真正公道的歪曲；因为'真要公道行事，我们当中谁也不会得救'——蓄养奴隶的、索取一磅肉的、要求处置私有财产绝对自由的，人人都不例外。"（107）可见看似公道的法律，还是有着很多问题。

关于这部剧作的结局，吴兴华也有独到的见解，他认为，如果认为这场诉讼只牵涉安东尼奥和夏洛克个人矛盾，这样结局当然有点像落井下石，有点过火。他还说："如果，照上文所说的，作者随着剧情演进，把火力转向以威尼斯为代表的社会制度和生活理想，那么应当承认他的批评和讽刺确实击中了目标。这就是众口交赞的威尼斯法治，而不是什么道义或伦理上的裁决。这一场在观众和读者心里普遍留下的不足之感，正是作者对解决方式不肯降格以求的最好见证。"（108）可见莎士比亚塑造了波希雅这个人物，并采用了三个匣子的故事，是想为威尼斯寻找一个真正美好的未来。但这个未来却是不现实的。所以吴兴华说："一句话，在这里我们没有达到弗莱彻和马辛格等作家善于制造的大团圆，使一切线索整整齐齐地收拢在一起。从纯技巧角度看来，这或许应该算一个纰漏。但是伟大作家的'纰漏'，往往是和他们警策的地方同样值得我们深思的。"（109）在吴兴华看来，这个"纰漏"意味着莎士比亚还会有更加有意义的探索。

第五，通过辩证法的观点给《威尼斯商人》定位。莎士比亚的喜剧往往是乐观而浪漫的，但《威尼斯商人》却给人以不轻松的感觉，所以有人觉得无法纳入喜剧的范畴，甚至有人视之为悲剧。吴兴华综合地研究了莎士比亚的作品，并且指出："史剧歌唱的是封建统治阶级无可挽救的复亡命运；喜剧则以新生的一代如何冲破束缚和压制，追求美好理想为主题。这其实是一个钱币的阴阳两面，不过莎士比亚对二者中间的联系却有一段认识过程。起始，这两种体裁是明晰区分开的。这不仅是由于受到文艺复兴时代正统戏剧理论的影响，更重要的是莎士比亚仿佛感到两个世界无法'契合'：他的新人物如果生活在玫瑰战争的气氛里，就会窒死；同样，阴险毒辣的理查三世若是跑到《爱的徒劳》里来与法国公主交谈，也会使人大吃一惊。"（111）虽然把理想的东西放到喜剧之中，把现实的东西置于历史剧之中，不失为一种聪明的做法，但两者不能总是各说各的，永不会合。

莎士比亚在尝试了这么多的剧作之后，终于试着让代表新旧的两种势力的人物在《威尼斯商人》中登场。吴兴华说："波希雅和三个匣子的故事在贝尔蒙特和威尼斯中间划下另一道分界，这就使新和旧的交锋卷入一个更为复杂难辨的漩涡。作者拖着安东尼奥，使他经历受骗、内疚、恐惧和痛苦，准备在这个过程中为他安排出路，正因为这里不可能有什么廉价的胜利。但是莎士比亚笔下的出路，在审判的场面和第五幕的尾声里，毕竟没有真正地'结晶化'。剧本主要部分对新和旧犬牙交错的形势的揭露多少反衬出结局的软弱性。"（112）在吴兴华看来，这个剧本是莎士比亚把正反面力量放在一起的初次尝试，正面人物要走出商业社会，通向理想社会，还有很远的路要走，所以显得软弱。但这种不成熟不是缺点："这正是《威尼斯商人》的巨大意义，因为它是一个路标，指向随后来到的悲剧阶段。安东尼奥的不完全的胜利正是哈姆雷特型的悲剧英雄的起点，喜剧不能负荷的担子将要落在准备奋斗、受难和牺牲的人们肩上。这些震撼人心的悲剧所以成为莎士比亚最伟大的作品，正因为冲突和解决在那里最接近于均衡。"（112）可见《威尼斯商人》是莎士比亚从早期的历史剧和喜剧走向伟大悲剧的过渡，在莎士比亚创作的历史上是一座丰碑。莎士比亚在这部作品中，还只是对更崇高主题的尝试，他在创作这部作品的前后期态度并非始终如一。吴兴华说："我们可以有信心地说，在不断实验和探索上，莎士比亚是有目的，有意识的，他的失败导向他的成功。巴散尼奥的性格前后不大吻合，波希雅对案件的处理不能使人完全满意，这些都是无可否认的缺点；但是认识到巴散尼奥需要改变，认识到波希雅解决问题的方式不能不带有局限性，这也证实了莎士比亚的天才。"（112）莎士比亚不但在这部作品中积极地探索了戏剧的创作，他的一生当中，没有停止过探索，正是这种探索的精神，使他成为历史的巨人。

五　第三阶段的翻译与研究

1965 年和 1966 年是"十七年"莎学的第三阶段，基本上是"文化大革命"的前奏，没有出版一部莎士比亚的戏剧，相关文章只有 4 篇，其内容都是否定性的。当然，极"左"思想不是 1966 年一下子出现的，有些 1964 年的（甚至更早的）文章已经出现了这种苗头。以下几篇文章预示着"文化大革命"快要到来：

司马长缨：《如何看待莎士比亚剧作中的鬼魂迷信问题——戴镏龄先生〈"麦克佩斯"与妖氛〉一文质疑》（《光明日报》1964 年 11 月15 日）

赵守垠、龙文佩：《读〈"威尼斯商人"——冲突和解决〉后的几点意见》（《文学评论》1964 年第 4 期）

袁先禄：《莎士比亚生意经》（《人民日报》1964 年 3 月 12 日）

张永忠：《对于〈莎士比亚戏剧创作的发展〉一文的意见》（《文学评论》1965 年第 5 期）

殷麦良：《我对〈"麦克佩斯"与妖氛〉一文的意见》（《中山大学学报》1965 年第 3 期）

蓝少成：《怎样评价莎士比亚剧作——对〈欧洲文学史〉（上册）的一点意见》（《光明日报》1965 年 5 月 2 日）

丁子春：《奥赛罗真的"像一面明镜"一尘不染吗?》（《光明日报》1966 年 3 月 13 日）

20 世纪 50 年代以来不少学者试图用马克思主义的观点证明莎士比亚的伟大，但到了 60 年代中期，马克思主义又成了否定莎士比亚的武器。赵守垠、龙文佩曾说："总的说来，我们觉得吴兴华先生的看法是把莎士比亚抬高了，把一个立足在资本主义萌芽时期的英国、一个从当时的时代精神和资本主义发展的需要出发来从事写作的剧作家，抬高到既反对高利贷资本、又不满商业资本，从根本上否定资产阶级的商业道德和法治思想、向资本主义的社会制度和生活理想开火的这样一个超越时代、阶级局限的地位。"① 这种观点也不是完全没有道理，但这种批评再往前一步，就成为"文化大革命"期间的否定一切非社会主义文学艺术的大批判了。

随着"左"倾化程度的加强，莎士比亚的现实主义也受到了质疑。例如，张健在 1963 年曾说，"莎士比亚的历史史观基本上是唯心主义的英雄史观"，"对人民群众的历史作用则不甚重视"②。既然他的历史观是唯心主义的，他的作品就不可能是现实主义的。到了 60 年代中期，中国文艺界的思想不断地"左"倾化，莎士比亚的成就也遭到了否定。

阶级分析也成了否定莎氏的武器。殷麦良指出，戴镏龄的文章没有使用阶级分析，属于反马克思的思想。他说："如说什么麦克佩斯是'由于良心泯灭才变了质，良心不振，自然妖心滋长'。在作者看来，麦克佩斯的'堕落'是由于'良心和野心交战的结果，野心终于淹没了良心'。他还说莎士比亚在剧中'给予妖妇的来来往往和弄法作术以象征性的意义，使读者和观众加深认识了主人翁性格上善和恶的斗争，善如何受到恶的侵蚀。作者的用意是很深刻的。'这种'善恶斗争'论，完全抽掉了阶级内容，是与马克思列宁主义的阶级观点背道而驰的。"③ 在吴兴华等手里，阶级分析法是研究莎剧的锐器，但在这些批判者手中，却成了批评莎学的武器。

不少运用阶级分析的方法写的文章也遭到了质疑。例如说，赵守垠和龙文佩对吴兴华的论文进行了反驳。他们指出："我们认为通过夏洛克和安东尼奥的冲突，莎士比亚主要是谴责夏洛克那种以'钱生钱'

---

① 赵守垠、龙文佩：《读〈"威尼斯商人"——冲突和解决〉后的几点意见》，载《文学评论》1964 年第 4 期。

② 张健：《论莎士比亚的〈尤利斯·该撒〉的结构和思想》，载《山东大学学报》1963 年第 8 期。

③ 殷麦良：《我对〈"麦克佩斯"与妖氛〉一文的意见》，载《中山大学学报》1965 年第 3 期。

的高利贷行为和他那种刻薄、吝啬、不近'人情'的生活态度，还不是揭露了'金钱对传统社会关系的破坏作用'。"① 他们还说："莎士比亚不但没有从总的意义上，对金钱进行谴责，而且对安东尼奥、波希雅等这些正面人物的'有道之财'，通过他们在剧中的行动以及他们最后对夏洛克的胜利，表示了肯定与赞扬"②。纯粹以学术的眼光看，他们的观点并非完全站不住脚，但其论述毫无新意，而吴兴华的论文明显有新意。可在那个年代，他们的这种批评不完全是学术问题，给吴兴华带来了巨大的麻烦，甚至在 1966 年引来了杀身之祸。

莎士比亚的人道主义也受到了批判。张永忠对卞之琳的莎评大为不满，他说："然而遗憾的是文章作者没有进一步去挖掘文艺复兴时期人道主义'人'的阶级内容。因此，对莎士比亚的人道主义的实质也就分析批判得很不够了。"③ 张永忠对莎士比亚的人道主义的实质进行了界定："人道主义作为资产阶级意识形态，作为反映资本主义经济基础的上层建筑来说，自始至终是与资本主义私有制相联系的"；"个人主义是资产阶级人道主义世界观的核心。"④ 在他看来，莎士比亚的人道主义首先是一种有害的思想，国人的首要任务是批判，而不是宣扬。

莎士比亚的人民性同样受到了怀疑。赵澧等说："看来，莎士比亚的结论是这样的：英雄可以创造历史，但首先要会收拾民心；科利奥兰纳斯的悲剧在于他太骄傲，相信强力而不懂得欺骗的手段。人民群众是巨大的力量，但是是盲目的力量，不能创造历史。他们只有服从英雄，才能有所作为。他们之所以横遭杀戮，乃是因为他们抛弃了英雄。"⑤ 张永忠则说："我认为，作为资产阶级人道主义者，他们从来就是为了实现自己个人理想而奋斗，从来就是强调个人的力量、贬低人民群众力

---

① 赵守垠、龙文佩：《读〈"威尼斯商人"——冲突和解决〉后的几点意见》，载《文学评论》1964 年第 4 期。

② 同上。

③ 张永忠：《对于〈莎士比亚戏剧创作的发展〉一文的意见》，载《文学评论》1965 年第 5 期。

④ 同上。

⑤ 赵澧、孟伟哉等：《论莎士比亚的社会政治思想及其发展》，载《教学与研究》1961 年第 2 期。

量的。"① 到了这个阶段，莎士比亚成了反人民的作者。

为艺术而艺术的莎评也遭到了批判。殷麦良对戴镏龄的文章进行了批评，他说戴镏龄"完全离开了评价文学作品的政治标准，大谈艺术，而对《麦克佩斯》一剧的最大局限性——妖魔鬼怪，对剧中所宣扬的迷信宿命论等却只字不提。他不是采取批判地继承的态度，不是'以政治标准放在第一位，以艺术标准放在第二位'，而是艺术第一；不是弃其糟粕，取其精华，而是全盘肯定，甚至把糟粕当作精华去鼓吹和宣扬，对剧本的'艺术性'赞叹不已。"② 在那个年代，专门谈论艺术性被视为反动的学术行为。

此外，使用非马克思主义的参考资料也被看作反动的表现。赵守垠、龙文佩还指出："另外吴兴华先生在文章中引用了许多资产阶级学者的材料，来陪衬自己的论点。"③ 这完全是不讲道理的说法，为什么资产阶级的观点就不能作为佐证呢？这种文章体现的是极"左"年代的偏见。

中国学者在经过思想改造运动之后，开始运用马克思主义的观点评价莎士比亚，并且取得了一定的成就。在"十七年"中，卞之琳是运用马克思主义批评莎剧的最多产的学者；吴兴华是马克思主义运用得最好的学者；戴镏龄的《〈麦克佩斯〉与妖氛》受政治的影响最小，体现了学者的风骨。不幸的是，在 20 世纪 60 年代中期，不少人又用"马克思主义"封杀莎士比亚，把莎剧赶出中国人的视野。

---

① 张永忠：《对于〈莎士比亚戏剧创作的发展〉一文的意见》，载《文学评论》1965 年第 5 期。

② 殷麦良：《我对〈"麦克佩斯"与妖氛〉一文的意见》，载《中山大学学报》1965 年第 3 期。

③ 赵守垠、龙文佩：《读〈"威尼斯商人"——冲突和解决〉后的几点意见》，载《文学评论》1964 年第 4 期。

第七章

莎士比亚的翻译与研究(中)

"文化大革命"结束之后，1977年自然成为中国历史的新起点。经过"文化大革命"的浩劫，中国文化界已经成为一片沙漠。饥渴的人们在劫难结束之后，最需要的是精神食粮。1977年相关部门经过仔细讨论，选择了35种古今中外文学名著进行出版，其中包括莎士比亚的《哈姆雷特》《威尼斯商人》《雅典的泰门》。在区区35种之中，莎士比亚剧作占了3种，可见莎翁在国人眼中的地位之高。选好了书目之后，当时还遇到一个难题，找不到纸张来印刷。根据时任出版局局长的王匡的女儿王晓吟的回忆，为了寻求纸张，还冒了很大的风险。那时国家储存了不少纸，准备出版《毛泽东全集》，但政治环境还不够成熟，短期内不能出版这个全集。王晓吟说："我父亲就毛泽东的书（指全集）能不能出的问题去问过吴冷西同志，吴笑而不答。问胡乔木同志，他说恐怕很难。于是父亲便连夜赶到中南海去请示吴德同志，要求动用印毛泽东的书的纸把书印出来。"① 虽说这些书最后成功出版了，但这在当时可以说是提着脑袋搞出版，需要极大的勇气。从这个事件我们可以看得出，包括莎剧在内的文学名著对于当时的中国人来说是多么重要，必然引起疯狂的购买和如饥似渴的阅读。

改革开放以来，一直到1992年，中国戏剧界基本上处于比较活跃的状况。在这个时段，莎学研究取得了丰硕的成果，我们将从以下4个

---

① 宋木文：《亲历出版三十年——新时期出版纪事与思考》（上卷），商务印书馆2007年版，第47页。

方面来研究。

一　译介的总体概况

1977—1992 年一共出版了 81 个版本的莎士比亚戏剧，具体分布如图 7 – 1：

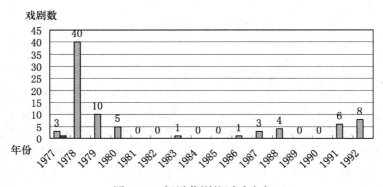

图 7 – 1　汉译莎剧的历时分布

1978 年出版的 11 卷本的《莎士比亚全集》首印 23000 套，共 263000 册，到 1992 年第 4 次印刷时，发行量多达 173300 套，共为 1906300 册。还有不少其他版本的莎剧也在印刷，发行量非常可观，约有两三百万册。从这个图来看，80 年代似乎没有出版多少莎剧，主要是因为这十来年不停地重印 70 年代的莎剧，所以，新版本比较少。

在这个时段，研究莎士比亚的译著共为 10 部：

司汤达：《拉辛与莎士比亚》（上海译文出版社 1979 年版）

杨周翰主编：《莎士比亚评论汇编》（上）（中国社会科学出版社 1979 年版）

杨周翰主编：《莎士比亚评论汇编》（下）（中国社会科学出版社 1981 年版）

斯坦尼斯拉夫斯基：《〈奥瑟罗〉导演计划》（中国电影出版社

1981 年版）

　　海涅：《莎士比亚笔下的女角》（上海译文出版社 1981 年版）

　　张可编译：《莎士比亚研究》（上海译文出版社 1982 年版）

　　哈里台：《莎士比亚》（浙江文艺出版社 1983 年版）

　　阿尼克斯特：《莎士比亚的创作》（山东教育出版社 1985 年版）

　　莫洛佐夫：《论莎士比亚》（文化艺术出版社 1987 年版）

　　布雷德利：《莎士比亚悲剧》（上海译文出版社 1992 年版）

　　这些著作都有较高的学术价值，大都来自西方国家，与"十七年"情况截然不同。杨周翰主编的《莎士比亚评论汇编》（上下卷），不但篇幅最长，而且内容精选，翻译和注释的质量都很好，对国内莎学产生了很大的影响。

　　在"十七年"，在莎学领域只有一本薄薄的著作，那就是赵仲沅编写的《莎士比亚》（商务印书馆 1965 年版）。但在改革开放之后，国人研究莎剧的著作有了迅猛的发展，一共多达 31 部，其中比较重要的是以下十几部：

　　施咸荣：《莎士比亚和他的戏剧》（北京出版社 1981 年版）

　　贺祥麟：《莎士比亚研究文集》（陕西人民出版社 1982 年版）

　　方平：《和莎士比亚交个朋友吧》（四川人民出版社 1983 年版）

　　贺祥麟：《莎士比亚》（辽宁人民出版社 1984 年版）

　　黄龙：《莎士比亚新传》（江苏少年儿童出版社 1987 年版）

　　孙家琇：《论莎士比亚四大悲剧》（中国戏剧出版社 1988 年版）

　　张泗洋：《莎士比亚的三重戏剧》（东北大学出版社 1988 年版）

　　曹树均：《莎士比亚在中国舞台上》（哈尔滨出版社 1989 年版）

　　张泗洋：《莎士比亚戏剧引论》（中国戏剧出版社 1989 年版）

　　卞之琳：《莎士比亚悲剧论痕》（生活·读书·新知三联书店 1989 年版）

　　张泗洋、孟宪强主编：《莎士比亚在我们的时代》（吉林大学出版社 1991 年版）

赵澧：《莎士比亚传论》（中国人民大学出版社 1991 年版）

张泗洋、徐斌、张晓阳：《莎士比亚戏剧研究》（时代文艺出版社 1991 年版）

王佐良：《莎士比亚绪论兼及中国莎学》（重庆出版社 1991 年版）

朱雯莎、张君川主编：《莎士比亚辞典》（安徽文艺出版社 1992 年版）

孙家琇：《莎士比亚辞典》（河北人民出版社 1992 年版）

虽说在这个时段莎学著作的数量已经大大增加，但从题目上看，这些著作的主要特点在于综合性、普及性和介绍性，只有极少数著作，如《莎士比亚在中国舞台上》属于专题研究。可见这个时代的莎学著作的学术性仍有不少提高空间。

根据中国知网，这个时段共发表了 807 篇莎剧研究篇论文，相当于"十七年"的 20 倍。这些论文的分布，请见图 7 - 2。1986 年是莎士比亚逝世 370 周年，中国莎学界在北京和上海举办了首届中国莎士比亚戏剧节，从 4 月 10 日一直持续到 23 日，规模空前。这一年也将莎学研究推向了一个高潮，从这个图可以看出，发表的论文多达 123 篇。在"十七年"，人们把两个莎翁诞生周年变为莎学的高峰，而在这个时段，学者们把莎士比亚的逝世周年当作纪念莎士比亚最好时期。这个时段的莎评有些明显的特点，下面将分三个方面进行论述。

二　马克思恩格斯的莎评的翻译与研究

马克思恩格斯对莎士比亚的论述早在新中国成立前就有人努力引进。瞿秋白早在 1933 年于《现代》上发表了一篇名为《马克思、恩格斯和文学上的现实主义》的论文，触及马克思恩格斯对莎士比亚的论述。周扬在 20 世纪 40 年代编的《马克思主义与文艺》（解放社 1944 年版）一书有一章为《马克思、恩格斯论现实主义与倾向文学：莎士比亚化与席勒化》，收入了一些马克思和恩格斯论述莎士比亚的内容。

新中国成立后，马克思主义成了我国的意识形态，马克思恩格斯对

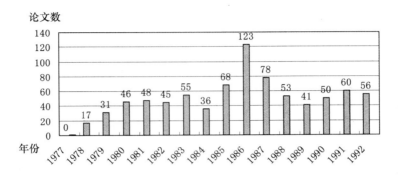

图 7-2　莎士比亚研究论文的历时分布

莎士比亚的论述也特别受重视。沙弗在 20 世纪 50 年代翻译了《马克思、恩格斯论莎士比亚》［载《戏剧理论译文集》（第 8 辑），中国戏剧出版社 1958 年版］。王道乾翻译了《马克思、恩格斯论文学与艺术》（平明出版社 1951 年版），曹葆华翻译了《马克思恩格斯论艺术》（4卷本）（人民文学出版社 1960—1966 年版）。这些著作都包含了马克思和恩格斯的莎评方面的内容。除了这些论述文学艺术的书之外，人民出版社从 1956 年至 1965 年出版了 21 卷《马克思恩格斯全集》，也涉及两位伟人对莎士比亚的论述。值得一提的是，这个《全集》的出版没有因为"文化大革命"而终止，1971—1975 年接着出版了 18 卷。而且1972 年人民出版社还出版了 4 卷本的《马克思恩格斯选集》，也包含了他们谈论莎士比亚的内容。我们可以说，马克思和恩格斯论述或者提到莎士比亚的文字，已经基本上被当时的学者翻译过来了。

　　虽说这个时段的马克思主义莎评的翻译非常出色，但当时对这些莎评并没有做多少专门的研究。郝孚逸发表了一篇比较有深度的文章：《拉萨尔的〈弗朗茨·封·西金根〉和马克思恩格斯对他的批判——学习马克思恩格斯致拉萨尔信的笔记》［《复旦大学学报》（哲学社会科学）1963 年第 1 期］。这篇文章的一节讨论了马克思恩格斯对莎士比亚的论述，专门探讨了"莎士比亚化"和"席勒式"这两个概念。除此之外，相关研究并不多。当年莎评（乃至整个文艺批评）的主要方法和观点来自苏联，并非直接来自马克思和恩格斯。而且当时学术研究的空间还不是很大，学者可发挥的余地有限。

马克思和恩格斯的莎评的翻译与出版在"文化大革命"之后也很强劲。1977年杭州大学中文系编的《外国文学专题》（诸暨印刷厂1977年版）的第一篇就是《马克思恩格斯论莎士比亚》。1979—1985年人民出版社接着出版了《马克思恩格斯全集》的第40—50卷，其中也包含了两位哲人提到莎士比亚的言论。陆梅林辑注的《马克思恩格斯论文学与艺术》（上下册）（人民文学出版社1982年版）和程代熙编辑的《马克思恩格斯论艺术》（4卷本）（中国社会科学出版社1982—1985年版）也很有影响力。特别值得一提的是，孙家琇编的《马克思恩格斯和莎士比亚》（中国戏剧出版社1981年版）和孟宪强辑注的《马克思恩格斯与莎士比亚》（陕西人民出版社1984年版）。这两部著作，不但收集了两位思想家的几乎所有的和莎士比亚有关的内容，还做了注释和评论。

改革开放之后，学者们不但翻译出版马克思恩格斯的莎评，还掀起了相关的研究高潮。这种研究主要体现在以下三个方面。

第一，以马克思恩格斯的莎评为莎士比亚的出版和研究开路。"四人帮"打倒之后，学者们的自由大大增加了。但"文化大革命"的劫难仍然历历在目，人们在做研究的时候不得不采取谨慎的态度。对于莎学界来说，人们应该还不会忘记1964年《莎士比亚全集》惨遭取消出版的教训。所以学者在出版译著和论著的时候都非常小心，尽量找一些马克思和恩格斯的莎评来证明其合法性，以便到了关键时刻有可靠的护身符。

1977年人民文学出版社在出版莎士比亚的《哈姆雷特》《威尼斯商人》《雅典的泰门》时都积极地引用了马克思恩格斯的话。《威尼斯商人》的编者3次提到这两位思想家。《出版说明》的第一段话为："革命导师恩格斯认为欧洲文艺复兴时期是'这是一次人类从来没有经历过的最伟大的、进步的变革，是一个需要巨人而且产生了巨人——在思维能力、热情和性格方面，在多才多艺和学识渊博方面的巨人的时代。'莎士比亚是欧洲文艺复兴时期英国剧坛上这样一个人物。"① 张健曾经在 1954 年引用了这句恩格斯的话,并且给莎士比亚的译介开了很好的头。《威尼斯商人》的编者再次引用这句话,也必然给莎士比亚的翻译和研究带来很大的方便。《哈姆雷特》和《雅典的泰门》的编者分别引用了一次革命导师的话。1978 年出版的《莎士比亚全集》的《前言》虽然只有 15 页,却 10 次引用马克思和恩格斯的话。其他论著也无不重视对这两位革命导师的相关言论的引用和论述。当时人们之所以喜欢引用马克思恩格斯的著作,可以从以下几个方面进行阐述。

首先,人们常常引用马克思恩格斯如何喜欢莎士比亚的文字来证明阅读莎剧的正当性。刘秉书说:"有一次,马克思的女儿拿着一张'自白书'让父亲填写……他在'您喜爱的诗人'一栏内,填写着'莎士比亚'的名字。一八七一年十二月,马克思的朋友路·库格曼寄来一幅莎士比亚的画像。他的女儿……马上就去给莎士比亚的画像配镜框。马克思家里不挂别人的画像,而挂莎士比亚的画像……恩格斯在一八六八年四月所写的《自白》中,同样把莎士比亚列为最喜爱的作家。"② 在这一段话中,刘秉书三次引用马克思和恩格斯的著作,以马克思恩格斯的爱好证明了喜欢莎剧的合法性。

其次,学者们常常讲述马克思恩格斯如何熟悉莎士比亚戏剧的内容。在《英国即将来临的选举》一文中,马克思这样批评帕麦斯顿:"他站在教士和鸦片走私商中间。这个老练的骗子让他的亲戚舍夫茨别利伯爵推荐的那些低教会派主教,证明他'正直无邪',而贩卖'麻醉世人的甜蜜毒药'的鸦片走私商,则证明他忠心耿耿地为'私利,这颠倒乾坤的势力'服务。"③ 引文后面两段带引号的话都出自《约翰王》一剧。马克思本人精通莎剧,经常在著作中引用莎剧。类似这样的文字当时都被学者找了出来。而且对莎士比亚的爱好可以顺着马克思的家族史往前追溯。马克思曾不倦地给孩子们讲他的爷爷,"谈他对莎

---

① 《出版说明》,载莎士比亚《威尼斯商人》,朱生豪译,人民文学出版社 1977 年版,第 1 页。

② 刘秉书:《马克思恩格斯与莎士比亚》,载《江淮论坛》1980 年第 2 期。

③ 《马克思恩格斯全集》第 12 卷,人民出版社 1962 年版,第 161 页。

士比亚与荷马的惊人知识，说他能从头至尾一字无误地背诵许多荷马的短诗，还能以英语和德语背诵莎士比亚大部分的戏剧"①，当时不少文章都引用了这一类的内容，主要是为了给自己找护身符。

学者还利用马克思恩格斯的莎评为所谓的"莎士比亚的时代局限性"辩护。马克思曾说："关于艺术，大家知道，它的一定的繁盛时期决不是同社会的一般发展成比例的，因而也决不是同仿佛是社会组织的骨骼的物质基础的一般发展成比例的。例如，拿希腊人或莎士比亚同现代人相比……因此，在艺术本身的领域内，某些有重大意义的艺术形式只有在艺术发展的不发达阶段上才是可能的。如果说在艺术本身的领域内部的不同艺术种类的关系中有这种情形，那末，在整个艺术领域同社会一般发展的关系上有这种情形，就不足为奇了。"② 恩格斯曾指出："给现代资产阶级统治打下基础的人物，决不受资产阶级的局限。"③ 当年人们曾经把莎士比亚视为资产阶级的代言人，属于无产阶级的敌人。但有了马克思和恩格斯的这种肯定，莎士比亚就显得不"反动"了。

马克思在给恩格斯的信中评论了德国作家罗德里希·贝奈狄克斯的作品，并且说："假如他和他这类人懂得莎士比亚的话，他们怎么能鼓起勇气把自己的'作品'公之于众呢？"④ 1980 年《威尼斯商人》在北京公演后受到了一些批评，周世琳就引用了这段话，接着说："同样，上面提及的一些同志，如果懂得莎士比亚，了解马克思对莎士比亚的态度的话，我相信他们也不会有勇气把自己的言论公之于众的。"⑤ 这样的批评是很有力的。

第二，非常深入地研究了"莎士比亚化"和"席勒式"。这两个术语出自马克思恩格斯与拉萨尔的两封信。我们把最重要的 5 句话挑出来，罗列如下（着重号是引者所加）：

---

① 苏共中央马克思列宁主义研究院编：《回忆马克思恩格斯》，人民出版社 1957 年版，第 141 页。

② 《马克思恩格斯全集》第 12 卷，人民出版社 1962 年版，第 760—761 页。

③ 《马克思恩格斯全集》第 20 卷，人民出版社 1973 年版，第 361 页。

④ 《马克思恩格斯全集》第 33 卷，人民出版社 1973 年版，第 109 页。

⑤ 周世琳：《马克思与莎士比亚》，载《外国语》1982 年第 2 期。

1. 这样，你就得更加莎士比亚化，而我认为，你的最大缺点就是席勒式地把个人变成时代精神的单纯的传声筒。①

2. 我们不应该为了观念的东西而忘掉现实主义的东西，为了席勒而忘掉莎士比亚。②

3. 这幅福斯泰夫式的背景在这种类型的历史剧中必然会比在莎士比亚那里有更大的效果。③

4. 德国戏剧具有的较大的思想深度和意识到的历史内容，同莎士比亚剧作的情节的生动性和丰富性的完美的融合。④

5. 古代人的性格描绘在今天是不再够用了，而在这里，我认为您原可以毫无害处地稍微多注意莎士比亚在戏剧发展史上的意义。⑤

如果我们把这 5 点的关键词挑出来，排在一起，就可以看到这么两组词语：

莎士比亚化：现实主义的东西　福斯泰夫式的背景 生动性 丰富性性格描绘

席勒式：时代精神的单纯的传声筒　观念的东西　思想深度　历史内容

我们可以把这些词语连成句子："莎士比亚化"就是现实主义的方法，关注福斯泰夫式的背景描写，情节具有生动性和丰富性，人物的性格非常丰满；"席勒式"的创作虽然注重思想深度和历史内容，但往往表现的都是观念的东西，人物只是时代精神的传声筒。从表面上看，这样解读非常正确，而且许多年以来不少学者都是这样解读的。但实际上，这几乎都是误读。这种误读还非常流行，真的值得莎学家深思。下

---

① 《马克思恩格斯全集》第 29 卷，人民出版社 1972 年版，第 574 页。
② 同上书，第 585 页。
③ 同上。
④ 同上书，第 583 页。
⑤ 同上。

文将从五个方面进行讨论。

1. "莎士比亚化"与"席勒式"

关于什么是"莎士比亚化"和"席勒式",国人已经撰写了不少论文。著名莎学学家方平曾经写了一篇颇有影响的论文,他说:"所谓'席勒式地把个人变成时代精神的单纯的传声筒',该就是指我们所常说的'概念化'的毛病吧——人物缺乏自己的生命和个性,而成了作者的代言人,甚至仅仅是某一思想概念的表达工具。"① 他把莎士比亚化看作塑造人物形象的方法:"马克思提出的'莎士比亚化',按照我的理解,是指塑造戏剧人物形象的艺术手法,这里大有学问,值得探讨。"② 他的解读颇为流行。

长期以来很多人都把莎士比亚化看作是一种创作方法,属于形式上的问题。但也有人不这么认为,石宗山曾经指出了这个问题:"用属于形式方面的论述去注释属于历史内容的'莎士比亚化'。这样的阐释方法,正是缘木求鱼,怎么能求得正确的结论呢?!"③ 石宗山的观点具有颠覆性。让我们再次回到马克思恩格斯致拉萨尔的信,仔细分析分析相关内容。

马克思在信中首先高度评价了拉萨尔的剧作《弗兰茨·冯·济金根》,然后主要探讨了这部戏剧的缺点及其弥补措施。马克思说:

> 第一,——这纯粹是形式问题——既然你用韵文写,你就应该把你的韵律安排得更艺术一些……第二,你所构想的冲突不仅是悲剧性的,而且是使 1848—1849 年的革命政党必然灭亡的悲剧性的冲突。因此我只能完全赞成把这个冲突当作一部现代悲剧的中心点。但是我问自己:你所选择的主题是否适合于表现这种冲突……济金根(而胡登多少和他一样)的覆灭并不是由于他的狡诈。他

---

① 方平:《什么叫"莎士比亚化"? ——谈剧作家和他笔下的人物关系》,载《外国文学研究》1982 年第 3 期。

② 同上。

③ 石宗山:《"更加莎士比亚化"与"席勒式"辨析》,载《河北大学学报》1984 年第 2 期。

的覆灭是因为他作为骑士和作为垂死阶级的代表起来反对现存制度，或者说得更确切些，反对现存制度的新形式。①

济金根和胡登就必然要覆灭……不应当象在你的剧本中那样占去全部注意力，农民和城市革命分子的代表（特别是农民的代表）倒是应当构成十分重要的积极的背景。这样，你就能够在更高得多的程度上用最朴素的形式把最现代的思想表现出来，可是现在除宗教自由以外，实际上，国民的一致就是你的主要思想。这样，你就得更加莎士比亚化，而我认为，你的最大缺点就是席勒式地把个人变成时代精神的单纯的传声筒。②

从以上的引文可以看出，"莎士比亚化"不可能是指形式上的问题或者方法论的问题，而是相对于创作内容而言的，因为马克思在讲完了形式的问题之后才开始谈论这个主题。从内容的角度看，《济金根》这部历史剧对当下的革命具有一定的借鉴作用，值得写。但马克思也指出，济金根和当时的革命政党有着本质的区别，他代表着马上衰落的反面力量。这种垂死阶级对新政权的反抗，实际上是"莎士比亚化"的反面。当然，马克思也不可能建议把这部戏剧彻底反过来，把主人公换掉，那样就等于把拉萨尔的作品枪毙了。为了弥补这个不足，马克思建议把"农民和城市革命分子"这些进步力量作为背景写进来，历史的是非就会自有分晓。这样一来，这部作品就有点"莎士比亚化"了。在原文中，"莎士比亚化"的意思并不晦涩。

石宗山还进一步指出："至于为什么还得'更加莎士比亚化'，我认为这是马克思对一个共产党人的严格要求。"③ 石先生的意思好像是说，拉萨尔已经很"莎士比亚化"了，只是没有达到共产党人的高规格。事实刚好相反，拉萨尔的戏剧是"莎士比亚化"的反面教材，且不提什么共产党人的要求，就是一般作家的要求也未必达到。所以本人

---

① 《马克思恩格斯全集》第29卷，人民出版社1972年版，第572页。
② 同上书，第573—574页。
③ 石宗山：《"更加莎士比亚化"与"席勒式"辨析》，载《河北大学学报》1984年第2期。

不敢苟同石先生的这个观点。马克思之所以要加上"更加"两字，是出于客气，似乎是说对方已经具有一定的莎士比亚的特点；如果做这样的修改，就"更加莎士比亚化"了。马克思虽然以批评见长，但有时也采用一些比较委婉的方法。

从理论上看，我们已经可以清楚地看到马克思赞成的是什么，反对的是什么。但这封信本身并没有涉及莎士比亚和席勒的作品。这就给"莎士比亚化"和"席勒式"留下了一些疑问。首先让我们看看席勒的戏剧《威廉·退尔》的内容。恩格斯曾这样评论道："反对奥地利的战斗、格留特利的光荣宣誓、泰尔的英勇射击、永远值得纪念的莫尔加顿城下的胜利，所有这一切都是顽固的牧民对历史发展潮流的对抗，是顽固保守的地方利益对全民族利益的反抗，是愚昧对教养、野蛮对文明的反抗。牧民战胜了当时的文明，因此他们受到了与后来的文明完全隔绝的惩罚。"① 可见席勒犯了和拉塞尔类似的错误。关于席勒，石宗山也指出："然而，他的《玛丽·斯图雅特》《华伦斯坦》《奥里昂的姑娘》《威廉·退尔》都是在违背社会发展潮流的历史观念指导下，不顾历史的真实，硬把错误的主观观念的东西，放到某一历史事件中，让一些英雄人物作为所谓的时代精神的单纯的传声筒，演出一场只能激发人们的情绪，而不能推动历史前进的历史剧。"② 他对进步的力量常常缺乏足够的认识，"譬如他之对待凯德起义和圣女贞德的勤王运动，就缺乏正确的认识，作了歪曲的反映。"③ 这就说明，席勒的历史观是有问题的。"时代精神的单纯的传声筒"，不能简单地理解为他把人物当作"思想概念"的表达工具；这里的"时代精神"本身就是错误的，是与时代发展方向相左的精神。"席勒式"也首先是指创作的内容，不是概念化的创作方法。

马克思恩格斯没有直接论述莎士比亚的历史观是否正确，但从这两封信可以看出，他们认为，莎士比亚和席勒相反，往往能够掌握历史的

---

① 《马克思恩格斯全集》第4卷，人民出版社1958年版，第387页。

② 石宗山：《"更加莎士比亚化"与"席勒式"辨析》，载《河北大学学报》1984年第2期。

③ 同上。

发展方向，以时代的正面人物为主人公，并加以歌颂，对反动势力加以批判。莎士比亚的剧作，如《罗密欧与朱丽叶》等，都对垂死的社会力量进行批判，对新兴的社会动向进行讴歌。以这样的内容进行创作就是"莎士比亚化"。

2. "现实主义的东西"与"观念的东西"

恩格斯对《济金根》的基本态度和马克思是一致的。关于这部剧作的"历史内容"，他的主要观点体现在以下两段文字：

> 那个时期的城市和诸侯的态度在许多场合都是描写得非常清楚的，因此那时的运动中的所谓官方分子差不多被您描写得淋漓尽致了。但是，我认为对非官方的平民分子和农民分子，以及他们的随之而来的理论上的代表人物没有给予应有的注意……我认为，我们不应该为了观念的东西而忘掉现实主义的东西，为了席勒而忘掉莎士比亚，根据我对戏剧的这种看法，介绍那时的五光十色的平民社会，会提供完全不同的材料使剧本生动起来，会给在前台表演的贵族的国民运动提供一幅十分宝贵的背景，只有在这种情况下，才会使这个运动本身显出本来的面目。①

> 但是我丝毫不想否认您有权把济金根和胡登看做是打算解放农民的。但这样一来马上就产生了这样一个悲剧性的矛盾：一方面是坚决反对过解放农民的贵族，另一方面是农民，而这两个人却被置于这两方面之间。②

恩格斯也看到了，济金根等贵族不适合当主角，但他的批评力度没有马克思大。他给出的弥补措施和马克思是类似的，建议作者对"五光十色的平民社会"多加描绘，给在前台表演的贵族的国民运动提供宝贵的"背景"，让"这个运动本身显出本来的面目"。他特别指出，这个平民社会的重要进步力量为"对非官方的平民分子和农民分子"，

---

① 《马克思恩格斯全集》第29卷，人民出版社1972年版，第584—585页。
② 同上书，第586页。

尤其应当重视。恩格斯虽然没有使用"莎士比亚化"和"席勒式",但他的意思的确和马克思的意思差不多。

恩格斯在这里使用了两个同样重要的词语:"观念的东西"和"现实主义的东西"。最流行的解释就是把"观念的东西"和上文的"时代精神的单纯的传声筒"联系起来,看作概念化和抽象化的作品,把"现实主义的东西"和"莎士比亚化"联系起来,看作是形象化生动化的创作手法。这种解释只要深入地研究,问题显而易见。

石宗山曾指出:"把'现实主义的东西'当作现实主义创作方法,我认为属于望文生义,是不够严肃的。"① 他还说:"文中'现实主义的东西'(das Realistische,我认为也可译作现实的东西),指的正是应予正确反映的发生在十六世纪二十年代的事物:即那时出现的农民运动的高潮、五光十色的平民社会和封建关系解体时期贵族国民运动的本来面目。"② "现实主义的东西"的确是指内容,而不是创作方法。

"为了观念的东西而忘掉现实主义的东西,为了席勒而忘掉莎士比亚"这些文字的德文版为:"über dem Ideellen das realistiche, über Schiller den Shakespeare…"③ 英文版为:"which consists in not allowing the ideal to oust the real, or Schiller to oust Shakespeare…"④ 德文版的"das realistiche"的字面意思为"现实主义的东西",英文版的"the real"的字面意思为"真实的东西"。假如把英文中的"the real"变为"the realistic",似乎不太通顺,除非译为"what is realistic",但"what is realistic"和"the ideal"的结构不对称。所以英文版的译者把"das realistiche"译为"the real",可能更多是出于语法和通顺的考虑。汉语版的文字为"现实主义的东西",和德文版一致。根据《马克思恩格斯全集》第 29 卷的版权页的说明,这一卷是根据俄文版的《全集》翻译

---

① 石宗山:《"更加莎士比亚化"与"席勒式"辨析》,载《河北大学学报》1984 年第 2 期。

② 同上。

③ Ferdinand Lassalle, *Nachgelassene Briefe und Schriften*, Bd. 3. Stuttgart: Deutsche Verlagsanstalt, 1922, p. 183.

④ "Engels To Ferdinand Lassalle", 见 https://www.marxists.org/archive/marx/works/1859/letters/59_ 05_ 18a. htm。

过来的，同时参考了德文版。汉语译文和德文版是一致的，也许还和俄文版相一致。在恩格斯的德文信件中，"realistich" 还出现过一次："…etwas zu abstract, nicht realistich genug ist…"① 英文版为："…is rather too abstract, not realistic enough…"② 中文版为：您的观点 "是非常抽象而又不够现实的"③。在这里英文版采用了 "realistic"，而中文版则翻译为 "现实的"。恩格斯两次使用 "realistich"，应该是自觉选择的结果，不可能是随意的。在英文和汉语中，只有一次译为 "现实主义的"，另一次则译为 "现实的"。应该说英文版和汉语版都显得不够准确。所以本人认为把 "das realistiche" 译为 "现实主义的东西" 比译为 "现实的东西" 更加忠实。"现实的东西" 只指向客观世界，没有指明观看世界的方法；"现实主义的东西" 还指明了观看世界的方法。

马克思恩格斯的现实主义首先是指用辩证唯物主义和历史唯物主义为指导的写作方法。恩格斯曾说："据我看来，现实主义的意思是，除细节的真实外，还要真实地再现典型环境中的典型人物。"④ 什么才是典型环境和人物呢？马克思曾说："人的本质并不是单个人所固有的抽象物，实际上，它是一切社会关系的总和。"⑤ 所以现实主义作家必须要体现社会关系。马克思认为巴尔扎克 "对现实关系具有深刻理解"⑥，属于优秀的现实主义作家。在各种社会关系中，阶级关系最为重要。马克思恩格斯断定："至今所有一切社会的历史都是阶级斗争的历史。"⑦综合起来看，典型环境应该是最能体现社会的阶级特点的环境，典型人物应该是最充分体现阶级特点的人物，现实主义作家必须对阶级关系有敏锐的洞察力。从这个角度看，现实主义和 "莎士比亚化" 是一致的，

---

① Ferdinand Lassalle, *Nachgelassene Briefe und Schriften*, Bd. 3. Stuttgart：Deutsche Verlags-anstalt，1922，p. 182.

② "Engels To Ferdinand Lassalle"，见 https：//www. marxists. org/archive/marx/works/1859/letters/59_ 05_ 18a. htm。

③ 《马克思恩格斯全集》第29卷，人民出版社1972年版，第584页。

④ 《马克思恩格斯全集》第37卷，人民出版社1982年版，第41页。

⑤ 《马克思恩格斯全集》第3卷，人民出版社1960年版，第5页。

⑥ 《马克思恩格斯全集》第25卷，人民出版社1974年版，第47页。

⑦ 《马克思恩格斯全集》第4卷，人民出版社1958年版，第465页。

只是现实主义指的是创作方法，"莎士比亚化"指的是内容，只有现实主义的方法才能保证戏剧内容的"莎士比亚化"。

在恩格斯的信中，与"现实主义"相反的有两个概念，我们可以从下面的文字中找到："是非常抽象而又不够现实的（现实主义的）"；"为了观念的东西而忘掉现实主义的东西"。"抽象"是什么意思呢？马克思曾说："甚至你的济金根——顺便说一句，他也被描写得太抽象了——也是多么苦于不以他的一切个人打算为转移的冲突，这可以从下面一点看出来：他一方面不得不向他的骑士宣传与城市友好等等，另一方面他自己又乐于在城市中施行强权司法。"① 这里的"抽象"指的是对人物的阶级属性的忽视，我们经常说的"抽象人性论"中的"抽象"就是这个意思，和强调阶级性的现实主义是相反的。这种"抽象"的东西也是"观念的东西"（dem Ideellen，the ideal，其实也可以译为"唯心的东西"）。"观念的东西"还可以指把进步力量看作反动力量或者把反动力量看作进步力量之类的错误观点。石宗山曾说："而'观念的东西'（dem Ideellen）则是……一些唯心史观的论断和由此而编制成的《济金根》的情节。"② 他的观点比较正确。但他只强调"观念的东西"属于内容，否定其中的认识方法。笔者觉得"观念的东西"指的是"通过唯心论看到的东西"，与一定的方法分不开。

席勒的创作到底有没有概念化的问题呢？歌德曾说："我不免想，席勒对哲学的倾向损害了他的诗，因为这种倾向使他把理念看得高于一切自然，甚至消灭了自然。凡是他能想到的，他就认为一定能实现，不管它是符合自然，还是违反自然。"③ 在歌德说上面这些话的六年之后，即 1797 年 6 月 18 日，席勒曾写信给歌德说："您愈来愈使我摆脱从一般走向个别的倾向（这在一切实践中，特别是在创作中，是一个恶

---

① 《马克思恩格斯全集》第 29 卷，人民出版社 1972 年版，第 574 页。

② 石宗山：《"更加莎士比亚化"与"席勒式"辨析》，载《河北大学学报》1984 年第 2 期。

③ 《歌德谈话录》，载《朱光潜全集》第 17 卷，安徽教育出版社 1989 年版，第 265 页。

习），引导我走上相反的路：从个别事物走向伟大的法则。"① 席勒在一定的程度上应该是有这个问题的。但不管怎么说，在恩格斯心中的"观念的东西"首先指的是对阶级属性的忽略。这种创作方法也是从观念出发的，所以也属于概念化创作的一种。如果没有看到"观念的东西"中的阶级问题，只谈概念化写作，那是非常表面的。

早在 20 世纪 30 年代，瞿秋白就对"莎士比亚化"和"席勒式"有比较深刻的认识。他认为，马克思反对的席勒，主要是晚年的席勒："那时候的塞勒（当他写作'Don Karlos'的时期），只在希望开明的君主来做从上而下的解决社会问题的力量，他不看见广大的群众是社会发展的动力，不注意阶级斗争，因此只在主观道德'伦理'方面寻找出路，用一些抽象思想，例如善和恶，勇敢和怯懦，公德和自私等等，来支配他的作品里的'英雄'。这就是马克思和恩格斯反对的'塞勒化'的意义。他们所主张的是：对于事实上的阶级斗争，广大群众的历史斗争的现实主义的描写。他们要求文学之中对于这种斗争的描写，要能够发露真正的社会动力和阶级的冲突，而不要只是些主观的淋漓尽致的演说。"② 瞿秋白的把莎士比亚化归纳为："对于事实上的阶级斗争，广大群众的历史斗争的现实主义的描写"。以阶级斗争为内容比较符合马克思恩格斯的"莎士比亚化"的原意。而且瞿秋白还注意到，这样的内容要以现实主义作为描写方法。他的判断基本上是正确的。但遗憾的是，后来的学者几乎都把"莎士比亚化"仅仅当成方法论。石宗山先生注意到这个偏差，但他矫枉过正，主张把"现实主义的东西"变成"现实的东西"，又陷入了另外一种偏差。

3. "福斯泰夫式的背景"

恩格斯曾说："在这个封建关系解体的时期，我们从那些流浪的叫化子般的国王、无衣无食的雇佣兵和形形色色的冒险家身上，什么惊人的独特的形象不能发现呢！这幅福斯泰夫式的背景在这种类型的历史剧

---

① Dora Schmitz (translator), *Correspondence Between Schiller and Goethe*, New York；London：Wiley and Putman, Vol. 1, 1845, p. 263.

② 《瞿秋白文集》（文学编第 4 卷），人民文学出版社 1986 年版，第 4—5 页。

中必然会比在莎士比亚那里有更大的效果。"① 万莹华指出，福斯泰夫式的背景是"典型人物赖以生存的典型环境"，"也是'莎士比亚化'创作思想的一个有机组成部分。"② 还有人把"福斯泰夫式的背景"解释为具有深度和广度的背景；有人说它是现实主义的创作方法的一部分。这都是毫无逻辑的误读。

恩格斯和马克思一样，认为以济金根为悲剧主角不太合适。既然已经这样选择了，应在背景方面做一些文章。恩格斯强调道："介绍那时的五光十色的平民社会，会提供完全不同的材料使剧本生动起来，会给在前台表演的贵族的国民运动提供一幅十分宝贵的背景，只有在这种情况下，才会使这个运动本身显出本来的面目。""五光十色的平民社会"到底包含什么呢？从上下文来说，贵族领袖是戏剧英雄，不在背景中。恩格斯还指出，"对非官方的平民分子和农民分子，以及他们的随之而来的理论上的代表人物没有给予应有的注意"，因为他们是平民社会的重要成分，也是其中的进步力量，属于最重要的背景。马克思也主张："农民和城市革命分子的代表（特别是农民的代表）倒是应当构成十分重要的积极的背景"。在这一点上他们是一致的。恩格斯还提到了那些没落的贵族，即福斯泰夫式的人物。莎士比亚笔下的福斯泰夫是一个典型的没落贵族，就像封建关系解体时的"叫化子般的国王"等一样可笑。写好这些背景可以帮助戏剧显示出各个阶级的性质，所以应该认真描写。"福斯泰夫式的背景"只是某些莎士比亚戏剧背景的一部分，莎士比亚并不在每一部戏剧中描写这种背景，更不是说这种背景是所有的戏剧都离不开的典型环境。

4. "思想深度""丰富性"和"性格描绘"

恩格斯的以上两点都是从内容方面来讲的，他还谈了两点形式方面的问题。他说："而您不无根据地认为德国戏剧具有的较大的思想深度和意识到的历史内容，同莎士比亚剧作的情节的生动性和丰富性的完美

----

① 《马克思恩格斯全集》第 29 卷，人民出版社 1972 年版，第 583 页。
② 万莹华：《典型人物与典型环境——读莎士比亚戏剧札记之一》，载《杭州师范学院学报》1980 年第 1 期。

的融合，大概只有在将来才能达到，而且也许根本不是由德国人来达到的。"① 德国的传统是有思想深度，而莎士比亚的特点在于生动性和丰富性。

席勒作为一个德国作家，细节处理不是他的强项。歌德曾说："席勒就没有这个本领。他在《威廉·退尔》那本剧本里所用的瑞士地方色彩都是我告诉他的。但是席勒的智力是惊人的，听到我的描述之后，马上用上了，还显得很真实。"② 但缺点的反面就是优点，席勒在思辨性方面还是很有特色的，虽说他有时也会有唯心主义的错误。

与席勒形成强烈对比的是莎士比亚。马克思说："单是《风流娘儿们》的第一幕就比全部德国文学包含着更多的生活气息和现实性。单是那个兰斯和他的狗克莱勃就比全部德国喜剧加在一起更有价值。"③ 恩格斯在青年时代写的《风景》一文中指出："啊，不列颠内地蕴含着多么丰富的诗意啊！你常常会觉得自己是生活在欢乐的英国的黄金时代，觉得自己见到莎士比亚背着猎枪在灌木丛中悄悄地寻找野物，或者你会感到奇怪，在这块绿色草地上竟然没有真正演出莎士比亚的一出神妙的喜剧。因为不管剧中的情节发生在什么地方——在意大利，在法国，或在纳瓦腊，——其实展现在我们眼前的基本上总是欢乐的英国，莎士比亚笔下古怪的乡巴佬、精明过人的学校教师、可爱又乖僻的妇女全都是英国的，总之，你会感到，这样的情节只有在英国的天空下才能发生。只有在《仲夏夜之梦》这样一些喜剧里，才会使人强烈地感觉到象《罗密欧与朱丽叶》中那样的南方气候的影响，就连剧中人的性格也是这样。"④ 莎士比亚在细节描写方面能力出众，但他对思辨性并不十分重视。

对细节的重视，是现实主义的特点之一。恩格斯曾说："每个人都是典型，但同时又是一定的单个人，正如老黑格尔所说的，是一个'这

---

① 《马克思恩格斯全集》第29卷，人民出版社1972年版，第583页。
② 《歌德谈话录》，载《朱光潜全集》第17卷，安徽教育出版社1989年版，第359页。
③ 《马克思恩格斯全集》第33卷，人民出版社1973年版，第108页。
④ 《马克思恩格斯全集》第41卷，人民出版社1982年版，第97—98页。

个'。"① 他在《反杜林论》中还说："我们要是不知道这些细节，就看不清总画面。"② 但细节描写只是马克思恩格斯心中的现实主义的次要特征，其首要特点在于通过阶级分析的角度塑造典型环境中的典型人物。如果把细节描绘看作马克思恩格斯的现实主义的本质，是相当片面的。

在恩格斯看来，性格描写也是一个形式方面的问题。他说："此外，我觉得一个人物的性格不仅表现在他做什么，而且表现在他怎样做；从这方面看来，我相信，如果把各个人物用更加对立的方式彼此区别得更加鲜明些，剧本的思想内容是不会受到损害的。古代人的性格描绘在今天是不再够用了，而在这里，我认为您原可以毫无害处地稍微多注意莎士比亚在戏剧发展史上的意义。"③ 莎士比亚的性格描写的能力达到了别人难以企及的水平。莎士比亚的性格描写的手段很多，但在这里，恩格斯似乎特别看重的是"更加对立的方式彼此区别"。这种通过对立首先应该突出阶级对立。但《济金根》缺乏这种对立，马克思因这部戏剧而这样批评拉萨尔："国民的一致就是你的主要思想。" 所以恩格斯建议拉萨尔多多学习莎士比亚。

性格描写只是马克思恩格斯的信件中的非常次要的内容，但有些学者却拿这一点大做文章。例如说，方平认为 " 莎士比亚化" 就是 "塑造戏剧人物形象的艺术手法"。他还把莎士比亚化的性格描写加以自由发挥，总结出三个特点：

（1）让每一个剧中人物都有血有肉，获得自己的生命。

（2）让他笔下的众多的人分享他（诗人）的才华。

（3）在富于激情的时刻，把自己的人格的光辉投射在剧中人物身上。④

这是想象的自由驰骋，和马克思和恩格斯的原意没有什么联系。

---

① 《马克思恩格斯全集》第 36 卷，人民出版社 1974 年版，第 384 页。
② 《马克思恩格斯全集》第 20 卷，人民出版社 1972 年版，第 23 页。
③ 《马克思恩格斯全集》第 29 卷，人民出版社 1972 年版，第 583 页。
④ 方平：《什么叫"莎士比亚化"？——谈剧作家和他笔下的人物关系》，载《外国文学研究》1982 年第 3 期。

5. "莎士比亚化" 与其他几个概念之间的关系

"莎士比亚化"是马克思在致拉萨尔的信中提出的，恩格斯并未使用过这个词语。马克思的信是 1859 年 4 月 19 日写的，恩格斯的信是 1859 年 5 月 18 日写的。当时马克思住在伦敦，恩格斯住在曼彻斯特，他们两个人没有在一起，也没有就这个问题进行过交流。两人虽然通过信，但信中都没有谈到《济金根》这部剧作，更没有谈论什么是"莎士比亚化"的问题。所以我们不能假设他们有意识地共同构思了"莎士比亚化"这么一个重要的术语。马克思在提出"莎士比亚化"这个概念时，无意于用它统摄恩格斯提出的几个概念。恩格斯当时可能也不知道马克思提出了这么一个概念，当然也无意于围绕马克思的概念去写作。所以用莎士比亚化来概括两封信，可能比较勉强。

根据新批评的理论的观点，作者的意图是无所谓的，只要文本能够读出这样的意思就可以了。从这个角度来说，学者们有权力做出自己的解读。陈晓华说："马克思在信里劝拉萨尔'更加莎士比亚化'，恩格斯的信虽然没使用'莎士比亚化'这个词，但通篇讲的内容，归纳成一点，仍是要'莎士比亚化'。每个读了这两封信的人，都会感到两位革命导师艺术观点的惊人的一致。他们不约而同地都用莎士比亚的戏剧艺术这把尺子来量度《济金根》，量的结果，尺寸自然是一样的。于是'莎士比亚化'在文艺理论中成了个人人乐道的术语。"① 两位革命导师的确有些相通的思想，但不同的地方也很多，下文就上文罗列的 5 点进行分析。

严格意义上的"莎士比亚化"，只指第 1 点，而且是就创作内容而言的，不是一种方法。第 2 点是恩格斯提出来的，正好也以莎士比亚和席勒作比较，谈论的内容比较类似。如果视之为另一版本的"莎士比亚化"，也说得过去。但恩格斯谈的具体内容和马克思有所不同，"现实主义的东西"与"观念的东西"这两个名词性结构虽然都指向内容，

---

① 陈晓华：《关于"莎士比亚化"问题》（上），载《昆明师范学院学报》1980 年第 1 期。

但同时还涉及方法的问题，与马克思的纯粹谈论内容的"莎士比亚化"和"席勒式"不太一样。

马克思在提出"莎士比亚化"的时候，并没有提及"福斯泰夫式的背景"。这个术语是恩格斯提出来的。从具体的内容来看，"福斯泰夫式的背景"并非莎剧的不可或缺的成分，更不是一般戏剧创作都应该具有的内容。这种背景和"莎士比亚化"之间没有什么内在的联系，把它纳入"莎士比亚化"明显不合适。

恩格斯将细节描写和性格刻画视为形式方面的问题，并且说："然而这些都是次要的事情，我提到它们仅仅是为了使您看到，我在您的剧本的形式方面也用过一些心思而已。"① 马克思在讨论了"莎士比亚化"之后说道："其次，我感到遗憾的是，在性格的描写方面看不到什么特出的东西。"② 他把"莎士比亚化"和性格描写是分开的。所以我们应当把第4、5两点从"莎士比亚化"剥离。

本来是马克思恩格斯论述拉萨尔戏剧的5个方面，是并列的关系。当然读者也有权根据自己的阅读建构文本的意义。假如非要这样做不可，我们可以把"莎士比亚化"和"席勒式"做一个这样的概括。"莎士比亚化"就是高度重视社会各阶层的阶级性质，主张以进步阶级为主人公，以反动阶级为反面人物，关注不同阶级之间的冲突；这种创作往往离不开唯物史观，这样的方法就是现实主义；生动的细节描写和形象的人物性格刻画也是现实主义的组成部分。"席勒式"就是混淆了进步阶级和反动阶级，错误地将没落的贵族当作时代的领袖来描写；其方法是唯心主义的（或者说是观念的）；虽然有时较有思辨性，但缺乏细节的生动性和人物的丰满性。

这样构建出来的"莎士比亚化"和"席勒式"与流行的解释有一定的区别：我们重视的是内容，流行的观念视之为纯粹的方法论；我们在讨论方法的时候，强调的是在唯物史观指导下的现实主义，而流行的观点突出的是细节描写和性格刻画；我们将"福斯泰夫式的背景"视

---

① 《马克思恩格斯全集》第29卷，人民出版社1972年版，第583页。
② 同上书，第574页。

为某些莎剧的一个方面，不具有普遍性，把它排挤在讨论的范围之外，而流行的观点视为非常重要的"典型环境"。

流行的"莎士比亚化"和"席勒式"简单地说就是"形象化的创作"和"概念化的创作"。且不说这种观点是否符合马克思恩格斯的本意，这种主张本身并没有什么新意。文学创作难道一直以来不都是要反对概念化，坚持形象化的吗？如果放到改革开放初期的环境中看，提倡形象化，反对概念化，倒是有一种特殊的意义。石文年指出："无产阶级革命导师批判拉萨尔创作中的唯心主义和公式化、概念化的倾向，对于我们批判'四人帮'的创作理论具有深刻的现实意义。他们有时以极'左'的面貌出现，提出所谓'三突出'的理论，而他们所炮制的《反击》之类的阴谋文艺，却暴露了他们反革命修正主义的极右实质。阴谋文艺《反击》就是这种反动的'三突出'理论的艺术标本。"① 陈晓华曾说："建国三十年来，我们的文艺创作，走过曲折的道路，经验不少，教训更多。林彪、'四人帮'搞的那套'阴谋文艺'，与'莎士比亚化'创作原则背道而驰，自不待说。就是那些立意不无可取的作品，由于某种程度上背离了'莎士比亚化'创作原则，不是也缺乏艺术生命力吗？我们的作品，犯了歌德所谓'为一般去找特殊'的那种席勒式毛病的，应该说，太多了。纠正之道，'莎士比亚化'。写于一百多年前的马克思和恩格斯的这两封信，对我们来说，一点没有过时。"② 现实的需求决定了当时的取舍。在当时的中国文学批评界阶级分析、唯物史观等简直泛滥成灾，所以人们忽略了马克思恩格斯这方面的内容，而突出了两位哲人信件中的次要内容。

根据中国知网，1978—1984 年，标题中含"莎士比亚化"的文章为 13 篇。在这几年人们掀起了讨论"莎士比亚化"的小高潮。当时需要拿马克思恩格斯的观点给莎士比亚开路，并且用莎士比亚给国内的文艺开药方。1985—1991 年只有 3 篇。到了这个阶段，思想已经比较开

---

① 石文年：《略谈"莎士比亚化"和"席勒式"的问题》，载《厦门大学学报》1978年第 4 期。

② 陈晓华：《关于"莎士比亚化"问题》（下），载《昆明师范学院学报》1980 年第 2期。

放，"莎士比亚化"的先锋性已经不存在。1999—2012 年又发表了 15 篇论文。这些文章探讨的重点已经不是什么为"莎士比亚化"，大部分都是在运用这个概念来研究文学，如《"莎士比亚化"的中国式创新——曹禺剧作的美学特征》《论中国现代戏剧的"莎士比亚化"》等。这些文章大都没有从源头上搞清楚什么是"莎士比亚化"，所以往往以讹传讹。这么长的时间以来，人们如此频繁地使用和研究"莎士比亚化"，却没有把基本意思搞明白，无疑是学界的严重失误。

第三，莎剧中的货币问题、艺术形式　马克思恩格斯提到莎士比亚的地方都受到了学者的不少关注。莎士比亚在《雅典的泰门》中有一段精彩的独白："金子！黄黄的、发光的、宝贵的金子 ……这东西，只这一点点儿，就可以使黑的变成白的，丑的变成美的，错的变成对的，卑贱变成尊贵，老人变成少年，懦夫变成勇士。"[1] 马克思和恩格斯三次引用了泰门的这段台词，四次谈到莎士比亚关于货币的定义。马克思在《一八四四年的经济学—哲学手稿》中，引用了这段话，并且说："莎士比亚把货币的本质描绘得十分出色"。[2] 马克思还在另外一个地方说道："使不同的东西等同起来，莎士比亚对货币就曾有过这样中肯的理解。"[3] 马克思从莎士比亚的戏剧中获得了灵感，找到了货币的本质。他的这段话受到了不少学者的关注，例如说刘秉书的《马克思恩格斯与莎士比亚》和张泗洋《马克思与莎士比亚》都对这段话进行了分析。

马克思恩格斯不仅仅谈莎剧的内容，还谈到了莎士比亚的纯粹艺术问题。马克思曾说："英国悲剧的特点之一就是崇高和卑贱、恐怖和滑稽、豪迈和诙谐离奇古怪地混合在一起，它使法国人的感情受到莫大的伤害，以致伏尔泰竟把莎士比亚称为喝醉了的野人。"[4] 这样的戏剧形式问题，也引起了学者的关注。此外，还有不少其他零零星星的论述，我们不一一列举。

---

① 《莎士比亚全集》第 8 卷，人民文学出版社 1991 年版，第 176 页。
② 《马克思恩格斯全集》第 42 卷，人民出版社 1979 年版，第 152 页。
③ 《马克思恩格斯全集》第 46 卷（上），人民出版社 1979 年版，第 109 页。
④ 《马克思恩格斯全集》第 10 卷，人民出版社 1962 年版，第 188 页。

三 比较研究

文学之间能不能比较呢？各人有各人的看法。蒲伯曾说："以亚里士多德的规则评判莎士比亚，无异于用此国的法律去审判根据彼国法律行动的人。"① 以他的眼光看，莎士比亚肯定也无法和中国的戏剧比较。但莎士比亚在中国非常流行，这说明人性是相通的，比较研究是可能的。

与其他西方剧作家相比，莎士比亚似乎更适合于和中国剧作家进行比较。本特肯曾说："与其说莎士比亚的戏剧与英美现代剧或者中国现代剧相似，倒不如说它们更像中国古典戏曲。"② 马焯荣则说："从艺术的角度看，大体上可以说，莎翁剧作是西方的戏曲，中国戏曲是东方的莎剧。"③ 可见莎剧与中国戏剧之间有一定的可比性。随着莎士比亚研究的深入，人们对比较研究越来越重视，发表的论文越来越多。根据朱雯和张君川主编的《莎士比亚词典》（安徽文艺出版社 1992 年版），1978—1990 年学者在国内各种刊物和著作中发表了莎士比亚比较研究的论文 76 篇。根据王向远的《中国比较文学论文索引：1980—2000》（江西教育出版社 2002 年版），1991—1992 年国内学者发表了 19 篇莎士比亚比较研究的论文。把两者相加，这个时段的论文共为 95 篇。

莎士比亚的平行比较 这种研究大致可以分为两类：莎士比亚或者莎剧与中国某个作家或者某部作品的比较，莎士比亚戏剧和中国戏剧的总体比较。较多地用来与莎士比亚进行比较的剧作家有：汤显祖、李渔、纪君祥、王实甫、关汉卿、郭沫若、曹禺等，其中与汤显祖比较的论文多达 15 篇。经常和莎士比亚进行比较的小说家诗人有：曹雪芹、罗贯中、鲁迅、李白等。下面将就莎士比亚和汤显祖的比较研究进行探讨。

---

① Alexander Pope, "Edition of Shakespeare", *William Shakespeare*：*The Critical Heritage*, Brian Vickers ed. , London：Routledge, Vol. 2, 1974, p. 298.

② ［英］本特肯：《莎士比亚身上的中国特征》，乔建华译，载《当代戏剧》1997 年第 5 期。

③ 马焯荣：《假定性与开放性——莎士比亚与中国戏曲的艺术比较》，载《莎士比亚研究》，浙江人民出版社 1984 年版，第 232 页。

徐朔方在 1978 年发表的《汤显祖与莎士比亚》可谓新时期两位剧作家比较研究的开山之作。徐朔方把汤显祖和莎士比亚的比较研究追溯到 1930 年。这一年日本学者青木正儿在他的《中国近世戏曲史》中指出："显祖之诞生，先于英国莎士比亚十四年，后莎氏之逝世一年而卒（莎翁西纪 1564—1616，汤显祖西纪 1550—1617）。东西曲坛伟人同出其时，亦一奇也。"[①] 青木正儿的话不完全正确，现在学界一般认为汤显祖于 1616 年去世。徐朔方以锐利的眼光指出：这是"第一次以汤显祖和莎士比亚相提并论。"[②] 两位戏剧家没有同年生，但修得同年死。这个时间的巧合为人们进行比较提供了契机。

徐朔方首先在对比的视野中给中国戏曲定位。他说："一些人为了方便起见，以现代的概念把戏曲说成歌剧（opera），这样做难免引起误会。无论传奇或杂剧，决定它高下的是作家——文人的事。戏曲作家如果不懂音乐，主要遵守曲律照样可以作曲。著名的歌剧作者都是作曲家，没有一个诗人曾以创作歌剧的歌词而享有盛誉。"[③] 歌剧首先是音乐作品，而戏曲偏向于文学，两者不能随便等同。但徐朔方又说："传奇作家尤其不善于在单独一出戏中展出紧张的矛盾冲突，也许他们根本不感到这样做的需要。因为传奇吸引观众原来主要依靠唱腔而不是依靠做工。这一点同歌剧相近，而同话剧大异。"[④] 对于舞台演出来说，文学性并不那么重要，唱功才是最重要的。其实戏曲是综合艺术，除了文学性和音乐性之外，还包含了舞蹈、杂技等成分。

徐朔方接着讨论了莎剧和中国戏曲的格律，他说："英国诗有不同的诗体，有的宜于抒情，有的宜于叙事，有的宜于编剧。演出时，它同散文部分并无显著不同，观众也一样易于接受。中国古典戏曲采用的曲调原来是抒情的诗歌，后来移植到戏曲中。它们格律不仅没有适当地放宽，某些方面反而比抒情的古体诗、律诗、绝句更加严格。"[⑤] 莎士比

---

① ［日］青木正儿：《中国近世戏曲史》，王古鲁译，作家出版社 1958 年版，第 230 页。
② 徐朔方：《汤显祖与莎士比亚》，载《社会科学战线》1978 年第 2 期。
③ 同上。
④ 同上。
⑤ 同上。

亚的无韵体和散文体实际上有着比较大的区别，对于作者来说，有一定束缚感，但和戏曲的要求相比，有更多的自由。

徐朔方对莎士比亚和汤显祖的语言也展开了讨论，他说："对现代的中国读者，欣赏莎士比亚译本可能比领会汤显祖的作品容易些。一个是现代汉语，加上少量的西方典故，一些原来是西方特有的表现手法，现代读者已经适应了，不觉得难以接受。一个是文言，再加大量的本国典故以及古典文学特有的表现手法，在这方面没有素养的观众往往有雾里看花的感觉。莎士比亚作品中平常的、甚至有缺陷的诗句，反而容易以媸为妍；而汤显祖的文学语言的瑕疵则易于夸大，工力则常常被忽视。"① 大部分人的确是通过现代汉语读莎剧的，但在读汤显祖的时候，往往用的是文言版。这样的话，两者处于不同的层面上，进行比较有着不合适的一面。人们欣赏莎剧比欣赏汤显祖更为容易的另外一个原因在于我们的教育本身。由于我们把更多的精力放在现代化和世界化上面，传统教育已经被边缘化了。

虽说大部分人只能读莎剧的译文，但对莎剧原著的语言和汤显祖剧作做比较也有必要。白之曾说："汤显祖和莎士比亚的作品中都充满了新出现的词语和方言土语，两位作者得心应手地交替使用着古典的和通俗的语言形式。"② 他的判断比较准确，莎士比亚的语言并非都通俗好懂。他的戏剧有着古雅的一面，甚至包含许多语言游戏，其悲剧尤其如此，因为悲剧的观众普遍有较高的教养。汤显祖的剧作也有着通俗的一面。"五四"运动之后学者们往往都把戏曲列入通俗文学，应该就是出于这个原因。杜丽娘在游园时曾唱道："可知我常一生儿爱好是天然。"③ 汤显祖以天然的东西为美，并不一味追求古雅。

徐朔方就莎翁和汤显祖的思想内容进行了比较，他说，当时的理学"对爱情即所谓人欲的态度是一律否定的"④。徐朔方认为，汤显祖面对

---

① 徐朔方：《汤显祖与莎士比亚》，载《社会科学战线》1978 年第 2 期。

② 白之：《〈冬天的故事〉与〈牡丹亭〉》，载《读书》1984 年第 2 期。

③ 汤显祖：《牡丹亭》，载《汤显祖全集》第 3 卷，北京古籍出版社 1999 年版，第 2096 页。

④ 徐朔方：《汤显祖与莎士比亚》，载《社会科学战线》1978 年第 2 期。

的压力更大，其反抗更有意义。徐朔方认为："如果《牡丹亭》中某些
类似欧洲人文主义的进步思想好像是点燃在封建社会的茫茫长夜中的一
个火炬……而在莎士比亚的英国，反封建婚姻制度却是接近解决的问题
了。"① 因此他认为，《牡丹亭》的思想内容占有优势。不过，徐朔方还
注意到，汤的作品"比较注重思想内容，但是它容易流于封建说教或
单纯的抗议，往往对艺术性重视不足"②。汤偶尔的确有偏重说教的问
题。关于两者的思想内容，张隆溪则持另一种态度。他说："这两个剧
本在形式上虽各有千秋，但在思想内容上则是前者不及《罗密欧与朱
丽叶》。"③ 应该说，张的判断更有道理。我们经常说，星星之火可以燎
原，但星星之火本身只是熊熊大火的开端，无法和大火本身相提并论。

对于莎翁和汤翁当时的戏剧传统，徐朔方也很感兴趣。他说："在
莎士比亚时代，英国戏剧不久前才摆脱了中世纪的落后状态而成长起
来，历史很短。在汤显祖以前三个世纪，中国已经出现过一个戏曲的黄
金时代，这就是以关汉卿、王实甫为代表的元代杂剧。"④ 但他忽视了
古希腊罗马的戏剧传统，只看到了莎翁面对的戏剧传统的一部分。汤显
祖前面虽然有元曲这一戏曲高峰作为文化遗产，但中国文学界一直有一
种轻视戏曲的心理，这对于戏曲的成长极度不利。

徐朔方还注意到，两剧作家都不自己编故事，他认为"一个原因
是当时作家不便无所顾忌地揭露现实"⑤。这个解释颇为有意思。

李正民的《略论〈牡丹亭〉和〈哈姆雷特〉》也有一定的价值。
一般的人都说，人文主义肯定了人的欲望。但欲望太强烈，也不是好
事。在李正民心目中，《哈姆雷特》的重要主题是用理性对人欲进行批
判；而《牡丹亭》的主题是肯定人欲，挑战理学。他说："《牡丹亭》
是情胜于理，《哈姆雷特》是理胜于情。"⑥ 他还解释道："前者表现了

----

① 徐朔方：《汤显祖与莎士比亚》，载《社会科学战线》1978 年第 2 期。
② 同上。
③ 张隆溪：《也谈汤显祖与莎士比亚》，载《文艺学研究论丛》，吉林人民出版社 1979
年版，第 479 页。
④ 徐朔方：《汤显祖与莎士比亚》，载《社会科学战线》1978 年第 2 期。
⑤ 同上。
⑥ 李正民：《略论〈牡丹亭〉和〈哈姆雷特〉》，载《中华戏曲》1988 年秋季号。

资本主义萌芽阶段，启蒙思想家针对封建之'理'，鼓吹人性解放；后者则反映了资本主义发展过程中，人文主义者以理想主义批判封建贵族和资产阶级罪恶的'人欲横流'。"① 李先生的观点有一定的新意。

更有意思的是，李正民认为，汤显祖在《牡丹亭》中运用了意识流的创作方法，他说："杜丽娘在梦中和阴间的活动，不正具有非理性、超越时空（其活动是按照'心理时序'；梦境和'阴间'只存在于思维空间）和主观随意性的特征么？杜丽娘在梦中、在阴间与刘梦梅的结合，不正是她潜意识中最强的欲望么？"② 这种研究，也很有创意。

张弘的《〈特洛伊罗斯与克瑞西达〉和〈邯郸梦〉之比较》也是一篇有学术价值的论文。在他看来创作于《哈姆雷特》之后的《特洛伊罗斯与克瑞西达》对物欲横流做了更加彻底的批判。他说："女主人公克瑞西达就是情欲溢出常度的象征，剧作者强化了这一点。她可以头天夜里向爱人献出贞操，次日早晨就'含情欲诉'地接受敌方众将领的亲吻，正像丑角忒尔西忒斯揭露的，这一切纯粹是'奸淫'。克瑞西达不是朱丽叶，她所体现的是彻底丧失了精神美质的色欲。"③ 另一方面，汤显祖的思想也是发展变化的。在张弘看来，汤的《邯郸梦》已经转向对情的批判。他说："在卢生身上，汤显祖揭示出，驱使中国士大夫心甘情愿地走入封建统治者设置的圈套中的原动力，不是别的，正是利欲之心。"④ 他认为，《特洛伊罗斯与克瑞西达》和《邯郸梦》创作的历史条件不一样，他们的描述和批评也有一定的区别。他说："莎士比亚笔下欲望的过度膨胀，显然是资本主义原始积累与最初扩张时期人欲横流的缩影。《邯郸梦》的情况不同，剧本表现的是一种发育不全的扭曲状态的欲望。"⑤ 他对两者的异同都有一定的分析。

海外学者白之的《〈冬天的故事〉与〈牡丹亭〉》也是一篇有创新

---

① 李正民：《略论〈牡丹亭〉和〈哈姆雷特〉》，载《中华戏曲》1988 年秋季号。
② 同上。
③ 张弘：《〈特洛伊罗斯与克瑞西达〉和〈邯郸梦〉之比较》，载《学术月刊》1990 年第 11 期。
④ 同上。
⑤ 同上。

的论文。他说："莎士比亚和汤显祖生活在同一时代，两人都曾在本民族戏剧发展的鼎盛时期写作传奇剧。《冬天的故事》和《牡丹亭》具有某些明显的共同特点，比如，两出戏都采用了悲喜剧的形式，都借用田园牧歌来衬托纯洁与狡诈之间的冲突。在这两出戏里，当恋人们逃进与世隔绝的'抒情境界（lyric capsule）'时，全剧便达到了抒情的高潮。这两出戏都突出了一个传统的主题：它们分别通过赫米温妮的'雕像'和杜丽娘的画像探索了表象与实在之间的关系（the apparent to the real）。剧中人物之间以及表象与实在之间的种种矛盾与差别最终都被调和、统一起来。"① 一般的人都拿《罗密欧与朱丽叶》和《牡丹亭》做比较，但他另辟蹊径，拿《冬天的故事》进行比较，而且找到了这么多的相似点，有一定的新意。

有的学者还就莎剧和中国戏曲的一些一般问题进行探讨，其中一个谈论得比较深入的问题是莎剧和中国戏曲的结构问题。

莎士比亚曾说："百年弹指，天涯寸步。"② 可见莎士比亚剧作在时空方面比较自由，基本上不受三一律的束缚。歌德曾说："莎士比亚的舞台是一个美丽的百像镜，在镜箱里世界的历史挂在一根看不见的时间的线索上从我们眼前掠过。他的布局，按照普通的措辞来说，不像什么布局，但他的剧本全部围绕着秘密的一个点旋转（这个点还没有哲学家看见和确定过），我们自我的特殊性，僭拟的自由意志，与整体的必然的进程在这一点上发生冲突。"③ 歌德指出了莎剧在时空方面的自由。他的这种自由创作，受到了不少的批评。伏尔泰曾指责他"丝毫不懂戏剧艺术的规律"④；将他的作品视为"一个烂醉的野人凭空想象的产物"。⑤ 伏尔泰对中国戏曲的结构也不满意。他在改编《赵氏孤儿》时

---

① 白之：《〈冬天的故事〉与〈牡丹亭〉》，载《读书》1984 年第 2 期。
② 《莎士比亚全集》第 10 卷，人民文学出版社 1991 年版，第 337 页。
③ ［德］歌德：《莎士比亚命名日》，载《莎士比亚评论汇编》（上），杨周翰编选，中国社会科学出版社 1979 年版，第 290—291 页。
④ ［法］伏尔泰：《〈哲学通信〉第十八封信》，载《莎士比亚评论汇编》（上），中国社会科学出版社 1979 年版，第 347 页。
⑤ ［法］伏尔泰：《〈塞米拉米斯〉序》，载《莎士比亚评论汇编》（上），中国社会科学出版社 1979 年版，第 352 页。

说，该剧"情节应当更加艺术化地加以处理"①。所谓的更加艺术化，就是使它符合三一律。从这个角度来说，中国戏曲和莎剧的结构有一定的相似性。

在"三一律"当中，地点的整一性是一个重要的问题。莱辛曾说："在同一场戏当中完全改变地点，或者将地点扩大或缩小，都是世界上最不合理的。"② 但莎士比亚和中国古代戏曲作家偏偏不理会这一套。谢裕忠、郑松锟在比较研究的时候曾说："在空间方面，《罗》剧与《牡》剧同样表现出地点的流动性。《罗》剧的第四幕、第五幕的后两场都发生在维洛那，而第五幕第一场却发生在离维洛那很远的曼多亚。莎士比亚以景分场，一场一景，如第三幕五场的地点分别是：广场、凯普莱特家花园、劳伦斯神父寺院、凯普莱特家中一室、朱丽叶的卧室。在同一场中，地点是不变的。而《牡丹亭》的地点变动则很大，不仅'出'与'出'之间大幅度改变地点，就是同一'出'中，地点也可以变动，如《魂游》中，杜丽娘的鬼魂走遍了地府、花园、梅花庵的殿堂等地方，这充分体现了中国戏曲的不受舞台景物制约的虚拟特点。"③ 谢裕忠和郑松锟的观点基本上是正确的。但还有学者观察得比他们更仔细。埃萨克斯曾指出："对莎氏说，舞台具有极大的适应性能；舞台除了在偶然情况下并不是什么固定地点；对莎氏说，空间是和梦中的空间一样飘忽……如果由这个地方到另一个地方去，演员就当着观众在舞台上来回走走；有时登场人物从这个门走出去，马上又从另一个门进来，就算他已到达不同地点了……朱丽叶在房间里，罗密欧从下面花园里向她告别；朱丽叶的这个房间在她母亲进来时，就变成另一个房间了，这里没什么逻辑问题。"④ 埃萨克斯指出，莎剧并非都"一场一景"，"一场多景"也时

---

① Voltaire, *The Orphan of China*, London：William Smith, 1756, p. iv.

② ［德］莱辛：《汉堡剧评》，张黎译，上海译文出版社 1998 年版，第 234 页。

③ 谢裕忠、郑松锟：《〈罗密欧与朱丽叶〉与〈牡丹亭〉结构之比较》，载《外国文学》1990 年第 Z1 期。

④ ［英］埃萨克斯：《作为舞台行家的莎士比亚》，载《莎士比亚评论汇编》（下），中国社会科学出版社 1981 年版，第 99 页。

而出现。假如说"一场多景"在莎剧中的出现是偶然的，那么这种情况在中国戏曲中是很常见的、很自然的。马焯荣曾说："越剧《梁山伯与祝英台》中的'十八相送'一场；男女主角当着观众在台上走几个圆场就算是跋山涉水，经历了许多地点了。"① 可见在莎剧和中国戏曲中，舞台上的地点不是固定不变的，中国戏曲尤其如此。

马焯荣还指出："莎剧和戏曲的舞台也可以将空间缩小。"② 莎士比亚在谈到舞台时说："难道说，这么一个'斗鸡场'容得下法兰西的万里江山？还是我们这个木头的圆框子里塞得进那么多将士？"③ 这就是把一个国家搬上舞台的缩小艺术。这种方法在戏曲中是很常见的。马焯荣还说："京剧《空城计》以及莎剧中一些围攻城堡的历史戏，敌对双方一在城头，一在城外，若论实际距离，至少数百仗，而表演在舞台上却近在咫尺。"④ 这是一个比例被改变的画面，到底是敌对双方的距离被缩短了，还是两边的人被放大了？可能两种解释都可以，甚至是两者并存。在莎剧和戏曲中，缩小是常见的，因为自然和社会往往比舞台大，但放大相对较少。

关于时间，西方人也有严格的规定。严格意义上的西方古典戏剧，时间应该控制在一天。但莎士比亚和中国古代剧作家都不遵守这一规律。马焯荣曾说："这种从头到尾地展现主人公的漫长岁月的生活表演，恰恰是开放性结构的本色，也正是中国戏曲与莎剧的共同特点。例如戏曲《白兔记》和莎剧《冬天的故事》，从第一场到最后一场时间跨度都是十六年。"⑤ 当然，我们也要看到，莎士比亚一般还是对时间做了一定控制的。徐朔方在谈到《罗密欧与朱丽叶》的时候指出，莎士比亚依据的故事材料涉及四五个月，"莎士比亚以他惊人的艺术手腕把

---

① 马焯荣：《假定性与开放性——莎士比亚与中国戏曲的艺术比较》，载《中国比较文学》，浙江人民出版社 1984 年版，第 235 页。

② 同上。

③ 《莎士比亚全集》第 5 卷，人民文学出版社 1991 年版，第 241 页。

④ 马焯荣：《假定性与开放性——莎士比亚与中国戏曲的艺术比较》，载《中国比较文学》，浙江人民出版社 1984 年版，第 235 页。

⑤ 同上书，第 242 页。

它压缩为短短的几天。"① 相对于《罗密欧与朱丽叶》而言，《牡丹亭》的时间限制几乎不存在。谢裕忠和郑松锟说："在时间方而，《罗》剧……前后历时五天。而《牡》剧所写的时间就更长了，从杜丽娘伤春而死，到死而复生，最后团圆，经历了四年时间。"② 汤显祖戏剧的总长度较长，但更重要的是，中途随着地点的改变，时间出现了非常多次的变化，而莎剧的这种变化比较少。

在情节方面，西方戏剧强调的是一个行动，中国戏曲也有聚焦于"一人一事"的说法。事物都处在无限的因果链之中，到底一个行动的起点和终点在哪里呢？著名的英国戏剧理论家阿契尔（William Archer）认为戏剧属于激变的艺术（the art of crisis），"原则上好像应当把缓慢的逐渐的过程，特别是互相独立的因果链，从场景的框架中排挤出去，戏剧的幕应当在这样的地方拉开：不同的线索已经汇合，激变已经在一定的程度上急剧而连贯地向结局发展。"③ 这就是说，戏剧应该选择危急的关头作为开端，并聚焦于激变本身，激变一结束，则戏剧就结束，不能将激变前后的漫长因果链纳入情节。这种聚焦于激变的情节，只展现激变的时空，前后的时空被排除在外。杨绛曾说："这样一个紧凑而集中的故事，如果把地点分散，时间延长，就会影响它的整一性。亚里士多德尽管没有制定规律，把一个悲剧的时间限于一天，地点限于一处，他只要求一个悲剧演出一个完整而统一的故事，可是由于希腊悲剧的紧凑和集中，他所谓故事的整一性，基本上包含了时间和地点的限制。"④ 可见"三一律"的三个方面相互联系、互为条件。

莎剧和中国戏曲都没有采用西方人最推崇的结构，但戏剧效果都很好。马焯荣指出："开放型剧本则是从头到尾、原原本本地在舞台上展

---

① 徐朔方：《汤显祖与莎士比亚》，载《社会科学战线》1978 年第 2 期。

② 谢裕忠、郑松锟：《〈罗密欧与朱丽叶〉与〈牡丹亭〉结构之比较》，载《外国文学》1990 年第 Z1 期。

③ William Archer, *Play-Making*, Dodd, Mead & Company, New York, 1926, p. 123.

④ 杨绛：《李渔论戏剧结构》，载《杨绛作品集》第 3 卷，中国社会科学出版社 1993 年版，第 132 页。

现一个故事的发展过程。"① 这样的戏剧往往场次比较多："莎剧的结构规模，通常是五幕二十场左右，这恰恰与全本杂剧《西厢记》的五本二十折大体相当。"② 这种戏剧故事还可以延续到另一剧本中去。马焯荣说："剧作家可以写他几个、十几个，乃至几十个剧本，环环相扣，表现一个长而又长的故事。以京剧为例，《小红袍》八本、《大红袍》十六本、《玉梅记》八本……在莎剧中，两个历史剧四部曲，即《理查二世》、《亨利四世》上下篇、《亨利五世》、《亨利六世》上中下篇、《理查三世》这八个剧本，虽然具体情节并非本本相接，可是从通史的角度看……堪称莎剧中的连台本戏。"③ 莎士比亚和中国戏曲在这一点上的确有一定的相似性。但我们也应注意到，莎剧的场次变化总体来说比较有限，而且场与场之间的关系和戏曲不一样。阿契尔曾说："一般可以说，戏剧的处理方法是干净利落的、断奏式的（crisp and staccato），而不是平稳的或者连奏式的（smooth or legato）。"④ 莎士比亚的戏剧虽然并不聚焦于一点上，但他展现的场面，与中国戏曲相比，数量较少，容量较大，场与场之间的关系是"干净利落的、断奏式的"，而戏曲场面明显更多，场与场之间的基本上是"平稳的或者连奏式的"。

在徐朔方看来，中国戏曲的这种结构显然是不合理的。他说："他的文体具有封建时代文学的形形色色的清规戒律，在艺术上带来一连串的缺陷。例如说常见的结构松散、情节拖沓的毛病，同一个传奇必须写几十出，必须原原本本地叙述一个故事的不成文法有关。"⑤ 他还指出："《牡丹亭》全剧五十五出，在传奇中也算是冗长的了。同故事发展的主线没有直接联系的《劝农》《虏谍》《道觋》《牝贼》《缮备》《寇间》《折寇》等出使人觉得累赘，缺乏剪裁。这种情况在《罗密欧与朱

---

① 马焯荣：《假定性与开放性——莎士比亚与中国戏曲的艺术比较》，载《中国比较文学》，浙江人民出版社 1984 年版，第 240 页。

② 同上。

③ 同上书，第 240—241 页。

④ William Archer, *Play-Making*, Dodd, Mead & Company, New York, 1926, p. 42.

⑤ 徐朔方：《汤显祖与莎士比亚》，载《社会科学战线》1978 年第 2 期。

丽叶》中是不会有的。"① 陈瘦竹的观点也是如此，他对《牡丹亭》也有类似的批评："纵观全剧五大段戏，戏剧冲突的发展过程，由于头绪过于纷繁，叙述性多于动作性，显得前紧后松。杜丽娘回生以后，如果紧接《硬拷》和《圆驾》，而将有关情节稍作交代，对于人物性格和主题思想并无影响。"② 陈先生认为古人采取了补救措施。他说："我国传奇最初演出全本，但其后大都以折子戏形式保持舞台生命。《缀白裘》中收录的《牡丹亭》折子戏，计有《学堂》（《闺塾》）、《劝农》、《游园》、《惊梦》、《寻梦》、《离魂》（《闹殇》）、《冥判》、《拾画》、《叫画》（《玩真》）、《问路》（《仆侦》）、《吊拷》（《硬拷》）和《圆驾》等折。虽然我们不能说这些都是《牡丹亭》的精华或者认为精华尽在于此，但是全体不必都演却是事实。"③ 他认为折子戏的结构相对紧凑，去掉了一些松散的内容。他一方面是在为折子戏辩解，同时也肯定了西方式的戏剧结构。

为什么中西戏剧结构如此不同呢？谢裕忠和郑松锟认为："西方文学艺术长期在'摹仿说'的影响下，要求艺术必须'逼真'，强调艺术反映生活的真实；在戏剧方面，甚至强调戏剧表演时间必须与实际时间相一致。这种艺术审美观念，同样影响着莎士比亚的创作。莎士比亚就曾明确表明'戏剧是人生的缩影'、'艺术与反映自然'要用'一种老老实实的写法。'为了在一个有限的时间和空间内表现广阔的生活，作家必须善于将剧作组织得严谨集中，不宜随意插入发挥，在这方面与中国戏剧则迥然不同。"④ 内容紧凑就是逼真吗？徐朔方持相反的看法，他觉得《罗密欧与朱丽叶》有一种命定主义，"它仿佛不是使人反对封建贵族间的无意义的仇恨和冲突，也不是使人痛恨的封建家长制对子女的婚姻专横决定，而是使人惋惜悲剧主角时机那么不凑巧，结果只能命

---

① 徐朔方：《汤显祖与莎士比亚》，载《社会科学战线》1978 年第 2 期。

② 同上。

③ 陈瘦竹：《异曲同工——关于〈牡丹亭〉和〈罗密欧与朱丽叶〉》，载《陈瘦竹戏剧论集》（中），江苏教育出版社 1999 年版，第 1112 页。

④ 谢裕忠、郑松锟：《〈罗密欧与朱丽叶〉与〈牡丹亭〉结构之比较》，载《外国文学》1990 年第 Z1 期。

运不好。"① 如果一味地遵守三一律，使作品聚焦于一时一地的一事，有着逼真的一面，因为戏剧场景与真实场景的时空比较接近，但戏剧家们同时还得把本来在不同时空中发生的事情也尽量往这个时空中塞，结果偶然因素也会大增，使戏剧与"逼真"背道而驰。

谢裕忠和郑松锟对比了《罗密欧与朱丽叶》和《牡丹亭》之后，得出结论："上述几个方面的比较，我们可以看出，《罗》剧与《牡》剧都具有一种非'三一律'的结构特征，都是一种自由结构。不过《牡》剧是一种幅度广而密度小的松散结构，而莎士比亚的悲剧则是古典悲剧和小说的混合物。它既有古典悲剧的集中紧凑，又有史诗结构的那种自由舒展的特点。西方传统一般把这种结构称为'开放式结构'。"② 到底开放到什么程度才是合适的？他们似乎认为莎士比亚的开放是恰到好处，既"集中紧凑"，又"自由舒展"；而中国的开放越过了分寸，"幅度广而密度小"，属于"松散结构"。在古典主义眼里，莎士比亚才是"幅度广而密度小"，怎么到了中国就变成衡量和批评中国艺术的标准了呢？

关于戏剧的结构，还有一个重要问题就是悲喜成分是否可以混合？以西方古典主义的标准看，当然不能混合。莎士比亚和中国戏曲都打破了这种规定，但两者的混合程度与方式并不一样。谢裕忠、郑松锟指出："汤显祖的悲喜剧线索安排与莎士比亚不同，他的两条线索几乎是可以独立成章的。而莎剧中的悲与喜则是一个故事中的不同环节，《牡丹亭》中的喜剧线索对悲剧线索起衬托作用，而莎剧中的喜剧色彩则更多的是为了调剂观众的情绪，使悲剧发展不至于直线上升，起了一种缓冲的作用。"③ 他们还说："《罗》剧中的人物悲喜界限是分明的，罗密欧与朱丽叶始终保持着严肃悲郁的性格特征……可是茂丘西奥和乳媪则具有纯粹的喜剧性格……《牡》剧的人物几乎都具有集悲喜性格于一

---

① 徐朔方：《汤显祖与莎士比亚》，载《社会科学战线》1978 年第 2 期。

② 谢裕忠、郑松锟：《〈罗密欧与朱丽叶〉与〈牡丹亭〉结构之比较》，载《外国文学》1990 年第 Z1 期。

③ 同上。

身的特点，就连以悲剧性格为其主要特征的杜丽娘也不例外。"① 可见中国戏曲的悲喜混合是很自由的，而莎士比亚的自由度比较有限。

西方人拒绝把悲喜剧成分混合，不让悲剧人物带有喜剧色彩或者喜剧人物带有悲剧色彩。他们这样做的重要依据在于所谓的"适合"（decorum）原则。但在生活中，人的性格具有多面性，事件的性质也是复杂的，一味地突出某方面的特点，恐怕就不"适合"了。莎士比亚和中国戏曲作家打破了这种规定，将悲喜掺合在一起，有着合理的一面。当然，到底混合程度多高才合适，也是一个不容易确定的问题。

关于戏剧结构的另一个问题就是如何结尾。中国戏曲一般都以大团圆的场面收场。曹禺曾这样评价中国观众："无论智愚贤不肖，进了戏场，着上迷，看见秦桧，便恨得牙痒痒的，恨不立刻就一刀将他结果。见了好人就希望他苦尽甘来，终得善报。"② 剧作家陈仁鉴曾提到一件有意思的事情，他说："我曾写过一个戏，结尾就是好人被杀，坏人得势。结果观众看完愤愤不平，有的围住剧团叫骂。剧团不得已，强迫我改成好人胜利，于是观众不再议论了，看完戏回家安稳地睡觉去了。"③ 中国戏剧往往都有皆大欢喜的结尾，古典戏曲尤其如此。

相比之下，在莎士比亚的世界中，悲剧都以痛苦为结尾，喜剧都以快乐为结尾。在这一点上，莎剧和戏曲没有什么共同点。

为什么中国人对大团圆结尾情有独钟呢？谢裕忠和郑松锟说："我们以为这是与我国传统美学观念相关的，我国传统美学追求虚实结合，善等于美。既然善即是美，那么剧作中正面主人公的命运结束时就一定不能以丑恶悲哀的方式处理，而虚实结合的创作方法又使'大团圆'结局易于实现，再加上我国佛教'因果报应'思想的影响，于是就来个天下六月雪，沉冤不能昭雪的就来个清官明断冤案，坏人终于得到正义的

---

① 谢裕忠、郑松锟：《〈罗密欧与朱丽叶〉与〈牡丹亭〉结构之比较》，载《外国文学》1990 年第 Z1 期。
② 曹禺：《〈日出〉跋》，载《雷雨·日出》，天津人民出版社 2008 年版，第 268 页。
③ 陈仁鉴：《论戏曲剧目的推陈出新》，载《福建戏剧》1981 年第 3 期。

惩罚，如此等等。"① 但在西方也有将真善美统一为一体的观念，也有很多人相信善恶报应。他们的解释不完全令人信服。他们还说："我国传统戏剧的这种特点也与演出的时间、场合相关，如宴会、节日等喜庆场合，以'大团圆'结局为最好。试想，倘若一个剧团在喜庆宴会上演出了一场以大悲作结的悲剧，那么这个剧团还能拿到赏金吗?"② 但西方的悲剧也常常用于庆典，这一说法也有一定的问题。

王国维、鲁迅、胡适等都对中国戏剧的大团圆结尾做出了解释。但到目前为止，人们却忽视了这么一个简单的事实：中国人在观看西方戏剧的时候，并不会接受不了悲痛的结局，只有在欣赏本土戏剧的时候才有这种反应。亚里士多德说过："第一，不应写好人由顺境转入逆境，因为这只能使人厌恶，不能引起恐惧或怜悯之情；第二，不应写坏人由逆境转入顺境，因为这最违背悲剧的精神——不合悲剧的要求，既不能打动慈善之心，更不能引起怜悯或恐惧之情。"③ 黑格尔也曾经说："盲目的命运却不然，它把个别人物推回到他们的局限去，把他们毁灭掉。这是一种无理性的强迫力量，一种无辜的灾祸，它在观众心灵里引起的不是伦理的平静而是愤怒。"④ 如果让好人遭到打击，让坏人逍遥法外，西方人也绝对不能接受，只能激起"愤怒"之情。人们为什么能够接受西方悲剧的结尾，主要原因有两个：（1）悲剧的主人公并不完全清白，他们也有过错，受到惩罚有一定的合理性，（2）主人公积极地行动，通过自己的努力改变世界，最后往往给敌对势力以致命的打击，或者与对方同归于尽，正义在一定的程度上得到了体现。中国戏曲的主人公往往是完全清白无辜的，他们没有伤害对手，甚至连害人之心都没有，他们遭到的痛苦几乎都是别人强加过来的，只能激起观众的愤怒，必然要求把局势反过来，实现大团圆。这样的结尾，在亚里士多德看

---

① 谢裕忠、郑松锟：《〈罗密欧与朱丽叶〉与〈牡丹亭〉结构之比较》，载《外国文学》1990 年第 Z1 期。

② 同上。

③ ［古希腊］亚里士多德：《诗学》，人民文学出版社 1982 年版，第 37—38 页。

④ ［德］黑格尔：《美学》，载《朱光潜全集》第 16 卷，安徽教育出版社 1990 年版，第 292 页。

来，并不能产生他眼中的悲剧效果，他说："不应写极恶的人由顺境转入逆境，因为这种布局虽然能够打动慈善之心，但不能引起怜悯或恐惧之情，因为怜悯是由一个人遭受不应该遭受的厄运而引起的，恐惧是由这个这样遭受厄运的人与我们相似而引起的"。① 坏人受到惩罚，的确无法产生怜悯和恐惧。不能产生怜悯和恐惧，就不算好的戏剧作品吗？当然这又是另外一个问题。

上文讨论了有关时间地点事件的规定、悲喜混合问题、结局问题，这三个方面有没有内在的联系呢？当然有。西方戏剧在这三方面如此要求，主要目的之一在于增强戏剧性。戏剧性的最重要的特点在于给人以紧张的感觉。按照"三一律"创作的戏剧，往往能够把漫长的渐变过程排挤出去，使作品聚焦于激变本身，让观众一开始就紧张起来，使紧张感逐步加强，直到高潮到来，并突然结束。

关于悲喜问题也与紧张感有关。陈兆仑曾说："盖乐主散，一发而无余；忧主留，辗转而不尽。"② 快乐一出现，人们就放松了，对于接着发生什么就无所谓了，所以悲剧的中间不应该包含太多的喜的成分。就算是喜剧，也往往有一种悬念和焦虑，中途不会有让人彻底放松的快乐场面，否则的话，观众可能会半途离场。真正快乐的场面一出现，戏就完了，正如叔本华所说的那样："戏剧写作指挥着它的主人公通过千百种困难和危险而达到目的，一达到目的之后，就赶快让舞台幕布放下〔全剧收场〕。"③ 所以增加悲伤，减少快乐，在中途排除彻底的大喜可以增强戏剧性，以免观众半途离去。

至于戏剧的结尾，也与紧张感有一定的联系。如果好人有好报，那么观众"看完戏回家安稳地睡觉去了"，而痛苦的结局可以延长这种紧张感。当然剧作家在描写痛苦的时候也要注意方式和程度。假如戏剧结局是单纯的坏人得意、好人受难，观众就会发怒，紧张感就过头了，还

---

① 〔古希腊〕亚里士多德：《诗学》，人民文学出版社 1982 年版，第 38 页。

② 陈兆仑：《消寒八咏·序》，转引自钱锺书《七缀集》，生活·读书·新知三联书店 2002 年版，第 124 页。

③ 〔德〕叔本华：《作为意志和表象的世界》，石冲白译，商务印书馆 1995 年版，第 439 页。

得添加大团圆的结局。

中西戏剧有着自身的体系和特点，剧作内部有独立的生态。但在当今的世界上，我们已经无法满足于自己的生态系统，还得把作品放在世界上比较和评判。为了进行比较，就得有标准。但由于种种原因，人们都会把西方的标准看作具有普遍性的圭臬。杨绛在详尽地比较了亚里士多德和李渔的戏剧理论之后说："李渔关于戏剧结构的理论，从表面上、或脱离了他自己的戏剧实践看来，尽管和《诗学》所说相似相同，实质上他所讲的戏剧结构，不同于西洋传统的戏剧结构，而是史诗的结构——所谓比较差的结构。"① 这里所谓的比较差，是以亚里士多德的理论为标准的。徐朔方全面地比较了莎士比亚和汤显祖，觉得汤剧的结构比较差，所以说："如果一定要对这两位大家权衡轻重的话，个人的看法认为莎士比亚是更伟大的。"② 得出这种结论的前提在于，他们都把莎士比亚戏剧的特点当作普遍标准，并以这个标准衡量汤显祖。

如果以戏剧性看中国戏曲，的确有不少问题，但戏剧性不是一部作品的一切。纯粹的情节剧是以追求戏剧性为主要特点的，可没有人会觉得情节剧作者有多少过人之处。增加戏剧性的基本手段，不是常人不可及的高深理论。如果中国古人真的希望这样做，他们应当也能够找得出达到目的的途径。戏曲的戏剧性之所以不强，肯定是因为古人没有把精力放在这里。

也有人试图以中国戏曲自身的特点和环境来解释戏曲。徐朔方在谈到戏曲的演出时指出，古人的演出主要有两种："一种是城市、乡村中的庙会及节日的演出。通常由地方筹集经费，或者由庙产等公益收入供开支。另一种是文人、官僚或商人出资雇佣艺人作小规模的演出，一般只招待亲友。"③ 谢裕忠和郑松锟曾说："不管是乡间庙会，或是士大夫宴饮，所演的戏文几乎都是连本大戏，且演戏经费由承办者总付，与观众并无直接的关系。而且观众看戏时通常是边饮酒、边聊天、边看戏。

---

① 杨绛：《李渔论戏剧结构》，载《杨绛作品集》第 3 卷，中国社会科学出版社 1993 年版，第 139 页。
② 徐朔方：《汤显祖与莎士比亚》，载《社会科学战线》1978 年第 2 期。
③ 同上。

这种带有极大随意性与消遣性的审美心理，必然对戏剧结构的严谨集中不会有太高的要求，相反，观众更喜欢那种线索清楚，重点详尽的放松结构，以便于中途进入观看而不至于不知所云，或者因为中间退场而感到割舍不断。"[①] 他们的解释有一些道理。

谢裕忠和郑松锟还从文学艺术的传统方面解释中国戏曲，他们说："中国的文学艺术侧重于'表现'方面。'诗言志'便是这种主张的缘起，这种美学主张长期影响着我国的各种文学艺术创作和欣赏。在戏剧创作中，以抒情为主，以情节安排为辅，因此戏剧作家常常'以诗写戏'，而观众观戏也如同读抒情诗。在这种美学思想指导下，抒情和传神与松散和随意性相结合，形成了我国戏曲传统的结构体式。"[②] 笔者曾经出版了一部名为《戏剧性戏剧与抒情性戏剧——中西戏剧比较研究》(中国社会科学出版社 2004 年版) 的专著，认为戏曲是从唐诗—宋词—元曲这个重抒情的文学传统发展过来的，其核心是曲，不是剧，关注的焦点在于如何创造美妙的抒情境界。抒情境界不需要过多的紧张感，其审美效果是轻松而短暂的，往往需要不断地变换时空，所谓的情同景转就是这个意思。

谢裕忠和郑松锟进一步指出："再者，中国向有'案头文学'与'台上之曲'相结合的创作传统。作家写作一方面为了台上演出，另一方面也为了让文人案头吟诵欣赏，这种传统导致戏曲创作对舞台演出重视不够。"[③] 特别是文人创作的剧本，他们首先关心的是文人雅士吟诵的曲，而不是在台上演出的曲。

谢裕忠和郑松锟还把戏曲与说唱文学联系在一起，他们说："从剧种看，汤显祖的传奇剧与西方戏剧有很大的不同。我国的戏曲受民间说唱艺术影响甚大。说唱艺术讲究有始有终，处处有交代，情节有来龙去脉，故事重点突出详尽，容易为观众所理解和接受。"[④] 荷马史诗也属

---

① 谢裕忠、郑松锟：《〈罗密欧与朱丽叶〉与〈牡丹亭〉结构之比较》，载《外国文学》1990 年第 Z1 期。

② 同上。

③ 同上。

④ 同上。

于说唱文学，但荷马非常重视悬念和戏剧性的渲染。大概西方的说唱注重的是说，关心的是情节的塑造，而中国的说唱偏重于唱，更加重视抒情境界的营造。

比较文学不能只谈相同点，更不能把西方文学作为唯一正确的标准。如果我们的比较研究既重视共通性，又尊重差异性，将能够更多地向世界展示出一种独具魅力的中国文学。

莎士比亚的影响研究 我们接着探讨一下莎士比亚在中国的影响。莎士比亚对中国现当代文学的影响很大，但在 1977—1992 年间，学者对这个领域的研究成果不太多。然而莎士比亚的翻译、研究和演出，经过几十年的努力，已经硕果累累。不少人将精力转向了这方面的研究，并且发展出一门独立的学科，即"莎学史"。这方面的主要文章主要有：

奠自佳、李先兰：《中国莎士比亚研究论文目录索引（1918.1—1982.3)》，《外国文学研究》1982 年第 2 期。

奠自佳、李先兰：《中国莎士比亚研究论文目录索引（1982.1—1985.12)》，《外国文学研究》1986 年第 2 期。

张惠民、赵小波：《莎士比亚研究目录索引》（上），《莎士比亚研究》第 3 期，浙江文艺出版社 1986 年版。

张惠民、赵小波：《莎士比亚研究目录索引》（下），《莎士比亚研究》第 4 期，浙江文艺出版社 1994 年版。

陈丁沙：《中国早期舞台上的莎士比亚戏剧》，《戏剧报》1983 年第 12 期。

奠自佳、王忠祥：《莎士比亚和他的戏剧在中国》，《外国文学研究》1986 年第 2 期。

戈宝权：《莎士比亚作品在中国》，《莎士比亚研究》第 1 期，浙江人民出版社 1983 年版。

这些文章虽然只是资料的罗列，但作者在搜寻这些资料的时候花费了很长的时间，为后人的研究提供了方便，节省了时间。除了以上的文章，以下 4 部厚重的著作也包含了不少莎学史方面的内容。

亢西民：《莎士比亚戏剧赏析辞典》，山西教育出版社 1992 年版。

朱雯、张君川：《莎士比亚辞典》，安徽文艺出版社 1992 年版。

孙家绣：《莎士比亚辞典》，河北人民出版社 1992 年版。

张泗洋、徐斌、张晓阳：《莎士比亚引论》，中国戏剧出版社 1989 年版。

　　在莎学史领域最为重要的学者为孟宪强，他曾发表《中华莎学十年 （1978—1988）》（《外国文学研究》1990 年第 2 期）等文章。但他的重要著作《中国莎学简史》出版于 1994 年，不属于这个时段，我们暂不进行讨论。

　　莎士比亚在中国的演出是这个阶段的研究热点。中国莎士比亚研究会主编出版了论文集《莎士比亚在中国》（上海文艺出版社 1987 年版），曹树钧和孙福良出版了专著《莎士比亚在中国舞台上》（哈尔滨出版社 1989 年版）。曹树钧和孙福良发现在 1907—1918 年间，"中国话剧舞台上至少上演了二十个以上的莎士比亚剧本"[①]。1918—1949 年，"莎士比亚剧作在中国舞台上总的情况是演出剧目逐步增加，舞台艺术水平逐步提高"[②]。在"十七年"时期，中国莎剧的演出也很繁荣，但都以斯坦尼的体系为指导，风格相对单一。在改革开放之后，莎剧重新受到中国观众的关注。到了 20 世纪 80 年代，中国出现了"莎士比亚热"，其标志为："一是一九八四年在上海成立了中国莎士比亚研究会；二是一九八六年举办了举世瞩目的中国莎士比亚戏剧节。戏剧节在北京、上海同时举行，有 26 台莎剧正式演出，可谓盛世盛举。"[③] 整本书内容丰富，材料翔实，是一部有开创性的著作。

　　在这个时段，莎剧的改编是一个重要的学术话题。人们在演出莎剧

---

① 曹树钧、孙福良：《莎士比亚在中国舞台上》，哈尔滨出版社 1989 年版，第 76 页。

② 同上书，第 82 页。

③ 同上书，第 132 页。

的时候，面临着三方面的关系：从语言的角度看，采用英语还是中文；从戏剧形式的角度看，采用话剧还是戏曲；从风格的角度看，应当归化（中国化）还是异化（保持莎味）。根据曹树钧和孙福良的考证，最早的莎剧演出是 1902 年上海圣约翰大学演的《威尼斯商人》，其演出语言为英文。演员说英文一直是中国上演莎剧方式之一，在外语院校尤其如此，但毕竟大部分人听不懂英文，所以不是社会的主流。莎剧都是话剧，采用话剧的形式演出，一般都比较忠于剧作本身，但也有人把莎剧变为中国化的话剧。以戏曲的形式演出，也有很久的历史。民国初年，四川雅安川剧团王国仁先生曾将《哈姆雷特》改编为川剧《杀兄夺嫂》。这个传统一直没有中断，到了 20 世纪 80 年代，出现了一个高潮。从表演风格的角度来说，我们可以这么说：英文表演当然是比较异化的，用中文演出归化的特点更加明显；用话剧的形式改编，偏向于异化，用戏曲的形式演出，偏向于归化。这两种风格在莎剧登上中国舞台不久就开始并存了。曹树钧、孙福良在谈到民国初的莎剧表演时说："一种是将莎剧故事的人物全部改成中国式人名，人物穿中国服装，地名也改成中国地名……另一种是人名沿用莎剧原名，服装也是外国装束，当时被称为'西装剧'，这是比较接近原著的一种演出方式。"[①]"莎味"与"中国化"的关系问题在戏曲改编的时候特别突出。下文将就这个问题进行讨论。

早在 1918 年，秋星就对中国化改编提出了质疑，他说："盖莎翁戏曲情节，在欧美固相宜，在中国则有格格不入之处。其原文词句锻练神化，不可方物。描摹社会情形，如温峤燃犀，纤微皆见。我中国新剧家，断不能仔细推敲，逐句模拟。所能者，不过取彼之情节，编我之戏剧，是不啻得其糟粕，而遗其神理，何有于莎翁之名著……"[②] 这种质疑有一定的道理，莎剧的演出和戏曲表演的差距的确有很大。就是在 20 世纪 80 年代，这种怀疑并未消失，有人甚至认为用戏曲表演莎剧，

———————————

① 曹树钧、孙福良：《莎士比亚在中国舞台上》，哈尔滨出版社 1989 年版，第 78 页。

② 秋星：《新剧杂话》，载《菊部丛刊》，周剑云主编，上海交通图书馆 1918 年版，第 87—88 页。

简直就是民族乐队演奏贝多芬的《英雄交响曲》，根本无法达到应有的效果。

马焯荣不这么认为，他对莎剧戏曲化持乐观的态度。他说："首先，要搞清所谓莎味是什么。如果强调莎剧在艺术形式上的某些特征，例如用无韵素体诗（blank verse）写作戏剧台词之类，以此作为莎味的标志，当然不能算错，但这只能算是最低层面的莎味。还有更为重要的，是莎剧中的时代气氛、环境特色、人物性格、故事情节、风土人情等，也属于莎味之列，而且是较高层面的莎味。莎味的最高层面，乃是充溢在莎士比亚剧作中的人文主义理想。"① 马焯荣把语言等艺术形式看作最低层面的莎味。实际上语言形式对于莎剧这样的文学文本来说，是非常重要的。弗罗斯特曾经说："在翻译之中失去的就是诗。"② 诗意是莎味的重要成分，必然在翻译中失去不少，在用戏曲表演时，肯定也难以表达。另外一方面，结构主义者认为，在翻译中不会失去的是故事。马焯荣把故事列为第二层面的莎味，把人文主义精神列为第三层面的莎味，他似乎考虑得更多的是可移植性，而不是莎味本身。

马焯荣认为，莎剧中国化有两个层面："第一个层面，就是在表现形式上，把中国民族的艺术特色注入莎剧，主要是把原作的英语翻译成汉语或其他兄弟民族语，或者将莎剧按中国戏曲形式改编，配以戏曲音乐，等等。"③ 他还说："从目前改编上演的各种风格的莎剧来看，将莎味同第一个层面上的中国化结合起来，成功率比较大。这是因为在表现形式上，莎剧与我国的汉族戏剧之间，可以找到一系列对应关系。"④ 在他看来，把莎剧的语言变为中国的语言，并以戏曲的方式进行表演，比较容易获得成功。

马焯荣还说："第二个层面的中国化，是在不损害原作人文主义理想的前提下，把原作中的时空背景、人物故事、风土人情等，一股脑儿移植

① 马焯荣：《谈"莎味"与"中国化"之争》，载《戏剧艺术》1986 年第 3 期。
② Louis Untermeyer, *Robert Frost: A Backward Look*, Washington D. C.: The Library of Congress, 1964, p. 18.
③ 马焯荣：《谈"莎味"与"中国化"之争》，载《戏剧艺术》1986 年第 3 期。
④ 同上。

到中国的历史土壤中来，变成中国历史故事剧。"① 第二层面比较难，因为中西方的"民族性格""宗教信仰"和"典章制度"等有较大的差异。但也有成功的，如黄梅戏《无事生非》。他说："每逢暮春三月，三五月明之夜，我国西南的苗、彝等少数民族的未婚青年男女，群集山野，欢歌竞舞，互相爱悦，当场缔结秦晋之好……黄梅戏的编导者，正是从这里找到了移植培尼狄克与贝特丽丝的自由爱恋动作线的对应关系。更有甚者，编导者还据此把《罗密欧与朱丽叶》中的假面舞会，原封不动地搬到《无事生非》的月下山野中来，真是妙笔生花，恰到好处，羚羊挂角，无迹可求。"② 这种巧合相当少，编者只能极偶然地取得成功。

曹树钧和孙福良对于莎剧戏曲化也充满信心。他们还看到了这种改编的双重意义，他们说："所谓'中为洋用'，就是将戏曲表演的一些手法，如程式化、节奏化、虚拟动作融化在莎剧的演出中；所谓'洋为中用'，就是将外国的一些活动方式、感情表达方式、风俗礼节引进戏曲表演之中。"③ 胡伟民也持类似的观点，他说："莎士比亚戏剧是一片迷人的海，让中国戏曲之舟鼓风扬帆，航行其间，将会领略到诱人的风光；反过来，中国戏曲也是一片迷人的海，其历史之久、品种之繁，世所罕见。让莎士比亚戏剧之舟遍游其间，也将感受到她独特的魅力。"④ 莎士比亚的戏剧不是固定不变的，它们将随着人类的发展而发展；中国的戏曲也不是僵化的，也将随着国门的打开而变化。以开放的心态看问题，莎剧戏曲化不但是可能的，而且还是应该的。

中国学者不仅研究了莎士比亚在中国的影响，还触及莎氏在外国的传播。有的学者研究了莎士比亚对布莱希特、易卜生、皮兰德娄、普希金等的影响。在这个领域贡献比较大的是田民先生。他对莎士比亚和布莱希特的比较研究颇有意义。

---

① 马焯荣：《谈"莎味"与"中国化"之争》，载《戏剧艺术》1986 年第 3 期。

② 同上。

③ 曹树钧和孙福良：《新的探索　新的突破——"莎剧戏曲化"初探》，载《莎士比亚在中国》，上海文艺出版社 1987 年版，第 70—71 页。

④ 胡伟民：《中西戏剧文化的交融——与友人探讨中国戏曲演出莎剧的问题》，载《文汇报》1986 年 4 月 20 日。

田民指出，布莱希特非常热爱莎士比亚的作品，他还改编过几部莎剧，他的《屠宰场的圣约翰娜》《阿尔图罗·魏依的有限发迹》《圆头党和尖头党》等直接受到莎剧的影响。最重要的是，他的史诗剧的重要手法与莎剧直接相关。

田民断定，布莱希特史诗剧的叙事性和叙事方式直接和莎士比亚相关。他说："亚里士多德之后，在西方戏剧中始终存在着这样两个传统，即希腊悲剧的传统（发展到易卜生）和中世纪道德剧、神秘剧以及巴洛克时期的史诗性戏剧的传统（发展到布莱希特）。伊丽莎白时期的戏剧主要是属于后一个传统的。莎士比亚的戏剧是史诗性因素和戏剧性因素结合的典范。他的历史剧具有宏大的规模和重大的历史冲突，其结构基本上是叙事的；他的悲剧（大多以史实为基础）乃至喜剧和悲喜剧在情节结构上并不符合亚里士多德的理想；至于莎剧中与叙事结构相适应的打破'三一律'的戏剧时空观则更是'离经叛道'。"[1] 莎士比亚的一些遭到古典主义者批评的特点正是布莱希特的史诗剧要提倡的，两者之间有一定的关联。

田民详细地分析了莎士比亚的间离化手法对布莱希特的影响。第一，莎士比亚喜欢对旧有的作品进行改编和加工。这种处理方法可以在下面两个方面产生间离效果，"一是剧作家选择古代或异域题材，通过题材本身的陌生性在审美主体上产生的心理距离来实现间离效果，达到以古喻今的目的……二是通过作品的内容和结构上的矛盾性和非统一"来产生间离效果。[2] 第二，莎剧的情节基本上是穿插性的，场景与场景之间相对独立，自成单位，相互对照，在时空上变化迅速，具有蒙太奇的效果。"在这样的戏剧结构中，舞台幻觉和观众方面的移情显然不会是持久的；场景的不断变化必然会导致幻觉的中断和情感的间离。"[3] 第三，莎剧常常将悲剧因素和喜剧因素混合。"反讽和怪诞因素，除了起喜剧性的调剂作用外，还有间离由悲剧因素所产生的共鸣和移情的作

---

① 田民：《莎士比亚与布莱希特的史诗剧》，载《外国文学研究》1991 年第 2 期。
② 同上。
③ 同上。

用。"① 第四，莎剧往往包含两条或两条以上的情节线索，其中次要情节在人物、哲理、风格甚至语言等方面有时与主要情节形成鲜明的对照。这种对位往往会"破除主要情节在观众心理上所造成的幻觉以及观众对主要人物和事件的移情，从而使观众在情节的对位所形成的张力中对剧中人物和事件作出自己的判断。"② 第五，莎士比亚经常使用"独白""旁白""开场白""序曲""终曲"等，使剧中人能够直接向观众说话，打破了作品世界的自足空间，容易产生间离效果。第六，莎士比亚的"丑角常常游离于主要情节之外或中断情节，对剧中人物和发生的事件作出客观评价"③。丑角的这种言行也有利于打破消除移情。最后，剧场艺术也具有间离效果。莎士比亚的舞台具有开放性，而且有着不同的表演区域，有着反幻觉、反移情的性质；观众和演员对"演戏"也有很强的自觉意识；这些特点都有利于间离效果的产生。

四 其他研究

上文探讨的马克思恩格斯莎评和莎士比亚的比较研究是这个时段的亮点，但它们只是论著的一小部分。这个时段的 31 部研究莎士比亚的著作大都综合性地介绍和研究莎士比亚的生平和作品；在 807 篇中国知网上的文章当中，相当一部分以具体的作品为研究对象，小部分对莎剧的总体特点和莎翁的生平进行研究。如果要从这些论著中整理出每部作品的研究成果和莎士比亚总体研究成果，并逐一进行分析与归纳，应该是可行的，但工作量太大，本书作者一时难以完成。如果要在这些论著中寻找比较集中的主题，除了"马克思恩格斯的莎评"和"莎士比亚比较研究"之外，似乎没有多少明显的焦点。

这个时代的部分论著，学术性较强，主要体现在以下三个方面。

首先，研究的问题比较专业化。在"十七年"期间，大多数文章

---

① 田民：《莎士比亚与布莱希特的史诗剧》，载《外国文学研究》1991 年第 2 期。

② 同上。

③ 同上。

的题目为《莎士比亚和××剧作》或者是《莎士比亚的××剧作》。一看这种题目就可以知道，研究的问题不太专业化，里面包含了不少介绍性的内容。到了 20 世纪 80 年代，国人的研究更加专业化了，文章的题目逐步从大而全变为小而专。林同济在 1980 年的《外国语》上发表了一篇论文，其题目为 "'Sullied' Is the Word：A Note in *Hamlet* Criticism"。张韧弦把这个题目译为《Sullied 之辩——〈哈姆雷特〉一词管窥》。这篇文章典型地体现了莎学研究的专业化。

Solid（sullied）这个词语出现在《哈姆雷特》的第一幕第二场。在 1623 年的第一对开本中有这样的一段话：

> *Ham.* Oh that this too too ſolid Fleſh, would melt,
> Thaw, and reſolue it ſelfe into a Dew：
> Or that the Euerlaſting had not fixt
> His Cannon 'gainſt Selfe-ſlaughter. O God, O God!

下面是朱生豪该文所做的译文：

> Ham. Oh that this too too solid Flesh, would melt,
>
> Thaw, and resolue itself into a Dew；
>
> Or that the Everlasting had not fixt
>
> His Cannon' gainst Selfe-slaughter. O God，O God!
>
> 哈姆雷特　啊，但愿这一个太坚实的肉体会融解、消散，化成一堆露水！或者那永生的真神未曾制定禁止自杀的律法！[①]

在 1603 年出版的版本当中，这段话为：

这些文字的中文翻译为：

> Ham. O that this too much grieu'd and sallied flesh

---

① 《莎士比亚全集》（第 9 卷），朱生豪译，人民文学出版社 1991 年版，第 14 页。

Ham. **O that this too much grieu'd and fallied flesh,**
Would melt to nothing, or that the vniuersall
Globe of heauen would turne al to a Chaos!

Would melt to nothing, or that the vniuersall

Globe of heauen would turne al to a Chaos!

哈姆雷特　啊，这痛苦不堪的、玷污的肉体

恨不得化为乌有，或者

将整个宇宙弄成一片混沌！

不少学者认为，第一行的"sallied"是 sullied 的古体，所以我们翻译为"污浊的"。

学者们一直将第一对开本视为莎士比亚著作的权威版本，人们对"solid flesh"也毫无怀疑。中国莎学界对译文"坚实的肉体"当然也没有进行质疑。在第一四开本出版将近三百年的时候，"sallied flesh"引起了学者们的重视，甚至有人认为应当用"sullied flesh"代替"solid flesh"。根据威尔（Malcolm Ware）的研究，丁尼生（Alfred Tennyson）早在 1883 就提出了这一看法；小说家麦克唐纳（George Macdonald）和学者道登（Edward Dowden）也分别在 1885 年和 1899 年提出这种观点。[①] 但这些人的观点并没引起大家的重视。直到 1918 年威尔森（John Dover Wilson）在《泰晤士报文学副刊》（*The Times Literary Supplement*，May 16，July 25，1918）上发表了两篇文章之后，这个观点才开始被越来越多的人接受。

林同济也主张采用"sullied flesh"，他的论证非常有力，引起了国际莎学界的高度重视。首先他指出，"solid"这个词不可能和"flesh"连用。他说："不是有很多批评家指出，莎士比亚每次提到 flesh（肉

---

① Malcolm Ware，"Hamlet's Sullied / Solid Flesh"，*Shakespeare Quarterly*，Vol. 11，No. 4，Autumn，1960.

体、和灵魂相对），都带有符合基督教信仰的贬义吗？"① 他还说："对
他和同时代人来说，flesh 几乎和 frailty 同义，而且毫无例外地和脆弱空
虚的事物、容易腐朽的东西相联系，这个词怎么会用来褒义地称'坚
实的'东西呢？让哈姆雷特在台上绝望地哀叹他无法死去，仅仅是因
为他的肉体'太坚实'了——如果不是异端邪说的暗示的话，这不等
于让王子说一通伊丽莎白时代的观众听不懂的胡话吗？"② 他从多部莎
剧中找到了 9 个包含 flesh 的句子，其中的 flesh 都带有脆弱的意思。例
如说，《亨利四世》（上）第三幕第三场有这么一个句子：Thou seest I
have more flesh than another man, and therefore more frailty. （你看我身上
的肉比谁都多，所以比谁都脆弱）。所以"坚实的肉体"不合乎当时英
国人的观点。

　　在林同济看来，与 solid 相反，sullied 非常适合于和 flesh 连用。他
说："它是一个与 flesh——软弱的体现——相联系的称法。"③ 在《理查
二世》第五幕第五场有这样一句：Whilst my gross flesh sinks downward,
here to die. （我的污浊的肉体沉向地下，死在这里了。） 这里的 gross 的
意思和 sullied 的意思相近。他在莎士比亚的作品中一共找到了 6 个与
sullied 意义相近的词语，它们都用于修饰肉体，可见"被玷污的肉体"
这一说法是行得通的。林同济还指出："若要考虑哈姆雷特的独白中对
这个词的具体运用，恐怕读者很难不赞同多佛·威尔森的理解，即对哈
姆雷特而言，这里的 sullied flesh 含有因母亲的淫乱而感到自身被玷污
的意思。"④ 从这个角度解读，当然更顺理成章。

　　玷污（sullied）这个概念不但可以和肉体相联系，还可以指向精神
上的玷污。林同济说："把身体上的玷污诉诸感官能使人更真切地体会
到这种痛苦，从而使诗句也承载更真切的痛苦，但真正令哈姆雷特痛苦
的不会是字面上的被玷污的血肉，而是无法名状的道德上的耻辱。"⑤

---

① 　林同济：《天地之间：林同济文集》，复旦大学出版社 2004 年版，第 218 页。
② 　同上书，第 223 页。
③ 　同上书，第 224 页。
④ 　同上书，第 225 页。
⑤ 　同上书，第 226 页。

他还在其他莎剧中找到 sullied 与精神上的品质联系在一起的用法，以下便是一个很好的例子：

> the over-daring Talbot
> Hath sullied all his gloss of former honour ［《亨利六世》（上），第四幕第四场］
> 好大喜功的塔尔博
> 玷污了他过去的辉煌功绩

　　人的肉体能不能和 melt（融化）连用呢？林同济说："毋庸置疑，莎士比亚在其他场合也不经意地写过'融化的'人体或某个人。"① 以下是两个林先生找出来的例子：

> ……the boy that by her side lay kill'd
> Was melted like a vapour from her sight （《维纳斯与阿都尼》，第 1165—1166 行）
> ……躺在她身边的男孩已经死去
> 像烟雾一样在她眼前融化

> O that I were a mockery king of snow,
> Standing before the sun of Bolingbroke,
> To melt myself away in water-drops! (《理查二世》，第四幕第一场）
> 啊！但愿我是一个用雪堆积成的国王，
> 站立在波林勃洛克的阳光之下，
> 全身溶解化为水滴！

　　身体可以融化（melt），而且融化和玷污联系在一起，未融化和贞

---

① 林同济：《天地之间：林同济文集》，复旦大学出版社 2004 年版，第 229 页。

洁联系在一起。林同济找到了下面这个例证：

> ……that I thought her
>
> As chaste as unsunn'd snow.　　（《辛白林》，第二幕第五场）
>
> ……我认为她
>
> 像没有被太阳融化的雪一样洁白。

林同济接着反问道："……太阳融化的雪，如果不代表贞洁玷污、名誉受损，或者——用哈姆雷特的具体语言——sullied flesh 的话，又象征什么呢？"① 可见 sullied 不仅可以指肉体的玷污，也可以指精神的污染。从整个句子来看，sullied 与 melt 一起出现比较和谐，因为 melt 也可以指洁白（或者贞洁）的失去。

林同济还从上下文分析来分析到底是 solid 合适还是 sullied 合适。他发现，这段独白出现在哈姆雷特和叔父之间的 64 行的舌战之后。在那场舌战中，国王下决心以年轻王子的父亲的身份树立自己的权威和王位，而年轻的王子也决心抗拒，结果哈姆雷特处于下风。林先生说："现在，当哈姆雷特独处一室，当'下流的污名'还散发着耻辱的恶臭时，他会想到些什么呢？我们期望他吐出来的第一个词是 solid 还是 sullied 呢？Solid 和那些上文有什么关系呢？莎士比亚洋洋洒洒砌垒 64 行文字的目的难道仅仅是流于陈词滥调，荒废文字？或者他是否在用心良苦地为后文铺垫，使一个最合适的词出现在最合适的地方，而那个最合适的词将统摄主角所承受的所有感情冲击呢？那个词就是 sullied，它的出现不是偶然的，也不是仅仅来自于对母亲乱伦行为的朦胧思考。"② 从这个角度看，林同济的分析很有分量。

林同济接着讨论了哈姆雷特关于死亡的观念。他说："并不是哈姆雷特想死却'发现他的身体无法消解'（塞缪尔·A. 怀斯），而是他已无法忍受可憎的人世，希望自己已死。感情其实更多地释放在人的处境

---

① 林同济：《天地之间：林同济文集》，复旦大学出版社 2004 年版，第 233 页。

② 同上书，第 235 页。

上，'太，太'可憎的人世上，而不是在想求一死的愿望上。直到出现第三行的'或者那永生的真神'，求死意愿才占了上风，并发展为自杀的念头。"① 他的这一说法，也很有道理。

也有人认为 sallied 不必修订为 sullied，应当保持原来的单词，是"烦恼的"，"受猛烈攻击的"意思。但林同济也进行了反驳。林同济的重要理由是，这个词是一个不及物动词，不可能这样用。

林的文章引起了国内外莎学界人士的普遍关注。他因此于 1980 年 8 月临时得到莎士比亚年会的邀请赴英参加"第十九届国际莎士比亚讨论会"。有些外国专家也在他们的论著中引用林先生的观点。例如说，G. V. Monitto 在他的文章 "'Sallied Flesh' (Q1，Q2)：Hamlet I. ii. 129" [*Studies in Bibliography*，Vol. 36 (1983)] 提到过林同济的文章。一篇发表在中国杂志上的人文学科论文能够引起国际学界的重视，相当不容易。

虽说林同济的论述很有价值，但这个问题并没有因此完全解决，直到今天有些学者仍然坚持采用 solid。其他学者从别的角度观察，也找到了一些使用 solid 的理由。这只能说明，事物具有多面性，并不能证明林先生的文章没有价值。另外一方面，林同济的论述就算全部正确，支持 solid 的观点就算都错误，但莎士比亚只是一个人，不是神，不可能总是采用那个最正确的词语。到底莎士比亚在创作的时候，用了哪个词语，只有他自己知道。但莎氏本身已经离我们而去，把问题留给了永恒。

现代学术的一个重要特点在于高度专业化。韦伯曾说："学术已经达到了空前专业化的阶段，而且这种局面会一直继续下去。无论就表面还是本质而言，个人只有通过最彻底的专业化，才有可能具备信心在知识领域取得一些真正完美的成就。……只有严格的专业化能使学者在某一时刻，大概也是他一生中唯一的时刻，相信自己取得了一项真正能够传之久远的成就。今天，任何真正明确而有价值的成就，肯定也是一项

---

① 林同济：《天地之间：林同济文集》，复旦大学出版社 2004 年版，第 238 页。

专业成就。"①林同济在莎学领域找到了这个非常专业的问题，充分论证了自己的观点，取得了"一项专业成就"。我们说这个问题很专业，并不意味着林同济的知识不广博。他以这个问题为切入点，对《哈姆雷特》和其他莎士比亚的著作做了全面的研究，找到了充足的证据，显示了开阔的视野。但一个学者，不管学问多么渊博，在写论文的时候也得聚焦于有限的问题之上，否则只是泛泛而谈。值得高兴的是，这个时段的部分莎学论文已经在一定的程度上具备了专业化的特点。

其次，国际化程度比较高。衡量学术水平高低的重要标准在于国际化程度。"十七年"期间，国人对苏联莎学成果的翻译相当及时，但没有多少平等的对话；与西方莎学界的交往几乎隔绝；所以总体国际化程度较低。改革开放之后，中国的国门再次向外开放，中国莎学的国际化水平马上大大提高。田民的《在文学批评的漩涡中：莎士比亚批评新潮》就是一篇国际视野很好的论文，下文将进行讨论。

田民首先讨论了结构主义莎评。这种思潮形成于 20 世纪五六十年代，主要代表为 L. C. 奈茨、G. 威尔逊·奈特、诺斯罗普· 弗莱、罗曼·雅各布森和劳伦斯· 琼斯。在结构主义出现之前，布拉德雷是莎士比亚研究的集大成者。田民说："在布拉德雷看来，者通过阅读文本可以直接了解作者的心理，进而再创造作者原来的创作过程和心理过程；莎士比亚的悲剧的主要兴趣是人物性格，剧作家的心理过程体现在人物性格中，人物的行动导源于性格，性格决定人物的行为和命运，'性格就是命运'。"②但结构主义对这种方式提出了挑战，否定了作者意图的重要性，把客观存在的文本看作文学批评的最重要依据。田民指出："结构主义莎评的优点在于它首先承认莎剧本文的客观性，在于把研究的主要着眼点集中在对莎剧内在整体结构的分析上。从而为莎剧研究提供了某种新的启示。这种方法有助于打破传统莎评由于过分依赖社

---

① ［德］马克斯·韦伯：《学术与政治》，冯克利译，生活·读书·新知三联书店 1998年版，第 23 页。

② 田民：《在文学批评的漩涡中：莎士比亚批评新潮》，载《国外文学》1991 年第 3期。

会学和心理学而产生的主观臆断的倾向。"① 这种新的批评原则从根本上动摇了以布拉德雷为代表的传统莎评的基础。同时，田民还指出了结构主义莎评的缺点："但是结构主义莎评把剧作本文看作一个封闭的、共时的系统，切断了作品与作者以及作品所由产生的社会历史条件之间的联系，从而把作品看作是一种绝然游离于社会之外的纯粹文字。把艺术同艺术家、文学和文学家绝然分割开来，其结果不是陷于神秘主义便是陷于文学虚无主义。"② 田民对结构主义的内涵、优点、缺点等都有较好的分析。

其次，田民阐述了什么是后结构主义莎评。结构主义克服了传统的莎学不少缺点，但自身又走向了另一极端，留下了许多问题，后结构主义因此应运而生。田民指出："在后结构主义者看来，结构主义的主要局限在于它把作品本文的一切方面、一切因素都纳入某种先验的、可以把握的有确定意义的'在'（Presence）即本文的总体结构，这种本文词语中心和对'在'的本质论的崇拜限制了人们对作品的理解，而本文（在后结构主义者看来）像语言本身一样不包含任何先验的或终极的'在'，它绝不是作者一次完成的封闭体系，而是由永远处在差异和对立的游戏状态中的多种符号体系组成的、不断生成、不断指向其他本文和语言意义的开放的动态体系。因此，本文的意义是潜在的、多元的，对本文和语言的解读是永无止境的。后结构主义批评的目的皆在通过摧毁词语中心、分解本文结构，突破'在'的限制，发现处在自由游戏状态中的某种'不在'或不确定的意义，对本文和语言作出多元化的解读。"③ 美国评论家卡尔德伍德的专著《在与不在：〈哈姆雷特〉中的否定和形上戏剧》具有后结构主义的特征。在这部专著中，卡尔德伍德把后结构主义的一些论题引入莎剧的讨论中："他运用诸如否定（negaion）、消除（erasure）、在（presence）与不在（absence）等一些后结构主义的概念和解读方法对《哈姆雷特》作了深入研究，提出了

---

① 田民：《在文学批评的漩涡中：莎士比亚批评新潮》，载《国外文学》1991 年第 3 期。

② 同上。

③ 同上。

一些新颖的富有启发性的见解。"① 但卡尔德伍德的莎评还不是很成熟，"他的批评似乎是在用后结构主义的理论和概念硬套莎士比亚，在他的笔下，莎士比亚似乎是一位深谙后现代主义诗学和语言理论的现代美学家。"② 可见将后结构主义运用于莎学并非很容易的事情。

再次，田民触及了符号学莎评。田先生指出："符号学的目标主要是研究符号的性质、不同的符号体系和代码以及意义的产生和交流。符号学文学批评在这方面显然受益于结构主义，特别是后者的本文概念……戏剧符号学研究的对象不仅包括剧作，而且包括舞台演出的所有的非语言的符号系统，诸如服装、化妆、演员的表演、空间关系、道具、音乐、音响效果等等。"③ 符号学大大拓宽了莎学研究的范围，给莎评带来了新的视角。戏剧符号学家凯尔·埃拉姆的专著《莎士比亚的话语宇宙：喜剧中的语言游戏》运用维特根斯坦的语言游戏理论对莎剧进行研究。他的《剧场和戏剧的符号学》对莎士比亚喜剧中的话语和言语做了深入剖析。他的著作开辟了新的研究领域，指出了这种研究的潜在势态。但田先生同时也指出，符号学莎评在理论和实践上还处于草创阶段，需要完善的地方还很多。

复次，田民研究了女权主义莎评。女权主义戏剧批评吸收了人类学、心理学、结构主义、后结构主义以及符号学的一些成果，正在形成一种新的戏剧美学，对戏剧实践和理论的发展产生越来越重大的影响。美国戏剧评论家凯斯于 1988 年出版的专著《女权主义与戏剧》"从女权主义戏剧的历史、实践和理论等方面对女权主义戏剧运动和批评进行了总结，并把女权主义与符号学相融合，提出了一种'新的诗学'"④。女权主义莎评成果颇丰，朱丽叶·杜辛贝尔的《莎士比亚和女人的本性》、玛丽莲·弗兰奇的《莎士比亚的经验划分》、卡罗琳等合编的《妇女的角色：女权主义莎士比亚批评》等都是这方面的力作。田民还

---

① 田民：《在文学批评的漩涡中：莎士比亚批评新潮》，载《国外文学》1991 年第 3 期。

② 同上。

③ 同上。

④ 同上。

说:"然而,女权主义心理分析常常把莎剧人物当作真人来处理,把女性的本质看作永恒不变的东西,抽去了人物的具体的社会和历史内容。"① 有鉴于此,一些女权主义批评家借鉴了新历史主义批评的观点,主张从历史语境出发,把莎剧放在莎士比亚时代的具体历史环境中加以分析,进而对莎剧作出新的解释。这方面的代表性研究成果是丽莎·加迪奈的《对女儿唠叨不休:莎士比亚时代的妇女和戏剧》。

最后,田民谈论了文化唯物主义和新历史主义的莎评。文化唯物主义和新历史主义兴起于 20 世纪 80 年代,是对新批评、结构主义、后结构主义、心理分析等的反拨。这一思潮的主要代表人物之一为乔纳森·道里莫尔。田民说:"道里莫尔指出,文化唯物主义研究的是文学文本在历史中的含义,因此,应该把莎剧同产生它的莎士比亚时代的经济和政治制度联系在一起,把它同文化生产的具体机制(如宫廷、赞助、教育、剧院、教会等)联系在一起。而且,相关的历史并不仅仅是四百年前的那段历史,因为文化是一个不断的架构过程。"② 新历史主义之所以为新,因为它与旧历史主义有三点根本的区别:"1. 新历史主义一反旧历史主义对人性的本质论解释,否定历史过程中存在永恒不变的、普遍的人性以及与之相应的人生观。2. 新历史主义强调历史和文化的多元制约和决定作用……3. 新历史主义强调从社会政治角度考察历史和文化过程。"③ 田民指出:"文化唯物主义和新历史主义莎评的突出贡献在于,它强调把莎剧放在其产生的具体的历史和文化结构中,从多种社会和文化因素的相互制约联系中研究莎剧,因而避免了各种形式主义的纯美学批评的弊病。"④ 但任何事物都有两面性,新历史主义由于过分强调对莎剧的历史和文化批评,对莎剧文本的美学批评自然不够,有着自身的缺陷。

田民的文章简明扼要地研究了结构主义、后结构主义、符号学、女

---

① 田民:《在文学批评的漩涡中:莎士比亚批评新潮》,载《国外文学》1991 年第 3 期。

② 同上。

③ 同上。

④ 同上。

权主义、文化唯物主义和新历史主义的莎评。这些概念对于当时的中国人来说都比较陌生，给中国莎评带来了新的观点和视角。他所研究的有些理论在西方也才刚刚出现，大大缩短了中国莎学和世界莎学的时间差。这种国际化的视野，是中国莎学走向成熟的重要方面。

最后，学术深度有所加强。评估学术水平的重要标准之一在于是否有深度。这个时段的一些论著在深度方面也有所拓展。张隆溪的《悲剧与死亡——莎士比亚悲剧研究之一》就是这样的论文之一。悲剧和死亡都是人们研究了无数遍的主题，但张隆溪先生知难而上，将这个问题继续往前推进了一步。

首先张先生指出，古希腊悲剧结尾和死亡并没有必然的联系。亚里士多德在《诗学》中给悲剧下定义时，并未提到如何结尾。"在第十三章第六节，他赞扬欧里庇底斯的剧本结尾凄切动人，认为'这才是正确的结尾'，并称欧里庇底斯为'最具有悲剧性的诗人'。在第十四章第九节，他又认为在无可挽回的错误行动发生之前，及时发现真相从而避免不幸，这种结尾'最好'。"① 古希腊的戏剧理论如此，戏剧实践也是如此。埃斯库罗斯是希腊被拒之父，他的代表作《奥瑞斯蒂亚》三部曲的结局并不包含死亡，我们看见的是"奥瑞斯特终于赎清了整个家族的罪恶，成为一个新人，在他面前展现出一片充满希望的光明前途。"② 索福克勒斯的《俄狄浦斯王》是典型的希腊悲剧，出色地表现了人与命运的搏斗，其主角在命运的罗网中痛苦挣扎，显示出崇高的精神力量；无论遭到怎样严酷的打击，他并没有对生命绝望。"在结尾时，俄狄浦斯自愿放逐自己，成为一个瞎眼乞丐到处流浪，但一路走去，将给他所到之处带去智慧和安宁。"③ 人们虽然无数次地阅读了《诗学》和古希腊悲剧，但张隆溪读出了前人没有读出的内容。

到了中世纪，随着教会势力的扩张，基督教思想成为统一全欧的意识形态，大大改变了悲剧这个概念。基督教的重要概念是罪与救赎。张

---

① 张隆溪：《悲剧与死亡——莎士比亚悲剧研究之一》，载《中国社会科学》1982 年第5 期。

② 同上。

③ 同上。

隆溪说："人之死按《圣经·创世记》的说法，是亚当和夏娃违背上帝禁令的后果，是对原罪的惩罚，所以从正义观点看来是可以理解的。但是，也正因为有了死亡，才更显出人类未犯罪之前那种原初的幸福和永生的可能性。因此，基督之死和人之死都首先在宗教的意义上被认为具有深刻的悲剧性。"① 所以中世纪的文学艺术 "不外说人生如何变化无常，充满痛苦和罪恶，要人们弃绝尘世，把希望寄托在死后的天堂里。从十四世纪开始，死亡主题在欧洲的文学和视觉艺术中都非常流行"②。这就使灾难和死亡成为悲剧结尾的常态。"从本质上说来，这种基督教宿命论不利于悲剧，因为它否定人生和人的本质力量，而悲剧的使命却是要表现人在苦难中展示的崇高。"③ 如果以古希腊悲剧精神来衡量，基督教教义的确不利于悲剧的产生，但到了中世纪，人们心中的悲剧概念已经改变，他们把这种描写原罪、死亡与救赎的作品叫作悲剧。

英国文艺复兴时代的戏剧深深地受到了中世纪的影响，"当时的精神气氛如此，伊丽莎白时代悲剧一概以死亡告终，也就不足为奇了"。④莎士比亚的悲剧也受到了这种传统的影响，但张隆溪认为，莎剧的毁灭性的结尾还有另外一个原因。他引用了一段莎士比亚的台词：

> 等级是实现一切宏图的阶梯，
>
> 啊，一旦动摇了等级，事业
>
> 也就无望。没有等级的区分，
>
> 社会安定、学位高低、各业行会、
>
> 各地间的和平贸易、长子长女
>
> 与生俱来应当享有的权利、
>
> 老人、君主、帝王和优胜者的特权，
>
> 又怎能够得到承认而确立？

---

① 张隆溪：《悲剧与死亡——莎士比亚悲剧研究之一》，载《中国社会科学》1982 年第 5 期。

② 同上。

③ 同上。

④ 同上。

打乱了等级，拆去那根琴弦，

…………

那时候，一切都得服从权力，

权力听从意志，意志屈从贪欲，

而贪欲这头无处不在的饿狼

依仗意志和权力的双重辅助，

必定会吞噬宇宙间的一切，

最后吃掉它自己。①

　　有些人认为莎士比亚在这里是在为等级社会辩护，体现了保守的倾向，但张隆溪认为，这段话体现了莎士比亚面对文艺复兴时期传统社会和文化解体时体验到的危机。他说："正是这种幻灭感、这种人文主义理想的危机，比传统价值观念的瓦解远为深刻地决定了莎士比亚悲剧观的形成，也可以说明为什么他所有的悲剧都最后终结于不可避免的死亡。"② 可见莎剧的结尾既体现了中世纪传统的遗风，又是这个传统解体的产物。但这种现象并不在每个欧洲国家出现。张隆溪指出："而大约在同时的意大利，卡斯特尔维屈罗却仍然主张，只要悲剧能使人强烈感受到人世的变化无常，也可以有快乐的结局。"③ 这就再次证明了悲剧不一定要和死亡联系在一起。

　　虽说莎士比亚悲剧都以死亡为结尾，但不是所有的死亡都是悲剧题材。莎士比亚还受到了古希腊罗马的影响，非常尊重生命，和中世纪的价值观大不相同。张隆溪说："在文艺复兴时代，肉体一旦恢复了它本来的权利和尊严，人们也就把肉体的毁灭本身看成极大的痛苦。"④ 那种中世纪式的把死亡看作生之解脱的素材自然不适合于莎士比亚悲剧。

---

　　① 　[英]莎士比亚：《特洛伊罗斯与克瑞西达》，引自张隆溪《悲剧与死亡——莎士比亚悲剧研究之一》，载《中国社会科学》1982 年第 5 期。

　　② 　张隆溪：《悲剧与死亡——莎士比亚悲剧研究之一》，载《中国社会科学》1982 年第 5 期。

　　③ 　同上。

　　④ 　同上。

除此之外，那种没有多少意义的死亡也难以引起莎士比亚的兴趣。张隆溪说："那种意外的死，在可悲境地中由莫名其妙的厄运、小灾小难或卑劣的罪过造成的死，至多能引得人们的一点哀怜，这只是一种带着恩赐意味的含泪的同情，却不是怜悯和恐惧这两种悲剧情绪。在莎士比亚悲剧中，死亡绝不是偶然和无足轻重的，它总有深刻的内在原因，并能揭示悲剧的意义。"① 莎士比亚把中世纪的死亡传统和古希腊的崇高特性结合了起来。

在探讨引起悲剧的原因时，人们往往很自然地想起亚里士多德提出的重要概念 harmartia，即悲剧性"缺陷"。有人以宿命论解释 harmartia，把悲剧成因归结于外在的超自然力量，这种力量在冥冥中预示了悲剧的灾难，毫不关乎个人功过。张隆溪对这种观点提出了批评，他说："一方面，悲剧人物并非像苍蝇那样无谓地死去，他们虽然遭遇不幸，而且往往正因为遭遇不幸，才得以显露伟大的精神力量。另一方面，无论剧中出现怎样的鬼魂或女巫，也无论有怎样的神话传说为剧情提供虚构的框架，却没有任何超自然力量能在悲剧世界里创造奇迹。"② 在宿命论的世界中，个人没有尊严可言，而悲剧要体现的恰恰是个人的魅力。在另一个极端，有人将悲剧人物的结尾归因于道德上的缺陷，认为悲剧最后体现的是惩恶扬善，是"诗的正义"。这一点张隆溪也加以批驳，他说："悲剧之为悲剧，正由于其痛苦的不公正性。"③ 假如最后出现的是"诗的正义"，就没有悲痛可言。

关于悲剧成因，奥登（W. H. Auden）曾说："希腊悲剧隐含着的悲观结论似乎是这样：一个人如果是主角，即突出的个人，那就必定犯了骄傲自大的罪，要受悲剧命运的惩罚；唯一的而且不可能由自己选择的另一种可能，就是成为合唱队中普通的一员，也就是说，成为普通群众

---

① 张隆溪：《悲剧与死亡——莎士比亚悲剧研究之一》，载《中国社会科学》1982 年第5 期。

② 同上。

③ 同上。

中的一分子：既要突出又要善良是不可能的。"① 弗莱（Northrop Frye）则说："因此，亚里士多德说的 hamartia 即'缺陷'，不一定是过失，更不是什么道德上的弱点，而很可能仅仅是一个强者处在暴露地位上，像考狄利娅那样。暴露地位往往是领导者的地位，处在这种地位的人物既是突出的，同时又是孤立的，从而使我们感到悲剧特有的那种不可避免性与不和谐性的奇妙混合。"② 张隆溪认为，悲剧人物的"突出"和"暴露"的地位是造成悲剧结局的根本原因。国人所谓的高处不胜寒就是这个意思。

悲剧的世界同时受制于两套规律：自然规律和道德规律。张隆溪说："在悲剧里，一切都在事件的逻辑中一环紧扣一环，错误即便是在不明真相的情况下造成，悲剧结局却作为必然后果接踵而至，把有罪与无辜一概毁灭。悲剧世界虽按照规律发展，却好像忽略了道德的正义：它的规律是自然规律，是与道德无关的因果规律，而不是是与非、罪与罚的规律。"③ 把悲剧人物推向死亡的首先是这一套自然规律，但悲剧人物没有放弃道德追求。不管悲剧人物在开始的时候是否有清楚的意识，但到了关键时刻，他往往有一种顿悟，看到自己为之奋斗的理想的价值。这种理想"是悲剧的否定中所肯定的东西，是高于悲剧世界的另一个理想世界和另一套合理的价值标准，人们正是按照这一套价值标准，评定和批判悲剧的结局。正是在这个意义上，悲剧才显出从伦理即社会的角度看来，具有真正的道德意义"。④ 例如说，李尔王由于自己的糊涂葬送了江山、王权和亲情，但在女儿考狄利娅不幸死去的时候，他大声呼号，抗议这个社会。张隆溪说："在这悲痛的呼号里，可能性与现实性构成强烈的对比，一方面是传奇的理想世界，在那里爱与真可以获得胜利，另一方面则是悲剧性的现实，在那里无辜者在受难，邪恶

---

① W. H. Auden，"The Chritian Tragic Hero"，引自张隆溪《悲剧与死亡——莎士比亚悲剧研究之一》，载《中国社会科学》1982 年第 5 期。

② Northrop Frye，*Anatomy of Criticism*，引自张隆溪《悲剧与死亡——莎士比亚悲剧研究之一》，载《中国社会科学》1982 年第 5 期。

③ 张隆溪：《悲剧与死亡——莎士比亚悲剧研究之一》，载《中国社会科学》1982 年第 5 期。

④ 同上。

者却掌握着大权，为所欲为。于是，对于产生并纵容这种不公正和不道德情形的社会，考狄利娅之死以及莎剧中所有善良者的死，就成为一种批判，获得一种真正的伦理意义。"① 虽说自然的逻辑推动着悲剧发展，但伦理的逻辑也同时在起作用，在关键时候毫无退让，与自然的逻辑正面对抗。所以悲剧人物在冲突白热化时死去，具有特别的意义："莎士比亚悲剧人物之死是——一种意识到的牺牲，因为他们总是能认识到超出悲剧世界之上关于人和社会的更高标准；就悲剧的象征意义说来，他们的死正是人类为走向那更高标准必须付出的代价。只有这样的死——在黑暗中给人以光明、在毁灭中给人以希望、在否定中包含着肯定的死——才是必然的、有价值的、真正悲剧性的死。"②

在这篇论文中，张隆溪就悲剧与死亡的古老问题展开了讨论。他从莎士比亚悲剧的文化传统和内在结构两方面指出了莎士比亚悲剧在结尾的时候主人公必然走向死亡的原因，使这个本来已经颇具深度的问题更有深度。

这个时段的莎学，以马克思恩格斯的莎评的翻译与研究为开路先锋，接着迎来了多元繁荣的局面，特别在比较研究方面取得了可喜的成就，并且不断走向专业化、国际化、深度化，说明中国莎士比亚研究已经逐步与现代学术接轨。

---

① 张隆溪：《悲剧与死亡——莎士比亚悲剧研究之一》，载《中国社会科学》1982 年第 5 期。

② 同上。

第八章

莎士比亚的翻译与研究（下）

中国共产党于 1992 年 10 月在第十四次全国代表大会上正式将社会主义市场经济确定为我国的经济制度，但真正全面推行市场经济是在 1993 年，所以我们将这一年作为莎学研究的新起点。市场经济突出了自由竞争和适者生存的法则，容易将各种潜力开发出来，但市场的利益驱动法则也给文化的发展带来了不利的因素。这一章将梳理 1993—2010 年的莎士比亚翻译与研究，偶尔也触及 2011 年和 2012 年的莎学研究。为了方便起见，我们把这个时段称为"市场经济时代"。

一　翻译与研究的总体情况

1993—2010 年一共出版了 897 个版本的莎剧。这个时代已经市场化，各个出版社都在抢着出名著，版本数虽然明显高于前面，但每个版本的发行数量并不多。市场经济推行之后，专家和相关专业机构的权威性已经大大下降，盈利成了出版业的主要指挥棒，文化界的总体品味有所下降，名著在图书总量中占的份额开始减少。这些莎剧的具体分布如图 8-1 所示。

这个时段，一共出版了 60 部研究和介绍莎士比亚的著作。这些著作在各年的分布如图 8-2 所示。在数量方面，莎学著作是计划经济时代的两倍。在质量上，提高更加明显，不少著作都属于专题研究，不再以"莎士比亚研究"这样的泛泛而谈的题目为书名。这些书大致可分

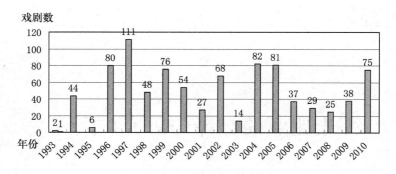

图 8-1 中译莎剧的历时分布

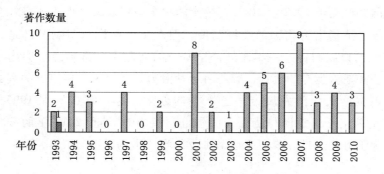

图 8-2 本国研究莎士比亚著作的历时分布

为 5 种。第一种为导读和赏析，共有 12 部，大都属于普及性质的图书，学术含量比较有限。第二种为莎学史，一共为 5 部，其中李伟民的《中国莎士比亚批评史》（中国戏剧出版社 2006 年版）比较有学术含量。第三类为莎士比亚的翻译研究，共有 4 部。第四类为莎士比亚和他的剧作的综合研究，多达 24 部。李伟昉的《说不尽的莎士比亚》（中国社会科学出版社 2004 年版），陆谷孙《莎士比亚研究十讲》（复旦大学出版社 2005 年版），裘克安《莎士比亚评介文集》（商务印书馆 2006 年版）等著作有一定的学术价值。第五类为针对比较专门的问题进行研究的著作，共有 15 部。这一类著作大都学术性较强，其中较为突出者罗列如下：

孙家琇：《莎士比亚与现代西方戏剧》（四川教育出版社 1994 年版）

易红霞：《诱人的傻瓜—莎剧中的职业小丑》（中国社会科学出版社 2001 年版）

张沛：《哈姆雷特的问题》（北京大学出版社 2006 年版）

肖四新：《莎士比亚戏剧与基督教文化》（巴蜀书社 2007 年版）

张冲、张琼：《视觉时代的莎士比亚：莎士比亚电影研究》（北京大学出版社 2009 年版）

在这十几年中，人们翻译出版了 13 部外国莎学著作，其中以下 6 部比较重要：

雨果：《威廉·莎士比亚》（团结出版社 2001 年版）

卡恩：《当法律遇见爱：解读〈李尔王〉》（法律出版社 2008 年版）

麦克利什：《莎士比亚戏剧指南》（上海百家出版社 2008 年版）

哈兹里特：《莎士比亚戏剧中的人物》（华东师范大学出版社 2009 年版）

布鲁姆、雅法：《莎士比亚的政治》（江苏人民出版社 2009 年版）

邓顿－唐纳、赖丁：《图说莎士比亚戏剧》（外语教学与研究出版社 2009 年版）

1993—2012 年中国知网上的莎学论文 5029 篇，相当于前面几十年的 7 倍之多。具体的分布如图 8-3 所示。在这十几年中，莎学论文和著作的数量明显增加，研究的水平明显提升，研究的主题比较多元化，难以把各种内容全部概括出来，下面我们只能从 5 个比较重要的方面进行梳理。

二　莎士比亚与基督教的关系研究

在莎士比亚时代，基督教是英国文化的最重要组成部分之一，所以

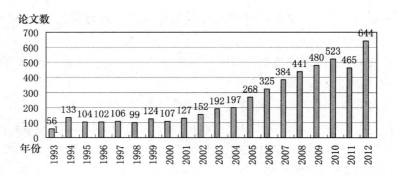

图 8 - 3　莎士比亚研究论文的历时分布

莎学离不开基督教研究。但由于社会主义国家相信的是唯物主义，学者们往往声称自己是无神论者，所以宗教研究在相当长的时间里都受到了限制。笔者曾于 2014 年 2 月 11 日在中国知网上进行查询。当时我把主题词设置为"莎士比亚"和"基督教"，查到的文章共为 395 篇。电脑查询并不完全可靠，有些文章可能没有选进来，也有些选入的文章可能不一定和我们的主题有多少关系，但总体上可以反映出文章发表情况。这些论文的分布如表 8 - 1 所示。

表 8 - 1　　　莎士比亚与基督教的论文的历时分布［年（数量）］

1962（1）	1987（2）	1991（3）	1995（4）	1999（3）	2003（13）	2007（31）	2011（38）
1980（1）	1988（2）	1992（1）	1996（7）	2000（9）	2004（18）	2008（26）	2012（46）
1982（5）	1989（1）	1993（1）	1997（14）	2001（11）	2005（25）	2009（37）	
1984（1）	1990（1）	1994（2）	1998（7）	2002（15）	2006（33）	2010（37）	

　　在"十七年"，人们研究莎士比亚的最重要内容为"人民性""阶级性"等。至于人性和艺术性基本上属于禁区。人性容易和"抽象人性论"挂钩，是阶级性的反面。艺术性很容易与为学术而学术联系上，属于颓废的思想，甚至是应当批评的白专道路。神秘的东西属于反动思想。当年戴镏龄由于大谈《麦克白》中的女巫的艺术效果，惹来了不少麻烦。殷麦良曾批评道：莎士比亚"宣扬了妖魔法术，迷信鬼神的

宿命论，似乎麦克佩斯的言行是由女巫鬼魂支配的，这就给麦克佩斯的罪行涂上一层迷信色彩，迷惑了观众。这种宿命论是应该批判的，而不应该替它掩护。"① 宗教则属于禁区，莎学界几乎无人讨论莎剧的宗教问题。在期刊网上检索到的唯一论文为曹未风的《关于向外国文学借鉴的问题》（《学术月刊》1962 年第 5 期），但这篇论文只是分别提到基督教和莎剧，并没有直接谈到两者的关系。

到了 20 世纪 80 年代，莎学界开始拨乱反正，人们把注意力转向了"人文主义""人性"等。但当时人们对"人文主义""人性"的理解也有一些偏颇。杨周翰编的《欧洲文学史》这样解释人文主义者："人文主义者主张一切以'人'为本，来反对神的权威……为了反对教会认为人生是苦难和罪恶的妄说，反对禁欲主义和来世思想，资产阶级就肯定现世生活，肯定人有追求财富和个人幸福的权利，歌颂爱情，要求解放个性，并多方面发展个人才智，提倡冒险精神。"② 在他们看来，教会对人文主义者极端仇视："波兰天文学家哥白尼反对地球是宇宙中心之说，他的著作被天主教会列为禁书。法国作家拉伯雷的作品遭到天主教堡垒巴黎大学的谴责。法国人文主义者多雷否认灵魂不死，被处火刑。"③ 这个阶段关于莎剧的基督教问题也没有受到重视，在中国知网上只能找到 12 篇论文，其中比较重要的论文有如下 4 篇：

张隆溪：《悲剧与死亡——莎士比亚悲剧研究之一》（《中国社会科学》1982 年第 3 期）

黄龙：《莎著、〈圣经〉与〈诗经〉——莎士比亚文艺观溯源之补证》（《南京师范大学学报》1982 年第 4 期）

黄龙：《莎士比亚文艺观溯源》（《南京师范大学学报》1982 年第 1 期）

童庆生：《试谈〈威尼斯商人〉的宗教偏见》（《南京师范大学学

① 殷麦良：《我对〈"麦克佩斯"与妖氛〉一文的意见》，载《中山大学学报》1965 年第 3 期。

② 杨周翰等：《欧洲文学史》（上），人民文学出版社 1979 年版，第 139 页。

③ 同上书，第 141 页。

报》1982 年第 4 期）

前三篇以比较科学的态度研究了莎剧中的基督教问题，第四篇对基督教基本上采用了否定的态度，观点比较偏激。在 20 世纪 80 年代人们谈论基督教的自由度还比较有限，但和"十七年"相比，已经相当开明了。

莎剧的基督教问题，经过长时间的禁锢之后，在 20 世纪 90 年代和新世纪终于出现了明显的反弹，赵澧是这方面的开拓者，他在 1991 年指出："从莎士比亚的作品看，他对《圣经》的熟悉程度远远超过同时代的其他作家。曾有人对他作品引用的圣经作过研究，认为他所引用的是日内瓦版《圣经》，而这种版本通常是供人在家里阅读而不是在教堂里宣讲的。圣经的英译始于 1526 年……新教学者的大量译经以及鼓励每一个人直接阅读《圣经》，后来被证明是文艺复兴时期的思想启蒙的一个重要部分……通过阅读《圣经》，莎士比亚不仅获得了他所需要的知识，同时也显然领悟了宗教改革家们的思想精髓。"① 接着汪义群发表了《欧洲文艺复兴时期人文主义者"反宗教神学"说质疑》（《外国文学评论》1992 年第 1 期）和《莎士比亚宗教观初探》（《外国文学评论》1993 年第 3 期），陈惇发表了《莎士比亚与基督教——从〈威尼斯商人〉说开去》（《北京师范大学学报》1995 年第 5 期）。莎剧的基督教之纬已经成为一个热点问题。1990—2012 年中国知网上可检索到相关论文 382 篇。还出版了相关著作 3 部：梁工主编的《莎士比亚与圣经》（商务印书馆 2006 年版）、肖四新的《莎士比亚戏剧与基督教文化》（巴蜀书社 2007 年版）和王晓凌等的《莎士比亚圣经文学研究》（北京师范大学出版集团、安徽大学出版社 2010 年版）。无论从论文的角度看，还是从著作的角度看，基督教问题都已经是莎学的重要内容。

在这 3 部著作当中，最重要的是梁工主编的《莎士比亚与圣经》。这本书分为两卷，共有 1300 多页，非常厚重，值得展开讨论。这本书共为四编。第一编是《莎士比亚时代的圣经文化语境》，触及英国的宗

---

① 赵澧：《莎士比亚传论》，中国人民大学出版社 1991 年版，第 109—110 页。

教改革、圣经的英译和莎士比亚生平受基督教的影响。作者认为："莎士比亚既弘扬了古希腊罗马的人本主义精神，又汲取了希伯来—基督教的神本主义精华，将西方文明的两大传统水乳交融地汇为一体，创造出一个既充分张扬了人性，又极具道德示范意义的永恒的艺术世界。"①这就充分肯定了基督教成分在莎剧中的地位。

第二编为《莎士比亚戏剧与圣经的事实联系》，厚达六百多页。这部分"是一项庞大的基础性工作，面对的是中国读者，研究对象是莎剧中文译本和圣经的中文译本。"② 要把莎士比亚作品中和圣经文本中有关联的地方都找出来，的确是巨大的工程，也是莎学研究的基础工作，但从"莎剧中文译本"和"圣经的中文译本"中找这种联系，在相当程度上是无法完成的任务，因为圣经和莎剧中的不少东西在翻译的过程中已经丧失，其中的联系不可能找得出来。根据笔者的推测，第二编主要是对莎欣（Naseeb Shaheen）的著作《莎剧的圣经引用》（*Biblical References in Shakespeare's Plays*）（Newark：University of Delaware Press，1999）一书的编译。例如说，莎欣的著作研究的第一部剧作为《维洛那二绅士》，罗列了 12 处和圣经有关的文字。梁的著作的第二编第一章第一节也以这部喜剧为讨论的对象，罗列了 8 处和圣经有关的莎剧片段。细读这 8 处，全部都出自莎欣的著作，只是莎欣著作的简化翻译。莎欣的著作的第一条为：

2. 2. 7：And seal the bargain with a holy kiss.

The Apostle Paul concluded several of his letters with these words.

Compare 1 Thess. 5. 26："Greete all the brethren with an holye kisse. "

CompareRom. 16. 16："Salute one another with an holy kisse. "

Compare 1 Cor. 16. 20："Greete yee one another with an holy kisse. "

Compare 2 Cor. 13. 12："Greete one another with an holy kisse. "

---

① 梁工主编：《莎士比亚与圣经》，商务印书馆 2006 年版，第 46—47 页。

② 同上书，第 14 页。

Compare also 1 Peter 5. 14①

梁的著作的第一条为：

1. 圣洁的吻

［第二幕 第二场 第7行］ 普洛丢斯向朱利娅告别，朱利娅说："让我们用神圣的一吻永固我们的盟誓。"

"神圣的吻"或"圣洁的吻"常见于使徒书信，比较《罗马书》16.16："你们亲嘴问安，彼此务要圣洁。"亦参见《格林多前书》16.20："众弟兄都问你们安。你们要亲嘴问安，彼此务要圣洁。"《格林多后书》13.12："你们亲嘴问安，彼此务要圣洁。"②

莎剧的文本为"神圣的一吻"，圣经的文本"亲嘴……务要圣洁"。恐怕没有人能从这样的汉字文本中找到两者的联系。做这种研究必须精通欧洲语言（往往不止一门语言），并且对莎剧原文非常熟悉才有可能。梁著引用的是朱生豪的散文体剧作，无法体现原文的无韵体诗行，但梁著都标了"××行"。这种标法不用说是来自莎欣的著作。梁等学者不但把条目从12条减为8条，而且把条目的解释也简单化了。莎欣在圣经中找到5处类似的文字，而梁著只指出了3处。有的地方梁著的编译还不够准确。英文版称，这个典故来自保罗的信件，而梁著则说，"常见于使徒书信"；两者之间有一定的出入。当然，这不是说这些条目没有意义。不管怎么说，这部著作把相关的知识带到了中国，为学者们做研究提供了不少方便。而且作者在词条的筛选和解释方面，做了一定的中国化处理，有利于中国理解。

第三编为《莎士比亚戏剧中的圣经文化母体》，找出了"爱""仁慈""正直""宽恕""祈祷"等30个圣经中的关键词，并从"文学的

---

① Naseeb Shaheen, *Biblical References in Shakespeare's Plays*, Newark：University of Delaware Press, 1999, p. 82.

② 梁工主编：《莎士比亚与圣经》，商务印书馆2006年版，第101—102页。

圣经（莎剧）和神学的圣经"中摘录关键的段落，给莎剧和圣经寻找关联。这个任务也很重要，但仅靠译文似乎也难以完成。

第四编为《莎士比亚戏剧与圣经关系专题论述》，包括21篇论文，"试图对莎士比亚和圣经的关系进行若干专门性探讨"①。包括《莎士比亚戏剧与圣经原型》《莎士比亚剧作中的基督教妇女观》《莎士比亚戏剧对圣经典故的运用》等这样的宏观研究，但更多的文章以具体的题目为主题，如《〈暴风雨〉中的隐喻系统》《析麦克白之罪》等。

这部著作在外文资料的编译方面下了很大的工夫，在理论研究方面也有一定的建树，可供研究者和爱好者参考。

肖四新的《莎士比亚戏剧与基督教文化》也是一部力作。书的第一章为《文艺复兴人文主义与基督教文化》，探讨了文艺复兴和基督教文化之间的总体关系。肖四新在总体上梳理了莎剧的基督教特点："在这样一个特殊的历史时期，莎士比亚戏剧所体现的主导精神是人文主义，但其中也有基督教文化内涵。而其中的基督教文化内涵，既有倾向天主教的，也有倾向新教的，但总体而言，是倾向国教的。"② 他还指出了人文主义和基督教之间的辩证关系，他说："文艺复兴人文主义是一种新文化，它继承的只是基督教文化中有价值的东西，在本质上与基督教文化存在着差异性。如果我们只是看到这种连续性而无视它们的差异性的话，就会否定文艺复兴人文主义在历史上的贡献，就会模糊二者之间的界限。但如果我们一味强调人文主义对人的肯定和对神的反叛，无视它与基督教文化继承性的一面的话，就将文艺复兴人文主义思想简单化了，没有看到它的复杂性和多面性。"③ 他的分析比较客观合理，我们应当辩证而全面地看问题，不能以偏概全。

第二章为《人的有限存在与悲剧性处境》，讨论了基督教和莎剧中的罪和自由意志。人有了自觉的意志，就打破了人和神的和谐关系。黑格尔曾说："只有人类才是精神，那就是说，只有人类才是为

---

① 梁工主编：《莎士比亚与圣经》，商务印书馆2006年版，第15页。
② 肖四新：《莎士比亚戏剧与基督教文化》，四川出版集团·巴蜀书社2007年版，第26页。
③ 同上书，第29页。

自己。这种为自己的存在、这种自觉，同时又是从那个'普遍的和神圣的精神'的分离。假如我守着我的抽象的'自由'，我便是违背了'善'，而选择了'恶'，所以这种'堕落'乃是永恒的'人类神话'——事实上，人类就靠这种过渡而成为人类。"① 肖四新进一步指出，人的罪可分为两类：宗教罪和伦理罪。他说："所谓宗教罪，即不信仰上帝的准则。所谓伦理罪，即违背了上帝的道德法律所做的不义的事情，它几乎包括了各个方面的不义行为。"② 自由意志使人摆脱了动物的状况，获得了主体性，同时也给人带来了无穷的从自我出发的欲望。人是有限的存在，却希望和上帝一样无限和永恒，希望成为众人的中心，但实际上人的这些欲望是不会实现的，所以只能处于矛盾的罪恶之中。

天主教认为上帝的本质是理性，人是按照上帝的形象创作的，其本质也是理性。肖四新说："天主教认为人的理性可以使人获得拯救，尽管原罪使人倾向于作恶的意志，但理性可以让人选择善。只要严格遵循上帝的诫命和律法，就能不作恶，就能得到救赎。这样的话，人为了得到自由，就不能越雷池一步，人的主观能动性完全丧失了。"③ 这就是一个悖论，天主教肯定理性和拯救似乎肯定了人的积极主动的一面，但他们循规蹈矩又显然失去了能动性。基督教新教认为上帝创造世界与人，并没有什么目的，完全是出于自己的意志，和理性没有什么关系。肖四新说："而基督新教认为因为意志，人的本性已经被彻底败坏了，所以没有善人，人人都有罪。既然人人都有罪，做什么都有罪，何必不敢越雷池一步呢？"④ 基督教新教虽然否定了理性主宰意志的可能性，但也肯定了人们尝试和犯错误的权利，显示了积极的一面。

莎士比亚的戏剧很好地展现了罪和救赎问题。有人指出："莎士

---

① ［德］黑格尔：《历史哲学》，王造时译，上海书店 2003 年版，第 318 页。
② 肖四新：《莎士比亚戏剧与基督教文化》，四川出版集团·巴蜀书社 2007 年版，第 98—99 页。
③ 同上书，第 140 页。
④ 同上。

比亚是第一个在创作中实践'原罪'和'善恶一体'思想的大家，也是西方文学中'罪感'传统的根本代表。"① 但莎士比亚的创作时间长达二十多年，剧作将近四十部。不同的剧作受到的宗教影响并不一样。肖四新指出："一方面，他的戏剧也表现了人的有限存在。而另一方面，在救赎观上，他前期创作的喜剧和历史剧中明显受到了天主教的影响，因为他也相信理性能够遏止罪恶。在中期创作的悲剧中，则明显受到了基督新教的影响，即不相信理性能够遏止罪恶，而要求助于超验信仰的力量。"② 当然我们还要看到，戏剧艺术和宗教有一定的区别。莎剧侧重于伦理罪，而基督教更加关注宗教罪。而且"在救赎观上，尽管基督教也强调人的作用，但总的来说，救赎还是上帝的事情，是神恩，一个绝对的、神性存在的上帝是必不可少的。而对莎士比亚而言，救赎毕竟还是人的事情。"③ 肖四新详细地讨论了基督教的罪和救赎问题，并且具体结合莎剧分析了莎士比亚受基督教的影响。

第三章为《莎士比亚戏剧中的上帝面影》。莎士比亚作为人文主义作家，首先相信的是理性，但理性不能解决一切问题。肖四新指出："莎士比亚的前期创作所体现的是人的主体性力量、理性主义人本论和意志论。但是，如果我们对莎士比亚的前期戏剧进行'症状阅读'的话，就会发现，它体现出理性主义有限和自我拯救无望的一面。"④ 通过"症状阅读"，我们就会发现莎士比亚前期戏剧中省略了一些内容。这些没有明确地表达出来的是什么呢？"简单地说，省略的是基督教的存在方式和上帝的面影。至于省略的原因，是复杂的，但主要因为莎士比亚所处的时代是一个肯定人的价值和尊严、追求个性解放的时代，是一个相信通过人的主体性力量能够拯救自我的时代。在这样一个时代，

---

① 杨慧林主编：《基督教百科全书》，吉林出版社1992年版，第345页。

② 肖四新：《莎士比亚戏剧与基督教文化》，四川出版集团·巴蜀书社2007年版，第141页。

③ 同上。

④ 同上书，第145页。

明确地表达基督教的存在方式显然是不合时宜的，所以他不得不把它们隐藏起来。"① 在一切以神为中心的中世纪，人的主体性受到了打压，但高扬主体性之后，上帝就会隐退，道德的底线也会受到挑战。所以莎士比亚时代的人文主义者对人和神的问题采取了一种含糊的态度。肖四新指出："莎士比亚时代英国的人文主义尽管具有强烈的世俗倾向和人性关怀，是以人为本的，但它又没有作一种非此即彼的清晰判断与选择，而是对基督教生存方式顾盼留恋，在神性与人性之间摇摆不定。"② 莎士比亚既是人文主义鼓手，又看到了人文主义的局限性，有着智者的前瞻性。

书的第四章为《人性在形而上的关怀下超越》。虽然莎士比亚仍然有一种宗教情怀，但我们也不能简单地将它理解为对基督教信仰的回归。肖四新说："如果说他追求的是一种宗教精神的话，这种宗教精神也是一种世俗宗教精神，这种世俗宗教精神的核心在于对人的有限与无限的辩证理解。它重视主体性的临在，观照人的理性与自由意志，特别强调的是追求精神的超越。"③ 莎士比亚虽然寄希望于超验的存在，但"他又坚守理性主义，这就使他陷入到了一种十分尴尬的境地，最后走向了神秘主义。"④ 莎士比亚内心中有一种深层次的矛盾与精神危机。

书的第五章为《莎士比亚戏剧与基督教艺术》，讨论了莎剧的"潜在的宗教结构""圣经人物原型""圣经意象与典故"。

总体来看，作者对莎士比亚和圣经文化都有深刻的研究，辩证地探索了两者的关系，避免了前人以人民性排斥人性或者以人性排斥神性的简单做法，体现了新时代学术的开放性和包容性。

---

① 肖四新：《莎士比亚戏剧与基督教文化》，四川出版集团·巴蜀书社 2007 年版，第 146 页。
② 同上书，第 224 页。
③ 同上书，第 282 页。
④ 同上。

三 莎剧的傻瓜研究

傻瓜本来应该是一个很不重要的人物，但他们在莎剧中扮演了相当出彩的角色。在这个时段不少学者在关注莎剧的傻瓜，发表了相关论文二三十篇，其中比较重要的如下：

张祥和：《莎士比亚喜剧中的小丑》（《福建师范大学学报》1993年第 1 期）

陈雷： 《死神与小丑——浅论〈冬天的故事〉中丑角的功能》（《英美文学研究论丛》2004 年）

李艳梅：《丑角的"力"与"美"：莎士比亚历史剧中的丑角群像》（《外国文学研究》2006 年第 6 期）

王宏刚：《"小丑"的真理和"疯人"的沉思——〈哈姆雷特〉第五幕第一场新解》（《黑河学刊》2006 年第 4 期）

蒋倩：《论莎士比亚〈李尔王〉中的愚人、疯癫者及其他》（《四川外语学院学报》2007 年第 6 期）

值得一提的是在 2001 年易红霞还就这个看似不起眼的主题写了一部专著：《诱人的傻瓜——莎剧中的职业小丑》。易女士认为有些傻瓜在莎剧中具有非常重要的地位。她指出，《李尔王》"标志着莎士比亚的戏剧创作又登上了一座新的高峰。弄人，以其卓越的心智、超群的智慧和忘我的献身精神，高踞峰巅。正是他，帮助李尔走完了从懵懂无知到心明眼亮的心理历程，成为《李尔王》中唯一称得上超凡脱俗、熠熠生辉的人物。"① 她的论断，值得那些仅仅把傻瓜看作小小装点的人认真反思。

傻瓜的英文单词为 fool、jester 或者 clown。易红霞查阅了《大英百

---

① 易红霞：《诱人的傻瓜——莎剧中的职业小丑》，中国社会科学出版社 2001 年版，第2 页。

科全书》《大美百科全书》等工具书，对傻瓜的特点进行了总结："傻瓜是旧时代王公贵族豢养在身边供其逗笑取乐的一种特殊仆人，又称职业小丑、职业傻瓜或说笑者、弄臣或弄人，简称傻瓜。"① 傻瓜往往穿着花花彩衣（motley, or parti-colored motley），戴着鸡冠帽（coxcomb），拿着小丑棒（bauble）。傻瓜作为特殊的仆人，有着不一样的地位："与其他仆人相比，他既可与主人同起同坐、吃好穿好，又可以放肆调笑、随意说话，其中最突出的便是说话放肆的特权：享有言论的相对自由，说话不负责任，可以随意嘲弄、打趣一切，甚至在一定程度上指责、谩骂主人而不受惩罚。"② 易女士还指出了傻瓜能够获得特殊地位的原因："除了人们瞧不起傻瓜，不把他说的话当一回事（认为傻瓜不过是胡说八道）以外，还有一种迷信的因素在作怪：据说那时的人们相信畸形能阻挡罪恶的目光，谩骂可以将厄运从被骂者身上转移到骂人者身上。"③ 傻瓜可分为两种：天然的傻瓜（natural fool）和人为的傻瓜（artificial fool）。西方的职业傻瓜属于人为的傻瓜。傻瓜"靠着聪明灵巧和装疯卖傻生活，他就不得不随时察言观色，处处见风使舵，为此，能够以此为业的傻瓜，大都具有非凡的才智。"④ 易红霞还指出："傻瓜的才智，充分表现在他的'将计就计'、'以傻卖傻'上，借自贬以贬人、借自嘲以嘲人，是傻瓜们惯常使用的手段。"⑤ 要以傻瓜为职业，不能光靠傻，更要依靠出众的才智。

按国际莎学比较公认的看法，莎氏傻瓜一共有四个，即试金石、费斯特、拉瓦契和李尔的弄人。但易红霞没有满足于现成的研究成果，她自己重新阅读全部莎剧，从中找到了 27 个似乎可以纳入傻瓜范畴的人物，然后再根据傻瓜的定义逐一排除，最后遴选出以下 7 个可列入傻瓜的人物如表 8－2 所示：

---

① 易红霞：《诱人的傻瓜——莎剧中的职业小丑》，中国社会科学出版社 2001 年版，第 8 页。

② 同上书，第 13 页。

③ 同上。

④ 同上书，第 15 页。

⑤ 同上。

表 8 - 2 莎剧的傻瓜

序号	名字	主人	剧作	年份
1	试金石	弗莱德里克	《皆大欢喜》	1599—1600
2	费斯特	奥丽维亚	《第十二夜》	1599—1600
3	忒耳西忒斯	埃阿斯	《特洛伊罗斯与克瑞西达》	1601—1602
4	拉瓦契	伯爵夫人	《终成眷属》	1602—1603
5	弄人	李尔	《李尔王》	1605—1606
6	弄人	某"奶奶"	《雅典的泰门》	1607—1608
7	特林鸠罗	阿隆佐	《暴风雨》	1611—1612

但易红霞接着说："由于后两个傻瓜在剧中戏份很少，且缺乏个性，可以忽略不计，因此在本书的讨论中，所谓的莎氏傻瓜，实际上只局限于前五位。"①

莎士比亚的傻瓜的特征　首先，易红霞认为，傻瓜具有"独特的社会地位"："一方面，作为仆人和臣子，他是一个和其他所有的仆人完全不同的仆人和臣子，不仅不用干具体的活儿，连跑腿传话的嘴皮子活儿（应该说与他的职业有点关系）也都是偶尔为之"；"另一方面，作为傻瓜，他又是一个为人所不齿的职业小丑，一个靠卖欢笑维持生计的家奴，在他人看来，他不过是个玩物而已，身份和地位尤其低贱。"② 由于这样的身份，生存特别不容易，必须对自己的地位有清楚的认识，让自己的言行与身份相符合。所以易红霞认为，"在这些傻瓜身上，体现了一种清醒的自我意识，一种对自己身份地位的高度自觉。"③

其次，傻瓜都是"生活的旁观者"。易女士说："作为他人的'开心豆瓣'，他只不过是别人生活的调味品而已，始终被排除在剧情的发展、人物的纠纷之外，几乎不参与任何重大的事件的抉择，他的行为对

---

① 易红霞：《诱人的傻瓜——莎剧中的职业小丑》，中国社会科学出版社 2001 年版，第62 页。

② 同上书，第 63—64 页。

③ 同上书，第 65 页。

故事的结局也毫无影响，纯然是一个生活的旁观者。"① 当然傻瓜不是一般的旁观者，有着特殊的经历："另一方面，来自下层社会却置身于上流社会最高层的特殊处境，又使傻瓜自然而然地成为联系上下两层社会的中间纽带，这使他既能熟悉下层社会的五光十色，又可深知上流社会的尔虞我诈；如果他深得主子和周围人的欢心，他还是事件发展和主人公们思想心态的晴雨计。由此，他得以洞悉许多事情的真相和本质，成为剧中少有的人情练达、大智大慧者。"② 作为旁观者的傻瓜，在观看问题的时候，不太受个人感情纠缠，立场相对客观。再加上他的丰富阅历，往往能够成为良好的"人性的评论家"。

最后，莎剧的傻瓜都有"卓越的才情"。傻瓜的才情主要表现在以下五个方面："以傻卖傻，以自嘲嘲人"，"机智对答，诡辩推理"，"游戏文字，一语双关"，"比喻影射，志在发悟"，"滑稽模仿，谐拟"。出众的才情给莎士比亚的傻瓜确定了历史地位。

莎剧傻瓜的形象 易红霞还对莎剧的 5 个傻瓜的形象逐一进行分析。易红霞认为《皆大欢喜》中的试金石的特点在于"中庸"。面对主人公在亚登森林营造的田园牧歌般的生活，他一语道破天机，认为那是不切实际的乌托邦。他的"对虚伪、矫饰的社会和人性的深刻洞察"③，使他能够妙语连珠。但他本身也有着世俗的一面："在贵族面前一个样，在平民面前又一个样，似乎有些'两面三刀'"；但他总体上仍然是一个乐观幽默的好人，"有点儿世故、圆滑，却不失善良、本分"④。所以易女士把他看作中庸的傻瓜。

《第十二夜》中的费斯特也很抢眼。易红霞指出："费斯特是莎士比亚笔下最活泼、灵巧，也最诗意和忧郁的一个傻瓜"；他的重要特点在于"单纯直率"和"锋芒毕露"⑤。费斯特一贯坚持的这三个原则：

---

① 易红霞：《诱人的傻瓜——莎剧中的职业小丑》，中国社会科学出版社 2001 年版，第 69 页。

② 同上书，第 69—70 页。

③ 同上书，第 95 页。

④ 同上书，第 107—108 页。

⑤ 同上书，第 108 页。

"第一，'我不是傻子'，既说明了一种事实，也反映了他的率直纯真；第二，'你才是傻子'，既体现了莎氏傻瓜共有的清醒明白、洞察幽微的特性，又带出了'这一个'傻瓜的些许锋芒；第三，'不管是否生气，我还要履行我说笑逗乐的职责。而且准把你逗乐'则充分展现了'傻瓜的艺术'和费斯特的才情。"① 而且他心地善良、才气十足，深受观众的喜欢。

《特洛伊罗斯与克瑞西达》中的忒耳西忒斯是一个恨世者。易红霞指出："在莎士比亚的所有傻瓜中，唯有忒耳西忒斯缺乏起码的善良和人情味，在他的心里，没有爱，只有恨。"② 他之所以显示出这样的个性，主要是因为旁观者的角色给他提供了看问题的良好视角，而且这个世界本来就不好。易女士说："在这样一个没有正义和道德、没有圣洁和美丽，只有邪恶和奸淫、只有骗子和恶棍的世界里，一个千人诟万人骂的下贱小丑，敲碎所有的人的脑袋都找不到一点点脑子，又能赞美谁喜欢谁同情谁呢？"③ 在这样的情况下，让忒耳西忒斯特别喜欢这个世界似乎不容易。所以易红霞总结道："忒耳西忒斯，一个孤独的恨世者的形象，一个在生活中找不到美好事物而悲观绝望的人，一个'苦味'的傻瓜，以其独特的个性，给我们留下了难以磨灭的印象。"④

《终成眷属》中的拉瓦契曾说："我是一个先知，我用讽喻的方式，宣扬人生的真理。"⑤ 拉瓦契有许多粗俗不堪的话语，经常以性和贞洁为话题进行发挥，以体现他的才智。易红霞曾说："拉瓦契不仅正直善良，富于正义感，敢于同情弱者，鞭挞邪恶，而且和大多数聪明傻瓜一样，诙谐、幽默、敏感、细腻，具有很强的洞察力。"⑥ 这位人类的先知，往往能够在粗俗的笑话中指出人的问题和解决问题的方法。

---

① 易红霞：《诱人的傻瓜——莎剧中的职业小丑》，中国社会科学出版社 2001 年版，第 116—117 页。

② 同上书，第 145 页。

③ 同上。

④ 同上书，第 147 页。

⑤ 《莎士比亚全集》第 3 卷，人民文学出版社 1991 年版，第 318 页。

⑥ 易红霞：《诱人的傻瓜——莎剧中的职业小丑》，中国社会科学出版社 2001 年版，第 158 页。

《李尔王》中的弄人是五个莎氏傻瓜中唯一出现在悲剧中的人物。而且他和主人的关系非常特别："弄人和李尔之间的爱，是建立在相互关心相互信任的基础上的，并不是哪一方对另一方的愚忠。"① 弄人和李尔都有傻的一面："'我傻你更傻'，弄人的'傻'是行为上的傻，是自觉的傻，是为了对李尔的爱而甘心付出的牺牲；李尔的'傻'却是心智上的傻，是不自知的傻、真正的傻"②。李尔在清醒的时候听不进弄人的话，但在发疯之后，"李尔终于能够和弄人直接对话了。在失去理智的同时，李尔恢复了他的智慧。至此为止，弄人'发悟'的任务已基本完成，在答对李尔的话时，语气里也少了许多尖刻。"③ 从功利的角度看，陪着发疯的李尔已经毫无价值，但弄人却出于忠诚，仍然对主人不离不弃；从双方的地位对比来看，当时的国王已经处于弱势，但弄人还对主人更加客气，显示了他的气度。所以这是一位非常难得的傻瓜。

除了傻瓜之外，易红霞还找出了 5 位类傻瓜，如下面的表 8 - 3 所示。

表 8 - 3   莎剧的类傻瓜

序号	名字	主人	剧作
1	史比德	凡伦丁	《维洛那二绅士》
2	朗斯	普洛丢斯	《维洛那二绅士》
3	毛子	亚马多	《爱的徒劳》
4	杰奎斯	流亡公爵	《皆大欢喜》
5	艾帕曼特斯	乖僻的哲学家	《雅典的泰门》

她对这 5 个人物的定位如下："似傻非傻的史比德和朗斯"，"可爱的毛子"，"孤独的杰奎斯"，"乖僻的艾帕曼特斯"。她还具体地展开了论述。

---

① 易红霞：《诱人的傻瓜——莎剧中的职业小丑》，中国社会科学出版社 2001 年版，第 165 页。
② 同上书，第 167 页。
③ 同上书，第 175 页。

傻瓜是莎士比亚的重要代言人　人们经常说，莎士比亚是一个神秘的作家，在其作品中很难找到他的身影。但易红霞不这么认为，她肯定地说："傻瓜，这个生活的旁观者和人性的评论家，经常充当莎士比亚的代言人，在其所在的剧中，自觉不自觉地、或多或少地诉说着作者对世界的看法。"① 她把莎士比亚的傻瓜和相关信息制成了如下表8－4：

表8－4　　　　　　　　　　三个时期的傻瓜与相关信息

分类\分期	剧名	傻瓜	特点	创作年代年龄	剧种
初期 1590—1594					通俗喜剧 历史剧
成熟期 1594—1600	《皆大欢喜》	试金石	欢乐、现实	1599—1600（35）	欢乐喜剧
	《第十二夜》	费斯特	忧郁、诗意	1599—1600（36）	
·鼎盛期 1600—1608	《特洛伊罗斯与克瑞西达》	忒耳西忒斯	疯狂、愤怒	1601—1602（37）	阴郁喜剧
	《终成眷属》	拉瓦契	辛酸、抑郁	1602—1603（38）	
	《李尔王》	弄人	愤怒、睿智	1605—1606（41）	悲剧
晚期 1608—1613					传奇剧

傻瓜只在"成熟末期"和"鼎盛期"出现，"随着莎氏创作高峰的到来而登上舞台，又随着这种高峰的衰落而悄然退下，似乎成了诗人创作生命力的象征。"② 傻瓜的特点并非一成不变："从试金石到弄人，莎氏傻瓜经历了一条坎坷不平的发展道路，由最初的快乐无忧（试金石）历经淡淡的忧郁（费斯特）达到愤怒的高潮（忒耳西忒斯），又由疯狂

---

① 易红霞：《诱人的傻瓜——莎剧中的职业小丑》，中国社会科学出版社2001年版，第229页。

② 同上书，第234页。

的愤怒转到隐忍的辛酸（拉瓦契），最后走向深沉的悲观和绝望（弄人）。"① 傻瓜的这种变化与莎士比亚本人的生活经历和创作思想息息相关："傻瓜的思想随着莎氏创作思想的发展而发展，其情感也随着莎氏创作情感的变化而变化。他不仅是莎士比亚嘲弄思想的代言人，而且是莎士比亚思想感情的晴雨计。在傻瓜身上，活动着一个嘲弄的莎士比亚。"② 似乎不起眼的傻瓜，还反映了莎翁和莎剧的重大问题。

易女士认为，莎氏倾注如此多的精力在傻瓜身上，与他自己的经历有关。莎士比亚出身卑微，刚到伦敦在剧院门口给绅士看管马匹，然后在剧院打杂，再上台跑跑龙套，最后成为一个正式的演员和编剧。当时演员的地位很低，往往要得到贵族的庇护才能存活下去。他的这种经历与傻瓜的境况有不少相似之处，为傻瓜的创作积累了素材。

易女士还认为，傻瓜的塑造体现了莎士比亚的求真精神。作为一个作家，莎士比亚是诗与真的结合。"莎剧中的主要人物，无论正面的还是反面的主要人物，是激情的、浪漫的、理想的、偏激的、夸张的，他们不是好到顶点，就是坏到极致；不是复杂得深不可测，就是单纯得一目了然。他们是一个个'诗'的莎士比亚的具体体现。"③ 另外一方面，次要人物则比较真实，他们"主要是怪人、仆人和小丑，则是冷峻的、现实的、阴暗的，甚至嘲弄的，他们大多不好也不坏，不简单也不复杂，中庸、朴实、客观、自然，是一个个'真'的莎士比亚的具体体现。"④ 傻瓜能够说真话，和他的特殊地位有一定的关系。易红霞指出："只有傻瓜才看得到聪明人的愚蠢，只有疯子才认得清正常人的疯狂，只有瞎子才看得出明眼人的盲目，只有演员才明白人人都在做戏……"⑤ 平时遭到遮蔽的真理，经过傻瓜的揭示才能重见天日。虽说傻瓜比较能够说真话，但次要人物（包括傻瓜）往往比较单薄，而主

---

① 易红霞：《诱人的傻瓜——莎剧中的职业小丑》，中国社会科学出版社 2001 年版，第282 页。

② 同上书，第 234 页。

③ 同上书，第 319 页。

④ 同上。

⑤ 同上书，第 337 页。

要人物往往比较丰满真实。从这个角度来说，易女士的观点不完全准确。

在"市场经济时代"，学者们不但写了不少比较专业的论文，还写除了像《诱人的傻瓜——莎剧中的职业小丑》这样的很专业的著作，说明中国莎学已经往前走了一步，不再局限于以《莎士比亚研究》之类的宽泛题目撰写图书。

四　比较研究

在这个时段，莎士比亚比较研究的论文篇数最多，在中国知网上有将近 500 篇比较研究的论文，大概占总数的 10%。莎士比亚和中国古代戏曲之间几乎没有直接的交流，两者的比较一般都属于平行研究。中国现当代戏剧受莎剧的影响比较大，所以这种影响是莎剧和现当代戏剧比较的主要内容。总体来看，莎剧与古代戏曲的比较远远多于莎剧与现代戏剧的比较，平行研究远远多于影响研究。

平行研究的论文，因为数量众多，内容重复的情况时有出现。例如说，把《罗密欧与朱丽叶》和《牡丹亭》进行比较的论文多达 36 篇，仔细阅读很容易找到雷同的地方。当然好的文章也不少，例如说，刘昊的《莎士比亚与汤显祖时代的演剧环境》就是一篇颇有新意的文章。作者首先比较了莎士比亚时代和汤显祖时代的演出场地。莎剧主要在专业场地中演出，包括两类剧场：大的圆形剧场和小而精致的封闭室内剧场。"这些公共演剧场所商业气氛浓厚，票价有不同层次，吸引社会各阶层的观众。莎士比亚的创作效率很高，作品在主题、语言风格上丰富多变，与剧团在营业性剧场频繁演出有直接的关系。"① 他们有时也到宫廷和贵族府邸演出。刘昊指出："剧团频繁进宫或到贵族宅邸演出，接触权力高层人物。这种现实条件使莎士比亚剧作中有大量对权力运作、政权更迭等国家政治问题的描绘与思考。他的创作既反映了人们对当时政局的忧患，也会不失时机地甚至修改历史（如《麦克白》）来歌

---

① 刘昊：《莎士比亚与汤显祖时代的演剧环境》，载《戏剧艺术》2012 年第 2 期。

颂当代的统治者。"① 中国也有商业化的演出场所——瓦舍勾栏，但更为重要的是在私宅进行演出的堂会舞台。"与莎士比亚时代英国剧团到宫廷贵府的演出相比，中国流行的堂会演出更具有私人性、家庭性的特点。观众的观赏方式非常休闲自在。这种演出模式与这一时期一批感情细腻、文词雅丽、节奏舒缓的戏剧的发展有直接关系。同时室内私人性演出场所也为昆曲在这一阶段的兴起准备了物质条件。"② 在这种欣赏环境中，中国观众追求的是闲适舒缓的艺术境界，而商业化的莎剧观众更愿意看到"紧张的节奏和激烈的戏剧冲突"③。莎士比亚戏剧的舞台与中国传统舞台有一定的相通之处，以简单灵活见长，不依赖于写实布景。"这种舞台风格固然受审美观念的影响，我们也看到演出场地的多样，演剧与各种交际场合的融合是形成简约灵活风格的重要物质条件。"④ 刘昊从舞台设施的角度诠释了中国古典戏剧和莎剧的一些特点。

其次，剧团的组织方式也对戏剧产生了影响。"专业剧团、戏班的组织方式，一般不外乎三类。一为隶属于国家、政府的剧团。二是王公贵族、豪门仕宦私家蓄养的剧团。三是在民间流动演出，以艺谋生的剧团。"⑤ 借用中国古代的称呼，这三类演出组织分别为"官乐""家乐"和"散乐"。莎士比亚时代活跃在伦敦的剧团从组织形式来看属于民间剧团，尽管他们也为官方演出。"莎士比亚是编剧、演员，也是经纪人。剧团的经营方式使剧作者对市场和观众喜好非常敏感。莎士比亚的创作与各类观众的口味直接呼应。"⑥ 中国当时也有民间戏班，他们主要通过市场谋利来生存，但他们和文人学士的交往一直很密切。文人富户私家蓄养的家乐戏班才是中国古代更为重要和有特色的戏班组织形式。家乐戏班的存在首先是为了满足主人的情感和审美需求，而不是为了到市场上去赢利。从这个角度来说，古代戏剧和莎剧有一定的区别：

---

① 刘昊：《莎士比亚与汤显祖时代的演剧环境》，载《戏剧艺术》2012 年第 2 期。
② 同上。
③ 同上。
④ 同上。
⑤ 同上。
⑥ 同上。

"作为剧团核心人物的剧作家兼演员、剧场股东，莎士比亚的创作是面向市场的。他创作的剧本同样为大众剧场和宫廷仕宦的舞台演出。他的同代人汤显祖及同期的一批文人剧作家的创作则是弃官归里后无心世事，寄情词曲，或是'为情所使，劬于伎剧'。"①

最后，观众也是戏剧文化的重要因素。莎剧的观众非常多样化："莎士比亚在创作上要兼顾多种观众的品味，从处于权力核心的女王、国王到贵族、大臣、学者、普通市民以及低收入的劳动者。另外，伦敦的观众身处政治中心，对国家政治较为敏感。"② 所以莎士比亚得创造出丰富多彩的内容："既有适应市民品味的生活化场景，甚至低俗的玩笑；也有优雅的诗行和浪漫的感情；还可以看到英格兰的历史，国家之间的战争，君臣关系，权力交替的忧患等与国家政治相呼应的大问题。"③ 中国勾栏里的观众，与莎剧观众一样，相当混杂，但明代后期更流行的是私宅演剧。私宅中的家乐戏班，尤其文人蓄养的戏班，与莎士比亚时代的剧团很不一样。刘昊说："颇有一些士大夫家班主人'妙解音律……躬自度曲'，集班主、编剧、导演、教师于一身，同时也是非常有品位的观众和批评家。"④ 古代戏曲的观众与莎剧的观众不一样，其审美情趣自然也不一样。

社会舆论也会对戏剧产生影响。人们当时对莎剧的态度褒贬不一："莎士比亚时代的人们并不觉得剧本是高雅的文学作品。戏剧的繁荣说明戏剧演出受到大众的欢迎和王公贵族的喜爱……然而宗教人士与伦敦市政官员对戏剧演出采取压制态度。"⑤ 中国同时期社会舆论对戏剧的态度与英国有相似之处："道学者反对演剧，尤其反对女性看戏，视之为伤风败俗；但大众对戏剧喜闻乐见。"⑥ 虽有文人学者对戏剧持批评态度，但也有不少人陶醉于戏剧之中，并积极利用戏剧这个媒体传播他

---

① 刘昊：《莎士比亚与汤显祖时代的演剧环境》，载《戏剧艺术》2012 年第 2 期。

② 同上。

③ 同上。

④ 同上。

⑤ 同上。

⑥ 同上。

们心中的伦理道德。鉴于中西方人士对戏剧态度的区别，刘昊指出：
"如果说，在英国戏剧发展的第一个黄金时期，推动莎士比亚等一批戏
剧家进行创作的动力之中经济利益占了很大的比例，那么，中国同期戏
剧发展的推动因素中文人的纯审美欲望和伦理意识是非常重要的
因素。"①

　　刘昊对戏剧的演出场地、剧团的组织方式、观众和社会舆论的态度
进行了研究，开辟了平行研究的新领域，具有创新价值。

　　莎剧对中国戏剧影响研究的文章数量远远没有平行研究多，但有些
文章比较有学术价值，如徐群晖的《论莎士比亚对中国现代戏剧的影
响》（《文学评论》2003 年第 3 期）、李伟昉的《接受与流变：莎士比
亚在近现代中国》（《中国社会科学》2011 年第 5 期）等。

　　学者们不仅把莎剧和中国戏剧进行比较，还有人把莎剧与外国剧作
做比较。这方面的论文数量相对较少，但有些论文的价值不能小看，如
王维昌的《俄狄浦斯主题的内窥与外显——〈麦克白〉与〈琼斯皇〉》
（《外国文学评论》1995 年第 4 期），张耀平的《柏拉图与莎士比
亚——影响及莎士比亚作品著作权问题》（《国外文学》2005 年第 4
期），陈雷的《"血气"的研究——从柏拉图的角度看〈雅典的泰门〉》
（《外国文学评论》2011 年第 4 期），陈红薇的《"再写"：战后英国戏
剧中的莎士比亚》（《外国文学》2012 年第 3 期），陈雷的《对罗马共
和国的柏拉图式批评——谈〈科利奥兰纳斯〉并兼及"荣誉至上政
体"》（《国文学评论》2012 年第 4 期）等。

　　值得一提的是，这个时段唯一的比较研究著作的主题为莎士比亚对
现代西方戏剧的影响，这本著作是田民的《莎士比亚与现代戏剧——
从亨利·易卜生到海纳·米勒》。这本书系统地研究了莎士比亚对易卜
生、斯特林堡、皮蓝德娄、奥尼尔、布莱希特、贝克特、尤奈斯库、邦
德、马洛维茨、韦斯克、斯托帕德和米勒 12 位现代剧作家的影响。

　　莎士比亚对现代戏剧的影响非常大，已经"融于现代戏剧的整体

---

　　①　刘昊：《莎士比亚与汤显祖时代的演剧环境》，载《戏剧艺术》2012 年第 2 期。

结构中，成为它的有机血肉"①。莎剧为什么在现代有这么大的影响力呢？田民指出："莎剧对现代戏剧的深刻影响部分要归因于危机四伏的现代西方社会与新旧交替、风云变幻的莎士比亚时代之间所存在的相似之处，归因于现代戏剧的多元发展趋势和'返璞归真'的努力。"② 当然最重要的原因在于莎剧本身的特点。田民说："在世界戏剧史上，无论与传统戏剧还是与现代戏剧相比，莎士比亚戏剧最突出的特点是它的综合性、丰富性、多义性、可塑性。"③ 莎剧就好像大水库，内容非常丰富，现代剧作家可以各取所需，所以影响力很大。另一个原因在于莎剧颇具现代性，与现代精神相契合。莎氏的现代性主要体现在以下6个方面：（1）人的主体性和自我意识的觉醒和幻灭以及由此而产生的对人及其存在的深刻反思；（2）对于存在的非理性和荒诞性一面的直觉；（3）怀疑主义和相对主义精神；（4）非英雄化倾向；（5）强烈的社会和政治抗议；（6）对美学和谐和有机统一的挑战④。莎氏真是一个具有前瞻性的智者，他当年关心的问题，在当今世界上仍然是重要的问题。

田民对莎士比亚和12位现代剧作家都有深入的研究，对莎剧的影响研究得比较透彻，值得人们阅读。

五　莎学史研究

在这个时段，虽说研究莎士比亚对中国现代戏剧之影响的文章不算多，但莎学史方面的文章非常多，大概是因为人们在翻译和研究莎士比亚方面已经取得了非常可观的成就，可资研究的材料很多。与前一阶段的莎学史相比，大而全的文章少了，选题的范围明显变窄了；一方面是因为莎学史已经积淀深厚，难以在一篇文章里面进行阐释，另一方面是学术本身也越来越专业化了。通过搜索中国知网可以得知，从总体上研

---

① 田民：《莎士比亚与现代戏剧——从亨利·易卜生到海纳·米勒》，中国社会科学出版社2006年版，第450页。

② 同上。

③ 同上。

④ 同上书，第451—453页。

究莎学史的文章很少，只有以下 4 篇：

林精华、许小红：《莎士比亚在中国》（《中外文化交流》1994 年第 4 期）

袁荻涌：《莎士比亚作品在中国》（《攀枝花大学学报》1996 年第 2 期）

孟宪强：《趋真与变异的独特历程——中国对莎士比亚的接受》（《世纪论评》1998 年第 3 期）

郭冬女：《莎士比亚作品在中国的影响》（《郑州航空工业管理学院学报》2007 年第 5 期）

对莎学的某一专题的总体历史进行研究的论文数量比较多，下文所列的文章都属于这个领域：

李艳梅：《国内莎士比亚历史剧研究状况分析》（《北方论丛》2007 年第 1 期）

李伟民：《莎士比亚亨利系列历史剧批评在中国》（《四川戏剧》2005 年第 6 期）

李伟民：《莎士比亚传奇剧研究在中国》（《外语研究》2005 年第 3 期）

李伟民：《莎士比亚喜剧批评在中国》（《国外文学》2006 年第 2 期）

李伟民：《莎士比亚语言研究综述》（《高校社科信息》2002 年第 2 期）

孙艳娜：《二十世纪中国政治文化语境里的莎剧文学评论》（《戏剧文学》2011 年第 3 期）

李伟民：《莎士比亚在中国政治环境中的变脸》（《国外文学》2004 年第 3 期）

李伟民：《莎士比亚的〈奥赛罗〉批评演进在中国》（《江汉大学学报》2005 年第 3 期）

李伟民：《莎士比亚在中国舞台上的大写意——中国戏剧、戏曲舞台上〈奥瑟罗〉的变脸》（《涪陵师范学院学报》2005 年第 2 期）

李伟民：《莎士比亚悲剧〈麦克白〉在中国的传播和影响》（《西北民族大学学报》2006 年第 1 期）

李伟民：《从单一走向多元——莎士比亚的〈威尼斯商人〉及其夏洛克研究在中国》（《外语研究》2009 年第 5 期）

王心洁、王琼：《中国莎学译道之流变》（《学术研究》2006 年第 6 期）

论述 1949 年之前的莎学史的文章主要如下：

潘薇：《20 世纪上半叶莎士比亚戏剧在中国的传播》（《吉林艺术学院学报》2008 年第 3 期）

李伟民：《莎士比亚与清华大学——兼论中国莎学研究中的"清华学派"》（《四川戏剧》2000 年第 5 期）

聂兰、熊辉：《论抗战时期外国戏剧的中国化改编——以李健吾对莎士比亚两部悲剧的改编为例》（《廊坊师范学院学报》2012 年第 2 期）

安凌：《文明戏时期莎士比亚戏剧的改译及演出》（《外语与外语教学》2012 年第 3 期）

王青：《目的语文化语境对翻译的影响——莎士比亚作品在中国的早期译介》（《湖南文理学院学报》2006 年第 4 期）

宋雪、谢劲秋：《从巴赫金对话理论看莎士比亚译作在民国时期的传播》（《沈阳农业大学学报》2006 年第 4 期）

王法宁：《民国时期莎翁戏剧作品翻译刍议》（《兰台世界》2012 年第 24 期）

叶庄新：《从戏曲到新剧的一座桥梁——莎士比亚剧作在中国传播的最初语境》（《福州大学学报》2007 年第 5 期）

南缨：《异域奇葩款款开——评述莎士比亚戏剧在中国舞台上的早期演出》（《剧影月报》2012 年第 3 期）

宁平：《中国莎士比亚历史剧研究之滥觞》（《大连民族学院学报》2006 年第 2 期）

新中国成立之后，中国莎学翻开了新的篇章。这个阶段的莎学史论文主要如下：

费小平：《莎士比亚在改革开放的中国》（《广西师院学报》1997年第 2 期）

李伟民：《中国莎士比亚批评：现状、展望与对策》（《英美文学研究论丛》2008 年第 2 期）

张博雅：《中国莎学研究的新成果》（《中华读书报》2001 年 5 月30 日）

陈秋玲：《我国近年莎士比亚研究论文统计分析》（《文教资料》2010 年第 34 期）

冯宏、王华：《基于知网与万方数据库的中国莎士比亚研究》（《海南大学学报》2011 年第 3 期）

周仁成：《数字媒体语境下莎士比亚在中国的传播与阅读》（《出版科学》2012 年第 3 期）

李伟民：《1993—1994 年中国莎学研究综述》（《国外文学》1996年第 2 期）

李伟民：《中国莎士比亚及其戏剧研究综述（1995—1996）》（《四川戏剧》1997 年第 4 期）

李伟民：《中国莎士比亚翻译研究论文的统计与分析》（《英语研究》2002 年第 1 期）

冯宏：《中国莎士比亚研究中的版本与中译本问题探讨》（《价值工程》2011 年第 14 期）

李伟民：《俄苏莎学理论在中国的传播》（《四川戏剧》1997 年第 6期）

李伟民：《阶级、阶级斗争与莎学研究——莎士比亚在二十世纪五六十年代的中国》（《四川戏剧》2000 年第 3 期）

李伟民：《艰难的进展与希望——近年来中国莎士比亚研究述评》（《四川外语学院学报》2006 年第 1 期）

李伟民：《中国莎士比亚研究论文的统计与分析》（《浙江树人大学学报》2002 年第 5 期）

李伟民：《中国莎士比亚翻译研究五十年》（《中国翻译》2004 年第 5 期）

宁平：《我国近 25 年莎士比亚历史剧研究述评》（《辽宁师范大学学报》2004 年第 6 期）

田泥：《莎士比亚喜剧研究 20 年》（《世界文学评论》2006 年第 2 期）

张丽：《近十年来夏洛克形象研究回顾与思考》（《齐鲁学刊》2005 年第 6 期）

王忠祥、杜娟：《〈外国文学研究〉 与莎士比亚情结——兼及中国莎士比亚研究》（《外国文学研究》2004 年第 5 期）

李伟民：《真善美在中国舞台上的诗意性彰显——莎士比亚戏剧演出 60 年》（《四川戏剧》2009 年第 5 期）

郭英剑、杨慧娟：《20 世纪 80 年代以来中国戏剧舞台上的莎士比亚》（《英美文学研究论丛》2009 年第 1 期）

李伟民：《改革开放三十年中国大学的莎士比亚戏剧演出》（《徐州师范大学学报》2010 年第 3 期）

外国莎学史也受到了学者们的重视，主要文章罗列如下：

丹尼斯·肯尼迪：《莎士比亚与世界》（《戏剧艺术》2000 年第 5 期）

李景尧：《永恒和无限——论莎士比亚与世界文化》（《吉林艺术学院学报》2000 年第 1 期）

成立：《莎士比亚传奇剧研究述评》（《四川文理学院学报》2012 年第 4 期）

段素萍：《莎士比亚作品第一对开本研究述评》（《北京第二外国语学院学报》2012 年第 2 期）

袁宪军：《〈汉姆雷特〉 的批评轨迹》（上）（《北京第二外国语学

院学报》2007年第2期）

袁宪军：《〈汉姆雷特〉的批评轨迹》（下）（《北京第二外国语学院学报》2007年第4期）

吉尔·莱文森：《〈罗密欧与朱丽叶〉剧场演出简史》（《戏剧艺术》2012年第5期）

肖谊：《莎士比亚批评史上的"性"研究及其理论化倾向》（《外国语文》2009年第4期）

辜正坤：《西方十九世纪前倒莎论述评》（《国外文学》1993年第4期）

辜正坤：《十九世纪西方倒莎论述评》（《北京大学学报》1993年第3期）

吉尔·莱文森：《英伦旅者——现代全球舞台上的莎士比亚编年史剧》（《外国文学研究》2012年第1期）

李艳梅：《20世纪国外莎士比亚历史剧评论综述》（《沈阳师范大学学报》2007年第2期）

熊云甫：《20世纪西方莎士比亚评论中的传统与文体研究》（《武陵学刊》2010年第2期）

李毅《二十世纪西方〈李尔王〉研究述评》（《四川外语学院学报》1996年第4期）

肖锦龙：《20世纪后期西方莎剧评论的新动向》（《文艺研究》2008年第5期）

华泉坤：《当代莎士比亚评论的流派》（《外国语》1993年第5期）

许勤超：《政治的莎士比亚——文化唯物主义莎评概述》（《宁夏社会科学》2008年第2期）

吕耀中、许勤超：《论文化唯物主义莎评与阿尼克斯特莎评的关系》（《学术交流》2011年第9期）

杨林贵：《唯物主义批评与莎士比亚研究》（英文）（《外国文学研究》2012年第1期）

朱静：《新历史主义之后——近年来莎士比亚和现代早期研究中的新趋势》（《国外理论动态》2009年第9期）

　　拉文德·卡尔：《印度舞台上的莎士比亚戏剧》（《戏剧》2008 年
第 S1 期）

　　拉文德·卡尔：《莎士比亚戏剧在印度》（《艺术评论》2008 年第 1
期）

　　尹锡南：《莎士比亚戏剧在印度的翻译改编及研究》（《青岛大学师
范学院学报》2011 年第 3 期）

　　宁：《莎士比亚其人其剧之历史研究》（上）（《外国文学评论》
2003 年第 3 期）

　　宁：《莎士比亚其人其剧之历史研究》（下）（《外国文学评论》
2003 年第 4 期）

　　史晓丽：《赤子诗人——17、18 世纪英国评论界眼中的莎士比亚》
（《人文杂志》2007 年第 3 期）

　　李伟民：《前苏联马克思主义莎学与阿尼克斯特的马克思主义莎学
理论评述》（《四川戏剧》1998 年第 5 期）

　　李伟民：《台湾莎学研究情况综述》（《西华大学学报》2006 年第 1
期）

　　在莎学史这个领域，李伟民先生的贡献最大，在中国知网上可以检
索到的 172 篇中，相当一部分都属于莎学史的范畴。他还出版了莎学史
专著 3 部，其中《中国莎士比亚批评史》（中国戏剧出版社 2006 年版）
最有学术含量。这部著作比较系统地讨论了《哈姆雷特》《李尔王》
《麦克白》《奥赛罗》《罗密欧与朱丽叶》以及莎士比亚的喜剧、历史
剧和诗歌的批评史。他还探讨了莎士比亚在中国的翻译史和演出史，并
触及一些相关的研究。整部书材料丰富，论述有条理。他的《光荣与
梦想——莎士比亚在中国》（香港天马图书有限公司 2002 年版）是一
本莎学史方面的论文集，涉及的内容主要是新中国的莎学研究史，特别
是改革开放之后的中国莎学，对这个时段的不少莎学观点、著作和学者
进行了研究，有一定的参考价值。他的《中西文化语境里的莎士比亚》
（上海外语教育出版社 2009 年版）涉及古今中外的莎评。第一章为
"浪漫主义精神的激情宣泄"，论述了浪漫主义时代海涅、雨果等的莎

评；在第二章—第五章中，作者用基督教精神、后现代主义、女性主义等观点对莎剧进行研究；第六章为"莎士比亚在当下中国"，论述了大陆和台湾当代的莎评。

孟宪强的《中国莎学简史》（东北师范大学出版社 1994 年版）是一部难得的莎学著作。第一部分为综述："中国莎学发展历程"分 6 个阶段讨论了中国莎学的历史；"莎士比亚在中国的形象"探讨了国人在不同时期对莎士比亚的认识；"中国莎学人物的足迹"总结了中国莎学专家的活动和贡献。第二部分包括："中国的莎士比亚作品中文翻译述评""莎士比亚在中国舞台上""首届中国莎士比亚戏剧节""中国莎士比亚评论论纲""中国学校中的莎士比亚教学与研究""中国莎学机构和团体的建立与活动"。附录包括："中国莎学人物小传""1917—1993 年中国莎评 400 篇选编"和"中国莎学年表"。这本书的最大特点就是资料丰富，从时间的角度看，覆盖了莎士比亚传入中国一直到 1993 年的莎学史，从横向角度看，涉及范围很广，大部分和莎学有关的内容都包括了进来。当然作者不仅仅是整理资料，还有一定的宏观概括和论述。这是一本难得的莎学专诸。

遗憾的是，从 1993 年之后，一直到当下，已经二十年了，人们没有接着孟宪强先生写一本当代的莎学史。可能是因为资料太多，观点太复杂，学者暂时还难以胜任这一工作。

张泗洋的《莎士比亚大辞典》（商务印书馆 2001 年版）也包含了不少莎学史内容，他为"莎士比亚研究和批评""莎剧舞台演出""莎士比亚的影响""莎士比亚在中国"开辟了专门的章节，附录中还有"中国莎学年表"。

1993 年以前的莎学论文和著作比较有限，要进行彻底梳理并不难。1993 年以后的中国莎学论著已经多到了难以厘清的地步，虽有这么多的人在努力，但这段历史仍然显得错综复杂，头绪不清。

六　其他研究

除了上文探讨的 4 个方面之外，还有一些比较受关注的领域，简单罗列如下。

首先是莎士比亚的电影改编。这方面的论文已经有上百篇，著作有
2 部：张冲、张琼的《视觉时代的莎士比亚：莎士比亚电影研究》（北
京大学出版社 2009 年版）和吴辉的《影像莎士比亚：文学名著的电影
改编》（中国传媒大学出版社 2007 年版）。在当今时代，电影的观众远
远多于戏剧的观众。幸运的是，莎士比亚已经在电影中获得了新生。

其次，莎士比亚的翻译已经成为专门的学问。这方面的论文数量非
常多。相关著作有 4 部：桂扬清的《莎翁作品译文探讨》（中国社会科
学出版社 2004 年版），仇蓓玲的《美的变迁：论莎士比亚戏剧文本中
意象的汉译》（上海译文出版社 2006 年版），奚永吉的《莎士比亚翻译
比较美学》（上海外语教育出版社 2007 年版），李春江的《译不尽的莎
士比亚：莎剧汉译研究》（天津社会科学院出版社 2010 年版）。从发展
势头来看，我们简直可以建立一门莎士比亚翻译学。

再次，莎氏的历史剧研究。在这个时段，学者们发表了很多关于莎
士比亚历史剧的论文，而且还出版了 2 部专著：李艳梅的《莎士比亚
历史剧研究》（中国社会科学出版社 2009 年版）和宁平的《莎士比亚
英国历史剧研究》（外语教学与研究出版社 2012 年版）。

最后，从法学和政治学的角度研究莎士比亚。这方面的翻译著作多
达 7 部：卡恩的《当法律遇见爱：解读〈李尔王〉》（法律出版社 2008
年版），罗峰（编译）的《丹麦王子与马基雅维利》（华夏出版社 2011
年版），阿鲁里斯、苏利文主编的《莎士比亚的政治盛典》（华夏出版
社 2011 年版），彭磊选编的《莎士比亚戏剧与政治哲学》（华夏出版社
2011 年版），刘小枫、陈少明主编的《莎士比亚笔下的王者》（华夏出
版社 2007 年版），刘小枫主编的《政治哲学中的莎士比亚》（华夏出版
社 2007 年版），布鲁姆、雅法的《莎士比亚的政治》（江苏人民出版社
2009 年版）。可见这是一个很有发展空间的跨学科研究领域，值得进一
步拓展。

此外，从女性主义、后殖民主义等视角进行研究的论文也不少。

如果从单部莎剧的角度看，四大悲剧和《罗密欧与朱丽叶》《威尼
斯商人》研究的人最多。关于《哈姆雷特》的导读有 5 种，专著有 2

部：张沛的《哈姆雷特的问题》（北京大学出版社 2007 年版）和孟宪强的《三色堇：〈哈姆雷特〉解读》（商务印书馆 2007 年版）。

　　莎士比亚是历史上的大文豪，可蒲伯曾说：莎士比亚"为了金钱，而不是为了荣誉，而展开想象/并因此变得不朽。"① 也许当年莎士比亚首先是为糊口，但他的确写出了不朽的诗篇，并成为人们永无止境的研究对象。也许这只是歪打正着吧。

---

① Alexander Pope, *The Major Works*, Oxford：Univeersity Press, 2006, p. 375.

第九章

易卜生的翻译与研究

亨利克·约翰·易卜生（Henrik Johan Ibsen）（1828—1906）出生于挪威南部一个木材商人家庭。后来父亲破产。他16岁到格里姆斯塔镇上的一家药材店当学徒。工作之余，他经常阅读莎士比亚、歌德、拜伦的作品，随后自己也动手写诗，并学习拉丁文。1850年，易卜生前往首都参加大学入学考试，但未能成功。易卜生一生坎坷，但他笔耕不辍，创作了25部戏剧（不包括有争议的《圣约翰之夜》），以及丰富的诗歌、书信和散文。易卜生的戏剧创作一般分为三个阶段。在第一个阶段（1868年之前），其作品主要为具有历史性和哲理性的民族浪漫主义诗剧，重要戏剧有《厄斯特罗特的英格夫人》《布朗德》《培尔·金特》等。在第二阶段（1869—1883），他用散文体完成了《社会支柱》《玩偶之家》《群鬼》《人民公敌》等富有批判意识的社会问题剧。到了第三阶段（1884—1899），他的剧作有着浓重的象征主义色彩，主要作品为《野鸭》《罗斯莫庄》《建筑师》《海上夫人》《海达·高布乐》等。

不少学者都把易卜生看作莎士比亚以来最伟大的剧作家。易卜生去世的时候，一个讣告声称："他在欧洲所达到的高度，除了莎士比亚之外，没有剧作家能够企及；就是莎士比亚也没有像亨利克·易卜生一样引起那么多的讨论，思考，激情和真实的敌意。"[1] 当代批评家布鲁姆

---

[1] "An Unsigned Obituary", Michael Egan ed., *Henrik Ibsen Critical Heritage*, London and New York: Rutledge, 1997, p. 442.

也指出，易卜生"在西方戏剧经典中仅次于莎士比亚也许还有莫里哀"①。可见易卜生在戏剧史上的地位非常高。

还有不少人把易卜生看作"现代戏剧之父"。约翰·弗莱彻和詹姆斯·麦克法兰曾指出："两条坐标——一条是内容的和主题的，另一条是形式的和语言的——有助于准确确定欧洲现代派戏剧的起源。一方面，有着八十年代和九十年代人们对问题剧和当代题材剧的不由自主的关注；另一方面，又有对散文作为戏剧媒介这一资源的无休止的探索。两者都可毫不迟疑地追溯到易卜生。"② 易卜生自己也很自信。当《群鬼》受到攻击时，他说："在将来的文学史上，所有那些攻击此剧的老顽固们将得到一个令其身败名裂的审判。……我的作品属于未来，而那些朝我狂吠的家伙甚至连他们自己所处的时代的活的精神都毫无领会。"③ 他的判断的确具有前瞻性，后来人们还真的纷纷把他称作"现代戏剧之父"。

易卜生对20世纪以来的中国影响非常大。鲁迅早在1907年就在《文化偏至论》和《摩罗诗力说》中高度盛赞易卜生。当然真正产生巨大的影响还要等到1918年《新青年》出版《易卜生专号》之后。这一期杂志发行之后，全国上下出现了一股易卜生热潮。阿英曾指出："由于这些介绍与翻译，更主要是配合了五四社会改革的需要，易卜生在当时的中国社会里，就引起了巨大的波澜，新的人没有一个不狂热地喜爱他，也几乎没有一种报刊不谈论他，在中国妇女中出现了不少的娜拉。"④ 剧作家洪深也把易卜生当作心中的真正英雄。1922年洪深在留学回国的船上，蔡廷干老先生曾问道："你从事戏剧的目的是什么？是想做一个红戏子，还是想做一个中国的莎士比亚？"洪深肯定地说：

---

① ［美］布鲁姆：《西方正典》，江康宁译，译林出版社2005年版，第276页。

② ［英］约翰·弗莱彻、詹姆斯·麦克法兰：《现代主义戏剧：起源和模式》，载《现代主义》，马·布雷德伯里、詹·麦克法兰编，胡家峦等译，上海外语教育出版社1992年版，第466页。

③ ［挪威］《易卜生书信演讲集》，汪余礼、戴丹妮译，人民文学出版社2012年版，第211页。

④ 阿英：《易卜生的作品在中国》，载《阿英全集》第2卷，安徽教育出版社2003年版，第820—821页。

"我都不想，如果可能的话，我愿做一个易卜生。"① 当时易卜生的影响力可以说是一枝独秀。

新中国成立之后，易卜生的地位有所下降，因为他提倡的个性主义②与我国的集体主义相矛盾，而且易卜生的鼓吹者胡适在新中国前半期被视为反动文人，也反过来给易卜生带来了负面的影响。当然最重要的是，易卜生属于资产阶级作家，不可能在社会主义中国有太高的地位。但总体来说，易卜生在 20 世纪中国地位非常高。聂珍钊曾说："我们完全可以说，易卜生对 20 世纪中国文学和社会的影响超过了西方任何一个作家。无论是英国的莎士比亚、萧伯纳、美国的奥尼尔、俄国的契诃夫、果戈理等，都无法同易卜生相比。"③ 这个判断基本上正确，易卜生在中国的传播史具有很高的学术价值。

一　翻译与研究概况

易卜生的著作是国人阅读的热门之一，也是学者翻译和研究的重要对象。在新中国的六十多年的历史中，人们已经出版相关图书几十部。以下是易卜生译著的出版情况：

《易卜生戏剧集》（第 1 卷）（人民文学出版社 1956 年版）
《易卜生戏剧集》（第 2 卷）（人民文学出版社 1956 年版）
《易卜生戏剧集》（第 3 卷）（人民文学出版社 1958 年版）
《易卜生戏剧集》（第 4 卷）（人民文学出版社 1959 年版）
《易卜生戏剧四种》（人民文学出版社 1958 年版）
《玩偶之家》（人民文学出版社 1963 年版）

---

① 洪深：《戏剧协社片段》，《中国话剧运动五十年史料集》第 1 辑，中国戏剧出版社 1958 年版，第 109 页。

② "个性主义"的英文为"individualism"，一般翻译为"个人主义"，但这个译名在汉语中带有一点贬义，所以我们这里一概译为"个性主义"，但某些引文仍然保留"个人主义"这个名称。

③ 聂珍钊：《序》，载聂珍钊、陈智平主编《易卜生戏剧的自由观念——中国第三届易卜生国际学术研讨会论文集》，外语教学与研究出版社 2007 年版，第 1 页。

《易卜生戏剧四种》（人民文学出版社 1978 年版）

《培尔·金特》（四川人民出版社 1983 年版）

《易卜生全集》（第 1 卷）（人民文学出版社 1986 年版）

《易卜生全集》（第 2 卷）（人民文学出版社 1987 年版）

《培尔·金特》（河南人民出版社 1992 年版）

《易卜生文集》（共 8 卷）（人民文学出版社 1995 年版）

《易卜生戏剧选》（人民文学出版社 1997 年版）

《玩偶之家》（中国少年儿童出版社 2000 年版）

《易卜生戏剧集》（共 3 卷）（人民文学出版社 2006 年版）

《玩偶之家》（天津人民出版社 2008 年版）

《易卜生书信演讲集》（人民文学出版社 2012 年版）

国内学者对外国易卜生研究的著作也高度重视，一共翻译了 7 部著作：

中国人民对外文化协会对外文化联络局编：《文化交流资料——1956 年纪念的世界文化名人易卜生》（没有出版社，应该为非公开出版物，1956 年）（一篇苏联的文章，一篇美国的文章）

杰尔查文：《易卜生论》（俄文版《易卜生选集》序言的中译本，有删节）（作家出版社 1956 年版）

高国甫编选：《易卜生评论集》（外语教学与研究出版社 1982 年版）

克勒曼：《戏剧大师易卜生》，蒋嘉、蒋虹丁译（湖南人民出版社 1985 年版）

明斯基：《易卜生》，翁本泽译（海燕出版社 2005 年版）

莎乐美：《阁楼里的女人：莎乐美论易卜生笔下的女性》（华东师范大学出版社 2005 年版）

海默尔：《易卜生：艺术家之路》（商务印书馆 2007 年版）

本国的研究著作数量相当可观：

陈瘦竹：《易卜生"玩偶之家"研究》（新文艺出版社 1958 年版）

茅于美：《易卜生和他的戏剧》（北京出版社 1981 年版）

刘明后：《真实与虚幻的选择：易卜生后期象征主义戏剧》（同济大学出版社 1994 年版）

孟胜德、阿斯特里德·萨瑟：《易卜生研究论文集》（中英对照）（中国文学出版社 1995 年版）

苑容宏：《响彻欧洲的门生：〈玩偶之家〉导读》（四川教育出版社 1997 年版）

王宁主编：《易卜生与现代性：西方与中国》（百花文艺出版社 2001 年版）

王忠祥：《易卜生》（华夏出版社 2002 年版）

王宁、孙建主编：《易卜生与中国：走向一种美学建构》（天津人民出版社 2004 年版）

聂珍钊、陈智平主编：《易卜生戏剧的自由观念——中国第三届易卜生国际学术研讨会论文集》（外语教学与研究出版社 2007 年版）

刘明厚主编：《不朽的易卜生：百年易卜生中国国际研讨会论文集》（中国戏剧出版社 2008 年版）

陈惇、刘洪涛编：《现实主义批判：易卜生在中国》（江西高校出版社 2009 年版）。

李兵：《现代戏剧之父：易卜生心理现实主义剧作研究》（四川大学出版社 2009 年版）

何成洲：《对话北欧经典：易卜生、斯特林堡与哈姆生》（北京大学出版社 2009 年版）

聂珍钊、周昕主编：《易卜生创作的生态价值研究：绿色易卜生国际学术研讨会论文集》（华中师范大学出版社 2011 年版）

孙建、弗洛德·赫兰德主编：《跨文化的易卜生》（复旦大学出版社 2012 年版）

邹建军主编：《易卜生诗剧研究》（世界图书出版广东有限公司 2012 年版）

笔者于 2013 年 10 月 1 日在中国知网上进行了搜索。我把主题词设置为"易卜生",把时间设置为"1949—2012",得到了 2003 篇论文。然后逐一人工筛选,挑出了 780 篇直接相关的论文。这些论文的逐年分布,请见图 9 - 1:

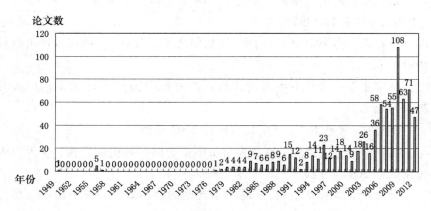

图 9 - 1　易卜生研究论文的历时分布

从以上四方面论著的数量来看,易卜生当然可以列入新中国影响力最大的外国剧作家之一。易卜生在新中国的地位走势的特点在于先抑后扬,本国的研究著作和知网发论文尤其如此,大都出版于 2000 年之后。

二　"十七年"的翻译与研究

虽说在中国知网上这个时段的关于易卜生的论文只有 6 篇:1956 年 5 篇,1957 年 1 篇,但通过更多的途径寻找,我们可以找出二十多篇,具体请看下表。

表 9 - 1　　　　　　　"十七年"易卜生研究论文目录

序号	题目	作者/译者	出处	时间
1	挪威纪念世界文化名人易卜生	史香	中国戏剧	1956 年第 6 期

续表

序号	题目	作者/译者	出处	时间
2	记世界文化名人萧伯纳、易卜生纪念会	—	中国戏剧	1956 年第 8 期
3	易卜生	姜桂农	世界知识	1956 年第 15 期
4	批判胡适的"易卜生主义"的错误观点和方法	戴镏龄	中山大学学报	1956 年第 4 期
5	世界文化名人萧伯纳诞生一百周年、易卜生逝世五十周年纪念会	—	新华半月刊	1956 年第 16 期
6	萧伯纳论易卜生与"玩偶之家"	孙梁	文汇报	1962 年第 23 期
7	易卜生和《娜拉》、《群鬼》、《国民公敌》	董星南	语文学习	1956 年第 6 期
8	易卜生和他的社会问题剧	姚汉昭	解放军文艺	1956 年第 7 期
9	崇尚真理和自由的易卜生	李门	作品	1956 年第 8 期
10	易卜生（苏联大百科全书选译）	洪模译	剧本	1956 年第 8 期
11	易卜生论	杰尔查文作	译文	1956 年第 5 期
12	纪念伟大戏剧家亨利克·易卜生	潘家洵	人民日报	1956.5.23
13	挪威戏剧家杰尔达夫人来我国担任易卜生名剧"娜拉"演出的艺术顾问	—	人民日报	1956.7.20
14	萧伯纳、易卜生戏剧选集出版	—	人民日报	1956.7.28
15	写在"娜拉"演出之前	吴雪	人民日报	1956.7.28
16	盖达琳夫人谈中国舞台上的"娜拉"	孙世恺	人民日报	1956.8.5
17	易卜生的作品在中国	阿英	文艺报	1956 年第 17 期

序号	题目	作者/译者	出处	时间
18	评于村扮演的托伐·海尔茂"娜拉"——中国青年艺术剧院演出	陈宪武	中国戏剧	1956 年第 12 期
19	"娜拉"演出所想到的	吴雪	文艺报	1956 年第 16 期
20	易卜生的名剧"娜拉"在中国	郭奋扬	中国青年报	1956 年第 25 期
21	评于村扮演的托伐·梅尔茂"娜拉"——中国青年艺术剧院演出	陈宪武	戏剧报	1956 年第 36 期
22	易卜生戏剧的新技巧	萧伯纳	文学研究集刊	1956 年第 3 册
23	娜拉出走以前	王亦放	人民文学	1957 年第 1 期
24	亨里克·易卜生	普列汉诺夫	论西欧文学	1957
25	关于《娜拉》	潘家洵	文学知识	1959 年第 5 期
26	"娜拉"的演出和其他	闵晓思	文汇报	1962 年第 16 期

曾经红极一时的易卜生，在 1949—1955 年间，在国内几乎消失了：没有作品出版，没有剧本搬上舞台，没有人写评论。这种僵局终于在环境相对宽松的 1956 年打破了。这一年的 7 月 27 日，中国人民对外文化协会、中国文联、中国作家协会、中国戏剧家协会，为响应世界和平理事会的号召在北京饭店举行了隆重的集会，纪念萧伯纳诞生一百周年和易卜生逝世五十周年。参加会议的有茅盾、夏衍、郑振铎、田汉、欧阳予倩、梅兰芳、冯雪峰等重量级人物。这个会议为易卜生的传播开创了新局面，这一年出版了作品集 2 部，发表了文章 20 余篇，并上演了戏剧一部。

戴镏龄的论文《批判胡适的"易卜生主义"的错误观点和方法》颇有时代特色。他把胡适和易卜生分别开来，批判了前者，肯定了后者。他认为，胡适把易卜生的写实主义曲解为自然主义，错误地理解了易卜生的宗教观、法律观等。戴镏龄把批评聚焦于胡适提倡的个性主义之上。他说："胡适在'易卜生主义'这篇文章里鼓吹得最厉害的是资产阶级知识分子所醉心的个人主义。胡适把这种个人主义极端化，使个人完全与社会对立，和人民对立。他夸大个人的智慧和才能，抹煞人民的创造性和积极性。个人在胡适看来，无论如何是高出于群众之上的。"① 在分析《野鸭》这部戏剧的时候，戴镏龄指出："难道个性自由发展的问题是故事情节所反映的基本生活矛盾么？据我们的理解，这个戏是揭露在虚伪的资产阶级社会里理想和实际生活的不可调和性，它是通过 19 世纪挪威一个小市民家庭生活的故事来讽刺一种虚幻的乐境。"② 戴先生认为胡适夸大了易卜生的个性主义，断定易卜生的主题不在于个性主义，而在于理想与资本主义现实之间的矛盾。姜桂农的观点也是如此，他说："他所描写的建筑师索尔纳斯恰恰是粉碎了尼采的'超人'观念，嘲笑了资产阶级社会里所谓的'超人'。"③ 假如我们读一读易卜生的一些言论，可能不会赞同戴先生与姜先生的观点。易卜生曾说："世界上最有力量的人正是最孤立的人！"④ 他甚至说："多数派的分子是什么？是有智慧的人还是傻瓜？我想，大家一定同意，世界上到处都是傻瓜占绝大多数。你们怎么能说，应该让傻瓜统治有智慧的人？……多数派有势力——可惜没有公理。只有我，只有少数的人，才有公理。"⑤ 胡适并没有夸大易卜生的个性主义，而是戴先生和张先生误读了胡适与易卜生。当然，他们这样做，首先是时代使然。他们想通过把胡适和易卜生划清界限，为易卜生的传播找到合法性。这一点有一定的积极意义。

对于易卜生的社会批评，当时的学者普遍认为只适用于资本主义社会。吴雪说道："'娜拉'一剧的主题，不仅在于它提出了妇女的人权问题，它通过胡克大夫的身世，柯洛克斯泰和林敦太太的遭遇，特别是通过娜拉的丈夫海尔茂典型性格的揭示，也深刻地暴露出整个资产阶级

---

① 戴镏龄：《批判胡适的"易卜生主义"的错误观点和方法》，载《中山大学学报》1956 年第 4 期。

② 同上。

③ 姜桂农：《易卜生》，载《世界知识》1956 年第 15 期。

④ 《易卜生文集》第 5 卷，人民文学出版社 1995 年版，第 400 页。

⑤ 同上书，第 369—370 页。

社会虚伪的文明，以及违反人性的法制和道德标准。"① 姜桂农也说："易卜生大声疾呼地提出了一系列的社会问题，如在资本主义制度下妇女如何亟待解放，婚姻制度如何不合理、'社会栋梁'们如何伪善……"② 从这些批评可以看出，易卜生揭露的问题是资本主义的问题，在社会主义中国没有多大市场。这种观点甚至一直到改革开放初期仍然有很多人支持。严金华曾在 1978 年的时候说："娜拉身上虽然具有中、小资产阶级的某些特点、优点和民主思想的倾向，但她仍然没有摆脱中、小资产阶级的庸俗习气。"③ 这就大大降低了易卜生的影响力。

当时人们还对易卜生的另外一个问题颇为不满。姜桂农指出："当然，易卜生的戏剧有他的局限性，特别是他的晚期作品，蒙上了一层悲观的色彩。所以尽管'问题'被提出来了，总究不能在政治上找到正确的答案。"④ 所谓的找不到答案，主要是指没有让主人公去参加革命，推翻资本主义制度，建立社会主义制度。这种解读显然比较简单化。

在"十七年"期间，政治导向是文学评论的最重要依据。应当怎样给易卜生定位呢？领袖的评价当然是关键性的标准。恩格斯在一封信中曾经讨论了易卜生的作品。首先他肯定了这个时段的挪威文学，他说："挪威在最近二十年中所出现的文学繁荣，在这一时期，除了俄国以外没有一个国家能与之媲美。这些人无论是不是小市民，他们创作的东西要比其他的人所创作的多得多，而且他们还给包括德国文学在内的其他各国的文学打上了他们的印记。"⑤ 关于易卜生他说："我只看过易卜生的几出戏剧，因此根本不知道，资产阶级和小市民中追名逐利的妇女们有点歇斯底里地彻夜读书，这是否要由易卜生负什么责任。"⑥ 他还说道："例如易卜生的戏剧不管有怎样的缺点，它们却反映了一个即

① 吴雪：《写在"娜拉"演出之前》，载《人民日报》1956 年 7 月 28 日。
② 姜桂农：《易卜生》，载《世界知识》1956 年第 15 期。
③ 严金华：《为妇女解放而写的战歌——评易卜生的〈玩偶之家〉》，载《河北师范大学学报》1978 年第 3 期。
④ 姜桂农：《易卜生》，载《世界知识》1956 年第 15 期。
⑤ 恩格斯：《致保尔·恩斯特》，载《马克思恩格斯全集》第 37 卷，人民出版社 1971年版，第 410 页。
⑥ 同上书，第 409 页。

使是中小资产阶级的但是比起德国的来却有天渊之别的世界；在这个世界里，人们还有自己的性格以及首创的和独立的精神，即使在外国人看来往往有些奇怪。"① 这三段话基本上把易卜生定性为小资产阶级作家，总体评价不是很高，但他的话也有不少肯定的地方。在"十七年"，中国学者往往各取所需：有人引用肯定的成分，为自己的研究找合法性，也有人挑否定的成分，为自己的批评找依据。

当然，那个年代也有少数学者首先从学理的角度研究易卜生。王亦放的《娜拉出走以前》便是这样一篇好文章。王亦放指出："对于艺术家说来，重要的是人，人的性格，性格的发展；重要的是：娜拉出走以前……"② 王亦放深入地分析了娜拉出走之前的性格发展，并且说："易卜生的伟大，在于他创造了娜拉完整的、活生生的、不朽的形象。"③ 他把重点放在人物塑造之上，而不是讨论娜拉出走之后的社会问题，这在当时的确罕见。

更值得一提的是陈瘦竹先生，他极力排除了当时的政治干扰，认认真真地写了一部易卜生研究的专著——《易卜生"玩偶之家"研究》。陈先生查阅了易卜生在创作过程中的编剧大纲、初稿和修改稿等，并和定稿进行比较，加强了人们对这个剧本的理解，最重要的是阐述了易卜生的编剧技巧。他说："在我们研究易卜生时，不仅要分析在当时历史条件下他对社会问题的看法的进步性和局限性，而且还要分析他怎样在戏剧中写出了活的人和真的事，换句话说，就是还要研究他如何观察、概括生活，如何选择情节，如何组织场面，如何创造气氛以及如何加强戏剧效果等等。假如我们只将他的剧作当作一般的思想材料，而不分析他的编剧技巧，那就很不容易理解剧作家易卜生的全部价值。"④ 像这样的戏剧本体论著作在"十七年"属于凤毛麟角。

1956 年中国青年艺术剧院还上演了《娜拉》（即《玩偶之家》）。

---

① 恩格斯：《致保尔·恩斯特》，载《马克思恩格斯全集》第 37 卷，人民出版社 1971 年版，第 412 页。

② 王亦放：《娜拉出走以前》，载《人民文学》1957 年第 1 期。

③ 同上。

④ 陈瘦竹：《易卜生"玩偶之家"研究》，新文艺出版社 1958 年版，第 64 页。

此外，1962年上海戏剧学院也把《玩偶之家》搬上了舞台。但这两次演出，与20世纪初的轰动场景相比，不可同日而语。孙柏指出："与当年'娜拉大走鸿运'的盛况相比，娜拉已经失去了中国社会和文化舞台的中心位置。这里有两个层面的原因：一是随着阶级革命的大功告成，中国妇女似乎也已实现了解放；二是小资产阶级知识分子一己的个人主义、自由主义早已成为历史的陈迹，为现时代所抛弃。因此娜拉仿佛已被新社会一举超越，代之而起的是花木兰和林道静——值得玩味的是，影片《青春之歌》开始不久的一个细节，便是林道静和救了她、并和她恋爱的余永泽讨论娜拉。"① 国家的意识形态和老百姓的心理认同的确与旧中国有了很大的差别，人们对娜拉的认识自然大不相同。

三　比较研究

改革开放之后，学术研究渐渐地从政治的束缚中解放了出来，易卜生再度成为中国剧坛的焦点之一，相关的论文也飙升到将近八百篇。在这780篇知网上检索到的论文之中，大概有40%属于比较研究的论文。这个份额可能远远超过其他作家比较研究的比例。更值得注意的是，在这些比较研究的论文当中，几乎没有和古代作家之间进行的平行比较。从某个角度来说，他和中国古代的作家没有多少可比性，属于真正意义上的"现代剧作家"。而且这些比较研究的论文，几乎都属于影响研究的范畴，说明他在中国的影响力非常大。

第一类影响研究的对象为易卜生的翻译与评论，主要成果如下：

陈惇、刘洪涛编：《现实主义批判：易卜生在中国》（江西高校出版社2009年版）

袁荻涌：《易卜生作品在中国的流传及其影响》（《镇江师专学报》2000年第2期）

---

① 孙柏：《百年中国文化语境（1907—2006）中的易卜生》，载《博览群书》2007年第2期。

秦弓：《易卜生热——五四时期翻译文学研究之二》（《中国社会科学院研究生院学报》2003 年第 4 期）

英溪：《三四十年代的易卜生翻译》（《中国现代文学研究丛刊》2003 年第 3 期）

杜娟：《易卜生研究的状况与发展趋势——王忠祥教授访谈录》（《外国文学研究》2004 年第 1 期）

孙柏：《百年中国文化语境（1907—2006）中的易卜生》（《博览群书》2007 年第 2 期）

何成洲：《易卜生在中国的接受》（《中华读书报》2006 年 5 月 24 日）

何成洲：《新中国 60 年易卜生戏剧研究之考察与分析》（《艺术百家》2013 年第 1 期）

梅启波：《易卜生戏剧在中国 20 世纪三四十年代的传播——从"娜拉事件"谈起》（《文艺理论与批评》2009 年第 1 期）

聂珍钊：《不朽的易卜生与易卜生研究新发展》（《国际学术动态》2007 年第 2 期）

杨迎平：《绿色易卜生与胡适的〈易卜生主义〉——〈人民公敌〉在中国一百年》（《南京晓庄学院学报》2009 年第 5 期）

王宁：《"被译介"和"被建构"的易卜生：易卜生在中国的变形》（《外国文学研究》2009 年第 6 期）

彭石玉、陈智平、陈越：《易卜生的中国文化生态图谱》（《武汉工程大学学报》2010 年第 2 期）

王忠祥、杜雪琴：《〈外国文学研究〉与多维视阈中的易卜生评论》（《外国文学研究》2012 年第 1 期）

罗闻：《易卜生在中国的历史命运》（《传承》2010 年第 21 期）

濑户宏：《从日本人眼中看中国接受易卜生作品的过程——以五四时期为主》（《戏剧》2008 年第 S1 期）

艾罗尔·杜尔巴赫：《二十世纪的西方易卜生批评》（《戏剧》2010 年第 1 期）

刘明厚：《孟加拉的易卜生》（《中华读书报》2010 年 8 月 18 日）

沙菲·艾哈迈德：《"政治狂欢"：易卜生戏剧与当代孟加拉国》（《复旦外国语言文学论丛》2011 年第 1 期）

Tam Kwok-kan, *Ibsen in China 1908 – 1997：A Critical-Annotated Bibliography of Criticism，Translation and Performance*，Hong Kong：Chinese University Press，2001.

Tam Kwok-kan, *Ibsen in China：Reception and Influence*，Ph. D. dissertation，University of Illinois at Urbana-Champaign，1984.

Elisabeth Eide，*China's Ibsen：From Ibsen to Ibsenism*，London：Curzon Press，1987.

从规模上看，研究易卜生翻译与评论的论著仅次于莎士比亚，比其他任何外国戏剧家都受重视。这些论著的内容也很丰富：既有中国人写的，也有外国人写的；既有中文版的，也有外文版的；既涉及中国易卜生译介，也触及外国的译介。

第二类影响研究关注的是易卜生对中国现代戏剧的诞生和发展产生的推动作用。在现代戏剧（即话剧）产生之前，中国只有传统的戏曲。戏曲在中国民间具有非常大的影响力。周作人曾说："民间有不识字未听过说书的人，却没有不曾看过戏的人，所以还要算戏的势力最大。"[1]要改变势力如此强大的戏曲自然并不容易。新文化运动的倡导者不停地对戏曲提出了批评，不懈地引进易卜生等西方作家的戏剧，给中国戏剧带来了重大转折。郑振铎对当时的类似批评有这样的评价："这些话对于当时的青年人都是极大的刺激，惊醒了他们的迷梦，使他们把眼光从'皮黄戏'和'昆剧'的舞台离开而去寻求一种新的更合理的戏曲。"[2]易卜生等的引进把人们的眼光从戏曲转向了现代戏剧，在中国文学史上具有里程碑式的意义。

易卜生一传到中国就对话剧的诞生产生了巨大的作用，这种作用一

---

[1]　周作人：《论中国旧戏之应废》，载《周作人散文全集》第 2 卷，广西师范大学出版社 2009 年版，第 70 页。

[2]　郑振铎：《〈中国新闻学大系·文学论争集〉导言》，载《郑振铎全集》第 3 卷，花山文艺出版社 1998 年版，第 540 页。

直持续到今天。汤逸佩曾说："胡适自己就曾挥笔写了一部模仿易卜生《玩偶之家》的独幕剧《终身大事》，它可视为中国话剧模仿易卜生的滥觞。其后，又有欧阳予倩的《泼妇》等问世。据统计，20 世纪 20 年代，模仿易卜生《玩偶之家》的各种剧作就有二十多部之多。"① 自从《终身大事》出版以来，将近一百年的时间就要过去了。在这段时间中，模仿《玩偶之家》的戏剧作品少说也应该有几十部之多。此外，还有许许多多的戏剧在创作技巧方面、在内容方面、在灵感方面受到了易卜生的影响。就是在易卜生受到冷落的年代，他的影响仍然存在。王忠祥先生曾说："在当代电影文学剧本《红色娘子军》（梁信）和《李双双》（李准）中，表现了中国女性的社会主义觉醒。"② 到了改革开放之后，易卜生的影响再次扩大。孙萌曾指出，许多当代电影中仍然有娜拉的形象，她说："电影《雷雨》中的繁漪、《日出》中的陈白露、《菊豆》中的菊豆、《摇啊摇，摇到外婆桥》中的存妮、《黄土地》中的翠巧，她们都向往自由、美好的生活，渴望获救，但最后都被以夫权、父权为代表的封建家长制和黑暗势力所吞噬，成为男权社会的牺牲品。"③ 光是一个娜拉就有这么大的影响，把易卜生的所有作品的影响加在一起，自然相当可观。

研究易卜生对中国戏剧创作的影响的论著非常多，一些比较重要的罗列如下：

He Chengzhou, *Henrik Ibsen and Modern Chinese Drama*, Oslo Academy Press, 2004.

王忠祥：《易卜生及其戏剧在"五四"前后》（《外国文学研究》1979 年第 2 期）

向以康：《易卜生与中国早期话剧创作》（《青海师范学院学报》

---

① 汤逸佩：《论易卜生与中国话剧剧种观念之演变》，载《戏剧艺术》1998 年第 3 期。
② 王忠祥：《易卜生戏剧创作与 20 世纪中国文学》，载《外国文学研究》1995 年第 4 期。
③ 孙萌：《中国电影中的"娜拉"形象》，载《易卜生与中国——走向一种美学建构》，王宁、孙建主编，天津人民出版社 2004 年版，第 218—219 页。

1981 年第 4 期）

周安华：《论易卜生与我国创始期话剧的历史联系》（《九江师专学报》1986 年第 3 期）

刘珏：《论易卜生与中国现代戏剧的价值导向》（《东疆学刊》1990 年第 4 期）

张用蓬：《易卜生与中国写实型话剧体式的确立》（《泰安师专学报》1996 年第 2 期）

郭富民：《易卜生与中国现代戏剧》（《中外文化交流》1996 年第 3 期）

何成洲：《试论易卜生的"社会问题剧"及其对中国话剧启蒙的影响》（《外国文学研究》1998 年第 1 期）

汤逸佩：《论易卜生与中国话剧剧种观念之演变》（《戏剧艺术》1998 年第 3 期）

黄爱华：《论易卜生、契诃夫对中国现实主义戏剧发展的影响》（《杭州师范学院学报》2000 年第 2 期）

胡静：《易卜生与现代中国戏剧思潮》（《外国文学研究》2008 年第 2 期）

孙轮：《易卜生的"恶影响"关于易卜生、现实主义的非主流理论》（《剧作家》2011 年第 3 期）

万同新：《论"五四"对易卜生戏剧的误读》（《剧作家》2011 年第 3 期）

宋宝珍：《易卜生与百年中国话剧》（《中国图书评论》2007 年第 1 期）

傅谨：《易卜生的灵魂飘在中国上空》（《中国图书评论》2007 年第 1 期）

易卜生对中国戏剧创作的影响可以从方法和内容两方面来讨论。首先是易卜生的创作方法对中国戏剧的影响。易卜生戏剧的社会内容一直为大家津津乐道，但实际上他的创作手法也很高明。萧伯纳曾说："以易卜生的《玩偶之家》为例，从开头到末一幕的某一段为止，只消删掉几行，用一个大团圆结尾代替剧中有名的最后一场，我们就可以把这剧本改成一个极平常的法国剧本。"① 这也显示了易卜生的点铁成金的能力。当时人们在学习易卜生的时候，常常偏重于他的剧作的内容，而对于他的创作方法相对不重视。余上沅曾在早年指出："中国剧界的运动是什么趋向呢？我们可以毫无迟疑地答道：归向易卜生！自从《新青年》的易卜生专号出世以来，学生们不会谈几句《娜拉》、《群鬼》便是绝大的羞耻；少年作家把娜拉重新描画过的已是经不少了。研究易卜生是不错的；有几个人的技术赶得上他的呢？"② 虽说人们偏重内容，但对于方法的学习也是中国现代戏剧的重要部分。这种学习在曹禺的作品中已经达到了很高的水平。他甚至说："写完《雷雨》，渐渐生出一种对于《雷雨》的厌倦。我很讨厌它的结构，我觉出有些'太像戏'了。技巧上我用得过分。仿佛我只顾贪婪地使用着那简陋的'招数'，不想胃里有点装不下，过后我每读一遍《雷雨》便有点作呕的感觉。我很想平铺直叙地写点东西，想敲碎了我从前拾得那一点点浅薄的技巧，老老实实重新学一点较为深刻的。"③ 可见中国剧作家对易卜生戏剧方法的学习也深入。下文将从4个方面进行探讨。

第一，易卜生的创作方法为现实主义在中国戏剧界的地位的确立起了重要作用。易卜生是现实主义的信徒，他曾说："我的戏剧力求制造这样的效果：读者或者观众在阅读剧本或欣赏演出的过程中，感到他是在真实地体验一段真实的生命历程。"④ 胡适也肯定了易卜生的现实主义特点，他说："易卜生的文学，易卜生的人生观，只是一个写实主义。"⑤ 中国戏曲离现实有一定的距离。戏曲的歌词、科白、服装、道

---

① ［英］萧伯纳：《易卜生戏剧的新技巧》，潘家洵译，载《文学研究集刊》第3册，人民文学出版社1956年版，第277页。

② 余上沅：《爱尔兰文艺复兴运动中之女杰》，载《余上沅戏剧论文集》，长江文艺出版社1986年版，第107页。

③ 曹禺：《〈雷雨〉跋》，载《曹禺全集》第5卷，花山文艺出版社1996年版，第32页。

④ 《易卜生书信演讲集》，汪余礼、戴丹妮译，人民文学出版社2012年版，第218页。

⑤ 胡适：《易卜生主义》，载《胡适全集》第1卷，安徽教育出版社2007年版，第600页。

具、化妆、歌舞等都是程式化的，明显不同于现实主义。在新文化运动期间，不少人都完全排斥戏曲的特点，推崇西洋戏剧的方法。例如，钱玄同曾说："如其要中国有真戏，这真戏自然是西洋派的戏，决不是那'脸谱派'的戏，要不把那扮不像人的人，说不像话的话全数扫除，尽情推翻，真戏怎么能推行呢？"① 而且，戏曲的内容大都比较陈旧，与时代脱节。因此洪深提出："戏剧必是一个时代的结晶，为一个时代的情形环境所造成，是专对这了个时代而说话，也就是这个时代隐隐的一个小影。"② 现代戏剧要求用现实的方法去表现现实的内容。这种方法上的转变，易卜生起了相当大的作用。

第二，对于白话戏剧的产生和发展起了明显的促进作用。欧洲一直以诗歌作为戏剧的载体，但易卜生改变了这一传统。易卜生曾说："一个真正的、以当代戏剧为其拿手好戏的艺术家，不应该让一句诗溜出她的嘴唇。无论如何，诗句不可能用在最近的将要上演的、值得一提的戏剧中；因为未来的戏剧家的目的与诗句是水火不容的。"③ 他放弃诗歌体的目的之一在于增加真实感。他说："我希望给读者营造这种印象：他所读到的是真实发生过的事情。如果我用了诗体，那就会违背我的创作意图，抵消我的创作目的。"④ 这一举动似乎没有多少高深的地方，但许多学者给予了很高的评价。有学者指出："现代戏剧史上最重要的事件是易卜生在《彼尔·英特》之后放弃了诗体，以便写作有关当代问题的散文剧。"⑤ 易卜生的革新正好和中国的白话文运动相契合，所以特别受重视。关于现代剧本，欧阳予倩认为："不必故为艰生；贵能以浅显之文字，发挥优美之理想。无论其为歌曲，为科白，均以用白

① 钱玄同：《随感录十八》，载《钱玄同文集》第 2 卷，中国人民大学出版社 1999 年版，第 13 页。
② 洪深：《属于一个时代的戏剧》，载《洪深文集》第 1 卷，中国戏剧出版社 1957 年版，第 448 页。
③ 《易卜生书信演讲集》，人民文学出版社 2012 年版，第 225 页。
④ 同上书，第 147 页。
⑤ ［英］肯尼斯·米尔：《韵文与散文》，转引自［英］马·布雷德伯里、詹·麦克法兰编《现代主义》，胡家峦等译，上海外语教育出版社 1992 年版，第 466 页。

话，省去骈俪之句为宜。"① 白话文在中国戏剧中的地位的确定，与当时影响巨大的易卜生有直接的关系。

第三，易卜生为现代中国戏剧的对话体的产生起了推波助澜的作用。易卜生把开场白、收场白等从戏剧之中排除出去，让对话成为戏剧的真正载体。他说："开场白、收场白以及诸如此类的一切事情应该在舞台上消失。"② 他的对话还有一个特点，就是围绕问题的讨论展开，与一般意义上的对话不太相同。有些人把这种讨论看作易卜生的重大创新。萧伯纳曾说："易卜生采用这个新技巧，像音乐家所说的，给戏剧形式增加了这么一个新乐调，于是《玩偶之家》就吸引住了整个欧洲，并且在戏剧艺术上开创了一个新派。"③ 易卜生的这一做法当然也对中国现代戏剧产生了不小的作用。洪深曾说："话剧的生命，就是对话。写话剧就是将剧中人说的话，客观的记录下来。"④ 从"说唱"到"对话"，这是中国戏剧走向现实主义的一个重要方面。这种转变也与易卜生有联系。

第四，易卜生戏剧结构是中国现代剧作家模仿的重要对象。易卜生戏剧的结构主要受当时流行的"佳构剧"的影响。"佳构剧"的特点在于："（1）剧情以秘密为基础，营造出若干悬念和惊奇。随着秘密的解开，剧情迅速达到高潮并很快结束；（2）采用倒叙法'追溯'往事；（3）利用人物的上下场，说明人物的身份等来推动剧情的发展等等。"⑤ 这些特点基本上为本国戏曲所没有，传到中国后，大家都纷纷模仿，改变了戏曲结构松散、悬念不强、线性发展的特点。这一点在曹禺的戏剧

---

① 欧阳予倩：《予之戏剧改良观》，载《欧阳予倩全集》第 5 卷，上海文艺出版社 1990 年版，第 2 页。

② ［挪威］《易卜生书信演讲集》，汪余礼、戴丹妮译，人民文学出版社 2012 年版，第 225 页。

③ ［英］萧伯纳：《易卜生戏剧的新技巧》，载《文学研究集刊》第 3 册，人民文学出版社 1956 年版，第 277 页。

④ 洪深：《从中国的新戏说到话剧》，载《中国当代文学研究资料·洪深研究专集》，浙江文艺出版社 1986 年版，第 176 页。

⑤ 何成洲：《试论易卜生的"社会问题剧"及其对中国话剧启蒙的影响》，载《外国文学研究》1998 年第 1 期。

中得到了明显的体现。

易卜生的创作方法，特别是现实主义的方法，在现代中国历史上产生过巨大的作用。胡星亮曾经说："应该说，'五四'问题剧的现实主义的自觉性也是现代化的，它是 20 世纪中国戏剧现代化的重要标志。它改变了近代以来传统戏曲着重'美'的创造而与现实人生渐趋脱节的褊狭，使得中国戏剧在 20 世纪中国严峻的现实发展中，能与时代共脉搏，能与人民共患难，戏剧与时代、现实和人民紧紧地拥抱在一起。它在提高戏剧的社会品位的同时，也提高了戏剧的艺术品位。"① 这种方法不但在新文化运动时代起了很大的作用，而且一直持续地主宰着中国剧坛，甚至到了新中国成立之后还主导了中国戏剧很长的时间。在20 世纪 80 年代初，陈恭敬曾说："我国的话剧，从剧本创作到演出形式，七十多年来，主要是恪守易卜生社会问题剧的传统。受镜框式舞台与三面墙的限制，追求'生活的幻觉'，存在自然主义的倾向，缺乏深刻的哲理与诗意。形式呆板，手法陈旧。"② 易卜生的方法，由于主导剧坛时间太长了，人们不得不寻求变化，这也是很自然的。

易卜生戏剧的内容对中国现代戏剧也产生了巨大的影响。易卜生的作品的内容非常丰富，但当时人们只对他的社会问题剧感兴趣。萧伯纳曾说："托尔斯泰和易卜生都是有才华的。但他们俩并不见得像莎士比亚和莫里哀那样有才华，或是他们更有才华。然而，那些能够从头到尾奢谈莎士比亚和莫里哀，狄更斯和仲马的作品而不致引起丝毫理智上和伦理上困惑不安的一代人，在阅读易卜生的一个剧本或托尔斯泰的一本小说时理智上和道德上却不能不感到惶惑。不能不对自己的宗教信仰有所动摇，对正确和错误行为的概念产生混乱，有时甚至颠倒。当今时代的人们似乎有一种精神力量，即使是他们的先驱中最伟大的人物也缺乏的那种力量。"③ 易卜生能够对人们已经习以为常的社会现象提出根本性的怀疑，他的不少作品属于名副其实的社会问题剧。

---

① 胡星亮：《论"五四"社会问题剧》，载《南京大学学报》1999 年第 4 期。
② 陈恭敏：《戏剧观念问题》，载《剧本》1981 年第 5 期。
③ ［英］萧伯纳：《挪威学派中的新因素何在?》，载《易卜生评论集》，高国甫选编，外语教学与研究出版社 1982 年版，第 53 页。

胡适在阐释易卜生的现实主义的时候也触及了易卜生戏剧的内容。他说："那不带一毫人世罪恶的少女像，是指那理想派的文学。那无数模糊不分明，人身兽面的男男女女，是指写实派的文学。"① 在胡适看来，只有对现实进行批评的社会问题剧才可算为现实主义，那些乐观地描写社会的正面内容的作品不能列为现实主义行列。这种看法也有一定的偏颇。按理说，真正的现实主义对社会的善恶应当同样重视，而胡适只选择了一个方面。胡适还进一步指出，中国人最需要学习的就是这种批评社会的精神。他说："人生的大病根在于不肯睁开眼睛来看世间的真实现状。明明是男盗女娼的社会，我们偏说是圣贤礼仪之邦；明明是赃官污吏的政治，我们偏要歌功颂德；明明是不可救药的大病，我们偏说一点病都没有！却不知道：若要病好，须先认有病；若要政治好，须先认现今的政治实在不好；若要改良社会，须先知道现今的社会实在是男盗女娼的社会！易卜生的长处，只在他肯说老实话，只在他能把社会种种腐败龌龊的实在情形写出来叫大家仔细看。"② 胡适积极引进易卜生的剧作的重要目的就在于对旧社会进行批判。

胡适还对易卜生的社会问题做了分析。他指出，家庭是首要的问题。胡适说："易卜生所写的家庭，是极不堪的。家庭里面，有四种大恶德：一是自私自利；二是倚赖性，奴隶性；三是假道德，装腔作戏；四是懦怯没有胆子。"③ 除了家庭压抑人性外，社会也有不少束缚人性的邪恶力量。这种力量主要体现在法律、宗教、道德三个方面。关于法律，胡适这样评价："好处在于法律是无有偏私的；犯了什么法，就该得什么罪。坏处也在于此。法律是死板板的条文，不通人情世故；不知道一样的罪名却有几等几样的居心，有几等几样的境遇情形；同犯一罪的人却有几等几样的知识程度。"④ 在宗教方面，胡适说："易卜生眼里的宗教久已失了那种可以感化人的能力；久已变成毫无生气的仪节信

---

① 胡适：《易卜生主义》，载《胡适全集》第 1 卷，安徽教育出版社 2007 年版，第 600 页。
② 同上。
③ 同上书，第 601 页。
④ 同上书，第 603 页。

条，只配口头念得烂熟，却不配使人奋发鼓舞了。"① 在胡适看来，易卜生对道德的批判也很严厉，他笔下的道德"不过是许多陈腐的旧习惯。"②

易卜生揭示的问题很深刻，但他并不武断地给出解决问题的答案。胡适说："表面上看去，像是破坏的，其实完全是建设的。譬如医生诊了病，开了一个脉案，把病状详细写出，这难道是消极的破坏的手续吗？但是易卜生虽开了许多脉案，却不肯轻易开药方。他知道人类社会是极复杂的组织，有种种绝不相同的境地，有种种绝不相同的情形。社会的病，种类纷繁，决不是什么'包医百病'的药方所能治得好的。因此他只好开了脉案，说出病情，让病人各人自己去寻医病的药方。"③作家的特长在于批评，在于提供开放性的思考，如果自负于某种具体的解决方案，未必有效果，而且这样的作品会使想象力受到束缚。

易卜生所描写的宗教问题和法律问题，并不是中国社会的主要问题，所以没有太大的共鸣。旧的家庭观与道德观是制约中国社会发展的重要问题，所以颇受重视。但实际上中国的家庭与道德与易卜生笔下的欧洲家庭和道德也大不相同，人们只是借题发挥而已。而且新中国成立之后，大家相信，封建家庭与道德已经解体，原来的问题不复存在，易卜生的影响因此大减。

至于只提问题，不确定解决方案的做法，在中国虽然也受到一些人的欢迎，但总体上并没有多少市场。在新中国成立之前，人们面对的最大问题是文化如何现代化，国家如何富强等，绝大多数人关心的是如何解决问题。到了社会主义中国成立之后，大家关心的是如何建设国家，而不是只提问题。所以这种做法并没有很多人效仿。

在中国最有影响力的要算易卜生提倡的个性主义。鲁迅早在1907年就对易卜生的个性主义大加表扬。他在《文化偏至论》中称易卜生具有"瑰才卓识"，赞《社会公敌》主人公"宝守真理，不阿世媚俗，

---

① 胡适：《易卜生主义》，载《胡适全集》第1卷，安徽教育出版社2007年版，第604页。

② 同上书，第605—606页。

③ 同上书，第612页。

而不见容于人群。"① 他在《摩罗诗力学》中这样说："伊氏生于近世，愤世俗之昏迷，悲真理之匿耀，假《社会之敌》以立言，使医士斯托克曼为全书主者，死守真理，以拒庸愚，终获群敌之谥。"② 鲁迅最早对易卜生进行评价，他首先注意到的是易卜生笔下的个性主义。

在易卜生的作品中，社会常常压抑个性。胡适说："易卜生的戏剧中，有一条极显而易见的学说，是说社会与个人互相损害；社会最爱专制，往往用强力摧折个人的个性，压制个人自由独立的精神；等到个人的个性都消灭了，等到自由独立的精神都完了，社会自身也没有生气了，也不会进步了。"③ 他还说："社会最大的罪恶莫过于摧折个人的个性，不使他自由发展。那本《雁》戏所写的只是一件摧残个人才性的惨剧。"④

易卜生的个性主义颇具特点，他"从来不主张狭义的国家主义，从来不是狭义的爱国者"⑤。在起初他"完全是一个主张无政府主义的人"⑥；但后来他又有了很大的变化，"晚年临死的时候（1906），一定已进到世界主义的地步了"⑦。胡适还阐述了易卜生的个性主义的两个条件："第一，须使个人有自由意志。第二，须使个人担干系，负责任。"⑧ 自由意志确保自由选择的可能性，否则无所谓个性；负责任才能避免毫无顾忌地追求自由。

易卜生的个性主义首先在于提高每个个体的素质。他说："我期望于你的主要是一种彻底的、真正的自我主义，这种自我主义会使你在一

---

① 鲁迅：《文化偏至论》，载《鲁迅全集》第 1 卷，人民文学出版社 2005 年版，第 52—53 页。

② 鲁迅：《摩罗诗力说》，载《鲁迅全集》第 1 卷，人民文学出版社 2005 年版，第 81 页。

③ 胡适：《易卜生主义》，载《胡适全集》第 1 卷，安徽教育出版社 2007 年版，第 607 页。

④ 同上书，第 614 页。

⑤ 同上书，第 611 页。

⑥ 同上书，第 610 页。

⑦ 同上书，第 612 页。

⑧ 胡适：《易卜生主义》，载《胡适全集》第 1 卷，安徽教育出版社 2007 年版，第 614 页。

段时间之内把你自己以及你的工作当成世界上唯一重要的事情，其他所有事情不复存在。……你如果想要有益于社会，最好的办法莫过于把你自己这块材料铸造成器。……在我看来，在世界历史的整个进程中，的确有一些时刻像是海上撞沉了船，此时唯一重要的事情就是救出自己。"① 从长远的角度看，只有当社会成员的心智已经开启，具有积极行动的勇气，并对自己的思想行为负责，社会作为总体才会进步；离开了个人的进步，社会进步就无从谈起。

如果放到当时的中国语境中，世界主义、自由意志等并没有多少市场，只有敢作敢为的英雄主义颇受国人重视。虽说当时人们对易卜生的个性主义的理解比较片面，但还是带来了一股个性主义的热潮，"颇能引起一班青年男女向上的热情，造成一个可以称为'个人解放'的时代"②。

然而当时中国最需要的是团结一切可团结的力量和帝国主义、专制主义等作斗争，所以个性主义的发展空间有限。1928 年后，鲁迅站在无产阶级的立场上，对易卜生资产阶级的文艺观进行了批评。他指出易卜生的个性主义的文学，已不适于集体主义时代的要求。他说："世间大约该还有从集团主义的观点，来批评 Ibsen 的论文罢，无奈我们现在手头没有这些，所以无从绍介。这种工作以待'革命的智识阶级'及其'指导者'罢。"③ 后来随着各种危机的到来，个性主义越来越没有市场了，左翼的作家和思想家完全转向了集体主义。新中国成立之后，官方承认的价值观是集体主义，个性主义基本上成了批评的对象。1956 年戴镏龄写的论文《批判胡适的"易卜生主义"的错误观点和方法》明确地体现了这种思想。直到 1977 年还有人对娜拉的个性主义这样批评："易卜生笔下的娜拉，只是赋予她一种脱离政治的、强调个人'独

① 《易卜生书信演讲集》，人民文学出版社 2012 年版，第 113 页。
② 胡适：《〈中国新文学大系·建设理论集〉导言》，载《胡适全集》第 12 卷，安徽教育出版社 2007 年版，第 295 页。
③ 鲁迅：《〈奔流〉编校后记》，载《鲁迅全集》第 7 卷，人民文学出版社 2005 年版，第 173 页。

行其是'的所谓'人的精神反抗'的性格。"① 可见在改革开放初期，反个性主义的观点仍有一定的市场。后来极"左"观点虽然逐步退出，但易卜生的个性主义理论的影响力再也没有达到 20 世纪 20 年代的水平。

易卜生个性主义的重要内容之一是女性主义，其观点为女性的解放做出了杰出的贡献。易卜生传到中国后，不但作家不断模仿他的剧作，理论家也积极地对女性问题进行讨论，有影响的文章包括：胡适的《贞操问题》、鲁迅的《我之节烈观》、陈独秀的《妇女问题与社会主义》、李达的《女子解放论》、恽代英的《结婚问题之研究》等。但在当时的中国，女性的解放只是人的解放的一个部分。杨联芬曾说："女性解放在被五四新文化人统一到'人的解放'事业中时，当进入新文化话语系统之'新/旧'、'个人/家族'及'传统/现代'二元关系后，'性别'往往被消融在上述二元关系构成的文化革命体系中，两性性别等级的权力关系，无意中却被'省略'了。"② 杨联芬比较了《玩偶之家》和胡适的模仿之作《终身大事》，并得出这样的结论："《终身大事》矛盾的双方，不是男女两性，而是青年与父母两代。在这个矛盾关系中，田女士与她的男朋友，代表着现代青年'自由'的诉求，是'新'（正义）的一方；田女士的父母，因迷信和家族制度而对女儿的婚姻选择竭力阻挠，代表着'传统'，成为'旧'（荒谬）的一方。"③ 她还把《玩偶之家》与鲁迅的《伤逝》进行比较。她说："鲁迅未必如易卜生那样，立意批判父权制；但'性别'维度的采用，却使《伤逝》的叙述形成反讽和反省机制，对五四个人主义的性别权力，做出了生动的揭示。只是，性别维度的思考，在当时和以后的女性解放叙述中，都未能继续深入下去。"④ 而且，在后来的岁月中，人们对女性问题的重视程度甚至是下降的。杨联芬说："随后的革命与战争，个人主义的式

---

① 蓝少成：《从娜拉到吕后》，载《广西师范大学学报》1977 年第 4 期。
② 杨联芬：《个人主义与性别权力——胡适、鲁迅与五四女性解放叙述的两个维度》，载《中山大学学报》2009 年第 4 期。
③ 同上。
④ 同上。

微，使娜拉'走后'的出路更多指向革命。"① 到了新中国成立后，易卜生的女性主义更不受重视。一方面，与女性主义相联系的个性主义受到了排挤；另一方面，人们相信男女已经平等。1980 年之后，思想比较自由了，但更时髦的女性主义已经进来，易卜生的女性主义难以成为主流。

从宏观上说，易卜生对中国戏剧的影响在 20 世纪二三十年代最为明显，40 年代有所下降；从 50 年代到 80 年代初影响很小，然后逐步上升。受易卜生影响的剧作非常多，相关的研究成果也很多。为了做到点面结合，我们选择《雷雨》和《群鬼》作为个案进一步展开讨论。为此，我们查找到 10 篇关于《雷雨》与《群鬼》比较研究的论文，具体罗列如下：

秦志希：《〈雷雨〉与〈群鬼〉的比较分析》（《外国文学研究》1983 年第 4 期）

金延锋：《〈雷雨〉与〈群鬼〉》（《杭州大学学报》1985 年第 2 期）

孙自筠：《〈雷雨〉与〈屏风后〉与〈群鬼〉》（《社会科学》1986 年第 5 期）

黄爱华：《〈雷雨〉与〈群鬼〉——主题、人物、结构比较谈》（《浙江大学学报》1992 年第 2 期）

任生名：《〈雷雨〉与〈群鬼〉——一个比较的再思考》（《中国比较文学》1994 年第 1 期）

王志明：《〈雷雨〉和〈群鬼〉的时空艺术比较》（《广西师院学报》1996 年第 4 期）

庞彦强：《借取东邻丝 巧织锦绣衣——论〈雷雨〉对〈群鬼〉的借鉴与超越》（《大舞台》1998 年第 2 期）

国荣：《曹禺的〈雷雨〉与易卜生的〈群鬼〉比较研究》（《易卜生与现代性：西方与中国》，王宁编，百花文艺出版社 2001 年版）

---

① 杨联芬：《个人主义与性别权力——胡适、鲁迅与五四女性解放叙述的两个维度》，载《中山大学学报》2009 年第 4 期。

余迎胜：《植根于民族性的经典移建——论〈雷雨〉对〈群鬼〉的超越》（《长江学术》2011 年第 1 期）

刘玲：《〈雷雨〉与〈群鬼〉婚恋关系比较》（《牡丹江大学学报》2014 年第 2 期）

关于同一个主题出版了这么多的论文，难免会有重复之处，但大多数还是各有特色。这些题目从表面上看，基本上属于平行比较。但真的细读这些文章就会发现，都以影响研究为基础。

任生名的《〈雷雨〉与〈群鬼〉——一个比较的再思考》具有一定的代表性。他的文章考察了"易卜生的《群鬼》与曹禺的《雷雨》之间在结构、情节、人物、象征主义、母题和主题的相似和差异"[①]。他发现，曹禺深受易卜生的影响："在社会、家庭、个人方面，它多少有点停留在说故事的层面，也就是说，用中国的语汇和感情来说一个西方的故事。"[②] 他还讨论了曹禺和易卜生的差别，他说："在《群鬼》中，社会是环境，人的灵魂是探索的目标。在《雷雨》中，人的灵魂是媒介，现实是达到的目标。"[③] 其他 9 篇论文从不同的角度，论述了《群鬼》对《雷雨》的影响，以及两者的异同。

这一类的研究，有两个不好解决的难题：什么地方可以算为影响？什么地方可以列为创新和超越？相同的地方就可以视为易卜生对曹禺的影响吗？起码还有两种情况：（1）偶然的巧合，（2）曹禺的灵感也可以来自其他著作的类似内容。不同点也不见得就是自觉的超越，起码还包含两种情况：（1）随性而为，无所谓超越什么，（2）受其他著作的影响。由于这些困难的存在，这些论文的作者基本上无法准确地指出易卜生的影响到底在哪里。

曹禺自己也充分肯定了易卜生对他的影响。他说："我从事戏剧工作已数十年，我开始对于戏剧及戏剧创作产生的志趣、感情，应当说，

---

① 任生名：《〈雷雨〉与〈群鬼〉——一个比较的再思考》，载《中国比较文学》1994 年第 1 期。

② 同上。

③ 同上。

是受了易卜生不小的影响。"① 他说，他特别注意学习易卜生的"结构、人物、性格、高潮"②。至于具体怎么影响，他也不太清楚。他说："在过去的十几年，固然也读过几本戏，演过几次戏。但尽管我用了力量来思索，我追忆不出哪一点是在故意模拟谁。"③ 他还说："也许在所谓'潜意识'的下层，我自己欺骗了自己。我是一个忘恩的仆隶，一缕一缕地抽取主人家的金线，织成了自己丑陋的衣服，而否认这些褪了色（因为到了我手里）的金丝，也还是主人家的。"④ 谁都看得出，外国戏剧对曹禺产生了巨大的影响，但具体在哪里受了影响，是一个难题，就是曹禺本人也讲不清楚。

除了戏剧之外，易卜生还对其他文学作品影响很大。何峰说："郁达夫的《沉沦》、《茑萝行》、《春风沉醉的晚上》，郭沫若的《行路难》、《漂流三部曲》，王统照的《黄昏》，杨振声的《玉君》，鲁迅的《伤逝》等作品，都从不同角度反映了人的个体意识的觉醒以及觉醒过程中所生发出的苦闷、迷惘、孤独、不安和郁愤等心绪情态。"⑤ 就是在当代，易卜生在文学界的影响仍然不小。王忠祥说："中国当代小说中反映妇女的命运、出路以及独立自主意识的作品也不少，令人注目的有张辛欣的《在同一地平线上》，张弦的《被爱情遗忘的角落》、《挣不断的红丝线》、《回黄转绿》等。"⑥ 可以说，易卜生是中国文学的重要资源，甚至已经融入了中国文学传统。对于这方面的研究还有不少成果，以下便是一些比较重要的论文：

---

① 曹禺：《纪念易卜生诞辰 150 周年》，载《曹禺全集》第 5 卷，花山文艺出版社 1996 年版，第 249 页。

② 赵浩生：《曹禺从〈雷雨〉谈到〈王昭君〉》，载《曹禺全集》第 7 卷，花山文艺出版社 1996 年版，第 304 页。

③ 曹禺：《〈雷雨〉序》，载《曹禺全集》第 5 卷，花山文艺出版社 1996 年版，第 12 页。

④ 同上。

⑤ 何峰：《易卜生精神与"五四"新文学》，载《安庆师范学院学报》2002 年第 3 期。

⑥ 王忠祥：《易卜生戏剧创作与 20 世纪中国文学》，载《外国文学研究》1995 年第 4 期。

黄如文：《易卜生戏剧与中国新文学运动》（《华南师院学报》1979
年第 4 期）

袁高远：《"娜拉"形象在中国现代作家笔下的嬗变》（《西昌师专
学报》1996 年第 3 期）

叶松青：《娜拉形象在中国现代作家中的影响与嬗变》（《宁夏大学
学报》2005 年第 6 期）

李媛君：《被阐释的易卜生与"五四"个性主义文学》（《忻州师
范学院学报》2009 年第 6 期）

易卜生的影响远远超出了文学圈，他对整个中国文化，甚至社会实
践，都具有重大的影响。娜拉传到中国之后，不少追求独立的女性都在
模仿她。著名作家萧红曾四次从家里出走，首先从父亲的家出走，后来
三次从丈夫的家出走。就是在处于低谷期的 20 世纪 50 年代，这种影响
也并未消失。1956 年《娜拉》的导演吴雪曾经听到一对观众有这样的
对话：

女：你该好好地思考一下自己了！

男：考虑什么呀？

女：考虑什么？这还不明白。我看你就有点像那个海尔茂！

男：别胡扯，我们今天的社会，就根本不会有海尔茂那样
的人！

女：我才不胡扯呢，我完全有根据。我说的是你意识中还有海
尔茂一样对待妇女的观点和态度。①

作为一个外国剧作家，能够影响到千里之外的中国戏剧本来就很不
容易，若要超越于戏剧之外，让影响力直达文学、文化乃至社会实践
等，简直不可思议。易卜生就是这么神奇，他的戏剧在这几个层面上的
影响力都非常大。他在中国大受欢迎，除了本身的水平高之外，也与中

---

① 吴雪：《〈娜拉〉演出所想到的》，载《文艺报》1956 年第 16 期。

国自身的需求有关。傅斯年当年曾说："旧戏不能不推翻，新戏不能不创造。"① 许多人把易卜生的戏剧当作本国戏剧革新的工具。茅盾在1925 年还说："易卜生和我国近年来震动全国的'新文化运动'是有一种非同等闲的关系；六七年前，《新青年》出'易卜生专号'曾把这位北欧的大文豪作为文学革命，妇女解放，反抗传统思想……等等新运动的象征。那时候，易卜生这个名儿，萦绕于青年的胸中，传述于青年的口头，不亚于今日之下的马克司和列宁。"② 易卜生推动了中国的文学革命、妇女解放和思想革新等，影响力之大可想而知。但这样解读易卜生，当然非常片面。所以胡静指出："恰恰相反，他们在介绍易卜生中采取的工具论话语和借助西方思想资源确立的舆论霸权，以及在与旧剧进行论战中彰显的非黑即白的两极判断方式，无疑是与易卜生的精神实质背道而驰的。这在很大程度上影响和制约了中国现代戏剧的发展。"③这种片面化的易卜生阐释，到了 20 世纪 90 年代之后才逐步让位于多元化的解读。

除了易卜生与中国文学的比较研究之外，人们还出版了不少易卜生与外国文学之间的比较论文，如林永珉的《黑暗王国的新女性——安娜与娜拉之比较》（《贵州大学学报》1988 年第 2 期），田民的《莎士比亚与易卜生》（《剧本》1991 年第 2 期），李玉花的《从娜拉到圣女贞德——试论现代欧洲戏剧中的新女性形象》（《南京师范大学学报》1996 年第 3 期），何峰的《一个跨世纪的文学主题——从易卜生到路丝的〈玩偶之家〉》（《外国文学研究》1996 年第 3 期），杨挺的《奥尼尔与易卜生》（《外国文学评论》2003 年第 4 期），杨建的《乔伊斯与易卜生》（《国外文学》2005 年第 4 期）等。可见易卜生研究已经是一个世界性的主题，有着非常宽广的发展空间。

---

① 傅斯年：《戏剧改良各面观》，载《傅斯年全集》第 1 卷，湖南教育出版社 2000 年版，第 48 页。

② 茅盾：《谈谈〈傀儡之家〉》，载《茅盾全集》第 33 卷，人民文学出版社 2001 年版，第 148 页。

③ 胡静：《易卜生与现代中国戏剧思潮》，载《外国文学研究》2008 年第 2 期。

四 其他研究

易卜生在中国虽然非常红火，但由于在大部分时间里人们都以功利主义的眼光解读易卜生，所以对这位剧作家的艺术成就造成了严重的遮蔽。王宁教授对这个问题做了深刻的反思，他在《作为艺术家的易卜生：易卜生与中国重新思考》这篇论文中创造了"易卜生化"（Ibsenization）这个词语。他说："我认为，当今的国际易卜生研究界正经历着从一个意识形态批评到审美阐释的转折，具体地说，就是从思想层面来评价'易卜生主义'到从审美的层面来阐发'易卜生化'的转折过程，而在这个转折过程，我们中国的易卜生研究者需要从中国的文化知识立场和审美角度出发作出自己的理论创新和建构，以便迅速地使中国的易卜生研究乃至整个外国文学研究达到和国际学术界平等对话的境界。"①一旦从"易卜生主义"转向"易卜生化"，一个多元丰富的易卜生世界向大家敞开了，许许多多的空白领域和薄弱领域纷纷受到学者们的重视。王忠祥教授在总结易卜生研究的成果时曾指出："关于易卜生早期浪漫主义历史剧和晚期象征主义剧作的研究，还有'易卜生主义'研究，也是明显的弱项。"②所幸这三个领域最近也有了一定的进展，下文将就相关问题展开讨论。

易卜生前期的浪漫主义诗剧一直没有受到国人的重视。到了 20 世纪 80 年代，这种情况才有所改变。1983 年徐晓钟在中央戏剧学院把易卜生早期的《培尔·金特》搬上了舞台。这次演出的总体风格富有浪漫和象征色彩，是当时探索非现实主义戏剧样式的一次重要尝试。徐晓钟在总结这台演时说道："我们过去怎么会把一个作家一个时期的创作风格当作他全部的创作风貌，而且往往那么武断地加以或褒或贬？我们过去又怎么会那么主观地把一个作家一个时期的创作风格或沿用下来的

---

① 王宁：《作为艺术家的易卜生：易卜生与中国重新思考》，载《易卜生与中国：走向一种美学建构》，天津人民出版社 2004 年版，第 15 页。
② 杜娟：《易卜生研究的状况与发展趋势——王忠祥教授访谈录》，载《外国文学研究》2004 年第 1 期。

习惯，当成了戏剧创作的规律和法则，甚至以此作为区别现实主义与非现实主义的标准？毫无疑问，我们不应当作茧自缚，对戏剧创作中某些非本质的所谓'法则'的扬弃和更新，将会给戏剧带来生气，带来变革和发展。这就是我们认识'另一个'易卜生并在舞台上再现他所得到的启示。"① 孙柏对这个以新的面貌出现的易卜生做了这样的评价："这一个易卜生，不再是那个被当作思想家的易卜生，而是恢复了其艺术家本来面貌的易卜生；更重要的是，这个易卜生也不再是那个拘泥于批判现实主义、只写过《玩偶之家》《人民公敌》等社会问题剧的易卜生，而是富于瑰丽的艺术想象力、同样创作过伟大浪漫主义诗剧的易卜生。"② 中国戏剧的现实主义法则首先来自易卜生，而《培尔·金特》的演出又成了变革中国戏剧界的现实主义的契机。这一点似乎颇有讽刺意味。

虽说 20 世纪 80 年代国人已经开始关注易卜生前期诗剧，但并没有引起太大的反响。过了 20 多年之后，王忠祥先生仍然把这个领域列为研究的弱项。直到 2011 年，袁艺林在总结中国易卜生诗剧研究成果时，只找到了 29 篇相关论文。③ 她还指出，这些论文主要从以下 5 个方面进行研究："人物形象和意象研究""自然地理空间研究""艺术特征研究""比较研究"④。人们的关注的视角和焦点和以前的研究已经大不相同。

特别值得一提的是，2009 年 6 月 28 日在华中师范大学召开了"易卜生诗剧研讨会"，大大推动了易卜生诗剧的研究。会后还出版了论文集《易卜生诗剧研究》（邹建军主编，世界图书出版广东有限公司 2012 年版），共收入论文 37 篇。这本书的出版，标志着易卜生诗剧研究上了一个新台阶。

---

① 徐晓钟：《再现易卜生——导演〈培尔·金特〉的思考》，载《中国戏剧》1983 年第 8 期。

② 孙柏：《百年中国文化语境（1907—2006）中的易卜生》，载《博览群书》2007 年第 2 期。

③ 袁艺林：《中国的易卜生诗剧研究》，载《世界文学评论》2011 年第 2 期。

④ 同上。

关于易卜生后期的戏剧，也有不少人研究。刘明厚早在 1994 年就出版了一本相关的专著——《真实与虚幻的选择——易卜生后期象征主义戏剧》。刘明厚指出："象征主义者不仅具有神秘主义思想，同时还有宿命论的观点。"① 这两点与当时人们奉行的唯物史观相抵触，是易卜生后期戏剧一直遭到批评的重要原因。刘明厚还说："象征主义与浪漫主义在思想基础上，有一脉相承的东西，这就是自古希腊流传下来的柏拉图主义。"② 她还进一步指出："象征主义和浪漫主义都是以抒发个人感情为主的，不同的是，浪漫主义所表现的，还是种种普通、表面的日常生活，以及人们在这种生活里的思想感情；象征主义要求反映的，却是一些难以捉摸的内心隐秘，即马拉梅所主张的表现藏在普通事物背后的'唯一的真理'，或莫雷亚斯所要求表现的'最高真实'。"③ 这种方法"通过象征、暗示和隐喻的手法，表现各种思想和意象，并要求做得含蓄而不多加解释和发挥，因此，往往显得若明若暗，模糊不清，使读者感到扑朔迷离，难以确定其意义。"④ 由于象征主义追求内心的真实，所以"是建立在心理现实主义基础之上的"⑤。刘明厚用象征主义的理论系统地分析了 8 部易卜生后期的剧作，具有一定的参考价值。

过了十几年之后，李兵又在 2009 年出版了一部研究易卜生后期剧作的专著——《现代戏剧之父——易卜生心理现实主义剧作研究》。李兵认为，易卜生"后期剧作日益呈现出一种内敛、神秘甚至阴郁的景象（visions）；由外部事件和显著的舞台动作所构成的所谓戏剧冲突大为减弱，而隐藏在这些冲突背后的内在动机，以及由此而引发的各个戏剧人物的内心激荡和精神挣扎，则逐渐成为剧作家所关注和描摹的焦

---

① 刘明厚：《真实与虚幻的选择——易卜生后期象征主义戏剧》，同济大学出版社 1994 年版，第 30 页。
② 同上书，第 29 页。
③ 同上。
④ 同上书，第 31 页。
⑤ 同上书，第 45 页。

点"①。所以他说:"在对易卜生这一时期的戏剧创作的诸多命名中,如'象征主义戏剧''神秘主义戏剧'和'心理现实主义戏剧'等等,笔者认为,'心理现实主义戏剧'这一称谓最为贴近其实质,恰如其分地点出了易卜生这一时期创作的用力所在。"② 虽然都在研究易卜生后期的剧作,但两本书的角度和方法很不一样。在刘明厚看来,心理现实主义只是研究的基础,不是目的;而李兵相反,把象征当作"描摹和诠释心灵内部活动的媒介和手段"③。这本书从心理现实主义的角度比较深入地分析了相关的剧作,有一定的学术价值。

关于"易卜生主义",近年汪余礼先生发表的文章值得一提。他在《易卜生晚期戏剧与"易卜生主义的精华"》中指出,易卜生主义的核心体现于自我反思的能力,这种能力在晚年的著作中表现得特别明显。他说:"易卜生确是一位自觉地反省自我、解剖自我的剧作家。如果说他的中期戏剧主要是'解剖他人',那么其晚期戏剧则更多地是'解剖自我'。他敏于体验,深于洞鉴,其目光似乎总在凝视自我及他人灵魂的深渊,这使他发现了当时人们很少意识到的人性秘密,以至有人称他为'戏剧领域中的弗洛伊德'。"④ 他进一步指出,易卜生主义还包括,"弥可珍视的自否精神"⑤,"难能可贵的超越精神——超越现实、超越时代,甚至超越人们现有的种种理想"⑥,艺术表现手法上的"贯通精神"⑦。两年之后,他又撰写了一篇《重审"易卜生主义的精髓"》,他说:"易卜生这种艺术观并不是偶一出现的,而是差不多贯穿于他一生创作活动的始终,并在其创作实践中不断深化与拓展。正是越来越深入的'自审'(或者说'对自我进行审判'),使易卜生不断超越自我,

---

① 李兵:《现代戏剧之父——易卜生心理现实主义剧作研究》,四川大学出版社 2009 年版,第 1 页。

② 同上书,第 11 页。

③ 同上书,第 15 页。

④ 汪余礼:《易卜生晚期戏剧与"易卜生主义的精华"》,载《戏剧艺术》2011 年第 5 期。

⑤ 同上。

⑥ 同上。

⑦ 同上。

在精神探索和艺术创作上登临了一个又一个高峰。"① 他更加明确地把易卜生主义定性为"自审",并且认为,这种精神不仅仅表现于晚年,实际上贯穿于一生。与萧伯纳、胡适的观点相比,汪余礼所谓的易卜生主义几乎是另外一套话语,体现了新时期学者们的创新精神。

最近十几年,国内举行了不少易卜生学术会议,为易卜生研究的推进起了推波助澜的作用。以下便是笔者所掌握的会议信息。

1995 年 5 月 8 日至 9 日,中国翻译工作者协会和挪威驻中国大使馆合作主办了首届易卜生学术研讨会。会后出版了《易卜生研究论文集》(孟胜德、[挪威] 阿斯特里德·萨瑟主编,中国文学出版社 1995 年版)。

1999 年 6 月 26 日至 28 日在北京举办了"易卜生与现代性:易卜生与中国国际研讨会"。会后出版了《易卜生与现代性:西方与中国》(王宁主编,百花文艺出版社 2001 年版)。

2002 年 9 月 12 日至 16 日在上海举行了"易卜生与中国:走向一种美学建构"的国际研讨会。会后出版了《易卜生与中国:走向一种美学建构》(王宁、孙建主编,天津人民出版社 2004 年版)。

2005 年 5 月 11 日至 14 日在武汉举办了"易卜生戏剧的自由观念:中国第三届易卜生国际学术研讨会"。会后出版了《易卜生戏剧的自由观念——中国第三届易卜生国际学术研讨会论文集》(聂珍钊、陈智平主编,外语教学与研究出版社 2007 年版)。

2006 年 11 月 9 日至 14 日上海戏剧学院与南京大学外语学院联合举办了"第四届中国易卜生国际研讨会"。会后出版了《不朽的易卜生:百年易卜生中国国际研讨会论文集》(刘明厚主编,中国戏剧出版社 2008 年版)。

2009 年 5 月 18 日至 19 日在武汉召开了"绿色易卜生国际学术研讨会",会后出版了《易卜生创作的生态价值研究:绿色易卜生国际学术研讨会论文集》(聂珍钊、周昕主编,华中师范大学出版社 2011 年版)。

---

① 汪余礼:《重审"易卜生主义的精髓"》,载《戏剧艺术》2013 年第 5 期。

2009 年 6 月 14—20 日第 12 届国际易卜生年会在上海召开。会后出版了《跨文化的易卜生》（孙建、[挪威] 弗洛德·赫兰德主编，复旦大学出版社 2012 年版）。

2009 年 6 月 28 日在华中师范大学召开了"易卜生诗剧研讨会"。会后还出版了论文集《易卜生诗剧研究》（邹建军主编，世界图书出版广东有限公司 2012 年版）。

在最近短短十几年的时间中举办了 8 次学术会议，并且每次都出版了论文集，说明易卜生已经重新成为学术界关注的焦点。

易卜生是一位戏剧大师，他对人性有着深刻的理解，对社会的分析也很透彻，从不同的角度去研究都可以获得丰硕的成果。王宁曾说："他不仅被社会历史批评学派当做一位现实主义艺术大师来研究，即使在现代主义处于高涨期时，他也自然而然地被当作了现代主义文学运动的主要源头之一受到讨论；当一些致力于后现代主义研究的学者重新审视他的作品时，又从他对荒诞派戏剧的影响窥见了一些具有后现代性的代码。"[①] 想象丰富的易卜生是现实主义戏剧家，现代主义奠基人，后现代主义的先驱。他的著作是理论家最喜欢探讨的空间，女性主义者、生态主义者、伦理学家等无不争相进行研究。我们相信，将来还会有不少学者从易卜生的戏剧中得到灵感，提出新的理论。易卜生研究是一个永恒的课题。

---

① 王宁：《易卜生与现代性：西方与中国——编者前言》，载《易卜生与现代性：西方与中国》，百花文艺出版社 2001 年版，第 4—5 页。

第十章

斯坦尼斯拉夫斯基在中国

斯坦尼斯拉夫斯基（Konstantin Stanislavski）（1863—1938）是苏联著名演员、导演、戏剧教育家、戏剧理论家、舞台艺术改革家。他14岁就登台演剧，并在1896年与丹钦科创建莫斯科艺术剧院，为苏联人民奉献了许许多多的戏剧。斯氏一生导演和担任艺术指导的话剧和歌剧共有120余部，并扮演过许多重要角色。他的主要著作有：《我的艺术生活》《演员自我修养》《演员创造角色》等。斯氏是20世纪世界剧坛顶尖的导演。

在当代中国，假如说莎士比亚是影响力最大的外国剧作家，斯坦尼斯拉夫斯基（下面简称为斯坦尼）无疑是影响力最大的舞台艺术理论家。有学者指出："从30年代到70年代末，在表演艺术上，可以说是独尊斯坦尼斯拉夫斯基一家的。"[①] 就是在20世纪70年代之后，斯坦尼地位仍然非常高。但斯坦尼在中国也有过不少曲折，曾经被"四人帮"打成反动学术权威，经历了从天堂到地狱的冰火两重天。斯坦尼在中国的译介、研究值得我们仔细探讨。

一　翻译与研究的总貌

首先，斯坦尼斯拉夫斯基的著作在中国的翻译和出版非常繁荣。在

---

① 田本相主编：《新时期戏剧述论》，文化艺术出版社1996年版，第323页。

过去六十多年的时间中，一共出版了斯坦尼的著作 24 部，具体信息如下：

《演员的道德》，许珂、郑雪来译（艺术出版社 1954 年版）

《〈奥瑟罗〉导演计划》，英若诚译（平明出版社 1954 年版）

《史达尼斯拉夫斯基论舞台艺术》，邵振为译（上海文艺联合出版社 1954 年版）

《〈海鸥〉导演计划》，黄鸣野、李庄藩译（艺术出版社 1956 年版）

《演员自我修养》（第 1、2 卷），林陵、史敏徒译（艺术出版社 1956 年版）

《〈在底层〉导演计划》，伍菡卿译（中国电影出版社 1957 年版）

《斯坦尼斯拉夫斯基谈话录》，厉苇译（中国电影出版社 1957 年版）

《斯坦尼斯拉夫斯基全集》（第 1 册），史敏徒译（中国电影出版社 1958 年版）

《斯坦尼斯拉夫斯基全集》（第 2 册），林陵、史敏徒译（中国电影出版社 1959 年版）

《斯坦尼斯拉夫斯基全集》（第 3 册），郑雪来译（中国电影出版社 1961 年版）

《斯坦尼斯拉夫斯基全集》（第 4 册），郑雪来译（中国电影出版社 1963 年版）

《斯坦尼斯拉夫斯基论文讲演谈话书信集》，郑雪来等译（中国电影出版社 1981 年版）

《斯坦尼斯拉夫斯基的导演课》，孙维世等译（中国戏剧出版社 1982 年版）

《斯坦尼斯拉夫斯基全集》（卷 5），郑雪来等译（中国电影出版社 1983 年版）

《斯坦尼斯拉夫斯基全集》（卷 6），郑雪来译（中国电影出版社 1986 年版）

《斯坦尼斯拉夫斯基体系精华》，史敏徒等译（中国电影出版社

1990 年版）

《斯坦尼斯拉夫斯基论导演与表演》，郑雪来选编（中国戏剧出版社 2005 年版）

《斯坦尼斯拉夫斯基全集》（6 卷本），郑雪来等译（中央编译出版社 2012 年版）

外国人研究斯坦尼的著作也颇受国内学者的重视，一共翻译了这一类的著作 13 部。请看下面的具体信息：

阿巴耳金：《史达尼斯拉夫斯基体系与苏联戏剧》，汤弗之译（时代出版社 1953 年版）

马加歇克：《史坦尼斯拉夫斯基体系解说》，陈西禾译（平明出版社 1954 年版）

盖耶尔：《斯坦尼斯拉夫斯基体系讲话》，邵牧君译（艺术出版社 1955 年版）

阿巴耳金等：《论斯坦尼斯拉夫斯基的创作方法》，罗慧生译（艺术出版社 1955 年版）

波扎尔斯卡娅等：《斯坦尼斯拉夫斯基体系与舞台美术创作》，罗慧生译（中央戏剧学院编印 1956 年版）

古里叶夫：《斯坦尼斯拉夫斯基体系讲座》，中国戏剧家协会编辑（中国戏剧出版社 1957 年版）

托波尔科夫：《斯坦尼斯拉夫斯基在排演中》，文骏译（中国电影出版社 1957 年版）

巴切里斯：《史楚金与斯坦尼斯拉夫斯基》，陈大维译（中国电影出版社 1958 年版）

多位苏联学者：《斯坦尼斯拉夫斯基创作遗产讨论集》，编辑部集体译（中国电影出版社 1958 年版）

马加沙克：《斯坦尼斯拉夫斯基传》，李士钊、田君美译（上海译文出版社 1984 年版）

克里斯蒂：《斯坦尼斯拉夫斯基学派演员的培养》，李珍译（中国

戏剧出版社 1985 年版）

 苏丽娜：《斯坦尼斯拉夫斯基与布莱希特》，中平译（北京大学出版社 1986 年版）

 布卢姆：《美国电影表演艺术：斯坦尼斯拉夫斯基遗产的继承》，王浩译（北岳文艺出版社 1992 年版）

 本国学者也很热衷于斯坦尼的研究，他们一共出版了 10 部著作，具体信息罗列如下：

 焦菊隐：《导演的艺术创造》（文化生活出版社 1951 年版）

 陈卓猷：《演员创造论》（新文艺出版社 1951 年版）

 舒强：《斯坦尼斯拉夫斯基体系问题》（中国戏剧出版社 1957 年版）

 《彻底批判斯坦尼斯拉夫斯基“体系”》（上海人民出版社 1971 年版）

 郑雪来：《斯坦尼斯拉夫斯基体系论集》（中国戏剧出版社 1984 年版）

 龙飞、孔延庚：《斯坦尼斯拉夫斯基》（辽海出版社 1998 年版）

 胡导：《戏剧表演学：论斯氏演剧学说在我国的实践与发展》（中国戏剧出版社 2002 年版）

 刁海明：《论斯坦尼斯拉夫斯基体系演员的培养》（中国戏剧出版社 2008 年版）

 郑雪来：《斯坦尼斯拉夫斯基体系论纲》（中央编译出版社 2012 年版）

 崔宁、刘章春主编：《斯坦尼斯拉夫斯基表演体系与北京人民艺术剧院》（中国戏剧出版社 2013 年版）

 笔者于 2013 年 10 月 1 日在中国知网上，把“主题”设置为“斯坦尼斯拉夫斯基”和“斯坦尼”，把时间设置为 1949 年 1 月 1 日至 2012 年 12 月 31 日，关于斯坦尼斯拉夫斯基和斯坦尼的论文多达 1102 篇。经过人工筛选之后，大部分相关性不是很强，比较符合要求的只有 160 篇，具体的分布，请见图 10 - 1。值得注意的是，这些论文的分布比较独特：“十七年”共有 45 篇，1977—1992 年间有 34 篇，“市场经济时代"为81篇。研究斯坦尼斯拉夫斯基的论文分布曲线与其他戏剧家的分布曲线大不一样，真正的高峰期在"十七年"，其次是70年代末，总体上先扬后抑，与其外国剧作家的先抑后扬的特点形成鲜明的对比。如果我们查看一下上文罗列的著作的日期，也可以看到，这三方面的著作，与其他剧作家相比，也有先扬后抑的特点。

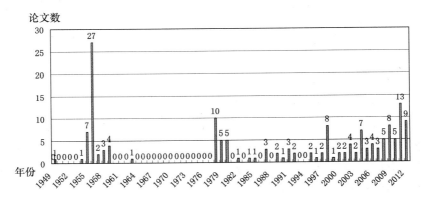

图 10 - 1　斯坦尼研究论文的历时分布

二　被定为一尊的传播

在20世纪五六十年代，中国戏剧界出现了空前的斯坦尼热。这种热潮首先表现在大量与斯坦尼相关的图书的出版。在这个时段，中国一共翻译出版了12部斯氏的书。从出版时间可以看出，真正的斯坦尼热在50年代；到了60年代，只翻译出版了2部斯氏的书，已经开始明显降温。在"十七年"，国人还翻译出版了9部外国人研究斯坦尼的著作，其中7部为苏联的著作，另外2部分别为英国和德国的专著。当年人们把苏联的观点看作阐释斯坦尼的准绳，但也适当地引进了其他国家的著作。从出版时间来看，全部译著都是50年代的图书，60年代一部也没有。在五六十年代共出版了3部研究斯坦尼的著作。其中焦菊隐的《导演的艺术创造》和陈卓猷的《演员创造论》并不完全是研究斯坦尼的专著，但两个作者都以斯氏的思想为基本框架，都对斯氏展开了有价值的研究，所以进入了我们的视野。在那个年代，很少出版专门研究外国戏剧的著作。斯坦尼是国内学者以专著形式研究过的唯一外国戏剧理论家，而且研究他的著作有 3 部之多，显示了他的显赫地位。

其次，当时学习斯坦尼表演体系的人数非常多。解放初期，我国高度重视斯坦尼的体系，派遣了不少留学生赴苏联专门学习，并聘请苏联的斯坦尼专家来中国讲学，举办各种形式的导演训练班和进修班。根据严正的回忆，1953—1957 年是艺术界全面学习斯氏的时期，"在此期间，中央戏剧学院等单位先后聘请苏联专家来华讲授斯氏体系的有七位之多。为此所办的班次有导演进修班、表演讲修班、表导演师资进修班、舞台美术师资训练班等。"① 而且学者们还按照斯坦尼的原理编写了教材和教学大纲，把斯坦尼的著作和原理列为必修内容。

最后，国人抱着非常虔诚的态度学习斯坦尼，有时甚至把他神圣化，将他所说的话当作教条来接受。陈颙曾提到这样的情景："记得全国解放后，我在中央戏剧学院本科歌剧系学习时，同学们全是文工团来的。当时我们就曾死记硬背，这里有三条加六条，那里几点几点。很多老同志看不懂，也背不下来，总发困，就站在桌子上背。我年轻，背得下来，他们就给我起个外号，叫'三条加六条'。"② 当时人们只能全盘接受，不能随便更改，更不能怀疑。严正指出当时学习斯坦尼的弊端之一为："不适当地把斯氏体系誉为像马列主义一样放之四海而皆准的普遍真理，当有的同志提出异议时，却被指为政治问题；在戏剧教育方面，由于当时我们自己还无经验可循，采取了照搬苏联经验的办法，结果导致了艺术上的全盘苏化；对专家有不同意见，也不准提，明确规定触犯专家是'有理三扁担，无理三扁担'；等等。"③ 重视斯坦尼是一件好事，但把斯坦尼教条化、政治化，就把问题引向了极端，对于斯坦尼的学习和传播未必是好事。

---

① 严正：《我所接触的斯坦尼斯拉夫斯基体系在中国》，载《戏剧艺术论丛》1980 年第 2 期。

② 陈颙：《感想与愿望》，载《戏剧艺术论丛》1980 年第 2 期。

③ 严正：《我所接触的斯坦尼斯拉夫斯基体系在中国》，载《戏剧艺术论丛》1980 年第 2 期。

斯坦尼在当时为什么如此受欢迎，有着一定的必然性。首先，那是一切向苏联学习的年代，斯坦尼作为苏联的理论家当然受到特别的待遇。其次，斯坦尼是苏联舞台艺术的至高权威。"他在舞台艺术领域中所享有的威望，只能拿伟大的无产阶级作家高尔基在苏联文学中的威望来比拟。"① 这样的苏联权威，中国人自然应该虚心学习。最后，斯坦尼被看作戏剧领域的社会主义现实主义的代表。古里叶夫曾说："斯坦尼斯拉夫斯基体系就是社会主义现实主义在演剧艺术中的最全面和最彻底的表现。"② 当时社会主义现实主义是唯一受到肯定的方法，斯坦尼也因此特别受到青睐。除了上述与政治有关的原因之外，斯坦尼体系的理论高度和实践价值也是引起斯坦尼热的重要原因。伏尔科夫指出："就斯坦尼斯拉夫斯基对现代戏剧文化的影响力量来说，世界戏剧史上还没有一个人能和他并驾齐驱。"③ 焦菊隐指出："产生斯氏体系以前，十个演员不一定有一个及格的，因为演员各有其创造的途径，各有其创造的办法，而这些从实践中得到的经验又都没有经过系统的科学的方法加以总结，从理论高度给以认识。自产生斯氏体系以后，演员可以学到创造人物的方法、技巧，表演成为一门系统的科学。"④

三　在大批判中的扭曲

斯坦尼虽然在新中国有过非常辉煌的历史，但物极必反，接着就受到了空前的批评。《红旗》杂志 1969 年第 6 期和第 7 期合刊登载了名为《评斯坦尼斯拉夫斯基"体系"》的文章，对斯坦尼进行了彻底的批判。接着《文汇报》《解放日报》等刊登了大量批判性的文章，斯坦尼从正

---

① ［苏］伏尔科夫：《斯坦尼斯拉夫斯基全集出版说明》，《斯坦尼斯拉夫斯基全集》第 1 卷，史敏徒译，中国电影出版社 1958 年版，第 2 页。

② ［苏］古里叶夫：《斯坦尼斯拉夫斯基体系讲话》，张守慎译，中国戏剧出版社 1957 年版，第 30 页。

③ ［苏］伏尔科夫：《斯坦尼斯拉夫斯基全集出版说明》，《斯坦尼斯拉夫斯基全集》第 1 卷，史敏徒译，中国电影出版社 1958 年版，第 2 页。

④ 焦菊隐：《关于讨论"演员的矛盾"的报告》，《焦菊隐论导演艺术》（上），中国戏剧出版社 2005 年版，第 335 页。

面的权威成了反动的代表。

造成斯坦尼的命运戏剧性变化的首要原因在于中苏关系的波动。新中国刚刚成立，一切都学苏联，斯坦尼的地位自然很高。但后来中苏关系恶化了，两个国家甚至直接开战，斯坦尼的身份变为敌国的学者，自然遭到批评。中苏关系对文学交流的影响已经引起了人们的高度关注，我们这里不准备展开。

除了国际政治之外，国内政治也是造成斯氏命运冰火两重天的重要原因。在学习斯坦尼的热潮之中，许多中央领导都直接表示重视和关心。他们这么做的重要原因在于，希望通过戏剧艺术改变人民的思想状态，建立起社会主义意识形态。既然斯坦尼对于新中国社会秩序的建立如此重要，那些想改变这种秩序的人自然也要从斯坦尼下手。正因为如此，"四人帮"对于斯坦尼也很重视，亲手策划和领导了《评斯坦尼斯拉夫斯基"体系"》的写作。吴谨瑜说，这篇文章"是'四人帮'亲自插手搞的，姚文元汇编、摘录、提出写作纲要，张春桥亲自动手修改，江青亲自批示，王洪文……也让他的一个心腹……来作'指导'，真是一个不漏，可见他们对这发炮弹的重视"。郭东篱一针见血地指出："原来他们在死人身上大做文章，都是为了达到他们今天的反革命政治目的。"郑振民曾说："斯坦尼早已死了，'四人帮'鞭打他，他不知道，棍棒是落在我们广大文艺战士身上的，听凭他们实行文化专制主义。"① "四人帮"为了在政治上夺权，不但伤及对手，还殃及无辜。

斯坦尼的际遇，还与当时的苏化和民族化有联系。在新中国成立初，苏化占据绝对主导的地位，所以斯坦尼备受推崇。但经过若干年的实践之后，人们渐渐地发现了苏化的局限性，觉得苏化的艺术与本国人民有一定的隔阂，人们因此提出了民族化的问题。吴雪曾说："我们说的民族化，就是说，我们运用话剧形式来表现我国人民群众的生活要更加符合我国人民的思想感情、风俗习惯和心理状态的特征，更加适应他们的欣赏习惯；这就必须不断排除'洋'化的痕迹、避免模仿的影响，

---

① 郑振民等：《关于斯坦尼斯拉夫斯基体系的讨论》，载《戏剧艺术》1978 年第 1 期。

从而使我们的演出更加具有鲜明的中国气派和浓郁的民族色彩。"① 民族化的声音越大，洋化就越受排挤，斯坦尼的地位也就越低。

中国戏剧民族化的重要目的是更好地走向大众。吴雪曾说："民族化是为了群众化。"② 他还说："所谓群众化，就是说话剧作品必须更好地表现新的人民时代，表现工农兵群众的斗争生活……人民群众在党的领导下的革命斗争生活与建设社会主义事业的光辉业绩，有无限的内容有待我们去写。"③ 可见当时的群众化带有一定的政治色彩。民族化的东西容易被大众接受，而斯坦尼作为一个外国戏剧理论家，不容易被一般的学员掌握。郑雪来曾谈到这个问题，注意到了当时学员中的一种可笑现象："甚至说什么'斯坦尼，一摊泥'，'学生演起戏来，就知道哭，什么也演不出来，他却自以为是'掌握了斯坦尼体系'了。"④ 这是强行推行外国理论的可笑结局。

斯坦尼在中国从热潮走向寒潮学理层上看还有着更加内在的原因。要是我们仔细分析当时研究斯坦尼的文本，可以找到一些很常用的二元对立的术语。最重要的词语罗列如下：

　　　　唯物主义（马列主义）～唯心主义

　　　　现实主义～非现实主义

　　　　社会主义（共产主义）～非社会主义（特别是资本主义、封建主义）

　　　　阶级分析～抽象人性论

　　　　集体主义～个人主义

　　　　进步～反动

　　　　革命～反革命

---

① 吴雪：《话剧要进一步民族化与群众化》，载《中国戏剧》1960 年第 1 期。

② 同上。

③ 同上。

④ 郑雪来：《要澄清对斯坦尼斯拉夫斯基体系的误解》，载《戏剧艺术论丛》1980 年第 2 集。

这些词语具有终极性，是一切判断的最终试金石；这些术语是不证自明的，不需要什么论证，更不允许怀疑；这些概念具有权威性，与它们相矛盾的都是错误的；这些概念是二元对立的，没有中间的可能性；这些概念的使用不需要理由，随时随地都可以往人们头上扣；使用这些概念的人貌似具有彻底的革命性，但也最危险，因为它们是双刃剑，随时都可以反过来伤害使用者。

下文将详细探讨陈卓猷的《演员创造论》、舒强的《斯坦尼斯拉夫斯基体系问题》、《红旗》杂志刊上登的《评斯坦尼斯拉夫斯基"体系"》、1969 年 7 月 24 日《文汇报》刊登的《不要轻易放过斯坦尼这个反面教员》和《天津日报》1969 年 9 月 11 日刊发的《戳穿斯坦尼的"倾向和艺术是不相容的"鬼话》。我们将通过分析这些论著使用上述关键词语的方式，阐述斯坦尼在中国的命运。

陈卓猷（1914—1976）是一位有名的戏剧理论家、导演。他在自己的书的《内容提要》中说："本书内容主要系依据斯坦尼斯拉夫斯基体系的原理，并借助苏联心理学的理论，结合我们自己的演剧实际经验，来较系统的研究演员对角色的创造问题。"[①] 这句话给他的书定了基调，阐述了与斯坦尼的密切关系。他的这本书的主要内容可以从四个方面进行概括。首先，这本书的任务为："一、演员必须掌握马克思列宁主义思想武器去解释角色，处理角色，俾能说明生活真理。二、演员必须在集体主义的组织原则之下从事创造劳动，俾能保证工作的胜利。三、演员必须以自己的心理活动对于角色生活进行体验，并完成一个真实的完整的形象。"[②] 其次，演员创造的基础为"认识、情感、意志。"[③] 再次，演员创造的条件是："一、要求演员必须具有一个经常贮藏极其丰富的材料宝库"；"二、要求演员必须具有一幅健康而灵活的创造工具"；"三、要求给予演员创造以一定的制度、组织纪律与作风，使演员在这一合理的制度之下，创造能力得到充分的发挥与发展，而不

---

① 陈卓猷：《演员创造论》，新文艺出版社 1953 年版。
② 同上书，第 20 页。
③ 同上书，第 34 页。

是被损害与摧毁"①。最后，演员创造的方法的中心问题为"演员的认识情感与角色生活'渗透'的问题"②。整本书基本上是在讨论斯坦尼的理论如何与中国的戏剧实践相结合。

值得注意的是这些引文中出现了"马克思列宁主义""集体主义"。陈卓猷还说，"演员要能说明生活真理，就必须阶级的感受生活，从共产主义世界观底进步立场去感受世界，才能得到生活的真理"③；"真正做到这些，那舞台上的人物，才能反映现实，说明现实，提高现实。而我们的创造方法，也才是现实主义的创造方法。"④ 这些句子中出现了"阶级的感受生活""共产主义世界观""进步立场""现实主义"，再加上前面的"马克思列宁主义""集体主义"，当年的重要批评术语在这本书都已经出现。

为什么只有马克思列宁主义才能说明生活的真理呢？为什么只有集体主义的组织原则才能保证工作的胜利呢？为什么"必须阶级的感受生活，从共产主义世界观底进步立场去感受世界"呢？为什么现实主义的方法才是好方法呢？为什么不按照这些方法做就不好呢？陈卓猷没有展开论述，这显然是一个不能从学理上轻易讲清楚的问题。从整本书的内容来看，陈卓猷没有太多地谈政治路线，主要集中讨论戏剧表演本身。这是他的著作的好的一面，但也给自己带来了隐患。既然"马克思列宁主义"和"集体主义"等是不需讨论的，它们就随时有可能被用来作为批评的武器。陈卓猷这位自认为积极使用马列主义和集体主义的学者，不久就被视为反马列的学者，受到了批评。

陈卓猷在 1951 年出了他的书的首版，但没过多长时间他的观点就显得陈旧了。舒强在《斯坦尼斯拉夫斯基体系问题》中，对陈卓猷进行了批判。舒强（1915—1999），原名蒋树强，戏剧导演，曾参加新歌剧《白毛女》的导演工作。他新中国成立后历任中央戏剧学院表演系主任，中央实验话剧院副院长、院长、总导演，导演的话剧有《大风

---

① 陈卓猷：《演员创造论》，新文艺出版社 1953 年版，第 83—84 页。
② 同上书，第 158 页。
③ 同上书，第 12 页。
④ 同上书，第 158 页。

歌》等。他的《斯坦尼斯拉夫斯基体系问题》的初稿完成于 1955 年，在 1957 年出版。表面上看这是一部研究斯坦尼的书，实质上主要是一部批判陈卓猷的著作。他在前言中说："陈卓猷在对这五个问题的论述中，所标榜的是'马克思列宁主义'和'革命的现实主义'，可是，实际上贯串于他的全部著作的中心思想却是系统的唯心主义的思想。不仅如此，在他的著作中，举的是要向斯坦尼斯拉夫斯基学习的旗帜，而实际上，他在这一系列的重大问题上把斯坦尼斯拉夫斯基的科学的唯物主义的正确理论都曲解成为唯心主义的错误理论。"① 他针对陈卓猷的演员创造的基础说道："这里，陈卓猷所说的'认识'、'情感'、和'意志'都是人们的主观意志的各种不同的表现。而不是离开人们的意志而存在着的客观现实生活。所以他的意思便是说：演员创造的基础就是演员的'主观精神'。"② 斯坦尼曾指出，创作的推动者和动力为："智慧、意志和情感。"③ 陈卓猷的观点明明就来自斯坦尼，但舒强认为，斯坦尼的不是指主观精神，"而是客观存在着的现实生活实际，是演员的生活实践"④。真不知道斯坦尼的正确观点是如何在陈卓猷的书中变为反动观点的。舒强还批评了陈卓猷方法论，认为他的现实主义方法"首先要解决的'中心问题'是如何使演员的认识、情感'渗透'到角色之中去的问题。也就是如何使演员能按照他的主观精神去说明角色、解释现实的问题。"⑤ 斯坦尼本人曾说："因此我们首先应当想到角色的内心方面，就是说，想到角色的心理生活，这种心理生活是借助于内部体验过程而形成的。内部体验过程是创作的主要步骤，是演员首先应该关怀的东西。应当体验角色，即感受和角色相类似的情感，而且每一次重演时都要这样去感受。"⑥ 这种体验是斯坦尼学说的核心，但一经陈

---

① 　舒强：《斯坦尼斯拉夫斯基体系问题·前言》，中国戏剧出版社 1957 年版，第 1—2 页。

② 　舒强：《斯坦尼斯拉夫斯基体系问题》，中国戏剧出版社 1957 年版，第 3 页。

③ 　［苏］《斯坦尼斯拉夫斯基全集》第 2 卷，林陵、史敏徒译，中国电影出版社 1985 年版，第 366 页。

④ 　舒强：《斯坦尼斯拉夫斯基体系问题》，中国戏剧出版社 1957 年版，第 31 页。

⑤ 　同上书，第 62 页。

⑥ 　［苏］《斯坦尼斯拉夫斯基全集》第 2 卷，林陵、史敏徒译，中国电影出版社 1985 年版，第 29 页。

卓猷使用，就变成反动观点了。

如果把陈卓猷的著作和舒强的著作做一个比较，可以看到一些有意思的方面。两部著作的相同点在于，这两位学者都对斯坦尼的理论体系评价很高，都声称自己在用马列主义对斯坦尼进行研究。不同点主要体现在三个方面。首先，陈卓猷虽然提到"马列主义"等，但他的书基本上是在讨论表演艺术，政治批评的成分不多；舒强的书已经偏离了戏剧表演的范畴，没有多少探讨舞台艺术的内容，主要是在批评陈卓猷。其次，陈卓猷很少使用否定句，偶然对某一现象进行否定，也不指向具体的人，例如，他曾说："除马克思列宁主义的观点和思想而外，我们就没有办法知道'应该'与不应该。"[①] 舒强猷在书中用了很多否定句，直接指向陈卓猷这个导演。最后，陈卓猷的句子大都是肯定句，探讨的是演员如何创造自己的角色；舒强的肯定句要少得多，常常比较苍白。例如说，在否定了陈卓猷的"认识""情感""意志"之后，他谈论了什么是斯坦尼的正确的"智慧、意志和情感"，但他的探讨显得没有多少说服力。

"马列主义"已经在陈卓猷的书中出现，但他没有拿着这把"尚方宝剑"到处砍杀。陈卓猷把这把剑悬挂在自己的家门，以表明自己的政治立场，但这把剑的存在本身却是危险的，就像德谟克里特之剑一样。陈氏的书出版4年之后（1955年），他被打为反革命。他被划为"胡风分子"，甚至还与另外一个导演巴鸿一起列为"陈卓猷巴鸿反党集团的急先锋"，最后被迫害致死。舒强比陈卓猷进了一步，开始大量地使用这把宝剑。然而，这是一把双刃剑，可以伤及陈卓猷，也可以伤到他自己。舒强在"文化大革命"时期也被打成了反革命，直到1978年他还只能隐姓埋名地导演话剧《报童》。

"革命"的洪流一旦形成，就不会轻易地停下来，后来者还会把"革命"进行到底。到了1969年，人们已经不满足于批评陈卓猷和舒强，他们干脆把矛头直接指向斯坦尼本人。这一年出版的《评斯坦尼

---

① 陈卓猷：《演员创造论》，新文艺出版社1953年版，第157页。

斯拉夫斯基"体系"》认定斯坦尼是"一个资产阶级反动艺术'权威'"①。作者断定,从历史背景来看,"从一九〇五年革命的失败到十月革命的兴起,是俄国政治上的反动期……斯坦尼斯拉夫斯基煞费苦心而杂凑成的戏剧理论,即所谓斯坦尼斯拉夫斯基'体系',不前不后,偏偏在这一反动历史时期形成,这就正好表明它是沙皇政府反动的文化麻醉政策的产物"②。为什么革命之前的都属于沙皇政府的?为什么沙皇的艺术必然是反动的?如此之类的问题是不能问的,没有合理的说明。这种以出身论学术也是所谓的"阶级分析法"的一部分。

在上文受到舒强批评的体验派观点,也受到这些作者的批评,并且将矛头直接指向了斯坦尼本人。斯坦尼曾经说:"在舞台上,任何时候都不要失去你自己。随时要以人—演员的名义来动作。离开自己绝对不行。如果抛弃自我,那就等于失去基础,这是最可怕的。在舞台上失掉自我,体验马上就停止。因此,不管你演多少戏,不管你表演什么角色,你在任何时候都应毫无例外地去运用自己的情感!"③ 针对从自我出发的观点,这些批评者说:"斯坦尼提出'从自我出发'这个反动文艺口号,集中地反映了地主资产阶级在文艺领域内用腐朽的资产阶级个人主义腐蚀群众,为气息奄奄的资本主义社会打强心针。"④ 他们还指出,中国人不能用这种观点指导戏剧演出,他们说:"强调'从自我出发'去表演工农兵形象,只能用资产阶级、小资产阶级狂妄的'自我扩张',去歪曲工农兵的革命斗争和他们英雄的精神面貌。"⑤ 在他们看来,"在阶级社会里,没有抽象的、超脱于阶级之外的个人,也没有抽象的、超脱于阶级之外的艺术"⑥。这就是所谓的用阶级分析来批评斯

---

① 《评斯坦尼斯拉夫斯基"体系"》,《彻底批判斯坦尼斯拉夫斯基"体系"》,上海人民出版社1971年版,第1页。

② 同上书,第1—2页。

③ 《斯坦尼斯拉夫斯基全集》第2卷,林陵、史敏徒译,中国电影出版社1985年版,第280页。

④ 《评斯坦尼斯拉夫斯基"体系"》,《彻底批判斯坦尼斯拉夫斯基"体系"》,上海人民出版社1971年版,第5页。

⑤ 同上书,第3页。

⑥ 同上。

坦尼，批判他的"抽象人性论"。这些话也是属于大批判式的，没有清楚的论述。

另一个受到批评的观点是斯坦尼的种子论。斯坦尼曾经说："演员的艺术和内部技术的目的，应当在于以自然的方式在自己心里找到本来就具有的作为人的优点和缺点的种子，以后就为所扮演的某一个角色培植和发展这些种子。"① 他还指出："扮演好人，要找他坏的地方，扮演坏人，要找他好的地方。"② 这个观点无非是说，人的性格都是很复杂的，既有好的一面，也有坏的一面，没有十足的好人或坏人。这个观点完全是合乎常理的，但当年曾经被这些人紧紧抓住不放。他们说："以斯坦尼为代表的资产阶级人性论者认为，每个人天生就有所谓的'优点和缺点'的两面派本性，否则，他们就断定是违反'人性'的。"③这是典型的二元对立的真理观，适合于给人扣帽子。

斯坦尼关于下意识的论述也遭到了批评。斯坦尼曾说："通过演员的有意识的心理技术达到有机天性的下意识创作！"④ 斯坦尼还说："这里要求极其复杂的创作工作，而这种创作工作只是部分地在意识控制之下及其直接影响之下进行的。它有很大一部分是下意识的、不随意的。"⑤ 这些作者这样理解斯坦尼的理论："斯坦尼宣扬什么'下意识的创作'，是有意识地把创作完全变为资产阶级的阶级本能的'自我'表现，瓦解人民群众的革命斗志，破坏无产阶级革命运动，为资本主义鸣锣开道。"⑥ 从这句话中可以看到政治帽子的可怕性。

斯坦尼曾经主张艺术不应该有倾向性，他说："但是我们，懂得剧

① 《斯坦尼斯拉夫斯基全集》第 2 卷，林陵、史敏徒译，中国电影出版社 1985 年版，第 281 页。

② 《斯坦尼斯拉夫斯基全集》第 1 卷，史敏徒译，中国电影出版社 1958 年版，第 144 页。

③ 《评斯坦尼斯拉夫斯基"体系"》，《彻底批判斯坦尼斯拉夫斯基"体系"》，上海人民出版社 1971 年版，第 7 页。

④ 《斯坦尼斯拉夫斯基全集》第 2 卷，林陵、史敏徒译，中国电影出版社 1985 年版，第 459 页。

⑤ 同上书，第 27 页。

⑥ 《评斯坦尼斯拉夫斯基"体系"》，《彻底批判斯坦尼斯拉夫斯基"体系"》，上海人民出版社 1971 年版，第 12 页。

场的真正性质，知道我们的舞台决不能变成宣传的讲台，唯一的理由是，一丝一毫的功利目的或倾向渗入纯艺术的领域，便会立刻杀害艺术的。"① 他的这句话也被当作反动的观点，批判者说："他所担心的，只是害怕无产阶级的文学艺术占领舞台，至于资产阶级的功利主义，他不但不反对，相反，倒是为它狂喊大叫，妄图让资产阶级的功利主义永远统治舞台，在文艺舞台上永远实行资产阶级专政。"②

还有人不满足于仅仅把斯坦尼看作一个反动的舞台艺术理论家，甚至说："斯坦尼'体系'首先不是表演体系，而是资产阶级的思想体系。它的'内核'就是登峰造极的资产阶级个人主义。"③ 看来当时批评可以无限度地加以扩张。这样扩张下去，谁都保证不了自己的安全，因为这种莫须有的罪名，随时都可以降临任何一个人的头上，包括那些整天使用这些帽子去批判别人的人。

四　拨乱反正与理性研究

斯坦尼在中国经历了热潮与寒潮之后，随着"文化大革命"的结束逐步走向了正规。作为一个顶尖的表演艺术理论家，他在中国仍然非常受关注。在斯坦尼著作的出版方面，"文化大革命"结束后出版了6部他的著作，而且中央编译出版社还出版了一套全集。以前中国电影出版社已经出了一套，编译出版社又出了一套，显示了斯坦尼在中国的受欢迎程度。在引进外国的斯坦尼研究方面，共翻译了4部外国人研究斯坦尼的著作。此外，本国学者还撰写了6部研究斯坦尼的著作。"新时期"以来，有关斯坦尼的翻译不如20世纪五六十年代，但研究性的著作大大增加了，说明了人们对斯坦尼的认识已经更加深入。

"文化大革命"之后的斯坦尼研究可以分为两种类型：拨乱反正式

---

① 史达尼斯拉夫斯基：《我的艺术生活》，瞿白音译，平明出版社1953年版，第492页。

② 陈子如：《戳穿斯坦尼的"倾向和艺术是不相容的"鬼话》，《彻底批判斯坦尼斯拉夫斯基"体系"》，上海人民出版社1971年版，第118页。

③ 鲍蔚文：《不要轻易放过斯坦尼这个反面教员》，《彻底批判斯坦尼斯拉夫斯基"体系"》，上海人民出版社1971年版，第17页。

的研究和进一步深化的研究。所谓拨乱反正，就是把斯坦尼研究从政治批评中拯救出来。例如说张应湘在《澄清是非，批判借鉴》中讨论了以下 5 个问题："斯坦尼是否反对艺术中的倾向？""斯坦尼体系是否只讲体验不要体现，追求自然主义？""从自我出发是否将导致演员自我表现和扩张，反对思想改造和深入生活？""斯坦尼是否混淆了生活和艺术、演员和角色的界限？""斯坦尼的'规定情境'学说是否堕入了唯心主义？"[①] 看一看这些问题中的关键词就可以知道，作者是试图把那些强加在斯坦尼身上的帽子摘掉。陈明正曾颇有卓见地指出："总之，'四人帮'搞的不是学术研究，而是政治阴谋。因此我们有必要把批判'四人帮'和我们正常的学术讨论严格的分开来。"[②] 他已经看到，拨乱反正和真正的学术研究是两个不同的环节。

郑雪来在这个拨乱反正的过程中做了很多工作。郑雪来在仔细研究斯坦尼的体系之后说："体系的哲学基础是俄国革命民主派的朴素唯物主义。在其发展的前期，有些唯心主义的东西，但不能说基本或主要是唯心主义的；而到了后期，有些辩证唯物主义的东西，但不能说是彻底的唯物主义，或最完全、最彻底的社会主义现实主义。"[③] 他还说道："从哲学美学前提来看，斯坦尼斯拉夫斯基的基本思想是朴素唯物主义的，在艺术中坚持思想性、人民性和真实性的原则，符合现实主义的基本要求。"[④] 郑雪来说这些话，无非是想给斯坦尼洗清那些强加给他的罪名。由于生活在那个年代，郑雪来本人有时也没有完全看清这些罪名的本质。他在评价斯坦尼的种子论的时候说："这种完全无视人的社会和阶级属性、将人抽象化的观点显然是错误的，对表演创作实践也是有害的，但是，我们应当看到，这种要求演员到自己身上找到'种子'并加以'培植和发展'的提法，即使在斯坦尼斯拉夫斯基前期创作和理论活动中也不是典型的，所以很难称之为'论'。"[⑤] 这句话显示了郑雪来的局限性，

---

① 张应湘：《澄清是非，批判借鉴》，载《戏剧艺术》1978 年第 3 期 。
② 陈明正：《关于斯坦尼斯拉夫斯基体系的讨论》，载《戏剧艺术》1978 年第 1 期。
③ 郑雪来：《斯坦尼斯拉夫斯基体系论集》，中国戏剧出版社 1984 年版，第 3 页。
④ 同上书，第 12 页。
⑤ 同上书，第 32 页。

说明他没有真正把握所谓的"抽象人性论"的实质。但他的判断也体现了一定的超越性，他高明地指出，所谓的"种子论"只是中国人从斯坦尼的零星的几句话中提取出来的，不足以成为一种学说。

假如郑雪来仅仅局限于从"唯物主义""人民性"等角度谈论斯坦尼，他的论著只具有历史价值，只是一种拨乱反正，而不可能具有深刻的学术价值，因为这种讨论本身和真正的表演艺术研究没有多大的关系。但郑雪来是一个颇有卓见的学者，他睿智地指出，"我觉得斯氏体系不是一个哲学体系"①。他还说："我认为作为技术方法，它就是一套训练方法，一套创造形象的具体方法，不必给它贴上社会主义现实主义的标签。"② 这就说明他不想满足于给斯坦尼摘帽子，他还想把斯坦尼研究深入下去。郑雪来对斯坦尼的"体验""体现""有机天性""从自我出发""案头分析""动作分析""下意识"等进行了梳理，提出了不少独到的见解。郑雪来还把斯坦尼和中国戏曲进行比较。他说："让戏曲'话剧化'，它就不成其为戏曲。让话剧采取很多程式化的表演方法，就等于扼杀话剧。"③ 他反对戏剧和戏曲的结合，但认为"中国戏曲是可以向斯氏体系和布莱希特理论借鉴的。"④ 戏剧和戏曲区别很大，直接的结合的确颇有难度。在 2012 年他还将 1984 年的《斯坦尼斯拉夫斯基体系论集》增扩为《斯坦尼斯拉夫斯基体系论纲》。在这本新书中，他增加了电影表演的内容，使斯坦尼的理论有了更大的用武之地。

随着时光的推移，学者们逐渐从泛政治化的论争中走了出来，胡导的《戏剧表演学：论斯氏演剧学说在我国的实践与发展》，刁海明的《论斯坦尼斯拉夫斯基体系演员的培养》，以及很多新时期发表的论文已经不再纠缠于"唯心主义""抽象人性论"等概念。胡导的著作特别值得一提。他是著名的导演、演员和教授。他把斯坦尼的体系研究与长期的教学和表演的实践结合起来，不仅总结了自己的研究、教学和实践

---

① 郑雪来：《斯坦尼斯拉夫斯基体系论集》，中国戏剧出版社 1984 年版，第 135 页。
② 同上书，第 157 页。
③ 同上书，第 196—197 页。
④ 同上书，第 198 页。

活动，还触及其他专家在这个领域所做的贡献，包括当时聘请的外国专家的相关活动。斯坦尼研究，在走了这么长的弯路之后，终于走上了正常的道路。

五　焦菊隐的斯坦尼研究

焦菊隐（1905—1975）原名焦承志，1928 年毕业于燕京大学，1937 年获巴黎大学文科博士学位，回国后任教于广西大学、北京师范大学等高校，曾任北京人民艺术剧院副院长、总导演，是该剧院的奠基者之一。他成功导演了《龙须沟》《虎符》《茶馆》《智取威虎山》《蔡文姬》《胆剑篇》《武则天》《关汉卿》等名剧，是中国著名的导演艺术家、戏剧理论家、翻译家。焦菊隐对斯坦尼的研究很深入，创造性地将斯氏的理论运用于指导人艺剧院的实践，并取得了巨大的成功。陈世雄先生对焦菊隐有着高度的评价，他说："在某种意义上，焦菊隐可以看作是'中国的斯坦尼斯拉夫斯基'。"① 因此我们应当认真探讨焦菊隐的斯坦尼研究。下文将首先介绍一下焦菊隐关于斯坦尼的论著，然后集中探讨他的"心象说"。

《信念与真实感——〈演员自我修养〉第八章讲解》是根据焦菊隐的学生的课堂笔记整理而成的讲稿。1951 年焦菊隐给北京师范大学音乐戏剧系上过"斯坦尼斯拉夫斯基体系研究"的课程，后来他的弟子把笔记整理出来，但遗憾的是文章未曾经过焦菊隐本人审阅。焦菊隐以郑君里和张泯翻译的《演员自我修养》第一部为基础，同时对照英俄两个版本重译所讲的内容，显示了非常严谨的治学态度。这篇讲稿一节一节地讲解了斯坦尼的书的第八章，翔实地分析了信念与真实感的问题。

《导演的艺术创造》系出版于 1951 年的专著，是焦菊隐运用斯坦尼的体系导演老舍的《龙须沟》的结晶。这本书由《怎样认识剧本》

---

① 陈世雄：《三角对话：斯坦尼、布莱希特与中国戏剧》，厦门大学出版社 2004 年版，第 141 页。

《导演是二次创造的艺术》《怎样修改剧本》《怎样体验生活》《日记·自传·圆桌会议》《怎样认识斯坦尼拉夫斯基体系》《怎样运用斯坦尼拉夫斯基体系》《怎样创造人物》《导演是集体创造的中心》《结论》十个部分构成。著名的"心象说"就出自这本书。

他还出版了3篇相关论文。《向斯坦尼斯拉夫斯基学习》是焦菊隐1953年在纪念斯坦尼逝世十五周年的会上的讲话。《斯坦尼斯拉夫斯基体系的形成过程》是焦菊隐在1953年给学生做的学习斯坦尼的辅导报告。当时北京师范大学音乐戏剧系的学生在北京人艺剧院实习,担任人艺副院长的焦菊隐给他们做了这个报告。他的这个讲座聚焦于斯坦尼的《我的艺术生活》。《契诃夫和莫斯科艺术剧院与斯坦尼斯拉夫斯基》是焦菊隐1954年写的一篇论文。他指出:"如果没有莫斯科艺术剧院决定上演彼得堡小剧院已经演出失败过的《海鸥》,没有斯坦尼斯拉夫斯基把《海鸥》导演成功,也许契诃夫就听从了连斯基对他的劝告,从此'不再为剧场写作'了;同时,如果没有契诃夫这样伟大的剧作家,莫斯科艺术剧院和斯坦尼斯拉夫斯基在建立和发展演剧制度和心理的形体的与心理的表演体系上,也得不到那么多的刺激和鼓励。"① 在这篇文章中他讨论了契诃夫、斯坦尼如何在莫斯科艺术剧院走向辉煌。

在那个比较"左"的年代,焦菊隐也不可能不受大环境的影响。他曾说:"是马列主义和毛泽东思想,指导着我们的导演艺术创造的方向;是时刻在向上发展着的、现实的、广大人民的生活,作着我们导演艺术创造的源泉;我们才得以朝着真理所揭示的远景,用自己的创造方法而不是剧作家的方法,在舞台上创造出生活和人物来。"② 这样的话当然有喊政治口号的嫌疑,但总体上看,焦菊隐坚持了正确的学术道路,并没有让自己的事业成为政治斗争的牺牲品。

"心象说"就是焦菊隐把斯坦尼的理论与中国的戏剧演出实践相结合之后的产物,在中国舞台演出的历史上具有重大的意义。童道明曾

---

① 《焦菊隐论导演艺术》(上册),中国戏剧出版社2005年版,第91页。
② 同上书,第112页。

说："'心象说'是焦菊隐假借斯坦尼斯拉夫斯基的名义提出来的，但实际上是焦菊隐从中国民族戏剧美学出发并适应着中国话剧舞台艺术的实际，对斯氏体系的精心校正和发挥，因此也是焦菊隐戏剧美学中最有光彩、也最富独创性的一个部分。"① 著名导演张仁里肯定地说："尽管国外许多演剧理论和流派早在本世纪初之后已陆续介绍到国内，但在学习这些演剧理论中不少优秀演员都曾走过弯路，对其中有些原理，至今甚至尚争论不已；而对焦先生的'心象学说'则一试就见成效。它哺育了北京人民艺术剧院中老一代的许多表演艺术家。"② 可见焦菊隐的斯坦尼研究不但有理论的深度，也有实践意义，是中国人学习外国戏剧理论的成功典范。下文将从5个方面论述"心象说"。

一、焦菊隐有关"心象说"的论述。1950 年至 1951 年，焦菊隐在运用斯坦尼的体系导演老舍的《龙须沟》的时候，他对怎样创造性地使用斯氏的理论指导实践做了深刻的反思，并撰写了著名的《导演的艺术创造》一书。焦菊隐的"心象说"就是在这本书中提出的。相关的论述主要集中在《怎样运用斯坦尼斯拉夫斯基体系》《怎样创造人物》这两个部分。焦菊隐关于"心象"的论述并不是很多，但学者们已经围绕这些有限的论述写了很多论著，有时甚至陷入各执一词的争论。为了更加全面公允地进行评价，我们把焦菊隐的相关论述都摘录了出来，罗列如下。

1.1 人物的"心象"（有人译作"意象"）在演员的身上已经孕育到了什么程度……都能了如指掌。③

1.2 斯坦尼斯拉夫斯基要求一个演员先在脑子当中酝酿一个形象（我称之为心象），再去爱他，培植他，使他更符合于角色的

---

① 童道明：《心象说》，载《论北京人艺演剧学派》，于是之、王宏韬等著，北京出版社 1995 年版，第 48 页。

② 张仁里：《论焦菊隐的"心象说"》，载《探索的足迹》，中国戏剧出版社 1995 年版，第 153 页。

③ 《焦菊隐论导演艺术》（上册），中国戏剧出版社 2005 年版，第 131 页。

要求，以便生活于其中。①

2.1 我把排演的期间分成两个段落，前一段落——较大的一个段落——作为体验生活的继续，后一段落作为进入角色的过程。演员虽然体验过了生活，可是那只是感性的认识或印象；演员虽然结合着剧本形成了他的"心象"，可是这个"心象"只是一个概念，只是一个理性的认识，还不能称作是一种"真知"；这个"心象"还只存在于演员的想象中，他自身和这个"心象"还有着距离。而且，这个"心象"的认识是否正确，他能否活在这个"心象"里，也还不得而知。②

2.2 人物"心象"在你心里的出现和人物的创造的完成，都是不突然的。其发展也不是按照逻辑的顺序的。当你的角色开始生活于你的时候，最初只是一点一滴的出现：有时候是一只眼睛，有时候是一个手指，有时候只是他对于某事物的一刹那的反映。它不但不马上整个出现，就连这一点一滴的东西也绝不是按着顺序次第出现的。而且，这种出现还是恍惚迷离的，时而飘忽消逝，时而又闪耀出来。③

3.1 因为在大家的意识中，一向都认为排演的开始便是创造角色的开始，以为角色的"心象"早已在体验生活那一个阶段里完整地形成了，现在只要进入甚至模拟那个"心象"，便可创造人物的外在形象了。他们忘记了初步排演也还是帮助演员去修正、去丰富、去正确地形成他的角色的"心象"时期。④

3.2 在开排以前，他想象中的人物，只是孤立的，和其他人物与剧本指定的环境，是不发生太密切的关系的，他也必须在剧本的"规定情境"和指定生活里，在和别的人物的接触上，一遍一遍地去体验，去生活，才能通过具体而真实的刺激反应作用而修正、充实、发展他的人物。苏联的领导和演员们，称排演为"活

---

① 《焦菊隐戏剧散论》，中国戏剧出版社 1985 年版，第 141 页。
② 《焦菊隐论导演艺术》（上册），中国戏剧出版社 2005 年版，第 145 页。
③ 同上书，第 154—155 页。
④ 同上书，第 146—147 页。

动"，我称之为"生活"，这都是因为我们认为排演的全部过程是一个由体验生活到进入生活以至创造出人物的过程，而不是一个单纯创造的过程。①

4.1 角色没有在你心中成形，你又如何去生活在它的当中呢？创造人物的初步过程，并不是一下子生活于角色，而应该是先要角色生活于你，然后你才能生活于角色。你必须先把你心中的那个人物的"心象"，培植发展起来，从胚胎到成形，从朦胧恍惚到有血有肉，从内心到外形，然后你才能生活于它。否则，你所生活的只是一个概念的幻想……这结果就是形式主义。②

4.2 第二自我在你（第一自我）的身上，也是一点一滴地、逐渐地发展起来的；你（第一自我）的因素，也是随着"心象"的形成而逐渐消灭下去的。所以，在排演与创作的过程中，我们不能奢望一下子就能生活于角色，绝不能要求一下子就完全摆脱开第一自我。你还得时时用第一自我和第二自我作比较，时时感到这两者的矛盾和消长的迹象。唯有经过这样的程序，最后第一自我才能完全消灭，舞台上的人物才能成为百分之百的第二自我，人物才能真的有血有肉，而不是形式的堆砌。③

1.1 和 1.2 说明了"心象"的来源。

2.1 和 2.2 阐述了"心象"的尚未完全明确化的特性。

3.1 和 3.2 告诉我们，"心象"的获得需要很多遍的练习。

4.1 和 4.2 说明"心象"的获取需要由外而内，需要借助演员（第一自我）的有意识的控制。

除了焦菊隐自己的论述之外，在《龙须沟》中扮演主角的于是之也在自己的著作中整理了焦菊隐用"心象说"指导演出时常说的话。最重要的句子如下。

---

① 《焦菊隐论导演艺术》（上册），中国戏剧出版社 2005 年版，第 146 页。
② 同上书，第 154 页。
③ 同上书，第 155 页。

A. 没有心象就没有形象。

B. 先有心象才能够创造形象。

C. 你要想生活于角色，首先要叫角色生活于自己。

D. 这次演员的创作，要从外到内，再从内到外，先培植出一个心象，再深入找其情感基础。

E. 要突破自己，就要先看到角色与自己的差别。

F. 准备角色的时候，可以用哥格兰的办法。然后进入体验。

G. 从自我表现到第一自我监督第二自我是进了一步了，是走向下意识的途径。

H. 吸收到外在的东西，要反复地练习，摸到它内在的思想感情。排练时不要模仿，思想感情到了，自然出来。①

于是之的这些话，只是焦菊隐上述观点的口语化表达的结果，并没有多少新的内容。

为了方便于下文进一步分析，我们对每条引文都标了序号。有了这些引文和序号，"心象说"研究就有了可靠的材料和一目了然的形式。

二、"心象"考源。"心象"这个词语怎么来的？首先可以看一看1.1引文，这个句子的"人物的'心象'（有人译作'意象'）"说明这个词语是外语的翻译。童道明先生把与"心象"对应的俄文单词做了一些考证。他说："我把焦译《文艺·戏剧·生活》与丹钦科的原著作过一番对照后，发现凡是原文中的现在通译为'形象'的'образ'一词，都被焦先生译成'心象'，个别地方也译作'形象'。"② 他还找到了一个有意思的例子："尤仁偏爱某篇小说里那种鲜明的、戏剧的心象；而契诃夫就偏爱某本戏剧里那种简单的生动的形象。"③ 童道明对这个句子做了这样的评价："尽管是同一个词眼，但给更成熟的契诃夫

---

① 于是之：《于是之论表演艺术》，中国戏剧出版社1987年版，第89—90页。

② 童道明：《心象说》，载《论北京人艺演剧学派》，于是之、王宏韬等著，北京出版社1995年版，第48页。

③ ［苏］丹钦科：《文艺·戏剧·生活》，焦菊隐译，中国戏剧出版社1882年版，第49页。

选择了'形象'的词眼，给次成熟的尤仁选择了'心象'的词眼。"① 童道明因此得出了这样的结论："在焦菊隐的理解里，心象（意象）乃是舞台形象的初阶、胚胎。"② 所以童道明把"心象"看作俄语的"形象"的汉译。

童先生的观点已经被不少中国学者接受，但也有学者对童道明提出了挑战。陈世雄先生也对照丹钦科的原文仔细地阅读了焦菊隐翻译的《文艺·戏剧·生活》，找到了和童先生相反的例子："《樱桃园》的心象是现实的、简单的、明朗的，同时，又熔铸成为十分深刻的结晶的精髓，所以，这些心象，结果都像是象征一样了。整篇戏都是这样地简单、这样通体地真实，这样纯净而不肤浅，抒情的本质发展得使我认为简直是一首象征诗了。"③ 这里的"心象"是很明确的形象，而不是童先生所说的那种不成熟的形象。陈先生因此得出结论："笔者对照俄文版原著，觉得这里焦菊隐所用的'心象'一词和后来焦菊隐的研究者们所概括的'心象'显然不是一回事。"④ 他还说："因此，我们在研究焦菊隐的'心象'说时，完全可以不再考虑它和'образ'一词的对应关系；与其这样做，不如干脆把它看成焦菊隐先生独创的一个新词。"⑤ 陈先生的反驳很有力度。但毕竟焦先生自己声称"心象"是外语的翻译，我们不能排除这样的可能性：焦菊隐心中的"心象"这个概念最早是对"образ"的翻译，但后来他自己又加入了新的内容。

我们无法肯定焦菊隐在翻译丹钦科的时候是否已经开始构想他心中的"心象说"，但关于"心象"的理论毕竟是他在阐释斯坦尼的时候才正规地提出的，所以还要回到斯坦尼的学说。引文 1.2 有这样的内容，

---

① 童道明：《心象说》，载《论北京人艺演剧学派》，于是之、王宏韬等著，北京出版社1995年版，第49页。

② 童道明：《心象说》，载《论北京人艺演剧学派》，于是之、王宏韬等著，北京出版社1995年版，第49页。

③ ［苏］丹钦科：《文艺·戏剧·生活》，焦菊隐译，中国戏剧出版社1882年版，第188页。

④ 陈世雄：《三角对话：斯坦尼、布莱希特与中国戏剧》，厦门大学出版社2004年版，第151页。

⑤ 同上。

"斯坦尼斯拉夫斯基要求一个演员先在脑子当中酝酿一个形象（我称之为心象）"。一谈到斯坦尼，我们就马上联想到他的"内心视象"。著名导演欧阳山尊甚至说："焦菊隐同志所说'心象'和斯氏体系中的'视象'应该说是一回事，只是说法或者译法不同。"① 欧阳山尊的这个观点并不为大多数人所接受。邹红曾说："'心象'的原文不可能译为'内心视象'，只能是那个表示'形象'的俄语单词。"② 为了进一步搞明白，我们可以把斯氏关于"内心视象"的描述也找出来，以便进行对比。斯坦尼曾说："只要我一指定出幻想的题目，你们便开始用所谓内心视线看到相应的视觉形象了。这种形象在我们演员的行话里叫作内心视象。"③ 他还说："如果根据自己的感觉来判断，那就不能判别出，想象、幻想、和空想首先就意味着用内心视觉去看而且看到了我们正在想着的东西。"④ "内心视象"指的是心中看到的形象。与丹钦科的"形象"一词相比，"内心视象"更像是焦菊隐的"心象"的俄语词源。"心象"有从内心看的意思，而且焦菊隐承认这个词语来自斯坦尼。从这两方面来说，"心象"都应该是斯坦尼的"内心视象"的翻译，而不是丹钦科的"形象"的中译。

反对把"心象"等同于"内心视象"的人指出，焦菊隐在他的文章中也使用了"内心视象"这个词语。焦先生在《信念与真实感——〈演员自我修养〉第八章讲解》中曾经说："先通过'假使'推动想象，对规定情境、事件、情节、人物建立起一个大致的内心视象；然后结合直接与间接生活经验的回忆，设想出每个单位的形体动作的轮廓。"⑤ 焦菊隐先生给学术界留下了不少麻烦：第一，他没有直接指出"心象"的俄语原文是什么，第二，他在使用"内心视象"的时候，没

① 欧阳山尊：《〈龙须沟〉与北京人民艺术剧院》，载《〈龙须沟〉的舞台艺术》，中国戏剧出版社 1987 年版，第 422—423 页。

② 邹红：《焦菊隐"心象说"与斯氏体系及戏曲关系问题》，载《文艺研究》1998 年第 6 期。

③ 《斯坦尼斯拉夫斯基全集》第 2 卷，林陵、史敏徒译，中国电影出版社 1985 年版，第 98—99 页。

④ 同上书，第 99 页。

⑤ 《焦菊隐论导演艺术》（上册），中国戏剧出版社 2005 年版，第 187 页。

有直接指明这个单词是否与"心象"是一回事。在笔者看来，这是可以理解的。首先，在使用"内心视象"这个词语的时候，他是在讲解斯坦尼的理论体系，他可能会尽量采用忠实于原文的翻译。其次，焦菊隐在不同的场合说话心中的侧重点是不一样的，没有必要总是保持一致。

综合起来看，焦菊隐的"心象"很可能是俄文的"内心视象"的另外一种中文翻译，但这个判断是否正确本身并不是很重要，核心问题在于仔细研究"心象说"的真正含义，而不是译自哪个单词。

三、狭义"心象说"。关于什么是"心象说"，有广义和狭义的区分。持狭义说的人认为，"心象说"只是和斯坦尼相对而言的表演方法，而持广义说的人认为，焦菊隐的学说还融进了表现派的特点和中国的元素。

狭义"心象说"的典型代表是陈世雄。他认为"心象说"和"内心视象"有三点不同。他说："其一，和'心象说'相比，'内心视象'的所指较为宽泛。"① 斯坦尼的"内心视象"不仅包括"视觉形象，而且还有听觉和其他想象的感觉"，他"把我们对事物的一切形象和感性的概念都称为视象"②。但焦菊隐的"心象"就是演员"心中的那个人物的'心象'"（可以参看4.1等引文）。可见两者有一定的相同之处，也有明确的区别。

陈世雄认为第二点区别在于，"获取'心象'和获取'内心视象'的途径不同"③。斯坦尼要求演员首先想象出规定情景，并假设身处其中，在内心中进行体验。他说："只要你用内心视线看到熟识的环境，你便能感到这种环境的气氛，于是和动作地点有关的熟悉的思想便立刻在你心里活跃起来了。从思想产生了情感和体验，接踵而来的就是内心

---

① 陈世雄：《三角对话：斯坦尼、布莱希特与中国戏剧》，厦门大学出版社2004年版，第155页。

② 《斯坦尼斯拉夫斯基全集》第2卷，林陵、史敏徒译，中国电影出版社1985年版，第501页。

③ 陈世雄：《三角对话：斯坦尼、布莱希特与中国戏剧》，厦门大学出版社2004年版，第156页。

的动作欲求。"① 焦菊隐认为，首先要仔细阅读、分析剧本，并在现实生活中体验剧情，初步形成"心象"，最后才能到舞台的规定情景中体验角色。

陈世雄还说："其三，演员创造角色的途径是从外到内，还是从内到外？"② 于是之曾说："他（即焦菊隐）告诉我说：'你也好把那个典型性的外形动作，孤立地练习，练习，不断地练习，在反复的模仿中，你会体会到那个人当时所以那样行动的内在动机，也就是他的思想情感。然后在排演场里，要忘记那个动作，只要你情绪掌握对了，那个动作就自然地出来了。'"③ 这就是说，焦菊隐主张先练习外形动作，再内在地进行体验。斯坦尼的路子是由内而外的，主张首先通过规定情景来体验剧情。他说："演员如果被剧本完全抓住，那是最好不过的。那时候，演员会不由自主地生活于角色之中，既不去注意他怎样感觉，也不考虑他在做什么，一切都是自然而然地、下意识地做出来的。"④ 在斯坦尼看来，演员首先应当进入角色，再由内而外地行动。

邹红也就焦菊隐的"心象说"和斯坦尼的"内心视象"做了类似的比较。她坚称"心象"是丹钦科的"形象"的中译，而不是斯坦尼的"内心视象"的翻译。如果真是这样，她为什么不把焦菊隐的概念和丹钦科的概念做比较呢？这种比较本身无非是说，"心象"和"内心视象"具有一定的可比性，两者同中有异。

支持狭义"心象说"的人认为，体验派的焦菊隐，不可能把表现派的观点融入他的学术体系。他们指出，焦菊隐本人曾经这样说："至于'两派合流'的说法，实在不敢苟同。因为除了他们的'误解'之外，还包含着戏剧观、美学观、创作原则和创作方法的根本性分歧。这不像两杯水倒在一起那么容易地合流的，水乳可以交融，水油就不大能

---

① 《斯坦尼斯拉夫斯基全集》第 2 卷，林陵、史敏徒译，中国电影出版社 1985 年版，第 99 页。

② 陈世雄：《三角对话：斯坦尼、布莱希特与中国戏剧》，厦门大学出版社 2004 年版，第 157 页。

③ 于是之：《于是之论表演艺术》，中国戏剧出版社 1987 年版，第 19 页。

④ 《斯坦尼斯拉夫斯基全集》第 2 卷，林陵、史敏徒译，中国电影出版社 1985 年版，第 26 页。

交融了。"① 这样的论述有一定的道理。

　　狭义说的支持也不认为"心象说"从戏曲中吸取了有用的成分。邹红为此提出了两点："1. 在焦菊隐的话剧导演实践中，'心象说'的提出和话剧借鉴戏曲表演方式分属两个时期；2. 在 50 年代以前，对于话剧和戏曲各自的表演方式，焦菊隐倾向于看作是两种不同的表演体制。"② 焦菊隐在提出"心象说"的时候，的确倾向于把戏曲和斯坦尼的戏剧看作完全不同的艺术样式。但这些论述并不足以完全把广义"心象说"加以否定。

　　四、广义"心象说"。于是之是广义"心象说"的鼓吹者，他认为焦菊隐的"导演思想里，有法兰西的，有斯坦尼的，也有中国戏曲的"③。关于法兰西的影响，焦菊隐尤其推崇哥格兰的观点。于是之还提到："他说：'准备角色的时候，可以用哥格兰的办法。'（哥格兰的书中国翻译为《演员的艺术》，吴天同志译的，应该看看，咱们基本是用斯坦尼，但要多知道一点别的。）他这话重音在准备，哥格兰的主要观点是演员是第一自我，角色是第二自我，……焦先生之所以在排戏前向我们推荐哥格兰的办法，就是要我们把第二自我给想清楚了，不是一般的理论上的清楚，而是在你脑子里得有一个形象。"④ 看来"两派合流"并不是完全不可能。焦菊隐是一个以体验派为主要特色的导演，但也吸收了哥格兰的一些表现派的手法。

　　有关如何将戏曲的手法运用于斯坦尼式的戏剧，当然有较大的难度。但焦菊隐的确这样做了。他在导演《虎符》等作品的时候，有意识地使用了一些戏曲的手法。他有时很欣赏戏曲的表现手段。他说："演员就要把人物的最主要的精神状态表现出来。比如盖叫天演《武松打虎》，一方面打虎，一方面面向观众，应该说这是不符合生活真实的，然而观众批准，相信舞台上的表演是真实的。因为此时观众最希望

---

　　① 《焦菊隐论导演艺术》（上册），中国戏剧出版社 2005 年版，第 328 页。
　　② 邹红：《焦菊隐"心象说"与斯氏体系及戏曲关系问题》，载《文艺研究》1998 年第 6 期。
　　③ 于是之：《于是之论表演艺术》，中国戏剧出版社 1987 年版，第 101 页。
　　④ 同上书，第 66—67 页。

看到的是演员表现出人物打虎的精神状态，而不是只看打虎的姿势……演员扮演人物既要形似，又要神似。形不似，神也不会似，但主要是神似。"① 他还撰写了《话剧向传统戏曲学习什么》《谈话剧接受民族戏曲传统的几个问题》等文章。当然，反对广义"心象说"的学者马上就会指出，他的这些文章和戏剧实践都是提出"心象说"之后才出现的。但我们应当以发展的眼光看焦菊隐。他在提出学一种学说之后，就不能进行补充和更正吗？

还有人把"心象说"一直追溯到中国古代文化。苏民等曾说："本来，'心象'或'意象'这样的汉语词汇，在我国的文学艺术中是有其独特的含意的，焦菊隐选用它不是随手拈来，而是有自己的根据的。"② 他们还说："比如，以画竹闻名于世的清代大画家郑板桥就曾经说过：'胸中之竹，并不是眼中之竹也……手中之竹又不是胸中之竹也。'……竹林也好，一丛秀竹也好，稀疏几竿也好，实物的千姿百态只有通过亲眼观察才能得到，这就是所谓'眼中之竹'；但是，中国画不是传真式的速写或素描，必须在实物的印象中加上此时画家独特的感受、理解与想象，有了这一步才有了画家'胸中之竹'。这'胸中之竹'，绝不是一种笼统的意念，而是能够触发画家勃然欲动的艺术构想。……这在焦菊隐来说，就是所谓'心象'；最后，当画家怀着'心象'去作画时，又出现了新的情况。画幅的条件、纸和笔的性质、作画时的心境情绪，以及落笔后的意外效果……等，都不会和原来的'心象'完全一致，所以画家此时必然要适应着笔下的效果，再来一次符合这幅画的重新构思与即兴安排，这才能获得此时此幅的最好效果。"③ 他们的分析也有些道理，但多少有点牵强。

五、"心象说"的重新定位。 焦菊隐根据具体的情况把斯坦尼中国化，并且取得了良好的效果。焦菊隐曾说："今天，新中国的演员，其所以不同于沙俄时代的演员，也更不同于今日苏联的演员者，主要在于

---

① 《焦菊隐论导演艺术》（上册），中国戏剧出版社 2005 年版，第 339 页。
② 苏民等：《论焦菊隐导演学派》，文化艺术出版社 1985 年版，第 40 页。
③ 同上书，第 40—41 页。

中国话剧与新歌剧历史还太短，演员还太年轻（平均都是二十多岁的青年），演戏的基本训练的基础远还不够，还很缺少作为一个好演员的条件之一：技术的基础。"① 在这种情况下，焦菊隐不是亦步亦趋地跟着斯坦尼走，而是根据中国的实际情况创造性地运用外国理论。他的"心象说"是外国理论中国化的成功范例，使演员能够在较短的时间里很好地掌握演出技巧。

焦菊隐还纠正了一些人的不正确的学习斯坦尼的方法。焦菊隐曾说："另外，还有一个现象，也相当普遍地存在着，那就是：生吞斯坦尼斯拉夫斯基心理准备过程的理论，无原则地否定形象，认为凡是形象全是形式主义。试想演员如果整个取消了足以传达内心思想与情感活动状况的形象，就连最生动、最自然、最生活化的举止动作，也都认作是仇敌，那会是什么结果呢？角色必然会个个变成了得瘫痪症的人物。而那种呆滞、无神、平板，既然不能表现丝毫的生命，也就必然会成了一种僵尸化的形式了。"② 他对"心象"的强调，也是对当时的偏差的纠正。

焦菊隐的确是一位伟大的导演，但我们对他的"心象说"也没有必要无限度地夸大。首先，他关于"心象说"的论述的创新性是有限的。他的狭义"心象说"，实际上是"内心视象"理论在中国环境中的创造性运用。从戏剧实践的角度看是很成功的，但从理论高度来说，属于斯坦尼观点的修正和发展，创新程度不能太高估。他的广义"心象说"虽然吸收了一些表现派和中国艺术的方法，但所汲取的内容是有限的，没有必要因此认为他是各种流派的集大成者。焦菊隐基本上属于体验派，他对哥格兰的表现手法的确有所采用，但那只是为体验服务的一点技巧，最终目的指向体验，不必夸大为融合了两大流派。他对戏曲和中国艺术也有所借鉴，但我们很难从这种借鉴中推论出，他的"心象说"融贯了中西。从总体上看，焦菊隐的戏剧仍然属于斯坦尼式的戏剧，中国艺术只是辅助手段。而且他从中国艺术中借鉴的不少手法无

---

① 《焦菊隐论导演艺术》（上册），中国戏剧出版社 2005 年版，第 135 页。
② 同上书，第 135—136 页。

法列入"心象说",不涉及如何形成"心象"的问题。这大概就是为什么他在谈论话剧民族化的时候没有围绕"心象"展开的原因。所以我们对这个问题没有必要太夸大。田本相曾说:"焦菊隐—北京人艺演剧体系的内容是十分丰富的,但最突出的是熔铸着中国民族诗性灵魂和艺术精神传统的舞台诗的创作方法。其精粹之点即焦菊隐的'心象'学说。更确切说是心象—意象学说。焦菊隐正是以这个学说化解了斯氏体系。"① 这种溢美之词并不是公允的评价。

其次,焦菊隐关于"心象说"的论述就那么若干句话,从量的角度看,论述还不够充分。作为一种重要理论,不但需要原创性,还需要足够的严密论证。但焦菊隐只说了那么几句话,还不具备理论大厦的规模。

最后,"心象说"只是舞台艺术的一个环节,并非整套的表演体系。张仁里在比较"内心视象"和"心象说"时曾说:"它们的根本不同之处在于'视象'论主要是指演员运用创作想象的手段,在内心'看'到人物正在想的有关情境和对象……而焦菊隐先生的'心象学说'则是从体验人物生活起,到演员内心建立人物'心象',再一直到创造活生生的舞台人物形象为止的整套的、全面的演员创造形象的方法。"② 但在我看来,他的说法并不恰当,"心象"和"内心视象"一样,只是表演的一个环节,无法成为统摄全局的理论核心。引文 2.1 中有这样的话:"我把排演的期间分成两个段落,前一段落——较大的一个段落——作为体验生活的继续,后一段落作为进入角色的过程。演员虽然体验过了生活,可是那只是感性的认识或印象;演员虽然结合着剧本形成了他的'心象',可是这个'心象'只是一个概念,只是一个理性的认识,还不能称作一种'真知';这个'心象'还只存在于演员的想象中,他自身和这个'心象'还有着距离"。就是说,形成"心象"只是表演的一个段落,而不是整个表演过程。引文 B 也说得很清楚:

① 田本相:《以诗建构北京人艺的艺术殿堂》,载《论北京人艺演剧学派》,于是之、王宏韬等著,北京出版社 1995 年版,第 285—286 页。

② 张仁里:《论焦菊隐的"心象说"》,载《探索的足迹》,中国戏剧出版社 1995 年版,第 132—133 页。

"先有心象才能够创造形象。"形成"心象"只是塑造形象的准备工作。

　　焦菊隐的"心象说"是当时中国人创造性地用斯坦尼的理论指导戏剧实践的结晶，首先属于一种实践智慧，而不是一种高深的创新理论。焦菊隐本人主要只在《导演的艺术创造》一书中的"怎样运用斯坦尼斯拉夫斯基体系""怎样创造人物"这两节中有所讨论，还在另一篇文章中有所涉及，而且都不是以中心话题提出来的，只是作为塑造人物的手段提出来的。他自己只提到"心象"，从来不把这种论述当作一种学说。关于"心象"的观点只是焦菊隐戏剧理论的一个部分，正如"内心视象"只是斯坦尼学说的一个部分一样。我们甚至没有必要在"心象"后面加上"说"，正如我们没有必要在"内心视象"后面加上"说"一样。假如"内心视象说"一旦成立，斯坦尼就创造了许许多多的学说。假如"心象说"成立的话，焦菊隐的学说可能也不止这一种，恐怕"民族化学说"等也会成为人们研究的课题。

　　总体上看，斯坦尼在新中国戏剧界的影响力非常大，但走过的道路是曲折的，有时甚至有时被极度扭曲。在整个20世纪50年代和60年代初，他的著作被广泛地翻译、学习和应用，成为演艺界的圣经。在"文化大革命"期间，他又成了反动学术权威的代表，被全国上下批判。"四人帮"发动政治运动也拿斯坦尼开刀，虽然显得荒唐，但也体现了他的影响之大。改革开放以来，经过拨乱反正之后，斯坦尼已经从戏剧界的绝对权威和反动资产阶级头目这种极端的角色中走出来，逐步地成为一个合理的研究对象。这个本色的斯坦尼仍然是人们关心的焦点，他的书仍然很畅销，研究斯坦尼的论著依然不断再版。我们有理由相信，斯坦尼研究这个领域将来还会有很多的高水平的论著出现。

第十一章

奥尼尔的翻译与研究

尤金·奥尼尔（Eugene O'Neill, 1888—1953）是美国著名的剧作家，在世界剧坛享有极高的地位。奥尼尔的抱负非常远大。早在 1931年他曾经说："我发现欧洲舞台总的来说已经疲惫不堪。现在我认为戏剧的再生很可能将发生在这里，不需多久，欧洲人将来这里向我们学习。美国舞台具有欧洲舞台所缺乏的活力和创新。"① 他的话不是凭空吹牛，他的成就不仅在美国国内得到了承认，曾 4 次获得普利策奖，得到了世界的公认，并在 1936 年成为唯一获得诺贝尔奖的美国剧作家。有学者认为"他不仅可以跟易卜生、斯特林堡和萧伯纳媲美，而且可以跟埃斯库罗斯、欧里庇得斯和莎士比亚相提并论。"② 可见奥尼尔已经进入世界一流剧作家的行列。香港学者王敬羲还把他与小说家和诗人比较，他说："奥尼尔在欧西剧坛上所占的地位，和乔伊斯在小说界、艾略特在诗坛上的地位不相上下。"③ 他不仅在剧坛上占据重要地位，也是整个文学界的大师。

奥尼尔在中国的影响非常大。早在 1922 年 5 月，沈雁冰（茅盾）就在自己主编的《小说月报》上发表了《美国文坛近状》一文，把奥尼尔描述为："着实受人欢迎，算得是美国戏剧界的第一人才。"④ 在

---

① 郭继德编：《奥尼尔文集》第 6 卷，人民文学出版社 2006 年版，第 279 页。

② Robert Brustein, *The Theatre of Revolt*, Boston: Little, Brown and Company, 1984, p. 322.

③ 王敬羲：《序》，载奥尼尔《素娥怨》，王敬羲译，今日出版社 1968 年版，第 1 页。

④ 茅盾：《美国文坛近状》，载《茅盾全集》第 31 卷，人民文学出版社 2001 年版，第172—173 页。

20 世纪 30 年代，国人在译介奥尼尔方面取得了相当可观的成绩。新中国成立后，由于奥尼尔和现代主义等与当时的意识形态向"左"，他的名字一度从中国人的视野中淡出。但在改革开放之后，奥尼尔的翻译、研究和演出再度出现了高潮，成为最有影响力的外国剧作家之一，值得我们仔细研究。

一　翻译与研究的总体情况

在新中国的历史上奥尼尔虽然一度受到冷落，但到了 20 世纪 80 年代出现了强势的反弹，出版了不少他的剧作，下文罗列的图书刊登的都是他的戏剧作品。

《奥尼尔剧作选》，荒芜译（上海文艺出版社 1982 年版）

《漫长的旅程　榆树下的恋情》，欧阳基译（湖南人民出版社 1983 年版）

《天边外》，汪义群等译（漓江出版社 1985 年版）

《外国当代剧作选》，龙文佩选编（奥尼尔专辑）（中国戏剧出版社 1988 年版）

《奥尼尔集》，汪义群等译（上下册）（生活·读书·新知三联书店 1995 年版）

《长昼的安魂曲》，徐钺译（东方出版社 2005 年版）

《奥尼尔文集》（第 1—5 卷为戏剧），郭继德编（人民文学出版社 2006 年版）

《奥尼尔剧作选》，欧阳基译（人民文学出版社 2007 年版）

他的戏剧还经常收入各种戏剧作品集之中，总共多达十几次，而且杂志上刊登的作品也不少。此外，人们还出版了 2 部奥尼尔的理论著作：《奥尼尔论戏剧》（大众文艺出版社 1999 年版），《奥尼尔文集》（第 6 卷）（此卷为诗歌和文论）。奥尼尔著作翻译和出版的规模在剧作家当中仅次于莎士比亚和莫里哀，是一位相当受欢迎的作家。

奥尼尔也是学者们关心的焦点之一。在最近的三十多年中，学者们共出版了 10 部专著（具体信息请看下文）。此外，人们还出版了 6 部《尤金·奥尼尔戏剧研究论文集》（其中 5 部的主编为廖可兑，另 1 部的主编为郭继德）。奥尼尔在各种文学史和戏剧史中的地位也很高，例如说，周维培的《现代美国戏剧史》（江苏文艺出版社 1997 年版）专辟两章讨论奥尼尔。

汪义群：《奥尼尔创作论》（中国戏剧出版社 1983 年版）

刘海平、朱东霖：《中美文化在戏剧中交流：奥尼尔与中国》（南京大学出版社 1988 年版）

廖可兑：《尤金·奥尼尔剧作研究》（中国美术学院出版社 1999 年版）

沈建青：《尤金·奥尼尔女性形象研究》（湖南教育出版社 2002 年版）

谢群：《语言与分裂的自我：尤金·奥尼尔剧作解读》（北京大学出版社 2005 年版）

汪义群：《奥尼尔研究》（上海外语教育出版社 2006 年版）

陈立华：《用戏剧感知生命：曹禺的前期创作与奥尼尔剧作的比较研究》（中国戏剧出版社 2006 年版）

时晓英：《尤金·奥尼尔的不同形象：传记、评论、书信中塑造的剧作家的公众和私人形象》（商务印书馆 2008 年版）

卫岭：《奥尼尔的创伤记忆与悲剧创作》（中国人民大学出版社 2009 年版）

郭勤：《依存与超越：尤金·奥尼尔隐秘世界后的广袤天空》（上海译文出版社 2010 年版）

学者们还引进了 1 部英文版的研究奥尼尔的著作：迈克尔·曼海姆的《剑桥尤金·奥尼尔指南》（上海外语教育出版社 2000 年版）。而且人们还翻译了 5 部外国人研究奥尼尔的著作。这些著作的信息如下：

龙文佩编:《尤金·奥尼尔评论集》(上海外语教育出版社 1988 年版)

鲍恩:《尤金·奥尼尔传:坎坷的一生》,陈渊译(浙江文艺出版社 1988 年版)

卡彭特:《尤金·奥尼尔》,赵岑、殷勤译(春风文艺出版社 1990 年版)

弗洛伊德:《尤金·奥尼尔的剧本》,陈良廷、鹿金译(上海译文出版社 1993 年版)

罗宾森:《尤金·奥尼尔和东方思想:一分为二的心象》,郑栢铭译(辽宁教育出版社 1997 年版)

笔者于 2013 年 10 月 1 日在中国知网上对奥尼尔进行全面搜索。把主题定为 "奥尼尔",将时间设置为 "1949—2012",查到了 7961 篇论文。再将分类目录选为 "哲学与人文科学",得到的结果为 2332 条。再把这些条目逐条进行人工筛选,去掉不相关的论文和重点不在奥尼尔戏剧研究的论文,得到的结果为:期刊论文 1213 篇,硕士学位论文 188 篇,博士学位论文 6 篇,会议论文 16 篇。这里需要指出的是,中国知网并没有穷尽一切期刊,例如,中国学者 1979 年和 1980 年也出版了一些论文,但知网没有收。笔者搜寻的时候,中国知网只从 1999 年开始收录硕士博士学位论文,但早在 1980 年南京大学和上海戏剧学院就有研究生选择奥尼尔写硕士学位论文。中国知网上的博士学位论文的具体信息如下:

迟晓虹:《尤金·奥尼尔的悲剧想象》(上海外国语大学,2004 年)

陈立华:《用戏剧感知生命——曹禺创作与奥尼尔剧作的比较研究》(华中师范大学,2005 年)

杨挺:《奥尼尔表现主义戏剧观比较研究》(暨南大学,2007 年)

刘永杰:《爱与死亡:尤金·奥尼尔的性别理论研究》(华东师范大学,2007 年)

卫岭:《奥尼尔的创伤记忆与悲剧创作》(苏州大学,2008 年)

张生珍：《尤金·奥尼尔戏剧生态意识研究》（山东大学，2009年）

郭勤：《依存与超越——尤金·奥尼尔隐秘世界后的广袤天空》（上海外国语大学，2004年）

中国知网的收录并不全面，笔者发现还有3篇博士学位论文没有收进去，这3篇论文为：沈建青的《尤金·奥尼尔女性形象研究》（北京大学，1999年）、朱雪峰的《再现奥尼尔——中国戏剧的跨文化衍变》（南京大学，2005年）、时晓英的《尤金·奥尼尔的不同形象——传记、评论、书信中塑造的剧作家的公众和私人形象》（北京大学，2007年）。

二 历时的考察

奥尼尔在20世纪20年代传到中国后，产生了不小的影响。根据汪义群的《奥尼尔研究》一书中的《奥尼尔剧作中译资料》，20世纪三四十年代共出版了26部奥尼尔的戏剧，其中40年代只有3部。如果去掉不同的译本和版本，实际翻译的奥尼尔剧本为15个。根据汪义群这本书中的《中国评介奥尼尔及其作品系年表》，新中国成立前共发表了42篇论文，大都集中在30年代。从这些资料可以看出，奥尼尔在新中国成立前已经产生了很大的影响。

新中国成立以后，现代主义文学被普遍看作晚期资本主义的颓废艺术，遭到了人们的批评和冷落。奥尼尔只在几个场合作为反面教材提到。其中论述较为详细的为1958年出版的《外国文学参考资料》。该书作者指出："被美国资产阶级批评家叫喊做美国剧坛的瑰宝的尤金·奥尼尔的作品，是一开头就标志了形式主义的要求、弗洛伊德的偏向、绝望地阴暗的生命观和强调人性的野蛮的倾向的。他的早期剧作虽然间或夹杂社会批评的腔调，他后来的作品却是充斥着彻底的颓衰的世界观。"①

---

① 北京师范大学中文系外国文学教研组编：《外国文学参考资料》现代部分下册，高等教育出版社1958年版，第703页。

接着对《送冰的人来了》做了充满政治色彩的分析。关于奥尼尔的介绍和评价总共大概有 1000 字左右，在当年可以说是长篇大论了。1961年出版的《辞海》也给了奥尼尔一席之地，称他为"美国著名剧作家。写作剧本很多，著名的有《天边外》《琼斯皇》《毛猿》《奇异的插曲》等，在一定程度上反映了美国资产阶级社会中的各种问题，如谋杀、贫穷、金钱势力、种族偏见等，但作品中充满悲观绝望情绪，具有浓厚的颓废倾向"①。值得一提的是，在"文化大革命"期间，《现代戏剧》（1967 年第 6 期）上面还刊登了一篇名为《奥尼尔〈琼斯皇〉的两个中国翻版》的文章。在中国最为封闭的时候奥尼尔的名字还出现在中国的杂志上，说明他的影响力不可小看。

从 1979 年开始，评介奥尼尔的文章逐渐增多。凯瑟琳·休斯的《近三十年美国剧作家概貌》被翻译了过来，刊登于《外国戏剧资料》（1979 年第 1 期）。这篇文章中有对奥尼尔较全面的介绍。谢榕津的《美国剧坛一瞥》（《剧本》1979 年第 2 期）也触及奥尼尔。《戏剧学习》（1979 年第 4 期）刊发了赵澧的《美国现代戏剧家尤金·奥尼尔》。这是新时期第一篇全面介绍奥尼尔的文章，后来收入廖可兑主编的《美国戏剧论辑》（中国戏剧出版社 1981 年版）。复旦大学主编的《外国文学》（1980 年第 1 期）还出了奥尼尔戏剧专集，龙文佩的《尤金·奥尼尔和他的剧作》等文章都在此发表。山东大学的《现代美国文学研究》在 20 世纪 80 年代初期也相继登载了欧阳基和郭继德等人的论文。

这些文章只是"奥尼尔热"的前奏。这些刊物现在大都难以找到，在中国期知网上也基本上检索不到。图 11－1 是中国知网上检索到的期刊论文的逐年分布图。从这个图可以看出，奥尼尔研究的热度总体上处于逐步上升的态势。

有关奥尼尔的硕士学位论文的分布如图 11－2 所示。

在 20 世纪 80 年代中国出现了一个"奥尼尔热"，主要体现在以下三个方面。（1）相当一部分奥尼尔的剧作已经翻译过来，除了各种期

---

① 《辞海》（试行本第 10 分册 文学·语言文字），中华书局 1961 年版，第 206 页。

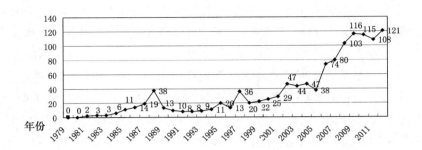

图 11 - 1　奥尼尔研究期刊论文的历时分布

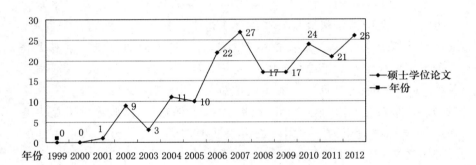

图 11 - 2　奥尼尔研究硕士的历时分布

刊和文集中零星地刊载的奥尼尔著作之外，出版了 4 部他的戏剧作品，还翻译了 1 部他的作品的评论集和 1 部传记。（2）出版了专著 2 部，公开发表了论文 109 篇。（3）不少奥尼尔的戏剧登上了中国舞台，并引起了强烈的反响。中央戏剧学院上演的戏剧主要有《安娜·克里斯蒂》（1981）、《榆树下的欲望》（1983）、《长日入夜行》（1984）和《悲悼：归家》（1986）。山西话剧团等其他组织也上演了一些奥尼尔的作品。（4）1985 年廖可兑先生在中央戏剧学院创建了"奥尼尔研究中心"，聘请了龙文佩、欧阳基、郭继德、刘海平、姚钧娟、吴雪莉等为顾问。他在 1987 年组织召开了第一届全国尤金·奥尼尔学术研讨会；

在 1988 年又举办了第二届学术研讨会；并出版了第一本奥尼尔戏剧研究论文集。廖先生提倡 "每两年举办一次全国奥尼尔学术研讨会，在研讨会期间上演奥尼尔的一个剧本，出版一部论文集"①。廖可兑对推进奥尼尔戏剧的翻译、研究和演出起了很大的作用。

1988 年是奥尼尔 100 周年诞辰，研讨奥尼尔的热潮席卷了中国的学术界和戏剧界。5 月 5 日至 7 日，南开大学和天津电视台联合举办了 "全国外国文学研究生奥尼尔学术讨论会"；6 月 6 日至 9 日，南京大学、江苏省文化厅和南京电视台等单位举办了 "纪念奥尼尔百年诞辰国际学术会议"；12 月 17 日至 19 日中国戏剧家协会、中央戏剧学院和山东大学在北京举办了研讨奥尼尔的学术会议。这一年出版了 1 部专著、2 部译著、1 部作品集、论文集 1 部，期刊网上可以检索到论文 38 篇。这一年把 "奥尼尔热" 推向了高潮。

到了 20 世纪 90 年代，"奥尼尔热" 有所降温。在这个时段，一共出版了奥尼尔作品集 1 种 2 部、奥尼尔的戏剧理论著作 1 部、本国人的研究著作 1 部、论文集 2 部，期刊论文多达 157 篇，并有 3 部关于奥尼尔的译著。90 年代全国性的尤金·奥尼尔学术研讨会特别多，总共开了 6 次。单纯从数量上看，90 年代并不比 80 年代差，有些指标还有所提升，但横向地和其他研究相比，速度不算快，而且人们对奥尼尔的热情似乎有所下降了。

从 2000 年至 2012 年，奥尼尔在中国再度升温。在这 13 年中出版了 6 卷本的《奥尼尔文集》，还有 2 部作品集，6 部专著，3 部论文集；中国知网上有期刊论文 947 篇，硕士学位论文 188 篇，博士学位论文 6 篇。但新世纪没有 "奥尼尔热" 的说法，因为戏剧、文学越来越边缘化，学术研究越来越专业化。

在新世纪山东大学主办了第 10 届和第 11 届奥尼尔学术会议，并负责出版了第 6 部论文集。这个会议虽然没有完全做到两年开一次会、演一出戏、出一部论文集，但组织方尽量完成了 11 次会议，出版了 6 本

---

① 廖可兑：《前言》，载廖可兑主编《尤金·奥尼尔戏剧研究论文集》，外语教育与研究出版社 2000 年版，第 4 页。

论文集，刊登了 145 篇文章，演出了不少戏剧，在国内奥尼尔研究界产生了巨大的影响。由于种种原因，这个会议和就此停止了。这对于奥尼尔研究来说，是很大的损失。

三　悲剧观研究

奥尼尔是一个悲剧作家，他写的剧本多达五十多部，只有《啊，荒野！》属于喜剧，其余的作品基本上可以看作悲剧。他的悲剧既继承了欧洲的悲剧传统，又有明显的创新，需要我们深入研究。

关于他的悲剧有很多争论。其中一个重要问题是，他的作品体现出来的是否属于悲观主义。1961 年出版的《辞海》认为他的"作品中充满悲观绝望情绪"。赵澧也说，他的作品带有"注定覆灭的悲观色彩和醉心于潜意识的特点，日益反映出他迷惘而混乱的心情"①。这种悲观的论点不仅仅在 20 世纪 80 年代初流行于中国，实际上一直都相当有市场。直到 2006 年，汪义群仍然认为："批评家们喜欢将奥尼尔说成悲观主义者。确实，他的世界观总的倾向是悲观的。"② 把奥尼尔的悲剧和悲观联系在一起，不仅仅是中国人的观点。奥尼尔在世的时候，西方人也有类似的看法。面对别人的批评，他做了这样的解释：

> 有人指责我过于阴郁。这算是悲观主义的人生观吗？我以为不是。有两种乐观，一种是肤浅，另一种是更高层次上、不是肤浅的乐观，却常常被人混淆为悲观主义。对我来说只有悲剧才是真实，才有意义，才算是美。悲剧是人生的意义，人生的希望。最高尚的永远是最悲的。那些成功后不再迎着更高层次的失败挺进的人是精神上的中产阶级。他们在成功面前驻步不前，证明他们太容易妥协，太微不足道。他们的理想原来就是如此！对于只要求可得之物

---

① 赵澧：《美国现代戏剧家尤金·奥尼尔》，载廖可兑主编《美国戏剧论辑》，中国戏剧出版社 1981 年版，第 48 页。

② 汪义群：《奥尼尔研究》，上海外语教育出版社 2006 年版，第 92 页。

的人的惩罚应该是判处他如愿以偿，并让他保持所得之物，让他躺在他自己的荣誉上睡大觉，坐在可以转动的安乐椅上和他的荣誉一起慢慢枯萎。只有追求无法达到的目标，才能得到值得为之生死的希望，才能得到他自己。人在无望的奋斗中得到希望，这是莫大的精神安慰，他比任何人都更接近星空彩虹。①

奥尼尔把乐观分为两种：容易满足于现状的肤浅的乐观和不断挑战的乐观；前者和安逸相联系，往往受到大众的认同，后者通常走向失败，被大众看作悲观；在奥尼尔看来，后者才是真正的乐观，属于更高层次的乐观。

与悲观相关的一个重要概念是痛苦。奥尼尔不但认为自己是乐观的，还认为自己的剧作注重的是幸福，并非痛苦。他说：

> 我当然会写幸福，只要我碰巧能遇见这难得的幸福，并认为它有足够的戏剧性，跟任何生活深处的节奏相一致。但幸福只是一个词，它到底是什么含义呢？是兴高采烈，强烈感受到人的存在和发展的重大价值吗？如果幸福的含义就是如此，而不仅仅是傻乎乎地满足于个人遭遇的话，那么，我知道一部真正的悲剧要比所有以幸福结尾的剧本加在一起所包含的幸福还要多。②

看来幸福也有不同的种类：安于现状的幸福和不断挑战的幸福。奥尼尔显然更喜欢在挑战中寻找幸福。从这个角度来说，他的人物并不痛苦。但悲剧人物的幸福并非一般意义上的幸福，掺杂这痛苦的幸福。奥尼尔在结婚十二周年的时候把《进入黑夜的漫长旅程》献给他的妻子，并且说："最亲爱的，我把这部用血泪写成，关于旧日辛酸的剧本的原稿献给您。对于一个喜庆幸福的日子，这似乎是个极其不当的礼物。"③

---

① 郭继德编：《奥尼尔文集》第 6 卷，人民文学出版社 2006 年版，第 220—221 页。
② 同上书，第 229 页。
③ 同上书，第 360 页。

奥尼尔自己也感觉到了这部悲剧的沉痛，但他还是在一个喜庆的日子把它献给妻子，大概他在痛苦的同时还看到了超越痛苦的悲剧快感。

不管追求的过程多么惨烈，只要结果是美好的，一般就给人以乐观的感觉。奥尼尔会不会在戏剧的结尾处走向大团圆呢？请看下面两段引文。

> 成功仅仅存在于失败之中。任何有远大理想的人必然要失败，他必须把失败当作生存的条件来接受。如果他以为——即使是一刹那的念头——他成功了，那么他就完结了，停滞不前了。①

> 对于那些认为我是故意扭曲最后一幕，因为，"幸福的结尾"使剧本更能受到大众欢迎的人，我只有用以下的话奉告：你们怀疑，因为在我们的戏剧史上你们看到了很多这样的先例，这是个可悲的事实。但另一方面，你们也有足够的理由相信，我是不会那么做的。②

奥尼尔明确指出，他不会选择"幸福的结尾"，原因在于伟大的理想必然走向失败，任何所谓的成功，只是对现实的妥协。德国哲学家舍勒还用了一个非常生动的比喻来说明悲剧结局："伊卡洛斯身装蜡翼，在飞近太阳时遇热溶化，他坠海而死。"③ 真正的悲剧要求人物像伊卡洛斯那样挑战自己的极限，尽最大的可能往上飞。这种勇敢的挑战不是无谓的牺牲，而是失败中的伟大，因为"人的伟大就在于把人的能力发挥到极端程度，自己知道会因此走向毁灭"④。雅斯贝斯还提出了"悲剧中的解救"和"从悲剧中的解救"这两个概念，他说："或则是

---

① 郭继德编：《奥尼尔文集》第 6 卷，人民文学出版社 2006 年版，第 257 页。

② 同上书，第 319 页。

③ ［德］舍勒：《论悲剧性现象》，载《现代性中的审美精神》，刘小枫主编，学林出版社 1997 年版，第 486 页。

④ ［德］雅斯贝斯：《悲剧知识》，载《现代性中的审美精神》，刘小枫主编，学林出版社 1997 年版，第 736 页。

悲剧继续存在，人坚持下去，在其中变化，从而解放自己；或则是仿佛悲剧本身被解救，悲剧终止存在。"① 悲剧中的解救可以使人坚强地继续抗争，而从悲剧中的解救，虽然可以产生幸福的结局，却悲剧本身就消亡了。奥尼尔选择了悲剧中的解救，继承了欧洲的传统。

关于悲剧和悲观主义的关系，中国人由于对奥尼尔的悲剧观和西方的悲剧传统不太了解，常常把两者混在一起。如果用西方的悲剧理论来解读，悲剧不是悲观的，甚至是和悲观主义相反的，其特点在于积极抗争。但这种观点只是西方主流的悲剧作家和理论家的观点，不少西方人，特别是一般读者，也常常觉得悲剧是悲观的。奥尼尔对自己的悲剧所做的那些辩解，也说明了这点。其实这个问题，从古到今一直存在。早在古希腊时代，柏拉图曾这样批评悲剧："我们亲临灾祸时，心中有一种自然倾向，要尽量哭一场，哀诉一番，可是理智把这种自然倾向镇压下去了。诗人要想餍足的正是这种自然倾向，这种感伤癖。"② 所谓的"感伤癖"当然是悲观的。伊格尔顿还注意到，当代西方人在出版悲剧性作品时往往要加上一些解释性的句子，例如说，企鹅出版社在出版契诃夫戏剧时向读者声称："每部戏剧至少包含一个表达契诃夫对光明未来之希望的人物。"③ 我们既要了解西方悲剧专家的观点，也应该理解大众，毕竟失败，特别是悲惨的失败，总是和悲观有一定的联系。从这个角度来说，国人认为奥尼尔思想悲观也有一定的道理。

关于奥尼尔的悲剧的第二个重要问题是终极关怀。面对美国的物质主义，他曾经指出，美国是"世界上最大的失败"，它"企图通过占有身外之物来占有自己的灵魂，结果是既失去了自己的灵魂，又失去了身外之物"④。他希望在上帝那里找到慰藉，但"他发现他的上帝又聋又

---

① ［德］雅斯贝斯：《悲剧知识》，载《现代性中的审美精神》，刘小枫主编，学林出版社 1997 年版，第 753 页。

② ［古希腊］柏拉图：《柏拉图文艺对话录》，载《西方文论选》（上卷），伍蠡甫主编，上海译文出版社 1990 年版，第 38 页。

③ ［英］伊格尔顿：《甜美的暴力——悲剧的观念》，方杰、方宸译，南京大学出版社 2007 年版，第 26 页。

④ 郭继德编：《奥尼尔文集》第 6 卷，人民文学出版社 2006 年版，第 304 页。

瞎又残忍——是一个用仇恨来回答爱心的神,一个对于那些信奉他的人恩将仇报的神!"① 美国作家面对的困境为:"今天的剧作家必须对他所认为的时代弊端刨根寻源,即旧的上帝已经死去,而科学与物质主义又不能成为新的上帝来满足人们留下来的原始的宗教本能,使他们找到生活的意义,对死亡无所畏惧。"② 虽然上帝已经抛弃了人类,但奥尼尔仍然不愿意抛弃上帝,他说:"大多数现代剧作家都关心人与人之间的关系,而我对此毫无兴趣。我关心的是人与上帝之间的关系。"③ 对终极性的追求使奥尼尔的悲剧显得特别有深度。

奥尼尔的神不是古代人眼中的神。他说:"这是个古老的题材,过去一直是,将来也会永远是戏剧表现的内容,即人以及人与自己命运的斗争。这场斗争过去是与神,现在则是与他自己,与他自己的过去以及寻找归属的努力之间进行的。"④ 他的悲剧人物的斗争对象不是外在的对象,而是人物自己。他认为人物自己还包含了一些神秘的东西。他说:"而且,恰恰在这一点上,我还是个十分坚定的神秘主义者,因为我始终是用不同的生活解释生活本身,而从来不仅仅以性格来解释人们的不同生活。我一直敏锐地意识到生活背后有着一股力量——命运、上帝,我们原来的生物属性造成了我们的现状。"⑤ 奥尼尔还解释道:"简单地说,戏剧应该回到古希腊戏剧的那种宏伟的精神。如果我们没有神或英雄可以塑造的话,我们可以表现潜意识,它是一切神仙和英雄的母亲。"⑥ 看来他的神更多地表现为潜意识和生物属性。

由于他总是关心命运,他的戏剧有一种与众不同的特征。廖可兑早在 20 世纪 60 年代的时候曾指出,奥尼尔在许多方面表现为"神秘主义

---

① [美]奥尼尔:《无穷的岁月》,《奥尼尔集》上卷,汪义群等译,生活·读书·新知三联书店 1995 年版,第 168 页。

② 郭继德编《奥尼尔文集》第 6 卷,人民文学出版社 2006 年版,第 267 页。

③ Oscar Cargill et al. , eds. , *O'Neill and His Plays: Four Decades of Criticism*, New York University Press, 1961, p. 115.

④ 郭继德编:《奥尼尔文集》第 6 卷,人民文学出版社 2006 年版,第 249 页。

⑤ 同上书,第 256 页。

⑥ 同上书,第 338 页。

者和宿命论者"①。这种观点一直有不少支持者。他并不否定神秘主义，但对于宿命论，他说："人要是不在跟命运的斗争中失败，人就成了平庸愚蠢的动物。我所谓'失败'只是从象征意义上讲的，因为勇敢的人永远是胜利者。命运永远不能征服勇敢者的精神。因此，你看，我并不是个悲观主义者。相反，尽管我伤痕累累，但是，我对生活仍然是乐观的。"② 他的命运观的确和古希腊的命运观不一样。古希腊悲剧人物虽然也想挑战命运，但他们面对的命运是没有选择余地的，也是不可改变的，不管英雄们的行动多么壮烈，最后都无法改变悲惨的宿命。而奥尼尔悲剧人物有选择的余地，可以安于做凡人，不去挑战，或者不要把挑战推向绝境，可以享受一般人所谓的"幸福"，只是他的悲剧人物不屑当一般人，所以才壮烈地走向"失败"。

由于奥尼尔关注的是潜意识和生物属性，他的悲剧自然地和心理学联系在一起。奥尼尔曾说："剧作家如果不是敏锐的分析心理学家，那就不是好的剧作家。"③ 他认为，他的《悲悼三部曲》"不借用古希腊作品中的超自然力量，而纯粹使用现代心理学来大致再现古希腊悲剧中的命运感。"④ 他对人物的心理活动非常重视，并且读过弗洛伊德、荣格等的心理学著作。但他认为自己受心理学的影响不大。他说："我非常尊敬弗洛伊德的著作，但我并不对之入迷！如果说《榆树下的欲望》中有弗洛伊德主义，那一定是通过'我的无意识'进入作品的。"⑤ 他不希望别人把他的作品看作弗洛伊德的理论的图解。他说："把弗洛伊德学说一股劲地硬看成是一些作品的内容，而这些作品即使在人们还没有听说过心理分析学之前也会是这样创作的。"⑥ 在他自己看来，最让他受益的是前辈的戏剧作品，他说："我认为对我的戏剧创作影响最大的还是我对各个时期的戏剧，特别是希腊戏剧的了解，而不是任何心理

---

① 廖可兑：《西洋戏剧史》（下），油印本，1960 年，第 131 页。
② 郭继德编：《奥尼尔文集》第 6 卷，人民文学出版社 2006 年版，第 236 页。
③ 同上书，第 253 页。
④ 同上书，第 349 页。
⑤ 同上书，第 253 页。
⑥ 同上书，第 275 页。

学的著作。"① 除了历代的戏剧作品之外，奥尼尔非常重视对生活的观察。他说："在我看来戏剧是生活——生活的实质和对生活的解释。"② 奥尼尔的戏剧的确重视心理活动，但他描写的心理活动未必和弗洛伊德或者荣格等有直接的关系。

虽然奥尼尔不希望别人把他的著作和弗洛伊德的理论扯在一起，但这并不意味着别人不能使用这种方法进行研究。国内甚至出版了不少这一类的论文，如，周维培的《弗洛伊德理论戏剧化的成功尝试：尤金·奥尼尔的〈奇异的插曲〉》（《剧作家》1998 年第 2 期）、龙靖遥的《驱不散的俄狄浦斯——解读奥尼尔未定稿剧作〈更庄严的大厦〉》（《四川外语学院学报》2000 年第 3 期）、王振昌的《论〈榆树下的欲望〉中的人物性格——兼论尼采、弗洛伊德理论对奥尼尔的影响》（《河北师范大学学报》1995 年第 3 期）、刘砚冰的《论尤金·奥尼尔的现代心理悲剧》（《河南师范大学学报》1992 年第 3 期）、邹惠玲的《从〈悲悼〉中奥林的形象看奥尼尔的俄狄浦斯情结观》（《四川外语学院学报》1997 年第 1 期）、李兵的《奥尼尔与弗洛伊德》[《西南民族学院学报》（哲社版）1996 年第 6 期] 等。如果奥尼尔读到了这些文章，恐怕不一定高兴，但这种研究也有自身的价值。

奥尼尔曾说："我在生活中到处看到的都是戏剧：人与另外一些人发生冲突，人与自身、与命运的冲突。其余都是枝节问题。"③ 古希腊悲剧强调的是人通过行动对抗外在的命运，通常划入命运悲剧的范畴。莎士比亚的悲剧既重视人物的心理活动又重视必然和其他人发生冲突的外在行动，人物性格特征比较丰满，属于性格悲剧。易卜生的悲剧偏重社会中的人与人之间的冲突，可以列为社会问题剧。这三种戏剧都离不开外在行动，印证了"戏剧是对行动的模仿"那句西方人的老话。但奥尼尔完全不一样，他大大弱化了外在的行动，属于"灵魂的戏剧"④。奥尼尔曾说："我们感到惭愧，因为我们经常窥探于锁眼，眯眼看到的

---

① 郭继德编：《奥尼尔文集》第 6 卷，人民文学出版社 2006 年版，第 254 页。
② 同上书，第 234 页。
③ 同上书，第 230 页。
④ 同上书，第 285 页。

却总是那些沉甸甸、缺乏灵性的肉体——大量事实——而看不到其中有任何赤裸裸的灵魂。"① 在谈到《送冰的人来了》，奥尼尔还说："剧中有许多地方突然把人的灵魂的幽深隐秘之处赤裸裸地暴露无遗"②。他把揭露赤裸裸的灵魂看作最重要的事情，和前人的戏剧大为不同。所以雷蒙·威廉斯充分肯定了奥尼尔的创新，他认为，奥尼尔"用心理学替换古希腊的戏剧行动。"③ 这一点是戏剧史上的重大变革。

每个人的心理活动都非常复杂，我们说出来的只是冰山之一角。如果一个人大量地把心事倾吐出来，可能会让人感到惊诧。奥尼尔笔下的人物常常把自己的赤裸裸的灵魂展现出来，往往使读者觉得不正常。为此他做了辩解："有人对我说，剧中所有的人不是变态便是无赖，我听了实在哭笑不得，无以对答。因为我认为除了本尼外，其余所有的角色都是甚至跟你我一样完全正常的人。"④ 奥尼尔还说："其实，杨克就是你自己，也是我自己。他是每一个人。但看来，似乎很少有人领会到这一点。"⑤ 奥尼尔剧中人物的心理活动是正常的，他们心中的问题具有普遍性，所以能够打动众多的读者；但他们又显得不正常，因为他们如此直接地敞开了自己的心扉。

奥尼尔所重视的心理世界，在改革开放初期，属于唯心主义的领域，而且他所用的表现主义、象征主义等手法属于现代主义，都是当时比较敏感的问题。所以奥尼尔研究的开创者们起初只能用否定的方式介绍奥尼尔。袁鹤年《〈榆树下的欲望〉和奥尼尔的悲剧思想》（《外国文学》1981 年第 4 期）对奥尼尔的评价基本上是负面的。就算想做肯定的评价，也往往要尽量把他往现实主义这边靠，以便让他在中国获得合法的地位。闻起曾说："他的剧本具有表现主义、象征主义等欧美现代艺术流派的显著特征。但他最有价位的那部分作品，应当说还是基本上属于现实主义的范畴，反映出战后时期美国社会生活中深刻的矛盾冲

---

① 郭继德编：《奥尼尔文集》第 6 卷，人民文学出版社 2006 年版，第 245 页。
② 同上书，第 356 页。
③ ［英］雷蒙·威廉斯：《现代悲剧》，丁尔苏译，译林出版社 2007 年版，第 144 页。
④ 郭继德编：《奥尼尔文集》第 6 卷，人民文学出版社 2006 年版，第 222 页。
⑤ 同上书，第 323 页。

突和存在于那时美国人民中的社会心理和思想情绪。这使得他的有些剧作，成为易卜生式的那样一种社会问题剧。"① 把奥尼尔的戏剧向社会问题剧靠，奥尼尔本人未必高兴，但当时这么做是为了抬举他。

奥尼尔的戏剧有着现实主义的一面。他对高尔基的剧本《底层》评价很高，认为它"是一部伟大的无产阶级革命戏剧，它比现有任何剧本对社会底层人们都是更好的宣传，原因就是因为它不宣传，而是如实地反映人们的生活，用生活来说明真理"②。奥尼尔主张如实地反映生活，支持现实主义。但他的现实主义不是一般意义上的现实主义。他认为"事实是事实，但真理是超越事实的"③。他曾说："其实大部分所谓现实主义的剧本所反映的只是人物的表面，而真正的现实主义的作品所反映的是人物的灵魂，它决定一个人物只能是他，而不可能是别人。"④ 奥尼尔还说："自然主义和现实主义，即使是最深意义上的自然主义和现实主义，也总是局限很大，它们所能表达的东西恰恰说明它们不能表达灵性。"⑤ 可见他重视的是心中的现实，而不是所谓的对外在现实的反映。

为了展现心理活动，比较适合的方式是表现主义。奥尼尔对表现主义有独到的见解，他说："据我所知，表现主义试图在舞台上尽量减少作者与观众之间的障碍，努力使作者直接和观众谈话。根据我的理解，表现主义的理论认为人物塑造注重表达剧中人物是什么样的人，干了什么事，而不注意表达思想。"⑥ 但奥尼尔不完全赞同表现主义的做法，他说："当观众从舞台上看到的只是抽象的'男人'和'女人'时，观众便失去了跟剧中主人公认同的这种人与人之间的联系……这是我跟表现主义理论发生分歧的一个重要点。"⑦ 奥尼尔既重视人物性格的塑造，又重视如何让舞台上的人物把内心世界向观众敞开。

① 闻起：《奥尼尔和他的〈安娜·桂丝蒂〉》，载《剧本》1981 年第 3 期。
② 郭继德编：《奥尼尔文集》第 6 卷，人民文学出版社 2006 年版，第 248 页。
③ 同上书，第 226 页。
④ 同上书，第 235 页。
⑤ 同上书，第 338 页。
⑥ 同上书，第 249 页。
⑦ 同上书，第 249—250 页。

　　除了表现主义之外，奥尼尔还很喜欢象征主义手法。他在谈到《毛猿》的时候说："象征是决定这个剧重要还是一般的关键。扬克不能进入未来，因此想返回到过去。这就是他跟猩猩握手的含义。但后退也无法使他获得归宿，猩猩掐死了他。"① 在他看来象征的核心在于"如何用最明了、最节约的戏剧手段来表达心理学不断向我们揭示的深藏在人们头脑中的冲突。"② 为了达到象征的目的，他喜欢使用面具，因为"面具是人们内心现实的象征"③。

　　奥尼尔的表现主义和象征的手法，虽然在改革开放初期遇到了一些抵触，但这种僵化的思想没几年就过去了。龙文佩在 1988 年总结奥尼尔研究的成就的时候指出了三个特点：打破了庸俗社会学的约束，人性问题解禁，不再独尊现实主义。④ 在学术环境变得相对宽松之后，学者们写了不少关于奥尼尔的表现主义和象征手法的论文。刘明厚在《外国文学评论》上撰文论述了奥尼尔的歌声、幻觉、鼓声、灯光、布景、音响、合唱、面具等表现主义手法。⑤ 王晓燕和张丽娟则研究过的奥尼尔的表现主义手法包括："梦魇"的幻觉、图式的强力的象征、荒诞化的表现、艺术化的变形、通感和独白的运用。⑥ 相关的文章还有，许诗焱的《面向剧场：奥尼尔20世纪20年代戏剧表现手段研究》（《外国文学研究》2002 年第 3 期）、朱伊革的《尤金·奥尼尔的表现主义手法》（《天津外国语学院学报》2003 年第 2 期）、谭琼琳的《奥尼尔与二十年代美国表现主义戏剧》（《湖南大学学报》1996 年第 3 期）、周维培的《表现主义与象征主义的杰作：尤金·奥尼尔的〈琼斯皇〉与〈毛猿〉》（《剧作家》1998 年第 1 期）、姜艳的《简论奥剧〈大神布朗〉中的面具表现主义手法》（《黑龙江社会科学》2004 年第 6 期）等。

---

① 郭继德编：《奥尼尔文集》第 6 卷，人民文学出版社 2006 年版，第 249 页。
② 同上书，第 284 页。
③ 同上书，第 285 页。
④ 龙文佩：《奥尼尔在中国》，载《复旦学报》1988 年第 4 期。
⑤ 刘明厚：《简论奥尼尔的表现主义戏剧》，载《外国文学评论》1997 年第 3 期。
⑥ 王晓燕、张丽娟：《简论奥尼尔表现主义戏剧的审美价值》，载《西北农林科技大学学报》2004 年第 3 期。

在奥尼尔的象征主义手法方面，国人也出版了不少成果。卫岭的专著《奥尼尔的创伤记忆与悲剧创作》（中国人民大学出版社 2009 年版）探讨了"大海""雾""面具""笼子""海岛"这几种基本意象的意义。相关的论文比较多，如，詹虎的《奥尼尔戏剧的象征艺术》（《成都大学学报》1991 年第 4 期），康建兵、李珊珊的《奥尼尔悲剧中的雾》（《乐山师范学院学报》2007 年第 7 期），康建兵的《奥尼尔早期剧作中的大海意象》（《四川戏剧》2008 年第 4 期），李文华的《月亮意象与尤金·奥尼尔的悲剧意识》（《戏剧丛刊》2005 年第 5 期）等。

奥尼尔并不拘泥于某一两种创作方法，他曾说："我将使用任何我能掌握的方法和技巧，用任何适合主题的方式，写天下任何事物。我将不受任何其他考虑的影响，而只自问：这是不是我所认识到的事物真相，或更进一步，这是不是我所感觉到的事物真相？如果是，我就瞄准射击，碎屑残片飞落到哪里就让它们飞落到哪里。"① 但我们还是认为，奥尼尔并不同样地喜欢每一种创作方法，而是比较偏爱表现主义和象征主义。

1958 年出版的《外国文学参考资料》的作者指出：奥尼尔的剧作"充斥着彻底的颓衰的世界观"。1961 年出版的《辞海》也认为他"具有浓厚的颓废倾向。"颓废在《汉语大辞典》中的解释为"意志消沉，精神萎靡"。奥尼尔自己是不是认为自己的剧本有颓废的倾向呢？请看下面两段话。

> 《与众不同》在我看来只是写了一个一生不切实际的理想主义者，这种理想主义其实在我们每个人身上都有，并且永远碰壁。在我们内心深处我们都希望自己以及其他人"与众不同"。因此，我们在不同程度上都是"艾玛"，这程度大小取决于我们妥协让步的能力。我们要么抱着理想死死不放，结果把某种廉价的东西当作自己的理想来欺骗自己；要么在等待了大半辈子后，发现受了时间的

---

① 郭继德编：《奥尼尔文集》第 6 卷，人民文学出版社 2006 年版，第 201 页。

欺骗，所得到的实在太丑陋，无法用它来替代我们的理想。①

　　但我认为悲剧具有古希腊人所赋予的意义。对古希腊人说来，悲剧能激发崇高，推动人们去生活，去追求更为丰满的生活。悲剧使他们在精神上有更深的理解，使他们从日常生活的琐细贪婪中解脱出来。当他们在舞台上看到悲剧时，他们欣喜自己没有希望的希望在艺术中得到了崇高的表现。②

　　在奥尼尔看来，他的悲剧人物都富有理想，能够积极地付诸行动；他的悲剧和颓废几乎是反义词。他不认为自己颓废，倒是觉得现代人普遍颓废了。他曾说："古希腊和伊丽莎白时代的人比我们高明。他们能感受到悲剧具有使人崇高的巨大力量。"③ 奥尼尔认为，当时的西方人已经不能像古希腊人和伊丽莎白时代的英国人一样地欣赏悲剧之美，不再具有那种崇高的力量，逐步走向了平庸。

　　在古代，悲剧和悲观的确有点牵连，但没有人把悲剧和颓废精神联系在一起，因为悲剧描写的一般都是敢作敢为、雷厉风行的英雄。但奥尼尔悲剧描写的人物基本没有古代悲剧人物的那种勇往直前的特征。他们都是小人物，没有不顾一切地采取行动的能力和条件。而且他关心的是心理活动，人物常常是语言上的巨人，行动中的矮子。例如说《进入黑夜的漫长旅程》中的小詹姆斯只是一个普通人，不认真读书，也不好好工作，的确使人觉得有点颓废，但他也有过人之处，敢于深入分析自己和家人内心的问题。从这个角度说，他有着悲剧英雄的特点，虽然玩世不恭、缺少脚踏实地的精神。总的来看，有些奥尼尔笔下的人物的确有着颓废的倾向，但他们往往也有着敢想敢干的一面，不能以偏概全。

　　为什么奥尼尔偏偏要写悲剧呢？汪义群："童年的痛苦遭遇，家庭

---

① 郭继德编：《奥尼尔文集》第 6 卷，人民文学出版社 2006 年版，第 220 页。
② 同上书，第 232 页。
③ 同上。

的阴郁惨淡的气氛在奥尼尔身上打上了无法磨灭的悲观的烙印。"① 奥尼尔的作品的确有不少自传的成分，特别是《进入黑夜的漫长旅程》，被他自己看作"她（奥尼尔的妈妈——引者注）的故事和我的自传。"② 如果以普通人的眼光看，奥尼尔的家庭并不在痛苦的行列。他父亲是一个出色的演员，把《基督山伯爵》演得非常成功。奥尼尔说："他可以年复一年地跑外地，每个季节净赚五万美元。他当时认为他就是干不了别的任何事。可是他后来非常后悔。他认为《基督山伯爵》把他艺术家的前途给毁了。"③ 他父亲的演出相当成功，他们的家庭属于小康的中产阶级，不能算为贫穷的家庭，更不是不幸的家庭。假如奥尼尔有什么不满足，也是悲剧式的不满，指的是他爸爸没有向更高阶段发起挑战。虽说奥尼尔的一生经历过不少痛苦，他的悲剧也有着痛苦的成分，但我们不能简单地将悲剧和痛苦等同起来，更不能机械地认为他的悲剧是他的痛苦人生的写照。

奥尼尔曾说："另外，我还听说，有人把凯莱布的台词'人人都疯狂，都腐朽透顶'说成是作者本人的态度……是谁说的：'人生是一个愚人所讲的故事，充满着喧哗和骚动，却找不到一点意义'，是这位作者还是麦克白?"④ 奥尼尔提醒读者，不要混淆了莎士比亚这位作者和麦克白这位人物，同样他也是在告诉我们，奥尼尔的作品是作者创作的结果，不能和他的生活对号入座。

有不少人将奥尼尔悲剧的成因归结于美国社会，龙文佩曾说："奥尼尔生活的年代正是美国从自由资本主义进入垄断资本主义的阶段。他亲自经历了两次世界大战，经历了 1929 年在美国爆发的、历时三年之久的震撼整个资本主义世界的经济大恐慌。他和他的同时代人一样，饱尝了幻想破灭的痛苦。他们原来对美国这个新兴的资本主义国家——

---

① 汪义群：《奥尼尔研究》，上海外语教育出版社 2006 年版，第 105—106 页。

② 郭继德编：《奥尼尔文集》第 6 卷，人民文学出版社 2006 年版，第 361 页。

③ Barrett Clark, *Eugene O'Neill: The Man and His Plays*, London: Jonathan Cape, 1933, p. 25.

④ 郭继德编：《奥尼尔文集》第 6 卷，人民文学出版社 2006 年版，第 222—223 页。

'上帝的新乐土'所抱的种种良好愿望在严酷的现实面前一齐破了产。"① 这种观点也有问题。首先，奥尼尔生活的年代正是美国走向超级大国的时代，虽然有很多问题，但主调还是积极健康的。其次，奥尼尔的理想在于描述那些人类的基本问题，而不是一时一地的问题。他曾说："现在有些人十分认真地对待政治和社会问题，并寄予了很大的希望，我看来觉得好笑。生活作为一个整体，并没有因为政治和社会运动的进展而有多少变化，如果不说没有变化的话。"② 可见奥尼尔真正关心的不是当时的美国问题，而是那些永恒的人类问题。

悲剧本来都采用庄严华美的文体，但奥尼尔变革了悲剧文体。他说："但我感到自己最被人忽视的地方恰巧是我自认为是最重要的方面，即我多少具有诗人的气质。我在口语台词上花了不少工夫，在《琼斯皇帝》、《毛猿》、《上帝的女儿都有翅膀》、《榆树下的欲望》等一些看来似乎不存在美的剧本中引出了节奏固有的美，在看来最为卑贱、最为堕落的生活中，找到最接近古希腊观念的、净化人们心灵的悲剧的崇高。"③ 奥尼尔还说："在平庸和粗俗的深处发掘诗情画意，才是对一个人的洞察力的真正考验。"④ 将悲剧的主题从伟大崇高的事件转向卑微的事情，将华丽庄严的文体转变为日常口语，当然是悲剧文学史上的伟大革命。

四 比较研究

奥尼尔的比较研究是中国学者的重头戏。刘海平曾指出："奥尼尔自觉地从中国传统文化和艺术中汲取思想和艺术创作的养分，他的剧作又在大半个世纪中对我国的戏剧文学、戏剧艺术、学术研究和国际交流产生了重要影响，奥尼尔无形中成了促进中美文化深层次交流和融汇的

---

① 龙文佩：《奥尼尔的悲剧观念》，载《剧本》1982 年第 9 期。
② 郭继德编：《奥尼尔文集》第 6 卷，人民文学出版社 2006 年版，第 234 页。
③ 同上书，第 255—256 页。
④ 同上书，第 252 页。

杰出使者。"① 可见奥尼尔特别适合于做影响研究，包括奥尼尔对中国作家的影响和中国文化对奥尼尔的影响。刘海平和朱东霖出版过一本专著：《中美文化在戏剧中交流：奥尼尔与中国》。他们选择这一题目的确体现了他们的慧眼。

奥尼尔对不少中国剧作家都有过影响，并引起了学者们的重视。吕敏宏的《洪深与奥尼尔》（《陕西师范大学学报》哲学社会科学版 2001 年第 S1 期）、陈爱国的《中国现代戏剧的"地心引力现象"——熊佛西〈喇叭〉与奥尼尔〈天边外〉的比较》（《戏剧之家》2004 年第 4 期）等论文都以奥尼尔对中国剧作家的影响为主题。

受奥尼尔影响最大的要算曹禺。早在 1937 年胡适在评价曹禺的《雷雨》时说："《雷雨》实不成个东西……《雷雨》显系受了 Ibsen、O'Neill［易卜生、欧尼尔］诸人的影响，其中人物皆是外国人物，没有一个是真的中国人，其事亦不是中国事。"② 李南卓 1938 年发表的《评曹禺的〈原野〉》指出了奥尼尔的《琼斯皇帝》和这部戏剧的相似之处。胡适和李南卓都以批评的态度看待曹禺，突出了曹禺的模仿。类似的论文还很多，较有代表性论文为饭冢容的《奥尼尔·洪深·曹禺——奥尼尔在中国的影响研究》。他对奥尼尔的剧作和洪深、曹禺的剧作做了相当详细的研究，认为许多细节都受到了奥尼尔的影响。他说："就曹禺戏剧而言，一个最大特征是大型剧作。上演时间很长，这与奥尼尔相同……不管是《奇异的插曲》或者《只因素服最相宜》都含有爱和恨交织的三角关系的气氛……不管是《原野》中的金子、大黑、仇虎都具有这种人物设计性质……因此在《原野》中描写的农村就缺少乡土气息，从头到尾都出自想象。这种想象受到奥尼尔的《天边外》和《榆树下的欲望》的启迪。"③ 世界上长的戏剧作品、有三角关系的戏剧、描写农村的戏剧很多，难道都是受奥尼尔的影响吗？这就有点过度阐释的嫌疑。

---

① 刘海平：《中美文化交流的杰出使者》，载《外国文学研究》2003 年第 4 期。
② 《日记·1937 年》，载《胡适全集》第 32 卷，安徽教育出版社 2003 年版，第 609 页。
③ ［日］饭冢容：《奥尼尔·洪深·曹禺——奥尼尔在中国的影响研究》，载《云南师范大学学报》1987 年第 1 期。

面对模仿说，奥尼尔不以为然。他在谈到《原野》和《琼斯皇帝》的关系时说："《原野》是中国的，无论主题、人物和故事上和这个剧本不相干。"① 程朝翔在第二届奥尼尔学术研讨会上宣读了《〈琼斯皇〉与〈原野〉：比较还是比附》，发表在《奥尼尔戏剧研究论文集》（山西省文化厅创作室、山西省话剧院编，1990 年内部发行）。他于 1995 年在南京大学举办的"中美文化交流研讨会"上提交了名为《曹禺的〈原野〉与奥尼尔的〈琼斯皇〉》的英文论文。这两篇论文批评了盲目地将曹禺和奥尼尔进行比附的现象，指出了夸大曹禺模仿奥尼尔的偏差。当然在饭冢容和程朝翔之间，还有不少既重视影响又重视创新论文。

奥尼尔不仅仅在中国有影响力，还影响了世界上的许多作家，但这方面的研究国内还几乎没有，需要人们进一步开拓。

奥尼尔之所以影响如此之大，重要原因之一在于他广泛地吸收了世界多国文化的精髓。所以奥尼尔接受了什么影响，也是奥尼尔研究的重要话题。

面对上帝的死亡，奥尼尔经历了巨大的痛苦。他在无奈之下转向了中国，企图在东方文化中找到精神慰藉。他曾经说："我确实看了不少东方哲学和宗教方面的书，但我没有作深入的研究……也许老子和庄子的神秘主义使我最感兴趣。"② 他在得了诺贝尔奖之后，在加利福尼亚海边的幽静山沟里盖了一幢中国式小楼，门上写着"大道别墅"四个汉字。他还在后花园中修了一条九曲红砖道，在屋内放了中国式红木家具。他的书房中有两个版本的《道德经》和《庄子》，里面还有林语堂赠送的介绍中国文学的名著《吾国吾民》和《生活的艺术》。可见中国文化在他的心中很有分量。值得一提的是，奥尼尔还于 1928 年来到上海寻梦。但这次旅行让他颇感失望，他在信中说："我来中国寻求太平与宁静，但我发现（上海）每平方英寸上管闲事和饶长舌的要比（美

---

① 曹禺：《在奥尼尔学术讨论会上的讲话》，载《奥尼尔戏剧研究论文集》，中国戏剧出版社 1988 年版，第 3 页。

② 郭继德编：《奥尼尔文集》第 6 卷，人民文学出版社 2006 年版，第 283 页。

国）任何一个有千把人居民的新英格兰小镇上的还多。"① 从这个事件可以看出，他对中国的了解并不深，主要基于乌托邦式的想象。

有关中国文化对奥尼尔的影响，欧阳基的研究比较有特色。他在1987 年 2 月的北京奥尼尔学术研讨会上宣读了论文《尤金·奥尼尔的〈马可百万〉和老子的"道"》；同年 6 月他在《中国建设》（英文版）上发表了英文论文《奥尼尔关于马可波罗的剧本中的道家思想》；接着他又在 1987 年第 3 期的《外国文学研究》上发表了《美国剧作家尤金·奥尼尔和老子的哲学思想》。他断定："在我看来，奥尼尔创作上的哲学思想追根溯源在老子的思想体系中可以觅寻到更为深厚的思想基础。"② 欧阳基在这方面的研究有一定的学术价值，但也有不少夸大和勉强的地方。这些文章引来了蒋虹丁的不满，他说："细读了这三篇论文，笔者对他提出的引证、论证和结论，皆不敢苟同，愿作商榷。"③ 他对欧阳基的批评较为有力。他甚至还写了一篇《"大道别墅"的"道"与老子哲学无关：奥尼尔研究中一个值得探讨的问题》[《江苏教育学院学报》（社会科学版）1992 年第 1 期]。

有关中国文化对奥尼尔的影响的论文还很多，如，郭继德的《奥尼尔的戏剧创作与中国哲学思想》（《山东外语教学》1994 年第 2 期）、崔益华的《美国戏剧家尤金·奥尼尔与东方思想关系散论》（《东南大学学报》2001 年第 2 期）、郭继德的《奥尼尔与道家思想》（《戏剧》1994 年第 3 期）、朱新福的《尤金·奥尼尔作品中的东方宗教思想》（《苏州大学学报》2002 年第 4 期）等。但总体上看，我们不应该过于高估中国文化对奥尼尔的影响。从《马可百万》中可以看出，他并没有将中国文化看作西方人的出路。首先，忽必烈自始至终都在寻找证明灵魂不朽的途径，但一直没有成功。其次忽必烈、阔阔真和马可都对代

---

① ［美］盖尔泊·亚瑟、盖尔泊·芭芭拉：《奥尼尔》，转引自《中美文化在戏剧中交流——奥尼尔与中国》，刘海平、朱东霖著，南京大学出版社 1988 年版，第 76 页。

② 欧阳基：《美国剧作家尤金·奥尼尔和老子的哲学思想》，载《外国文学研究》1987 年第 3 期。

③ 蒋虹丁：《奥尼尔的创作源泉究竟是什么？与欧阳基先生商榷》，载《外国文学评论》1989 年第 2 期。

表着道家智慧的许衡表示失望。最后，在阔阔真的葬礼上，道士、儒生、和尚与伊斯兰教的阿訇都无法回答关于生死的问题。可见奥尼尔虽然对中国文化非常感兴趣，但并没有视之为拯救人类灵魂的灵丹妙药。他在给卡品特的信中说："至于你提到的关于东方思想的问题，我认为它们根本就没有影响过我的剧本。"① 但这句话并不公允，他的一些剧本肯定受了中国文化的影响，只是没有将中国古代的精神看作医治西方物质主义的良药。

奥尼尔思想活跃，善于博采众长，吸收各国作家的精华。国内学者对奥尼尔的这一特点有较多论述，如，杨挺的《奥尼尔与叔本华》（《外国文学评论》2006 年第 2 期）、于乐庆的《奥尼尔悲剧与尼采无意识哲学》（《外国文学研究》1992 年第 2 期）、杨挺的《奥尼尔与契诃夫》（《海南大学学报》社会科学版 2000 年第 1 期）、杨挺的《奥尼尔与易卜生》（《外国文学评论》2003 年第 4 期）等。

除了影响研究之外，平行研究也颇受重视，如，陶镕的《郭沫若与尤金·奥尼尔》（《郭沫若学刊》1994 年第 2 期）、冯涛的《美国的悲剧与中国的悲剧——曹禺与奥尼尔的悲剧人物比较》（《戏剧》1998 年第 1 期）、卢炜的《奥尼尔与曹禺的轮回之比较》（《四川戏剧》2005 年第 5 期）等。平行比较甚至超出了戏剧的范围，如，陈燕的《善与恶的悲剧冲突——从〈天边外〉和〈边城〉看现代悲剧的必然性》（《西南师范大学学报》2002 年第 3 期）、罗义蕴的《家庭悲剧：比较巴金与尤金·奥尼尔的当代悲剧意识》（《乐山师专学报》1991 年第 4 期）等。

奥尼尔与外国作家之间的平行比较也受到了学者的重视，如，从丛的《莎士比亚与奥尼尔戏剧语言比较研究》（《江西社会科学》2004 年第 3 期）、吾文泉的《"欲望"的悲剧：〈榆树下的欲望〉和〈欲望号街车〉的比较研究》（《戏剧文学》2002 年第 9 期）、张勤的《充溢着狂想的历程——评析〈麦克白〉和〈琼斯皇〉的表现手法》（《南京师范大学文学院学报》2004 年第 3 期）等。学者们还把奥尼尔的作品和

---

① 郭继德编：《奥尼尔文集》第 6 卷，人民文学出版社 2006 年版，第 283 页。

外国的非戏剧作品进行比较，如，丛郁的《现代文明中的人的精神困境：〈毛猿〉与〈弥留之际〉》（《外国文学研究》1994 年第 1 期）、胡媛的《现代社会人类精神荒原的探索者——奥尼尔与乔伊斯创作现代性之比较》（《河北大学学报》2005 年第 6 期）等。

　　影响研究和平行研究并非截然分开的，学者们常常把两种方法混合在一起使用。一个成功的例子是陈立华的博士学位论文《用戏剧感知生命——曹禺前期剧作与奥尼尔剧作的比较研究》（华中师范大学，2005 年）。他的论文后来还在中国戏剧出版社以专著的形式出版，具有较高的学术水平。

五　女性主义研究

　　女性主义批评是当今文学评论的重要流派，自然也渗透到了奥尼尔研究。有的学者认为奥尼尔本人有大男子主义倾向。时晓英的博士学位论文《尤金·奥尼尔的不同形象——传记、评论、书信中塑造的剧作家的公众和私人形象》（北京大学，2007 年）和一些已经发表的论文都持这个观点。她认为奥尼尔对第二任妻子艾格尼丝要求过高，她说："奥尼尔期望艾格尼丝爱他的一切，洞察他的一切，完全献身于他的艺术目标，实现他对全能妻子的要求，即他在生活和作品中不断追求的妻子—情人—母亲—秘书—合作者等集于一身的模式。"① 这个观点有一定的道理。

　　时晓英不但认为奥尼尔这个人在生活中有大男子主义的倾向，而且认为，他的作品也体现了这种观点。她说奥尼尔笔下的"大多数女性，是从男性、尤其是从受伤害的男性的视角被认知，她们或被赋予性的力量，或因母性的缺乏而招致强烈谴责，于是妓女与母亲成为最常见的两种形象。"② 芮渝萍则以弗洛伊德的理论分析了奥尼尔作品体现的大男

---

① 时晓英：《奥尼尔的诸多传记形象之一：与艾格尼丝纠葛中的奥尼尔》，载《国外文学》2006 年第 1 期。

② 时晓英：《极端状况下的女性——奥尼尔女主角的生存状态》，载《四川外语学院学报》2004 年第 4 期。

子主义，她说："他以较多的笔墨刻画女性的'本我'和'自我'；以较多的笔墨刻画男性的'自我'和'超我'。因此，奥剧中的女性人物普遍缺少男性人物那样的道德境界。"① 刘琛以社会学的观点批评了奥尼尔，她指出奥尼尔的作品的特点在于：在劳动分工中，女人"爱就是朝圣般地付出"，在权力层面上，女人是"有着金子般心灵的女人，是地母娘娘"，在性别秩序上，女人是"我的母亲、妻子、情人和朋友"②。女性主义批评的内容很丰富，这里不再一一列举。

与以上学者相反，有的学者肯定了奥尼尔对女性人物的理解和同情。郭洪涛曾说："可是由于受到扼杀人性的清教主义的压抑，她们的这种自然要求不是以热情奔放的方式释放出来，而是被挤压、扭曲、变形为占有欲和毁灭性的自我主义，这就更加鲜明地证实了清教主义压抑人性的残酷性。奥尼尔从美学和精神的角度批判了清教主义对女性的压制，肯定了她们的反抗。"③ 张小平也说："奥尼尔能够同情地再现女性的压抑、挫折以及她们破碎的痛苦心理，反映她们作为男权社会的受害者和牺牲品的苦难处境。"④ 他们的这种观点也不无道理。

除了这两种观点之外，还有人认为，奥尼尔的作品是比较复杂的。万俊说："我们看到，在奥尼尔的剧作中流露出贬低女性的思想，但奥尼尔并不是位反女性主义者，他对女性的态度是动摇而复杂的"；"我们看到，在奥尼尔的笔下，女性人物是一个矛盾的统一体，她们既是强者，又是弱者；既是陷阱，又是上帝；既是妓女，又是地母。"⑤ 沈建青的博士学位论文《尤金·奥尼尔女性形象研究》（北京大学，1999 年）也以女性主义为主题。她认为奥尼尔在不同的阶段对女性的态度是不一样

---

① 芮渝萍：《女性的"本我"与男性的"超我"——论奥尼尔剧作中的女性》，载《天津外国语学院学报》2001 年第 1 期。

② 刘琛：《论奥尼尔戏剧中男权中心主义下的女性观》，载《吉林大学社会科学学报》2004 年第 5 期。

③ 郭洪涛：《论尤金·奥尼尔悲剧中的欲望女性》，载《同济大学学报》（社会科学版）2004 年第 3 期。

④ 张小平：《客观透视：男性的建构与女性的反应——奥尼尔晚期戏剧中的女性再现》，载《广州大学学报》（社科版）2005 年第 4 期。

⑤ 万俊：《女性人物塑造和奥尼尔的创作心态》，载《戏剧艺术》1997 年第 4 期。

的。她说："年轻的奥尼尔把女人视为男性独立的威胁和男性梦想的毁灭者，流露出一种典型的'女祸论'的思想痕迹"；"还从'女人是弱者'的传统观念出发，描写了一种让人叹息的'可怜虫'——她们极其脆弱、极其被动也极其无用，她们缺少个性和独立，更缺少意志和勇气。"① 但她指出，到了晚期，奥尼尔相当理解和支持女性。她在评价《长日入夜行》的时候说道："剧作家以自己母亲埃拉为原型，怀着深切的同情塑造了女主人公玛丽，使她成为该剧的舞台中心，并且赋予她在吗啡作用下出现的疯癫以深厚的内涵，充分展示了 19 世纪美国女性在传统性别角色重压下的无助挣扎和孤独抵抗。"② 她对于《月照不幸人》也有很高的评价："正如作品所表现的那样，不论乔茜扮演的是一个'荡妇'还是一个'圣母'，都是出于一种无奈，这种无奈真实再现了女性在男权社会中的一种生存状态。"③ 相对于那些一概而论的文章而言，这种具体分析的研究应该更为可信。

六　生态研究

生态问题并不是奥尼尔关注的焦点，但他偶尔也涉及。他曾说："在某种意义上说，《毛猿》也是宣传，因为它象征人失去了与自然原有的和谐。"④ 可见他也关心过人与自然的问题。本人于 2013 年 8 月 23 日在中国知网上找到的相关论文的数量如下：4 篇硕士学位论文，1 篇博士学位论文，21 篇期刊论文。

生态批评专家鲁枢元曾经说："生态学研究应当意识到，人不仅仅是自然性的存在，不仅仅是社会性的存在，人同时还是精神性的存

---

① 沈建青：《尤金·奥尼尔早期女性形象塑造》，载《天津外国语学院学报》2004 年第 4 期。

② 沈建青：《疯癫中的挣扎和抵抗：谈〈长日入夜行〉中的玛丽》，载《外国文学研究》2003 年第 5 期。

③ 沈建青：《夹缝中求生存：〈月照不幸人〉里的乔茜》，载《外国文学研究》2004 年第 3 期。

④ 郭继德编：《奥尼尔文集》第 6 卷，人民文学出版社 2006 年版，第 249 页。

在。"① 鲁先生的三个层面的划分，也被一些学者运用到奥尼尔的生态批评上。下文也以这个三分法作为依据对国内的论文进行分类阐述。

同时涉及三个层面的有 5 篇期刊论文和 1 篇硕士学位论文，其中比较重要的有：刘慧的《生态伦理视阈下扬克的悲剧》（《外国文学研究》2010 年第 3 期），张生珍的《〈悲悼〉的生态理念探析》（《山东社会科学》2008 年第 9 期），郑昭梅的《〈榆树下的欲望〉的生态解读》（《湖北第二师范学院学报》2010 年第 4 期）。例如说，郑昭梅的论文认为，《榆树下的欲望》的主人公对农场的占有欲和征服欲导致了自然生态的危机，这些人物在征服和斗争中产生了种种矛盾，各自的精神生态也出现了危机。

谈精神生态的论文最多，共有 8 篇期刊论文和 4 篇硕士学位论文。刘永杰的《魂归何处——奥尼尔〈毛猿〉的精神生态解析》（《中州大学学报》2010 年第 3 期）和《〈榆树下的欲望〉的精神生态探析》（《西安外国语大学学报》2009 年第 4 期）有一定的代表性。刘永杰的文章指出，戏剧人物的欲望的过度膨胀，造成了人的物化，道德感的丧失，爱的本能的缺乏，使精神生态失去平衡。

从社会层面谈生态问题的主要有生态女性主义和生态马克思主义。生态女性主义是把生态理论和女性主义理论相结合的学术思想。在这方面衡庆娟发表了 1 篇论文，刘永杰发表了 2 篇论文。刘的论文指出，西方父权主义有着根深蒂固的二元对立的思维，"即男性与理性、精神、文化、主体性、自性、公共领域直接相关，而女性则与情绪、身体、自然、客体、被动性、私人领域紧密相连。"② 生态女性主义者主张，吸取"尊重生命、爱护自然、反对压迫、追求完整和谐的生态思想，从而把构建和弘扬女性文化作为解决生态危机的根本途径之一，并把对性别压迫的批判上升到对任何形式的压迫制度的批判之上"③。刘永杰用了这样的理论评价《榆树下的欲望》，看到了一些有价值的问题。

---

① 鲁枢元：《生态批评的空间》，华东师范大学出版社 2006 年版，第 19—20 页。

② 刘永杰：《女性·自然·和谐——〈榆树下的欲望〉中的生态女性主义意识》，载《中州大学学报》2009 年第 2 期。

③ 同上。

　　用生态马克思主义研究奥尼尔的文章共有 2 篇。邹惠玲和周丽萍的
《奥尼尔晚期剧作的生态马克思主义解读》写得比较好。作者指出，生
态马克思主义者福斯特"把资本主义的反生态趋势归纳为以下四个方
面：'（1）唯一持久的关系是金钱关系；（2）不能重新进入资本循环的
事物无关紧要；（3）自我调节的市场洞察一切；（4）财产所有者可以
随意获取自然财富'"①。福斯特还认为，"'资本主义生产关系以及城
乡之间的对立和分离'造成了无法弥补的物质变换裂缝（metabolic-
rift），这种裂缝'体现着表述异化的自然及其与异化的劳动之间关系的
一种具体方式'"②。两位学者用福斯特的观点对奥尼尔的《诗人的气
质》《送冰的人来了》《进入黑夜的漫长旅程》和《月照不幸人》做了
深刻的分析，对读者有较大的启发。

　　对奥尼尔的人与自然的关系分析得比较透彻的学者为张生珍。她的
博士学位论文的题目为：《尤金·奥尼尔戏剧生态意识研究》，她还在
《英美文学研究论丛》（2010 秋）发表了相同题目的论文。她指出，奥
尼尔在工业化的背景下反思了人与自然的关系；把现代工业看作人类从
自然崇拜走向机器崇拜的原因；商业主义价值观毁坏了人与自然的关
系；战争给人类带来了生态破坏和生态灾难，其目的在于攫取自然资
源。她对奥尼尔的分析有一定的新意。

　　以上的论文为奥尼尔研究增加了新的维度。但严格意义上的生态主
义关心的是人和自然的关系，至于精神生态问题、生态女性主义和生态
马克思主义都是对生态主义的借题发挥。

　　作为一位顶尖的美国作家，奥尼尔在中国的地位非常高，但与
T. S. 艾略特、海明威、福克纳等相比，影响力相对较小。张春蕾在研
究高校的外国文学史或世界文学史时发现："与奥尼尔同样荣获过诺贝
尔文学奖的小说家海明威和福克纳被多数教材选为 20 世纪美国作家的
主要代表，而头戴'美国现代戏剧之父'光环的尤金·奥尼尔，在代

---

　　① 邹惠玲、周丽萍：《奥尼尔晚期剧作的生态马克思主义解读》，载《徐州师范大学学
报》（哲学社会科学版）2012 年第 4 期。

　　② 同上。

表学术界公论的高校教材中却受到普遍忽视，这既令人费解也值得我们进一步思考和探究。"① 这种现象的出现，也许与奥尼尔的文学成就没有多大的关系，主要是因为戏剧这种文类的地位在下降。奥尼尔曾说："'戏剧在死亡'，这几乎是我记忆中父亲对我讲的第一句话。"② 戏剧虽然没有死亡，但戏剧的地位的确已经今非昔比。

---

① 张春蕾：《尤金·奥尼尔90年中国行程回眸》，载《南京晓庄学院学报》2013年第1期。

② 郭继德编：《奥尼尔文集》第6卷，人民文学出版社2006年版，第306页。

第十二章

布莱希特的翻译与研究

　　贝尔托·布莱希特（Bertolt Brecht）（1898—1956）是一位非常全面的德国戏剧家，集剧作家、戏剧理论家、导演、戏剧革新家于一身，而且还是一位卓越的诗人、小说家和学者。他创作了大量作品，除了近四十部剧作，还有约一千四百首诗歌、几部小说，以及散文、论文等著作。布莱希特对自己在戏剧领域的地位颇为自信，他曾断言："我是新型演出形式的爱因斯坦。"①　德国学者瓦尔特·本雅明对他也有很高的评价，他说："布莱希特以其史诗性戏剧同以亚里士多德的理论为代表的狭义的戏剧性戏剧分庭抗礼。因此，可以说，布莱希特创立了相应的非亚里士多德式的戏剧理论，就像利曼创立了非欧几里德几何学一样。"②　詹姆逊则从马克思主义的角度肯定了布莱希特的成就，他说："布莱希特似乎是第一个真正的马克思主义艺术家，完善了马克思主义和辩证法的创新性，将其作为一种全新的思维方式和一种新美学（超越了社会主义现实主义各种枯燥的预见性）。"③　中国学者丁扬忠也高度地赞扬了布氏的功绩，他说："就对戏剧领域的多方面建树而言，布莱希特堪与莱辛媲美，而雄视二十世纪的欧洲剧坛。"④　可见布莱希特的创

---

　　①　转引自张黎编《布莱希特研究》，中国社会科学出版社1984年版，第33页。

　　②　［德］本雅明：《什么是史诗剧》，载《布莱希特研究》，张黎编选，中国社会科学出版社1984年版，第13页。

　　③　［美］詹姆逊：《布莱希特与方法》，陈永国译，中国社会科学出版社1998年版，第194页。

　　④　丁扬忠：《布莱希特与中国古典戏曲》，载《戏曲艺术》1980年第2期。

作与理论研究既有出众的高度，又有广博的宽度，受到了中外学者的充分肯定。

一 翻译与研究的总体情况

新中国成立以来，国人在翻译布莱希特的著作方面取得了突出的成就，一共出版了布氏作品 20 部，其中戏剧理论 1 部，小说和诗歌各 1 部。具体情况如下：

《巴黎公社的日子》（上海文艺出版社 1959 年版）

《大胆妈妈和她的孩子们》（中国戏剧出版社 1959 年版）

《布莱希特选集》（人民文学出版社 1959 年版）

《布莱希特戏剧选》（上下册）（人民文学出版社 1980 年版）

《伽利略传》（河南人民出版社 1980 年版）

《三分钱歌剧：外国电影剧本丛刊》（中国电影出版社 1982 年版）

《四川一好人》（中国戏剧出版社 1985 年版）

《布莱希特戏剧集》（全三册）（安徽文艺出版社 2001 年版）

《四川好人》（上海译文出版社 2012 年版）

《伽利略传》（上海译文出版社 2012 年版）

《高加索灰阑记》（上海译文出版社 2012 年版）

《三毛钱歌剧》（上海译文出版社 2012 年版）

《大胆妈妈和她的孩子们》（上海译文出版社 2012 年版）

《四川好人：德语经典文学手绘插画本》（光明日报出版社 2013 年版）

《布莱希特论戏剧》（中国戏剧出版社 1990 年版）

《布莱希特诗选》（湖南人民出版社 1987 年版）

《三毛钱小说》（上海译文出版社 1999 年版）

在过去的几十年当中，国人还翻译了 6 部研究布莱希特的著作，并且出版了 7 部本国学者的著作。相关信息如下：

张黎编选：《布莱希特研究》（中国社会科学出版社 1984 年版）

苏丽娜：《斯坦尼斯拉夫斯基与布莱希特》（北京大学出版社 1986 年版）

弗尔克尔：《布莱希特传》（中国戏剧出版社 1986 年版）

詹姆逊：《布莱希特与方法》（中国社会科学出版社 1998 年版）

露特·贝尔劳：《恋爱中的布莱希特》（昆仑出版社 2002 年版）

玛丽安娜·凯斯廷：《布莱希特》（中国社会科学出版社 1992 年版）

卞之琳：《布莱希特戏剧印象记》（中国戏剧出版社 1980 年版）

中国戏剧出版社编辑部：《论布莱希特戏剧艺术》（中国戏剧出版社 1984 年版）

方维贵：《布莱希特》（辽宁人民出版社 1998 年版）

余匡复：《布莱希特论》（上海外语教育出版社 2002 年版）

余匡复：《布莱希特》（四川人民出版社 2002 年版）

陈世雄：《三角对话——斯坦尼、布莱希特与中国戏剧》（厦门大学出版社 2003 年版）

卢炜：《从辩证到综合——布莱希特与中国新时期戏剧》（浙江大学出版社 2007 年版）

在 2013 年 10 月 1 日，笔者通过中国知网对有关布莱希特的论文进行了检索。搜索主题设置为"布莱希特"，把时间设置为"1949—2012"，查到了论文 2049 篇。然后逐步排除掉那些和布莱希特关系不大的论文，结果为 543 篇。其中 7 篇发表在 1957—1963 年，其余 536 篇的逐年分布如图 12 - 1 所示：

在中国，最早介绍布莱希特的学者是赵景深，他在 1929 年的《最近德国剧坛》提到了这位德国剧作家。新中国成立之前，国人对布莱希特的译介非常有限。1949 年之后，布莱希特的翻译与研究成为戏剧

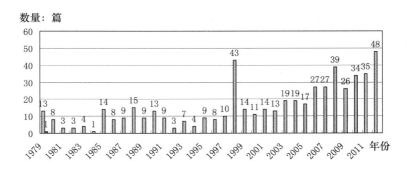

数量：篇

图 12 - 1　布莱希特研究论文的历时分布

界的热点，一共历经了四次高潮：第一次出现在 20 世纪 50 年代末、60 年代初，第二次出现在 70 年代末 80 年代初，第三次则在 1998 年（布莱希特的百年诞辰）前后，第四次为 2006 年前后（布莱希特逝世 50 周年）。布莱希特是"文化大革命"之后最有影响力的外国剧作家。从著作和论文两个方面看，国人的布莱希特翻译与研究都取得了可喜的成绩。

"十七年"的布莱希特翻译与研究相对较为简单，我们这里用一节的篇幅进行论述。到了改革开放之后，布莱希特成为最有影响力的戏剧家，各种研究与论争比较复杂，从历时的角度分阶段论述，不太方便。因此我们挑了三个最为重要的主题进行研究，这三个主题为：episches Theater、陌生化效果和现实主义。

二　"十七年"的译介

布莱希特在新中国成立之前已经传到中国，但影响不大。根据沈建塑的考证，1949 年以前，总共有两篇文章提到布莱希特：赵景深在《最近德国的剧坛》（《北新》1929 年 7 月第 3 卷第 13 期）中把他称为"白礼齐特"，并且分析了他的《夜间鼓声》；李衍在《战前欧美文学的动向及其代表作家》（《中国文学》1944 年第 1 卷第 1 期）中把他称为

"勃莱古特",并且做了介绍。译著包括:"天蓝"翻译的剧作《告密的人》(《解放日报》1941年8月24—26日,将布氏的名字译为"布列赫特"),"葆茅"翻译的《两个面包师》(《新华日报》1942年8月6日,布氏的译名也为"布列赫特"),戈宝叹翻译的《奸细》《学习与生活》(1942年第3卷第5期)。沈建翌指出:《奸细》"实际上就是《告密的人》的另一译文";"不难发现,上述两个短剧就是布莱希特在1935至1938年间创作的《第三帝国的恐惧与灾难》中两场戏"[①]。这两部剧作当时都作为"反法西斯短剧"刊登,政治色彩强于文学色彩。

在"十七年"间,目前能找到的介绍和研究布莱希特的文章有23篇,具体信息如表12-1所示。

表 12-1　　　　　"十七年"布莱希特研究论文目录

序号	作者	篇名	出处	时间
1	巴尔万·噶尔奇	德国著名编导布莱希特的魅力	国际展望	1955年总第53期
2	黄贤俊	悼德国杰出的作家布莱希特	光明日报	1956年8月17日
3	乔尔娜雅	布莱希特的戏剧创作	戏剧论丛	1957年第3期
4	J.温格	布莱希特与电影	电影艺术译丛	1957年总第55期
5	布莱希特	间离效果	电影艺术译丛	1957年总第55期
6	陈恭敏	从"胆大妈妈"看布莱希特的艺术特色	上海戏剧	1959年第2期
7	郭开兰	介绍"布莱希特选集"	世界文学	1959年第11期
8	佐临	关于德国戏剧艺术家布莱希特	戏剧研究	1959年第6期
9	覃柯	布莱希特的剧作在我国首次演出	戏剧报	1960年第2期

---

① 沈建翌:《有关布莱希特在中国的译介史料补充》,载《戏剧艺术》1984年第2期。

续表

序号	作者	篇名	出处	时间
10	谢明、薛沐	布莱希特演剧方法的浅见	戏剧报	1962 年第 9 期
11	陈虞孙	祝德国话剧《胆大妈妈》首次演出	文汇报	1959 年 10 月 7 日
12	大椿	深邃的思想、独特的风格——谈德国名剧《胆大妈妈》	解放日报	1959 年 10 月 7 日
13	黄佐临	"睁开眼睛"来看"胆大妈妈"	文汇报	1959 年 10 月 8 日
14	佐临	漫谈"戏剧观"	《中国戏剧》	1962 年第 4 期
15	童道明	对布莱希特戏剧理论的几点认识	文汇报	1962 年 9 月 12 日
16	石凌鹤	推荐"遥远的道路"——学习和运用布莱希特演剧方法	江西日报	1962 年 5 月 9 日
17	丁扬忠	布莱希特和他的教育剧	剧本	1962 年第 9 期
18	卞之琳	布莱希特印象记	世界文学	1962 年第 5—8 期
19	毕基	布莱希特的戏剧观是怎么回事？	羊城晚报	1962 年 2 月 9 日
20	佐临	从一个戏谈布莱希特的编剧特征	戏剧报	1963 年第 1 期

布莱希特在"十七年"之所以能够受到重视，首先是因为相关领导的提倡。1956 年，日本著名的布莱希特专家千田是应邀参加在广州举行的第一届全国话剧观摩会。他在了解中国的戏剧状况后，向当时的戏剧家协会主席田汉提出了看法：整个中国戏剧界只推崇斯坦尼斯拉夫斯基一人，对于其他外国戏剧家几乎一无所知。他特地建议引进布莱希特。田汉因为国人对布莱希特一无所知感到十分惭愧，从此开始鼓励人们翻译和介绍他的作品。另外一个重要事件是，1957 年西德进步作家魏森堡访问了中国，并且受到了毛主席的接见。他归国后在游记里记载了一段和毛主席的谈话。在当时的谈话中，他曾经建议把布莱希特的作

品译成汉语。虽然当时毛主席并没有要求学者们马上翻译，但这在当时也是重大文化事件，也会影响到翻译、研究和出版。

另一重要原因在于布莱希特的思想内容与当时的文化氛围也比较吻合。冯至曾说："布莱希特不只是德国现代第一流的戏剧家兼诗人，而且也是中国人民的朋友，三十年来他密切地注意中国共产党领导的革命运动，他的诗歌和戏剧有许多处是取材于中国革命的故事，他的戏剧理论受到过中国戏剧的一些影响，此外他也曾经把中国的诗译成德语。"①黄佐临指出，布莱希特"早在二十年代，开始读马克思主义夜校"②。黄佐临还说："布氏对我国伟大的领袖毛主席十分敬佩。在他的房间里悬挂着毛主席的像片，他并且翻译和论述毛主席的诗，他认为毛主席的《矛盾论》是 1955 年最好最有意义的书（该书是年在德翻译出版）。他称毛主席为当代最伟大的辩证法理论家。"③卞之琳也说："布莱希特的重要戏剧……具有高度的思想性和艺术性。它们的思想是马克思主义的，为社会主义和共产主义服务的；它们的艺术就是为这种思想服务，为无产阶级革命政治服务而表现了独到的特色。"④离开了这种"政治上的进步性"，当时的文学艺术就很难传播。

第三个原因在于布莱希特的颠覆性的创新。20 世纪 50 年代人们只能观看和阅读苏联戏剧，而且演出风格都是斯坦尼式的。在这种单调的背景下，布莱希特的创新性更加凸显了出来。高行健阅读了一些内部发行的布莱希特著作之后说："那年代已经开始反对修正主义，斯坦尼斯拉夫斯基也遭到了冷遇，更是可以理解的。也许正因为这种限制（指内部发行），对我倒更有吸引力，他立刻便推翻了我对斯坦尼斯拉夫斯基的敬仰。戏剧居然还可以这么一种样子，布莱希特正是第一个让我领悟到戏剧这门艺术的法则竟也还可以重新另立的戏剧家。从这个意义上说，他对我日后多年来在戏剧艺术上的追求起了决定性的作用。"⑤当

---

① 冯至：《布莱希特选集·后记》，人民文学出版社 1959 年版，第 326 页。
② 佐临：《关于德国戏剧艺术家布莱希特》，载《戏剧研究》1959 年第 6 期。
③ 同上。
④ 卞之琳：《布莱希特印象记》，中国戏剧出版社 1980 年版，第 2 页。
⑤ 高行健：《对一种现代戏剧的追求》，中国戏剧出版社 1988 年版，第 53 页。

时的一些不利因素反而变成了传播布莱希特的有利因素，使人们更加喜欢布莱希特的新观点和新风格。

第四个原因在于民族化的诉求。阿甲曾说："这些人有意无意地采取自然主义的方法或话剧的方法来评论戏曲表演艺术的真实或不真实，依据这个尺度去衡量传统的表现手法，一经遇到他们所不能解释的东西，不怪自己不懂，反认为这些都是脱离生活的东西，也即认为应该打破，应该取消的东西。他们往往支解割裂地向艺人们提出每一个舞蹈动作（如云手、卧鱼、鹞子翻身、踢腿、搓步等）要求按照生活的真实还出它的娘家来，不然，就证明这些程式都是形式主义的东西。老艺人经不起三盘两问，只好低头认错，从此对后辈再也不教技术了，怕误人子弟。演员在舞台上也不敢放开演戏了，一向装龙像龙装虎像虎的演员，现在在台上手足无措，茫然若失，因为怕犯形式主义的错误。"①人们长期使用国外引进的现实主义原则来衡量和批评传统戏曲，压制了戏曲的活力。而这位布莱希特却高度评价戏曲，这是当时的许多人（特别是戏曲从业人员）很想听到的，他们当然非常欢迎布氏。

对于布莱希特来说，1959 年是一个重要的机会。这一年为了庆祝中华人民共和国成立十周年和中国与民主德国建交十周年，我国文化部和民主德国签订了文化交流协定，互相交换剧本，德方演出我们的《十五贯》，我方演出布氏的《胆大妈妈和她的孩子们》。由于黄佐临是中国最早有系统地介绍布莱希特戏剧理论的人，而且他在新中国成立初为了宣传抗美援朝运动，曾经创作过中国第一个史诗剧剧本，所以自然地成为最合适的导演。

这次演出颇具时代意义，体现了当时剧坛崭新的尝试。但演出并不成功。纪宇这样描写道："首演是在上海艺术剧场进行的，导演和演员都抱着很大的希望。开始时，剧场全满，多数观众是抱着好奇心，想来看看布莱希特究竟是怎么回事。可这部戏反映的时代背景离中国的现实生活太远，人物的行为和心理也不符合中国人的审美习惯。尽管演员阵容很强，音乐也很抒情，但剧情没有兴奋点，抓不住观众。开场不久，

---

① 《阿甲戏剧论集》，中国戏剧出版社 2005 年版，第 104 页。

就有人悄悄退席，演到快一半时，观众纷纷离场，走了一大半了。等到演至五分之四时，剧院里观众已寥若晨星，比舞台上卖力演戏的演员还少。到全剧结束时，台下只剩了一个观众为他们鼓掌。佐临撩起幕布一看，原来'坚持到底'的，是他的老友巴金！"① 这个戏总共演了 14 场，真正看完的人非常少。与黄佐临等的辛苦准备相比，这样的结局应该是完全出乎意料的。

虽说当时的演出并不成功，但人们对布莱希特的好奇心却被激起了。1962 年召开了全国话剧、歌剧、儿童剧创作座谈会，黄佐临在会上做了《漫谈"戏剧观"》的发言。这个发言稿重点谈到布莱希特的戏剧观，后来在《文汇报》和《中国戏剧》上刊发，引起了巨大的轰动。然而，中国文艺界不久就开始向极左转变，人们对布莱希特的热情也马上就终结了。在 1963 年的报刊上只有一篇关于布氏的文章。到了 1964 年，姚文元将布莱希特定性为反动剧作家。他说"由于这派戏剧家仍然是站在资产阶级、小资产阶级立场上来反对最腐朽最丑恶的帝国主义戏剧，因此就不可能对之进行彻底的、科学的批判"② 。他对布氏的创作方法也做了批判，他说："要积极地唤醒人们热爱社会主义，热爱新英雄人物，憎恨牛鬼蛇神，认识资本主义的危害性。这用'保持距离'的方法是不能达到的。我们不能削弱人们无产阶级的阶级感情，相反地，要力图激起人们最强烈的无产阶级的阶级感情，使他们的思想和感情都要更加革命化。"③ 被定性为反动文人之后，布莱希特就再也无人问津了。

三 Episches Theater 等术语的含义与翻译

在谈到布莱希特的戏剧时，我们自然就会想到 Episches Theater（史诗剧）这个概念，但在采用这个术语之前，还创造了"运动剧"

---

① 纪宇：《喜剧人生黄佐临》，山东画报出版社 1996 年版，第 109—110 页。

② 姚文元：《反映最新最美的生活，创造最新最美的图画》，载《收获》1964 年第 2 期。

③ 同上。

（Sporttheater）和"吸烟剧"（Rauchtheater）这两个概念。所谓"运动剧"，就是要使戏剧观众像摔跤或拳击赛场中的观众一样，对待舞台上展现的生活冲突，有一种欣赏体育运动的态度，对冲突的双方颇感兴趣但又不失判批能力。剧作家需要既能吸引观众的兴趣，又能打破剧场的紧张气氛，使得观众可以在观看表演过程中来回走动，进出自如，甚至可以慢悠悠地点燃一根烟，欣赏面前的"冲突游戏"。如果换个术语来称呼，这就是"吸烟剧"。可见这两个术语的内涵和"史诗剧"比较接近，为"史诗剧"这个概念的确立和完善打下了基础。

　　史诗剧有着一定的历史渊源，并非布莱希特的纯粹创新。在欧洲历史上，莎士比亚的许多剧本、歌德的《浮士德》和席勒的《华伦斯坦》、《威廉·退尔》都有着史诗剧的许多特点。他还说"从风格的角度来看史诗戏剧并不是什么特别新鲜的东西。就其表演的性质和对艺术的强调来说，它同古老的亚洲戏剧十分类似"①。除了历史资源之外，和布氏同时代的德国导演皮斯卡托在布莱希特之前就已经有不少史诗剧的演出实践。但皮斯卡托注重的是利用史诗剧进行政治宣传，只有到了布莱希特手中，史诗剧才真正成为一门艺术。在观察、实践和反思的基础上，他于1929年在歌剧《马哈贡尼城的兴衰》的注释文章中，系统地提出了"史诗剧"的十九条原则，初步形成了史诗剧的理论框架。后来布莱希特把主要的精力都用在发展史诗剧这一戏剧流派，取得可举世瞩目的成就，使他的名字和史诗剧直接地联系在一起。

　　布莱希特的 Episches Theater 在英文中只有一个译名，那就是 epic theatre，但在中文中简直就是五花八门，常见的翻译有：黄佐临、卞之琳、张黎等的"史诗剧"，冯至等的"叙事剧"，宫宝荣等的"叙述剧"，余匡复等的"叙述体戏剧"，丁扬忠等的"叙事诗体戏剧"，马森等的"史诗剧场"，姚一苇等的"叙事诗剧场"。本文将对这些翻译进行梳理，看看哪些译法比较符合原义。

　　关于 Theater 的翻译，情况较为简单。大陆的学者都译为"戏剧"，

① ［德］布莱希特：《布莱希特论戏剧》，丁扬忠等译，中国戏剧出版社1990年版，第76页。

港台学者倾向于把它翻译为"剧场"。在德语中 Theater 既可以指"剧场",也可以指作为总体的"戏剧"或者"戏剧艺术"。在汉语中"剧场"往往不能用来称呼作为总体的"戏剧"或者"戏剧艺术",而"戏剧"却可以包含剧场演出的环节,所以把 Theater 译为"戏剧"比"剧场"合理。从 episches 的翻译情况看,8 个译名中的 6 个都带有"叙述"或者"叙事"。在汉语中"叙事"和"叙述"往往可以通用,例如说"叙事学"也叫作"叙述学",所以这 6 个译名可以划为一类,都明确地说明了布莱希特戏剧的表现方式。另外两个译名都有"史诗"两字。在汉语中"史诗"属于一种文类,不直接地和某种表现方式联系在一起。下文将进一步分析 episches 的翻译。

首先,我们可以考证一下相关的词源。根据 1989 年第二版的《牛津英语词典》(OED),epic 可以是名词,意思为"史诗",也可以是形容词,表示"史诗的",其词源可以追溯到"a. Gr. ἐπικό ς, f. ἔπος"。在 2008 年第二版的《英汉大辞典》(陆谷孙主编)中,epic 的希腊语词源信息为:"< epikos < epos"。希腊语词根 epos 的意思为"词语,叙事作品,诗歌"(word, narrative, song),epikos 是 epos 的变体。在英语中也有 epos 这个单词,也指史诗的意思,但不太常用。在德语中 Epik 主要用来表示"叙事作品"的意思,史诗一般为 Epos,形容词为 episch,兼有"叙述的"和"史诗的"两重意思。通过查阅《杜登德语大辞典》可以发现,Epos 也起源于希腊语 epos,而 Epik 和 episch 的希腊语词源为 epikos。这部词典没有指出希腊语 epos 和 epikos 的关系。根据上文提到的两部英语词典,epikos 是 epos 的变体,所以三个单词是同词源的。

余匡复先生查找了 6 部大型的德语词典,并且得出结论:"episch 可有两个释义:(1)叙事的,叙述的;(2)史诗的,史诗式的,史诗般的。"① 但这 6 部词典中,只有 2 部有"史诗的"释义,另外 4 部只有第一个意思。余匡复还说:"'episches Theater'按字面可译为:(1)

---

① 余匡复:《布莱希特的"episches Theater"是史诗戏剧吗?》,《外国语》1980 年第 4 期。

'史诗剧'或'史诗戏剧';（2）'叙事性戏剧','叙述体戏剧','叙事式戏剧'。"① 从 episch 的字面意思来说，译为"叙述的"或"叙事的"可能性大一些，但翻译为"史诗的"也说得过去。所以从词源和字面意思的角度看，以上 8 种翻译都行得通。

卢炜对余匡复的考证非常欣赏，对黄佐临的"史诗剧"却颇有微词。他说："客观而言，把 Episches Theater 翻译成史诗剧的主将黄佐临是留学英国背景，Episches 的词根 Episch 的史诗含义多为英语特性，其实德语中鲜有这样的含义。所幸的是，我国当下戏剧理论界也开始减少布莱希特'史诗剧'的称呼，叙述剧的命名正逐步抬头。"② 英语中的 epic 的确与德语的 episch 有一定的区别。《牛津英语词典》对作为形容词的当代英语单词 epic 的解释为："Pertaining to that species of poetical composition (see epos), represented typically by the *Iliad* and *Odyssey*, which celebrates in the form of a continuous narrative the achievements of one or more heroic personages of history or tradition. "（与一些诗歌作品相关，这些作品以《伊利亚特》和《奥德赛》为典型代表，通过长篇的叙述颂扬历史或传统中的一个或多个英雄的伟大事业）英语单词 epic 和德语单词 episch 虽然词源相同，但 epic 的最基本的意思为"史诗的"，和 episch 的第二个意思差不多，字面上没有"叙述"的意思。由于采用"长篇的叙述"这种方式，epic 这个单词和叙述也有密切的关系。从英语文本翻译，只会译为"史诗剧"，但我们不能因此就断定黄佐临的翻译错误，因为在德语中这两种意思都是存在的。而且"史诗剧"的支持者张黎具有良好的德语背景，我们不能简单地视之为由英语转译的错误。

其次，我们可以从文学的表现形式看看翻译的得失。余匡复曾说："布莱希特最早从事戏剧改革时的初衷正是改革戏剧形式。"③ 布莱希特

① 余匡复：《布莱希特的"episches Theater"是史诗戏剧吗?》，《外国语》1980 年第 4 期。

② 卢炜：《从辩证到综合——布莱希特与中国新时期戏剧》，浙江大学出版社 2007 年版，第 4 页。

③ 余匡复：《布莱希特论》，上海外语教育出版社 2002 年版，第 70 页。

的戏剧形式创新，最主要体现在大量采用本来在史诗中使用的叙述方式。从这个角度来说，将 episches Theater 译为"叙述剧"肯定没有问题。译为"史诗剧"是否行得通呢？关于戏剧和史诗的形式，亚里士多德曾说："假如用同样媒介摹仿同样对象，既可以像荷马那样，时而用叙述方法，时而叫人物出场，[或化身为人物]，也可以始终不变，用自己的口吻来叙述，还可以使摹仿者用动作来摹仿。"①当代学者家罗伯特·施格尔斯（Robert Scholes）与罗伯特·凯洛格（Robert Kellogg）从叙事学的角度作了论证："我们所说的叙事文学包含两大特征：既有故事，又有叙述者。戏剧只有故事而没有讲故事的人，其人物直接把生活中的行动表演出来，亚里士多德称之为'摹仿'。"②史诗采用叙述的方式，这是西方文学的常识。希腊语 epos 和德语 episch 都同时兼有"史诗"和"叙述"两层含义。英语单词 epic 字面上只有"史诗"这一层意思，英语世界的人并没有对 epic theatre 这个翻译提出非议，因为在他们看来史诗显然都采用叙述的方式。汉语的情况和英语相似，"史诗"在字面上也不包含叙述的意思。由于中国人对史诗和叙述之间的密切关系不够了解，所以觉得"史诗剧"这个名称缺少了"叙述"这一关键要素。但从西方文学传统的角度看，"史诗剧"已经隐含了"叙述"的意思，这样的翻译还是可以成立的。

　　史诗剧的重要特点在于采用了叙述的表现方式。其实中国戏曲也包含了不少叙述成分。周宁曾发表了一篇论述戏曲的叙述性的论文，这篇论文为《叙述与对话：中西戏剧话语模式比较》（《中国社会科学》1992 年第 5 期）。但布莱希特对戏曲的了解毕竟是有限的，他只谈到戏曲的陌生化问题，好像并没有注意到戏曲的叙述性。其实重叙事的戏曲和布莱希特的以叙事为特点的史诗剧之间，也许有不少可比较的地方。假如当年布莱希特在这方面说了那么几句，也许叙事性的比较就成为布莱希特研究的重要内容了。

---

　　①　［古希腊］亚里士多德：《诗学》，载《诗学·诗艺》，人民文学出版社 1982 年版，第 9 页。

　　②　Scholes, Robert and Kellogg, Robert, *The Nature of Narrative*, Oxford University Press, 1966, p. 4.

余匡复对"史诗剧"这一译名不太赞成。他说:"布莱希特把戏剧分为1.亚里士多德式的戏剧（以模仿——共鸣——净化为核心），他又称这种戏剧为传统戏剧。由于这类戏剧强调戏剧冲突，强调戏剧性，所以从戏剧结构上分析，布莱希特称它为戏剧性戏剧。2.非亚里士多德式戏剧。布莱希特称自己的不同于传统戏剧的、不以亚里士多德的模仿——共鸣——净化为核心的戏剧为非亚里士多德式戏剧。由于这类戏剧并不强调戏剧外在的戏剧冲突和情节的承上启下，在结构上突出舞台整体的'叙述风格'，因此布莱希特称自己的戏剧为'叙述体戏剧'。可见'戏剧性戏剧'和'叙述体戏剧'纯粹是从戏剧的结构形式出发的分类。"[①] 布莱希特的戏剧结构和亚里士多德的戏剧结构的确不一样，但余匡复先生在这里并没有抓住问题的要害，亚里士多德的戏剧观和布莱希特的戏剧观的最大区别在于前者强调"模仿"，后者突出"叙述"。实际上余匡复甚至不知道怎么区分"模仿"和"叙述"。他说："在《诗学》里，亚里士多德是这样写的：'悲剧是对于一个严肃、完整、有一定长度的行动的模仿；它的媒介是语言，具有各种悦耳之音，分别在戏剧的各个部分使用；模仿方式是借人物的动作来表达，而不是采用叙述法；借引起怜悯与恐惧来使这种情感得到陶冶。'这是亚里士多德所下的定义。这里的'悲剧'，依笔者之见并非仅指戏剧中的悲剧，而是泛指所有高雅的文学。"[②] 这里的悲剧怎么会泛指"高雅的文学"呢？"不是采用叙述法"的、"借人物的动作"进行模仿的作品就是戏剧，和叙事作品的界限泾渭分明，不可混为一谈。

除了译为"叙述剧"之外，冯至在编写《大百科全书》的外国文学卷时把这个术语译为"叙事剧"。高行健也说："通盘考察一下他的戏剧观念，用个更为贴切的中文译名，不如称之为叙事剧。"[③] 但余匡复不赞成这一译法，他说：" '叙事剧'这一译名也是不确切的，因为传统的戏剧无不叙述着一件有头有尾的'事'，因此这个译名没有把布

---

① 余匡复:《布莱希特论》，上海外语教育出版社2002年版，第68页。
② 同上书，第4页。
③ 高行健:《对一种现代戏剧的追求》，中国戏剧出版社1988年版，第18页。

莱希特在结构上的特色表达出来。"① 在西方文学传统中，戏剧不属于叙事文学，因为"戏剧只有故事而没有讲故事的人"。当然西方文学对叙事文学和戏剧的区分也不是绝对的，有时挑战这种界限可以带来创新，布莱希特的强调叙事性的戏剧就是如此。

布莱希特是否只重视形式，不重视内容呢？当然不是的。他曾说："资产阶级戏剧创作和剧院鉴于不断地加速衰落的形势，企图通过在表面形式上的近似疯狂的变幻风格。来使千篇一律的反动的内容变得有趣。这种纯粹形式上的变革没有真正的内含的形式把戏，使得我们最好的剧评家要求，学习研究经典戏剧。实际上也可以从他们那学到很多东西。发现具有社会意义的主要情节，戏剧性地叙述技巧，塑造有趣的人物形象，语言的洗练，提出伟大的思想以及对社会进步的同情。"② 他不仅关心内容，还非常强调"伟大的思想"和"社会进步"。这种伟大思想是否和史诗有关呢？余匡复说："根据《现代汉语词典》，'史诗'的释义是：〈文〉叙述英雄传说或重大历史事件的叙事长诗。"③ 他认为布莱希特的戏剧内容与英雄传说和重大历史事件没有什么关系，所以不能称为史诗剧。高行健也曾言："他之所谓史诗剧，中文译名语焉不详，容易同汉语中这个词通常包含的壮丽辉煌、惊心动魄、艰苦卓绝、万古流芳联系起来，这绝非他戏剧的特点。"④ 但也有人不这么看。丁扬忠曾这样评价布莱希特的 episches Theater："它要求逼真地展示广阔的生活面貌，揭示社会发展规律，强调戏剧通过欣赏给予观众的娱乐作用和认识作用。"⑤ 张黎也说："它是一种吸取了史诗艺术的叙述方法，来广泛深入地反映现实世界中具有重大社会与历史意义的问题的戏剧。"⑥ 张黎还进一步指出："这种戏剧强调描写重大社会题材，强调发挥教育作用（包括改变在人剥削人的社会制度中形成的传统思维习

---

① 余匡复：《布莱希特论》，上海外语教育出版社 2002 年版，第 69—70 页。
② ［德］布莱希特：《布莱希特论戏剧》，丁扬忠等译，中国戏剧出版社 1990 年版，第 114 页。
③ 余匡复：《布莱希特的"episches Theater"是史诗戏剧吗?》，《外国语》1980 年第 4 期。
④ 高行健：《对一种现代戏剧的追求》，中国戏剧出版社 1988 年版，第 17—18 页。
⑤ 丁扬忠：《译序》，载《布莱希特论戏剧》，中国戏剧出版社 1990 年版，第 4 页。
⑥ 张黎：《前言》，载《布莱希特研究》，中国社会科学出版社 1984 年版，第 1 页。

惯），强调为特定的社会目的服务，而体现这个特定社会目的的口号，就是马克思的名言：'哲学家们只是用不同的方式**解释**世界，问题在于**改变**世界。'"① 布莱希特不但关注如何认识世界，还强调改变世界，这样的作家怎么可能只重形式呢？所以张黎对"叙事剧"的译法不太满意："只是我感觉到它尚未能充分表达布莱希特在选择题材和表现思想内容方面的广度和深度的要求。"② 当然我们也应该看到，布莱希特的剧作的确没有多少英雄主义色彩，不具备"壮丽辉煌、惊心动魄"的特点，但对社会重大问题的关心也是史诗应该描绘的焦点。从这个角度来说，翻译为"史诗剧"有一定的道理，而"叙述剧"等名称，完全丧失了这方面的内容。

除了上文讨论的三个方面之外，我们还应该看看中文译名是否简洁顺口。从这个角度看，"史诗剧""叙事剧"和"叙述剧"相当理想，而"叙述体戏剧"和"叙事诗体戏剧"中的"体"显得多余。随着时代的发展，"史诗"已经可以用来指那些非诗歌体的著作，但"叙事诗"仍然无法指代非诗歌体的作品，所以不能用来翻译布莱希特的剧作。

我们把 episches Theater 的 8 个译名的五个方面都列出来，并且给每个方面都赋予 2 分，再把各项的分值加起来，算出总分。具体请见表12－2。从这个表格可以看得出，"史诗剧""叙事剧"和"叙述剧"是最好的译名。"史诗剧"有一个明显的缺点，就是没有把叙述的意思直接表达出来。"叙事剧"和"叙述剧"虽然译出了布莱希特的戏剧表达方式，但完全没有触及内容，也有不小的缺陷。"史诗剧"在中国，经过众多名家的使用，已经产生巨大的影响，所以本书沿用这个术语。

布莱希特还把史诗剧称为"科学时代的戏剧"（Das Theater des wissenschaftlichen Zeitalters）③；把自己戏剧的观众看作"科学时代的孩子"④。这个科学时代的戏剧，并不是一种新的戏剧，只是史诗剧的另

① 张黎：《前言》，载《布莱希特研究》，中国社会科学出版社 1984 年版，第 3 页。
② 同上书，第 4 页。
③ ［德］布莱希特：《布莱希特论戏剧》，丁扬忠等译，中国戏剧出版社 1990 年版，第 4 页。
④ 同上书，第 10 页。

外一种称呼。

表 12 - 2 episches Theater 的各种翻译

德语 汉语	episches				Theater	总分
	词源和字面意思	叙述的形式	重要内容和意义	是否简洁	是否准确	
史诗·剧	√	隐含（可赋1分）	√	√	√	9
叙事·剧	√	√	×	√	√	8
叙述·剧	√	√	×	√	√	8
叙述体·戏剧	√	√	×	×	√	6
叙事诗体·戏剧	√	√	×	×	√	6
史诗·剧场	√	隐含（可赋1分）	√	√	×	7
叙事诗·剧场	√	√	×	√	×	6

　　除了 episches Theater 之外，布莱希特常常称自己的戏剧为 nicht-ar-istotelisches Theater（非亚里士多德戏剧）。布莱希特全集的第十五卷收了名为《论非亚里士多德戏剧》的论文集，主要是写于 1933—1941 年的单篇文章、片段、书信、对话等。上文提到的运动剧、吸烟剧和史诗剧，都是和亚里士多德相比较而言的，所以这三种戏剧都是非亚里士多德戏剧。这三个术语都肯定了戏剧的某种特性，而非亚里士多德戏剧，是从否定的角度说的，指代不是很明显，似乎不是很好的名称。

　　布莱希特晚年对自己的戏剧理论进行了反思，提出了新的看法。他已经注意到，"如果戏剧的叙述成分已经总体上得到了强化和丰富，史诗剧的使命已经完成"[①]。而且他认为，史诗剧这个术语"太重形式了"，"无法再现社会的创造力与变化性"，是一个"先天不足"的术语。[②] 所以他决定地采用"辩证戏剧"（dialektik Theater）这个概念。其实早在布莱希特还正在创建"史诗剧"的 1931 年，他已经开始使用

---

① John Willett（editor & translator），*Brecht on Theatre*. London：Eyre Methuen，1997，p. 281.

② Ibid.，p. 282.

"辩证戏剧"这个概念，写了一篇《关于辩证的戏剧艺术的笔记》，但他只是随便提到，并未真正加以重视。到了20世纪50年代，他再次转向这个词语。他在1951—1956年间写了不少戏剧理论的文章，并且被收集到《舞台上的辩证法》（Die Dialektik auf dem Theater）一书之中。

他在《舞台上的辩证法》的导论中说："下面的文章是为解释《戏剧小工具篇》第四十五条所写。"① 首先让我们看看"第四十五条"的内容：

> 什么样的技巧允许戏剧把新的社会科学方法——唯物主义辩证法运用到它的反映中来呢？为了探索社会的可动性，这种方法把社会状况当成过程来处理，在它的矛盾性中去考察它。一切事物在转变的时候，亦即处于与自身不一致的时候，都存在于这种矛盾之中。人类的感情、意见和态度也是如此，他们的社会共同生活的具体形式就表现在这里。②

他后来在《戏剧小工具篇补遗》还说："不管戏剧的主要目的是否是让人认识世界，而事实是，戏剧必须表现世界，这种表现不能把人引入邪路。假如列宁的看法是正确的，那末，这种表现没有辩证法知识——没有辩证法指导去认识问题——是不可能做到的。"③ 他把辩证法的作用提高到非常高的地位。

与之前相比，布莱希特的辩证体系更加重视戏剧的内容，视之为一个辩证发展的矛盾过程。《舞台上的辩证法笔记》这篇文章用辩证法原理分析了莎士比亚的戏剧《科利奥兰纳斯》，引用了毛泽东的《矛盾论》："任何过程如果有多数矛盾存在的话，其中必定有一种是主要的，

---

① John Willett（editor & translator），*Brecht on Theatre*. London：Eyre Methuen，1997，p. 282.

② ［德］布莱希特：《布莱希特论戏剧》，丁扬忠等译，中国戏剧出版社1990年版，第23页。

③ 同上书，第47页。

起着领导的、决定的作用，其他则处于次要的和服从的地位。"① 并且指出："毛泽东举了一个例子：当日本人入侵时，中国共产党就提出要停止同反动的蒋介石政权的斗争。"② 布莱希特接着这辩证法理论分析《科利奥兰纳斯》，他说："我们现在要深入下去。我们现在看到的是贵族和平民之间的充满矛盾的统一，这一统一又同邻国伏尔斯人的矛盾交叉。现在主要的矛盾是罗马同伏尔斯人的矛盾。贵族同平民的矛盾，这一阶级斗争由于新的矛盾的出现，反对伏尔斯人的民族战争而退居到次要地位，但这对矛盾没有消失。（护民官还像受伤的大拇指在那儿翘着。）战争的爆发促使护民官的出现，但同时又促使贵族（和人民公敌马歇斯）掌握了领导权。"③ 贵族与贫民的矛盾、侵略者与古罗马的矛盾在斗争与统一的关系中发展。由于对内容的强调，纠正了他以前偏重形式的问题。

在新的辩证体系中，不仅内容和形式的关系理顺了，还有很多其他关系，如情感和理智的关系、戏剧性与叙事性的关系、体验与表现的关系等，也都理顺了。例如说，他在晚年曾指出："在排练的一定阶段我是主张共鸣的。但是还必须补充一点，即演员要对他与之共鸣的角色持有一定的态度，要估价这个角色的社会作用。盖绍涅克，昨天我建议您要与您扮演的富农共鸣，因为我觉得您只是表现了对角色的批判，而没有表现角色本身。"④ 这样处理共鸣与距离的关系当然更为合理。

辩证戏剧虽然是一个新的观念，但余匡复认为，本质上并没有多少创新。他说："因此，'辩证戏剧'和'叙述体戏剧'是两个名称一个东西，并不是'辩证戏剧'在形式上或内容上发展了'叙述体戏剧'。"⑤ 在早期的理论中，布莱希特的确有着过于突出史诗剧的某些特点的问题，但从他的戏剧实践看，他并没有走向极端，仍然能够兼顾戏

---

① 毛泽东：《毛泽东选集》第 1 卷，人民出版社 1991 年版，第 322 页。

② ［德］布莱希特：《舞台上的辩证法笔记》，载《戏剧艺术》1982 年第 2 期。

③ 同上。

④ ［德］布莱希特：《布莱希特论戏剧》，丁扬忠等译，中国戏剧出版社 1990 年版，第 276 页。

⑤ 余匡复：《布莱希特论》，上海外语教育出版社 2002 年版，第 94 页。

剧的其他方面的特点。人们常说,理论研究是"片面的深刻"。布莱希特有能力既把"片面的深刻"阐释清楚,又能够综合地运用各种技巧进行戏剧实践。更为可贵的是,他后来又把自己的理论上的片面纠正了过来。

也有学者把辩证戏剧看作一种完全新的戏剧。卢炜曾说:"究其本质含义而言,布莱希特辩证戏剧体系是以马克思主义辩证法为理论基石,继承和发扬了以间离效果为核心的叙述剧理论,以我为主,兼容并蓄辩证地综合了传统的亚里士多德式戏剧观和现代的斯坦尼斯拉夫斯基表、导演理论体系,最终建构出具有独特意蕴的戏剧理论体系。"[①] 本人觉得余匡复先生的观点更为准确。虽然晚年的布莱希特在提出辩证戏剧的时候,修改了之前的理论,也会影响到的戏剧实践,但从总体上看,他的戏剧理论和实践与先前并无太大的区别,只是看问题的角度有所变化。而且假如把布莱希特的戏剧看作前人的各种流派的辨证综合,他的作品就会失去明显的特征,显得创新价值不大。所以我们还是应该把布莱希特的戏剧看作史诗剧,这样更能够体现其独特的地方。

四 陌生化效果

在戏剧界一直有这么一个传说。曾经有一个演员把莎剧《奥赛罗》中的坏人伊阿古扮演得非常生动,把他的卑鄙无耻的性格完全暴露在舞台上。当台上演到奥赛罗误中伊阿古的奸计,将苔丝狄蒙娜掐死时,台下一个军官怒不可遏,开枪打死了舞台上的伊阿古。当时台上台下一片混乱。等到这军官清醒过来,明白了这是在演戏时,深为悔恨,也当场自杀。当地的观众为这两位戏剧艺术的忠实信徒的去世感到非常伤心。为了纪念他们,人们决定将其合葬在一起,并在墓碑上写着:"最理想的演员与最理想的观众。"

演员演得出神入化,观众看得忘乎所以,是否可以算为最好的戏剧

---

① 卢炜:《从辩证到综合——布莱希特与中国新时期戏剧》,浙江大学出版社 2007 年版,第112—134 页。

场面呢？对于这个问题智者见智，仁者见仁。易卜生对这一点是明确肯定的，他说："戏剧效果的产生，在很大程度上取决于让观众感到他好像是实实在在地坐着、听着、和看着发生在真实生活中的事情。"① 也有的人持否定态度，布莱希特就是这种观点的倡导者，他说：

> 观众似乎处在一种强烈的紧张状态中，所有的肌肉都绷得紧紧的，虽极度疲惫，亦毫不松弛。他们互相之间几乎毫无交往，像一群睡眠的人相聚在一起，而且是些心神不安地做梦的人，像民间对做噩梦的人说的那样：因为他们仰卧着。当然他们睁着眼睛，他们在瞪着，却并没有看见；他们在听着，却并没有听见。他们呆呆地望着舞台上，从中世纪——女巫和教士的时代——以来，一直就是这样一副神情。看和听都是活动，并且是娱乐活动，但这些人似乎脱离了一切活动，像中了邪的人一般。演员表演得越好，这种入迷状态就越深刻，在这种状态里观众似乎付出了模糊不清的，然而却是强烈的感情；由于我们不喜欢这种状态，因此我们希望演员越无能越好。②

如果一位演员的演技能够以假乱真，而且观众把演出当作真实的事件来接受，这就不是真正的艺术欣赏。在看《王子复仇记》的时候，假如观众心里想着的是自己如何复仇，这就成了复仇计划的预演，而不是戏剧观赏。

布莱希特的 Verfremdungseffekt 就是针对这种过度的共鸣和同情而提出的。关于这个单词的翻译，黄佐临曾说："布莱希特所采用的名词——Verfremdungseffekte（原文有误）——在我国有几种翻译，如'间离效果'，'离情作用'，'陌生化效果'等。其实如果我们将它译成'破除生活幻觉的技巧'可能比较直截了当，容易理解，至少它能明

---

① 《易卜生书信演讲集》，人民文学出版社 2012 年版，第 229 页。
② ［德］布莱希特：《布莱希特论戏剧》，丁扬忠等译，中国戏剧出版社 1990 年版，第15—16 页。

确问题。"① 在这里我们采用陌生化效果这个名称。

布莱希特曾说："为了达到上述陌生化效果的目的，必须清除台上台下一切魔术性的东西，避免催眠场的产生。因此人们不应该试图在舞台上创造一种特定空间（夜晚的卧室、秋天的街头巷尾）的环境，或通过一种统一的道白韵律制造气氛。观众既不应该受到放纵的热情的刺激，也不该受到拉紧肌肉的表演的迷惑；简言之，不能让观众陷于神智昏迷的状态，给观众一种幻觉，好像他们看到的是一个自然的、没经过排练的事件。"② 布莱希特的陌生化效果在中国戏剧界引起了非常大的反响，我们将从以下几个方面进行研究。

第一，距离感的提倡　为了避免演员与角色之间、观众与角色之间的完全融合，布莱希特提出："必须把观众从催眠状态中解放出来，必须使演员摆脱全面进入角色的任务。演员必须设法在表演时同他扮演的角色保持某种距离。演员必须能对角色提出批评。演员除了表演角色的行为外，还必须能表演另一种与此不同的行为，从而能使观众作出选择和提出批评。"③ 演员一旦和角色之间有了距离，观众也就不会与舞台上的角色合一。对于布莱希特的戏剧理论，黄佐临曾这样概括道："扼要地说，布莱希特戏剧理论的最基本特征是一种主张使演员和角色之间、观众和演员之间、观众和角色之间保持一定距离的戏剧学派。换言之，他不要演员和角色合而为一，也不要观众和演员合而为一，更不要观众和角色合而为一；演员、角色、观众的相互关系要保持一定的距离。"④ 黄先生的话抓住了布莱希特的戏剧观的要点，他还把布氏倡导的这种戏剧效果翻译为"间离效果"。从这个角度来说，黄先生的翻译比较忠实地体现了这个概念的主要内涵。

由于对距离的提倡，布莱希特的演出标准也大不一样。他说，这样

---

① 黄佐临：《我与写意戏剧观》，中国戏剧出版社 1990 年版，第 166 页。

② ［德］布莱希特：《布莱希特论戏剧》，丁扬忠等译，中国戏剧出版社 1990 年版，第 208 页。

③ 同上书，第 262 页。

④ 黄佐临：《漫谈"戏剧观"》，载《艺术学经典文献导读书系·戏剧卷》，何辉斌、彭发胜编，北京师范大学出版社 2010 年版，第 339 页。

的"演员一刻都不允许使自己完全变成剧中的人物。'他不是在表演李尔,他本身就是李尔'——这对于他是一种毁灭性的评语"①,演员不能完全化身为人物,观众也不能把自己等同于剧中人。在戏剧审美中,适当的距离的确需要,否则就和现实混为一谈。

第二,第四堵墙 为了避免这种"催眠场"的产生,需要拆除观众与舞台之间的"第四堵墙"。布莱希特说:"关于第四堵墙的想象当然必须废除……在废除了第四堵墙的情况下,原则上允许演员直接面向观众。"② 什么是"第四堵墙"呢? 黄佐临先生指出,"第四堵墙"这个术语的首次提出是在1887年3月30日。当时人们在巴黎观看了一出根据左拉短篇小说改编的《雅克·达摩》的小戏,评论家大加赞许,其中有一位让·柔琏的剧作家还因此宣称:"演员必须表演得好像在自己家里一样,不要去理会他在观众中所激起的感情;他们鼓掌也好,反感也好,都不要管;舞台前面必须有一面第四堵墙,这堵墙对观众来说是透明的,对演员是不透明的。"③ 其实类似的论述更早就有了。早在1785年11月,狄德罗在《论戏剧诗》一文中写道:"无论你写作还是表演,不要去想到观众,把他们当作不存在好了。只当在舞台的边缘有一堵墙把你和池座的观众隔开,表演吧,只当幕布并没有拉开。"④ 狄德罗所说的舞台边缘的那堵墙,当然就是柔琏所谓的"第四堵墙"。在实践中真正全面推行这一理论的人物是法国导演安图昂 (Andre Antoine)。俄国的斯坦尼斯拉夫斯基也是第四堵墙的信奉者。斯坦尼斯拉夫斯基曾说:"现在你所体验到的心境,在我们行话里就叫作'当众的孤独'。是当众的,因为我们大家和你在一起;又是孤独的,因为小小的注意圈把你和我们大家隔离开了。在成千观众面前表演的时候,你可

---

① [德]布莱希特:《布莱希特论戏剧》,丁扬忠等译,中国戏剧出版社1990年版,第24页。

② 同上书,第208页。

③ 引自黄佐临《漫谈"戏剧观"》,载《艺术学经典文献导读书系·戏剧卷》,何辉斌、彭发胜编,北京师范大学出版社2010年版,第342页。

④ [法]狄德罗:《论戏剧诗》,载《西方文艺理论名著选编》(上卷),伍蠡甫、胡经之主编,北京大学出版社1996年版,第246页。

以一直索居在孤独里，像蜗牛躲在壳里一样。"① 斯坦尼的理论在中国曾经是唯一流行的法则，"当众孤独"在 20 世纪 50 年代曾经有着巨大的影响力。在这样的情况下，黄佐临引进主张推倒第四堵墙的布莱希特，让人觉得耳目一新，具有巨大的学术价值和实践意义。

为了推倒第四堵墙，布莱希特提到了三种重要的演出方法："利用第三人称""采用过去时""兼读表演指示和说明"②。第三人称把故事和演员、观众分开，过去时则在时间上与当下拉开了距离，表演指示和说明则明确地告诉了观众，这仅仅是演戏。这三点使演员能够直接和台下的观众沟通，冲破了第四堵墙的约束。这样的话，"演员表达出来的台词就不至于像是一种即兴，而会像一种引证"③。而且布莱希特还主张"通过音乐（合唱、歌曲）和布景（字幕、电影等）创造陌生化效果"④。合唱和歌曲可以中断剧情直接向观众倾诉，布景和字幕等穿透第四堵墙向观众传递信息。一旦把第四堵墙推开，真实的幻觉就消失了。

第三，历史化　戏剧演出之所以容易产生共鸣，其中一个重要原因在于舞台上的事情似乎总是当下正在发生。布莱希特曾指出："资产阶级戏剧把表演的对象变成没有时间性的东西。"⑤ 英国的达拉斯（E. S. Dallas）也曾说："戏剧展示的是现在，史诗描述的是过去。"⑥ 为什么戏剧没有时间性呢？每次演出的时候，戏剧展现的都似乎是眼下正在发生的事情，而史诗往往通过叙述人讲述，都指向过去。由于戏剧没有时间性，演员和人物容易合一，观众也容易和人物产生共鸣。为了避免这种现象，布莱希特提出了历史化的概念。他说："陌生化就是历史

---

①　《斯坦尼斯拉夫斯基全集》，中国电影出版社 1985 年版，第 133 页。

②　［德］布莱希特：《布莱希特论戏剧》，丁扬忠等译，中国戏剧出版社 1990 年版，第 211 页。

③　同上书，第 210 页。

④　同上书，第 199 页。

⑤　同上。

⑥　E. S. Dallas, *Poetics: An Essay on Poetry*, Smith, Elder, and Co., 1852, p. 91.

化，亦即说，把这些事件和人物作为历史的，暂时的，去表现。"① 由于历史化把舞台上的事件变成了过去的事情，就在时间上和演员、观众产生了距离，能够减少共鸣的产生。将戏剧历史化之后，"'他在开端和中间就已经知道了结局'，这在演员的表演中，应该完全不成问题，他应该'完全保持一种静止的自由'。他在生动的表演中叙述他的人物的历史，他比人物知道得更多，……以便使事件的联系一目了然。"② 布莱希特还说："演员应该采取历史学家对待过去事物和举止行为的那种距离，来对待目前的事件和举止行为。他要使我们对这些事件和人物感到陌生。"③ 这种把戏剧的当下性改为史诗的过去性，应该是他把自己的戏剧命名为史诗剧的重要原因。演员把剧情历史化之后，观众也会从共鸣之中摆脱出来，与戏剧保持一定的距离。他说："如果我们按照不同的年代，通过不同的社会动力，让我们的人物在舞台上活动，我们会使观众难以深入理解当时的环境。他将不会直接感觉到：我也会这样行动；至多他会说：如果我曾经生活在这种环境里……我们若是把本时代的戏当作历史戏来表演，那么观众所处的环境对他来说同样会显得不平常。而这就是批判的开端。"④ 黄佐临也高度评价了历史化的手法，他说："'日常生活历史化'的意义，就是让不断变化的生活，以艺术手段暂时作一瞬间的停顿，好让我们回过头来，冷静地思考思考。人们整天滚在庸庸碌碌的日常生活中，来不及回顾，剧场该是个很好的场所，将我们含混不清的思想，用形象来整理一下，清醒清醒头脑。"⑤ 第四堵墙的推倒从空间的角度消除了舞台的真实幻觉，历史化从时间的角度消除了这种幻觉。

第四，戏剧结构 在谈到史诗和戏剧的区别时，布莱希特说："资产阶级的小说在前一个世纪相当多地发展了戏剧因素，这儿指的是情节

---

① ［德］布莱希特：《布莱希特论戏剧》，丁扬忠等译，中国戏剧出版社1990年版，第63页。

② 同上书，第26页。

③ 同上书，第213页。

④ 同上书，第20页。

⑤ 佐临：《从一个戏谈布莱希特的编剧特征》，载《戏剧报》1963年第1期。

的高度集中，各个部分相互牵动与制约的机缘。……小说家杜布林提出一个出色的见解，他说，史诗和戏剧不同之点，就是它可以用剪刀分割成小块，而仍能完全保持其生命力。"① 传统戏剧的情节是一个高度集中的整体。余匡复曾说："剧本必须围绕这一中心戏剧事件分幕分场，结构上必须按序幕→情节上升→高潮→情节下降→结局，循序渐进，直线进行，一环扣一环，一场扣一场。"② 这种戏剧的特点在于，一旦把观众吸引到戏剧中来，就紧紧抓住不放，直到作品结束，整个过程以共鸣和移情为特点。史诗剧的结构大不一样："没有贯穿全剧的'戏剧性情节曲线'一场一场犹如拉洋片，一场叙述一件事，没有全剧性的高潮。"③ 由于史诗剧的剧情碎片化了，所以台上台下可以直接交流，观众随时都可以从激情中摆脱出来，进行独立地思考。史诗剧的这种特点也得益于现代科学技术。布莱希特说："幻灯的出现，舞台借助机械化而取得的巨大转动能力，电影，使舞台装备日臻完善。"④ 幻灯可以随心所欲地把舞台显示为某时某地，舞台的机械化，也使场景变换显得容易。这些科技手段为史诗剧提供了不少方便。

第五，以理性认识取代感情上的兴奋　布莱希特曾经说："伽利略形象的塑造不应引起观众的同情和共鸣，更多的是要使观众产生一种惊奇、批判和深思的态度。"⑤ 布莱希特的史诗剧的重要特点之一在于把观众从各种感情冲动中解放出来，代之以理性的思考。他把传统的戏剧描述为："这是一种伟大的艺术：因为一切都显得这样自然。——我与哭者同哭，与笑者同笑。"⑥ 但史诗剧与此相反："这是一种伟大的艺术：因为没有一点是自然的。——我笑哭者，我哭笑者。"⑦ 由于间离

---

① ［德］布莱希特：《布莱希特论戏剧》，丁扬忠等译，中国戏剧出版社 1990 年版，第68—69 页。

② 余匡复：《布莱希特论》，上海外语教育出版社 2002 年版，第 81 页。

③ 同上。

④ 同上书，第 69 页。

⑤ ［德］布莱希特：《布莱希特论戏剧》，丁扬忠等译，中国戏剧出版社 1990 年版，第356 页。

⑥ 同上书，第 70 页。

⑦ 同上。

化的作用，观众可以在一定的距离之外理性地判断，所以会出现"我笑哭者，我哭笑者"的现象。但布莱希特并不追求毫无倾向性的理性，而是非常看中道德问题和政治问题。他希望"让剧院成为无拘无束的政治辩论场所"①。他甚至主张"变消费品为教材，把娱乐场所改变成为宣传机构"②。

当然，布莱希特也不是完全反对感情。他说"要求演员每天晚上都产生某种感情冲动和情绪，这是艰难费力的，相反，让他表演人物的那些伴随着感情冲动而来并表现感情冲动的外部标志，那就简单得多了。"③ 这就是说，在排练的时候，起码要有一次感情体验，然后展现好"感情冲动的外部标志"就可以了。

黄佐临在谈到布莱希特的表演理论时说：演出时"防止演员用倾盆大雨的感情来刺激观众的感情，使观众以着了迷的状态进入剧中人物和规定情景……从而失去理智，不能以一个冷静清醒的头脑去领会剧作家艺术家所要说的话，不能抱着一个批判的态度去感受剧本的思想性、哲理性，去探索事物的本质。"④ 从这个角度来说，人们把 Verfremdungseffekt 译为"间情效果""间情技巧"有一定的道理。

布莱希特不仅重视对世界的认识，也非常关注对世界的改变。他说："这是一种批判的立场。面对一条河流，它就是河流的整修；面对一株果树，就是果树的接枝；面对移动，就是水路、陆路和空中交通工具的设计；面对社会，就是社会的变革。"⑤ 这一点是和马克思恩格斯的观点一脉相承的。

一旦理性的成分增加了，戏剧是否就会变得枯燥无味呢？布莱希特在《戏剧中的辩证法》曾指出："为什么反面主人公比正面英雄更有趣

---

① ［德］布莱希特：《布莱希特论戏剧》，丁扬忠等译，中国戏剧出版社 1990 年版，第179 页。

② 同上书，第 4 页。

③ 同上书，第 196 页。

④ 黄佐临：《漫谈"戏剧观"》，载《艺术学经典文献导读书系·戏剧卷》，何辉斌、彭发胜编，北京师范大学出版社 2010 年版，第 339 页。

⑤ ［德］布莱希特：《布莱希特论戏剧》，丁扬忠等译，中国戏剧出版社 1990 年版，第13 页。

呢？因为它是批判地加以表现的。"① 从这个角度来说，保持理性判断，不会削弱戏剧的趣味，反而会增加。所以布莱希特深信，史诗剧能够"把道德的东西变成娱乐，特别是把思维变成娱乐"②。在观看这样的戏剧时，他主张："用渴望理解（Wissensbegierde）来代替对于命运的恐惧，代替慷慨的同情。"③ 戏剧理论家马丁·埃斯林充分肯定了这种快乐，他说："他的戏剧所允许给予的愉快是那种当我们发现新的真理时所感到的愉快，当我们深化原有的认识时所体会到的振奋。在这科学的时代，布莱希特希望他的观众也感受一下发现宇宙奥秘的科学家所得到的那种兴奋。"④ 布氏的戏剧大大增加了发现真理的快乐。

我们不要因此认为，史诗剧只重理性思维的快乐，其实这种戏剧激发的感情也挺强烈。英尼斯指出："他的戏剧在舞台上特别充满激情，实际上通过'事实'的呈现得到加强。1929 年在《巴登教育剧》的剧场中，当一个巨大的丑角被肢解时，有观众当场晕倒，虽然肢解行动明显是非现实的，由其他丑角对一个显然是木头的奇形怪状的人物的手和脚行进拆解。"⑤ 可见布莱希特并没有完全让观众摆脱戏剧欣赏中的感情。

第六，通过陌生化达到更深刻的认识　人们常常对于熟悉的东西反而熟视无睹。黑格尔说："一般来说，熟知的东西所以不是真正知道了的东西，正因为它是熟知的。有一种最习以为常的自欺欺人的事情，就是在认识的时候先假定某种东西已是熟知了的，因而就这样地不去管它了。"⑥ 布莱希特也指出："认为'二乘二等于四'的公式是理所当然

---

① 转引自余匡复《布莱希特论》，上海外语教育出版社 2002 年版，第 89 页。

② ［德］布莱希特：《布莱希特论戏剧》，丁扬忠等译，中国戏剧出版社 1990 年版，第 6 页。

③ 转引自余匡复《布莱希特论》，上海外语教育出版社 2002 年版，第 78 页。

④ 转引自孙惠柱《三大戏剧体系审美理想新探》，载《戏剧艺术》1982 年第 1 期。

⑤ Chistopher Innes，"Modernism in Drama"，*The Cambridge Companion to Modernism*，Machsel Levenson ed.，Shanghai Foreign Language Education Press，2006，p. 152.

⑥ 黑格尔：《精神现象学》（上卷），商务印书馆 1997 年版，第 20 页。

的人，不是一个数学家，他还是一个并不理解这个公式的人。"① 为了更好地认识世界，布莱希特认为陌生化非常必要。他说："陌生化的反映是这样一种反映：对象是众所周知的，但同时又把它表现为陌生的。"② 而且"这种改变家喻户晓的、'理所当然的'和从来不受怀疑的事件的常态的技巧，已经得到了科学的严密的论证，艺术没有理由不接受这种永远有益的态度。"③ 他深信陌生化能够大大提高戏剧的艺术层次。他说："这种艺术使平日司空见惯的事物从理所当然的范围里提高到新的境界。"④ 陌生化是布莱希特戏剧艺术的魅力之一。

布氏在《辩证法与间离》中曾指出了陌生化的实质："间离是认识（认识—不认识—认识），是否定之否定。"⑤ 这里把这个单词译为间离，其实从这个意义上看，译为陌生化比较好。苏联科学院编的《德国文学史》还阐释道："这个公式可用下列方式来说明：一、开始时，事物表现为符合习惯的、熟悉的、可以理解的东西（正题）；二、'间离'使它表现为新的、不寻常的形式，使我们在一段时间内不再觉得它是熟悉的，可以理解的（反题）；三、通过'间离'的三棱镜后，它再度为我们所认识，但现在已到了高级阶段，也只有现在才真正为我们所熟悉和理解（合题）。"⑥ 看来布莱希特的观点可以上溯到黑格尔那里。

布莱希特感兴趣的主题是人和社会，所以他主张："陌生化效果的目的，在于把事件里的一切社会性动作陌生化。"⑦ 陌生化的目的是对人和社会进行反思和批判："人与人之间发生的一切事情都应受到检验，一切都应从社会的立场出发加以考察。在各种艺术效果里，一种新

---

① ［德］布莱希特：《布莱希特论戏剧》，丁扬忠等译，中国戏剧出版社 1990 年版，第199 页。

② 同上书，第 22 页。

③ 同上书，第 213 页。

④ 同上书，第 193 页。

⑤ 引自苏联科学院编《德国文学史》第 5 卷（中译本），人民文学出版社 1984 年版，第 1047 页。

⑥ 同上。

⑦ ［德］布莱希特：《布莱希特论戏剧》，丁扬忠等译，中国戏剧出版社 1990 年版，第212 页。

的戏剧为了完成它的社会批判作用和它对社会改造的历史记录任务，陌生化效果将是必要的。"① 陌生化使社会批评更加深入。

在讨论布莱希特的陌生化时，我们很容易想起什克洛夫斯基的陌生化这个概念，他曾经说：

> 正是为了恢复对生活的体验，感觉到事物的存在，为了使石头成其为石头，才存在所谓的艺术。艺术的目的是为了把事物提供为一种可观可见之物，而不是可认可知之物。艺术的手法是将事物"奇异化"的手法，是把形式艰深化，从而增加感受的难度和时间的手法，因为在艺术中感受过程本身就是目的，应该使之延长。艺术是对事物的制作进行体验的一种方式，而已制成之物在艺术之中并不重要。②

到底布莱希特是否受过什克洛夫斯基的影响，目前不同的学者有不同的观点。我们无意于为这个问题下结论。但这两位理论家的观点的确有一些相同的地方。布莱希特曾说："关于现实主义问题，习惯的看法是，一部艺术作品，它的现实越容易辨认，便越是现实主义的。我的定义与它不同，一部艺术作品，它的现实被驾驭得越容易辨认，便越是现实主义的。对现实的单纯再辨认，常常会受到这样一种描写的障碍，这种描写叫人驾驭现实。"③ 什克洛夫斯基的"增加感受的难度和时间"与布莱希特的认识活动遇到的"一种描写的障碍"非常相似。他还说："要摧毁错误的意识，树立正确的思想，就必须把人置于自己的面前，……要是把和他们一模一样的人摆到他们面前，那就不行。……一句话，事件必须陌生化，事件表现得越简单明了越好。因此，比喻的形

---

① ［德］布莱希特：《布莱希特论戏剧》，丁扬忠等译，中国戏剧出版社1990年版，第202页。

② ［苏］什克洛夫斯基：《散文理论》，刘宗次译，百花洲文艺出版社1997年版，第10页。

③ ［德］布莱希特：《布莱希特论戏剧》，丁扬忠等译，中国戏剧出版社1990年版，第342页。

式是最合适不过的。"① 这一点和俄罗斯形式主义者的观点也是相似的，因为他们也高度重视对比喻的研究。布氏还采用了程式化手法、象征、寓言、蒙太奇等，这些也是形式主义者感兴趣的。但两者也有着明显的区别，什克洛夫斯基认为艺术的"感受过程本身就是目的"，但布莱希特强调的是对现实的辨认，偏重内容。

第七，陌生化与异化 1936 年布莱希特在《娱乐戏剧还是教育戏剧》一文中第一次阐述了陌生化效果。但当时他袭用了黑格尔的异化（Entfremdung）一词，还未创造出 Verfremdungseffekt 这个术语。他写道："表演使题材和事件经历着一个疏远而陌生化的过程。为了使人们明白，这种疏远和陌生化是必要的。而在所有'不言而喻的事物中'却简单地放弃了'领悟'。"② 这里的"疏远而陌生化"的原文正是黑格尔的异化（Entfremdung）。不久他写了一篇题为《中国戏剧表演艺术中的陌生化效果》的文章，首次提出了"陌生化效果"。可见异化和陌生化之间有着一定的相似之处。

有的学者甚至把陌生化译为异化，沈建翌就是这么做的。他还认为，异化正是布莱希特关心的内容。他说："布莱希特的早期剧作，如《巴尔》，《夜半鼓声》，《城市丛林》等，就从各个方面反映了个人在社会（由他人组成的社会）面前屡遭碰壁、失望和无力反抗的情景，他的早期舞台空间是充满着一些流浪汉、迷路人、失意者、被出卖者和被拒绝者的虚无世界。很明显，作为一个崇尚个性的抒情诗人，这时候的布莱希特对社会的态度是完全否定的，一种带有强烈情绪和较少理性认知的否定。"③ 布氏的剧中人物曾说："作为个人，生活在地球上是一种危险的事情，戈利将作为最后的个人而被埋葬"；"人是多么奇异啊，如果将他抛进池塘，他就会长出有蹼的趾头。"④ 布莱希特的确描写了

---

① 转引自孙君华《试论布莱希特的陌生化效果》，载《国外文学》1982 年第 4 期。

② ［德］布莱希特：《布莱希特论戏剧》，丁扬忠等译，中国戏剧出版社 1990 年版，第 70 页。

③ 沈建翌：《布莱希特的"异化"理论溯源及批判》，载《戏剧艺术》1985 年第 1 期。

④ ［德］布莱希特：《人等于人》，转引自沈建翌《布莱希特的"异化"理论溯源及批判》，载《戏剧艺术》1985 年第 1 期。

资本主义的异化现象。但如果把陌生化与异化等同起来，可能不太合适。首先陌生化偏重于创作形式，而异化指的是作品反映的内容。其次，陌生化在布氏的体系中是一个褒义词，指的是一种具有广阔前景的现代戏剧创作方法，而异化指的是人性被剥夺，是一个否定的概念。最后，陌生化首先是为了创造出美感，而异化只能让人感到悲凉。

第八，陌生化的适用范围 布莱希特的戏剧理论是否具有普遍意义呢？有些人是否定的，认为它只适合于喜剧。美国的埃里克·本特利曾说："布莱希特的戏剧理论，依我看就是一种喜剧理论。"① 考夫曼还论述了喜剧和陌生化的关系。考夫曼也说："所谓陌生化，就是按照喜剧的方式来处理对象。"② 在他看来，喜剧和陌生化几乎是同一回事，反过来也可以说："喜剧，总而言之滑稽讽刺表现方式是将表现对象陌生化。这是它们固有的本性。"③ 考夫曼还指出："滑稽的表现方式允许剧作家从内心出发，抒发自我感受，'干预'剧情。它能够中断情节，因为它不是或者不只是依靠共鸣来发挥它的作用，不但中断情节，而且情节的滑稽本身就能产生布莱希特所希望的那种效果。"④ 这一点和布莱希特的间离效果也是一致的。考夫曼还把布莱希特的创作方法一直往前追溯，他说："布莱希特的戏剧创作与阿里斯托芬喜剧不但有明显的相似之处，而且在形式上尤为相近。"⑤ 考夫曼得出了一个很有意思的结论："可见，布莱希特并没有发明陌生化。他只不过将一种历来所运用的、尤其是滑稽讽刺所固有的艺术处理方法确定了名称"⑥ 虽然陌生化的方法不完全是布莱希特创造的，但他的确在实践上进行了全面的探索，理论上把它提到了相当的高度，应该肯定他的贡献。

关于悲剧、喜剧与情感、理智的关系，早就有人探讨过。席勒曾

---

① ［美］本特利：《论布莱希特的戏剧艺术》，载《布莱希特研究》，中国社会科学出版社1984年版，第93页。
② ［德］考夫曼：《寓意剧、喜剧、陌生化》，载《布莱希特研究》，中国社会科学出版社1984年版，第149页。
③ 同上书，第147页。
④ 同上书，第148页。
⑤ 同上书，第147页。
⑥ 同上书，第148页。

说："悲剧诗人应当谨慎对待冷静的推理，并且应该永远使心灵感兴趣；喜剧诗人应当避免激情，并且应该永远保持理解力。因此，前者以不断激起热情来显示自己的艺术，后者以不断压抑热情来显示自己的艺术。"① 沃波尔简洁地概括道："这个世界对于思考的人来说是一部喜剧，对于用情感感知的人来说是一部悲剧。"② 可见悲剧和喜剧对情感与理性各有侧重：喜剧的特点在于距离拉干，理性增强，悲剧的特点在于距离的缩小、共鸣的增加，必然引起强大的激情。

关于陌生化效果是否适合于喜剧，右莱希特也谈到过。在讨论《三分钱歌剧》的排练时，布莱希特曾经指出："我们这儿也只是部分采用史诗式表演方法，这种表演方法还是在喜剧中运用得最合适，因为喜剧无论怎么都会陌生化。在喜剧中比较容易运用史诗式表演方法，所以建议干脆将剧本演成喜剧……即使悲剧性的场面也可以表演得滑稽。"③ 看来他自己也觉得陌生化方法用于喜剧比较好。当然，布莱希特也不会把自己的疆域限制在喜剧之内。考夫曼说："陌生化理论是一种将滑稽表现方式产生的艺术态度和艺术效果普遍化的尝试。它试图把这种艺术态度和艺术效果运用到非滑稽的表演对象上去，也就是说，要把它们变为戏剧唯一合宜的作用方式。"④ 在考夫曼看来这种把适用范围扩大的努力是没有意义的。郑雪来也持类似观点："布莱希特的演剧方法主要适用于他的'史诗戏剧'。……这种方法跟法国和德国传统有深远的联系，其渊源甚至可以追溯到意大利假面喜剧和我国古老的戏曲艺术，所以，用来上演类似的'表现派戏剧'的剧目可能也是较为合适的。但是，很难想象用他的方法来上演诸如莎士比亚之类的古典剧。对于以正面人物为主体的社会主义现代戏剧，由于这种方法的主旨是排斥演员和观众'入戏'，而要引起他们对人物的'批判态度'，其适用

---

① ［德］席勒：《秀美与尊严——席勒艺术和美学文集》，张玉能译，文化艺术出版社1996年版，第293—294页。

② Horace Walpole, *The Letters of Horace Walpole*, Vol. VI, Richard Bentley, 1857, p. 366.

③ 引自《布莱希特研究》，中国社会科学出版社1984年版，第150页。

④ ［德］考夫曼：《寓意剧、喜剧、陌生化》，载《布莱希特研究》，中国社会科学出版社1984年版，第150页。

的程度恐怕也是有限的。至少不像斯氏体系那样具有较大的普遍性。"①
如果席勒提出的观点是正确的，那么侧重体验、共鸣和情感的斯坦尼可
能用于喜剧也有困难。从这个角度看，布氏与斯氏谁更有普遍性，仍然
是一个复杂的问题。

另外一方面，我们也要看到，纯粹的传统意义上的悲剧，在 20 世
纪已经几乎没有了，有人甚至认为悲剧已经死亡了。乔治·斯坦纳甚至
还写过一部名为《悲剧的死亡》的著作。现当代戏剧的一个重要特点
在于悲喜混合，典型的例子是荒诞派戏剧：如果视之为悲剧，又是荒唐
可笑的；视之为喜剧，又常常充满悲痛和绝望。这种戏剧用布莱希特的
演剧理论应该没有问题。

关于布莱希特的表演理论是否只适合于喜剧，王晓华在《对布莱
希特戏剧理论的重新评价》（《外国文学评论》1996 年第 1 期）中做了
比较全面的论述，有一定的参考价值。

Verfremdungseffekt 这个术语，正如上文所说，兼有"间离效果"
"间情效果""破除生活幻觉的技巧""陌生化效果""异化"等意思，
但本书一律称之为"陌生化效果"。

薛沐曾对布莱希特的陌生化做了这样的评价："我们认为他的表演
技巧并没有超越表现派的范畴，因此谈不上'新技巧'。'间离效果'
主要表现在他的导演和编剧的手法上。"② 布莱希特的舞台艺术的确有
表现主义的一面，但他自己却声称，"我从来不是表现主义者"③。实际
上，他的表演艺术和表现主义还是有区别的。艾布拉姆斯指出，表现主
义"以不同方式弃离了现实主义表现生活和世界的手法，而在艺术创
作中表现虚幻的或者充满激情的内心世界。……表现主义剧作家惯于以
毫无个性的人物模式取代个性化的人物角色，通过描写一连串紧张、急
剧动荡的心理活动以代替传统的戏剧情节，把对话离析成惊叹性的、近

---

① 郑雪来：《斯坦尼斯拉夫斯基体系论集》，中国戏剧出版社 1984 年版，第 124 页。
② 薛沐：《"第四堵墙"及其他——布莱希特研究中若干问题的探讨》，载《戏剧艺术》
1982 年第 3 期。
③ ［匈］卢卡契、布莱希特等：《表现主义论争》，张黎编选，华东师范大学出版社
1992 年版，第 283 页。

乎语无伦次的只言片语，同时还运用面具伪装以及抽象失调、拖沓松散的布景道具。"① 布莱希特的某些手法和表现主义类似，但最核心的观点并不一致，布莱希特排斥强烈的感情，而表现主义重视感情的表达。薛沐对布莱希特在"导演和编剧"方面的革新有较高的评价。这一点颇有见地，因为布莱希特不仅仅关心如何表演，而且还在剧本编写、舞台效果设计等方面都围绕着陌生化展开，并且得到了独到的效果。

五　中国戏曲的陌生化效果

陌生化效果是布莱希特戏剧学中的重要概念。对于我们中国人来说，特别值得一提的是，这个概念与中国戏曲有一定的联系。1935 年，梅兰芳访问莫斯科，其演出非常成功，受到了斯坦尼斯拉夫斯基等苏联艺术家的赞扬。当时布莱希特也在莫斯科，观看了梅兰芳的演出，并且深受启发，为提出陌生化这个概念打下了基础。第二年，他写了一篇题为《中国戏剧表演艺术中的陌生化效果》的文章，首次提出了"陌生化效果"。笔者将就这个问题从以下几个方面进行讨论。

第一，距离化　在布莱希特看来，中国戏曲表演典型地体现了陌生化效果。他说："演员表演时处于冷静状态，如上所述乃是由于演员与被表现的形象保持着一定的距离，力求避免将自己的感情变为观众的感情。"② 在他看来，戏曲中的演员与角色之间、舞台与观众之间都隔着一定的距离。他对戏曲演员和角色之间的关系有不少论述。他说："梅兰芳穿着黑色礼服在示范表演着妇女的动作。这使我们清楚地看出两个形象，一个在表演着，另一个在被表演着。"③ 在这里有两个自我：作为表演者的自我和作为角色的自我。戏曲中的表演者这个自我可以对自己表演的角色进行审视和监督。他说："另一个方法就是演员目视自

---

① 　［美］艾布拉姆斯：《欧美文学术语词典》，北京大学出版社 1990 年版，第 105—106页。

② 　［德］布莱希特：《布莱希特论戏剧》，丁扬忠等译，中国戏剧出版社 1990 年版，第197 页。

③ 　同上书，第 205 页。

已的动作。譬如：表现一朵云彩，演员表演它突然出现，由轻谈而发展成为浓厚，表演它的迅速的渐变过程，演员看着观众，仿佛问道：难道不正是这样的吗？但是演员同时看着自己的手和脚的动作，这些动作起着描绘检验的作用．最后也许是在赞美。"① 总体来说，他的看法有一定的道理。

丁扬忠肯定了布莱希特的观点，他说："从美学思想上看，布莱希特的'间离效果'演剧方法与戏曲演剧方法是一脉相通的。……这儿所说的美学思想，是指演员对角色的认识，演员与角色的关系，演员与观众的关系，舞台与生活的关系等在内的艺术规律而言。"② 孙惠柱先生也谈到了戏曲和史诗剧的距离问题。他说："布氏体系的外部动作还算比较接近生活，但内部动作拉开距离，演员不能进戏。而梅氏体系恰恰相反：外部动作与生活的自然形态相去甚远，连最小的一举手一投足、每句说白都要循一定之规——程式，都要合音乐的节奏；但是内心却要力求摒弃'做戏'的想法，使内部动作尽可能与角色接近。……一方面，感情、内心活动是'角色的'，不同于布氏要传达的是演员的理智、对角色的评判态度；另一方面，外部动作又是程式化的'歌唱舞蹈'，不像斯氏要求的那样真实自然。"③ 孙惠柱还说："梅兰芳明确表示他心目中的最高境界就是'演员和剧中人难以分辨的境界'。……其实，梅氏体系绝不想造成疏远和距离，主观上还是希望以假乱真的。"④ 史诗剧和戏曲的陌生化有内外的区别。史诗剧的陌生化是刻意的追求，是对亚里士多德以来的西方戏剧传统的反叛；中国戏曲并没有一个西方式的传统作为背景，所以不存在故意拉开距离这种说法。

谢明、薛沐则持不同的看法。他们说："中国戏曲的理论，也证明戏曲十分注意创造'生活幻觉'。徐大椿的《乐府传声》中说：《乐记》曰："凡音之起，由人心生也。必唱者先投身处地，摹仿其人之性

---

① ［德］布莱希特：《布莱希特论戏剧》，丁扬忠等译，中国戏剧出版社 1990 年版，第193 页。
② 丁扬忠：《布莱希特与中国古典戏曲》，载《戏曲艺术》1980 年第 2 期。
③ 孙惠柱：《三大戏剧体系审美理想新探》，载《戏剧艺术》1982 年第 1 期。
④ 同上。

情气象，宛若其人之自述其语，然后形容逼真，使听者心会神怡，若亲对其人，而忘其为度曲矣。"这里，使观众产生了'若亲对其人'的效果，就说明演员与角色必然达到了合而为一的境界；'忘其度曲'，就是指观众沉醉在'生活幻觉'里，忘掉是在看戏。"① 他们又从戏剧实践的角度做了阐述："又如戏曲表演家盖叫天在《粉墨春秋》中说：演员出了门帘'这时候你自己已经'死了'，戏中人物'活了'。你已不再是你自己'……这是从表演方法上讲述创造'生活幻觉'的例证，而且简直可以说和斯坦尼斯拉夫斯基主张'生活于角色'的理论一致了。"② 谢明、薛沐还把戏曲的表演做了进一步的分类，他们说："戏曲这种演剧方法在创造'生活幻觉'这一点上是和现在的话剧的演剧方法一致的，在表演方法上也和话剧一样，既可以采用斯坦尼斯拉夫斯基体系，也可以采纳'表现派'的主张。事实上戏曲演员有的倾向'体验派'，有的就倾向'表现派'，这一点已为很多同志指出了。"③ 这两位学者的研究也很有特色。

如果把中国戏曲看作只有陌生化，没有同情和共鸣，只拉开距离，不需任何生活幻觉，当然不正确。史诗剧不是这样，戏曲也不是这样。但任何东西都是相对而言的，如果把戏曲和亚里士多德式的西方戏剧相比，演员、角色、观众之间当然有着更明显的距离。

第二，第四堵墙 布莱希特指出，中国戏曲没有第四堵墙。他说："中国戏曲演员的表演，除了围绕他的三堵墙之外，并不存在第四堵墙。他使人得到的印象，他的表演在被人观看。这种表演立即背离了欧洲舞台上的一种特定的幻觉。"④ 黄佐临非常赞同布氏的观点，他说："简单扼要地说，他们最根本的区别是：斯坦尼斯拉夫斯基相信第四堵墙，布莱希特要推翻这第四堵墙，而对于梅兰芳，这堵墙根本不存在，用不着推翻；因为我国戏曲传统从来就是程式化的，不主张在观众面前

① 谢明、薛沐：《对布莱希特演剧方法的浅见》，载《中国戏剧》1962 年第 9 期。
② 同上。
③ 同上。
④ ［德］布莱希特：《布莱希特论戏剧》，丁扬忠等译，中国戏剧出版社 1990 年版，第 192 页。

造成生活的幻觉。"① 虽说戏曲基本不设第四堵墙，但也不完全排斥生活的幻觉。但相比较而言，对生活的幻觉的营造程度排序应该为：斯坦尼→布莱希特→中国戏曲。也有人对这种观点不太赞同。薛沐说："布莱希特的表演理论基本上是属于表现派的，而表现派和体验派一样都是主张建立'第四堵墙'的，因此把立论的焦点放在以'第四堵墙'来区分斯坦尼斯拉夫斯基表演体系和布莱希特演剧方法就不够全面，也不很妥帖了。"② 相对于体验派，表现派有时的确主张冲破第四堵墙。而且布莱希特无论从理论上看还是实践上看都不时地要求推倒第四堵墙。所以薛沐先生的判断有点简单化。

第三，历史化　布莱希特在《中国戏剧表演艺术中的陌生化效果》这篇著名的论文中，大概用了三分之一的篇幅讨论的是历史化问题，但他所举的例子都是西方戏剧，对于中国戏曲有没有历史化现象，他没有触及。也许布莱希特已经隐隐约约地注意到了中国戏曲的历史化成分，可由于文化差距太大，对戏曲的了解有限，所以没有直接谈论。应该说，中国戏曲明显有着历史化的特点。周宁先生曾经说："我们可以从'言语境况'（Speech situation）的角度将戏剧的话语交流区分为两个系统：一是剧中人物之间的内交流系统，一是演员与观众之间的外交流系统。我们将内交流系统中的话语称为'戏剧性对话'，将外交流系统中的话语称为'代言性的叙述'。代言叙述不同于纯粹的叙述，它是剧中人物的话语，它的主体是具有双重身份的演员，既是剧外叙述者又是剧中人物。而纯粹的叙述则是故事之外的叙述者的话语。代言性叙述又不同于戏剧性对话，虽然戏剧性对话也是一种代言形式，但它的意义不在于叙述外在或内在的动作，而是通过言语的相互作用完成某种动作。在戏剧性对话中，剧中人物之间保持着'我'与'你'的直接交流关系，观众只是旁听者，演员与观众构成'我'与'他'的关系。在代言性叙述中，演员与观众构成话语中'我'与'你'的关系，演员向观众

---

① 黄佐临：《漫谈"戏剧观"》，载《艺术学经典文献导读书系·戏剧卷》，何辉斌、彭发胜编，北京师范大学出版社 2010 年版，第 341 页。

② 薛沐：《"第四堵墙"及其他——布莱希特研究中若干问题的探讨》，载《戏剧艺术》1982 年第 3 期。

直接表白，相反剧中人物之间，却呈现出'我'与'他'的关系。"①
很显然，中国戏曲的叙述成分挺多的，这种叙述，就是把事件置于过去
的历史之中。一个典型的例子就是"自报家门"，把自己过去的经历向
观众叙述一遍，而不是用现在时态展现出来。

第四，松散的情节　布莱希特觉得中国戏曲的结构很松散，所以入
戏和出戏都很自由。他说："有哪一位沿袭老一套的西方演员（这一个
或另一个喜剧演员除外）能够像中国戏曲演员梅兰芳那样，穿着男装
便服，在一间没有特殊灯光照明的房间里，在一群专家的围绕中间表演
他的戏剧艺术的片断呢？"②　他为什么可以随时随地进行表演呢？因为
一切准备早已完成："当他登上舞台出现在我们面前的时候，他创造的
形象已经完成。在他表演的时候，改变他周围的环境，对他不会有什么
妨碍。"③　戏曲不仅可以随时表演片段，整部戏曲的表演也是进出自由
的："他的表演可以在每一瞬间被打断。他不需要'从里面出来'。打
断以后他可以从被打断的地方继续表演下去。我们打扰他的地方，并不
是'神秘创造的瞬间'。"④　这就说明戏曲没有西方式的整一的结构，所
以进出没有困难。孙惠柱也注意到这点，他说："戏曲的动作结构表面
上也与布氏戏剧相似，经常中断，插入角色贯串动作以外的成分。这里
有三种情况：自报家门之类叙述性的中断，插科打诨之类逗趣性的中
断，专门的唱、舞、打等技巧性的中断。"⑤　孙惠柱对这个问题的研究
更加深入。

戏曲表演之所以随时可以中断，重要原因之一在于，戏曲的剧本没
有受过三一律的影响，没有越来越紧张的结构。布莱希特的史诗剧也有
类似的特点，结构比较松散，但相比之下戏曲的结构比史诗剧还要
松散。

---

① 周宁：《叙述与对话：中西戏剧话语模式比较》，《中国社会科学》1992年第5期。
② ［德］布莱希特：《布莱希特论戏剧》，丁扬忠等译，中国戏剧出版社1990年版，第
195页。
③ 同上书，第197页。
④ 同上。
⑤ 孙惠柱：《三大戏剧体系审美理想新探》，载《戏剧艺术》1982年第1期。

第五，哲理性　布莱希特曾说："中国戏曲演员不是置身于神志恍惚的状态之中"①；"中国戏曲演员的表演对西方演员来说会感到很冷静的。"② 这就是说，中国戏曲的表演不是建立在激烈的感情之上的，而是与冷静的理性判断相联系。他对梅兰芳扮演的角色这样评价："他对'事物本质'的见解主要是对妇女的批判性的和哲理性的认识。假如人们看见的是在现实中的一个相同的事件，遇见的是一位真实的妇女，这也就谈不上任何艺术和艺术效果了。"③ 在布莱希特看来，中国戏曲是抑制激情，鼓励思考的。

在这个问题上，中国学者不太认同布氏的观点。孙惠柱曾说："梅兰芳……之所以采用'陌生化'的外部动作，目的是美化，决非有意为之。"④ 中国戏曲一直就是这样表演的，没有一个以移情为主要特点的传统，所以不需要故意陌生化。孙惠柱还说："看起来都造成间离效果，实际上目的主要也在给观众以直接的美感享受，未必是为了启发思考。"⑤ 这个判断非常准确。实际上，理性判断甚至是中国戏曲的弱项。布莱希特希望从戏曲中学习理性思维，显然是误读。戏曲也许没有西方式的悲剧那样的疾风暴雨般的激情，但戏曲本身以激起情感为目的，而不是抑制情感。汤显祖在谈到自己的创作经验时说道："因情成梦，因梦成戏。"⑥ 没有情，就无法真正理解戏曲。只是戏曲的情往往没有西方戏剧强烈，而且中间经常可以中断。

孙惠柱还把布莱希特和梅兰芳进行比较，他说，布莱希特"也不大讲究舞台形象的和谐美观，有时还特意运用既不合人物性格又很难看的面具，完全是为理性服务。这一点又与十分讲究造型美的梅氏体系大

---

① ［德］布莱希特：《布莱希特论戏剧》，丁扬忠等译，中国戏剧出版社1990年版，第194页。

② 同上。

③ 同上书，第205—206页。

④ 孙惠柱：《三大戏剧体系审美理想新探》，载《戏剧艺术》1982年第1期。

⑤ 同上。

⑥ 汤显祖：《复甘义麓》，载《汤显祖集诗文集》，上海古籍出版社1982年版，第1367页。

相径庭"①。他还从三方面进行比较："如果说契诃夫、高尔基长于向人们展示特定时代里'生活得很糟'的现实生活，而布莱希特长于以虚构的寓言形式来发人深思、催人顿悟，那么中国戏曲更多的是让人从并不那么美的现实里暂时解脱出来到戏曲的美妙境界中去消受一下美的抚慰，梅兰芳的京剧尤其是这样。"② 孙惠柱的比较更加深入。

第六，陌生化 布莱希特曾说："尽管中国演员具有足够的催眠本领（有些东西令人厌恶），假如他很少地为他的观众简单地'表演一点什么'，观众没有一点儿知识，没有分辨事物的能力，不懂得这种艺术规律，那末，他从这种艺术中就很少得到完全的享受。"③ 戏曲的表演是程式化的，如果对这些固定的方法一无所知，就难以欣赏。作为外国人，布莱希特更是不容易，甚至感到很惊讶。布莱希特认为梅兰芳所代表的中国戏曲表演实现了他所倡导的"陌生化"，"演员力求使自己出现在观众面前是陌生的，甚至使观众感到意外。他所以能够达到这个目的，是因为他用奇异的目光来看待自己和自己的表演。这样一来，他所表演的东西就有点使人惊愕。"④ 但布氏所谓的惊讶，首先是相对于外国人而言的，对于熟悉戏曲传统的本国观众来说比较有限。

布莱希特对中国戏曲的象征手法非常感兴趣，他说："中国戏曲也很懂得这种陌生化效果，它很巧妙地运用这种手法。人们知道，中国古典戏曲大量使用象征手法。一位将军在肩膀上插着几面小旗，小旗多少象征着他率领多少军队。穷人的服装也是绸缎做的，但它却由各种不同颜色的大小绸块缝制而成，这些不规则的布块意味着补丁。各种性格通过一定的脸谱简单地勾画出来。双手的一定动作表演用力打开一扇门等等。舞台在表演过程中保持原样不变，但在表演的同时却把道具搬进来。所有这些已久闻名于世，然而几乎是无法照搬。"⑤ 丁扬忠对布莱

---

① 孙惠柱：《三大戏剧体系审美理想新探》，载《戏剧艺术》1982 年第 1 期。

② 同上。

③ ［德］布莱希特：《布莱希特论戏剧》，丁扬忠等译，中国戏剧出版社 1990 年版，第 207 页。

④ 同上书，第 193 页。

⑤ 同上书，第 192 页。

希特的观点非常肯定，他说："他把戏曲的象征性手法作为间离效果表演方法去解释，道理在于这种象征手法已不是生活原始状态的东西，而是经过提炼加工，反映生活某些本质的东西，亦即艺术。这就鲜明地把生活和艺术区别开来，同时为观众提供美的欣赏对象，使观众与舞台保持着一定的距离，观众是在看，是在欣赏艺术，而不是与舞台上的剧中人物经历同样的感情生活，同哭同笑。"① 象征，正如俄国形式主义者指出的那样，增加了人们认识对象的难度，可以造成陌生化效果。

　　谢明、薛沐的观点大不一样，他们说："中国戏曲这种演剧方法的特点是歌、舞、剧三者紧密地结合的。戏曲里的'身段'是一种'戏剧舞蹈'，它和一般舞蹈一样是将生活动作加以提炼、美化而形成的。为了适合'戏剧舞蹈'的表现，就不能采用像话剧一样写实的舞台装置和道具。要是真正出现了船，就会防碍摇船的舞蹈，要是真正出现了楼梯，就会妨碍上楼、下楼的舞蹈。……但是我们并不会得出这样的结论，认为舞蹈是在破除'生活幻觉'。相反地，我们认为经过提炼、美化了的舞蹈动作，能够激起我们对生活真实的联想，有如身临其境。"② 薛沐还试图用周信芳的舞台实践来证明自己的观点。他引用了周信芳的这段话："我有一次坐在黄浦江渡轮上，看到附近的渔船的活动时，我忽然想到我在《打渔杀家》一剧中的某些渔舟动作就不够真实。从这以后，父女并立船头捕鱼的那场戏，我就作了适当的修改，使它更符合生活真实。"③ 在薛沐看来，周信芳的及时调整，是为了真实再现划船的动作，不是为了陌生化。但我们也应当看到，他调整的是舞蹈化的划船，而不是现实的划船动作。薛沐还说："再说，戏曲舞蹈动作也并不都是虚拟的，开门可以把门省掉，上楼省掉了楼梯；然而单刀枪对打又能省略掉什么呢？既不能省掉道具，动作也不能省掉一点，而且打得越真越惊险。"④ 戏曲本身具有多面性和丰富性，不能简单地下结论。

---

① 丁扬忠：《布莱希特与中国古典戏曲》，载《戏曲艺术》1980年第2期。

② 谢明、薛沐：《对布莱希特演剧方法的浅见》，载《中国戏剧》1962年第9期。

③ 《周信芳文集》，中国戏剧出版社1982年版，第28页。

④ 薛沐：《"第四堵墙"及其他——布莱希特研究中若干问题的探讨》，载《戏剧艺术》1982年第3期。

布莱希特还注意到，中国戏曲比较重视形式和过程。他说："当梅兰芳表演一位少女之死的场面的时候，一位坐在我旁侧的观众对表演者的一个动作发出惊讶的叫声。接着就有几个坐在我们面前的观众愤怒地转过头来，向他作嘘以示抗议。他们的感觉就像真的面对一位贫穷的少女正在死去。他们这种态度对一场欧洲戏剧的演出也许是正确的，但对中国戏曲演出却是非常可笑的。陌生化效果对他们没有发生作用。"①欧洲传统看重的是移情作用下产生的幻觉，所以不能发出尖叫，否则幻觉就会消失。而中国戏曲注重的是表演水平的高低，所以允许尖叫和喝彩。布莱希特还说："譬如说，能够表演李尔王分配遗产或奥瑟罗发现手帕吗？如果他那样做，将会产生像一年一度的集市上魔术师玩把戏的效果，没在一个人看过他一次魔术以后还想再看第二遍。"②注重内容的戏剧，的确难以第二次再吸引观众，这一点和戏曲大异其趣，戏曲是百看不厌的。

第七，喜剧理论　中国戏曲有陌生化倾向，而陌生化的表演往往比较适合于喜剧。我们能不能说，中国戏曲也有喜剧化的倾向呢？钱锺书指出："除了喜剧和闹剧外，我们那些严肃的剧目都应该被划为传奇剧。这种戏没有表现单一的主导激情，却表现出一串松散的连续着的激情。……其中伤感与幽默的场景有规律的交相更替，借用《雾都孤儿》里一个家常比喻，犹如一层层红白相间的五花咸猪肉。"③看来中国戏曲的确有着陌生化和喜剧化两个方面，它们能够并存，说明它们不是相克的成分，而是相生的成分。

第八，史诗剧的中国影响　虽然我们都喜欢谈论戏曲对布莱希特的影响，但布莱希特肯定地说道："新的德国戏剧的实验完全独立自主地发展着陌生化效果，到目前为止，它并未受到亚洲戏剧艺术的影响。"④

---

①　［德］布莱希特：《布莱希特论戏剧》，丁扬忠等译，中国戏剧出版社1990年版，第197—198页。

②　同上书，第195—196页。

③　钱锺书：《中国古代戏曲中的悲剧》，载《艺术学经典文献导读书系·戏剧卷》，何辉斌、彭发胜编，北京师范大学出版社2010年版，第158—159页。

④　［德］布莱希特：《布莱希特论戏剧》，丁扬忠等译，中国戏剧出版社1992年版，第199页。

所以不能夸大戏曲对布氏的影响。

布莱希特还指出了他的陌生化与古典戏剧（包括中国戏曲）的区别。他说："古典和中世纪的戏剧，借助人和兽的面具使它的人物陌生化。亚洲戏剧今天仍在应用音乐和哑剧的陌生化效果。毫无疑问，这种陌生化效果会阻止共鸣，然而这种技巧跟追求共鸣的技巧一样，主要是建立在催眠式的暗示的基础上的。这种古老方法的社会目的和我们的完全不同。"① 在他看来，古典戏剧还与催眠式的移情有一定的联系。他还说："古老的陌生化效果使观众完全无法介入被反映的事物，使它成为某种不能改变的事物……新的陌生化只给可以受到社会影响的事件除掉令人信赖的印记，在今天，这种印记保护着他们，不为人所介入。"② 古典戏剧只反映世界，无法改变世界，而史诗剧的重要目的在于后者。

沈建翌在谈到陌生化的起源时说道："1935 年至 1936 年间，布莱希特的艺术观中长期积淀的一种追求客观、超然、冷静效果的思想，与他观看了梅兰芳演出后，对中国戏曲形式的理解，与他对俄国形式主义有关'异化程序'观点的吸收，三者相融合，而导致了他的'异化理论'的产生。"③ 促使陌生化产生的原因是很复杂的，中国戏曲的影响当然是要素之一。

六　陌生化效果在中国的影响

中国人在特殊的时期选择了布莱希特，有着多方面的考虑。胡星亮说："1980 年前后，中国社会处于'拨乱反正'的特定时期，选择布莱希特包含政治和艺术上的双重考虑。就政治论，布莱希特是马克思主义者，并且对中国文化和戏剧很感兴趣；以艺术言，布莱希特是现代西方戏剧革新的代表人物，而他又坚称自己是现实主义戏剧家。因此，在当时'乍暖还寒'的中国戏剧界，选择布莱希特去变革和突破中国话剧

---

① ［德］布莱希特：《布莱希特论戏剧》，丁扬忠等译，中国戏剧出版社 1992 年版，第22 页。

② 同上。

③ 沈建翌：《布莱希特的"异化"理论溯源及批判》，载《戏剧艺术》1985 年第 1 期。

传统不会'犯大忌'。"① 其实在 20 世纪五六十年代，人们掀起第一波布莱希特热的时候，也有政治和艺术的双重考虑。政治只是一个外在问题，是特殊时代学者不得不寻求的保护伞，我们这里不准备展开。戏剧内部的问题，对于我们来说，才是最重要的。

布莱希特的戏剧观，不管是"史诗剧""辩证戏剧""运动剧""吸烟剧"还是"科学时代的戏剧"都难以在中国产生巨大的影响。国人最关心的是什么呢？周宪说："新时期的中国戏剧界对布莱希特兴趣几乎较为一致地集中在诸如间离效果手段的各种戏剧形式上，这种对布莱希特的读解，既和布莱希特自身明显形式的特征有关，又和当时戏剧界创新变革的激进冲动和焦虑有关。"② 人们的确关心陌生化效果，但光是这个问题，也不会引起如此多的人的重视。

为了更好地理解布莱希特在中国的影响，还要从黄佐临的观点开始。他说："归纳起来说，两千五百年话剧曾经出现无数的戏剧手段，但概括起来看，可以说共有两种戏剧观：造成生活幻觉的戏剧观和破除生活幻觉的戏剧观；或者说，写实的戏剧观和写意的戏剧观；还有就是，写实写意混合的戏剧观。纯写实的戏剧观只有七十五年历史，而产生这戏剧观的自然主义戏剧可以说早已完成了它的历史任务，寿终正寝，但我们中国话剧创作好像还受这个戏剧观的残余所约束，认为这是话剧唯一的表现方法。突破一下我们狭隘戏剧观，从我们祖国'江山如此多娇'的澎湃气势出发，放胆尝试多种多样的戏剧手段，创造民族的演剧体系，该是繁荣话剧创作的一种重要课题。"③ 写意剧的提出，才真正使布莱希特成为人们关心的焦点。

首先，写意剧的提出，有利于冲破长期处于垄断地位的易卜生—斯坦尼式的现实主义的束缚。胡伟民指出，当时人们进行戏剧探索就是"想突破主要依赖写实手法，力图在舞台上创造生活幻觉的束缚，倚重

---

① 胡星亮：《布莱希特在中国的影响与误读》，载《外国文学评论》2007 年第 4 期。
② 周宪：《布莱希特的诱惑和我们的"误读"》，载《戏剧艺术》1998 年第 4 期。
③ 黄佐临：《漫谈"戏剧观"》，载《艺术学经典文献导读书系·戏剧卷》，何辉斌、彭发胜编，北京师范大学出版社 2010 年版，第 345 页。

写意手法，到达非幻觉主义艺术的彼岸"。① 写意和写实本身无所谓好差，但假如长期拘泥于一种创作方法，就有必要做出调整。

其次，布莱希特虽然是一个现实主义者，但他也是一个戏剧革新者。当时人们对于新的表现手法，特别是现代主义的方法，还是持比较谨慎的态度。在布莱希特这里，新的东西都被纳入现实主义的范畴，为戏剧创新提供了避风港。关于布莱希特的现实主义和现代主义，我们将在下面一节展开讨论。

最重要的是，通过推广布莱希特，人们可以为传统戏曲正名。陈世雄曾说："所谓'转向布莱希特'，并不仅仅意味着向布莱希特学习、接受他的戏剧观念，而且，由于布莱希特对中国戏曲的推崇，由于在戏剧观争鸣中人们把布莱希特的戏剧观和'梅兰芳体系'的戏剧观统称为'写意'戏剧观，'转向布莱希特'同时还意味着中国话剧界更多地向中国戏曲艺术汲取营养，在话剧中运用戏曲的'写意手法'。似乎是布莱希特帮助中国人从一面'洋镜子'中进一步看清了，或者说，重新发现了古典戏曲的价值，促使他们到本民族的遗产中去寻找中国话剧的出路。"② 自从新文化运动以来，人们不断地用西方的标准否定戏曲，新中国成立之后，又用苏联的标准向戏曲发难。假如本族的文化走向萎缩，光靠外国文化能够振兴中国吗？当然不可能。所以走了这么长的弯路之后，布莱希特为中国戏剧的发展带来了新的契机。当然，这么做也有些非艺术的成分夹杂其中。王晓华说："布莱希特偏爱中国戏曲是为了证明他的陌生化方法在东方早已有之，因此，引入它是接近艺术的本源，而非离经叛道；中国戏剧界对布莱希特情有独钟，亦是想通过他来证明中国戏曲并不落后，而是与最先进的世界戏剧潮流一致，甚至越超前者。这里面有某种我们可以称之为'艺术功利主义'的东西。"③ 虽说振兴本国文化是好事，但这种"艺术功利主义"也要警惕。

20 世纪 80 年代，中国戏剧界的繁荣与布莱希特的影响直接相关。

---

① 胡伟民：《话剧艺术革新浪潮的实质》，载《中国戏剧》1982 年第 7 期。

② 陈世雄：《三角对话：斯坦尼、布莱希特和中国戏剧》，厦门大学出版社 2004 年版，第 322—323 页。

③ 王晓华：《对布莱希特戏剧理论的重新评价》，载《外国文学评论》1996 年第 1 期。

孟京辉曾说："是我后来在做话剧的时候发现布莱希特的观念很有用。他的很多观念、很多判断事物的方法——我做着做着，我做出的东西，突然发现，唉，这是不是布莱希特所说的那个东西呢。"① 高行健、沙叶新等的戏剧都受到了布莱希特的影响。

事物都有两面性，人们学习布莱希特，创作或者演出了不少有价值的戏剧，但也有人学得不到位，成为反面的例子。导演陈颙指出，到了20世纪80年代中期布莱希特遭到了不少质疑，"有人说'在中国介绍和宣传布莱希特戏剧主张促使了戏剧舞台出现公式化、概念化的倾向'，一时间许多评论文章和座谈会上谈起'间离效果'、'理性思考'、'叙事体戏剧'时，都带有某种讥讽的味道。好像布莱希特和非戏剧、非艺术性、失去观众、旁门左道成为同义语"② 。这真是矫枉过正啊。

黄佐临对自己尝试过的"间离效果"颇为失望。他说："他的《胆大妈妈和她的孩子们》一剧，是我导演的八十八个戏中最大的失败，我归罪于'间离效果'，把观众都间离到剧场外面去了。"③ 在20世纪50年代失败了之后，黄佐临在新时期导演《伽利略传》时，第一天与剧组人员见面时就给演员出个"安民告示"："不要也不必搭理那个'间离效果'。"④ 他总结道："经验告诉我，用这个神志不清、万分费解的名词，庸人自扰地束缚住自己是自寻烦恼，自找苦吃。"⑤ 可见"间离"不当，会让导演和演员丢掉饭碗的。

对戏剧的哲理思考的强调，有积极的一面。孟京辉曾说："我要让观众的大脑思考，布莱希特对我就非常合适。"⑥ 在突出思想性的时候，处理不当也会引起很多问题。胡星亮说："另一方面，80年代初，中国话剧的主导创作理念是长期以来所形成的观念先行、图解思想的庸俗社

---

① 孟京辉：《对着凶险继续向前进》，《做戏——戏剧人说》，魏力新著，文化艺术出版社 2003 年版，第 90 页。

② 陈颙：《新的审视能产生新的见解》，载《我的艺术舞台》，中国戏剧出版社 1999 年版，第 276 页。

③ 黄佐临：《我与写意戏剧观》，中国戏剧出版社 1990 年版，第 420 页。

④ 同上书，第 255 页。

⑤ 同上。

⑥ 张璐：《孟京辉导演的"业余"状态》，载《中国戏剧》1999 年第 6 期。

会学。"① 在这样的情况下强调思想，当然会引起不良的后果。

此外，还导致了一些其他问题，如"强调'叙述'而导致结构松散和戏剧动作中断，'散'、'淡'而无味，无话剧个性和特色"②；"表演上的虚假、肤浅、直露和缺乏形象性，缺乏体现手段，以及缺乏功底的现象"③。所以任何东西都应该控制在一定的度之内。

总体上看，布莱希特的影响非常大，正面的影响远远大于负面影响。

七　独特的现实主义

布莱希特对现实主义也非常重视。他说："现实主义不仅是文学性的事务，而且是伟大的政治性的、哲学性的、实践性的事务，因而必须把它当作这样一件伟大的、具有普遍的人的意义的事务来看待和解释。"④ 布莱希特还给现实主义下了一个比较全面的定义："'现实主义的'就是，揭示出社会的因果关系/揭露出占统治地位的观点只不过是统治者的观点/写作要从那个为解决人类社会面临的最紧急的困难提出了最为广泛的解决办法的阶级的立场出发/要强调发展的因素/要既具体又要让人有抽象概括的可能。"⑤ 这个定义涉及内容很多，我们将逐一进行分析。

第一，现实主义的内容　韦勒克曾经指出了西方现实主义的重要特点，他说："现实主义是'当代社会现实的客观再现'。"⑥ 布莱希特也有类似的观点，他指出，他把现实主义界定为"藉助忠实地描写现实

---

① 胡星亮：《布莱希特在中国的影响与误读》，载《外国文学评论》2007 年第 4 期。

② 马也：《理论的迷途与戏剧的危机》，载《戏剧》1986 年第 1 期。

③ 徐晓钟：《坚持在体验基础上的再体现的艺术》，载《戏剧报》1984 年第 7 期。

④ ［匈］卢卡契、布莱希特等：《表现主义论争》，张黎编选，华东师范大学出版社 1992 年版，第 297 页。

⑤ ［匈］卢卡契、布莱希特等：《表现主义论争》，张黎编选，华东师范大学出版社 1992 年版，第 312 页。

⑥ ［美］韦勒克：《批评的诸种概念》，丁泓等译，四川文艺出版社 1987 年版，第 230 页。

来影响现实。"① 一般的西方人所谓的现实主义和布莱希特心中的现实主义都以社会现实为内容，在本质上有着一致的地方。

至于什么是现实，不同的人有不同的解释。艾布拉姆斯指出，现实主义在描绘人物时具有以下的特点："他笔下的人物通常属于中产阶级，或（较不经常）劳动阶级——那些缺乏极出众的才能和天赋的人们。他们经历过平凡的童年、青春、恋爱、婚配、做父母、夫妻不忠和死亡的过程。他们觉得生活无聊乏味，时常闷闷不乐，尽管偶尔也有些美和喜悦点缀他们的生活。不过，他们在特殊的环境下，也会表露出某些与英雄主义相似的气质。"② 中产阶级不属于少数的顶层人物和最悲惨的下层人物，所以比较能够代表这个社会的普遍特点。现实主义因此"包含对不可能的事物，对纯粹偶然与非凡事件的排斥"③。避开了极端的、偶然的东西，容易给读者营造真实的感觉。这样往往形成一种对于现实主义十分重要的典型。韦勒克指出，"典型"对于现实主义非常重要，"因为'典型'构成了联系现在和未来、真实与社会理想之间的桥梁"④。这就是说，作家不可能描写现实中的所有事物，而应当描述那些具有代表性的典型来展示现实。

布莱希特作为一个现实主义者，对作品的内容也非常重视。他说："谁要是看见我写作，总会以为我只对形式问题感兴趣。我们制作这些模型，因为我想表述现实。"⑤ 布莱希特在现实主义定义中也触及典型问题，他主张所写的东西"要既具体又要让人有抽象概括的可能"。这样的东西往往就是典型。布莱希特还说："不要以这样的方式来刻画英雄的性格，即他们生来从未有过恐惧，也不要这样地来描述懦夫的特征，即他们一辈子从不大胆过一回，如此等等。以一锤定音的方式来描

---

① ［匈］卢卡契、布莱希特等：《表现主义论争》，张黎编选，华东师范大学出版社1992 年版，第 286 页。

② ［美］艾布拉姆斯：《欧美文学术语词典》，北京大学出版社 1990 年版，第 281 页。

③ ［美］韦勒克：《批评的诸种概念》，丁泓等译，四川文艺出版社 1987 年版，第 231 页。

④ 同上书，第 232 页。

⑤ ［匈］卢卡契、布莱希特等：《表现主义论争》，张黎编选，华东师范大学出版社1992 年版，第 291 页。

写英雄或懦夫是十分危险的。"① 可见他反对简单抽象的形象，重视人物的丰富性和复杂性。这一点和其他现实主义者的观点是一致的。而且，他的作品也体现了典型的塑造能力。陈恭敏在评价布莱希特的剧作时说："《胆大妈妈》这个戏充分说明：布莱希特具有高度的概括能力和典型化的艺术才能。"②

布莱希特并不是对所有的典型一视同仁，而是有所选择，将现实主义的目的定为"揭示出社会的因果关系"。他以决定社会发展的重大事件作为戏剧的描写对象。在这点上，他与其他现实主义者有一定的区别：一个社会有各方面的典型问题，只有一部分是决定社会发展的大问题。他的现实主义的外延相对较窄。

对于艾布拉姆斯来说，"现实主义小说一开始就给读者造成这样的幻觉，即它是按照一般读者看来似乎是真实的生活来反映生活"③。人们往往把能够产生共鸣的东西看作真实的东西，所以现实主义对共鸣比较重视。

在共鸣的问题上，布莱希特的观点大不一样。他说："我们要指出，所谓唯感论的写作方式（这种写作方式可以使人闻到、尝到、感到一切）与现实主义的写作方式并非理所当然地就是相等同的；相反，我们承认，有些以唯感论的方式写成的作品并不就是现实主义的，有些现实主义的作品并不是以唯感论的方式写成的。"④ 有的小说，如恐怖小说，颇能引起读者的共鸣，却没有展现多少现实。有的作品，如史诗剧，反映了社会的重大问题，却有意地避免共鸣。布莱希特还说："全部社会因果关系，不能再当成一种单纯引起内心体验的东西。这绝对不是否定描写心理过程、描写多种个性，读者的内心体验还是存在的。这

---

① ［德］布莱希特：《布莱希特论戏剧》，丁扬忠等译，中国戏剧出版社 1990 年版，第243 页。

② 陈恭敏：《从〈胆大妈妈〉看布莱希特的艺术特色》，载《上海戏剧》1959 年第 2期。

③ ［美］艾布拉姆斯：《欧美文学术语词典》，北京大学出版社 1990 年版，第 280—281页。

④ ［匈］卢卡契、布莱希特等：《表现主义论争》，张黎编选，华东师范大学出版社1992 年版，第 312 页。

里的问题依然在于：旧的技巧之所以陷于危机，是由于它不能在阶级斗争中对人的个性进行足够的描写，由于内心体验不能把读者置于阶级斗争当中去，只能把他从阶级斗争中引出来。"① 如果希望引起共鸣，描写那些个人的恩怨更容易做到，但未必能够把社会发展的重大因果关系反映出来。而且过多地依靠个人情感，可能反而遮蔽了重要的社会问题，所以适当反对共鸣是有意义的。

真正追求真实，就意味着按照世界本来的面貌描述，但人们之所以要描写，往往都是带着自己的好恶来进行的，所以必然产生矛盾。韦勒克曾说："从理论上说，完全真实地再现现实将会排除任何种类的社会目的和社会主张。而显然，现实主义的理论困难，它的矛盾性，恰恰就在这里……当作家转而去描绘当代现实生活时，这种行动本身就包含着一种人类的同情，一种社会改良主义和社会批评，后者又常常演化为对社会的摒斥和厌恶。在现实主义中，存在着一种描绘和规范、真实与训谕之间的张力。"② 实际上几乎所有的现实主义作家都对现实进行深刻的批评，都怀着自己的美好理想。高尔基在谈到 19 世纪的现实主义文学时说："资产阶级的'浪子'的现实主义，是批判的现实主义。"③ 不仅 19 世纪的现实主义带有批判的色彩，其他时代的现实主义也大都如此，所以现实主义与"批判现实主义"几乎是同义词。

虽然倾向性会影响到作品的真实性，但布莱希特毫不含糊地说，文学应该具有倾向性。布莱希特曾说："现实主义里批判成分是不容回避的。这个问题十分重要。单纯的反映现实，即使可能，也是不符合我们的主张的。在描写现实的同时，也必须对它进行批判，必须对它进行现实主义的批判。"④ 看来他的现实主义也属于批判现实主义。他还指出，

---

① ［匈］卢卡契、布莱希特等：《表现主义论争》，张黎编选，华东师范大学出版社1992 年版，第 331—332 页。

② ［美］韦勒克：《批评的诸种概念》，丁泓等译，四川文艺出版社 1987 年版，第 232页。

③ 林焕平编：《高尔基论文学》，广西人民出版社 1980 年版，第 96 页。

④ 转引自张黎《布莱希特现实主义主张的特点》，载《外国文学评论》1997 年第 2 期。

文学作品都带有"为哪个阶级使用它的印记"①。作者应该站在哪个阶级那边说话呢？布莱希特说："现实主义的艺术是使现实主义对抗各种意识形态的艺术，它能使人现实主义地感觉、思维和行动。"② 他明确指出，作家不能站在统治者那边说，应该站在被统治者这边揭露当权者。从这个角度来说，他比一般的现实主义的范围更窄。他明确地表示自己不会中立地描写社会，明确地表明，应该站到被压迫阶级这边。其他现实主义可能倾向性没有这么明确，而且批评可能也指向统治者之外的人物。

现实主义者既然有好恶，自然希望自己的作品能够影响社会，改变社会。布莱希特的这种愿望尤其强烈。他说："对于现实主义作家的实践来说，重要的是，文学理论要把现实主义同它的各种社会功能联系起来。"③ 在他看来，文学艺术必须为社会功能服务。他还说："戏剧变成了哲学家们的事情。当然是这样一些哲学家，他们不但要解释世界，而且还希望去改变世界。"④ 他的这句话显然深受马克思的影响。马克思曾经在《关于费尔巴哈的提纲》里说："哲学家们只是用不同的方式解释世界，而问题在于改变世界。"⑤ 看来他真是一位坚定的马克思主义者。

现实主义的形式　现实主义作品不仅在内容方面有特点，作品的风格也有明显的特色。艾布拉姆斯曾说："作家用一种特殊的风格来表现或'展示'，旨在给读者造成一种真实经历的幻觉。['结构主义批评派'（Structualist Critics）宣称：现实主义的作家所采用的技巧，实际上全都是文学惯例，而读者则将这些文学惯例解释成，或'归化'（naturalize）为日常现实的反映。]"⑥ 韦勒克还指出了现实主义所应当

---

① ［匈］卢卡契、布莱希特等：《表现主义论争》，张黎编选，华东师范大学出版社1992年版，第311页。

② 同上书，第346页。

③ 同上书，第325页。

④ ［德］布莱希特：《布莱希特论戏剧》，丁扬忠等译，中国戏剧出版社1990年版，第71页。

⑤ 《马克思恩格斯全集》第3卷，人民出版社1960年版，第6页。

⑥ ［美］艾布拉姆斯：《欧美文学术语词典》，北京大学出版社1990年版，第281页。

避免的东西，他说："它排斥虚无飘渺的幻想，排斥神话故事，排斥寓言与象征，排斥高度的风格化，排除纯粹的抽象与雕饰，它意味着我们不需要虚构，不需要神话故事，不要梦幻世界。"① 所以现实主义追求的不是真实，而是逼真。

布莱希特在形式方面的要求比较宽泛。他首先批评了那些死死抱住巴尔扎克等为代表的现实主义不放的教条主义。他说："如果我们死抱着某几种特定的（历史的、过时的）形式不放，我们反对形式主义的斗争本身很快就会成为毫无希望的形式主义。"② 他还指出，现实主义的形式应该多样化。他说："人们能够采用多种方式埋没真理，也能够采用多种方式说出真理。我们根据斗争的需要，来制定我们的美学，像制定道德观念一样。"③ 在韦勒克看来应当禁止的手法，在布莱希特看来也可以使用。他说："我们允许艺术家发挥他们的幻想、独创性、幽默和虚构的能力。我们并不拘囿于那些过于仔细的文学榜样，我们并不要求艺术家非接受某些过于特定的叙事类型不可。"④ 布莱希特还指出，形式是为内容服务的，必须随着内容的变化而变化。他说："把现实主义看作一个形式问题，把它同一种，唯一的一种（而且是一种旧的）形式联系在一起，那就等于给它做了绝育手术。现实主义写作不是形式问题。一切有碍于我们揭示社会因果关系根源的形式都必须抛弃，一切有助于我们揭示社会因果关系根源的形式都必须拿来。"⑤

第二，现实主义的多样性 艾布拉姆斯认为，现实主义有两种基本的含义。第一种含义"表示十九世纪的一场文学运动，尤其是指在散文体小说里的运动"⑥。持这种观点的人，认为西方文学有一个"浪漫主义—现实主义—现代主义"的发展过程。关于这种现实主义，艾布

---

① ［美］韦勒克：《批评的诸种概念》，丁泓等译，四川文艺出版社1987年版，第230—231页。

② ［匈］卢卡契、布莱希特等：《表现主义论争》，张黎编选，华东师范大学出版社1992年版，第303页。

③ 同上书，第324页。

④ 同上书，第312页。

⑤ 同上书，第283页。

⑥ ［美］艾布拉姆斯：《欧美文学术语词典》，北京大学出版社1990年版，第280页。

拉姆斯曾指出："现实主义小说往往与传奇小说大相径庭。'传奇'（romance）是用来表现我们所向往的那种生活——比实际的生活更加如图似画、更具有冒险性，也更英勇感人；而现实主义则准确地展现生活的真实情况。"① 19 世纪的现实主义运动是相对于浪漫主义运动而言的，是对浪漫主义的反动。

　　19 世纪的现实主义运动本来只是文学史的一个环节，但卢卡契等把巴尔扎克、托尔斯泰诸位大师确定为现实主义的典范，并且希望 20世纪的作家以这些典范为标准进行写作。这就遭到了布莱希特的批评。他说："请不要带着不容争辩的神气宣布，描写一间屋只有一种方式是正确的，请不要把'剪辑法'当作异端加以革除，请不要把'内心独白'列入另册！请不要用老人的声望打倒年轻人！请不要只准技巧发展到 1900 年，从那以后就不能再发展了！巴尔扎克无疑是位伟大作家，有相当水平的现实主义者，即使他又怎么样呢？《高老头》的故事情节确实了不起，这与福楼拜的《情感教育》正好相反，虽然后者也是一部意义重大的现实主义作品。但是，巴尔扎克其他作品的故事就没有那样紧张，那样精彩，不能使人久久不忘。《驴皮记》就是象征主义的。这位作家经常变换他的写作方式。"② 在这段话中，他首先指出，不同的现实主义作家之风格大不相同，就是同一位作家，也常常使用不同的方法，不能拘泥于现实主义。所以他断定，作家不能只以某部 19 世纪的范例作为创作标准。

　　艾布拉姆斯还指出，第二种现实主义"表示我们这个时代和其他时代在文学里反复使用的一种表现人生的方法"③。现实主义这个概念在欧洲历史上有着非常悠久的历史和复杂的演变，是一个非常重要的术语。文学理论家韦勒克曾说："无论在造型艺术还是在文学中，在其忠

---

① ［美］艾布拉姆斯：《欧美文学术语词典》，北京大学出版社 1990 年版，第 280 页。

② ［匈］卢卡契、布莱希特等：《表现主义论争》，张黎编选，华东师范大学出版社 1992 年版，第 285—286 页。

③ ［美］韦勒克：《批评的诸种概念》，丁泓等译，四川文艺出版社 1987 年版，第 280页。

实于自然这个广泛意义上，现实主义无疑是批评传统和创作传统的主流。"① 韦勒克还指出："与我们的讨论有着更密切关系的还有自亚里士多德以来'模仿'这一概念在所有批评理论中占据的显赫地位，它证实了批评家们对现实问题的始终不懈的关心。"② 可见现实主义一直是欧洲文学史上的重要问题。

虽说现实主义有着很长的历史，但这种创作方法在 19 世纪达到了顶峰。在区分什么是现实主义和非现实主义的时候，在 19 世纪达到成熟水平的这些特点往往被用来作为标准。现实主义在不同时代，面对着不同的竞争流派，例如说，现实主义作家简·奥斯丁面对的是来自浪漫主义作家的竞争，而高尔斯华绥面对的是现代主义作家。不同的流派之间是相反相成的关系，基本不存在正确与错误的关系。

布莱希特的现实主义相当于艾布拉斯姆提出的第二种意义上的现实主义。但他的观点又和其他人的观点有着宣大差别。他"把一切使艺术作品成为非现实主义的因素都称为形式主义"③。什么是形式主义呢？他也有自己的定义："我们就能够把那些虽然没有把形式放在内容之上，但与现实不符的作品也称为形式主义的，并戳穿它们的真相。"④现实主义显然是一个褒义词，而形式主义是一个贬义词。他把历史上的所有文学都放到现实主义/形式主义的二分法中研究。他还说："先锋派可能是在撤退的路上或走向深渊的路上走在前面。可能率先行进到如此遥远的地方，以至主力部队根本无法相随，因为主力部队已看不到他们的身影等等。……这样，也可以拿自然主义和混乱的蒙太奇同它们的社会效果对照，证明它们再现的只是表面的征兆，而不是深层的社会因果关系。"⑤ 他的现实主义范围比较广，内容和形式都不是固定的，都随着时代的变化而变化。在这个理论框架中，所有的好的文学都是现实

---

① ［美］韦勒克：《批评的诸种概念》，丁泓等译，四川文艺出版社 1987 年版，第 215 页。
② 同上。
③ ［匈］卢卡契、布莱希特等：《表现主义论争》，张黎编选，华东师范大学出版社 1992 年版，第 292 页。
④ 同上书，第 292—293 页。
⑤ 同上书，第 293 页。

主义的。现实主义的这种无所不包，可能也会因为自己的疆域太宽而无法对自身更好地进行框定。而且非现实主义的文学都加以排挤，可能也不利于多元化的发展。

　　第三，现实主义的发展性　在布莱希特看来，只要能够展现社会发展的因果关系，就是现实主义。在 20 世纪，现代主义无疑是影响力最大的思潮之一，当然也是揭示 20 世纪社会发展特征的重要方法，所以也应该划入现实主义的范畴。实际上他的戏剧用了不少表现主义的手法。他曾说："在凯泽、施特恩海姆、托勒和戈灵的作品中，有很多可供现实主义者采用的成果。"① 凯泽等都是表现主义剧作家。他的现实主义是开放的，可以学习各种现代主义的方法。他常常被别人看作现代主义剧作家。英尼斯认为，"布莱希特是将现代主义原理用到舞台上，并且取得惊人成功的唯一剧作家"②。英尼斯还指出，布莱希特通过陌生化效果，"经常让演员戴着面具，要求他们不要直接'装作'人物，而是把演出的行为展现给观众……其效果正是现代主义诗人和画家所追求的性格分裂化和碎片化的准确的舞台表现"③。布莱希特的戏剧情节充满"曲折"或"跳跃"，与自然主义的线性情节相比，属于曲线形的，体现了"现代主义文学的非连续性和蒙太奇"④。英尼斯还说道，布莱希特经常把"舞台设施和人物背后的演员展示出来"，"属于现代派形式主义的舞台显现"⑤。甚至有人把布莱希特看作后现代主义作家。弗里德里希列举了布莱希特的不少后现代主义特征，"'史诗剧'这个概念**抹平了文类区别**；陌生化效果据说**否定了身份**，让人们注意到**文本虚构性**；史诗剧的蒙太奇结构被转变为**非连续性和断裂的庆典**；戏剧的

---

　　① ［匈］卢卡契、布莱希特等：《表现主义论争》，张黎编选，华东师范大学出版社 1992 年版，第 295 页。

　　② Chistopher Innes，"Modernism in Drama," Machsel Levenson ed.，*The Cambridge Companion to Modernism*，Shanghai Foreign Language Education Press，2006，p. 152.

　　③ Ibid.，p. 150.

　　④ Ibid.，p. 151.

　　⑤ Ibid.，pp. 151 - 152.

开放结尾意味着**拒绝终结，指向意义的不确定性和不可判断性**"①。把许多现代主义和后现代主义的手法纳入自己的戏剧创作之后，我们还应该称他为现实主义作家吗？还是应当把现实主义的标签撕掉，直接视之为新派的作家呢？布莱希特的这种做法，也有混乱的一面。

第四，社会主义现实主义　现实主义曾经是社会主义国家唯一合法的创作方法。韦勒克曾说："在苏联以及它的卫星国，'现实主义'或毋宁说'社会主义现实主义'，乃是官方允许的唯一的文学理论和文学方法。"②　布莱希特是一个马克思主义者，而且也生活在社会主义国家，所以不可能不关心社会主义现实主义。

他虽然一直坚持现实主义的批判态度，但对于社会主义现实主义，他主张以建设为主。在谈到社会主义现实主义时，他说："它意味着作家在从事社会主义建设的地方，要支持社会主义建设，并为此目的而研究和描写现实，照培根的意思，就是要掌握自然，就要听命于自然。这个口号的意思是，作家在为社会主义建设而斗争的地方，要支持这一斗争，并为此目的而研究和描写现实。"③　他对社会主义政党也持肯定的态度："在这方面，科学，尤其是马克思主义科学可以帮助文学。这里有值得学习的东西。在这方面，可以把党作为活生生的榜样。"④　这种态度与他对资产阶级政党的态度截然相反。

在讨论社会主义现实主义的时候，"人民性"自然是一个重要概念。布莱希特曾说："这样，'人民性'与'现实主义'这两个口号就自然地结合在一起。文学提供忠于现实的生活摹写、符合人民即广大劳动群众的利益，而忠于现实的生活摹写事实上也只服务于人民即广大的劳动群众。因此，生活的摹写必须无条件地使劳动群众觉得通俗易懂与

---

①　Rainer Friedrich，"Brecht and Postmodernism"，*Philosophy and Literature*，Vol. 23，1 (1999)，pp. 44－64.

②　[美] 韦勒克：《批评的诸种概念》，丁泓等译，四川文艺出版社 1987 年版，第 214 页。

③　[匈] 卢卡契、布莱希特等：《表现主义论争》，张黎编选，华东师范大学出版社 1992 年版，第 332 页。

④　转引自张黎《布莱希特现实主义主张的特点》，载《外国文学评论》1997 年第 2 期。

丰富有用，也就是必须无条件地是人民的。"① 他还指出："所谓'人民性'，就是对广大群众来说通俗易懂，吸收并丰富他们的表达形式/采取、巩固和纠正他们的立场/代表人民中最先进的那部分人的利益，从而使他们能够取得领导地位，并使人民中其他部分的人理解这一点/以传统为出发点，并进一步发展传统/把现在已经实行领导的那部分人的成就介绍给人民中正在为争取领导而努力的那部分人。"② 看来具有人民性的作品，应当描写人民的生活，体现他们的利益，采用通俗的形式，帮助人民夺取政权，并且促使这种政权在国际舞台上不断壮大。

高尔基曾指出："批判的现实主义揭发了社会的恶习，描写了个人在家庭传统、宗教教条和法制压制下的'生活和冒险'，却不能够给人指出一条出路。批判一切现存的事物倒是容易，但除了肯定社会生活以及一般'存在'显然毫无意义以外，却没有什么可以肯定的。"③ 资本主义时期的现实主义关键在于有所批判，社会主义时期的现实主义关键在于有所肯定，两者有着质的区别。由于这种区别，"我们从资产阶级现实主义文学、资本主义和帝国主义现实主义文学的经典作品中总结出来的形式规则，是远远不够用的。这种写作方法的历史性、过时性、一次性，是每一个为社会主义而斗争的人都领会的"④。而且方法必须和内容相适应，"技巧不是'表面的东西'，不是可以离开倾向而转用的东西"⑤。这就决定了社会主义现实主义向资本主义现实主义学习的难度。

布莱希特有时自相矛盾，又觉得社会主义现实主义也应当坚持批评的态度。他指出，有人"把社会主义现实主义与批判现实主义对立起来，从而给它打上一个**非批判性的现实主义的印记**"，这是一种"特别

---

① ［匈］卢卡契、布莱希特等：《表现主义论争》，张黎编选，华东师范大学出版社1992年版，第309页。

② 同上书，第311页。

③ 林焕平编：《高尔基论文学》，广西人民出版社1980年版，第96页。

④ ［匈］卢卡契、布莱希特等：《表现主义论争》，张黎编选，华东师范大学出版社1992年版，第334页。

⑤ 同上书，第331页。

守旧"的做法。① 但这和为社会主义建设的提法当然是相互冲突的。

韦勒克曾经说："在一个新的俄国术语'社会主义现实主义'中，这种矛盾公开地暴露了出来：作家应该按照它本来的样子去描写社会生活，但他又必须把它描写成应该是或将要是的样子。"② 在社会主义现实主义体系中，本来的样子和应该是什么之间有着非常大的距离，是困扰作家的难题。

关于布莱希特对社会主义的态度，余匡复先生说道：

1. 布莱希特一生学习辩证法、学习并宣传马克思主义，但他一生不加入任何国家的工人党或共产党，他从来不是共产党员。

2. 大多数德国反法西斯作家在希特勒统治德国时期流亡到了苏联，而却最终流亡到了美国。

3. 布莱希特被希特勒"开除"了德国国籍，第二次世界大战结束并返回东部德国后，他没有选择社会主义的东德国籍，却申请加入了奥地利国籍，并为此深感欣慰。

4. 布莱希特身居首都柏林，但他生前把他的全集交付西德最著名的文学出版社苏尔坎普（Suhrkamp）出版社（当然，这家出版社的老板 Suhrkamp 是布莱希特的好朋友）。③

布莱希特虽然倾向于社会主义，但他没有真的成为共产党员，也没有成为社会主义现实主义作家，更没有写出一部关于社会主义国家的作品。他这样做的原因是很复杂的。笔者认为，其中重要原因之一在于，他看到了社会主义现实主义本身的一些问题，所以不想随便尝试。

第五，中国人对布莱希特的现实主义的态度的演变　在 20 世纪五六十年代，中国已经出现了布莱希特热。但那时人们只把他当作现实主义作家。丁扬忠曾说："他在创作上采取了及其严谨的现实主义手

---

① 转引自张黎《布莱希特现实主义主张的特点》，载《外国文学评论》1997 年第 2 期。
② ［美］韦勒克：《批评的诸种概念》，丁泓等译，四川文艺出版社 1987 年版，第 232 页。
③ 余匡复：《布莱希特论》，上海外语教育出版社 2002 年版，第 2—3 页。

法。"① 卞之琳还刻意把他和现代主义区别开来，他说："所以长期以来布莱希特被排在西方'现代主义'戏剧家之列，倒也罢了，可是近年来有时竟被排在这些法国'新'派戏剧家之列，这真可谓'荒诞'……布莱希特的这些戏剧正可以拿来作为那些颓废、没落的'新'派戏剧的对照。"② 在那个年代，现实主义代表着正确，现代主义代表着错误，所以学者们都得突出布莱希特的现实主义的特点，避开他的现代主义特征。在强调布莱希特的现实主义的同时，学者们还指出了他的现实主义的独特性。陈恭敏说："他在形式方面的探索，不是为形式而形式。他反对狭隘地理解现实主义创作方法，主张宽广与多样，在他的戏里，运用了程式手法和哲学幻想、运用了直接的政论形式，从深刻表达思想内容出发，他认为这都是合乎规律和必要的。"③ 对现实主义的多样性的强调，本质上来说就是希望打破易卜生—斯坦尼式的现实主义一统天下的局面，促使戏剧走向多元繁荣的局面。但在那个年代，只能把新的创作方法（特别是现代主义的方法）纳入现实主义之中进行推广，对现实主义之外的方法，还是非常谨慎的。

到了 20 世纪 80 年代，现代主义逐步成为了合法的方法，人们在提倡布莱希特的同时也开始谈论他的现代主义色彩。胡伟民曾说："布莱希特毕生的艺术实践都在追求一种'更为广泛、更为有效、更为合理'的现实主义概念。他坚持现实主义宝贵传统，也不拒绝现代主义艺术提供的新经验。他是位广阔的现实主义者，可以认为，布莱希特的戏剧作品，是传统的现实主义和西方现代美学新经验、古老的东方戏剧经验的结晶体。"④ 甚至有人"得出偏颇的结论，认为现实主义创作方法就和'保守陈旧'划等号"⑤。这种观点本身有明显的问题，属于一种矫枉过正。胡星亮说："布莱希特是在中国话剧要突破易卜生—斯坦尼样式而

---

① 丁扬忠：《布莱希特与他的教育剧》，载《剧本》1962 年第 9 期。

② 卞之琳：《布莱希特戏剧印象记》，中国戏剧出版社 1980 年版，第 118 页。

③ 陈恭敏：《从〈胆大妈妈〉看布莱希特的艺术特色》，载《上海戏剧》1959 年第 2 期。

④ 胡伟民：《开放的戏剧》，载《文艺研究》1985 年第 2 期。

⑤ 陈颙：《把握当代戏剧变革中社会交往与信息传递的特征》，载《戏剧学习》1985 年第 3 期。

另寻新路的关口被译介到中国来的，史诗剧本身又是对'亚里士多德式'传统戏剧的突破，所以，布莱希特在中国首先是被当作对抗传统现实主义戏剧的先锋而引进的。这种实用主义的引进目的，使中国戏剧家把布莱希特与现实主义对立起来，对布莱希特的译介也就把他的论述推向极端。"① 布莱希特以现实主义者的身份进入中国剧坛，却后来被看作反现实主义的英雄，这个过程本身说明当时的学术处于不太正常的状态之下。

扬布（布莱希特）抑斯（斯坦尼斯拉夫斯基）是 20 世纪七八十年代中国戏剧界的一个重要现象。周宪对此不太满意，他说："在中国现代戏剧的发展历程中，现实主义具有不可替代的重要位置。但是，就建国以来当代戏剧的发展来看，现实主义被政治工具主义弄得面目全非了，剩下的只是一些徒有其表的写实形式，诸如写实的舞台背景，真实的服装道具或三面墙式的舞台等。可以肯定地说，戏剧中普遍存在的公式化、概念化非但不是因为现实主义导致的，而是相反，正是由于缺乏现实主义才形成了这种困境。尽管我们学易卜生和斯坦尼几十年，由于种种内部和外部的情势和原因，我们根本没有走上严格的现实主义戏剧道路，而是走上了一条背离和否定现实主义的戏剧发展路径，是一条只求'形似'而不求'神似'的'写实主义'道路。"② 周宪还说："新时期中国戏剧界更多地关注布莱希特戏剧的手法、技巧和形式，即只注重布氏戏剧之'技'，而有意无意地忽略布莱希特戏剧之'道'，这必然导致某种戏剧形式主义。"③ 扬布抑斯虽然有着不合理的一面，但周宪的批评也不完全正确。首先，资本主义现实主义和社会主义现实主义之间有着不可逾越的鸿沟，就是布莱希特也没有能够解决这个问题，更不能奢求新中国成立初期的中国戏剧人。其次，易卜生、斯坦尼、布莱希特的创作方法是为表现当时具体的内容服务，我们的国情与他们当时的情况大不相同，没有必要完全学会。布莱希特曾经说："如果说总是

---

① 胡星亮：《布莱希特在中国的影响与误读》，载《外国文学评论》2007 年第 4 期。
② 周宪：《布莱希特的诱惑和我们的"误读"》，载《戏剧艺术》1998 年第 4 期。
③ 同上。

为同样的内容去寻找新的形式，意味着形式主义的话，那么为新的内容而保留旧的形式，也是形式主义。"① 一味地将他们看作不变的标准，也会陷入形式主义的泥潭。最后，布莱希特的引进可以与学习易卜生、斯坦尼并存，没有必要等到把易卜生、斯坦尼的手法全部消化再学习布莱希特。从总体上看，布莱希特的引进的确大大开阔了国人的视野，利远远大于弊。

　　布莱希特集剧作家和导演于一身，他对中国剧坛的影响也包括戏剧创作与戏剧演出两个方面。如果把两方面综合起来考虑，他在改革开放之后的影响力应该是最大的。

_____

　　① ［匈］卢卡契、布莱希特等：《表现主义论争》，张黎编选，华东师范大学出版社1992 年版，第 333 页。